中國古代文學批評要籍叢書

原詩箋注

增訂本

[清]葉燮 著
蔣寅 箋注

圖書在版編目(CIP)數據

原詩箋注 / (清) 葉燮著;蔣寅箋注. 一增訂本.
—上海: 上海古籍出版社, 2023.5
(中國古代文學批評要籍叢書)
ISBN 978-7-5732-0697-8

Ⅰ. ①原… Ⅱ. ①葉… ②蔣… Ⅲ. ①詩話—中國—清代 ②《原詩》—注釋 Ⅳ. ①I207.22

中國國家版本館 CIP 數據核字(2023)第 068685 號

中國古代文學批評要籍叢書
原詩箋注(增訂本)
[清]葉 燮 著
蔣 寅 箋注
上海古籍出版社出版發行
(上海市閔行區號景路 159 弄 1-5 號 A 座 5F 郵政編碼 201101)
(1) 網址: www.guji.com.cn
(2) E-mail: guji1@guji.com.cn
(3) 易文網網址: www.ewen.co
常熟人民印刷有限公司印刷
開本 850×1168 1/32 印張 20.625 插頁 6 字數 332,000
2023 年 5 月第 1 版 2023 年 5 月第 1 次印刷
印數: 1—2,100
ISBN 978-7-5732-0697-8
I·3722 定價: 108.00 元
如有質量問題,請與承印公司聯繫

原詩箋注

箋注者題簽

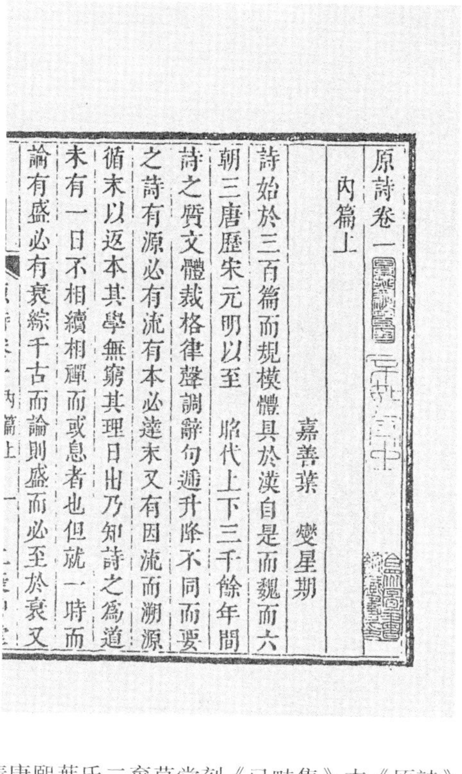
原詩卷一

内篇上

嘉善葉　燮星期

詩始於三百篇而規模體具於漢自是而魏而六朝三唐歷宋元明以至　昭代上下三千餘年間詩之質文體裁格律聲調辭句遞升降不同而要之詩有源必有流有本必達末又有因流而溯源循末以返本其學無窮其理日出乃知詩之爲道未有一日不相續相禪而或息者也但就一時而論有盛必有衰綜千古而論則盛而必至於衰又

清康熙葉氏二棄草堂刻《已畦集》本《原詩》

前言

葉燮《原詩》不用説是中國文學批評史上的一部經典著作，歷來論者無不贊賞它理論意識鮮明、詩史視野開闊、現實針對性强、批評眼光犀利且長於論辯的特點。如林雲銘序稱「直抉古今來作詩本領，而痛掃後世各持所見以論詩流弊」，沈珩序稱「條引夫端倪，摹畫夫毫芒，而以之權衡乎詩之正變與諸家持論之得失，語語如震霆之破睡，可謂精矣神矣」，郭紹虞稱「葉燮論詩之長，在用文學史流變的眼光與方法以批評文學，故對詩之正變與盛衰，能有極透澈的見解」〔一〕，吴宏一稱「它的表現形式，有如一篇完整的論文，嚴謹而有系統，絶非其他的詩話可比擬」〔二〕，吕智敏説「這是我國第一部具有較爲嚴密的邏輯體系，集中論述詩源、詩美、詩法的詩學專著」〔三〕。近年，以葉燮《原詩》爲研究

〔一〕郭紹虞《清詩話·前言》，上海古籍出版社一九七八年版，第一三頁。
〔二〕吴宏一《清代詩學初探》，臺灣學生書局一九八六年版，第一六〇頁。
〔三〕吕智敏《詩源·詩美·詩法探幽——〈原詩〉評釋》前言，書目文獻出版社一九九〇年版。

對象的學術專著層出不窮〔一〕，顯示出它的理論價值愈益受到學者的重視。這不僅是中國文學批評史研究的進一步深入，也體現了新的學術語境下對中國古典詩學及詩歌批評重新加以認識和反思的時代要求。

一

葉燮原名世倌，字星期，後改名燮，號已畦。寓居横山講學，世稱横山先生。先世爲浙江嘉善人，占籍江南吴江（今屬江蘇）。明天啓七年九月二十九日（一六二七年十

〔一〕丁履撰《葉燮的人格與風格》，臺灣成文出版社一九七八年版；蔣凡《葉燮和〈原詩〉》，上海古籍出版社一九八五年版；葛惠瑋《〈原詩〉與〈一瓢詩話〉之比較研究》，花木蘭文化出版社二〇〇八年版；楊暉《古代詩路之辯——〈原詩〉和正變研究》，廣西師範大學出版社二〇〇八年版；董就雄《葉燮與嶺南三家詩論比較研究》，中華書局二〇一〇年版。未出版的學位論文尚有：陳惠豐《葉燮詩論研究》，臺灣師範大學碩士論文，一九七七；馮曼倫《葉燮〈原詩〉研究》，東吴大學碩士論文，一九八二；王策宇《葉燮〈原詩〉析論》，高雄師範大學碩士論文，一九八八；廖宏昌《葉燮文學之研究》，中國文化大學博士論文，一九九二；李興寧《葉燮〈原詩〉論「正變」觀念之研究》，高雄師範大學碩士論文，一九九九；吴曉佩《薛雪詩學研究——兼論與葉燮、沈德潛詩學理論之關係》，臺灣大學碩士論文，二〇〇〇；簡文志《葉燮、薛雪與沈德潛詩論研究》，佛光大學博士論文，二〇〇五；李曉峰《葉燮〈原詩〉研究》，蘇州大學博士論文，二〇〇六；李鐵青《論葉燮的詩性智慧》，曲阜師範大學碩士論文，二〇〇七。

一月六日）生於南京。吳江葉氏是當時天下最負盛望的文學世家之一。葉燮祖重第，明萬曆十四年（一五八六）會元，官貴州提學僉事。父紹袁，號天寥道人。明天啓五年（一六二五）進士，官至工部虞衡司主事，以母年高棄官歸養。著書十餘部，傳世有《葉天寥四種》。母沈宜修，字宛君，副都御史沈珫女，劇作家沈璟侄女，兄弟輩悉有文名，工詩，有《鸝吹集》。萬曆三十三年（一六〇五）歸葉紹袁，育有五女八男，俱有文才。長女紈紈，歸父同年袁儼之子，有《愁言集》。次女小紈，字蕙綢，歸沈璟孫永楨，有《存餘草》、《鴛鴦夢傳奇》。三女小鸞，字瓊章，字崑山張立平，未及嫁而卒，有《返生香》集。次男世偁、三男世傛，皆早逝，世偁有《百旻草》，世傛有《靈護集》。一門詩文，後人彙編爲《午夢堂集》，盛傳於世。

葉燮自幼穎慧，四歲時父授以《楚辭》，即能成誦。九歲，母歿，父課以詩文，隨諸兄讀書。清順治二年（一六四五），於嘉善應童子試，名列第一，補縣學生。翌年，娶王子亮女。四年（一六四七）六月，與長兄世佺隨父至平湖，寓從舅馮洪業別墅耘廬，補嘉興府學生員。次年父卒，留館於馮氏，一度客於名詩人宋琬寧紹台道參政幕中。康熙五年（一六六六）秋，中浙江鄉試舉人。九年（一六七〇）與徐乾學、李光地中同榜進士。

十四年（一六七五）謁選，授揚州寶應知縣，六月上任。居官僅年餘，便以不附上官，於翌年十一月罷歸。康熙十七年（一六七八）冬，在蘇州城西南横山西麓購得廢圃，修築二棄草堂，課徒講學，遠近學者瞻雲就日，望風景從。

當時吴中著名文士汪琬也在堯峰講學，門徒數百人。汪琬爲人，狷急好辯，又夙與葉燮持論枘鑿，互相詆諆，兩家門下士也各持師説不相下。葉燮摘汪琬文集中瑕疵，撰爲《汪文摘謬》一卷。其中部分内容與《原詩》相出入，研究者因而認爲《原詩》即針對汪琬而發〔二〕。迨康熙二十九年（一六九〇）冬，汪琬下世，葉燮聞訃，黯然道：「吾向不滿汪氏文，亦爲其名太高，意氣太盛，故麻列其失，俾平心静氣，以歸於中正之道，非爲汪氏學竟謬盭聖人也。且汪没，誰譏彈吾文者？吾失一諍友矣！」（沈德潛《葉先生傳》，《歸愚文鈔》卷一六）乃盡焚其稿。此書日後復傳於世，很可能出自親故所藏副本。葉燮晚年生計頗窘，康熙三十四年（一六九五）春，曾一度客揚州賣文。康熙四十二年（一七〇三），他將所著《已畦集》并及門數子詩寄給王士禛。九月間王有復函，極稱其詩古

〔二〕鄔國平、王鎮遠《清代文學批評史》，上海古籍出版社一九九五年版，第二八六—二八八頁；王運熙、顧易生《中國文學批評史新編》，下册第二六五頁。

文能熔鑄古昔而自成一家之言，并贊許門下士沈德潛等不止得皮得骨，直已得髓。而葉燮已在秋間病故，不及見王士禛此札。九泉有知，他應爲畢生詩文終得當世文壇盟主蓋棺論定而欣慰。

葉燮學行宗宋人，講理學，兼通佛老，工詩文，對創作、批評與自己的才能有清楚的意識。沈德潛《葉先生傳》載其語弟子曰：「我詩於酬答往還，或小小賦物，了無異人；若登臨憑吊，包納古今，遭讒遇變，哀怨幽噫，一吐其胸中所欲言，與衆人所不能言、不敢言，雖前賢在側，未肯多讓。」沈氏又云：「先生論詩，一曰生，一曰新，一曰深，凡一切庸熟、陳舊、浮淺語須掃而空之。今觀其集中諸作，意必鈎玄，語必獨造，寧不諧俗，不肯隨俗，戛戛於諸名家中，能拔戟自成一隊者。」[一] 關於葉燮的思想傾向和文學創作成就，蔣凡先生《葉燮和〈原詩〉》一書已有全面論述，讀者可以參看。這裏可以補充的是，葉燮不僅在詩文創作、批評上自成一家，指授後學也多有成就。其門人今可確考者尚有張景嵩、葉長揚、顧嘉譽、張鈇、沈德潛、謝淞洲、沈巖、李果、薛雪、周之奇、陳康世等。

[一] 沈德潛《國朝詩別裁集》卷一〇，乾隆二十五年教忠堂重刊本。

葉燮身後因位卑而名不甚著，嘉、道以後論詩文者很少提到他。但他的詩學爲沈德潛、薛雪所傳承，對乾隆間詩學産生了直接影響。他的著述今傳有《江南星野辨》一卷、《已畦瑣語》一卷、《已畦文集》二十二卷、《詩集》十卷、《殘餘》一卷、《汪文摘謬》一卷、《原詩》四卷，及所參修的吴江、寶應、陳留、儀封諸縣志。曾編有《國朝四家詩集》四卷，今不傳。

二

葉燮自康熙十五年（一六七六）罷官後，便潛心研究歷代詩文，逐漸形成自己的見解。康熙二十五年（一六八六）春，他求座主張玉書爲游歷南方所作《西南行草》作序，自述爲詩之旨曰：「放廢十載，屏除俗慮，盡發篋衍所藏唐宋元明人詩，探索其源流，考鏡其正變。蓋詩爲心聲，不膠一轍，揆其旨趣，約以三語蔽之，曰情、曰事、曰理。自《雅》《頌》詩人以來，莫之或易也。三者具備而縱其氣之所如，上摩青旻，下窮物象，或笑或啼，或歌或罷，如泉流風激，如霆迅電掣，觸類賦形，騁態極變，以才御氣而法行乎其間，詩之能事畢矣。世之縛律爲法者，才荏而氣薾，徒爲古人傭隸而已，烏足以語此。」（張玉書《已畦詩集序》）這些内容正是《原詩》的核心思想，證以康熙二十三年（一六八四）五月劉獻廷《葉星期以詩稿見惠步昌黎韻酬贈》詩：「《大雅》不作六義廢，瓣香誰付金縷衫。昨來摳衣入林下，紅日初向東山銜。黄鐘大吕奏東序，高唱不效金人緘。杜陵昌黎君所愛，眉山之外皆除芟。」（《廣陽詩集·七古》）可見葉燮以杜、韓、蘇爲宗的詩觀，當時已爲友人所熟悉。吴宏一推斷《原詩》作於康熙十九年（一六八〇）至二十三年（一六八四）之間[一]，大體可從。蔣凡定於張玉書撰《西南行草序》至沈珩撰《原詩叙》的康熙二十五年（一六八六）三月至十月間[二]，也可備一説。

關於《原詩》的寫作背景，有必要在此略加討論。近年周錫韖據康熙年間葉燮游粤的經歷，比較他與嶺南三家詩學的相似點，提出葉燮詩學受嶺南三家啓發的推測[三]。董就雄更在老師的啓發下詳加考析，從本體觀、發展觀、追求儒學的純正、詩載六經之

[一] 吴宏一《葉燮〈原詩〉研究》，《國立編譯館館刊》六卷二期，一九七七年版。收入氏著《清代文學批評論集》，臺北聯經出版事業公司一九九八年版，第八四—八八頁。

[二] 蔣凡《葉燮和〈原詩〉》，上海古籍出版社一九八五年版，第五頁。

[三] 周錫韖《陳恭尹及嶺南詩風研究》，香港大學出版社二〇〇四年版，第二三〇—二三六頁。

道、雅爲詩之源與流幾方面，將葉燮與嶺南三家論詩相通之點加以比較〔一〕，給學界帶來新的啓發。不過覆案其論考，我覺得兩位學者提出的假説尚可商榷。一則除了梁佩蘭，葉燮與屈大均、陳恭尹的交往還缺乏具體材料證實；二則葉燮詩學近似三家者都屬於當時一般觀念，而葉燮詩學的主導傾向却絶不同於嶺南三家。最重要的分歧，就是葉燮折衷唐宋，主張自成一家（這在當時是很特殊的），而嶺南三家則明顯立足於唐詩派的立場，以致屈大均有「詩之衰，宋、元而極矣」之嘆〔二〕。至於董氏認爲「當三家享負盛名時，葉氏仍耽於其『六朝駢麗餖飣藻繢』的詩文之習，而且尚未鑽研文學理論。他的《原詩》是在結識梁佩蘭，拜讀并深服其作品，與梁進行過理論探討，又研讀過陳、屈的詩論，并親到嶺南游歷大半年之後，纔返鄉撰成的。……陳恭尹等的觀點要發表、流布在先，且有成功的創作實績相輔而行，故聲名早著；而葉氏《原詩》形成在後，本人詩作成就不高，未副其所論，生前名位亦不顯，故其詩論不見重於當時，於去世後纔稍見影響。……若雙方之理論確曾有受對方影響之處（此一可能性極大），則祇能是葉氏

〔一〕董就雄《葉燮與嶺南三家詩論比較研究》，中華書局二〇一〇年版。
〔二〕屈大均《翁山詩外》，歐初、王貴忱主編《屈大均全集》，人民文學出版社一九九六年版，第三册第六六頁。

受嶺南三家之熏染影響，而不會相反」〔一〕，則與諸人在當時的地位和影響殊不相符，恐還值得推敲。

事實上葉燮出身名門，交游往來悉爲一時名士，徐嘉炎贈詩稱「文章海内推游子」〔二〕，後講學於横山，與當時吴中最負盛名的汪琬分庭抗禮，似乎不能説名位不顯。更何況江南是清初的文化中心，四方名士祇有登上江南的舞臺纔能獲得全國性的聲譽。梁佩蘭（一六二九—一七〇五）康熙二十二年（一六八三）春來游蘇州時，雖係順治十四年（一六五七）老解元，但要到徐乾學任主考的康熙二十七年（一六八八）纔中進士，是十二上春官的老舉人，而葉燮却是徐乾學十多年前的進士同年。葉燮《送梁藥亭歸南海》以「梁生」稱佩蘭，已見兩人輩份的懸殊。詩中雖謙稱「我慕今時古人久」，但言及論詩却頗見扞格：「予奪千秋互袒左，予乙李白君力爭。」梁佩蘭「早歲之作，尚不脱七子窠臼」，直到晚年入京，「交王士禛、朱彝尊，始參以眉山、劍南」〔三〕，而葉燮夙以杜

〔一〕董就雄《葉燮與嶺南三家詩論比較研究》序，中華書局二〇一〇年版，第六頁。
〔二〕徐嘉炎《葉星期見過小樓賦别二首》之二，《抱經齋詩集》卷九，康熙刊本。
〔三〕鄧之誠《清詩紀事初編》卷八，上海古籍出版社一九八七年版，第九八六頁。

甫、韓愈、蘇軾三家爲宗，猛烈抨擊明七子輩的僞唐詩，兩人持論之齟齬不合，不難想見。儘管如此，兩人的交往還是很友好的，《已畦詩集》留下五首與梁佩蘭酬贈之作。而後來葉燮所以有嶺南之游，也應該是出於梁佩蘭的邀請。據常理推之，葉燮遠游嶺南，當擁有較高的文化勢能，他的觀念影響嶺南詩人的可能性要更大。然而事實上，葉燮抵達廣州時，梁佩蘭已北上應試，葉燮滯留羊城近半年，并無會晤陳恭尹和屈大均的記載。董就雄推測葉燮遭到冷遇的原因是他爲官耿直，樹敵太多，尤其是撰《汪文摘謬》，刺激了與汪琬友善的嶺南三子，所以大家都回避他；周錫韍甚至認爲葉燮在當時不太爲時彦所重。這衹能説是過於主觀的推測。首先，葉燮在廣州并未受到冷遇，康熙二十四年初他剛抵廣州就有《上兩廣制府吴大司馬》詩，投兩廣總督吴興祚。吴氏康熙十二年（一六七三）前後任無錫知縣，與吴中文士交往極密。與葉燮南游同時，王士禛奉命祭告南海，老名士余懷附行，便是來廣州投奔吴氏的。四月初王漁洋將還朝，葉燮有《送王阮亭宫詹祭海還朝》詩。五月端午節，葉燮又受鎮海將軍王永譽之邀宴集於湖舫，有《午日王大將軍湖舫宴集同人分限二冬韻》。他在廣州看來備受高層禮遇，如今不見他與陳恭尹、屈大均往來的記載，并不意味着就是受到冷遇。以余懷的遺民身份和文章盛名，廣州文士不會不欣於禮接，可如今我們也不清楚他在廣州的交游，正屬於同樣的情形。文獻流傳有時會有很多偶然的原因。

董著最後得出結論，即便葉燮在廣州未見到嶺南三子，起碼也讀過梁佩蘭詩集，有可能受到屈大均、陳恭尹兩序的影響，并進而推斷凡葉燮觀念與三子接近的，都屬於受後者影響。我覺得他所舉出的相似點，大體是當時詩家的一般觀念。他們身處相同的語境，面對共同的問題，想法自然是很接近的，讀者瀏覽本書「箋」的部分，當不難理解這一點。最主要的是，董著列舉嶺南三子的作品，都未考證寫作年代，一概認爲早於葉燮，影響葉燮，終究缺乏説服力。若一個年代有誤，全部結論便岌岌乎危哉。比如講到陳恭尹的名聲，舉趙執信序，説康熙十三年（一六七四）他「聽聞陳氏詩名已達二十年之久」。按：康熙十三年趙執信（一六六二—一七四四）纔十三歲，怎麽能聽説陳恭尹詩名二十年呢？實則趙序并非作於康熙十三年，而是作於康熙三十五（一六九六）游廣州時。二十年前的陳恭尹，名聲應該不會比葉燮更響亮的。另外，葉燮即便受屈大均影響，也不用等到康熙二十三年，他早在順治十七年（一六六〇），就可能在紹興宋琬幕府中見過來訪的屈大均了（參看本書附録葉燮簡譜），而且《汪文摘謬》評《送屈介子序》曾詰問：「今之若程、若鄺、若梁、若屈諸子，其賢有能如白沙等諸先生否耶？」則他對粵東三子的評價大略可知。以年近花甲的他會全盤接受諸人的觀念，改易自己的思想，恐怕是説不過去的。總之，將《原詩》的基本觀念歸結於嶺南三家的影響，我覺得還需要更有説服力的證據，不能僅憑觀念的相近作定讞，因而順便在此論及，以就正於周、董兩位及廣大讀者。無論如何，董著所作的對比是有意義的，起碼可以讓我們知道，葉燮的想法有哪些是詩壇共識，是當時大家共同關注的問題，本書箋證的部分所要做的正是同樣的工作。

三

葉燮《原詩》一向被研究者視爲古代詩話中最有系統、理論色彩最濃厚的著作。究其所以，則端在於其體裁異於一般詩話，是《四庫全書總目》所謂的「作論之體」。《原詩》的「原」，也就是韓愈《原道》、《原性》、《原人》的「原」。宇文所安注意到《外篇下》將詩道之不能常振，歸結於古今人之詩評「雜而無章，紛而不一」，説「祇有把這句話放到傳統中國文學理論的語境之中，你纔能體會到它有多麽大膽驚人。批評家經常希望借助前人一些清規戒律和不同凡響的觀點來引導藝術的發展，以恢復它往日的榮光；確實有不少人譴責其對手的觀點走錯了方向，以致把詩歌引入歧途，但沒有人把這個罪責算在前人概念混亂的賬上」〔二〕。雖然這裏將「雜而無章，紛而不一」直接與概念混亂聯繫起來，似還值得推敲，但葉燮不滿於古來文學批評的零碎而缺乏條理，則是顯而易見的。《原詩》所以采取「作論之體」來闡述自己的詩學，也正是基於這種認識。

《原詩》沒有采取普通的議論文體裁，而是選擇對話的形式來闡釋自己的學說，也可能出於日常講學的習慣和積累，它明顯的優勢在於可以自如地引出各種議題，特別是集中探討詩學的基本觀念、基本概念、詩歌史原理等基礎問題，透過紛繁的現象反思其背後的原理，從而將這些問題的思考上升到美學的層面。同時，針對晚明以來詩歌觀念淆亂多變、盲目無主的現實，通過設問和論辯揭示問題的實質，也有效地闡明了自己的立場和見解。這一特徵使《原詩》成爲清代，同時也是古代詩學史上理論色彩最鮮明、思辯性最突出、最具有思想體系的詩學專著。長期以來，學界一直都非常重

〔二〕宇文所安《中國文論：英譯和評論》，上海社會科學院出版社二〇〇三年版，第五四七頁。

視《原詩》的研究，日本青木正兒、德國卜松山、美國宇文所安、新加坡楊松年，中國臺灣吴宏一、丁履撰、廖宏昌、葛惠瑋等學者都對葉燮詩學的價值提出了有啓發性的見解，中國大陸地區蔣凡、張少康、蔣述卓、蕭華榮、張健等學者也對葉燮的詩學思想作過多方面的研究。近二十年來清代詩學研究的長足進步，不僅使《原詩》的理論價值得到更深入的認識，葉燮的生平、講學活動及其與康熙詩學大背景的關係也得到更細緻的考索。這爲細緻解讀《原詩》，重新審視其詩學的現實性和超越性提供了更廣闊的學術視野。

我從一九九〇年開始研究清代詩學，即發願要爲《原詩》做一部郭紹虞先生《滄浪詩話校釋》式的箋注本。經過二十年的四處調研，訪求文獻，積累資料，終於將《原詩》涉及的詩歌史背景和理論問題逐漸厘清，在兩年前開始這部書稿的寫作。《原詩》的注釋，已有《中國古典文學理論批評專著選輯》中的霍松林先生校點注釋本（人民出版社，一九七九）和吕智敏先生《詩源·詩美·詩法探幽——〈原詩〉評釋》（書目文獻出版社，一九九〇）兩種，前者側重於注，後者側重於評，都爲疏通《原詩》文字、理解全書内容提供了有益的參考。本書采用傳統的箋注形式重新評注《原詩》，是希望爲讀者和研究者提供一個更充實和完備的讀本。

清代學者馮浩《玉溪生詩箋注發凡》云：「箋者，表也；注者，著也。義本同歸。今乃以徵典爲注，達意爲箋，聊從俗見耳。」〔一〕本書的箋注仍舊沿襲這約定俗成的理解，固然也努力在徵典方面使注臻於完密，但更側重於引用相關文獻來箋證《原詩》的論説，以求達意之周詳。蓋《原詩》箋注之難，不在字句典故的注釋，也不在於大意的疏解，而在乎還原其詩學語境，揭示其話語背景——大背景是明末到康熙前期的兩次宋詩潮帶來的唐、宋之争，小背景則是吴中地區葉燮與汪琬兩家講學宗旨不同帶來的詩學之争。職是之故，本書在注釋疑難字詞和語典、事典之外，更多的功夫是用在搜集相關文獻資料，説明《原詩》理論、批評的詩學背景上。這部古典詩學的經典著作，自然包含着葉燮個人的許多學識智慧，但無疑也凝聚了傳統詩學的諸多精義。梳理葉燮學説與前後詩論的關係，是闡明其獨創性、繼承性與超越性的前提條件。在這方面，郭紹虞《滄浪詩話校釋》一書已有很好的示範，我的目標就是竊望寫出一部那樣的著作。

〔一〕馮浩《玉溪生詩箋注》，上海古籍出版社一九七九年版，下册第八二二頁。

本書由五個部分構成：（一）本文校勘，（二）語詞注釋，（三）義理箋證，（四）旨趣評述，（五）輯録作者傳記、著録、評論等參考資料。本文校勘以康熙間二棄草堂原刊本爲底本，校以民國七年夢篆樓重刊本、沈楙德輯《昭代叢書》己集廣編補本、丁福保輯《清詩話》本，因爲異文很少，就放在注釋中説明，不另列校勘記。注釋參考霍松林、吕智敏兩家的評注，更補充了不少事典、語典的出處。凡正文中出現的詩學概念、名物、典章制度都一一加以解釋，并徵引原典説明所據；一般用典和化用古書或前人成語的地方，也注明來歷，以見葉燮思想方式及批評話語的淵源。義理箋證的部分，對重要的詩學概念一一推源溯流，闡釋其詩學内涵，同時運用大量的第一手資料對葉燮學説的詩學和詩史背景予以深入的揭示，通過前後人相關論述的引述和比較，凸顯葉燮詩學的繼承性、獨創性與超越性。全書徵引古今人著述四百二十餘種，主要集中在箋的部分。旨趣評述的部分，以概括各節内容、梳理其意旨爲主，同時也對其議論得失略加評説。附録包括葉燮《汪文摘謬》、傳記資料、簡譜及前人有關《原詩》的評論。後列徵引書目和綜合索引，索引以現代漢語音序列出《原詩》中與詩學相關的人物、作品、年號及術語等，以便於檢索，同時也藉以呈現葉燮所使用的詩學術語的數量、範圍和特點。

這樣一部詩話的校注和箋評，雖不同於一般研究論著，但也不乏學術的含量，書中箋和評的部分都包含着筆者多年研究清代詩學的成果和心得。其中最重要的是對葉燮詩歌史觀念的認識：以往的研究多集中於詩性論、詩人主體論、作品要素論等方面，我在十多年前參與川合康三教授主持的「中國的文學史觀」共同研究課題時，曾撰寫《葉燮的文學史觀》一文，對葉燮詩學的邏輯起點、思想方法和理論體系提出自己的看法；近年寫完《清代詩學史》第一卷後，對一些問題有了新的看法。最主要的是不再認爲葉燮是持進化論的批評家〔一〕，而認爲他有着與當代藝術史觀念相通的發展觀。這種詩歌史觀決定了他對詩人才能、作品要素、詩史演進動力、動力作用方式等一系列重要問題的獨特看法。其次是對《原詩》理論品位的重新把握。通過對葉燮論詩旨趣的梳理，揭示他所關注的詩學現象背後的原理問題，使其理論思維的美學品格更清楚地呈現出來。第三是葉燮詩學在乾隆間的承傳及不同方向的發揮。運用豐富的資料，勾勒出葉燮詩學通過門人沈德潛、薛雪詩話的傳播對清代中葉詩學尤其是性靈詩學產生直

〔一〕持這種看法的論著，有鄔國平、王鎮遠《清代文學批評史》，上海古籍出版社一九九五年版，第二八二頁；王建生《清代詩文理論研究》，秀威資訊科技股份有限公司二〇〇七年版，第一四四—一四七頁。

接影響的綫索。這是以往的研究較少注意的問題，直接關係到乾隆詩學的邏輯起點，也是我將撰寫的《清代詩學史》第二卷的重要問題。最後是一些詩學範疇、概念的理解和詮釋。通過葉燮討論的詩學問題，將詩學史上的有關文獻做一番梳理，可以從一個側面展現古典詩學極爲豐富的學術史内容。這一工作將有助於讀者瞭解中國古典詩學的豐富性和複雜性，重新審視我們的文學理論和批評傳統，避免對中國古典詩學和文學批評作出輕率而片面的結論。鑒於我對《原詩》的理論體系和内在邏輯有自己的理解，各節的箋評都緊扣與全書整體的關係，所以一般不徵引、辯駁他人的説法，衹寫出自己的解讀和評價。我的解讀與學界既有的説法多有不同，讀者自可參看品核，不到處希望專家和讀者勿吝批評指教。

總而言之，本書的注釋和箋證，將不僅有助於《原詩》的閲讀與理解，也會給研究者提供一些有參考價值的資料。這項工作從某種意義上説，也是對古典詩學理論及其體系的一個總結，足以在一定程度上呈現古典詩學内涵的豐富性和理論的深刻性。這對我們理解、認識古典詩學的思維模式和話語特徵，對建構現代中國文學理論體系及其話語形態，或許有一定的現實意義。

凡例

一、本書爲葉燮《原詩》之注釋與解説，内容分爲注、箋、評三部分，後綴附録。

一、《原詩》正文以康熙間二棄草堂刊本爲底本，以民國七年夢篆樓重刊本、沈楙德輯《昭代叢書》已集廣編補本、丁福保輯《清詩話》本參校，然異文僅寥寥幾處而已，遂附於注釋中説明，不另列校勘記。

一、《原詩》正文原自分節，然各節文字甚長，爲便於箋注，兹將各節再加分析，逐段注釋、箋注、評説。原書所分章節與箋注者所分以「某之某」區分。如二之三，二爲原書第二節，三爲箋注者於原第二節中劃分之第三段。《原詩》原析爲段落者不予合并。

一、「注」包括難字注音，一般術語與詞語解釋，名物、典章制度解説，用典或語句沿襲前人之出處説明。

一、「箋」包括重要詩學概念之闡釋，詩學背景資料之發掘，前後人相關論述之輯録與比較。

一、「評」以概括、提示各節内容、揭示其意旨爲主，同時亦就其理論、批評之得失略作評説。

一、附録包括有關葉燮之傳記資料、題跋、評論。另有葉燮《汪文摘謬》及相關資料，其中《汪文摘謬》據民國十四年鉛印本收録，并參考李聖華《汪琬集校箋》之校勘，文字之下劃綫、圓圈等標記，均爲原有，括號内文字爲葉燮小字原注。爲方便排印，今將下劃綫改爲着重號，其餘一仍其舊。

一、後列徵引書目，開列本書注、箋、評中所引古今文獻。古代文獻按傳統四部分類法排列，今人著作則略以出版年份爲序，列於最後。

一、末附綜合索引，以便於檢索。索引另出凡例細則。

目次

原詩叙一

古書多用韻語，不獨詩爲然，其工拙總在理勝。後世以用韻者爲詩，不必用韻者爲文，且於詞句中較工拙，於是遂有限之以體式聲調，將歷代所作斷以己意，大約尊古而卑今，其所從來舊矣。凡此皆未睹乎詩之原也。嘉善葉子星期，詩文宗匠〔一〕，著有《原詩》內外篇四卷，直抉古今來作詩本領，而痛掃後世各持所見以論詩流弊，娓娓雄辯，靡不高踞絶頂，擷撲不破。歲丙寅九月，招余至其草堂，出而見示，促膝諷誦竟日，余作而嘆曰：「今人論詩，齗齗聚訟，猶齊人井飲相捽，得此方有定論矣。」記余少時未讀《南華》、《楞嚴》，每私擬宇宙間必有此一種大義理，惟以不見於經傳爲疑。及得二書讀之，恍若不出鄙意所揣。今星期所著，悉余二十年來胸臆中揆度、欲吐而不能即吐之語。一玩味間，不覺鼓掌稱快，如獲故物，雖欲加贊一詞而不可得。乃知古人之詩，與今人之詩，皆宇宙所必有之數，不必相師。即星期《原詩》內外諸篇，亦未始非宇宙所必有之數，不必相謀也。化聲之相待，若其不相待，此作詩之原，亦即論詩者之原。千百年中，知其解者，旦暮遇之矣。是爲序。晉安同學弟林雲銘西仲撰。〔二〕

【注】

〔一〕宗匠：林雲銘《挹奎樓選稿》卷四《葉星期詩原序》作「名宿」。

〔二〕「千百年中」以下：林雲銘《挹奎樓選稿》卷四《葉星期詩原序》作「余與星期可相忘於無言矣」。

原詩叙二

詩自唐以後迄於有明，六七百年中間，非雄才自喜、力能上薄《風》、《騷》者，不敢揚躒以進；然且偏畸間出，餘子或附離以起，亦不數數稱也。非若元嘉迄唐四百餘年間，人握鉛槧者比。且以有唐之盛，間按其時作家所論次，大率謂宗工崛起，學者得其門而歷堂奥，探驪珠，當代不過數人。其嚴若此！是必專門師匠，口傳心授，有詩之所以爲説者存；非其説，雖工弗尚也。惟其不敢不慎而詩存。今則不然，手繙四聲，筆涉五字、七字，皆詩人，稍稍致語屬綴，其徒輒自相國色，則以家驤人璧而詩亡。不特此也，詩亡而益曼衍乎詩，沿訛揚波，以逢世而欺人，浸淫不止，非世道人心之憂乎哉！憂不獨在詩，然自古宗工宿匠所以稱詩之説，僅散見評隲間，一支一節之常者耳；未嘗有創闢其識，綜貫成一家言，出以砭其迷，開其悟。何怪乎群焉不知蜀道之巉曲，而思宿舂糧以驅轂者之貿貿哉？星期先生，其才揮斥八極，而又馳騁百家。讀《已畦詩》，風格真大家宗傳。其銛鋒絶識，洞空達幽，足方駕少陵、昌黎、眉山三君子。乃復憫學者障錮於淫詖，惄焉憂之，發爲《原詩》内外篇。内篇，標宗旨也；外篇，肆博辨也。非以詩言詩也，凡天地間日月雲物、山川類族之所以動蕩，虬龍杳幻、鼪鼯悲嘯之所以神奇，皇帝王霸、忠賢節俠之所以明其尚，神鬼感通、愛惡好毁之所以彰其機，莫不條引夫端倪，摹畫夫毫芒，而以之權衡乎詩之正變與諸家持論之得失，語語如震霆之破睡，可謂精矣神矣。其文之牢籠萬象，出没變化，蓋自昔《南華》、《鴻烈》以逮經世觀物諸子所成一家之言是也。而不惟是也，若所標示胸襟品量之説，不特古人心地之隱，由詩而較然千古；抑朝廷可以得國士，交游氣類中可以得豪傑碩賢，塵俗世故之外可以得浩落超絶之異人。功在學術流品豈小哉？讀先生是編，使知古人嚴爲論詩之旨，與作者慎爲屬詩之義，則詩之亡者以存。詩存而距塞其逢世欺人之浸淫，則世道人心之繫亦以詩存。嗟乎！彼宗工宿匠所不肯舉其心得之儲，俾學者捆載以去；先生乃不靳開左藏以貸貧，而抑以援其溺，斯其胸襟品量何等耶！

康熙丙寅冬十月年通家世侍海寧沈珩拜手譔。

内篇 上

一之一　詩始於《三百篇》，而規模體具於漢。自是而魏，而六朝、三唐〔一〕，歷宋、元、明以至昭代，上下三千餘年間，詩之質文〔二〕、體裁、格律、聲調、辭句，遞升降不同。而要之，詩有源必有流，有本必達末；又有因流而溯源，循末以返本〔三〕。〔一〕其學無窮，其理日出。〔二〕乃知詩之爲道，未有一日不相續相禪而或息者也。〔三〕但就一時而論，有盛必有衰；綜千古而論，則盛而必至於衰，又必自衰而復盛。〔四〕非在前者之必居於盛，後者之必居於衰也。〔五〕

【注】

〔一〕三唐：初唐、盛唐和晚唐。歷來對唐詩的分期多有不同，宋代嚴羽《滄浪詩話》以初唐、盛唐、晚唐爲三唐，元代楊士弘《唐音》以盛唐、中唐、晚唐爲三唐。方回《仇仁近百詩序》亦然：「降及西都蘇李，東都建安七子，晉宋陶謝，律體繼興，自盛唐、中唐、晚唐而及宋代，有作者雖未盡合宫商鐘吕之音，不專主怨刺諷譏之事，而詩號爲能言者，往往筆傳口授於世而不朽。」後高棅雖有初、盛、中、晚之分，但世之論者常將中唐分屬盛唐和晚唐，習慣仍説三唐。

〔二〕質文：古代美學的一對範疇，有多層含義。就内容、形式關係而言，質謂内在本質，文謂外在表現；就風格意義而言，質謂質樸、本色，文謂華麗、雕琢。《論語·雍也》：「質勝文則野，文勝質則史，文質彬彬，然後君子。」

〔三〕返本：即反本。《易·復》彖辭：「復其見天地之心乎。」王弼注：「復者，反本之謂也。」

【箋】

〔一〕反本原是傳統哲學的一個重要概念。《易·復》彖辭：「復其見天地之心乎。」王弼注：「復者，反本之謂也。天地以本爲心者也。凡動息則静，静非對動者也；語息則默，默非對語者也。然則天地雖大，富有萬物，雷動風行，運化萬變，寂然至无，是其本矣。」明清之交，錢謙益鑒於明代學術的泛濫無歸、游談無根，率先提出反本的主張。其《自課堂集序》云：「余讀世之作者，户立壇墠，曹分函矢，人和氏而家千里，彬彬乎盛矣。繁聲縟采，騈枝驪葉，以裨販爲該博，以剽擬爲側古，買菜求益，嚼飯喂人，其失也罔；么弦促節，浮筋怒骨，發聲音於蚓竅，窮夢想於鼠穴，神頭鬼面，宵吟晝厭，其失也誕。要而言之，雕花不榮於春陽，涔蹄不歸於邛浦，核其病源，曰無本。」（程康莊《自課堂集》卷首）故而倡言反經、反本。《列朝詩集小傳》乙集「高典籍棅」云：「自閩詩一派盛行永、天之際，六十餘載，柔音曼節，卑靡成風。風雅道衰，誰執其咎？自時厥後，弘、正之衣冠老杜，嘉、隆之嚬笑盛唐，傳變滋多，受病則一。反本表微，不能不深望於後之君子矣。」葉燮《已畦文集》卷五《則學草堂記》曰：「古今無無本之學。惟昔帝堯生而徇齊，其學所由來不可知。危微精一，開千古聖學之統。聖聖相傳，仲尼之學亦由祖述憲章而得。由是言之，學之源流無論遠近，要必求其所本，非可創爲臆説，以自矜其是也。周末異端興起，各師其心之智，人人角力，以獨創爲宗，前不必有作，後不必有述，其於聖人之學，若苗莠粟秕，皆賊夫學者也。」又卷一三《與友人論文書》曰：「夫文之爲用，實以載道。要先辨其源流、本末，而徐以察其異軌殊途，固不可執一而論，然不可以二三其旨也。是在正其源而反求其本已矣。」《原詩》中「本末」的概念多近於源流，所以這裏的反本，即上溯到詩歌的源頭《三百篇》。

（二）葉燮平生頗講理學，《已畦文集》卷八《赤霞樓詩集序》有云：「理一而已，而天地之事與物有萬，持一理以行乎其中，宜若有格而不通者，而實無不可通，則事與物之情狀不能外乎理也。」《原詩》的「原」本是追索、反思之義，全書的核心問題就在於追原詩學的「理」。李沂《秋星閣詩話》「勉讀書」條，欲學者博學養識力，「識見日益高，力量日益厚，學問日益富，詩之神理乃日益出，詩之精彩乃日益焕」，粗看與葉燮的説法相近，實則是側重學者稟賦方面説的，取意并不同。

（三）袁中道《珂雪齋集》卷一〇《阮集之詩序》：「有作始自宜有末流，有末流自宜有鼎革。此千古詩人之脉，所以相禪於無窮者也。」

（四）沈德潛《歸愚文鈔》卷一五《與陳耻庵書》：「詩之風氣隨人變遷久矣，其間有變而盛者，有變而衰者，大約盛極必衰，既衰復盛。」此即發揮師説。朱庭珍《筱園詩話》卷一亦闡發其説：「蓋一代之詩，有盛必有衰，其始也由衰而返乎盛，盛極而衰即伏其中。於是能者又出奇以求其盛，而變之上者則中興，變之下者則愈降。古人所謂『若無新變，不能代雄』是也。迨新者既舊，則舊者又復見新，新舊遞更，日即於變。大抵先後乘除之間，或補其偏，或救其弊，恒視其衰而反之，此詩道所以屢變，亦有不得不然者矣。」

（五）沈樹德《亭皋詩集序》：「詩古文一也，以時代爲變易，不以時代爲盛衰。物積新以成故，人厭故而喜新，而變生於其間矣。風氣或數百年一變，或數十年一變，甚或數年一變。其不能不變者，時爲之；而其變而爲盛衰者，人爲之也。典謨訓誥之文弗論，自《左》、《國》而後，或變而爲《莊》、《騷》，變而爲戰國，更變而爲秦漢，爲魏晉六朝。人爲左氏，乃有《國語》；人爲戰國，乃有《國策》；人爲蒙叟爲屈平，乃有《莊》、《騷》。他如爲秦漢，爲魏晉六朝亦然，皆人也，非時也。夫昌黎韓子生於唐，唐人也，乃能起八代之衰，非其左證哉？夫詩亦然，即以唐後論，論者謂惟唐人乃有唐詩，唐又有初、盛、中、晚，則又有初、盛、中、晚之詩；降而爲宋，則有宋詩；降而爲元爲明，則有元明之詩。其格調之高卑，意味之厚薄，興寄之遠近淺深，一時風氣實限之，不可强也。是則然矣，然時猶地也，五方之風氣不齊，何以人材不擇地而生，而每有偉人奇士生於窮僻幽遐之土哉？則人之不以時囿，何以異是。」（《慈壽堂文鈔》卷二）

【評】

這一節是全書的總綱，提出三個基本原理問題：　一、首揭詩史遞變盛衰之理。葉燮認爲詩歌史可以用兩種時段觀念去觀照：短時段，一個生物周期，盛必有衰；長時段，則盛衰交替。他從長時段的詩史觀出發，一反明人的退化論觀念，提出詩史是個盛衰代嬗的過程，盛衰與先後無關。二、詩史是一個發生、發展的不可逆的變化過程，故言「詩有源必有流，有本必達末」；而詩學則是個因流溯源、由末返本的逆向探討過程，故又言「因流而溯源，循末以返本」。三、提出「理」的概念，無窮的詩學現象背後有「理」存在，詩學研究的目的就在於揭示其「理」。由此可見，儘管葉燮豐富的詩歌史知識和歷史主義態度使他的論述總是立足於廣闊的詩史背景并富有歷史感，但他真正關注的核心問題却是「理」，因而《原詩》通篇貫穿着對詩歌現象背後的規律性問題的哲學思索。

一之二　乃近代論詩者，則曰《三百篇》尚矣，五言必建安、黄初〔一〕，其餘諸體必唐之初、盛而後可，非是者必斥焉。如明李夢陽不讀唐以後書〔二〕，（一）李攀龍謂唐無古詩〔三〕，又謂陳子昂以其古詩爲古詩〔四〕，弗取也。（二）自若輩之論出，天下從而和之，（三）推爲詩家正宗，家弦而户習。（四）習之既久，乃有起而掊之〔五〕，（五）矯而反之者，（六）誠是也。然又往往溺於偏畸之私説〔六〕。其説勝，則出乎陳腐而入乎頗僻；不勝，則兩敝，而詩道遂淪而不可救。由稱詩之人才短力弱，識又矇焉而不知所衷〔七〕。既不能知詩之源流、本末，〔七〕正變、盛衰互爲循環；并不能辨古今作者之心思、才力深淺、高下、長短，〔八〕孰爲沿爲革，孰爲創爲因，〔九〕孰爲流弊而衰，孰爲救衰而盛，一一剖析而縷分之，兼綜而條貫之。徒自詡矜張，爲郛廓膈膜之談〔八〕，以欺人而自欺也。於是百喙争鳴，互自標榜，膠固一偏〔九〕，剿獵成説〔一〇〕。後生小子，耳食者多〔一一〕，是非淆而性情汩〔一二〕，不能不三嘆於風雅之日衰也！〔一〇〕

【注】

〔一〕建安：東漢獻帝年號，公元一九六至二二〇年。黄初：三國魏文帝曹丕年號，公元二二〇至二二六年。

〔二〕李夢陽（一四七三—一五三〇）：字獻吉，號空同子。陝西慶陽（今甘肅慶城）人。弘治進士，官至江西提學副使。與何景明、徐禎卿、康海、王九思、邊貢、王廷相以詩文相唱和，世稱「前七子」。有《空同集》。

〔三〕李攀龍（一五一四—一五七〇）：字于鱗，號滄溟。山東歷城（今山東濟南）人。嘉靖進士，官至河南按察使。與王世貞、謝榛、宗臣、吴國倫、梁有譽、徐中行結社唱和，世稱「後七子」。有《滄溟集》。

〔四〕陳子昂（六五九—七〇〇）：字伯玉。梓州射洪（今屬四川）人。唐睿宗文明進士，官至右拾遺，世稱陳拾遺。有《陳子昂集》。

〔五〕掊：抨擊。

〔六〕偏畸：不平允、囿於個人成見。

〔七〕矇：愚昧無知。

〔八〕郛廓：喻浮泛不切，不觸及實質。

〔九〕膠固：拘泥、固執。江淹《建平王讓右將軍荆州刺史表》：「寧臣膠固，所宜膺荷？」

〔一〇〕剿獵：因襲、剽竊。

〔一一〕耳食：不審事實，輕信傳聞之言。《史記・六國年表序》：「學者牽於所聞，見秦在帝位日淺，不察其終始，因舉而笑之，不敢道。此與以耳食無異。」司馬貞《索隱》：「言俗學淺識，舉而笑秦，此猶耳食不能知味也。」

〔一二〕汩：音古，擾亂。梅堯臣《冬雷》：「天公豈物欺，若此汩時序。」

【箋】

〔一〕錢謙益《列朝詩集小傳》丙集「李副使夢陽」：「獻吉以復古自命，曰古詩必漢魏，必三謝；今詩必初盛唐，必杜；舍是無詩焉。牽率模擬剽賊於聲句之間，如嬰兒之學語，如童子之洛誦，字則字，句則句，篇則篇，毫不能吐其心之所有，古之人固如是乎？天地之運會，人世之景物，新新不停，生生相續，而必曰漢後無文，唐後無詩，此數百年之宇宙日月盡皆缺陷晦蒙，自待獻吉而洪荒再闢乎？」《明史・李夢陽傳》：「夢陽才思雄鷙，卓然以復古自命。弘治時，宰相李東陽主文柄，天下翕然宗之，夢陽獨譏其萎弱，倡言文必秦漢，詩必盛唐，非是者弗道。」此言夢陽「文必秦漢，詩必盛唐」，與其主張微有出入，説詳葉慶炳《論「文必秦漢，詩必盛唐」》一文。王世貞《藝苑卮言》卷一云：「李獻吉勸人勿讀唐以後文，吾始甚狹之，今乃信其然耳。記聞既雜，下筆之際，自然於筆端攪擾，驅斥爲難。若模擬一篇，則易於驅斥，又覺局促，痕迹宛露，非斲輪手。自今而後，擬以純灰三斛，細滌其腸，日取六經、《周禮》、《孟子》、《老》、《莊》、《列》、《荀》、《國語》、《左傳》、《戰國策》、《韓非子》、《離騷》、《吕氏春秋》、《淮南子》、《史記》、班氏《漢書》，西京以還至六朝及韓、柳，便須銓擇佳者，熟讀涵泳之，令其漸漬汪洋。遇有操觚，一師心匠，氣從意暢，神與境合，分途策馭，默受指揮，臺閣山林，絶迹大漠，豈不快哉！世亦有知是古非今者，然使招之而後來，麾之而後却，已落第二義矣。」《四庫全書總目》卷一七二别集類二十五：「明代文章初以春容典雅爲宗，久之漸流爲庸熟。正德間李夢陽崛起北地，倡爲復古之學，戒天下無讀唐以後書，風氣爲之一變。攀龍引其緒而暢闡之，殷士儋志其墓，稱文自西漢以下，詩自天寶以下，若爲其毫素污者，輒不忍爲，故所作一字一句摹擬古人，與太倉王世貞遞相倡和，傾動一世，舉以爲班、馬、李、杜復生於明。」

（一二）李攀龍《選唐詩序》：「唐無五言古詩，而有其古詩。陳子昂以其古詩爲古詩，弗取也。」（《滄溟集》卷一五）按：李攀龍所謂古詩，歷來説解者不一，我認爲就是漢魏之古詩。自嚴羽《滄浪詩話·詩體》有建安體（漢末年號，曹子建父子及鄴中七子之詩）、黄初體（魏年號，與建安相接，其體一也）、正始體（魏年號，嵇、阮諸公之詩）、太康體（晉年號，左思、潘岳、二張、二陸諸公之詩）、元嘉體（宋年號，顔、鮑、謝諸公之詩)、永明體(齊年號，齊諸公之詩)、齊梁體(通兩朝而言之)、南北朝體(通魏、周而言之，即齊梁體)之辨，明人因襲其説，因而目六朝之詩爲「齊梁體」。李攀龍要人古詩法漢魏，近體學盛唐，可知他所謂的古詩即漢魏之詩，也就是《文選》所收題作《古詩》的一類作品。施閏章《蠖齋詩話》云：「李空同看孟詩，不甚許可，每嫌調雜，似謂《選》體與唐調雜也。余謂襄陽不近《選》體；唐人佳句，亦有偶帶《選》體者，李、杜諸公詩，何嘗不兼有漢魏、六朝語乎？空同自分其五言古作『《選》古』、『唐古』二種，正其所見不廣處。」所謂「《選》古」即《文選》所收《古詩》的體調。吴喬《圍爐詩話》卷二云：「五言古詩，須去其由偶句者而論之，以自西漢至中唐爲全域，猶七言律詩以自初唐至晚唐爲全域也。漢魏五古之變而爲唐人五古，欲去陳言而趨清新，不得不然，亦猶七律初、盛之變而爲中、晚唐，不得不然也。」將對偶因素排除在外而論古詩，當然是就漢魏古詩而言。

(三)後來附和不讀唐以後書者，如徐增《而庵詩話》：「天地之氣，日趨於薄，詩人之習，日就於容易便利。於是皆走活法而避死法，所以去古愈遠。李北地云『不讀唐以後書』，余謂欲學《三百篇》者，不當讀春秋以後詩；學五言與樂府者，不當讀魏、晉以後詩；學近體者，不當讀晚唐以後詩。塞濫溢之門，堅上進之路，耑心致志，面如灰，鼻如冰，十年廿年，討其消息，庶幾可詣其境也。」附和唐無古詩之説者，如許學夷《詩源辯體》卷一三對李攀龍之説的闡釋可爲代表：「蓋子昂《感遇》雖僅復古，然終是唐人古詩，非漢魏古詩也。且其詩尚雜用律句，平韻者猶忌上尾，至如《鴛鴦篇》、《修竹篇》等，亦皆古、律混淆，自是六朝餘弊，正猶叔孫通之興禮樂耳。」毛先舒《詩辯坻》卷三：「李于鱗云『唐無五言古詩，而有其古詩，陳子昂以其古詩爲古詩，弗取也』。兩『其』字竟作『唐』字解，語便坦白。子昂用唐人手筆，規模古詩，故曰弗取，蓋謂兩失之耳。」郎廷槐《師友詩傳録》記王漁洋語曰：「滄溟先生論五言，謂唐無五言古詩，而有其古詩，此定論也。常熟錢氏但截取上一句，以爲滄溟罪案，滄溟不受也。要之，唐五言古固多妙緒，較諸《十九首》、陳思、陶、謝，自然區別。七言古若李太白、杜子美、韓退之三家，横絶萬古，後之追風躡景，唯蘇長公一人耳。」

（四）錢謙益《列朝詩集小傳》丙集「李副使夢陽」：「獻吉生休明之代，負雄鷙之才，僩然謂漢後無文，唐後無詩，以復古爲己任。信陽何仲默起而應之，自時厥後，齊吴代興，江楚特起，北地之壇坫不改，近世耳食者至謂唐有李、杜，明有李、何，自大曆以迄成化，上下千載，無餘子焉。」朱彝尊《明詩綜》卷四八劉鳳詩話云：「子威局守于鱗唐無古詩一語，嘆爲知言，襞積纂組，節節俱斷，俾讀者茫然如墮雲霧中。吴趨士風清嘉，不意出此鈍漢。」

（五）起而掊擊不讀唐以後書的，如錢謙益《列朝詩集小傳》丙集「李副使夢陽」：「（前略，參本節箋〈一〉所引《列朝詩集小傳》）獻吉曰：『不讀唐以後書。』獻吉之詩文，引據唐以前書，紕繆挂漏，不一而足，又何說也。國家當日中月滿，盛極孽衰，粗材笨伯，乘運而起，雄霸詞盟，流傳訛種，二百年以來，正始淪亡，榛蕪塞路，先輩讀書種子，從此斷絶，豈細故哉！」錢謙益《列朝詩集小傳》丁集上「李按察攀龍」：「于鱗舉進士，候選里居，發憤讀書，剌探鉤摘，務取人所置不解者，摭拾之以爲資。而其矯悍勁鷙之材，足以濟之。高自誇許，詩自天寶以下，文自西京以下，誓不污我毫素也。（中略）僻學爲師，封己自是，限隔人代，揣摩聲調，論古則判唐、《選》爲鴻溝，言今則別中、盛如河漢。謬種流傳，俗學沉錮，昧者視舟壑之密移，愚人求津劍於已逝，此可爲嘆息者也！」朱彝尊《曝書亭集》卷四〇《柯寓匏振雅堂詞序》：「自李獻吉論詩，謂唐以後書勿可讀，唐以後事勿可使。使學者篤信其說，見宋人詩集輒置之不觀。」卷三九《憶雪樓詩集序》：「予每怪世之稱詩者，習乎唐則謂唐以後書不必讀，習乎宋則謂唐人不足師；一心專事規摹，則發乎性情也淺。」李淦《王處士傳》：「處士姓王氏，名天佑，字平格，寶應縣學廩生也。國變後更名巖，字築夫，學者或稱爲築夫先生云。（中略）先生既不應制舉，專肆力古文辭，非先秦兩漢之書不讀，非韓柳以上之文、晉魏初盛之詩不爲，其學也如是，其誨人也亦如是。」龐塏《詩義固說》卷上：「初盛唐近體詩，昌明博大，盛世之音，然稍覺文勝，故學之易入膚闊。五言亦和平有法，但申說太盡，無言外意。子美近體真樸，得漢魏之遺。五言古別爲一家，佳者可入漢魏，惟好牽時事入詩，遂有參錯不成章者，不必論也。太白五言純學《選》體，覺詞多意少，讀之易厭。故李獻吉謂唐無古詩，其語近是。而已所爲古詩，直是剿襲捋剥，求似皮毛間耳。至於究詩人之本義，唐人之所以異於古者，獻吉烏足知！」沈德潛《明詩別裁集》卷五評何景明《得獻吉江西書》：「信陽謂不讀唐以後詩，然貫田陽羨自屬唐以後事，可知只是議論之高。」

起而掊擊唐無古詩之説者，如謝肇淛《小草齋詩話》卷二：「李攀龍曰唐無古詩，陳子昂以其古詩爲古詩，君子弗取也。此言過矣。子昂、太白力欲復古而不逮者也，未達一間耳。惟少陵《玉華宮》、《石壕吏》，劉長卿《龍門咏》等作，可謂以其古詩爲古詩，然亦風會之趨也。君子觀其世可也。」錢謙益

《列朝詩集小傳》丁集上「李按察攀龍」：「論五言古詩曰，唐無五言古詩，而有其古詩。彼以昭明所撰爲古詩，而唐無古詩也；則胡不曰魏有其古詩，而無漢古詩，晉有其古詩，而無漢魏之古詩乎？」王夫之《唐詩評選》卷二評陳子昂《送客》：「歷下謂子昂以其古詩爲古詩，非古也。若非古而猶然爲詩，亦何妨？風以世移，正字《感遇》詩似誦，似説，似獄詞，似講義，乃不復似詩，何有於古？故曰五言古自是而亡。然千百什一，則前有供奉，後有蘇州，固不爲衰音亂節所移，又不得以正字而概言唐無五言古詩耳。」吴喬《圍爐詩話》卷二引馮班之説云：「五言雖始於漢武之代，而盛於建安，故古來論者，止言建安風格。至黄初之年，則諸子凋謝，止有子桓、子建，不須贅言黄初體也。永明之代，王元長、沈休文、謝朓一時有盛名，始創聲病之論，以爲前人所未發。文體驟變，皆避八病，一簡之内，音韻不同；二韻之間，輕重悉異。其文兩句一聯，四句一絶，聲韻相避，文字不可增減。自永明至唐初，皆齊梁體也。沈、宋新體，聲律益嚴，謂之律詩。陳子昂始法阮公爲古體詩，唐因有古、律二體，始變齊梁之格矣。」又云：「古詩之視律體，非直聲律相詭也，其筋骨氣格、文字作用，亦迥然不同。然亦人人自有法，無定體也。陳子昂上效阮公，爲千古絶唱，不用沈、宋格調，謂之古詩，唐人自此有古、律二體云。古者，對近體而言也。（中略）李于鱗云唐無古詩，陳子昂以其詩爲古詩，全不通理。」牟願相《小澥草堂雜論詩》：「李滄溟云，唐無五言古而有其古詩，蓋謂唐五言古詩不類漢魏耳。然漢魏無商周詩，晉宋無漢魏詩，齊梁無晉宋詩，獨唐乎？」

（六）沈德潛《説詩晬語》卷下：「不讀唐以後書，固李北地欺人語，然近代人詩，似專讀唐以後書矣。又或舍九經而徵佛經，舍正史而搜稗史小說，且但求新異，不顧理乖。淮雨別風，貽譏踳駁，不如布帛菽粟，常足厭心切理也。」這是矯而反之者的看法。

（七）本末一詞見於《易·繫辭下》，很早就成爲文論的一對範疇，比喻文學的根本問題與枝節問題。如漢王符《潛夫論·務本》：「教訓者，以道義爲本，以巧辯爲末。辭語者，以信順爲本，以詭麗爲末。」葛洪《抱朴子·文行》：「或曰德行者，本也；文章者，末也。」劉勰《文心雕龍·章句》：「振本而末從，知一而萬畢矣。」《議對》：「若文浮於理，末勝其本，則秦女楚珠，復在於兹矣。」曹學佺《贈梅禹金序》：「學者往往不競之於經術，而競之於進取。托言理學而略英華，妄意禪觀而空文字。間有染指於詞章，粉飾乎風雅者，則又爲枝葉之末，其於本根無當也；溝澮之盈，其於江河無當也。豈天之欲喪斯文與，抑今之人性與古人殊與？」（《曹學佺集·石倉文稿》）黄子雲《野鴻詩的》：「情志者，詩之根柢也；景物者，詩之枝葉也。根柢，本也；枝葉，末也。」但葉燮在《原詩》中三次用本末，都是指詩史的根源與末流，與源流之義相近。

（八）這是說詩學的問題不外於客觀的風會時運和主觀的天分才力兩方面。高棅《唐詩品彙·總叙》：「由是遠覽窮搜，審詳取捨，以一二大家、十數名家，與夫善鳴者殆將數百，校其體裁，分體從類，雖類定其品目，因目別其上下、始終、正變。」前人論詩歌史源流往往將主客觀條件與價值判斷渾淪言之，葉燮却兩分辨析，宗旨明白。後朱庭珍《筱園詩話》卷一云：「自來詩家，源同流異，派別雖殊，旨歸則一。蓋不同者，肥瘦平險、濃淡清奇之外貌耳，而其所以作詩之旨及詩之理法才氣，未嘗不同。猶人之面目，人人各異，而所賦之性，天理人情，歷百世而無異也。至家數之大小，則由於天分學力有淺深醇疵，風會時運有盛衰升降，天與人各主其半，是以成就有高下等差之不齊也。」可以參看。

（九）這裏的沿、因即繼承、沿襲，革、創即變化、創新，是文學史觀念中兩個最基本的概念。胡適《留學日記》一九一六年四月五日記：「革命潮流即天演進化之迹。自其異者言之，謂之『革命』。自其循序漸進之迹言之，即謂之『進化』可也。」《白話文學史》又云：「歷史進化有兩種：一種是完全自然的演化；一種是順着自然的趨勢，加上人力的督促。前者可叫做演進，後者可叫做革命。演進是無意識的，很遲緩的，很不經濟的，難保不退化的。有時候，自然的演進到了一個時期，有少數人出來，認清了這個自然的趨勢，再加上一種有意的鼓吹，加上人工的促進，使這個自然進化的趨勢趕快實現；時間可以縮短十年百年，成效可以增加十倍百倍。因爲時間忽然縮短了，因爲成效忽然增加了，故表面上看去很像一個革命。其實革命不過是人力在那自然演進的緩步徐行的歷程上，有意地加上了一鞭。」

（一〇）田雯《兼隱堂詩序》：「詩有源流正變，學者於古人一家之詩，含英咀華，輒詡負其才伎以成篇章，非不自號作者，而爲之沿波討瀾、尋端竟委，則實難言之。蓋詩之爲道，上下數千百年，作者林立，必按其人代考其源流根柢，而詩始出。如黄河然，歷積石，逾流沙，探崑崙之墟，而後四折九派，以暨乎尾閭歸海是也。不然，可與作詩必不可與論詩。」（《古歡堂集》卷二四）《龍竿集序》：「今夫學者之論詩也，必溯其源流，考其正變，而後詩之道乃全。歷代已來，作者幾千百家矣，古逸、樂府、河梁、《十九首》，非《三百篇》之續響乎？建安而後不可無嗣宗矣，六朝而後不可無子昂、太白矣，退之之《琴操》可叶元音，韋郎之五字直追正始，鍾嶸《詩品》、徐陵《新咏》、唐人選唐詩下暨高廷禮之《品彙》、馮北海之《詩紀》諸書，分門别苑，沿波討瀾，其道至今日而大備。」（同上卷二五）

【評】

這一節針對明代格調派提出的一些模糊影響之説，指出晚明以來詩壇争議蜂起，是非莫定，完全是由於「稱詩之人才短力弱」，不具備明辨古今作者才力高下、因創得失及其歷史意義的緣故。這意味着葉燮對詩歌的見解首先建立在一種歷史認知上，由總結詩歌史的經驗教訓而獲得對古今作者的正確認識，然後論斷歷代詩歌發展的成就得失。這種詩學理念與顧炎武詩學鑒往訓今的方法論原則是一致的，體現了清初詩學的基本特徵，即不是將自己對詩歌的認識作爲理論來演繹，而是以學術史的方式來呈現，通過對詩學傳統的重新解釋使之成爲有歷史依據的、有成功經驗支持的理論話語。葉燮《原詩》因此而成爲清初詩學的代表性成果，它雖然不像虞山馮班兄弟、丹陽賀裳等人的著作那樣更顯得專門和有學術氣，但却更富有歷史眼光和思辯色彩，而且在許多具體問題上也顯示出更深刻的審美判斷力。

一之三　蓋自有天地以來，古今世運氣數〔一〕，遞變遷以相禪〔二〕。古云天道十年而一變〔三〕，此理也，亦勢也，（一）無事無物不然，寧獨詩之一道，膠固而不變乎？（二）今就《三百篇》言之，《風》有正風，有變風〔四〕；《雅》有正雅，有變雅〔五〕。（三）《風》、《雅》已不能不由正而變，（四）吾夫子亦不能存正而删變也。（五）則後此爲《風》、《雅》之流者，其不能伸正而詘變也〔六〕，明矣。（六）漢蘇、李始創爲五言〔七〕，（七）其時又有亡名氏之《十九首》，皆因乎《三百篇》者也。（八）然不可謂即無異於《三百篇》，而實蘇、李創之也。建安、黄初之詩，因於蘇、李與《十九首》者也。然《十九首》止自言其情，建安、黄初之詩，乃有獻酬、紀行、頌德諸體，遂開後世種種應酬等類，則因而實爲創，此變之始也。（九）《三百篇》一變而爲蘇、李，再變而爲建安、黄初。建安、黄初之詩，大約敦厚而渾樸，中正而達情。一變而爲晉，如陸機之纏綿鋪麗〔八〕，左思之卓犖磅礴〔九〕，各不同也。（一〇）其間屢變而爲鮑照之逸俊〔一〇〕，（一一）謝靈運之警秀〔一一〕，（一二）陶潛之澹遠〔一二〕，（一三）又如顔延之之藻繢〔一三〕，（一四）謝朓之高華〔一四〕，（一五）江淹之韶嫵〔一五〕，庾信之清新〔一六〕：（一六）此數子者，各不相師，咸矯然自成一家。（一七）不肯沿襲前人，以爲依傍，蓋自六朝而已然矣。其間健者，如何遜〔一七〕，如陰鏗〔一八〕，如沈炯〔一九〕，如薛道衡〔二〇〕，差能自立。（一八）此外繁辭縟節，隨波日下，歷梁、陳、隋以迄唐之垂拱〔二一〕，踵其習而益甚，勢不能不變。小變於沈、宋雲龍之間〔二二〕，（一九）而大變於開元、天寶高、岑、王、孟、李〔二三〕： 此數人者，雖各有所因，而實一一能爲創。 而集大成如杜甫〔二四〕，傑出如韓愈〔二五〕，專家如柳宗元〔二六〕，如劉禹錫〔二七〕，如李賀〔二八〕，如李商隱〔二九〕，如杜牧〔三〇〕，如陸龜蒙諸子〔三一〕，一一皆特立興起〔三二〕。 其他弱者，則因循世運，隨乎波流，不能振拔，所謂唐人本色也。（二〇）宋初詩，襲唐人之舊，如徐鉉、王禹偁輩〔三三〕，純是唐音。（二一）蘇舜欽、梅堯臣出〔三四〕，始一大變，（二二）歐陽修亟稱二人不置〔三五〕。（二三）自後諸大家迭興，所造各有至極，今人一概稱爲宋詩者也。 自是南宋、金、元，作者不一，大家如陸游、范成大、元好問爲最〔三六〕，各能自見其才。（二四）有明之初，高啓爲冠〔三七〕，兼唐、宋、元人之長，初不於唐、宋、元人之詩有所爲軒輊也。（二五）自「不讀唐以後書」之論出，於是稱詩者必曰唐詩，苟稱其人之詩爲宋詩，無異於唾駡。（二六）謂唐無古詩，并謂唐中晚且無詩也。 噫，亦可怪矣！ 今之人豈無有能知其非者？ 然建安、盛唐之説，錮習沁入於中心，而時發於口吻，弊流而不可挽，則其説之爲害烈也。

【注】

〔一〕世運： 世道之變遷。 班彪《王命論》：「驗行事之成敗，稽帝王之世運。」 氣數： 節氣與度數。

《宋史・樂志三》："以謂天地兆分，氣數爰定，律厥氣數，通之以聲。"

〔二〕禪：更替。

〔三〕天道：宇宙運化之理，包括自然和社會兩方面。《書・湯誥》："天道福善禍淫，降灾於夏。"《莊子・天道》："天道運而無所積，故萬物成。"天道十年一變，《易・頤》："拂頤貞凶；十年勿用，無攸利。"《象》曰："十年勿用，道大悖也。"王夫之《周易内傳》卷二下："《易》屢言十年，要皆終竟之辭。僅言十年者，《春秋傳》謂筮短龜長，以此。聖人不終絶人，而天道十年一變，得失吉凶，通其變而使民不倦。筮不占十年以後，其意深矣。"故後人每言天道十年一變，如明丘濬《大學衍義補》卷三一："天道十年一變，十年之間人有死生、家有興衰、事力有消長、物直有低昂，蓋不能以一一齊也。"

〔四〕變風：據鄭玄《詩譜》，《國風》自《邶風》以下十三國風爲變風。

〔五〕變雅：《大雅》自《民勞》以後，《小雅》自《六月》以後爲變雅。

〔六〕詘：音義同屈，貶抑。《禮記・樂記》："習其俯仰詘伸。"《漢書・匈奴傳贊》："詘伸異變，强弱相反。"

〔七〕蘇：指蘇武（？—前六〇），字子卿。杜陵（今陝西西安東南）人。武帝時奉命以中郎將持節出使匈奴，被扣留十九年，始獲釋回漢。　李：指李陵（？—前七四），字少卿。隴西成紀（今甘肅静寧西南）人。名將李廣之孫，官騎都尉，後降匈奴，封右校王。

〔八〕陸機（二六一—三〇三）：字士衡。吴郡吴縣華亭（今上海松江）人。官平原内史，世稱陸平原。後人輯有《陸士衡集》。

〔九〕左思（約二五〇—約三〇五）：字太沖。臨淄（今屬山東）人。後人輯有《左太沖集》。

〔一〇〕鮑照（約四一四—四六六）：字明遠。東海（今山東蒼山）人。臨海王劉子頊鎮荆州，授前軍參軍。後人輯有《鮑參軍集》。

〔一一〕謝靈運（三八五—四三三）：陳郡陽夏（今河南太康）人。於晉襲封康樂公，入宋任永嘉太守、臨川内史。後人輯有《謝康樂集》。

〔一二〕陶潛（三六五—四二七）：字淵明。潯陽柴桑（今江西九江）人。官彭澤令，後辭官歸隱，鍾嶸推爲「古今隱逸詩人之宗」。有《陶淵明集》。

〔一三〕顔延之（三八四—四五六）：字延年。琅玡臨沂（今屬山東）人。官金紫光禄大夫。後人輯有《顔光禄集》。

〔一四〕謝朓（四六四—四九九）：字玄暉。陳郡陽夏（今河南太康）人。初任竟陵王蕭子良文學，爲「竟陵八友」之一。終尚書吏部郎。後人輯有《謝宣城集》。

〔一五〕江淹（四四四—五〇五）：濟陽考城（今河南蘭考）人。歷仕宋、齊、梁三朝。後人輯有《江文通集》。

〔一六〕庾信（五一三—五八一）：字子山。南陽新野（今屬河南）人。梁武帝時任建康令，歷仕西魏、北周，官至驃騎大將軍、開府儀同三司。後人輯有《庾子山集》。

〔一七〕何遜（約四八〇—五一八）：字仲言，東海郯（今山東郯城）人。梁武帝天監時任尚書水部郎，後爲廬陵王記室。後人輯有《何記室集》。

〔一八〕陰鏗：生卒年不詳。字子堅，武威姑臧（今甘肅武威）人。官南朝陳爲員外散騎常侍。

〔一九〕沈炯（五〇三—五六一）：字初明，一作禮明。吴興武康（今浙江德清）人。仕梁官至尚書左丞，後在陳授明威將軍。有集，已佚，僅存詩文若干。

〔二〇〕薛道衡（五四〇—六〇九）：字玄卿。河東汾陰（今山西萬榮）人。歷仕北齊、北周，入隋官至司隸大夫。後人輯有《薛司隸集》。

〔二一〕垂拱：唐武則天年號，公元六八五至六八八年。

〔二二〕沈、宋：沈佺期、宋之問。沈佺期（約六五六—七一三），字雲卿。相州内黄（今屬河南）人。上元進士，官至太子少詹事。詩與宋之問齊名，時稱「沈宋」。後人輯有《沈佺期集》。宋之問（約六五六—約七一二），一名少連，字延清。汾州（今山西汾陽）人。上元進士。仕至左奉宸内供奉。有《宋之問集》。雲龍：概指唐中宗、睿宗在位期間。景雲，唐睿宗年號，公元七一〇至七一一年；神龍，唐中宗年號，公元七〇五至七〇七年。

〔二三〕開元、天寶：唐玄宗年號。開元，公元七一三至七四一年；天寶，公元七四二至七五六年。高：即高適（約七〇〇—七六五），字達夫。渤海蓨（今河北景縣南）人。天寶間中制科，官至淮南、西川節度使。有《高常侍集》。岑：即岑參（約七一五—七七〇）。原籍南陽（今屬河南），遷居江陵（今湖北荆州）。天寶進士，官至嘉州刺史。有《岑嘉州集》。王：即王維（約七〇一—七六一），字摩詰。

原籍太原祁縣(今屬山西),父輩遷蒲州(今山西永濟)。開元間進士及第,官至尚書右丞。有《王右丞集》。孟:即孟浩然(六八九—七四〇),名浩,以字行。襄州襄陽(今湖北襄陽)人,隱居鹿門山。有《孟浩然集》。李:即李白(七〇一—七六二),字太白,號青蓮居士。自稱隴西成紀(今屬甘肅)人。天寶初應詔入宫,任翰林院供奉。有《李太白集》。

〔二四〕杜甫(七一二—七七〇):字子美,自號少陵野老。祖籍襄陽(今屬湖北),生於鞏縣(今河南鞏義)。曾官左拾遺、檢校工部員外郎。有《杜工部集》。

〔二五〕韓愈(七六八—八二四):字退之。河陽(今河南孟州)人,郡望昌黎。貞元進士,歷官至吏部侍郎。有《昌黎先生集》。

〔二六〕柳宗元(七七三—八一九):字子厚。祖籍河東(今山西運城)。貞元進士,又中博學宏詞科,官至柳州刺史。有《柳河東集》。

〔二七〕劉禹錫(七七二—八四二):字夢得。洛陽(今屬河南)人。貞元進士,由監察御史累官至太子賓客。有《劉夢得文集》。

〔二八〕李賀(七九〇—八一六):字長吉。郡望隴西(今屬甘肅),生於福昌(今河南宜陽)。詩名早著,與李益并稱「二李」。官太常寺奉禮郎。有《昌谷集》。

〔二九〕李商隱(約八一三—約八五八):字義山,號玉溪生,又號樊南生。懷州河内(今河南沁陽)人。開成進士,後輾轉於幕府。有《李義山詩集》,後人輯有《樊南文集》及《補編》。

〔三〇〕杜牧（八〇三—八五三）：字牧之，號樊川居士。京兆萬年（今陝西西安）人。大和進士，官至中書舍人。有《樊川文集》。

〔三一〕陸龜蒙（？—約八八一）：字魯望，别號天隨子、江湖散人、甫里先生。姑蘇（今江蘇蘇州）人。應進士試不第，任湖州、蘇州刺史幕僚。有《甫里集》、《笠澤叢書》。

〔三二〕特立：即獨立。《禮記·儒行》：「儒有委之以貨財，淹之以樂好，見利不虧其義；劫之以衆，沮之以兵，見死不更其守。鷙蟲攫搏不程勇者，引重鼎不程其力；往者不悔，來者不豫；過言不再，流言不極；不斷其威，不習其謀。其特立有如此者。」歐陽修《蘇氏文集序》：「其始終自守，不牽世俗趨舍，可謂特立之士也。」

〔三三〕徐鉉（九一七—九九二）：字鼎臣。廣陵（今江蘇揚州）人。五代時初仕南唐，後入宋，官至散騎常侍。曾受詔與句中正校訂《説文解字》。有《徐公文集》。王禹偁（九五四—一〇〇一）：字元之。濟州巨野（今屬山東）人。太平興國進士。後屢以事貶官，曾出知黄州。有《小畜集》。

〔三四〕蘇舜欽（一〇〇八—一〇四九）：字子美，自號滄浪翁。綿州鹽泉（今四川綿陽）人，遷居開封（今屬河南）。景祐進士，授集賢校理。有《蘇學士文集》。梅堯臣（一〇〇二—一〇六〇）：字聖俞，宣州宣城（今屬安徽）人。皇祐間應仁宗召試，得賜進士出身，官至都官員外郎。有《宛陵先生文集》。

〔三五〕歐陽修（一〇〇七—一〇七二）：字永叔，號醉翁，晚號六一居士。吉州吉水（今屬江西）人。天聖進士，官至樞密副使、參知政事。有《歐陽文忠公集》。亟：屢。《論語·陽貨》：「好從事而亟失時。」

〔三六〕陸游（一一二五—一二一〇）：字務觀，號放翁。越州山陰（今浙江紹興）人。紹興中禮部試，爲秦檜所黜。孝宗時，賜進士出身。後官至寶章閣待制。有《劍南詩稿》、《渭南文集》、《南唐書》、《老學庵筆記》等。范成大（一一二六—一一九三）：字致能，號石湖居士。吴縣（今江蘇蘇州）人。紹興進士，官至參知政事。有《石湖居士詩集》、《石湖詞》、《桂海虞衡志》等。元好問（一一九〇—一二五七）：字裕之，號遺山。秀容（今山西忻州）人。金興定進士，曾任行尚書省左司員外郎。金亡不仕。有《遺山集》，又選有《中州集》。

〔三七〕高啓（一三三六—一三七四）：字季迪，自號青丘子。長洲（治今江蘇蘇州）人。洪武二年（一三六九）應詔修《元史》。有《高太史大全集》。

【箋】

（一）理勢并舉，數見於許學夷《詩源辯體》，如卷七：「五言自（陸）士衡至（謝）靈運，其語益工，故其拙處益多，此理勢之自然，無足爲怪。」然究以歸於勢爲常見。如顧炎武《日知録》卷二一「詩禮代降」條云：「《三百篇》之不能不降而《楚辭》，《楚辭》之不能不降而漢魏，漢魏之不能不降而六朝，六朝之不能不降而唐也，勢也。」王士禛答郎廷槐問曰：「《詩》、《騷》以下，風會遞遷，乃自然之理，必至之勢。」（《師友詩傳録》）王巖《詩餘序》：「物有繇變，勢實相因。蓋天地之自然，人不知其所以然也。《三百》之後有《騷》也，其因哀周之《雅》而變乎？《三百》亡而變爲樂府，變爲蘇李、《十九首》，因《三百》也，變而不變存焉。漢魏變爲齊梁，則淫靡纖巧變極矣，反道者亦因也。漢魏古詩變唐古詩，又變爲近體、絶句，亦因三謝、齊梁之偶儷也。詩至晚唐而衰極，不得不變爲塡詞，勢也。人謂詩變爲詞，詞之流爲南北曲，愈趨愈下，而不知氣運使然，非人爲之。且詞豈無因而起乎？太白之《秦樓月》、《菩薩蠻》已兆其萌，且又不始太白也。齊之《伴侶》，陳之《後庭》，隋之翻調《安公子》，開詞家靡麗凄絶之徑矣。風會相激，無足怪者。」（《白田文集》卷四）朱庭珍《筱園詩話》卷一：「天不能歷久而不變，詩道亦然。其變之善與不善，恒視乎人力。力足以挽時趨，則人轉移風氣；其勢逆以難，遂變而臻於上。力不足以挽時趨，則風氣轉移人，其勢順而易，遂變而趨於下。此理勢之自然，亦天運之循環也。」

（二）宋劉弇《上曾子固先生書》：「文章之難也，從古則然。雖有博者，莫能該也。則處此有一道焉，變是已。自樸散以來，誰非從事乎文者？其間重見沓出，雖列屋兼兩，猶不能既其實。然其大約有四：曰經，曰史，曰詩，曰騷，而諸子蓋不預也，則亦不離乎變而已。」（《龍雲集》卷一五）揆叙《李義山詩序》：「大詩之爲道，變而益新，自古文人才士，謝朝華而啓夕秀，未有守其故習，沿襲而不變也。」（《益戒堂文鈔》卷下）吴之振《瀛奎律髓序》：「蓋變而日新，人心與氣運所必至之數也。其間或一人而數變，或一代而數變，或變之而上，或變之而下，則又視乎世運之盛衰，與人才之高下，而詩亦爲之升降於其間。此亦文章自然之運也。」

（三）《詩大序》云：「故詩有六義焉。一曰風，二曰賦，三曰比，四曰興，五曰雅，六曰頌。上以風化下，下以風刺上，主文而譎諫，言之者無罪，聞之者足以戒，故曰風。至於王道衰，禮義廢，政教失，國異政，家殊俗，而變風變雅作矣。國史明乎得失之迹，傷人倫之變，哀刑政之苛，吟咏性情以風其上，達於事變而懷其舊俗者也。故變風發乎情，止乎禮義。發乎情，民之性也；止乎禮義，先王之澤也。是以一國之事，繫一人之本，謂之風；言天下之事，形四方之風，謂之雅。雅者，正也，言王政之所由廢興也。政有小大，故有小雅焉，有大雅焉。頌者，美盛德之形容，以其成功告於神明者也。是謂四始，詩之至也。」鄭玄《詩譜序》：「詩之興也，諒不於上皇之世，大庭、軒轅逮於高辛，其時有亡，載籍亦蔑云焉。《虞書》曰：詩言志，歌永言，聲依永，律和聲。然則《詩》之道放於此乎？有夏承之，篇章泯棄，靡有子遺。邇及商王，不風不雅。何者？論功頌德，所以將順其美；刺過譏失，所以匡救其惡。各於其黨，則爲法者彰顯，爲戒者著明。周自后稷播種百穀，黎民阻飢，兹時乃粒，自傳於此名也。陶唐之末，中葉公劉，亦世修其業，以明民共財。至於太王、王季，克堪顧天。文、武之德，光熙前緒，以集大命於厥身，遂爲天下父母，使民有政有居。其時詩，風有《周南》、《召南》，雅有《鹿鳴》、《文王》之屬。及成王，周公致太平，制禮作樂，而有頌聲興焉，盛之至也。本之由此《風》、《雅》而來，故皆録之，謂之《詩》之正經。後王稍更陵遲，懿王始受譖，亨齊哀公。夷身失禮之後，邶不尊賢。自是而下，厲也幽也，政教尤衰，周室大壞。《十月之交》、《民勞》、《板》、《蕩》勃爾俱作，衆國紛然，刺怨相尋。五霸之末，上無天子，下無方伯，善者誰賞，惡者誰罰，紀綱絶矣。故孔子録懿王、夷王時詩，迄於陳靈公淫亂之事，謂之變風、變雅。以爲勤民恤功，昭事上帝，則受頌聲，弘福如彼；若違而弗用，則被劫殺，大禍如此。吉凶之所由，憂娱之萌漸，昭昭在斯，足作後王之鑒，於是止矣。夷、厲已上，歲數不明，大史《年表》自共和始，歷宣、幽、平王而得春秋次第，以立斯《譜》。欲知源流清濁之所處，則循其上下而省之；欲知風化芳臭氣澤之所及，則傍行而觀之。此《詩》之大綱也。舉一綱而萬目張，解一卷而衆篇明，於力則鮮，於思則寡，其諸君子亦有樂於是與？」

（四）惠周惕《詩説》卷上：「正變之説，出於《大序》。而文中子取以説《豳風》，其後諸儒皆從之。鄭漁仲始倡《風》、《雅》無正變之論，而葉氏（見段氏、程氏集説）、章氏因之。二者反覆，莫能相一。以余觀之，正變猶美刺也。詩有美不能無刺，故有正不能無變。以其略言之，如美衛武、美鄭武、美周公、美宣王，刺衛宣、刺鄭莊、刺時、刺亂、刺宣王、刺幽厲，此顯言美刺者也。如衛莊姜傷己、閔無臣、思周道，大夫閔時，衛女思歸，思君子，南征，復古，此隱言美刺者也。美者可以爲勸，刺者可以爲懲，故正變俱録之。編詩先後，因乎時代，故正變錯陳之。若謂《詩》無正變，則作詩無美刺之分，不可也。謂《周》、《召》爲正，十三國風爲變；《鹿鳴》以下爲正，《六月》以下爲變；《文王》以下爲正，《民勞》以下爲變，則序所謂美與刺者，俱無以處之，亦不可也。」

（五）《史記·孔子世家》：「古者詩三千餘篇，及至孔子去其重，取可施於禮義……三百五篇孔子皆弦歌之，以求合《韶》《武》《雅》《頌》之音。」張方平《詩變正論》：「夫子删《詩》，分四始之義，列十五國之風，而惟二南爲正始之道、王化之基，厥旨安在？曰：昔周道之興，始諸帷闥。初古公亶父，爰及姜女，聿來胥宇。其後太任媚周，姜太姒嗣徽音，文王刑於寡妻，以御於家邦。武王十亂，乃有婦人焉。故在《國風》，本諸后妃、夫人之事，而以《關雎》、《鵲巢》爲之首，乃周所以成王業之迹也。故季子聽歌《周南》、《召南》，曰：始基之矣，及乎風化洽，德教純，終以《騶虞》、《麟趾》，信厚之應。《易》曰正家而天下定，是其義也。後幽、厲敗德，内惑外亂，艷妻煽處，并后上僭，於是乎夫婦不經，人倫不正，而風俗壞矣。《關雎》之亂，可勝弊哉！曰：請問諸國之無正風，何也？曰：周自懿、夷失道，上無天子，下無方伯，國異政，家殊俗。政之和者，其民樂；政之乖者，其民怨。一日之内，諸侯之國，而美刺之情不一，得失之迹殊致，故變風作矣。若夫王道方盛，治致太平，易《禮》、《樂》者有討，革制度者有誅，政出一人，遠近一體，王澤流而頌聲作，則是治定之功，歸乎天子，列國安得有正風哉？然則周、召非列國耶？曰：當武王克商，巡守陳詩，觀四方之風，以二公德化最厚，録爲《風》之正始者，蓋本諸文王焉。曰：周公之盛德，若豳者何衰而變焉？曰：公以流言東征，念先公先王基業之艱難，始於稼穡之勤而成天下，志在濟大其功業，故《七月》之詩，兼四始之義，總諸《風》而參二《雅》，猶有疑心存焉。非天動威以彰聖德，成王其終不悟，則其詩遂變矣。曰：風者一國之政，雅言天下之事。王國之有變雅則宜，又從變風者何？曰：雅者，正也，蓋言王道以正九州。周既卑弱，不能保先王之舊俗，僅如微國，尚安能正九州也？故有幽、厲之雅而平王之風焉。變風止乎禮義，猶有先王之澤也，故曰《小雅》盡廢，則四夷交侵，中國微矣。孟子曰：『王者之迹熄而《詩》亡。』及陳靈公之亂，君子知其不可訓也，而變風之聲亦絶矣。是故以后妃、夫人之德爲之始，而采詩者止於陳之亂，誠人倫始終之大要乎！」（《樂全集》卷一七）《已畦文集》卷三《選家論》：「吾嘗謂夫子删《詩》止三百，《國風》止十五，此就魯國故府之所有者删之，故無者不外求也。周初千八百國，其後見於《春秋》經傳者，猶一百二十四國。若删《詩》而求其風之備，則必遍訪諸邦而後可，夫子不然，故邶、鄘不見於《春秋》；即衛也，不妨列爲三。有大小《雅》而仍録《王風》，不厭重也。陳、蔡比肩也，《風》有陳無蔡。杞、宋二王後也，宋存《頌》而杞并無風。曹、滕皆文之昭也，有曹風無滕風。虞、虢周親也，皆無風。夫子以寓諸目者删之，否則闕之，其寓諸目而不可入删者逸之，非有所詳略也，總歸於當而已矣。」

（六）歷來論詩者皆據《詩大序》之説，崇正黜變，在晚明以陳子龍爲代表。陳子龍堅持「正」的地位，認爲「正可爲，變不可爲」（《陳子龍文集》卷七《佩月堂詩稿序》），認爲「夫世有升降，治有盛衰，詩豈有正變乎？即或聲調音節之殊庸有之，未可以正變分也」（《詩問略》卷一，《陳子龍文集》）。毛奇齡《蒼崖詩序》也説：「余幼時頗喜爲異人之詩，繼而華亭陳先生司李吾郡，則嘗以二《雅》正變之説爲之論辯，以爲正可爲而變不可爲，而及其既也，則翕然而群歸於正者，且三十年。」（《西河合集》序十一）不僅論詩史，論及性情也是如此。如龐塏《詩義固説》上云：「喜怒哀樂，隨心所感。心有邪正，則言有是非。合於禮義者，爲得性情之正，於《詩》爲正風正雅；不合禮義者，即非性情之正，於《詩》爲變風變雅。」黄宗羲《陳葦庵年伯詩序》：「然則正變云者，亦言其時也，初不關於作者之有優劣也。美而非諂，刺而非訐，怨而非憤，哀而非私，何不正之有？夫以時而論，天下之治日少而亂日多，事父事君，治日易而亂日難。韓子曰：和平之音淡薄，而愁思之音要妙；歡娱之辭難工，而窮苦之言易好。向令《風》、《雅》而不變，則《詩》之爲道狹隘而不及情，何以感天地而動鬼神乎？」（《南雷集·撰杖集》）葉燮這節文字也被薛雪《一瓢詩話》四一則發揮：「從來偏嗜，最爲小兒。如喜清幽者，則絀痛快淋漓之作爲憤激、爲叫噐；喜蒼勁者，必惡宛轉悠揚之音爲纖巧、爲卑靡。殊不知天道賦物，飛潛動植，各有一性，何莫非兩間生氣以成此？理有固然，無容執一。昔横山先生云：「天道十年而一變，無事無物不然，寧獨詩之一道乎？就《三百篇》而論，《風》有正風，有變風，《雅》有正雅，有變雅。《風》、《雅》已不能不由正而變，吾夫子亦不能存正而删變也。後此爲《風》、《雅》之流者，其不能伸此而詘彼也明矣。」

（七）《文選》載李陵《與蘇武詩》三首、蘇武《詩》四首，《古文苑》收李陵《録别詩》，蘇武《答詩》、《别李陵》等。鍾嶸《詩品序》：「逮及李陵，始著五言之目。」皎然《詩式·李少卿并古詩十九首》：「西漢之初，王澤未竭，詩教在焉。昔仲尼所删詩三百篇，初傳卜商。後之學者，以師道相高，故有齊、魯四家之目。其五言，周時已見濫觴，及乎成篇，則始於李陵、蘇武二子。天與其性，發言自高，未有作用。《十九首》辭精義炳，婉而成章，始見作用之功。蓋東漢之文體。」不過歷來論者都懷疑是後人僞托。劉勰《文心雕龍》已稱見疑於後代，顔延年《庭誥》也説「逮李陵衆作，總雜不類，元是假托，非盡陵制」，蘇軾《答劉沔書》諷二人贈别長安詩却有「江漢」之語。王世貞《藝苑卮言》卷二云：「録蘇、李雜詩十二首，雖總雜寡緒，而渾樸可咏，固不必二君手筆，要亦非晉人所能辦也。如『人生一世間，貴與願同俱』，『紅塵蔽天地，白日何冥冥』，『招摇西北指，天漢東南傾』，『短褐中無緒，帶斷續以繩』，『瀉水置瓶中，焉辨淄與澠』，『仰視雲間星，忽若割長帷』，仿佛河梁間語。」近人馬雍《蘇李詩製作時代考》比較其字法、句法、章法體裁結構，推定蘇、李詩爲魏晉人作。

（八）王世貞《藝苑卮言》卷二：「漢魏人詩語，有極得《三百篇》遺意者。（中略）『胡馬依北風，越鳥巢南枝』，『衣帶日已緩』，『清商隨風發，中曲正徘徊』，『秋蟬鳴樹間，玄鳥逝安適』，『棄我如遺迹』，『盈盈一水間，脉脉不得語』，『弦急知柱促』，『去者日以疏，來者日以親』，『愁多知夜長』，『著以長相思，緣以結不解』，『出户獨彷徨，憂思當告誰』，（中略）此《國風》清婉之微旨也。」陸世儀《思辨録輯要》卷三五：「《古詩十九首》不知誰氏之作，觀其辭氣，大約宦游失意而有感於友朋之詩。其辭慷慨而藴藉，哀怨不迫，大有風人之意，蓋去古未遠也。」沈德潛《説詩晬語》卷上：「《古詩十九首》不必一人之辭，一時之作。大率逐臣棄妻、朋友闊絶、游子他鄉、死生新故之感；或寓言，或反覆言，初無奇闢之思、驚險之句，而西京古詩，皆在其下。是爲《國風》之遺。」

（九）這裏指出建安詩歌在題材上的開拓，很有見地。《文心雕龍·明詩》：「暨建安之初，五言騰踴，文帝、陳思，縱轡以騁節；王、徐、應、劉，望路而争驅。并憐風月，狎池苑，述恩榮，叙酣宴。慷慨以任氣，磊落以使才；造懷指事，不求纖密之巧；驅辭逐貌，唯取昭晰之能：此其所同也。」黄侃《詩品講疏》：「詳建安五言，毗於樂府。魏武諸作，慷慨蒼涼，所以收束漢音，振發魏響。文帝弟兄所撰樂府最多，雖體有所因，而詞貴獨創，聲不變古，而采自己舒。其餘雜詩，皆崇藻麗，故沈休文曰：至於建安，曹氏基命，三祖陳王，咸蓄盛藻，甫乃以情緯文，以文被質。言自此以上質勝於文也。若其述歡宴，愍亂離，敦友朋，篤匹偶，雖篇題雜沓，而同以蘇、李古詩爲原，文采繽紛，而不能離閭里歌謡之質。故其稱景物則不尚雕鏤，叙胸情則唯求誠懇，而又緣以雅詞，振其英響，斯所以兼籠前美，作範後來者也。自魏文已往，罕以五言見諸品藻，至文帝《與吴質書》始稱公幹『五言詩之善者妙絶時人』。蓋五言始興，惟樂歌爲衆，辭人競效，其風隆自建安，既作者滋多，故工拙之數可得而論矣。」

（一〇）沈約《宋書·謝靈運傳論》：「降及元康，潘、陸特秀，律異班、賈，體變曹、王，縟旨星稠，繁文綺合。」鍾嶸《詩品》：「太康中，三張、二陸、兩潘、一左，勃爾復興，踵武前王，風流未沫，亦文章之中興也。」《文心雕龍·明詩》：「晉世群才，稍入輕綺。張、潘、左、陸，比肩詩衢，采縟於正始，力柔於建安，或析文以爲妙，或流靡以自妍，此其大略也。」陸時雍《詩鏡總論》：「晉詩如叢綵爲花，絶少生韻。士衡病靡，太沖病憍，安仁病浮，二張病塞。」又云：「艱哉士衡之苦於縟綉而不華也。」

（一一）杜甫《春日懷李白》：「清新庾開府，俊逸鮑參軍。」

（一二）警秀即警策秀拔之謂。陸機《文賦》：「立片言以居要，乃一篇之警策。」葉燮以警秀概括謝靈運詩歌的特點，相當準確。

（一三）惠洪《冷齋夜話》卷一：「東坡嘗曰：淵明詩初看若散緩，熟看有奇句。如：『日暮巾柴車，路暗光已夕。歸人望烟火，稚子候檐隙。』又曰：『采菊東籬下，悠然見南山。』又曰：『靄靄遠人村，依依墟里烟。犬吠深巷中，鷄鳴桑樹顛。』大率才高意遠，則所寓得其妙，造語精到之至，遂能如此。似大匠運斤，不見斧鑿之痕。」

（一四）王世貞《藝苑卮言》卷三：「延之創撰整嚴，而斧鑿時露，其才大不勝學，豈惟惠休之評，視靈運殆更霄壤。如《應詔曲水宴》，而起語云：『道隱未形，治彰既亂。帝迹懸衡，皇流共貫。惟王創物，永錫洪算。』與題有毫髪干涉耶？至於《東宫釋奠》之篇起句『國尚師位，家崇儒門』，老生板對，唐律賦之不若矣。」沈德潛《説詩晬語》卷上：「詩至於宋，性情漸隱，聲色大開，詩運一轉關也。康樂神工默運，明遠廉俊無前，允稱二妙。延年聲價雖高，雕鏤太過，不無沈悶；要其厚重處，古意猶存。」

（一五）陸時雍《詩鏡總論》：「詩至於齊，情性既隱，聲色大開。謝玄暉艷而韻，如洞庭美人，芙蓉衣而翠羽旗，絶非世間物色。」又云：「讀謝家詩，知其靈可砭頑，芳可滌穢，清可遠垢，瑩可沁神。」沈德潛《説詩晬語》卷上：「齊人寥寥，謝玄暉獨有一代，以靈心妙悟，覺筆墨之中、筆墨之外，別有一段深情名理。元長（王融）諸人，未齊肩背。」

（一六）朱庭珍《筱園詩話》卷一：「兩漢厚重古淡之風，至建安而漸漓，至晉氏潘、陸輩而古氣盡矣，故陶、謝諸公出而一變。淵明以古淡自然爲宗，康樂以厚重獨造制勝，明遠以俊逸生動求新，而詩復盛。」

（一七）自成一家是葉燮論詩的宗旨所在，評汪琬《吳公紳芙蓉江唱和詩序》云：「自名一家者，不用揣摩規擬，自出手眼機杼者也。」《原詩》凡三見，説的都是同一個意思。這種想法的源頭可追溯到司馬遷《報任安書》的「究天人之際，通古今之變，成一家之言」。這裏的成一家之言，是形成獨自的思想和知識體系，是子書時代的著述目標，直到三國時代人們談論著述還保持着這一習慣，曹丕《典論・論文》即稱徐幹「著《（中）論》，成一家言」。到別集取代子書爲主要著述形式後，自成一家的含義就集中在思想的獨創性和形成個人風格兩方面，而詩文追求的自成一家大概以風格意義上的獨特性和統一性爲目標。如《北史・祖瑩傳》：「作文須自出機杼，成一家風骨。」劉知幾《史通・載言》：「又詩人之什，自成一家，故風雅比興，非三《傳》所取。」范梈《木天禁語》：「詩之造極適中，各成一家。」孔尚任《焚餘稿序》云：「吾得李子蒼存《焚餘稿》，逢人説之，謂其不讓古人，必傳無疑。聞者詰曰：『漢乎魏乎，唐與宋乎？』余曰：『古人皆無此家格。但能使讀者如見作者之性情，如獲自己之性情，是即自成一家格。』」（《後圃編年稿》卷首）揆叙《侯大年詩序》：「竊嘗聞之，自《三百篇》以後，變而爲《離騷》，爲漢魏，爲六朝，至唐爲最盛。其間作者如林，名輩疊出，要亦各言其志，自成一家之言，固未嘗臨摹仿效，寄人籬下，以爲能也。」（《益戒堂文鈔》卷下）

（一八）都穆《南濠詩話》：「陰常侍、何水部以詩并稱，時謂之『陰何』。宋黄伯思長睿跋何詩，盡録其佳句。予觀陰詩，佳句尤多。如《泛青草湖》云：『行舟逗遠樹，度鳥息危檣。』《晚泊五洲》云：『水隨雲度黑，山帶日歸紅。』《廣陵岸送北使》云：『海上春雲雜，天際晚帆孤。』《巴陵空寺》云：『香盡奩猶馥，幡陳畫漸微。』《雪裏梅花》云：『從風還共落，照日不俱消。』《晚出新亭》云：『遠戍惟聞鼓，寒山但見松。』皆風格流麗，不減於何，惜未有拈出之者。」

（一九）獨孤及《唐故左補闕安定皇甫公集序》：「五言詩之源，生於《國風》，廣於《離騷》，著於李、蘇，盛於曹、劉，其所自遠矣。當漢、魏之間，雖已樸散爲器，作者猶質有餘而文不足。以今揆昔，則有朱弦疏越，大羹遺味之嘆。歷千餘歲，至沈詹事、宋考功，始財成六律，彰施五色，使言之而中倫，歌之而成聲。緣情綺靡之功，至是乃備。雖去雅寖遠，其麗有過於古者。亦猶路鞀出於土鼓，篆籀生於鳥迹也。」（《毗陵集》卷一三）劉克莊《山名別集》：「蓋《國風》、《騷》、《選》，不主一體，至沈、謝始拘平仄，詩之變，詩之衰也。」（《後村先生大全集》卷九六）白胤謙《曠觀園詩集序》：「蓋詩以道性情，《三百篇》後惟魏、晉爲近古。唐人三百年窮工極變，雖雄踞作者之壇，而去古較遠。宋、元以來，愈趨愈下。賴有明北地、信陽、歷下、弇洲(當作州)諸君子振衰起敝，仿佛乎登唐人之席，而效颦者踵事蹈襲，幾不復睹《三百篇》遺意。」(武全文《曠觀園詩集》)

〔二〇〕本色爲古代詩論的重要概念，通常意味着一種文體規範或風格的統一性。本色一詞，原指本來的顔色，後用來指社會各階層的服色。孟元老《東京夢華録》卷五風俗：「士農工商，諸行百户，衣裝各有本色，不敢越外，(中略)街市行人便認得是何色目。」宋以後移借爲文藝批評術語。如陳師道《後山詩話》：「退之以文爲詩，子瞻以詩爲詞，如教坊雷大使之舞，雖極天下之工，要非本色。」曾季貍《艇齋詩話》：「東坡之文妙天下，然皆非本色也。」劉克莊《江西詩派小序》謂陳師道「文師南豐，詩師豫章，二師皆極天下之本色，故後山詩文高妙一世」(《後村先生大全集》卷五)。張炎《詞源》卷下：「詞中有生硬字用不得，須是深加鍛煉，字字敲打得響，歌誦妥溜，方爲本色語。」而嚴羽《滄浪詩話·詩法》云：「須是本色，須是當行。」又云：「詩難處在結裹，譬如番刀，須用北人結裹，若南人便非本色。」對後人影響最大。明代胡應麟、胡震亨以之論詩，唐順之以之論文，何良俊、王驥德以之論戲曲，都敷衍其説而加以發揮。龔鵬程《論本色》一文曾有考論。今按：前人所言本色，多指與文體相應的藝術特徵與風格傾向，而葉燮此處的用法略異，指整個唐詩的一般特徵，這是需要注意的。

〔二一〕王士禛《香祖筆記》卷五：「徐公文集三十卷，南唐徐鉉實臣著，宋都官員外郎胡克順所撰。天禧中表進，批答甚優。五代時，中原喪亂，文獻放闕，惟南唐文物甲於諸邦。而鉉、鍇兄弟與韓熙載爲之冠冕，常侍詩文都雅，有唐代承平之風。」徐鉉由南唐入宋後，猶帶唐風，王禹偁則一意學白居易，所以葉變説他們純爲唐音。

（二二）蔡啓《蔡寬夫詩話》「宋初詩風」條：「國初沿襲五代之餘，士大夫皆宗白樂天詩，故王黄州主盟一時。祥符、天禧之間，楊文公、劉中山、錢思公專喜李義山，故崑體之作翕然一變。」嚴羽《滄浪詩話·詩辯》：「國初之詩尚沿襲唐人：王黄州學白樂天，楊文公、劉中山學李商隱，盛文肅學韋蘇州，歐陽公學韓退之古詩，梅聖俞學唐人平淡處，至東坡、山谷始自出己意以爲詩，唐人之風變矣。」此言宋詩至蘇、黄始一變唐風，與葉燮的看法不同。但後世一般都持蘇舜欽、梅堯臣始變唐風開宋調的見解。如王漁洋《香祖筆記》卷一〇：「宋人詩至歐、梅、蘇、黄、王介甫而波瀾始大。前此楊、劉、錢思公、文潞公、胡文恭、趙清獻輩皆沿西崑體，王元之獨宗樂天。」

（二三）歐陽修《六一詩話》：「梅聖俞嘗於范希文席上賦《河豚魚》詩云：『春洲生荻芽，春岸飛楊花。河豚當是時，貴不數魚蝦。』河豚常出於春暮，群游水上，食絮而肥。南人多與荻芽爲羹，云最美。故知詩者謂祇破題兩句，已道盡河豚好處。聖俞平生苦於吟咏，以閑遠古淡爲意，故其構思極艱。此詩作於樽俎之間，筆力雄贍，頃刻而成，遂爲絶唱。」又云：「聖俞、子美齊名於一時，而二家詩體特異。子美筆力豪雋，以超邁横絶爲奇；聖俞覃思精微，以深遠閑淡爲意。各極其長，雖善論者不能優劣也。余嘗於《水谷夜行》詩略道其一二，云：『子美氣尤雄，萬竅號一噫。有時肆顛狂，醉墨灑滂霈。譬如千里馬，已發不可殺。盈前盡珠璣，一一難揀汰。梅翁事清切，石齒漱寒瀨。作詩三十年，視我猶後輩。文詞愈精新，心意雖老大。有如妖韶女，老自有餘態。近詩尤古硬，咀嚼苦難嘬。又如食橄欖，真味久愈在。蘇豪以氣轢，舉世徒驚駭。梅窮獨我知，古貨今難賣。』語雖非工，謂粗得其仿佛，然不能優劣之也。」

（二四）沈德潛《説詩晬語》卷下：「元裕之七言古詩，氣王神行，平蕪一望時，常得峰巒高插、濤瀾動地之概，又東坡後一能手也。絶句寄托遥深，如《出都門》、《過故宫》等篇，何減讀庾蘭成《哀江南賦》？」

（二五）李東陽《麓堂詩話》：「國初稱高、楊、張、徐。高季迪才力聲調，過三人遠甚，百餘年來，亦未見卓然有以過之者，但未見其止耳。」薛雪《一瓢詩話》一七〇則：「宋詩似文，與唐人較遠；元詩似詞，與唐人較近。高青丘氣脉未漓，所以獨步明初，爲楊孟載、張來儀、徐幼文三公之冠。」李調元《雨村詩話》（二卷本）卷下云：「明詩一洗宋、元纖腐之習，逼近唐人。高、楊、張、徐四傑始開其風，而季迪究爲有明冠冕。」即以高啓爲明初乃至整個明代詩人之冠，世初無異辭，至沈德潛《明詩别裁集》而稍有貶損，所以汪端《自題明三十家詩選後》論高啓云：「莫信隱侯輕月旦，一編冰雪替人難。」自注：「沈歸愚《明詩别裁》於青丘頗加排抑，非公論也。」朱庭珍《筱園詩話》卷二：「前明一代詩家，以高青丘爲第一，自元遺山後，無及青丘者，不止一變元風，爲明詩冠冕已也。前後七子之徒，及青丘同時之楊孟載、袁景文、張、徐諸人，視青丘豈止上下床之分耶！青丘才力、天分、工候，皆極其至。所爲詩，自漢、魏、六朝及李、杜、高、岑、王、孟、元、白、温、李、張、王、昌黎、東坡，無所不學，無所不似，妙筆仙心，幾於超凡入聖矣。惜不及四十枉死，未及融會貫通，聚衆長以别鑄真我，造於大成，亦可哀也。然自元至今，所有詩家，無出青丘右者。洵可直繼遺山，爲一大宗矣。歸愚翁於青丘時有微詞，而推青田冠明詩，顛倒黑白，殊乖公論。」

（二六）薛雪《一瓢詩話》四九則：「運會日移，詩亦隨時而變。其實羲皇一畫，未嘗澌滅。何以有一種人，談唐宋而下，詆若仇讎，以宋詩比擬其作，即艴然不悦？吾嘗永夜思之，不得其解。」

【評】

這一節講了三個問題：第一，正變都是詩史發展的自然趨勢，有着同樣的價值，不可伸正而詘變。這很可能是針對明末以陳子龍爲代表的正統觀念而發，清初詩家在正變問題上，雖不再一概否定變，但也衹是從倫理層面承認其存在的價值。如黄宗羲《陳葦庵年伯詩序》云：「然則正變云者，亦言其時也，初不關於作者之有優劣也。美而非諂，刺而非訐，怨而非憤，哀而非私，何不正之有？夫以時而論，天下之治日少而亂日多，事父事君，治日易而亂日難。韓子曰：和平之音淡薄，而愁思之音要妙；歡娱之辭難工，而窮苦之言易好。向令《風》、《雅》而不變，則《詩》之爲道狹隘而不及情，何以感天地而動鬼神乎？」葉燮論正變的特點，是褫除正、變的價值判斷色彩，將它們還原爲詩史的階段，這就使正、變降而爲表示詩史單位的概念。這是很獨到的看法，也是很大膽的觀點，但終因去正統觀念太遠，很難爲時人接受。就是他的學生薛雪也未繼承他的學説，《一瓢詩話》六九則説：「達事情，通諷喻，謂之風。純乎美者，謂之正風；兼美刺，謂之變風。述先德，通下情，謂之雅。專於美者，謂之正雅；兼美刺，謂之變雅。」又回到漢儒舊説上去。第二，詩史發展分爲因和創即延續和變化兩種情形，因并非單純的延續，其間也有變化，就像漢魏古詩之於《詩三百》，所以因實際上就是小變，而且是整體性的、較一致的變化。自兩晉以後，詩道大變，不僅整體風貌與漢魏有了極大的不同，就是同時代的詩人之間也風格迥異，呈現百花齊放、各成一家的局面。但衹有到唐開元、天寶和宋慶曆間，詩歌纔出現了真正巨大的變化。葉燮論詩既宗唐又推崇北宋，不廢南宋，甚至連明初高啓「兼唐、宋、元人之長」都加以肯定的包容性，在此清楚地表現出來。最後他再次提到明七子輩古詩法漢魏、近體法盛唐的狹隘觀念對詩壇風氣的不良影響，説明他論詩不廢中晚唐、宋、元、明的閎通視野，正是出於矯其流弊的意識，體現了清初詩人亟欲破除明人畫地爲牢的鄙陋、擴大詩史眼界的普遍訴求。第三，他初步提出根據作家在詩史上所起作用的大小來判定其品級的批評原則。能自成一家之體的爲一等，如六朝陶、鮑、顏、謝、庾諸家；能改變一個時代風氣的爲一等，如唐李、杜、韓，宋蘇、梅、歐、陸、范諸家；其他才力較弱，衹能因循世運、隨波逐流的爲一等。在他看來，這後一類作家恰恰代表了一代詩歌的一般風貌，即所謂「本色」，這無疑是一個很有洞察力的見解，對我們理解時代風貌和作家才能的關係很有啓發意義。

一之四　**原夫作詩者之肇端而有事乎此也，必先有所觸以興起其意，而後措諸辭，**

屬爲句〔一〕，敷之而成章。當其有所觸而興起也，其意、其辭、其句，劈空而起，皆自無而有，隨在取之於心，出而爲情、爲景、爲事。人未嘗言之，而自我始言之。故言者與聞其言者，誠可悦而永也。（一）使即此意此辭此句，雖有小異，再見焉諷咏者已不擊節〔二〕，數見則益不鮮；陳陳踵見，齒牙餘唾，有掩鼻而過耳。（二）譬之上古之世，飯土簋〔三〕，啜土鉶〔四〕，當飲食未具時，進以一臠〔五〕，必爲驚喜。逮後世臛臇炰膾之法興〔六〕，羅珍搜錯，無所不至，而猶以土簋、土鉶之庖進，可乎？上古之音樂，擊土鼓而歌康衢〔七〕，其後乃有絲、竹、匏、革之制〔八〕；流至於今，極於《九宫南譜》〔九〕。聲律之妙，日異月新，若必返古而聽《擊壤》之歌〔一〇〕，斯爲樂乎？古者穴居而巢處，乃制爲宫室，不過衛風雨耳〔一一〕；後世遂有璇題瑶室〔一二〕，土文繡而木綈錦〔一三〕。古者儷皮爲禮〔一四〕，後世易之以玉帛，遂有千純百璧之侈〔一五〕。使今日告人居以巢穴，行禮以儷皮，孰不嗤之者乎？大凡物之踵事增華〔一六〕，以漸而進，以至於極。故人之智慧心思，在古人始用之，又漸出之，而未窮未盡者，得後人精求之，而益用之出之。（三）乾坤一日不息，則人之智慧心思，必無盡與窮之日。（四）惟叛於道，戾於經〔一七〕，乖於事理，則爲反古之愚賤耳。苟於此數者無尤焉，此如治器然，切磋琢磨〔一八〕，屢治而益精，不可謂後此者不有加乎其前也。

【注】

〔一〕屬爲句：連綴爲句。屬，音主，聯綴。《禮記·經解》：「屬辭比事，《春秋》教也。」

〔二〕擊節：喻稱賞。節，一種點拍的樂器。左思《蜀都賦》：「巴姬彈弦，漢女擊節。」

〔三〕簋：音軌，上古用以盛飯的陶器。圓口圓足，或有雙耳，也有帶蓋的。《史記·太史公自序》：「墨者亦尚堯舜道，言其德行曰：堂高三尺，土階三等，茅茨不剪，采椽不刮，食土簋，啜土刑，糲粱之食，藜藿之羹，夏日葛衣，冬日鹿裘。」

〔四〕鉶：音形。用以盛羹湯的陶器。《儀禮·公食大夫禮》：「宰夫設鉶四於豆西。」鄭玄注：「鉶，菜和羹之器。」《韓非子·喻老》：「（箕子）以爲象箸必不加於土鉶，必將犀玉之杯。」

〔五〕臠：切成小塊的肉。

〔六〕臛臇炰膾：四種烹飪之法。臛，音或，帶汁的肉；臇，音捲，較濃少汁的肉羹；炰，音袍，燒烤；膾，音快，細切的肉絲。

〔七〕土鼓：上古原始形態的鼓。《禮記·禮運》：「蕢桴而土鼓。」鄭玄注：「土鼓，築土爲鼓也。」　歌康衢：《列子·仲尼》：「堯治天下五十年，不知天下治歟，不治歟？不知億兆之願戴己歟，不願戴己歟？顧問左右，左右不知。問外朝，外朝不知。問在野，在野不知。堯乃微服游於康衢，聞兒童謡曰：『立我蒸民，莫匪爾極。不識不知，順帝之則。』堯喜問曰：『誰教爾爲此言？』童兒曰：『我聞之大夫。』問大夫，大夫曰：『古詩也。』」康衢，四通八達的大路。《爾雅・釋宫》：「四達謂之衢，五達謂之康。」

〔八〕絲、竹、匏、革之制：指後世的琴、瑟、簫、管、笙、竽、鼓等樂器。絲，弦索樂器；竹，竹製作管樂器；匏，音袍，葫蘆之屬，此指葫蘆製作笙、竽等樂器；革，用皮蒙面的打擊樂器。

〔九〕《九宫南譜》：現存最古之南曲曲譜，明嘉靖間蔣孝編，後經沈璟增訂重編爲《南九宫十三調曲譜》二十二卷，録南曲曲牌七百一十九調，族侄自晉復加以訂補，編爲《廣輯詞隱先生增定南九宫詞譜》二十六卷。葉燮母沈宜修爲沈璟侄女，故熟悉其書。

〔一〇〕《擊壤》之歌：《帝王世紀》：「帝堯之世，天下太和，百姓無事，有老人擊壤而歌曰：『日出而作，日入而息。鑿井而飲，耕田而食。帝力於我何有哉！』」沈德潛《古詩源》列爲古詩之首。

〔一一〕古者三句：用《易・繫辭下》：「上古穴居而野處，後世聖人易之以宫室，上棟下宇，以待風雨。」

〔一二〕琁題：屋椽之端飾以玉。吴可《藏海詩話》：「琁題，倪巨濟作《謝御書表》用之。子蒼云：『乃椽頭，非題榜也。』」

〔一三〕土文句：磚瓦都雕刻花紋，梁柱門窗都雕繪圖案。綈錦，均爲絲織品。

〔一四〕儷皮爲禮：以成對的鹿皮作爲訂婚禮物。《儀禮・士昏禮》：「納徵，玄纁、束帛、儷皮，如納吉禮。」

〔一五〕純：絲。璧：圓形中有孔的玉器，古用爲禮品。

〔一六〕踵事增華：蕭統《文選序》：「蓋踵其事而增華，變其本而加厲。物既有之，文亦宜然。」

〔一七〕戾：違背。《淮南子·覽冥訓》：「舉事戾蒼天。」

〔一八〕切磋琢磨：《詩·衛風·淇奥》：「如切如磋，如琢如磨。」

【箋】

（一）門人薛雪《一瓢詩話》四四則云：「無所觸發，摇筆便吟，村學究幕賓之流耳，何所取裁？横山先生有云：『必先有所觸而興起，其意、其辭、其句，劈空而起，皆自無而有，隨在取之於心；出而爲情、爲景、爲事，人未嘗言之，而自我始言之。故言者與聞其言者，誠可悦而永也。』余作《九秋》詩，因大有觸發，遂多創獲，益信先生之言不虚也。」董就雄《葉燮與嶺南三家詩論比較研究》指出梁佩蘭《金茅山堂集序》與葉燮此説相近，梁文曰：「詩以自道其情而已矣。情之所至，一唱三嘆而已矣。物莫不因乎其所觸，觸之於目，接之於耳，貫之於心。而其人其地其事當乎吾前，吾從而往復周環，密視精審，而有以得其所以然之故。性情勃然而興，躍焉而出，激發焉而不能自禁。故夫天地、日月、風雨、露雷、山川、草木、動植，鳥獸飛走，魚龍變化，無一而非吾性情之物。而吾之喜怒哀樂，或則言笑，或則歌舞，或則感慨，或則幽咽，一一見於諷咏之間，而詩成焉。此天地之真聲也。」（《六瑩堂集》）按：梁佩蘭此言側重於性情與自然的融洽，與葉燮「隨在取之於心」更强調内化的體驗，似有差别，姑録之備參。

（二）這裏將獨創之詞與摹擬之詞的藝術效果及其生命力作了對比。元韋居安《梅磵詩話》中有兩個例子，可供我們對照玩味葉燮的話。卷中云：「趙元鎮丞相《雨夜不寐》詩云：『西風吹雨夜瀟瀟，冷燼殘香共寂寥。要作秋江篷底睡，正宜窗外有芭蕉。』歐陽寓庵詩云：『篷窗卧聽瀟瀟雨，却似蕉窗夜半聲。』

一蕉窗如在舟中，一舟中如在蕉窗，詩家意思無盡藏，特因所感而發耳。」這是詩人各因所感，自出機杼的例子，兩詩各有趣味。卷上的另一個例子是：「奪胎换骨之法，詩家有之，須善融化，則不見蹈襲之迹。陸魯望詩云：『溪山自是清涼國，松竹合封蕭灑侯。』戴式之《贈葉竹山》詩云：『山中便是清涼國，門下合封蕭灑侯。』王性之詩云：『雲氣與山爲態度，月華借水作精神。』式之《舟中》詩云：『雲爲山態度，水借月精神。』如此下語，則成蹈襲。李淑《詩苑》云：『詩有三偷語，最是鈍賊。』學詩者不可不戒。」這是摹擬蹈襲的例子。按：「三偷」之説出自唐詩僧皎然《詩式》，皎然將文本的相似概括爲語、意、勢三個層次的「三同」，而作者的有意摹仿便爲「三偷」。

（三）此意明末許學夷已發之，《詩源辯體》卷三五有云：「古今詩賦文章代日益降，而識見議論則代日益精。詩賦文章代日益降，人自易曉；識見議論代日益精，則人未易知也。試觀六朝人論詩，多浮泛迂遠，精切肯綮者十得其一，而晚唐、宋、元則又穿鑿淺稚矣。滄浪號爲卓識，而其説渾淪，至元美始爲詳悉。逮乎元瑞，則發竅中竅，十得其七。繼元瑞而起者，合古今而一貫之，當必有在也。蓋風氣日衰，故代日益降，研究日深，故日益精，亦理勢之然也。」

（四）李東陽《麓堂詩話》：「詩貴不經人道語。自有詩以來，經幾千百人，出幾千萬語，而不能窮，是物之理無窮，而詩之爲道亦無窮也。今令畫工畫十人，則必有相似，而不能别出者，蓋其道小而易窮。而世之言詩者，每與畫并論，則自小其道也。」

【評】

爲了説明二李之説畫地爲牢的可笑，這一節由創作的發生揭示詩歌打動人的根本所在，從而論定詩歌的歷史是一個藝術技巧不斷豐富、後出轉精的過程。詩歌創作雖起於感興，但祇有發人所未發纔能感動人。任何藝術表現，初見新鮮，再三見就不免審美疲勞而令人厭倦。詩歌進步的動力正來源於這藝術表現的不容重複性，而詩歌的藝術技巧也就在不斷的變化和創新中日益發展、豐富起來，臻於精美。處於藝術技巧高度發達的後世，猶津津樂道於遠古藝術童年時期的質樸表現，在葉燮看來就像在今日勸人穴居巢處、以獸皮爲禮一樣可笑。他毫不猶豫地斷言，祇要不離經叛道，悖於事理，任何變化和探索都是有價值的，都必然會促進詩歌藝術的發展。他顯然是個堅定的詩史發展論者，樂觀地相信人的智慧心思越來越精巧，無有窮盡之日。這與明代格調派詩人如胡應麟、許學夷等的退化論觀念是截然對立的，顯示出一種全新的充滿自信的詩歌史觀。「人之智慧心思，必無盡與窮之日」的論斷，爲未來的詩家留下了一個創造和評價的空間。值得注意的是，這一節裏已提到情、景、事，與意、辭、句相對，分別作爲文本構成和内容表達的三個基本要素，它們在後面都要集中加以分析和闡説。

一之五　彼虞廷「喜」「起」之歌〔一〕，詩之土簋、擊壤、穴居、儷皮耳。一增華於《三百篇》，再增華於漢，又增於魏，自後盡態極妍，爭新競異，千狀萬態，差別井然〔二〕。苟於情、於事、於景、於理，隨在有得，而不戾乎風人永言之旨〔三〕，則就其詩論工拙可耳，何得以一定之程格之〔四〕，而抗言《風》《雅》哉〔五〕？如人適千里者，唐、虞之詩如第一步，三代之詩如第二步，彼漢、魏之詩以漸而及，如第三、第四步耳。作詩者知此數步爲道途發始之所必經，而不可謂行路者之必於此數步焉爲歸宿，遂棄前途而弗邁也。且今之稱詩者，祧唐、虞而禘商、周〔六〕，宗祀漢、魏於明堂〔七〕，是也。何以漢、魏以後之詩，遂皆爲不得入廟之主〔八〕？此大不可解也。譬之井田、封建〔九〕，未嘗非治天下之大經，今時必欲復古而行之，不亦天下之大愚也哉？〔一〕且蘇、李五言與亡名氏之《十九首》，至建安、黃初，作者既已增華矣；如必取法乎初，當以蘇、李與《十九首》爲宗，則亦吐棄建安、黃初之詩可也。詩盛於鄴下〔一〇〕，然蘇、李、《十九首》之意，則寖衰矣。〔二〕使鄴中諸子，欲其一一摹仿蘇、李，尚且不能，且亦不欲；乃於數千載之後，胥天下而盡仿曹、劉之口吻〔一一〕，得乎哉？〔三〕

【注】

〔一〕「喜」「起」之歌：《書·益稷》：「（虞舜）歌曰：『股肱喜哉，元首起哉，百工熙哉。』」

〔二〕井然：界綫清楚貌。

〔三〕風人永言之旨：風人，詩人。《三國志・魏書・陳思王傳》：「雍雍穆穆，風人咏之。」永言，《書・舜典》：「詩言志，歌永言，聲依永，律和聲。」孔安國傳：「歌咏其義以長其言。」

〔四〕以一定之程格之：以固定的法式衡量。程，《荀子・致仕》：「程者，物之準也。」楊倞注：「程者，度量之總名也。」引申爲法式、規程。《韓非子・難一》：「賞罰使天下必行之，令曰：『中程者賞，弗中程者誅。』」格，衡量。《文選》鮑照《蕪城賦》：「格高五岳。」李善注引《倉頡篇》：「格，量度也。」

〔五〕抗言《風》《雅》：猶言與《風》《雅》相提并論。抗，對也。

〔六〕祧唐、虞句：謂最崇尚商、周兩代之詩，即《詩經》。祧，音挑，將遠祖之神主遷出宗廟。《禮記・祭法》：「遠廟爲祧。」孫希旦《集解》：「蓋謂高祖之父、高祖之祖之廟也。謂之遠廟者，言其數遠而將遷也。」唐，陶唐氏，即帝堯；虞，有虞氏，即帝舜。禘，音帝，原指天子追尋始祖所出而追祀之。《禮記・大傳》：「禮，不王不禘。王者禘其祖之所自出，以其祖配之。」孫希旦《集解》引趙匡曰：「不王不禘，明諸侯不得有也。所自出，謂所系之帝。禘者，帝王既立始祖之廟，猶謂未盡其追遠尊先之意，故又推尋始祖所自出之帝而追祀之。以其祖配之者，謂予始祖廟祭之，以始祖配祭也。」

〔七〕宗祀句：謂其次宗法漢、魏之詩。明堂，古代帝王舉行朝會、祭祀、慶賞等重要禮典之所。

〔八〕入廟之主：被供奉在廟堂中享受祭祀的祖先，此指被承認的師法對象。

〔九〕井田、封建：井田，古代相傳的殷、周土地制度，先秦典籍中多有記載。《孟子・滕文公上》：「方里而井，井九百畝，其中爲公田。八家皆私百畝，同養公田。公事畢，然後敢治私事。」封建，古代國家根據血緣關係或功勛賞賜爵位，分封土地，建立各級諸侯國、大夫采邑的土地分封制度。

〔一〇〕鄴下：三國時代魏國都城，在今河北臨漳縣。李治《敬齋古今黈拾遺》：「洛言洛下，稷言稷下……言稱下者，猶言在此處也。」此指曹魏時鄴下文人集團的創作。

〔一一〕胥：皆。《方言》：「胥，皆也。東齊曰胥。」《孟子・萬章上》：「天下之士多就之者，帝將胥天下而遷之焉。」曹：即曹植（一九二—二三二），字子建。沛國譙縣（今安徽亳州）人。曹操之子，曾封爲臨淄侯、東阿王、陳王。後人輯有《曹子建集》。劉：即劉楨（？—二一七），字公幹。東漢末東平國（今山東東平）人，官丞相掾屬。與孔融、陳琳、王粲、徐幹、阮瑀、應瑒并稱爲建安七子。後人輯有《劉公幹集》。

【箋】

（一）對明七子一味擬古的傾向，明人已有所警覺，有所批判。早在正德年間，景暘與陳玉泉論詩就説：「辭取達意，若惟以摹擬爲工，尺尺寸寸，按古人之迹，務求肖似，何以達吾意乎？」（朱彝尊《静志居詩話》卷一〇）到萬曆間，公鼎又就樂府中的摹擬之病，指出：「《風》《雅》之後有樂府，如唐詩之後有詞曲。聲聽之變，有所必趨；情詞之遷，有所必至。古樂之不可復久矣，後人之不能漢魏，猶漢魏之不能《風》《雅》，勢使然也。如漢《朱鷺》、《翁離》之作，魏、晉諸臣擬之以鳴其一代之事，易名別調，當極其長，豈以古今同異爲病哉？後世文士，如李太白，則沿其目而革其詞，杜子美、白樂天之倫，則創爲意而不襲其目，皆卓然作者，後世有述焉。近乃有擬古樂府者，遂顓以擬名，其説但取漢魏所傳之詞，句模而字合之，中間豈無陶陰之誤、夏五之脱？悉所不較。或假借以附益，或因文而增損，局蹐床屋之下，探胠縢篋之間，乃藝林之根蠡，學人之路阱矣。」（同上卷一六）公安派袁宏道《叙小修詩》也説：「蓋詩文至近代而卑極矣。文則必欲準於秦漢，詩則必欲準於盛唐。剿襲模擬，影響步趨，見人有一語不相肖者，則共指以爲野狐外道。曾不知文準秦漢矣，秦漢人曷嘗字字學六經歟？詩準盛唐矣，盛唐人曷嘗字字學漢魏歟？秦漢而學六經，豈復有秦漢之文？盛唐而學漢魏，豈復有盛唐之詩？」（《袁中郎文鈔》）到了天啓、崇禎間朱隗更宣言：「詩貴淵源風旨，不取蹈襲形模。漢魏未嘗規摹《三百篇》，盛唐未嘗規摹漢魏。今且拘拘習其聲音笑貌，何爲者耶？」（《静志居詩話》卷二一）

（二）朱庭珍《筱園詩話》卷二：「漢代去古未遠，尚無以詩名家之學。如《十九首》，不著作者姓氏；蘇、李詩，乃情不容已，各抒心所藴結之意，非欲以立言見長，自炫文彩。其獨絶千古處，正在稱情而言，略無雕琢粉飾，自然渾成深厚耳。兩漢之詩，不可以家數論也。自建安作者，始有以詩傳世之志，觀子桓兄弟之文可見。嗣後歷代詩家，莫不欲以詩名，爲不朽計矣。」蘇李詩、《古詩十九首》與建安詩歌的關係，現在難有定論，但朱庭珍指出建安詩人開始有以詩歌名世的意識，的確道出了建安詩歌異於前代的一個重要特徵。

（三）關於後世學漢魏的問題，王夫之《夕堂永日緒論内編》認爲是因爲詩自建安始有門徑可入：「建立門庭，自建安始。曹子建鋪排整飾，立階級以賺人升堂，用此致諸趨赴之客，容易成名，伸紙揮毫，雷同一律。子桓精思逸韻，以絶人攀躋，故人不樂從，反爲所掩。子建以是壓倒阿兄，奪其名譽。實則子桓天才駿發，豈子建所能壓倒耶？故嗣是而興者，如郭景純、阮嗣宗、謝客、陶公，乃至左太沖、張景陽，皆不屑染指建安之羹鼎，視子建蔑如矣。降而蕭梁宫體，降而王、楊、盧、駱，降而大曆十才子，降而温、李、楊、劉，降而江西宗派，降而北地、信陽、琅琊、歷下，降而竟陵，所翕然從之者，皆一時和哄漢耳。」

【評】

上一節既肯定變化和創新是詩歌發展的動力，詩歌藝術隨着時代的推移日益進步，無有窮盡，則如何衡量詩歌的得失再無一成不變的標準。此節在列舉出詩歌早期發展的三個飛躍後，就强調後代詩歌的發展紛繁不可紀極，衹能持歷史的尺度，各就其時其體論工拙，而不可以用一個固定的標準來衡量歷代詩歌，尤其是用三代、漢魏古詩來要求、規範後代詩歌。三代、漢魏古詩衹是詩史的初步，而不是歸宿；是詩史的過去，而不是未來。學者應該向前看，而不是倒退着看。這種觀念本來并不新鮮，明代公安派袁宏道《叙小修詩》就已有類似見解，但葉燮的主張更進一步展開了一個前所未有的足以顛覆傳統觀念的思維方式：歷史上的詩歌主張，無論是格調派、性靈派、神韻派，無不標舉一個預設的美學理想，崇尚某些古代的藝術典範，有着明確的追求目標。而葉燮的主張徹底解構了這種藝術模式，他的批評原則是「就其詩論工拙」，而不「以一定之程格之」，祇要不「叛於道，戾於經，乖於事理」，「於情、於事、於景、於理，隨在有得，而不戾乎風人永言之旨」，什麽樣的風格、什麽樣的體製都能寫出優秀作品。這等於是取消了預設的、固定的、具體可言的理想和規範，將詩歌的創作與批評轉變爲一種對作品自身完成度及自洽性的追求與判斷。後來袁枚詩學的核心理念正基於這樣一種取消規範和典範的意識。如果考慮到葉燮門人薛雪和袁枚的密切交往，注意到《隨園詩話》對《原詩》的接受，那麽葉燮詩學對乾隆間性靈詩學的影響，就不是没有綫索可尋的無稽推測了。還有一點值得注意的是，這裏提到「苟於情、於事、於景、於理，隨在有得」，比後文言理、事、情多了個「景」字，似乎是着眼於取材和構思階段要處理的對象，而到以理、事、情講「在物之三」時，就着眼於要表達的内容要素了。

一之六　或曰：「『温柔敦厚，《詩》教也。』〔一〕漢、魏去古未遠，此意猶存，後此者不及也。」〔一〕不知温柔敦厚，其意也，所以爲體也，措之於用則不同〔二〕；辭者，其文也，所以爲用也，返之於體則不異〔二〕。漢、魏之辭，有漢、魏之温柔敦厚，唐、宋、元之辭，有唐、宋、元之温柔敦厚〔三〕。譬之一草一木，無不得天地之陽春以發生。草木以億萬計，其發生之情狀，亦以億萬計，而未嘗有相同一定之形，無不盎然皆具陽春之意。豈得曰若者得天地之陽春，而若者爲不得者哉！且温柔敦厚之旨，亦在作者神而明之〔三〕；如必

執而泥之，則《巷伯》「投畀」之章〔四〕，亦難合於斯言矣。（四）

【注】

〔一〕温柔敦厚：《禮記·經解》：「孔子曰：入其國，其教可知也。其爲人也温柔敦厚，《詩》教也。」

〔二〕所以爲體二句：體、用，古代哲學的一對範疇，體謂本體，用謂功用，體是用的内在根本，用是體的外在表現。

〔三〕神而明之：《易·繫辭上》：「形而上者謂之道，形而下者謂之器。化而裁之謂之變，推而行之謂之通，舉而錯之天下之民謂之事業。是故夫象，聖人有以見天下之賾，而擬諸其形容，象其物宜，是故謂之象。聖人有以見天下之動，而觀其會通，以行其典禮，繫辭焉以斷其吉凶，是故謂之爻。極天下之賾者存乎卦，鼓天下之動者存乎辭，化而裁之存乎變，推而行之存乎通，神而明之存乎其人，默而成之，不言而信，存乎德行。」

〔四〕《巷伯》「投畀」之章：《詩·小雅·巷伯》第六章：「彼譖人者，誰適與謀。取彼譖人，投畀豺虎。豺虎不食，投畀有北。有北不受，投畀有昊。」畀，付與。

【箋】

（一）郝敬《毛詩原解·讀詩》既以温柔敦厚爲「詩家宗印」，論詩史即以漢魏爲界，後此皆有不及。故其《藝圃傖談》卷一云：「《三百篇》經聖人考訂，其志中正，其氣和平，其詞温柔敦厚，此之謂雅。秦漢以來，爲辭賦，敷演富麗，尚有委蛇忠厚之情，無淩厲排傲之氣。漢魏未遠《風》《雅》，六朝靡麗，亦不失温柔。至唐人四韻近體興，古意遂亡矣。」又云：「近體之敗興，無如俳律。使有情者不得展措，滯鈍者托以藏拙。唐人編類書，守括帖，專辦此耳。塞功令，逢主司，射科目，故不辭勞拙。今既不以之課士，士苦欲效之，一種悶腔滯氣，染著人，如疊板砌甓，含氏吞針，性情之道、温柔之意盡矣。」又云：「唐人尚聲偶，温柔之意雖微，而猶存敦厚。宋人聲偶益趨奇險，時復雜以詼諧譏刺，輕薄佻巧之習，流濫不止。淫爲詩餘小辭，下與教坊雜弄爲伍，衹供優人賣笑之資。鄭聲之淫，於斯爲盛。」

（二）將温柔敦厚分析爲體與用兩個層面，以對應於意與辭，是葉燮的創見。後來包世臣《藝舟雙楫》卷一《江季持七峰詩稿序》即秉此意：「蓋詩教主於温柔敦厚，然其旨趣，寓於意者半；而發於詞，存於氣者亦半。」

（三）此言唐、宋、元而獨不及明，亦當時論詩之共識。吴喬《圍爐詩話》卷一：「優柔敦厚，言之者無罪，聞之者足戒，詩教也。唐人之詞微而婉，王建《宫詞》云：『金殿當頭紫閣重，仙人掌上玉芙蓉。太平天子朝元日，五色雲車駕六龍。』神堯以老聃爲始祖，尊爲玄元皇帝。『太平天子』，謂諸帝朝老聃也。禮，天子不乘奇車。『五色雲車』用漢武帝甲乙曰青，丙丁曰赤等事，刺天子乘奇車非禮也。周伯弜謂之『具文見意』，此杜元凱《左傳序》語，謂不著議論而意自見。可見元人詩思深於明人多也。《宫詞》又有曰：『龍烟日暖紫曈曈，宣政門當玉仗風。五刻閤前卿相出，下簾聲在半天中。』意刺君臣隔闊，辭則尊崇殿陛。又曰：『射生宫女宿紅妝，請得新弓各自張。臨上馬時齊賜酒，男兒跪拜謝君王。』刺服妖也，必是武宗王才人事。又曰：『千牛仗下放朝初，玉案旁邊立起居。每日進來金鳳紙，殿前無事不多書。』辭則慶幸升平，意則譏刺蒙蔽，皆措詞之可法者也。元人詩思之深入者，如丁鶴年《題梧竹軒》結云：『中郎去後知音少，共負奇才奈老何？』用一伯喈總收二物，有力量，語復有寄托感人。《聞元順帝殂於漠北》云：『仙家一笑乾坤老，誰御瑶池八駿歸？』語不迫切而深於痛哭。明人誰有此耶？二百餘年，人才皆爲二李粗浮聲色所錮没，不知有此心路。」

（四）顧炎武《日知録》卷一九「直言」：「《詩》之爲教，雖主於温柔敦厚，然亦有直斥其人而不諱者。如曰『赫赫師尹，不平謂何』，如曰『赫赫宗周，褒姒滅之』，如曰『皇父卿士，番維司徒。家伯維宰，仲允膳夫。棸子内史，蹶維趣馬。楀維師氏，艷妻煽方處』，如曰『伊誰云從，維暴之云』，則皆直斥其官族名字，古人不以爲嫌也。（中略）如杜甫《麗人行》『賜名大國虢與秦』，『慎莫近前丞相嗔』，近於《十月之交》詩人之義矣。」錢澄之《葉井叔詩序》：「近之説《詩》者，謂詩以温厚和平爲教，激烈者非也，本諸太史公所云《小雅》怨誹而不亂。吾嘗取《小雅》誦之，亦何嘗不激乎？譏尹氏者旁連姻婭，刺皇甫者上及艷妻，暴公直方之鬼蜮，巷伯欲畀諸豺虎，『正月繁霜』之篇，『辛卯日食』之行，可謂極意詬厲，而猶曰其旨和平，其詞怨而不怒，吾不信也。」（《田間文集》卷六）吴喬《圍爐詩話》卷五：「唐人率直之句，不獨子美，皆是少分如是。《三百篇》豈盡《相鼠》、『投畀』乎？終以優柔敦厚爲本旨。優柔敦厚，必不快心；快心必落宋調；做急做多，亦落宋調。」汪琬《詩問十四則・詩教》闡述對詩教的理解，以爲《詩經》俱合於温柔敦厚。或問《墻有茨》、《相鼠》、《巷伯》諸篇黜責譏刺，「得無稍甚乎？奚其厚？」汪琬曰：「忠愛之至，不得已而爲是深怨痛疾之辭，是其意則美矣。是故聖人取其意，而不責其辭。」（《鈍翁前後類稿》卷一四）其《程周量詩集序》又云：「今之學者每專主唐之杜氏，於是遂以激切爲工，以拙直爲壯，以指逆時事爲愛君憂國。其原雖稍出於《雅》、《頌》，而風人多設辟喻之意，亦以是而衰矣。世之論《三百篇》者曰：『取彼譖人，投畀豺虎』，不可謂不激切也；『人而無禮，胡不遄死』，不可謂不拙直也；『赫赫宗周，褒姒滅之』，不可謂不指逆時事也。斯其説誠然矣，然古之聖賢未嘗專以此立教。其所以教人者，必在性情之和平，與夫語言感嘆之曲折，如孔子所云温柔敦厚是已。」

【評】

上一節從藝術進步的角度説明了不必拘泥於漢魏，但歷來推崇漢魏的典範意義，有從詩教着眼的，故本節補充討論漢魏在詩教上的典範問題。詩教在清初作爲詩學的核心觀念，討論極爲熱烈。錢謙益《施愚山詩集序》説：「詩人之志在救世，歸本於温柔敦厚。」（《有學集》卷一七）《西陵二張子詩序》又説：「詩之爲教，温柔而敦厚。温柔敦厚者，天地間之真詩也。憂亂之詩曰『昊天疾威』，温柔之極也。刺讒之詩曰『投畀豺虎』，敦厚之極也。後之詩人有得於是者，其詞讔，則其旨彌著，淵明『山陽』之篇也。其詞肆，則其意彌篤，玉川《月蝕》之章也。其詞迂，則其思彌迫，皋羽《鐃歌》之什也。其詞易，則其痛彌深，遺山《小娘》之歌、水雲《湖州》之曲也。（中略）其音噍而不殺，其指怨而不怒。金聲玉詘，曲而有直體，其斯爲温柔敦厚之遺。目爲真詩，夫何愧乎？」（《牧齋雜著》）毛先舒《詩辯坻》云：「詩者，温柔敦厚之善物也。故美多顯頌，刺多微文，涕泣關弓，情非獲已。然亦每相遷避，語不署名。至若亂國迷民，如太師、皇父之屬，方直斥不諱。斯蓋情同痛哭，事類彈文，君父攸關，斷難曲筆矣。而《詩》猶曰『伊誰云從，惟暴之云』，又云『凡百君子，敬而聽之』，其辭之不爲迫遽，蓋如斯也。」這是沿襲或發揮傳統觀念的議論。馮班《陸敕先文稿序》（《鈍吟文稿》）批評當時「不善學古者，不講於古人之美刺，而求之聲調氣格之間」，於是「黠者起而攻之以性情之説，學不通經，人品污下，其所言者皆里巷之語，温柔敦厚之教，至今其亡乎？」趙執信《談龍録》有云：「詩之爲道也，非徒以風流相尚而已。《記》曰：『温柔敦厚，《詩》教也。』馮先生恒以規人。《小序》曰：『發乎情，止乎禮義。』余謂斯言也，真今日之針砭矣夫！」這又是批評當時詩教失墜的議論。王弘撰《蔣處士詩序》云：「夫詩之爲道，有不自已者焉，有不可已者焉。不自已者，爲哀爲樂，情之動也，天也；不可已者，爲美爲刺，禮義之正也，人也。故發乎情，止乎禮義，斯天人之合也。而先王所爲温柔敦厚之教，襄大經大法以不墜者，具是矣。」（《砥齋集》卷一下）這則是將《毛詩序》「發乎情，止乎禮義」之説由創作衝動與道德規範之關係轉換爲兩種寫作動機的訴求，微妙地修正傳統觀念的議論。後來沈德潛《説詩晬語》云：「《巷伯》惡惡，至欲『投畀豺虎』、『投畀有北』，何嘗留一餘地？然想其用意，正欲激發其羞惡之本心，使之同歸於善，則仍是温柔和平之旨也。《墻茨》、《相鼠》諸詩，亦須本斯意讀。」黄子雲《野鴻詩的》云：「詩貴乎温柔，亦有不嫌切直，如《十月之交》篇中，歷斥其人而不諱；則杜老《麗人行》『賜名大國虢與秦』，『慎莫近前丞相嗔』，非風人之義與？因是知温柔者詩之經，切直者詩之權也。」基本是發揮葉燮的見解。

一之七 從來豪傑之士，未嘗不隨風會而出〔一〕，而其力則嘗能轉風會。〔一〕人見其隨乎風會也，則曰其所作者真古人也；見能轉風會者，以其不襲古人也，則曰今人不及古人也。無論居古人千年之後〔二〕，即如左思，去魏未遠，其才豈不能爲建安詩耶？觀其縱横躑踏，睥睨千古〔三〕，絶無絲毫曹、劉餘習〔四〕。〔二〕鮑照之才，迥出儕偶，而杜甫稱其俊逸。〔三〕夫俊逸則非建安本色矣。千載後無不擊節此兩人之詩者，正以其不襲建安也。〔四〕奈何去古益遠，翻以此繩人耶？〔五〕

【注】

〔一〕風會：風氣，時尚。

〔二〕無論：姑且不説。

〔三〕睥睨：傲視。睥，音譬。

〔四〕曹劉：即曹植、劉楨，參本書《內篇上》「一之五」注〔一一〕。

【箋】

〔一〕乾隆間顧奎光《元詩選序》論性情、氣格與風會的關係，謂「其雄者性情居先，氣格後立，足以翼持風會；否則爲風會所轉，性情囿於氣格，視當時所崇尚而助其波瀾耳已」，即發揮葉燮的意思。朱庭珍《筱園詩話》卷一闡發其理尤明：「天不能歷久而不變，詩道亦然。其變之善與不善，恒視乎人力。力足以挽時趨，則人轉移風氣，其勢逆以難，遂變而臻於上。力不足以挽時趨，則風氣轉移人，其勢順而易，遂變而趨於下。此理勢之自然，亦天運之循環也。」

〔二〕沈德潛《説詩晬語》卷上：「壯武之世，茂先、休奕，莫能軒輊。二陸、潘、張，亦稱魯衛。左太沖拔出於衆流之中，胸次高曠，而筆力足以達之，自應盡掩諸家。鍾記室嶸季孟於潘、陸間，謂『野於士衡，而深於安仁』，太沖弗受也。」此説亦暗承師説。

〔三〕杜甫《春日懷李白》：「清新庾開府，俊逸鮑參軍。」這是説李白詩有鮑照的俊逸之氣，後人每引爲口實，目爲杜甫對鮑照詩風的評價。

〔四〕蕭子顯《南齊書·文學傳論》：「次則發唱驚挺，操調險急，雕藻淫艷，傾炫心魂，猶五色之有紅紫，八音之有鄭衛。斯鮑照之遺烈也。」陸時雍《詩鏡總論》：「鮑照材力標舉，凌厲當年，如五丁鑿山，開人世之所未有。當其得意時，直前揮霍，目無堅壁矣。駿馬輕貂，雕弓短劍，秋風落日，馳騁平岡，可以想此君意氣所在。」姚培謙《松桂讀書堂詩話》：「六朝人詩至鮑、謝二公，已登絶品。謝如威鳳在霄，風日輝映；鮑如天馬縱轡，掣電追雲。學者急宜從此浚發心源。」

（五）袁枚《隨園詩話》卷八引杭世駿之言曰：「馮鈍吟右西崑而黜西江，固矣！夫西崑沿於晚唐，西江盛於南宋；今將禁晉、魏之不爲齊、梁，禁齊、梁之不爲開元、大曆，此必不得之數。風會流傳，人聲因之，合三千年之人，爲一朝之詩，有是理乎？」馮可謂能持詩之正，未可謂遂盡其變者也。」此亦與葉燮之意同。

【評】

這一節進一步申説，詩歌風會的變化不祇是自然的趨勢，凡是歷史上的偉大作家從來都不屑於與世浮沉，必然要扭轉風氣。但世俗往往見隨波逐流、因襲古人的就許爲「真古人」，而對扭轉風氣的便以爲不及古人，這其實是以古爲尚的傳統觀念所帶來的偏見。葉燮此論在推崇創變、反對因襲的同時，也觸及傳統的影響力及對經典的崇尚問題。

一之八　且夫《風》、《雅》之有正有變，其正變係乎時，謂政治、風俗之由得而失，由隆而污，此以時言《詩》。（一）時有變而詩因之，時變而失正，《詩》變而仍不失其正，故有盛無衰，詩之源也。（二）吾言後代之詩，有正有變，其正變係乎詩，謂體格、聲調、命意、措辭，新故、升降之不同，此以詩言時。詩遞變而時隨之，〔三〕故有漢、魏、六朝、唐、宋、元、明之互爲盛衰，惟變以救正之衰，故遞衰遞盛，詩之流也。從其源而論，如百川之發源各異，其所從出雖萬派，而皆朝宗於海〔一〕，無弗同也；從其流而論，如河流之經行天下，而忽播爲九河〔二〕，河分九而俱朝宗於海，則亦無弗同也。

【注】

〔一〕朝宗於海：《書・禹貢》：「江漢朝宗於海。」朝宗，原指諸侯朝見天子。《周禮・春官・大宗伯》：「春見曰朝，夏見曰宗。」

〔二〕如河流二句：《書・禹貢》叙黄河流經河北平原中部後「又北播爲九河」，據《爾雅・釋水》爲徒駭、太史、馬頰、覆釜、胡蘇、簡、絜、鈎盤、鬲津。

【箋】

〔一〕世有升降，詩有正變，這是論詩者的常談。謝良琦《與王貽上書》：「且人之遭遇於世，其不能不異者，時也；其不能不同者，性情也。知其不能不異、不能不同，而强與爲同異者，至愚者也。故自其異者而觀之，則《三百篇》一變而漢魏，再變而六朝，再變而唐、而宋、而明。自其同者而觀之，則皆詩也，皆古人所以自道其性情者也。謂世有升降，則詩有盛衰，此固風會使然。若謂性情亦與爲疏滯，有是理乎？」

（二二）宋陳耆卿《上樓内翰書》：「論文之至，六經爲至。經者，道之所寓也。故經以載道，文以飾經。文近則經弗傳，經弗傳而道即不存也。《書》之質，《詩》之變，《易》之動，《禮》之宜，《樂》之和，《春秋》之嚴，蓋與天地均闔闢，與日月爭光明，優優乎大哉，必如是而後爲天下之至文也已。子思氏得之而中庸，孟軻氏得之而醇，屈原得之而幽，莊周得之而博。降是則有太史公之潔，賈生之明，相如之富，揚雄之雅，班固之典，韓愈之閎深，柳宗元之健，元結之約，李白之逸，杜甫之工，門庭軌轍，不能一概。」（《篔窗集》卷五）

（二三）汪琬《唐詩正序》：「《詩》《風》、《雅》之有正變也，蓋自毛、鄭之學始。成周之初，雖以途歌巷謡，而皆得列於正；幽厲以還，舉凡諸侯、夫人、公卿大夫閔世病俗之所爲，而莫不以變名之。正變之云，以其時，非以其人也。故曰志微噍殺之音作而民憂思，嘽諧慢易之音作而民康樂，（中略）觀乎詩之正變而其時之廢興治亂污隆得喪之數，可得而鑒也。（中略）吾嘗由是説以讀唐詩，有唐三百年間，能者相繼，貞觀、永徽諸詩，正之始也，然而雕刻組繢，殆不免陳、隋之遺焉；開元、天寶諸詩，正之盛也，然而李、杜兩家并起角立，或出於豪俊不羈，或趨於沉著感憤，正矣有變者存；降而大曆以迄元和、貞元之際，典型具在，猶不失承平故風，庶幾乎變而不失正者與！自是之後，其辭漸繁，其聲漸細，而唐遂陵夷以底於亡，説者蓋比諸檜曹無譏焉。凡此皆時爲之也。」（《堯峰文鈔》卷二六）葉燮《汪文摘謬》云：「昔夫子删《詩》，未聞有正變之分。自漢儒紛紜之説起，而《詩》始分正變。宋儒往往有非其説者。今篇首曰『蓋自毛、鄭之學始』，似有不足爲憑之意，固無害也。又言『正變之云，以其時，非以其人』，是似也。然斯言也，就時以言詩，而言周之時之詩則可，自周以後，則『以其時』之一言，有斷斷不然者。何也？《三百篇》之後，群然推爲五言之祖而奉以爲正者，必曰漢之建安。彼其時何時也？權奸竊國，賊弑帝后。蘇氏有云：『鬼亦欲唾其面。』而詩家稱曹氏父子爲詩典型。同時王粲等七子，又皆僞朝之私人，稱功頌德，不遺餘力。其時正耶？變耶？其詩正耶？變耶？自是以降，六朝淫靡不足論。有唐三百年詩，有初、盛、中、晚之分，論者皆以初、盛爲詩之正，中、晚爲詩之變，所謂以時云云也。然就初而論，在貞觀則時之正，而詩不能反陳隋之變；永徽以後，武氏篡唐，爲開闢以來未有之奇變。其時作者如沈、宋、陳、杜諸人之詩，爲正耶？爲變耶？（中略）正變之説加之於《三百篇》，已非吾夫子本旨，而欲踵其説於《三百篇》之後，妄爲配合支離，論時論詩，習爲陳腐之談，何異聾者審音、瞽者辨色，徒自爲囈語也。」

【評】

這一節論詩歌風會的變化，分源流兩段，源不可以盛衰論，流則盛衰遞變。這是葉燮所創的一種很獨特的文學史觀。源不可以盛衰論，表面上是尊經，實質上是將《三百篇》的盛衰問題懸置起來。這樣可以避免觸及經學裏那些複雜的、很難自圓其説的問題。《詩》正變之説出自漢儒，然宋人如王柏《詩總聞》、程大昌《考古編》都質疑《詩序》，以爲正變之説不可信。朱熹、王應麟雖仍用正變説《詩》，但或以作者，或以篇章論正變，與毛、鄭之説異趣。又有主正變爲音樂之異而非世道、政教之異的説法。自宋人掙脱漢儒政教論的藩籬，就詩篇自身的體格、流派來論詩文正變，反過來對經學也産生一些影響，帶來正變問題的紛争。如果將後世詩歌的正變與《詩》通而論之，必然引致糾纏不清的問題。葉燮説源不可以盛衰論，如同禪家所謂的截斷衆流，將《三百篇》的正變同盛衰的價值判斷脱鈎，同時也與後代詩歌相分離，這就使問題簡明化了，可以輕鬆地從五言詩的開端來討論詩歌史，避免許多無謂的紛争。當時汪琬同在吴中講學，持論與葉燮針鋒相對，兩人交相攻訐至水火不容。汪琬《唐詩正序》也有正變之説，吴宏一先生據葉燮《汪文摘謬》以爲此節文字係針對汪琬而發，可備一説。

一之九　歷考漢魏以來之詩，循其源流升降，不得謂正爲源而長盛，變爲流而始衰。惟正有漸衰，故變能啓盛。如建安之詩，正矣，盛矣；相沿久而流於衰。(一)後之人力大者大變，力小者小變。六朝諸詩人，間能小變，而不能獨開生面〔一〕。唐初沿其卑靡浮艷之習，句櫛字比，非古非律，詩之極衰也。而陋者必曰〔二〕：此詩之相沿至正也。不知實正之積弊而衰也。(二)迨開、寶諸詩人，始一大變，彼陋者亦曰：此詩之至正也。不知實因正之至衰，變而爲至盛也。(三)盛唐諸詩人，惟能不爲建安之古詩，吾乃謂唐有古詩。(四)若必摹漢魏之聲調字句，此漢魏有詩，而唐無古詩矣。且彼所謂陳子昂以其古詩爲古詩，正惟子昂能自爲古詩，所以爲子昂之詩耳。〔五〕然吾猶謂子昂古詩，尚蹈襲漢魏蹊徑，竟有全似阮籍《咏懷》之作者〔三〕，失自家體段，〔六〕猶砦子昂不能以其古詩爲古詩，乃翻勿取其自爲古詩，不亦異乎！〔七〕

【注】

〔一〕獨開生面：杜甫《丹青引》：「凌烟功臣少顔色，將軍下筆開生面。」趙次公注：「凌烟畫像，顔色已暗，而曹將軍重爲之畫，故云開生面。」

〔二〕陋者：見識狹隘的人。《荀子·修身》：「少見曰陋。」

〔三〕阮籍（二一〇—二六三），字嗣宗。陳留尉氏（今屬河南）人。建安詩人阮瑀之子，官步兵校尉。後人輯有《阮嗣宗集》。

【箋】

〔一〕郝敬《藝圃傖談》卷一「古詩」：「漢魏變爲六朝，其間晉、隋、宋、齊、梁、陳，代有作者，不可謂不日新。總之謂六朝耳，寧詎謂晉、隋勝宋、齊，宋、齊勝梁、陳乎？唐變爲近體，其間初、盛、中、晚，亦不可謂不日新，總謂之唐耳，寧詎謂初勝中、晚乎？」卷二「辭賦」：「造化往來，日新之謂盛德，文章其著者也。六經降而爲諸子，四代降而爲漢唐，作者遞興。創始則新，已陳即故。自天爲膏雨，落地成混潦。即使《陽春》、《白雪》，一唱再唱三唱，市人皆效之，不足聽矣。《三百篇》之變而爲騷也，騷之變而爲賦也，又變而爲古詩，古詩變而爲近體，近體變而爲小辭者，當其變也，不可謂非日新。沿襲久，蠹濫不可收，亦不足貴矣。」

（二）李重華《貞一齋詩説》：「漢魏以來未知律，自然流出，所謂空中天籟是已。陳、隋欲爲律而未悟其法，非古非律，詞多淫哇，不足效也。」

（三）此文似針對汪琬而發。汪琬解《詩》論《詩》，每以《風》、《雅》之變爲重心。《詩問十四則》有三則文字專論正變，即《風雅正變》、《正雅》、《變風變雅之終》。《詩大序》以爲：「《風》、《雅》之分，正變也。」《風雅正變》疑云：「一國之詩，有正有變焉；一時之詩，有正有變焉。吾疑其不可以國次、世次拘也。」主張凡言正變，必當考求其詩，「褒美之詩爲正，則刺譏之詩爲變也；和平德義之詩爲正，則哀傷淫佚之詩爲變也」。俞無殊、汪家楨、汪森編選《唐詩正》三十卷，汪琬撰序以爲正變之説「以其時，非以其人」，「觀乎詩之正變，而其時之廢興治亂、污隆得喪之數，可得而鑒也」。據此論唐詩，云：「貞觀、永徽諸詩，正之始也，然而雕刻組繢，殆不免陳、隋之遺焉；開元、天寶諸詩，正之盛也，然而李、杜兩家并起角立，或出於豪俊不羈，或趨於沉著感憤，正矣有變者存；降而大曆以訖元和、貞元之際，典型具在，猶不失承平故風，庶幾乎變而不失正者與！自是之後，其辭漸繁，其聲漸細，而唐遂陵夷以底於亡，説者蓋比諸鄶曹無譏焉。凡此皆時爲之也。」視開元、天寶之詩爲正，李、杜之詩正中有變，大曆至貞元、元和之詩，變而不失其正，而後則失其正。序末又借俞無殊等人之口，表白了對正變的取捨：「正者，吾取之；變不失正者，吾又取之。」葉燮《汪文摘謬》録《唐詩正序》一文，條分縷析，以作辯駁：

孔子刪《詩》，未聞有正變之分，自漢儒之説起，《詩》始分爲正變，宋儒對此已有駁斥。所謂正變「以其時，非以其人」，似是而不盡然。以「時」論周之時之詩則可，周以後則不可「以其時」一語爲斷。如五言詩，後世奉建安爲正，而其時爲亂世。唐詩以初、盛爲正，中、晚爲變，然而「在貞觀則時之正，而詩不能反陳、隋之變。永徽以後，武氏纂唐，爲開闢以來未有之奇變。其時作者如沈、宋、陳、杜諸人之詩，爲正耶？爲變耶？盛唐則開元之時正矣，而天寶之時爲極變。其時李、杜、王、孟、高、岑諸人，生於開、寶之間，其詩將前半爲正，後半爲變耶？」孔子未嘗明言正變，但言「思無邪」。選詩者可存正而黜邪，何必斤斤於「時」？且孔子未嘗「存正而黜變」，後人翻欲盡變而黜之。推原其故，「胸中既無明見，依違於漢儒之膚説，既又遷易其辭，以正變歸之時運。迨執時運之説，則又窮於論詩，於是又遷就以附會之，掣肘支離，終無一定之衡」。

（四）李重華《貞一齋詩説》：「自唐沈、宋創律，其法漸精，又別作古詩，是有意爲之，不使稍涉於律，即古、近迥然二途；猶度曲者，南北兩調矣。究之，朝華夕秀，善之者自詣其極，何嘗無五古耶？」

（五）自李攀龍「唐無五言古詩」之論出，後人議論紛紜，贊同者固不乏王夫之一輩崇尚漢魏六朝的詩家，然十不及一二，而非議者則十之八九，前文已有引述。此處肯定陳子昂古詩之獨創性，前人亦有此見。許學夷《詩源辯體》卷三五：「李于鱗《唐詩選序》本非確論，冒伯麟極稱美之，可謂惑矣。序曰：『唐無五言古詩，而有其古詩。陳子昂以其古詩爲古詩，弗取也。』愚按，謂子昂以唐人古詩而爲漢魏古詩弗取，猶當；謂唐人古詩非漢魏古詩而皆弗取，則非。觀其所選唐人五言古僅十四首，而亦非漢魏之詩，是以唐人古詩皆非漢魏弗取耳。」又曰：「予嘗謂，學詩者當取古人所長，濟己之短，乃爲善學。于鱗謂『唐無五言古詩』，『太白七言古，往往强弩之末』，此雖意見有偏，亦是己不能騁而忌人之騁耳。觀其所選唐人五、七言古，是豈足以知唐人，又豈足以知李杜哉？」馮班《鈍吟雜録》卷三「正俗」：「李于鱗云唐無五言古詩，陳子昂以其古詩爲古詩，立論甚高，細詳之全是不可通。祇如律詩始於沈、宋，開元、天寶已變矣。又可云盛唐無律詩，杜子美以其律詩爲律詩乎？子昂法阮公，尚不謂古，則于鱗之古，當以何時爲斷？若云未能似阮公，則于鱗之五言古，視古人定何如耶？有目者共鑒之。」延君壽《老生常談》：「李于鱗云：『唐無五古詩，而有其古詩。』此正不相沿襲處。唐去漢魏已稍遠，隋末纖靡甚矣，倘沿去則日趨日下。曲江諸人振起之功甚偉，不可謂唐無古詩。獨工部出，目短曹、劉，氣靡屈、賈，前無古人，後無來者。」王禮培《小招隱館談藝録》卷一：「李于鱗謂唐無五言古詩，陳子昂以其古詩爲古詩，言其氣韻自别於漢魏。此種見解是求其似而不求其真，所以膚廓而有優孟衣冠之誚。」又卷三：「子昂之不能比於嗣宗，則將曰嗣宗之不能比於蘇李，可乎？則將曰明無五言古詩，李、何、王、李以其詩爲五言古詩，可乎？李、何、王、李力求其似，便失其真，標榜虚聲，抵死不返。」

（六）體段是葉燮喜歡用的概念，《外篇上》云「他如湯惠休『初日芙蓉』，沈約『彈丸脱手』之言，差可引伸，然俱屬一斑之見，終非大家體段」，《外篇下》云「如此便於客中見主，不失自家體段」，又云「蓋此處不當更以賓作排場，重複掩主，便失體段」，大致爲身段、模樣之義。薛雪《一瓢詩話》四三則：「一題到手，必觀其如何是題之面目，如何是題之體段，如何是題之神魂。做得題之神魂摇曳，則題之面目、體段，不攻自破矣。」

（七）關於陳子昂學漢魏、阮籍《咏懷》，皎然《詩式》卷三「論盧藏用《陳子昂集序》」即云：「子昂《感遇》三十首，出自阮公《咏懷》。」宋徵璧《抱真堂詩話》曾説：「于鱗曰『子昂自以古詩爲古詩』，予謂工部可當此語，子昂似未足。」李重華《貞一齋詩説》：「陳伯玉是阮嗣宗的派。」劉熙載《藝概・詩概》：「阮嗣宗《咏懷》，其旨固爲淵遠，其屬辭之妙，去來無端，不可踪迹。後來如射洪《感遇》、太白《古風》，猶瞻望弗及矣。」

【評】

這一節講了兩個問題，一是論正變與盛衰的不同步性，正相沿而必至衰，變極創而可啓盛，其間消息須就具體的詩史階段來考察，難以一概而論。這雖屬針對汪琬而發，但思路很可能受到王世貞的啓發。王世貞《藝苑卮言》卷四云：「六朝之末，衰颯甚矣。然其偶儷頗切，音響稍諧，一變而雄，遂爲唐始，再加整栗，便成沈、宋。人知沈、宋律家正宗，不知其權輿於三謝，橐鑰於陳、隋也。詩至大曆，高、岑、王、李之徒，號爲已盛，然才情所發，偶與境會，了不自知其墮者。如『到來函谷愁中月，歸去蟠溪夢裏山』，『鴻雁不堪愁裏聽，雲山况是客中過』，『草色全經細雨濕，花枝欲動春風寒』，非不佳致，隱隱逗漏錢、劉出來。至『百年將半仕三已，五畝就荒天一涯』，便是長慶以後手段。吾故曰衰中有盛，盛中有衰，各含機藏隙。盛者得衰而變之，功在創始；衰者自盛而沿之，弊蹶趨下。又曰：勝國之敗材，乃興邦之隆幹；熙朝之佚事，即衰世之危端。此雖人力，自是天地間陰陽剥復之妙。」他説初唐之盛孕於六朝之衰，而盛唐之盛又含中唐之衰。雖然兩人對初唐爲衰爲盛的判斷略有不同，但他們對盛衰消長之理的認識是一致的。王世貞的概括甚至更爲清晰，這是因爲不涉及正、變概念的緣故，葉燮的盛、衰觀涉及正變，多一層關係，便顯得更複雜一點。在談到中古詩歌的消長時，葉燮由前文對六朝諸家不能獨開生面、盛唐諸家始大變詩風的判斷，引發出「力大者大變，力小者小變」的論斷。這樣，對詩史演變的解釋就從前人籠統的「關乎世運」落實到作家能力的層面上，爲下文提出「唐詩爲八代以來一大變，韓愈爲唐詩之一大變，其力大，其思雄，崛起特爲鼻祖」以及推杜甫、蘇軾與韓愈爲古今最重要的詩人，作了必要的鋪墊。這一節談的另一個問題是對陳子昂古詩的評價，葉燮認爲陳子昂恰恰因爲不專摹漢魏、自爲其詩，纔形成自己的風貌，但他覺得陳子昂還不能盡脱漢魏窠臼，時有太似阮籍《咏懷》而失自家體段處。這充分顯示，葉燮立論的出發點在於創新，衹有創新纔具有存在的意義和價值。

一之一〇　杜甫之詩，包源流，綜正變。自甫以前，如漢魏之渾朴古雅，六朝之藻麗穠纖、澹遠韶秀，甫詩無一不備。〔一〕然出於甫，皆甫之詩，無一字句爲前人之詩也。自甫以後，在唐如韓愈、李賀之奇奡〔二〕，劉禹錫、杜牧之雄傑，劉長卿之流利〔三〕，温庭筠、李商隱之輕艷〔三〕，以至宋、金、元、明之詩家，稱巨擘者無慮數十百人〔四〕，各自炫奇翻異，而甫無一不爲之開先。〔二〕此其巧無不到，力無不舉，長盛於千古，不能衰，不可衰者也。今之人固群然宗杜矣，亦知杜之爲杜，乃合漢魏、六朝并後代千百年之詩人而陶鑄之者乎？唐詩爲八代以來一大變〔五〕，韓愈爲唐詩之一大變，其力大，其思雄，崛起特爲鼻祖〔六〕。宋之蘇、梅、歐、蘇、王、黄〔七〕，皆愈爲之發其端，可謂極盛。〔三〕而俗儒且謂愈詩大變漢魏，大變盛唐，格格而不許，何異居蚯蚓之穴，習聞其長鳴，聽洪鐘之響而怪之，竊竊然議之也！〔四〕且愈豈不能擁其鼻〔八〕，肖其吻，而效俗儒爲建安、開寶之詩乎哉？開寶之詩，一時非不盛，遞至大曆、貞元、元和之間〔九〕，沿其影響字句者且百年。此百餘年之詩，其傳者已少殊尤出類之作，不傳者更可知矣。必待有人焉起而撥正之，則不得不改弦而更張之〔一〇〕。〔五〕愈嘗自謂「陳言之務去」，〔六〕想其時陳言之爲禍，必有出於目不忍見、耳不堪聞者。使天下人之心思智慧，日腐爛埋没於陳言中，排之者比於救焚拯溺，可不力乎？而俗儒且栩栩然俎豆愈所斥之陳言〔一一〕，以爲秘異而相授受，可不哀耶！故晚唐詩人，亦以陳言爲病，但無愈之才力，故日趨於尖新纖巧，俗儒即以此爲晚唐詬厲〔一二〕。嗚呼，亦可謂愚矣！至於宋人之心手日益以啓，縱横鈎致〔一三〕，發揮無餘藴，非故好爲穿鑿也。譬之石中有寶，不穿之鑿之，則寶不出。〔七〕且未穿未鑿以前，人人皆作模棱皮相之語〔一四〕，何如穿之鑿之之實有得也。〔八〕如蘇軾之詩，其境界皆開闢古今之所未有，天地萬物，嬉笑怒罵〔一五〕，無不鼓舞於筆端，而適如其意之所欲出。此韓愈後之一大變也，而盛極矣。〔九〕自後或數十年而一變，或百餘年而一變！或一人獨自爲變，或數人而共爲變，皆變之小者也。其間或有因變而得盛者，然亦不能無因變而益衰者。

【注】

〔一〕奇奡：奇肆矯健貌。

〔二〕劉長卿（約七二六—約七八七）：字文房，河間（今屬河北）人。約天寶十一載（七五二）進士，官至隨州刺史。有《劉長卿集》十卷。

〔三〕温庭筠（約八一二—八六六）：本名岐，字飛卿，太原祁（今山西祁縣）人。官至國子助教。有《温飛卿詩集》。

〔四〕巨擘：擘，大拇指，後用「巨擘」喻特別傑出的人物。《孟子·滕文公下》：「於齊國之士，吾必以（陳）仲子爲巨擘焉。」

〔五〕八代：通常指東漢、魏、晉、宋、齊、梁、陳、隋。

〔六〕鼻祖：始祖。《漢書·揚雄傳》：「有周氏之蟬嫣兮，或鼻祖於汾隅。」

〔七〕蘇、梅、歐、蘇、王、黄：指蘇舜欽、梅堯臣、歐陽修、蘇軾、王安石、黄庭堅。蘇舜欽、梅堯臣見《内篇上》「一之三」注〔三四〕。蘇軾（一〇三七—一一〇一），字子瞻，號東坡居士。眉州眉山（今屬四川）人。嘉祐進士，官至翰林學士。有《東坡七集》、《東坡樂府》。王安石（一〇二一—一〇八六），字介甫，號半山。撫州臨川（今江西撫州）人。慶曆進士，累官至禮部侍郎，同中書門下平章事。有《臨川先生文集》。黄庭堅（一〇四五—一一〇五），字魯直，號山谷道人，晚號涪翁。洪州分寧（今江西修水）人。治平進士，官至起居舍人。有《山谷集》。

〔八〕擁其鼻：《晉書·謝安傳》：「安本能爲洛下書生咏，有鼻疾，故其音濁，名流愛其咏而弗能及，或手掩鼻以斅之。」

〔九〕大曆：唐代宗年號，公元七六六至七七九年。貞元：唐德宗年號，公元七八五至八〇五年。元和：唐憲宗年號，公元八〇六至八二〇年。

〔一〇〕改弦而更張之：改變思路或策略。《漢書·董仲舒傳》：「竊譬之琴瑟不調，甚者必解而更張之，乃可鼓也。」

〔一一〕栩栩然：欣然自得的樣子。《莊子·齊物論》：「昔者莊周夢爲胡蝶，栩栩然胡蝶也。」俎豆：古代祭祀所設器皿，引申爲祭祀、崇奉之義。《莊子·庚桑楚》：「而竊竊焉欲俎豆予於賢人之間。」

〔一二〕詬厲：酷厲的批評。

〔一三〕鈎：揭示深隱的内涵；致：達到深遠的境界。

〔一四〕模棱皮相之語：含混而膚淺的議論。模棱，含混不確定；皮相，膚淺、表面。

〔一五〕嬉笑怒罵：此用黄庭堅《東坡先生真贊》語：「東坡之酒，赤壁之笛，嬉笑怒罵，皆成文章。」

【箋】

〔一〕此即發揮唐元稹《唐故工部員外郎杜君墓係銘并序》之意：「余讀詩至杜子美，而知大小之有總萃焉。（中略）至於子美，蓋所謂上薄《風》、《雅》，下該沈、宋，言奪蘇、李，氣吞曹、劉。掩顔、謝之孤高，雜徐、庾之流麗，盡得古今之體勢，而兼人人之所獨專矣。使仲尼考鍛其旨要，尚不知貴，其多乎哉？苟以爲能所不能，無可無不可，則詩人以來，未有如子美者。」

〔二〕胡應麟《詩藪》内編卷四：「盛唐一味秀麗雄渾。杜則精粗、巨細、巧拙、新陳、險易、淺深、濃淡、肥瘦，靡不畢具。參其格調，實與盛唐大别，其能會萃前人在此，濫觴後世亦在此。且言理近經，叙事兼史，尤詩家絶睹，其集不可不讀，亦殊不易讀。」錢謙益《曾房仲詩序》：「自唐以降，詩家之途轍，總萃於杜氏。大曆後以詩名家者，靡不由杜而出。」（《初學集》卷三二）馮班《鈍吟雜録》卷三「正俗」：「蘇子瞻云，詩至子美，一變也。自元和、長慶以後，元白、韓孟并出，杜詩始大行，自後亦無能出杜之範圍矣。」卷七又云：「子美中興，使人見《詩》、《騷》之義，一變前人，而前人皆在其中。惟精於學古，所以能變也，此曹、王以後一人耳。」

〔三〕歐陽修《六一詩話》：「退之筆力，無施不可，而嘗以詩爲文章末事，故其詩曰『多情懷酒伴，餘事作詩人』也。然其資談笑，助諧謔，叙人情，狀物態，一寓於詩，而曲盡其妙。此在雄文大手，固不足論，而余獨愛其工於用韻也。蓋其得韻寬，則波瀾横溢，泛入傍韻，乍還乍離，出入回合，殆不可拘以常格，如《此日足可惜》之類是也。得韻窄，則不復傍出，而因難見巧，愈險愈奇，如《病中贈張十八》之類是也。余嘗與聖俞論此，以謂譬如善馭良馬者，通衢廣陌，縱横馳逐，惟意所之。至於水曲蟻封，疾徐中節，而不少蹉跌，乃天下之至工也。聖俞戲曰：『前史言退之爲人木强，若寬韻可自足而輒傍出，窄韻難獨用而反不出，豈非其拗强而然與？』坐客皆爲之笑也。」韓愈在唐時以文著名，以「杜詩韓筆」與杜甫齊名，到宋代經歐陽修表揚後，韓詩遂爲人所重。張戒《歲寒堂詩話》云：「蘇黄門子由有云，唐人詩當推韓、杜，韓詩豪，杜詩雄，然杜之雄亦可以兼韓之豪也。此論得之。詩文字畫，大抵從胸臆中出，子美篤於忠義，深於經術，故其詩雄而正；李太白喜任俠，喜神仙，故其詩豪而逸。退之文章侍從，故其詩文有廊廟氣。退之詩正可與太白爲敵，然二豪不并立，當屈退之第三。」張元幹《亦樂居士文集序》：「前輩嘗云，詩句當法子美，其他述作無出退之。韓、杜門庭，風行水上，自然成文，俱名活法。金聲玉振，正如吾夫子集大成，蓋確論也。」（《蘆川歸來集》卷九）吴沆《環溪詩話》：「環溪從兄嘗從容謂，古今詩人既多，各是其是，何者爲正？環溪云：若論詩之妙，則好者固多。若論詩之正，則古今唯有三人，所謂一祖二宗，杜甫、李白、韓愈是也。仲兄云：『唐詩唯稱李、杜，吾弟又言韓愈，何也？』環溪云：『李、杜是韓愈所伏者，韓愈又是後來所伏者。』」李東陽《麓堂詩話》：「韓、蘇詩雖俱出入規格，而蘇尤甚。蓋韓得意時，自不失唐詩聲調。如《永貞行》固有杜意，而選者不之及，何也？楊士弘乃獨以韓與李、杜爲三大家不敢選，豈亦有所見耶？」然則將韓愈視爲古今三大詩人之一，在當時仍屬葉燮獨家的看法。一般都將韓愈看作是中唐詩變之一股力量，如吴喬《逃禪詩話》謂：「由盛唐而錢、劉，而子厚，而用晦，而山甫，昭諫，自一源流出，降殺以等，故爲正變。韓、孟、元、白千奇萬變，其派各出，不與初、盛同流，故爲大變。用晦、山甫、昭諫猶今世之儒生，韓、孟、元、白，老、莊、楊、墨也。」而葉燮則在中唐之變中更突出了韓愈的作用，他在《唐百家詩序》中也寫道：「三代以來，文運如百谷之川流，異趣争鳴，莫可紀極。迨貞元、元和之間，有韓愈氏出，一人獨立而起八代之衰。自是而文之格之法之體之用，分條共貫，無不以是爲前後之關鍵矣。三代以來，詩運如登高之日上，莫可復逾。迨至貞元、元和之間，有韓愈、柳宗元、劉長卿、錢起、白居易、元稹輩出，群才競起而變八代之盛。自是而詩之調之格之聲之情，鑿險出奇，無不以是爲前後之關鍵矣。」(《已畦文集》卷八)沈德潛《唐詩别裁集》卷七評韓愈：「昌黎從李、杜崛起之後，能不相沿習，别開境界，雖縱横變化，不迨李、杜，而規模堂廡，彌見闊大，洵推豪傑之士。」亦本自師説而有所發揮也。

（四）自陳師道《後山詩話》謂：「學詩當以子美爲師，有規矩故可學。退之於詩，本無解處，以才高而好爾。」「退之以文爲詩，子瞻以詩爲詞，如教坊雷大使之舞，雖極天下之工，要非本色。」又述黄庭堅語曰：「杜之詩法，韓之文法也。詩文各有體，韓以文爲詩，杜以詩爲文，故不工爾。」後來非議者不乏其人。如張戒《歲寒堂詩話》所云：「韓退之詩，愛憎相半。愛者以爲雖杜子美亦不及，不愛者以爲退之於詩本無所得，自陳無已輩皆有此論。然二家之論俱過矣，以爲子美亦不及者固非，以爲退之於詩本無所得者，談何容易耶？退之詩大抵才氣有餘，故能擒能縱，顛倒崛奇，無施不可。放之則如長江大河，瀾翻洶涌，滚滚不窮；收之則藏形匿影，乍出乍没，姿態横生，變怪百出，可喜可愕，可畏可服也。」明王世貞《藝苑卮言》卷三也説：「韓退之於詩，本無所解，宋人呼爲大家，直是勢利他語。」鄭梁《四大家詩鈔序》：「今人耳食李、杜之外，頗稱韋、柳，而極詆退之之横空盤硬爲中唐變格。至永叔、子瞻，則直斥爲宋詩不足觀。嗟乎，是豈知大家之所以爲大家者哉？」（《鄭寒村全集·見黄稿》卷二）

（五）詩至中唐，不得不變，前人多有論之。陸時雍《詩鏡總論》：「中唐詩近收斂，境斂而實，語斂而精。勢大將收，物華反素。盛唐鋪張已極，無復可加，中唐所以一反而之斂也。初唐人承隋之餘，前華已謝，後秀未開，聲欲啓而尚留，意方涵而不露，故其詩多希微玄澹之音。中唐反盛之風，攢意而取精，選言而取勝，所謂綺綉非珍，冰紈是貴，其致迥然異矣。然其病在雕刻太甚，元氣不完，體格卑而聲氣亦降。故其詩往往不長於古而長於律，自有所由來矣。」吴喬《圍爐詩話》卷三：「初盛大雅之音，固爲可貴，如康莊大道，無奈被沈、宋、李、杜諸公塞滿，無下足處，大曆人不得不鑿山開道，開成人抑又甚焉。若抄舊而可爲盛唐，韋、柳、温、李之倫，其才識豈無及弘、嘉者？而絶無一人，識法者懼也。」毛奇齡《西河詩話》談到元稹、白居易詩的藝術傾向時也曾指出：「蓋其時丁開、寶全盛之後，貞元諸君皆怯於舊法，思降爲通侻之習，而樂天創之，微之、夢得并起而效之，（中略）不過舍密就疏，舍方就圓，舍官樣而就家常。」所謂「怯於舊法」用布魯姆的話來説就是「影響的焦慮」，這段話也確實可以説觸及了布魯姆的問題。

（六）韓愈《答李翊書》：「愈之所爲，不自知其至猶未也。雖然，學之二十餘年矣，始者非三代、兩漢之書不敢觀，非聖人之志不敢存，處若忘，行若遺，儼乎其若思，茫乎其若迷。當其取於心而注於手也，惟陳言之務去，戛戛乎其難哉！」（《韓昌黎文集校注》卷三）薛雪《一瓢詩話》四七則：「昌黎先生云：陳言務去。可知不去陳言，終無新意。能以陳言而發新意，纔是大雄。古今來能有幾人？若以餖飣爲有出，拾掇爲摹神，已落前人圈圚。豈能自見性情？」姚培謙《松桂讀書堂詩話》：「昌黎云『惟陳言之務去』，此語便是千古文人秘訣。即以詩論，若只是人人道過的言語，便不消道得。偶舉義山集中《杜工部蜀中離席》一首，其中聯云：『坐中醉客兼醒客，江上晴雲雜雨雲。』二語若順文看去，不過就席中寫事寫景，有何奇特？不知奇處正在『兼醒客』、『雜雨雲』六字。蓋通篇是惜別留賓語。夫客醉則可以別，然『兼醒客』則未可別也。雲晴則又可以別，然『雜雨雲』則又未可別也。何等沉著痛快！然讀者初若不覺。又如昌黎《答張十一功曹》頷聯云：『篔簹競長纖纖笋，躑躅閑開艷艷花。』驟看之，亦只是寫湘湖間景物，乃其奇處全在『競長』、『閑開』四字。蓋此二句是反興五、六句。夫篔簹猶競長纖纖之笋，今『未報恩波知死所』，是忙既無可忙；躑躅則閑開艷艷之花，今且於『炎瘴送生涯』，是閑又閑不過也。眼前景致，口頭語，豈容村夫子藉口！」

（七）此言宋人作詩用心思之深刻。翁方綱《石洲詩話》卷四：「談理至宋人而精，説部至宋人而富，詩則至宋而益加細密。蓋刻抉入理，實非唐人所能囿也。」又曰：「宋人精詣，全在刻抉入裏，而皆從各自讀書學古中來，所以不蹈襲唐人也。然此外亦更無留與後人再刻抉者。」

（八）黄宗羲《論文管見》也曾用琢璞得玉比喻去陳言的問題：「昌黎『陳言之務去』，所謂陳言者，每一題必有庸人思路共集之處，纏繞筆端，剥去一層，方有至理可言。猶如玉在璞中，鑿開頑璞，方始見玉，不可認璞爲玉也。不知者求之字句之間，則必如《曹成王碑》，乃謂之去陳言，豈文從字順者爲昌黎之所不能去乎？」可與葉燮之説參看。

（九）蘇詩的「出奇無窮」，「極《風》、《雅》之變」，當時吕本中在《童蒙詩訓》中即有定論。李東陽《麓堂詩話》云：「昔人論詩，謂韓不如柳，蘇不如黄。雖黄亦云『世有文章名一世，而詩不逮古人者』，殆蘇之謂也。是大不然。漢魏以前，詩格簡古，世間一切細事長語，皆著不得，其勢必久而漸窮。賴杜詩一出，乃稍爲開擴，庶幾可盡天下之情事。韓一衍之，蘇再衍之，於是情與事無不可盡。而其爲格，亦漸粗矣。然非具宏才博學，逢源而泛應，誰與開後學之路哉？」田雯《丹壑詩序》：「子瞻之詩，泉源萬斛，其涌也莫可端倪，其渟也渺無涯涘。夫詩至元亮、子美，觀止矣。沿波討瀾，通津委注，譬之黄河所從來，遠而崑崙之墟，去嵩高數萬里，尚可溯而識之。咄咄坡老，世之論詩者有重趼追尋、望風謝路已耳，是以奇也。」（《古歡堂集》卷二四）又《使蜀草序》：「宋之眉山長公尤奇之甚者，其爲文章也，泉源萬斛，雲行風偃，一意孤行，飛揚跋扈，凡古今著作家縱號宏博，無不可温尋端委，探窺涯涘，獨至長公，所謂神仙中人，未有能識其所以然者。」（同上）沈德潛《説詩晬語》卷下：「蘇子瞻胸有烘爐，金銀鉛錫，皆歸熔鑄。其筆之超曠，等於天馬脱羈，飛仙游戲，窮極變幻，而適如意中所欲出。韓文公後，又開闢一境界也。」

【評】

這一節具體闡説漢魏以後盛衰遞變之迹與偉大作家的作用。他心目中古今最偉大的詩人是杜甫、韓愈、蘇軾，這三位也就是對詩史的變革産生最大影響的人物。這種看法并非葉燮所獨有，清初曹禾《漁洋續集序》也有類似的説法：「詩之教垂於聖人，聖人定爲經以治後世之性情，使歸於正。騷人之詞，漢魏之作，班班也；陵遲極於梁陳，少陵杜氏起而振之，所謂上薄《風》《雅》，下該沈宋，盡古今之體勢，兼人人之獨專，其集成之聖與？夫陳隋之際，詩道中衰，藉無杜氏，則詩人忠厚之意，與作者比興之旨，皆汩没而不彰。前無所承，後無可述，聖人之教或幾乎熄矣。杜氏之功，不在删《詩》正樂之下，其儼然紹《風》《雅》之統無惑也。昌黎韓氏擴而爲怪奇譎詭，眉山變而爲汪洋恣肆，唯陳言之務去，而師古人之意，統緒相承，未之或異也。唐宋之詩人多矣，獨三家者爲大宗，而杜氏之功甚偉。」但葉燮更具體地闡述了三家「大變」的詩史背景、變革方式及其歷史意義，顯出獨到的批評眼光。杜甫承先啓後，不僅集前代之大成，更開後世無數法門；韓愈懲於大曆以來的陳熟，一變以生新奇奡，遂發宋詩之端；蘇東坡則盡破前人藩籬，開闢古今未有的境界，而天地萬物之理事情從此發揮無餘。三位詩人的歷史作用印證了前文提出的「變」與「力」大小的關係，不僅從「力」的角度揭示了文學史演進的動力機制，也爲下文論述作家稟賦的構成提供了例證。

一之一一　大抵古今作者，卓然自命，必以其才智與古人相衡，不肯稍爲依傍，寄人籬下〔一〕，以竊其餘唾。（一）竊之而似，則優孟衣冠〔二〕；（二）竊之而不似，則畫虎不成矣〔三〕。故寧甘作偏裨〔四〕，自領一隊，（三）如皮、陸諸人是也〔五〕。（四）乃才不及健兒，假他人餘焰，妄自僭王稱霸，實則一土偶耳。生機既無，面目塗飾，洪潦一至〔六〕，皮骨不存。而猶侈口而談，亦何謂耶？

【注】

〔一〕寄人籬下：《南史·張融傳》：「丈夫當删《詩》、《書》，制禮樂，何至因循寄人籬下？」

〔二〕優孟衣冠：楚丞相孫叔敖卒，優孟著叔敖衣冠見莊王，莊王以爲孫叔敖復生，使爲相。見《史記·滑稽列傳》。

〔三〕畫虎不成：《後漢書·馬援傳》：「效季良不得，陷爲天下輕薄子，所謂畫虎不成反類狗者也。」

〔四〕偏裨：偏將和裨將，輔佐主將者。《三國志·魏書·張楊傳》：「徵天下豪傑，以爲偏裨。」

〔五〕皮：即皮日休（約八三八—約八八三），字襲美，一字逸少。嘗居鹿門山，自號鹿門子，又號間氣布衣、醉吟先生。竟陵（今屬湖北天門）人（據《北夢瑣言》）。咸通進士，歷官至毗陵副使。有《皮子文藪》。

陸：即陸龜蒙。參《內篇上》「一之三」注〔三一〕。

〔六〕洪潦：暴雨後的大水。潦，同澇。張協《雜詩》其十：「洪潦浩方割，人懷昏墊情。」

【箋】

（一）李天馥《歷代詩發序》：「夫鍾、譚之於詩，虞山謂其一知半解。然鍾、譚行其是而弗疑，斯以成其爲鍾、譚也。如爲鍾、譚者，思以包羅和會，盡人而悦之，則無鍾、譚矣。古之爲文章，爲道術者亦然。有寧執一己之見，而不肯寄人籬落者矣。文章不獨相如、子雲、昌黎、眉山，即六朝，即西崑，文之靡者，然亦斷斷不相襲也。是之謂豪傑之士。」（范大士《歷代詩發》卷首）

（二）胡應麟《詩藪》外編卷五引李夢陽云：「黄、陳師法杜甫，號大家。今其詩傳者，不香色流動，如入神廟，坐土木骸，即冠服人等，謂之人可乎？」及其操觚自運，模擬益甚，至清初人反以優孟衣冠、土偶塗飾斥之，如錢謙益《曾房仲詩序》：「獻吉輩之言詩，木偶之衣冠也，土菑之文繡也。爛然滿目，終爲象物而已。」（《初學集》卷三二）薛所藴《曹峨雪詩序》：「明李、何、王、李倡爲雄麗高華之什，後學轉相摹效，如衣冠飾土偶而貌具存，意味索然，於《風》《雅》一道何居？此襲之爲痼疾也。」（《淡友軒集》卷二）吴喬《答萬季野詩問》：「自分稷、卨，自許愛君憂國之心，未是少陵，無其心而强爲其説，縱得遺辭逼肖，亦是優孟冠裳，與土偶蒙金何異？無過奴才而已。」即此意也。

（三）此説後來爲門人薛雪所發揮。《一瓢詩話》第二則云：「學詩須有才思，有學力，尤要有志氣，方能卓然自立，與古人抗衡。若一步一趨，描寫古人，已屬寄人籬下；何況學漢魏則拾漢魏之唾餘，學唐宋則啜唐宋之殘膏。非無才思學力，直自無志氣耳！昔吾師横山先生云：『竊古人竊之似，則優孟衣冠；不似，則畫虎不成。與其假人餘焰，妄自僭王稱霸，孰若甘作偏裨，自領一隊。』不然，豈獨《風》

《雅》掃地，其志術亦可窺矣。」又爲袁枚《隨園詩話》卷三所稱道：「王夢樓侍講云，詩稱家數，猶之官稱衙門也。衙門自以總督爲大，典史爲小。然以總督衙門之擔水夫，比典史衙門之典史，則亦寧爲典史，而不爲擔水夫。何也？典史雖小，尚屬朝廷命官；擔水夫衙門雖尊，與他無涉。今之學杜、韓不成，而矜矜然自以爲大家者，不過總督衙門之擔水夫耳。葉横山先生云：『好摹仿古人者，竊之似，則優孟衣冠；竊之不似，則畫虎類狗。與其假人餘焰，妄自稱尊，孰若甘作偏裨，自領一隊。』」

（四）張實居答郎廷槐問：「詩自李、杜以來，大家名家，指不勝屈。毋論貞元、元和，即晚唐温、李、皮、陸輩，各有至處，自成一家。」（《師友詩傳録》）陸次雲《皇清詩選序》：「迨至有唐，聲詩聿盛，一洗晉、宋、齊、梁、陳、隋之弊，至於大曆以後，氣體漸殊，似乎中晚之才，遠遜初盛。余謂未嘗遜也。中晚詩人，皆傑出之士，非不能追踪前哲，而羞語雷同，故寧不得大家之名，别開生面，此亦猶楚騷、漢賦，異體同源，其調雖似不平，總歸於和平而止也。」（《北墅緒言》卷四）

【評】

葉燮認爲，自三大家之後，詩史再無大的變革，祇有小的創變，視詩人能力大小而或盛或衰，各有得失。歷史上所有的作家没有不想創新的，最終各人的造詣取決於才力的大小。自量其才力能否與前賢抗衡，是否足以開闢新境界，是每個詩人都不能回避的問題。有志氣的詩人，即使才力不足以變革時尚，開闢天地，也當如晚唐皮、陸諸人，因其才性，自成一體，而不可像明人那樣學唐學杜，依傍門户，俯仰隨人。中國古代俗語説「寧爲鷄頭，勿作鳳尾」，英國詩人愛德華·揚格説「獨創者的野心不下於凱撒，後者宣稱他寧願在村子裏當第一人，而不願在羅馬城當第二人」（《試論獨創性作家》第八三頁），德國批評家赫爾德説「最卑謙的天才也討厭品第比較。他寧爲一村之首，不願屈居凱撒之下」（韋勒克《近代文學批評史》第一卷第二四五頁），都是講這個道理。

一之一二　惟有明末造，諸稱詩者專以依傍臨摹爲事，不能得古人之興會神理，〔一〕句剽字竊，依樣葫蘆〔一〕。如小兒學語，徒有喔咿〔二〕，聲音雖似，都無成説，令人噦而却走耳〔三〕。乃妄自稱許，曰此得古人某某之法。尊盛唐者，盛唐以後，俱不掛齒。近或有以錢、劉爲標榜者〔四〕，舉世從風，以劉長卿爲正派。〔二〕究其實，不過以錢、劉淺利輕圓，易於摹仿，〔三〕遂呵宋斥元。又，推崇宋詩者，竊陸游、范成大與元之元好問諸人婉秀便麗之句〔五〕，以爲秘本。〔四〕昔李攀龍襲漢魏古詩樂府，易一二字便居爲己作；〔五〕今有用陸、范及元詩句，或顛倒一二字，或全竊其面目，以盛誇於世，儼主騷壇，傲睨今古，豈惟風雅道衰，抑可窺其術智矣。〔六〕

【注】

〔一〕依樣葫蘆：即俗語所云依葫蘆畫瓢。魏泰《東軒筆録》卷一載：陶穀自五代至宋初，文翰爲一時之冠。然其爲人傾險狠媚，人皆畏而忌之。太祖雖不喜，然其詞章可用，故置於翰苑。而穀自以爲久次舊人，意希大用。乃俾其黨羽，因事薦引，謂穀久在詞禁，宣力實多。太祖笑曰：頗聞翰林草制，皆檢前人舊本，改换詞語，此乃俗所謂依樣畫葫蘆耳，何宣力之有？穀聞之，乃作詩，書於玉堂之壁，曰：「官職須由生處有，才能不管用時無。堪笑翰林陶學士，年年依樣畫葫蘆。」

〔二〕喔咿：咿亦作吚，强顔歡笑貌。《楚辭·卜居》：「將哫訾栗斯，喔咿儒兒以世婦人乎？」王逸注：「强笑噱也。」

〔三〕噦：嘔吐。

〔四〕錢：即錢起（約七二〇—約七八二），字仲文。吴興（今浙江湖州）人。天寶進士，官至考功郎中。與盧綸、韓翃、李端、耿湋、崔峒、司空曙、苗發、夏侯審、吉中孚等并稱「大曆十才子」。有《錢考功集》。

劉：即劉長卿。參《内篇上》「一之一〇」注〔二〕。

〔五〕便麗：流暢輕麗。

【箋】

〔一〕這裏已埋下論「法」的伏筆，神理就是「法」的精神。朱紹本《定風軒活句參》：「少陵曰詩律細，律言其法，細言其理。法原本於理，理自然有法，（中略）專言法律，與從法律入手者，寃却多少才人。從理路入手者，人人皆靈，句句皆活，法自寓於此中矣。」

（一一）袁嘉穀《卧雪詩話》卷四：「宋人學唐律，多宗少陵。明人學唐律，又重東川、輞川，而皆不道及文房，豈誤於五言長城之評，遂忘其七言耶？」按：此言未確。顧起綸《國雅品》評李攀龍有云：「觀察故有《唐選》行於世，五言乃止於劉長卿，自序謂唐詩盡於是矣，雖儲、韋、錢、郎并削之，其取指頗示嚴峻。」李攀龍《唐詩選》大行於世，學者風靡，明代後期詩壇漸流行學劉長卿的風氣。王士禛《漁洋詩話》卷下：「明末七言律詩有兩派，一爲陳大樽，一爲程松圓。大樽遠宗李東川、王右丞，近學大復；松圓學劉文房、韓君平，又時時染指陸務觀，此其大略也。」盧世㴶《劉隨州詩鈔》：「隨州之詩之所以能行遠者，以其真也，特其藏真於淡，令人無迹可尋耳。隨州之詩之所以不厭真者，以其淡也。惟其淡處皆真，所以尋味不盡耳。且世之賞隨州者，徒以其近體已爾，而隨州五言古詩之妙，世或未之知也。不佞殆獵其微矣。其制五言也，直舉胸懷，無携徑造，不虛構，不貪多，窮貌以寫真，緣情以定式，自開堂奥，盡掃藩籬，美哉詩乎！誠蘇李之血胤，而陶謝之好友也。不佞姑妄言之，能破《選》體者，方許談古詩；能不爲五言者，方能爲五言。蓋他人之拙，拙在衿局；隨州之巧，巧在認題：一詩有一詩之題，一題有一題之詩，此不得移而之彼焉，彼不得竄而之此焉。潔净精微，確不可拔者，隨州也。本立而道生，要具而體會，繇是溢而爲五言律，溢而爲七言律，再溢爲五言排律，爲七言古詩，爲五、七言絶句，香秀纖柔，高寒蒼翠，等閑一語，使人竟日徘徊，甚矣隨州之厚也！惟厚如隨州，始能爲淡；惟淡如隨州，始可以淡。如雪如石，如空中無色，雲翔霞絢，和天倪而無行地，豈復容人擬議耶？是最養詩者淡也，淡何負於詩哉？吾師乎，吾師乎！詩可以興，可以觀，規矩方員之至，不佞既已遜心此道，有枕藉隨州、生死工部而已。」（《尊水園集略》卷八）婁堅《書孟陽所刻詩後》：「其爲七言近體，以清切深穩爲主，蓋得之劉隨州爲多。」嚴首升《瀨園詩話》：「劉文房五、七言近體，清真圓雅，可爲後人式。絶句尤妙。古體排律皆不逮。」何世璂述《然燈紀聞》載王士禛語云：「七律宜讀王右丞、李東川，尤宜熟玩劉文房諸作。」翁方綱《唐人律詩論》亦云：「乃至近日言七律者，亦自中晚唐作者言之，其他人不知者勿論已，即以新城王漁洋深於詩者，亦首舉劉文房七律以教後學。」（《復初齋文集》卷八）宗元鼎《芙蓉集》卷首載王士禛《厹猶舟中燈下録寄》云：「七言律詩至中唐之文房、晚唐之義山，風騷極則也。近人侈口頎、甫，都遠神解。梅岑獨斟酌二家之長，自成一體。」王士禛《漁洋詩話》卷上：「南昌重建滕王閣落成，名流競爲賦詩，推彭少宰羡門擅場。中聯云：『依然極浦生秋水，終古寒潮送夕陽。』余常喜諷咏之，謂劉文房、郎君胄無以過也。」李鄴嗣《散懷十首序》云「手抄一本，以示萬生允誠，使爲古詩，則學二謝；爲今體，則學劉文房」（《杲堂詩鈔》卷六），又《讀鄧孝威甬上詩四首》稱「七言争杜叟，五字亦文房」（《杲堂詩續鈔》卷四），魏禧《耒湖詩集序》稱洪亭玉五律「瀏亮者爲劉長卿，老健者爲杜子美」（《魏叔子文集》卷一〇），毛奇齡《南士七律序》稱「南士爲詩，度越前人，高者岑參，卑者劉長卿也」（《西河文集》序七），鄭方坤《本朝名家詩鈔小傳》卷三孫致彌《杕左堂詩鈔小傳》稱「學士嘗自言某詩自劉隨州、劉賓客入，今集中七言律最夥，婉麗和諧，誠入二劉之室」。這些資料均可以説明當時詩壇學劉長卿風氣之盛。

（三）至於將劉長卿與錢起相提并論的，則有姜宸英《史蕉飲蕪城詩集序》：「今世稱詩家，上者規模韓、蘇，次則撏扯楊、陸，高才橫厲，固無所不可。及拙者爲之，弊端百出，險辭單韻，動即千言；街坊諺語，盡充比興。不復知作者有源流派別，徒相與爲聒噪而已。於此之時，而有擷王、孟之遺芬，標錢、劉之逸韻，思以大變乎其積習，譬如披涼風、激清流以灑執熱而拂埃坷，使人快然不知煩懣之去體。其有功於斯事何如耶？」（《西溟文鈔》卷一）王巖《鄭有常詩序》：「昔劉隨州、錢考功繼盛唐而首開中唐之先，化盛唐重厚之氣而變爲輕新。後世詩人苦盛唐之難臻，喜中唐之可悦，而隨州、考功使讀者耳目一新，千百世下猶想見其風氣變化，實有氣機移易於其間，不知其然而然者。今鄭子之詩，清新而俊逸，輕遠而閑曠，即欲以祧盛唐而禰隨州、考功之遺響，不亦可乎？」（《白田文集》卷四）

（四）這裏所指斥的推崇宋詩者，應該包括程嘉燧、錢謙益、汪琬等。竊陸游、元好問者，是程孟陽、錢謙益。錢謙益《與方爾止》：「近代思變杜者，以單薄膚淺爲中唐，五言律中兩聯不對，謂之近古，此求變而轉下者也。唐人如岑嘉州、王右丞、錢考功皆於杜老争勝毫芒，晚唐則陸魯望、皮襲美，金源則元裕之，風指穠厚，皆能攔截衆流。」（《尺牘蘭言》卷一）明代以來對宋詩的肯定始於公安派，而實際取法宋詩者則肇自程孟陽，王漁洋稱他「學劉文房、韓君平，又時時染指陸務觀」（《漁洋詩話》）。錢謙益《姚叔祥過明發堂共論近代詞人戲作絶句十六首》之一言：「姚叟論文更不疑，孟陽詩律是吾師。溪南詩老今程老，莫怪低頭元裕之。」（《牧齋初學集》卷一七）《復遵王書》又云：「僕少壯失學，熟爛空同、弇山之書。中年奉教孟陽諸老，始知改轅易向。孟陽論詩，自初、盛唐及錢、劉、元、白諸家，無不析骨刻髓，尚未能及六朝以上，晚始放而之劍川、遺山。余之津涉，實與之相上下。」（《牧齋有學集》卷三九）門人瞿式耜《初學集序》稱：「先生之詩，以杜、韓爲宗，而出入於香山、樊川、松陵，以迨東坡、放翁、遺山諸家，才氣橫放，無所不有。」李振裕《善鳴集序》：「虞山錢牧齋先生乃始排時代升降之論而悉去之，其指示學者，以少陵、香山、眉山、劍南、道園諸家爲標準，天下始知宋、金、元詩之不可廢，而詩體翕然其一變。」（《白石山房集》卷一四）錢謙益後亦推崇陸游，「素稱宋人詩當學務觀」（《西河詩話》）。費錫璜《百尺梧桐閣遺稿序》云：「自明人摹擬唐調，三變而至常熟，乃極稱蘇、陸，以新天下耳目。」田易《魯思亭詩序》亦云：「牧齋之論興，而效蘇、陸者比肩。」（《天南一峰集》）影響所及，「今海内宗虞山教言，於南渡推放翁，於明推天池生」（毛奇齡《盛元白詩序》），以至「天啓、崇禎間忽尚宋詩，實不知宋三百年事迹，而惟見一陸游」（賀裳《載酒園詩話》卷一）。諸聯《明齋小識》卷八：「吾鄉詩學，陳、李諸公倡爲雲間派，天下景從，無敢訾議。自康熙子丑以降，盡好范、陸詩，家置一編，捨其醇，學其疵，格律議論，性情風韻，悉置不講，唯以平易率直，互相標榜。詩壇月旦，絶少公評。」當時推崇陸游者，尚有田雯，其《古歡堂雜著》中詩話四卷，於宋人皆略而不論，獨有取於陸游，摘其七絶佳句尤夥，蓋亦其瓣香所在，獨有會心也。李振裕《白石山房集》卷三亦有《讀陸放翁詩鈔》云：「不向人間乞唾餘，詩家流弊盡掃除。」而竊范成大者，則汪琬也。鄭方坤《本朝名家詩鈔小傳》卷二論汪琬詩，針對閻若璩「僅可妝點山林，附庸風雅，比於山人清客」之説，謂其「大致脱去唐人窠臼，而專以宋爲師，於宋人中所心摹手追者石湖居士而已。取徑太狹，造語太纖，且隱逸閑適話頭未免千篇一律」。閻若璩《潛丘札記》

卷四《跋堯峰文鈔》：「何屺瞻告余：放翁之才，萬頃海也。今人第以其『疏簾不捲留香久』等句，遂認作蘇州老清客耳。」蓋亦指汪也。拙著《王漁洋與康熙詩壇》誤以此語指錢謙益，陳偉文博士舉當時的一些文獻記載相示，認爲葉燮此處是針對論詩牴牾的汪琬而發。如計東《鈍翁生壙志》稱汪氏「詩則跳蕩於范致能、陸務觀、元裕之諸公間」，沈德潛《國朝詩別裁集》卷四謂汪琬「中年後以劍南、石湖爲宗」，卷一○葉燮小傳又載：「先生初寓吴時，吴中稱詩者多宗范、陸，究所獵者，范、陸之皮毛，幾於千手雷同矣。先生著《原詩》内外篇四卷，力破其非，吴人士始多訾謷之，先生殁後，人轉多從其言者。」其説甚確。謹識於此，并致謝忱。

（五）李攀龍《滄溟集》中樂府、五言擬古之作，如卷一《長歌行》其三：「耿耿不能寐，寤言起仿徨。」《短歌行》：「但爲君故，駕言旋歸。」「鳥不厭高，魚不厭深。」《當鰕䱇行》：「吾謀適不用，駕言歸故鄉。」《塘上行》：「新人斷流黄，故人斷紈素。」「恩愛儻中還，皓首以爲期。」《相逢行》：「君家誠易知，甲第城南隅。黄金爲君堂，白玉爲門樞。」「東方千餘騎，兄弟一何殊。」《善哉行》：「慊慊惜費，智者所嗤。」《飲馬長城窟行》：「遠望不如歸，游子日依依。」「高臺知天風，鴻雁知天霜。」卷二《悲歌》：「欲駕車無輗，欲渡河無梁。中夜顧形影，泣下沾衣裳。」卷三《録別》其二：「晨風野蕭條，浮雲西北馳。河梁臨往路，遠望令人悲。」《録別》（又三首）其一：「霏霏羅帷影，明月在我床。起視河漢流，寥寥夜未央。出亦以徘徊，入亦以仿徨。」凡此之類都屬於點竄漢樂府、古詩語句，天吴紫鳳，錯出其間。洪亮吉《北江詩話》卷二云：「至詩文講格律，已入下乘，然一代亦必有數人如王莽之摹《大誥》、蘇綽之仿《尚書》，其流弊必至於此。明李空同、李于鱗輩，一字一句，必規仿漢魏、三唐，甚至有竄易古人詩文一二十字即名爲己作者，此與蘇綽等亦何以異？」這不是李攀龍一個人的問題，整個明代詩都模擬唐人，甚至稍改唐人詩一二字即爲己句。當時已有人論及這個問題，如俞弁《逸老堂詩話》卷下云：「天台王古直有《述懷》詩，『窮將入骨詩還拙，事不縈心夢亦清』之句，李西涯稱賞之，載於《麓堂詩話》。余少曾見《唐宋詩選》一首，但忘其姓氏，詩云：『纔到中年百念輕，獨於風月未忘情。貧將入骨詩方好，事不縈心夢亦清。萬卷難圖金馬貴，一生長與白鷗盟。幸然不作諸侯客，猶恐江湖識姓名。』惜古直全篇未之見耳。」據此則王古直「窮將」一聯顯然是竊自前人。朱彝尊《静志居詩話》卷一三余有丁《送張崌崍肖甫》「何事新芳歇，王孫不可留」脱胎於王維《山居秋暝》「隨意春芳歇，王孫自可留」。謝榛《秋暮書懷》「木落風高萬壑哀，山川縱目一登臺」，係仿杜甫《登高》「風急天高猿嘯哀」、「百年多病獨登臺」。《中秋無月同李子朱王元美李于鱗比部賦得城字》「鴻雁清秋游子意，梧桐白露故園情」，則從李白《送友人》「浮雲游子意，落日故人情」化出。這都是直接化用字句的，至於暗襲唐人詩意的，則比較隱蔽。如張含「鴻雁不傳天外字，芙蓉空照水中花」句，從南唐中主李璟《攤破浣溪沙》「青鳥不傳雲外信，丁香空結雨中愁」化出。朱彝尊《静志居詩話》卷三王恭條附録林衡者摘其佳句，謂有大曆十子遺音。今按其所舉有「鳥外明河秋一葉，天涯涼月夜千峰」、「幾處移家驚落葉，十年歸夢在孤舟」，前一聯脱胎於韓翃《酬程延秋夜即事見贈》「星河秋一雁，砧杵夜千家」，後一聯脱胎於李端《宿淮浦憶司空文明》「秦地故人成遠夢，楚天涼雨在孤舟」。又鄭作《除夕》云：「除夕愁難破，還家夢轉頻。十年江海客，孤館別離人。殘漏聽還静，寒燈坐愈親。梅花滿南國，誰寄一枝春？」中兩聯顯係脱胎於戴叔倫《除夕宿石頭驛》「寒燈獨可親」，「一年將盡夜，萬里未歸人」三句，而味愈薄。明人學唐多有這種情形。

（六）這幾句也是暗指汪琬詩蹈襲宋人。查爲仁《蓮坡詩話》卷上：「汪苕文編修琬《贈人》云：『家臨緑水長洲苑，人在青山短簿祠。』與沐景容《滄海遺珠集》所載日本使臣天祥《題虎丘寺》『樓臺半落長洲苑，簫鼓時來短簿祠』之句相似，細味之，用意各別，詩格亦自不同。崑山葛翼甫《蓼航雜説》云：鈍翁作詩，規模舊句，間出新意。如『裝池故苑無名畫，傳寫前賢未刻書』，本方夔『屏張前代無聲畫，架插今生未見書』；『須扶醉日移來竹，亟護分前接過華』，本范成大『開嘗臘尾蒸來酒，點數春頭接過華』；『呼我不妨頻應馬，逢人何敢遽稱猫』，本陸游『偶爾作官羞問馬，頽然對客但稱猫』；『酴醾過了吾何恨，笋老莼殘最惱人』，本陸游『荷花折盡渾閑事，老却莼絲最惱人』；『深山交舊俱無恙，惟欠尊前麴秀才』，本白居易『樽前百事皆依舊，檢點惟無薛秀才』；『玉輦不來花落盡，掠鷹臺上鳥空啼』，本段成式『鳳輦不來春欲盡，空留鶯語到黄昏』。如此甚多，不能悉數。」

【評】

這一節抨擊明末以來的摹擬剽竊，重在説明模擬對象的變化，一是唐詩派學大曆詩家錢起、劉長卿，一是宋詩派學陸游、范成大、元好問。從文中對唐詩派「呵宋斥元」的不滿可以看出，葉燮是崇尚宋詩的，祇不過他心目中宋詩的偉大作家是蘇軾，所以對程孟陽、錢謙益推崇陸游、范成大深感不滿，對汪琬衹取陸游婉秀便麗之風也不以爲然。其實自王漁洋在康熙初年提倡宋詩，尤其是推崇黄庭堅之後，田雯、曹禾輩從而響應之，一時宗宋風氣爲之丕變，由唐調之宋轉趨於宋調之宋。而尤珍《介峰札記》卷三載吴虞升述汪琬之言曰：「放翁如山澗水瀉來，令人抵當不住。非無本之水，亦非有涯之泉也。看來詩集之富，未有如放翁者，少陵後斷推大宗。蘇以古文策論名世，不專以詩，今人漫慕坡仙，故推尊之而不及陸。其實北宋蘇、南宋陸，兩公并美，而陸則更開生面，性情學問，非流俗人所能窺也，豈得僅以詩人目之？」則汪琬後來或因觀念改變，或欲澄清誤解，也曾盛稱陸游才華的浩瀚。葉燮這裏的説法，矛頭所指還在明末的程孟陽、錢謙益，清初的汪琬，可能是較早寫成的文字，迨及成書的康熙中葉則已近乎無的放矢了。

一之一三　大凡人無才則心思不出，無膽則筆墨畏縮，無識則不能取捨，無力則不能自成一家。而且謂古人可罔〔一〕，世人可欺，稱格稱律，推求字句，動以法度緊嚴，扳駁銖兩〔二〕。内既無具，援一古人爲門户，藉以壓倒衆口。〔一〕究之何嘗見古人之真面目，而辨其詩之源流、本末、正變、盛衰之相因哉！更有竊其腐餘，高自論説，互相祖述〔三〕，此真詩運之厄！故竊不揣，謹以數千年詩之正變、盛衰之所以然，略爲發明，以俟古人之復起。更列數端於左。

【注】

〔一〕罔：矇騙。《論語·雍也》：「人之生也直，罔之生也幸而免。」邢昺疏：「罔，誣罔也。」劉寶楠《正義》：「罔本訓無，誣者皆造爲虚無，故曰罔。」

〔二〕扳駁銖兩：計較細枝末節。扳駁，審度、糾正；銖兩，比喻極輕的分量。漢代以二十四銖爲一兩，十六兩爲一斤。

〔三〕祖述：遵循前人的學説。《禮記·中庸》：「仲尼祖述堯舜，憲章文武。」《墨子·尚賢上》：「尚欲祖述堯舜禹湯之道。」

【箋】

〔一〕毛奇齡《王枚臣西臺雜吟序》引王先吉語：「有明諸君閎閥過峻，第恢其一門，而凡三衢九術，縱横汗衍，千蹄萬幅之不可紀極者，悉閼抑勿通，是使隘也。夫青黄殊色而齊暗於目，竽笙異音而同調於耳。河水多廣流，不廢支漯；鄧林有奇材，不翳榛莽。必欲執一元之管以定中聲，據二《南》之詩以概篇什，豈通人之事哉？」（《西河文集》序十一）李鄴嗣《杲堂文鈔》黄宗羲序：「其間一二黠者，緣飾應酬，爲古文辭則又高自標致，分門别户，才學把筆，不曰吾由何、李以溯秦漢者也，則曰吾由二川以法歐、曾者也。黨朱、陸，争王、薛，紛紜狡獪，有巨子以爲之宗主，吾其可以與於斯文矣。此如奴僕挂名於高門巨室之尺籍，其錢刀阡陌之數，府藏筐篋所在，一切未曾經目，但虚張其喜怒，以恫喝夫田騶織子，耳目口鼻皆非我有。」（《杲堂詩文集》）王夫之《明詩評選》卷四評湯顯祖《答丁右武稍遷南僕丕懷仙作》：「三百年來，李、何、王、李、二袁、鍾、譚，人立一宗，皆教師槍法，有花樣可仿，故走死天下如騖。」王士禛《黄湄詩選序》：「近人言詩，好立門户，某者爲唐，某者爲宋，李、杜、蘇、黄，强分畛域，如蠻觸氏鬥於蝸角而不自其陋也。」（《漁洋山人文略》卷二）田同之《與沈歸愚庶常論詩因屬其選裁本朝風雅以挽頹波》：「《風》《雅》《頌》《騷》歷今古，英靈秀氣各含吐。八代三唐兩宋間，但有正變無門户。底事有明三百年，分疆别界如秦楚。」（《硯思集》卷二）

【評】

葉燮分析明末標榜門户、舉世風靡的原因，不外乎是學者在才、膽、識、力四個方面有所虧欠。他的論述方式值得注意，通常都是不動聲色地提出核心概念，引發讀者思考，然後再一一拎出專門闡發。才、膽、識、力是構成作家資質的四個要素，後文要專門論述。孫奇逢《語録》云：「處事之道，才、識、膽三者缺一不可，然識爲甚。胸中不先具達識，則才必不充，而膽亦不堅。」葉燮更揭出一力字，認爲必有力，方能使發揮才、膽、識的效用，這就呼應了前文「力大者大變，力小者小變」的論斷。確實，作家的創造性和對詩歌史的貢獻是與其能力成正比的。

二之一　或問於余曰：「詩可學而能乎？」曰：「可。」曰：「多讀古人之詩而求工於詩而傳焉，可乎？」曰：「否。」曰：「詩既可學而能，而又謂讀古人之詩以求工爲未可，竊惑焉。其義安在？」余應之曰：　詩之可學而能者，盡天下之人皆能讀古人之詩而能詩，今天下之稱詩者是也；（一）而求詩之工而可傳者，則不在是。何則？大凡天姿人力，次叙先後，雖有生學困知之不同〔一〕，而欲其詩之工而可傳，則非就詩以求詩者也。（二）我今與子以詩言詩，子固未能知也；不若借事物以譬之，而可曉然矣。

【注】

〔一〕生學困知之不同：《論語·季氏》：「孔子曰，生而知之者上也；學而知之者次也；困而學之，又其次也；困而不學，民斯爲下矣。」

【箋】

（一）方回《虛谷桐江續集序》：「予自桐江休官閑居，萬事廢忘，獨於讀書作詩，未之或輟也。客或過予廬，見予之無一時不讀書，無一日不作詩也，則問之曰：『讀書作詩亦各有法乎？』予應之曰：『讀書有法，作詩無法。』客疑之，則先問予讀書之法。予謂學也者，所以學爲人而求見道也。聖人，人之極；賢人，聖之亞。欲學爲是人，而不讀書不可也。無聲無臭，道不可見。一動一静之爲陰陽，一陰一陽之爲鬼神。天之所以運，地之所以載，日月之所以代明，星辰之所以昭布風雨霜。」程康莊《宋射陵詩序》：「詩人之法，可學而至。獨才與氣之間，其隱在内，體無定端，雖有善者，亦不能爲之强同。苟求其善，操己之長，與性冥通，則適於道，而皆有可傳。」（《程昆侖先生文集》）錢陸燦《答徐甥問詩書》：

「要之此事勤學而多爲之自工。」（《尺牘蘭言》卷一）方世泰《輟鍛録》：「未有熟讀唐人詩數千百首而不能吟詩者，未有不讀唐人詩數千百首而能吟詩者。讀之既久，章法、句法、用意、用筆、音韻、神致，脱口便是，是謂大藥。藥之不效，是無詩種，無詩種者不必學詩。藥之必效，是謂佛性，凡有覺者皆具佛性，具佛性者即可學詩。」

（二）這就是陸游《示子遹》「汝果欲學詩，功夫在詩外」的意思。陳師道《後山詩話》：「孟嘉落帽，前世以爲勝絶。杜子美《九日》詩云：『羞將短髮還吹帽，笑倩旁人爲正冠。』其文雅曠達，不減昔人。故謂詩非力學可致，正須胸肚中泄爾。」楊維楨《東維子集》卷七《剡韶詩序》：「詩可學乎？曰：詩不可以學爲也。詩本性情，有性有此情，有情此有詩也。上而言之，《雅》詩情純，《風》詩情雜；下而言之，屈詩情騷，陶詩情靖，李詩情逸，杜詩情厚。詩之狀未有不以情而出也。雖然不可學，詩之所出者不可以無學也。聲和平中正，必由於情；情和平中正，或失於性，則學問之功得矣。」傅鍾琢《遂初堂詩集序》：「詩可學乎？曰可學也。詩有不可學乎？曰有不可學也。可學者，口不絶吟，手不停披，上及屈騷，蒐羅無遺，當取心而注手，惟陳言之務去，此可學者也。若夫至性之人，感於至情，含忠履潔，言爲心聲，自然音響，大呂黄鐘，此皆本天地之正，而賦於流形，得自浩然，塞乎蒼冥，譬如在下之河嶽，在上之日星，亘千古而不磨其精英，此不可學者也。」（《遂初堂詩集》）鄭珍《郘亭詩鈔序》：「段誠之云，詩非待序而傳也。余謂作者先非待詩以傳，杜、韓諸公苟無詩，其高風峻節照耀百世自若也；而復有詩，有詩而復莫逾其美，非其人之爲邪？故竊以爲古人之詩非可學而能也，學其詩，當自學其人始。誠似其人之所學所志，則性情、抱負、才識、氣象、行事皆其人，所語言者獨奚爲而不似？即不似猶似也。」

【評】

這裏提出一個最爲初學者關注的問題：詩可以通過學習而掌握嗎？或者説憑學習一定能寫出優秀的詩作嗎？錢謙益《梅村先生詩集序》自稱：「余老歸空門，不復染指聲律，而頗悟詩理。以爲詩之道，有不學而能者，有學而不能者；有可學而能者，有可學而不能者；有學而愈能者，有愈學而愈不能者。有天工焉，有人事焉。知其所以然，而詩可以幾而學也。」（《有學集》卷一七）但究竟什麽可學，什麽不可學，什麽可能，什麽不可能，語焉不詳。葉燮則將可學的限度作了具體的説明：任何人通過學習都能掌握寫詩的技巧，都能具備寫作的能力，但這并不意味着每個人都能寫出傑出的作品。從作者的角度説，「可學而能」與「求工爲未可」其實就是「會寫詩的人」和「詩人」的區别。「今天下之稱詩者」是通過學習而能寫詩的人，但他們未必能寫得出足以流傳的詩。這麽説，是否意味着寫出優秀作品的決定性因素在於詩人的天分呢？葉燮倒也不這麽認爲。他説産生傑作的決定性因素并不在詩本身，這不禁讓我們聯想到陸游訓子的名言：「汝果欲學詩，功夫在詩外。」且看下文葉燮如何闡述自己的見解。

二之二　今有人焉，擁數萬金而謀起一大宅，門堂樓廡，將無一不極輪奐之美〔一〕。

是宅也，必非憑空結撰，如海上之蜃〔二〕，如三山之雲氣〔三〕；以爲樓臺，將必有所托基焉。（一）而其基必不於荒江窮壑、負郭僻巷、湫隘卑濕之地〔四〕，將必於平直高敞、水可舟楫、陸可車馬者，然後始基而經營之，大厦乃可次第而成。我謂作詩者，亦必先有詩之基焉。詩之基，其人之胸襟是也。有胸襟，然後能載其性情智慧、聰明才辨以出，隨遇發生，隨生即盛。（二）千古詩人推杜甫，其詩隨所遇之人之境之事之物，無處不發其思君王、憂禍亂、悲時日、念友朋、吊古人、懷遠道，凡歡愉、幽愁、離合、今昔之感，一一觸類而起〔五〕，因遇得題，因題達情，因情敷句，皆因甫有其胸襟以爲基。（三）如星宿之海〔六〕，萬源從出；如鑽燧之火〔七〕，無處不發；如肥土沃壤，時雨一過，夭喬百物，隨類而興，生意各別，而無不具足。（四）即如甫集中《樂游園》七古一篇，時甫年纔三十餘，當開、寶盛時，使今人爲此，必鋪陳颺頌，藻麗雕繢，無所不極。身在少年場中，功名事業，來日未苦短也，何有乎身世之感？乃甫此詩，前半即景事，無多排場，忽轉「年年人醉」一段，悲白髮，荷皇天，而終之以「獨立蒼茫」，此其胸襟之所寄托何如也！（五）余又嘗謂晉王羲之〔八〕，獨以法書立極，非文辭作手也。蘭亭之集，時貴名流畢會，使時手爲序，必極力鋪寫，諛美萬端，決無一語稍涉荒涼者。而羲之此序，（六）寥寥數語，托意於仰觀俯察宇宙萬彙，係之感慨，而極於死生之痛，則羲之之胸襟又何如也！〔七〕由是言之，有是胸襟以爲基，而後可以爲詩文。不然，雖日誦萬言，吟千首，浮響膚辭，不從中出，如剪綵之花〔八〕，根蒂既無，生意自絶，何異乎憑虛而作室也！

【注】

〔一〕輪奐之美：建築堂皇高大。《禮記·檀弓下》：「晉獻文子成室，晉大夫發焉。張老曰：『美哉輪焉，美哉奐焉。』」鄭玄注：「輪，輪囷，言高大；奐，言衆多。」

〔二〕海上之蜃：即海市蜃樓。

〔三〕三山：傳説中東海三個仙人聚居的神山，即瀛洲、蓬丘（蓬萊）、方丈，見舊題東方朔撰《海内十洲記》。

〔四〕湫隘卑濕：《左傳·昭公三年》：「子之宅近市，湫隘囂塵，不可以居。」又見《晏子春秋·内篇雜下》。

〔五〕觸類：《易·繫辭上》：「引而申之，觸類而長之，天下之能事畢矣。」

〔六〕星宿之海：即星宿海，係黄河流散地面而成淺湖群分布的沙丘、沮洳地帶，在今青海省曲麻萊縣東北，古人認爲是黄河的發源地。《宋史·河渠志一》：「我世祖皇帝命學士蒲察篤實西窮河源，始得其詳。今西蕃朵甘思南鄙曰星宿海者，其源也。四山之間，有泉近百泓，匯而爲海，登高望之，若星宿布列，故名。」

〔七〕鑽燧：即鑽木取火。《論語·陽貨》：「鑽燧改火，期可已矣。」

〔八〕王羲之（三〇三—三六一）：字逸少。原籍琅琊臨沂（今屬山東），後遷居山陰（今浙江紹興），官至右軍將軍、會稽内史。

【箋】

（一）以造屋奠基喻文學的基礎，由來甚古。劉勰《文心雕龍·附會》：「何謂附會？謂總文理，統首尾，定與奪，合涯際，彌綸一篇，使雜而不越者也。若築室之須基構，裁衣之須緝縫也。」後楊萬里《答盧誼伯書》云：「作文如作宫室，其式有四：曰門，曰廡，曰堂，曰寢。缺其一，紊其二，崇庳之不倫，廣狹之不類，非宫室之式也。」（《楊萬里詩文集》卷六六）謝榛《四溟詩話》卷三：「夫縉紳作詩者，其形也易腴，其氣也易充；貫乎經史，粹乎旨趣，若江河有源，而滔滔弗竭，欲造名家，殊不難矣。凡擇韻平妥，用字精工，此雖細事，則聲律具焉。必先固基址而高其梁棟，樓成壯麗，乃見工輸之大巧也。」王驥德《曲律·章法》：「作曲，猶造宫室者然。工師之作室也，必先定規式，自前門而廳、而堂、而樓，或三進，或五進，或七進，又自兩厢而及軒寮，以至廩庾、庖湢、藩垣、苑榭之類，前後、左右，高低、遠近，尺寸無不了然胸中，而後可施斤斫。作曲者，亦必先分段數，以何意起，何意接，何意作中段敷衍，何意作後段收煞。整整在目，而後可施結撰。」魏禧《答毛馳黄》：「有本領者，如巨宦大賈，家多金銀，時出其所有以買田宅，營園圃，市珍奇玩好，無所不可；有家數者，如王、謝子弟，容止言談，自然大雅。有本領無家數，理識雖自卓絶，不合古人法度，不能曲折變化以自盡其意，如富人作屋，梓材丹雘，物物貴美，而結構鄙俗，觀者神氣索然。」（《魏叔子文集》卷七）李漁《閑情偶寄·結構第一》：「至於結構二字，則在引商刻羽之先，拈韻抽毫之始，如造物之賦形，當其精血初凝，胞胎未就，先爲制定全形，使點血而具五官百骸之勢。倘先無成局，而由頂及踵，逐段滋生，則人之一身，當有無數繼續之痕，而血氣爲之中阻矣。工師之建宅亦然，基址初平，間架未立，先籌何處建廳，何方開户，棟需何木，梁用何材，必俟成竹了然，始可揮斤運斧。倘造成一架，而後再籌一架，則便於前者不便於後，勢必改而就之，未成先毁，猶之築舍道旁，兼數宅之匠資，不足供一廳一堂之用矣。」

（二）袁黄《騷壇漫語》：「凡作詩未論才質，先論心田；未論工夫，先論人品。若心地光明，無纖毫塵垢，如陶靖節，不曾刻意雕琢，直寫其胸中之趣，自然出塵。人品高邁，有鳳凰翔於千仞意象，則其出詞吐氣，定自不凡。今人以鄙穢之胸襟，圖不朽之盛事，渾身落世情窠臼中，而欲揚扢風雅，何異濯纓泥滓之渦，振衣風塵之路，去詩道甚遠。雖能襲字句，具聲響，亦如乞兒説飽，終非本色。」

（三）袁枚《隨園詩話》卷一四：「人必先有芬芳悱惻之懷，而後有沉鬱頓挫之作。人但知杜少陵每飯不忘君，而不知其於友朋、弟妹、夫妻、兒女間，何在不一往情深耶？觀其冒不韙以救房公，感一宿而頌孫宰，要鄭虔於泉路，招太白於匡山：此種風義，可以興，可以觀矣。後人無杜之性情，學杜之風格，抑末也。」

（四）此段文字後被門人所發揮。沈德潛《説詩晬語》卷上：「有第一等襟抱，第一等學識，斯有第一等真詩。如太空之中，不著一點；如星宿之海，萬源涌出；如土膏既厚，春雷一動，萬物發生。古來可語此者，屈大夫以下數人而已。」又云：「陶公以名臣之後，際易代之時，欲言難言，時時寄托，不獨《咏荆輞》一章也。六朝第一流人物，其詩自能曠世獨立。」薛雪《一瓢詩話》第三則云：「作詩必先有詩之基，基即人之胸襟是也。有胸襟然後能載其性情智慧，隨遇發生，隨生即盛。千古詩人推杜浣花，其詩隨所遇之人之境之事之物，無處不發其思君王、憂禍亂、悲時日、念友朋、吊古人、懷遠道，凡歡愉、憂愁、離合、今昔之感，一一觸類而起，因遇得題，因題達情，因情敷句，皆因浣花有其胸襟以爲基。如時雨一過，夭矯百物，隨地而興，生意各别，無不具足。」

（五）杜甫《樂游園歌》：「樂游古園萃森爽，烟綿碧草萋萋長。公子華筵勢最高，秦川對酒平如掌。長生木瓢示真率，更調鞍馬狂歡賞。青春波浪芙蓉園，白日雷霆夾城仗。閶闔晴開詄蕩蕩，曲江翠幕排銀榜。拂水低回舞袖翻，緣雲清切歌聲上。却憶年年人醉時，只今未醉已先悲。數莖白髮那抛得？百罰深杯亦不辭。聖朝已知賤士醜，一物自荷皇天慈。此身飲罷無歸處，獨立蒼茫自咏詩。」（《杜詩詳注》卷二）

（六）東晉穆帝永和九年（三五三）三月三日，紹興太守王羲之與謝安等四十一位名士集於紹興蘭渚的蘭亭，修禊宴飲，各賦《蘭亭詩》，王羲之爲之序，即世傳書法名帖《蘭亭序》，共二十八行，三百二十四字。其文曰：「永和九年，歲在癸丑，暮春之初，會於會稽山陰之蘭亭，修禊事也。群賢畢至，少長咸集。此地有崇山峻嶺，茂林修竹，又有清流激湍，映帶左右，引以爲流觴曲水，列坐其次。雖無絲竹管弦之盛，一觴一咏，亦足以暢叙幽情。是日也，天朗氣清，惠風和暢。仰觀宇宙之大，俯察品類之盛，所以游目騁懷，足以極視聽之娱，信可樂也。夫人之相與，俯仰一世，或取諸懷抱，悟言一室之内；或因寄所托，放浪形骸之外。雖趣舍萬殊，静躁不同，當其欣於所遇，暫得於己，快然自足，不知老之將至；及其所之既倦，情隨事遷，感慨係之矣。向之所欣，俯仰之間，已爲陳迹，猶不能不以之興懷，況修短隨化，終期於盡！古人云『死生亦大矣』，豈不痛哉！每覽昔人興感之由，若合一契，未嘗不臨文嗟悼，不能喻之於懷。固知一死生爲虚誕，齊彭殤爲妄作。後之視今，亦猶今之視昔，悲夫！故列叙時人，録其所述，雖世殊事異，所以興懷，其致一也。後之覽者，亦將有感於斯文。」

（七）這段文字也爲薛雪所發揮。薛雪《一瓢詩話》第四則：「王右軍以書法立極，非文辭名世。蘭亭之集，時貴名流畢至，使時手爲序，必極力鋪寫，諛美萬端，決無一語稍涉荒涼者。而右軍寥寥數語，托意於仰觀俯察宇宙品類之感慨，而極於死生之痛，則右軍之胸襟何如也！昭明《文選》不收此序，蘇東坡以小兒强作解事斥之，雖不因此，亦屬快心。」

（八）剪綵之花，是明清以來論詩常用的一個比喻。蔣寅《金陵生小言》卷六「詩學蠡酌」：「袁枚《隨園詩話》有剪綵花之喻，郭沫若嘗非之，謂其不懂工藝之美，甚固。此喻莫知由來，而爲詩論家所習用。明安磐《頤山詩話》：『唐之名家，自立機軸。譬猶群花，各有丰韻。乃或剪綵以像生，或繪畫而傍影，終非真也。』陸時雍《詩鏡總論》：『晉詩如叢綵爲花，絶少生韻。』錢謙益《書瞿有仲詩卷》：『剪綵不可以爲詩也，刻楮不可以爲葉也。』孫枝蔚《溉堂文集》卷一《易老堂集序》：『有本之木，雖蒼枝冷萼，自有一種幽鮮之色，與夫剪紙爲牡丹、芍藥者異矣。』潘耒《遂初堂集》卷八《胡漁山詩集序》：『剪綵鏤紙以爲花，五色相鮮，非不絢爛也，而人曾不留盼；水邊籬下，嫣然一枝，則賞而玩之，真意存焉耳。』吕留良《古處齋集序》：『剪綵而綴之，一枝之間而四時之花具，然而人不加賞者，其生趣絶，其性非也。』楊繩武《論文四則》：『若使刻木爲人，剪綵爲花，圖繪之山川鳥獸，雖窮形極相，生意已盡，焉得爲真。』黄之雋《詹言》卷上：『真則久，僞則暫，然而剪綵之花，摶土之果，飾僞亂真，列肆而粥之，供几而玩之，翩如燦如，閲歲月而不壞。』鮑瑞駿《桐花舸詩鈔・與周朴卿太守士澄論詩即題其集》：『發爲古文章，天地恣騰踔。興至一流連，亦挾全神到。不然翦綵花，豈真春意鬧。』凌霄輯《鍾秀集》卷五張安保《論詩五首寄呈舒丈鐵雲位王丈仲瞿良士》：『奈何世俗詩，辭藻競雕琢。譬如剪綵花，生意殊索索。』冒春榮《葚原詩説》卷二：『若徒工屬對而乏意義，又不講通首章法，譬之剪綵爲花，全無活相，弗尚也。』汪端《明三十家詩選》卷六下謂王世貞所標榜諸子『如剪綵爲花，穠麗炫目，絶無香韻』。沈善寶《名媛詩話》曰：『余嘗論詩猶花也，牡丹、芍藥俱國色天香，一望知其富貴；他如梅品孤高，水仙清潔，桃濃李艷，蘭菊幽貞，此外或以香勝，或以色著，但具一致皆足賞心，何必泥定一格也。然最怕如剪綵爲之，毫無神韻，令人見之生倦。』余雲焕《味蔬齋詩話》卷二：『李、杜、韓、蘇長處固多，短處亦不少，惟有所短而後愈見其長，譬如滿樹花開，爛漫可觀，其中或有粗缺之朵，我知造化爐錘一樣面目，剪綵易之，血脉詎相類耶？』朱庭珍《筱園詩話》卷二論吴梅村五律：『處處求工，如剪綵爲花，終少生韻。』其用於論詞者，則有謝章鋌《賭棋山莊詞話》：『言勝意，剪綵之花也。』汪東《唐宋詞選評語》評盧祖皋：『其詞大都工整明蒨，然思力較弱，有如剪綵爲花，終少生氣。』按：朱鶴齡《王吏部西樵詩集序》：『今海内詩家絶盛，麗色繁聲，怡賞不給，而按其中則枵然無有，譬諸隋宫剪綵，不終夕而銷滅。』

又朱彝尊《静志居詩話》卷一三：『當嘉靖初，北地、信陽朝花已謝，滄溟集盛唐人字句以爲律，一時宗之。正猶隋苑剪綵成花，淺碧深紅，未嘗不炫人目，然生意絶少。』由是知此喻取隋宫事也。明代金璐詩云『何處歌新調，旖旎故不群。剪花金瑣瑣，鬥葉玉紛紛』，已用以喻文辭，見田藝蘅《留青日札》卷三七。然剪綵花不始於隋宫，梁鮑泉、朱超已有《咏剪綵花》詩。鮑詩云：『花生剪刀裏，從來訝逼真。風動雖難落，蜂飛欲向人。不知今日後，誰能逆作春？』知其由來甚古也。」

【評】

章學誠《文史通義·古文十弊》：「塾師講授《四書》文義，謂之時文，必有法度，以合程式。而法度難以空言，則往往取譬以示蒙學：擬於房室，則有所謂間架結構；擬於身體，則有所謂眉目筋節；擬於繪畫，則有所謂點睛添毫；擬於形家，則有所謂來龍結穴，隨時取譬。然爲初學示法，亦自不得不然。」不知這幾種比喻類型，古皆有之。葉燮《原詩》中也曾運用這幾類比喻。自本節起以造屋爲喻，論述作詩的各個環節，層層分析，層層取譬，將這一比喻的表達功能發揮得淋漓盡致。本節先闡明詩的境界取決於作者胸襟，將詩人的胸襟比作房屋的地基，舉杜甫《樂游園》、王羲之《蘭亭序》爲例，以爲這一詩一序足以見作者胸襟之所寄托。

二之三　乃作室者，既有其基矣，必將取材。而材非培塿之木、栱杷之桐、梓〔一〕，取之近地闤闠村市之間而能勝也〔二〕，當不憚遠且勞，求荆、湘之楩、楠〔三〕，江、漢之豫章〔四〕，若者可以爲棟爲榱〔五〕，若者可以爲楹爲柱〔六〕，方勝任而愉快，乃免支離屈曲之病。則夫作詩者，既有胸襟，必取材於古人，原本於《三百篇》、楚騷，浸淫於漢魏、六朝、唐、宋諸大家，皆能會其指歸〔七〕，得其神理。〔一〕以是爲詩，正不傷庸，奇不傷怪，麗不傷浮，博不傷僻，決無剽竊吞剥之病〔八〕。〔二〕乃時手每每取捷徑於近代當世之聞人，或以高位，或以虚名，竊其體裁、字句以爲秘本，謂既得所宗主，即可以得其人之贊揚獎借。生平未嘗見古人，而才名已早成矣。何異方寸之木，而遽高於岑樓耶〔九〕！若此等之材，無論不可爲大廈，即數椽茅把之居，用之亦不勝任，將見一朝墮地，腐爛而不可支。故有基之後，以善取材爲急急也。

【注】

〔一〕培塿：小土丘。柳宗元《始得西山宴游記》：「然後知是山之特出，不與培塿爲類。」拱把：即拱把。《莊子·人間世》：「宋有荆氏者，宜楸柏桑。其拱把而上者，求狙猴之杙者斬之。」兩臂合抱爲拱，一手所握爲把，拱言樹幹之粗細，把言樹枝之粗細。劉基《裕軒記》：「今元實之室，大不盈丈，高不逾仞，庭不容栱杷之木，徑不通一馬之足。」

〔二〕闤闠：指市區。《廣雅·釋宮》：「闤闠，道也。」王念孫《疏證》：「案闤爲市垣，闠爲市門，而市道即在垣與門之内，故亦得闤闠之名。」

〔三〕梗：即黄梗木，生於南方，爲建築之良材。　楠：常緑喬木，有香氣，分紫楠、大葉楠、紅楠幾類，爲建築與製作之良材。

〔四〕豫章：樟樹，有香氣，防蟲蛀，生於南方。

〔五〕榱：椽和桷的總稱，屋頂架屋面板和瓦的條木。

〔六〕楹：廳堂前部的柱子。

〔七〕指歸：宗旨、大義所在。《晉書·束皙傳》：「校綴次第，尋考指歸。」

〔八〕吞剥：即生吞活剥，生硬地襲用他人文句。劉肅《大唐新語·諧謔》：「有棗强尉張懷慶，好偷名士文章，人爲之諺曰：『活剥王昌齡，生吞郭正一。』」

〔九〕何異二句：此用《孟子·告子下》：「不揣其本，而齊其末，方寸之木可使高於岑樓。」朱熹《集注》：「岑樓，樓之高鋭似山者。」

【箋】

〔一〕楊載曰：「詩當取材於漢魏，而音律以唐爲宗。」（《元史·楊載傳》）此言後爲明代格調派所發揮，有「取材於《選》，取法於唐」的説法。葉燮這裏論取材之旨，要「原本於《三百篇》、楚騷，浸淫於漢魏、六朝、唐、宋諸大家」，而且要能會其指歸，得其神理，可見不僅眼界之廣，用意也很深，對明人的狹隘觀念是極大的反撥。

（二）這一節文字爲薛雪《一瓢詩話》第五則所轉述：「既有胸襟，必取材於古人。原本於《三百篇》、楚騷，浸淫於漢魏、六朝、唐、宋諸大家，皆能會其指歸，得其神理。以是爲詩，正不傷庸，奇不傷怪，麗不傷浮，博不傷僻，決無剽竊吞剥之病矣。」

【評】

這一節進而論取材，誡學者不能取材於近人，而必取材於古人，博采歷代大家之長，「會其指歸，得其神理」。自明代格調派有取材於《選》，取法於唐之説，詩歌的傳統和師法對象範圍被局限在很窄的範圍内，清初詩家有鑒於此，無不力求打破明人的門户壁壘，擴大詩歌取材和師法的範圍，但或宗漢魏，或尚六朝，或取徑於中晚，或泛濫於宋元，各有所趨。葉燮則將取材範圍擴大到《詩經》以迄宋代大家，雖還不及王漁洋之包容古今，但眼界已經相當開闊，故縱論詩史每具有閎通的見識。

二之四　既有材矣，將用其材，必善用之而後可。得工師大匠指揮之，材乃不枉。爲棟爲樑，爲榱爲楹，悉當而無絲毫之憾。非然者，宜方者圓，宜圓者方，枉棟之材而爲桷，枉柱之材而爲楹，天下斫小之匠人寧少耶〔一〕？世固有成誦古人之詩數萬首，涉略經史集亦不下數十萬言，逮落筆則有俚俗、庸腐、窒板、拘牽、隘小、膚冗種種諸習。此非不足於材，有其材而無匠心，不能用而枉之之故也。夫作詩者，要見古人之自命處、着眼處、作意處、命辭處、出手處，〔一〕無一可苟，而痛去其自己本來面目。〔二〕如醫者之治結疾〔二〕，先盡蕩其宿垢，以理其清虚〔三〕，而徐以古人之學識神理充之。久之而又能去古人之面目，然後匠心而出。〔三〕我未嘗摹擬古人，而古人且爲我役。〔四〕彼作室者，既善用其材而不枉，宅乃成矣。

【注】

〔一〕天下句：謂無胸襟之人每大材小用。此喻本自《孟子·梁惠王下》：「孟子謂齊宣王曰：爲巨室則必使工師求大木。工師得大木，則王喜，以爲能勝其任也；匠人斫而小之，則王怒，以爲不勝其任矣。」斫，音酌。

〔二〕結疾：鬱結滯積的病症。

〔三〕理其清虚：滌除鬱塞之物，使臟腑清浄。

【箋】

〔一〕自命處，即自我期待。嚴羽《滄浪詩話·詩法》：「觀太白詩者，要識真太白處。太白天才豪逸，語多卒然而成者。學者於每篇中，要識其安身立命處可也。」

（二）痛去其自己本來面目，指革除原先沾染的時俗習氣。唐段安節《樂府雜録·琵琶》：「貞元中有康昆侖，第一手。始遇長安大旱，詔移南市祈雨。及至天門街，市人廣較勝負，及鬥聲樂。即街東有康昆侖琵琶最上，必謂街西無以敵也。遂請昆侖登彩樓，彈一曲新翻羽調《録要》。其街西亦建一樓，東市大誚之。及昆侖度曲，西市樓上出一女郎，抱樂器，先云：『我亦彈此曲，兼移在楓香調中。』及下撥，聲如雷，其妙入神。昆侖即驚駭，乃拜請爲師。女郎遂更衣出見，乃僧也。蓋西市豪族厚賂莊嚴寺僧善本（姓段），以定東鄽之勝。翊日，德宗召入，令陳本藝，異常嘉獎，乃令教授昆侖。段奏曰：『且請昆侖彈一調。』及彈，師曰：『本領何雜？兼帶邪聲。』昆侖驚曰：『段師神人也！臣少年初學藝時，偶於鄰舍女巫授一品弦調，後乃易數師。段師精鑒如此玄妙也。』段奏曰：『且遣昆侖不近樂器十餘年，使忘其本領，然後可教。』詔許之，後果盡段之藝。」僧善本讓康昆侖忘其本領，正是盡去固有習氣的意思。王昶《詩説》：「學詩先博學，博而取約。舉古人詩反覆循玩，融洽于心胸間，下筆自然吻合。又宜先學一家，不宜雜然并學。河西女子聽康昆侖彈琵琶，謂本領何雜者，正坐此病。仿一家到極至處，自能通諸家。《楞嚴》云：『解結中心，六用不行。』皆是詩家妙諦。」（朱柱《巖客吟草》卷首）劉大觀《玉磬山房文集》卷三《上翁覃溪先生書》稱在嶺外，學詩于高密李子喬：「其見觀入手諸詩，慨然曰：『此爲《才調集》所誤，急火之。』又曰：『子之詩，如康昆侖彈琵琶，雜而不純，急于要好。昆侖十年不近樂器，始可教；子之詩三年不作，始可教。』」

（三）揆敘《侯大年詩序》：「學詩之道，舍古人其誰從？惟在得其神理而去其痕迹，斯可謂善學古人矣。世之善詩者，罔不先從古人入手，既成之後，則必自名一家。東坡云：『天下幾人學杜甫，誰得其皮與其骨？』亦譏世之學古者舍其精微而得其形似者也。」（《益戒堂文鈔》卷下）

（四）宋犖《漫堂説詩》：「作詩乃自己事，畢竟依人不得。到得能不依人之日，人來依我，我依人乎哉？」

【評】

既論取材，復論用材。用材在寫作中處於立意、構思的階段，用材妥當而作品格局乃定，故擬以宅之成。其具體步驟，則是先化去自我，充之以古人神理；再化去古人，使古人爲我所用。這個過程，正像《封神榜》中哪吒析骨還父，析肉還母，用荷葉裹身，重新獲得新的生命。化去自我不是放棄主體意識，而是滌除原有的不良習氣。帕瓦羅弟的老師波拉曾説：「通常一個學生來向你請教時，會帶來許多壞方法和習慣。即使他以前没學過聲樂，但他一定唱過歌，他心中已有自己的一套方法。如果他已定型，而且所有的方法是錯誤的，要改正起來非常非常地困難，有時幾乎是不可能的。」（《不同凡響——帕瓦羅弟的故事》）僧善本要康昆侖不近樂器十餘年，忘其本領，武俠小説裏帶藝投師的後生，師傅必先廢除其原有武功，纔傳授本門功夫，都是這個道理。

二之五

宅成，不可無丹雘赭堊之功〔一〕；〔一〕一經俗工絢染〔二〕，徒爲有識所嗤。夫詩，純淡則無味，純朴則近俚，勢不能如畫家之有不設色。古稱非文辭不爲功。文辭者，斐然之章采也〔三〕。必本之前人，擇其麗而則、典而古者，〔二〕而從事焉，則華實并茂，無夸縟鬬炫之態，乃可貴也。若徒以富麗爲工，本無奇意，而飾以奇字；〔三〕本非異物，而加以異名別號，〔四〕味如嚼蠟〔四〕。展誦未竟，但覺不堪。此鄉里小兒之技，有識者不屑爲也。故能事以設色布采終焉。

【注】

〔一〕丹雘赭堊之功：著色。丹，丹砂，俗名朱砂。雘，赤石脂一類的礦物顏料，有赤雘、青雘之分，古爲顏料的上品。赭，紅土，棕褐色的顏料。堊，白土，用作白色顏料。

〔二〕絢染：即渲染，以色彩裝飾。

〔三〕斐然：梁武帝嘗於九日朝宴，獨命蕭子顯曰：「今雲物甚美，卿得不斐然？」乃賦詩。詩成，又降旨曰：「可謂才子。」見《梁書》蕭子顯本傳。

〔四〕味如嚼蠟：指無味。《楞嚴經》卷八：「當横陳時，味如嚼蠟。」

【箋】

〔一〕《文心雕龍·程器》：「《周書》論士，方之梓材，蓋貴器用而兼文采也。是以樸斫成而丹雘施，垣墉立而雕朽附。」語本《尚書·梓材》：「若作室家，既勤垣墉，惟其塗墍茨。若作梓材，既勤樸斫，惟其塗丹雘。」孔安國傳曰：「爲政之術，如梓人治材爲器，已勞力樸治斫削，惟其當塗以漆丹以朱而後成，以言教化亦須禮義然後治。」

（二）揚雄《法言·吾子》：「詩人之賦麗以則，辭人之賦麗以淫。」

（三）如吴聿《觀林詩話》所載：「九原，《檀弓》一作『九京』，涪翁兩用之。云：『九京喚起杜陵翁。』又云：『百不試，埋九京。』即其例也。」

（四）這就是詩家所謂代語，即爲避免直接稱説對象，或以典故（如青州從事、聖人之代酒），或以比喻關係（如遠山之代眉、玉箸之代淚），或以歇後（如友于代兄弟）、借代等各種修辭手段，以代語置换其本名。吕本中《吕氏童蒙訓》：「『雕蟲蒙記憶，烹鯉問沉綿』，不説作賦，而説雕蟲；不説寄書，而説烹鯉；不説疾病，而云沉綿。『椒頌添諷味，禁火卜歡娱』，不説歲節，但云椒頌；不説寒食，但云禁火：亦文章之妙也。」袁枚《隨園詩話》卷九：「吾鄉詩有浙派，好用替代字，蓋始於宋人，而成於厲樊榭。宋人如『水泥行郭索，雲木叫鈎輈』，不過一蟹一鷓鴣耳。『歲暮蒼官能自保，日高青女尚横陳』，『含風鴨緑鱗鱗起，弄日鵝黄裊裊垂』，不過松、霜、水、柳四物而已。廋詞謎語，了無餘味。樊榭在揚州馬秋玉家，所見説部書多，好用僻典及零碎故事，有類《庶物異名疏》、《清異録》二種。董竹枝云：『偷將冷字騙商人。』責之是也。不知先生之詩，佳處全不在是。嗣後學者，遂以瓶爲『軍持』，橋爲『略彴』，箸爲『挾提』，棉爲『芮温』，提燈爲『懸火』，風箱爲『扇隤』，熨斗爲『熱升』，草屨爲『不借』；其他青奴、黄奶、紅友、緑卿、善哉、吉了、白甲、紅丁之類，數之可盡，味同嚼蠟。余按《世説》：郝隆爲桓温南部參軍。三月三日作詩曰：『鯫隅躍清池。』桓問何物，曰：『魚也。』桓問：『何以作蠻語？』曰：『千里投公，纔得蠻部參軍，那得不作蠻語？』此用替代字之濫觴。《文選》中詩，以日爲『耀』，靈風爲『商飈』，月爲『蟾魄』，皆此類也。唐陳子昂出，始一洗而空之。」王國維《人間詞話》：「詞忌用替代字。美成《解語花》之『桂華流瓦』，境界極妙，惜以『桂華』二字代月耳。夢窗以下，則用代字更多。其所以然者，非意不足，則語不妙也。蓋意足則不暇代，語妙則不必代。此少游之『小樓連苑』、『綉轂雕鞍』所以爲東坡所譏也。」又云：「沈伯時《樂府指迷》云，説桃不可直説破桃，須用『紅雨』、『劉郎』等字；咏柳不可直説破柳，須用『章臺』、『霸岸』等字。若惟恐人不用代字者。果以是爲工，則古今類書具在，又安用詞爲耶？宜其爲《提要》所譏也。」先師程千帆先生《詩辭代語緣起説》首揭其旨，云：「蓋代語云者，簡而言之，即行文之時，以此名此義當彼名彼義之用，而得具同一效果之謂。然彼此之間，名或初非從同，義或初不相類，徒以所關密邇，涉想易臻耳。」錢鍾書《談藝録》論李賀也曾指出：「長吉又好用代詞，不肯直説物名。如劍曰『玉龍』，酒曰『琥珀』，天曰『圓蒼』，秋花曰『冷紅』，春草曰『寒緑』。人知韓、孟《城南聯句》之有『紅皺』、『黄團』，而不知長吉《春歸昌谷》及《石城曉日》之有『細緑』、『團紅』也。」

【評】

繼取材之後，本節論辭藻雕繪的原則，强調必本之古人，以那些麗而則、典而古的作品爲學習對象。葉燮在此順帶談到一個詩、畫審美特徵的異同問題。畫可以有不設色的純素，如繪山之雲霧蒼茫，繪水之烟波浩渺，自成其妙境，而詩如果一任自然純素，則容易淡而乏神采，樸而近俚俗。所以文辭一定要用功推敲，決不能以放任率意爲樸素。由托基到設色，是學者可藉修養而達成的能事。由此更向上一路，則涉及變化的問題了。

二之六 然余更有進此：作室者，自始基以至設色，其爲宅也既成而無餘事矣。然自康衢而登其門，於是而堂，而中門，又於是而中堂，而後堂，而閨闥〔一〕，而曲房〔二〕，而賓席、東廚之室，非不井然秩然也；然使今日造一宅焉如是，明日易一地而更造一宅焉而亦如是，將百十其宅而無不皆如是，則亦可厭極矣。其道在於善變化。變化豈易語哉！〔一〕終不可易曲房於堂之前，易中堂於樓之後，入門即見廚而聯賓坐於閨闥也。惟數者一一各得其所〔三〕，而悉出於天然位置，終無相踵沓出之病，是之謂變化。變化而不失其正，千古詩人惟杜甫爲能。〔二〕高、岑、王、孟諸子，設色止矣，皆未可語以變化也。〔三〕夫作詩者，至能成一家之言足矣。此猶清、任、和三子之聖〔四〕，各極其至，而集大成、聖而不可知之之謂神，惟夫子〔五〕。杜甫，詩之神者也。〔四〕夫惟神，乃能變化。子言多讀古人之詩而求工於詩者，乃囿於今之稱詩者論也。

【注】

〔一〕閨闥：《文選》何晏《景福殿賦》：「青瑣銀鋪，是爲閨闥。」劉良注：「閨闥，門類。」此指女眷所居内室。漢樂府《傷歌行》：「微風吹閨闥，羅帷自飄揚。」

〔二〕曲房：内室。枚乘《七發》：「往來游宴，縱恣於曲房隱間之中。」

〔三〕各得其所：《周易·繫辭下》：「日中爲市，致天下之民，聚天下之貨，交易而退，各得其所。」《論語·子罕》：子曰：「吾自衛反魯，然後樂正，《雅》、《頌》各得其所。」

〔四〕清、任、和三子：謂殷季孤竹國君長子伯夷、殷初大臣伊尹及春秋時魯國大夫柳下惠。語本《孟子·萬章下》：「孟子曰，伯夷，聖之清者也；伊尹，聖之任者也；柳下惠，聖之和者也。」

〔五〕而集大成二句：《孟子·萬章下》：「孔子，聖之時者也。孔子之謂集大成。」又《孟子·盡心下》：「可欲之謂善，有諸己之謂信，充實之謂美，充實而有光輝之謂大，大而化之謂聖，聖而不可知之之謂神。」

【箋】

〔一〕朱庭珍《筱園詩話》卷四：「朱竹垞曰：『王鳳洲博綜六代，廣取兼收，自以爲無所不有，方成大家。究之千首一律，安在其爲無所不有也！』愚謂高青丘詩，自漢、晉、六朝以及三唐、兩宋，無所不學，亦無所不似，妙者直欲逼真，可云一代天才，孰學孰似矣。其意亦欲包羅古今，取衆長以成大宗，然中無真我，未能獨造，終非大家之詣。可知詩家工夫，始貴有我，以成一家精神氣味。迨成一家言後，又須無我，上下古今，神而明之，衆美兼備，變化自如，始無忝大家之目。」

(二)屈大均《書淮海詩後》：「詩至杜少陵，變化極矣。(中略)爲學莫貴於善變，變而不失其正，其變始可觀。《易》道尚變，詩亦然，少陵變之善者也。吾欲鄧子始終以少陵爲歸，從少陵以求夫變風、變雅，斯無負平生之所用心也已。」(《翁山文外》)董就雄《葉燮與嶺南三家詩論比較研究》曾拈出這段文字，認爲葉燮的説法很可能受它影響。不過葉燮所説的是單純的變，屈大均則落實到變風、變雅，兩者的着眼點是不同的。

(三)劉熙載《藝概・詩概》：「王、孟及大曆十子詩，皆尚清雅，惟格止於此而不能變，故猶未足籠罩一切。」這就是葉燮所説的意思。

(四)杜甫集大成之説，發自元稹《唐檢校工部員外郎杜君墓係銘》，爲宋代詩論家所承。陳師道《後山詩話》云：「蘇子瞻云：『子美之詩，退之之文，魯公之書，皆集大成者也。』」嚴羽《滄浪詩話・詩法》云：「少陵詩，憲章漢魏，而取材於六朝；至其自得之妙，則前輩所謂集大成者也。」葉燮這段議論，霍松林先生認爲大約受秦觀《韓愈論》的啓發，甚是。秦文曰：「杜子美之於詩，實積衆家之長，適當其時而已。昔蘇武、李陵之詩長於高妙，曹植、劉公幹之詩長於豪逸，陶潛、阮籍之詩長於沖淡，謝靈運、鮑照之詩長於峻潔，徐陵、庾信之詩長於藻麗，於是杜子美者窮高妙之格，極豪逸之氣，包沖淡之趣，兼峻潔之姿，備藻麗之態，而諸家之作所不及焉。然不集諸家之長，杜氏亦不能獨至於斯也。豈非適當其時故耶？孟子曰：『伯夷，聖之清者也；伊尹，聖之任者也；柳下惠，聖之和者也。孔子，聖之時者也，孔子之謂集大成。』嗚呼，杜氏、韓氏，亦集詩文之大成者歟？」(《淮海集》卷二二)此後楊士奇《讀杜愚得序》云：「李、杜，正宗大家也。太白天才絶出，而少陵卓然上繼三百十一篇之後。蓋其所存者，唐虞三代大臣君子之心；而其愛君憂國、傷時憫物之意，往往出於變風、變雅者，所遭之時也。其學博而識高，才大而思遠，雄深閎偉，渾涵精詣，天機妙用，而一由於性情之正，所謂『詩人以來，少陵一人而已』。」（《東里續集》卷一四）又《杜律虞注序》云：「若雄深渾厚，有行雲流水之勢、冠冕佩玉之風，流出胸次，從容自然，而皆由夫性情之正。不局於法律，亦不越乎法律之外，所謂『從心所欲不逾矩』，爲詩之聖者，其杜少陵乎！」（同上）李東陽《麓堂詩話》云：「清絶如『胡騎中宵堪北走，武陵一曲想南征』，富貴如『旌旗日暖龍蛇動，宫殿風微燕雀高』，高古如『伯仲之間見伊吕，指揮若定失蕭曹』，華麗如『落花游絲白日静，鳴鳩乳燕青春深』，斬絶如『返照入江翻石壁，歸雲擁樹失山村』，奇怪如『石出倒聽楓葉下，櫓摇背指菊花開』，瀏亮如『楚天不斷四時雨，巫峽長吹萬里風』，委曲如『更爲後會知何地，忽漫相逢是别筵』，俊逸如『短短桃花臨水岸，輕輕柳絮點人衣』，温潤如『春水船如天上坐，老年花似霧中看』，感慨如『王侯第宅皆新主，文武衣冠異昔時』，激烈如『五更鼓角聲悲壯，三峽星河影動摇』，蕭散如『信宿漁人還泛泛，清秋燕子故飛飛』，沉著如『艱難苦恨繁霜鬢，潦倒新停濁酒杯』，精煉如『客子入門月皎皎，誰家搗練風凄凄』，慘戚如『三年笛裏關山月，萬國兵前草木風』，忠厚如『周宣漢武今王是，孝子忠臣後代看』，神妙如『織女機絲虚夜月，石鯨鱗甲動秋風』，雄壯如『扶持自是神明力，正直元因造化功』，老辣如『安得仙人九節杖，拄到玉女洗頭盆』。執此以論，杜真可謂集詩家之大成者矣。」薛雪《一瓢詩話》四八則云：「杜浣花『五夜漏聲催曉箭』一篇，真言者無過，聞者足戒，安得不尊爲詩家之大成夫子耶？」

【評】

格局體段既成，又須有變化。變化不可破壞大體，即所謂「變化而不失其正」，他認爲衹有杜甫能做得到，高適、岑參、王維、孟浩然等盛唐名家，也衹能到自成一體，還不足以語變化。變化是能事之上的「神」，也是修養不可及的境地。大家與名家在此劃界：名家能成家數，大家則變化無方，不名一家，所謂神而明之，存乎其人。從取材到設色布彩都屬於傳統詩學中「法」的範疇，變化則是用「法」的原則問題。論作詩到變化，雖還未觸及「法」的概念，但已寓「法」的問題於其中，遂啓下文關於「法」的討論。由此見葉燮的思理是很清楚的，每節之間有着邏輯上的連貫性。

三之一　或曰：今之稱詩者，高言法矣。〔一〕作詩者果有法乎哉？且無法乎哉？余曰：法者，虚名也，非所論於有也；又法者，定位也，〔二〕非所論於無也。子無以余言爲惝怳河漢〔三〕，當細爲子晰之。自開闢以來，天地之大，古今之變，萬彙之賾〔四〕，日星河嶽，賦物象形，兵刑禮樂，飲食男女，於以發爲文章，形爲詩賦，其道萬千。余得以三語蔽之，曰理，曰事，曰情，不出乎此而已。〔五〕然則詩文一道，豈有定法哉！先揆乎其理，揆之於理而不謬，則理得；次徵諸事，徵之於事而不悖，則事得；終絜諸情〔三〕，絜之於情而可通，則情得。三者得而不可易，則自然之法立。〔四〕故法者，當乎理，確乎事，酌乎情〔四〕，爲三者之平準〔五〕，而無所自爲法也，〔五〕故謂之曰「虚名」。又法者，國家之所謂律也。自古之五刑宅就以至於今〔六〕，法亦密矣，然豈無所憑而爲法哉？不過揆度於事、理、情三者之輕重、大小、上下，以爲五服五章、刑賞生殺之等威差別〔七〕，於是事理情當於法之中。人見法而適愜其事理情之用，故又謂之曰「定位」。乃稱詩者，不能言法所以然之故，而嘵嘵然曰法〔八〕。吾不知其離一切以爲法乎？將有所緣以爲法乎？離一切以爲法，則法不能憑虚而立；有所緣以爲法，則法仍托他物以見矣。吾不知統提法者之於何屬也。

【注】

〔一〕惝恍河漢：悠謬不着邊的大言。河漢，《莊子·逍遥游》：「肩吾問於連叔曰：『吾聞言於接輿，大而無當，往而不返，吾驚怖其言，猶河漢而無極也。』」

〔二〕賾：奥妙。《易·繫辭上》：「探賾索隱。」

〔三〕絜諸情：以情來衡量。絜，用繩圍度量。

〔四〕酌乎情：依情而定。酌，斟酌。《左傳·成公六年》：「子爲大政，將酌於民者也。」

〔五〕平準：《史記·平準書》：「大農之諸官，盡籠天下之資物，貴即賣之，賤則買之。如此，富商大賈無所牟大利，則反本，而萬物不得騰踴。故抑天下之物，名曰平準。」

〔六〕五刑：《書·舜典》：「五刑有服。」孔安國傳：「五刑，墨、劓、剕、宫、大辟。」漢以黥、劓、斬趾、斷舌、梟爲五刑，唐以笞、杖、徙、流、死爲五刑，明清皆沿唐律。

〔七〕五服五章：古以五種不同服色區分天子、諸侯、卿、大夫、士的尊卑等級，各種服色飾以不同的紋彩。《書·皋陶謨》：「天命有德，五服五章哉。」孔安國傳：「五服，天子、諸侯、卿、大夫、士之服也。」等威：《左傳·宣公十二年》：「貴有常尊，賤有等威。」杜預注：「威儀有等差。」

〔八〕嘵嘵：争辯聲。嘵，音蕭。韓愈《重答張籍書》：「擇其可語者誨之，猶時與我悖，其聲嘵嘵。」然：此字《昭代叢書》本無。

【箋】

〔一〕論詩文言法，自古而然，到明代格調派乃變本加厲。李夢陽《駁何氏論文書》云：「古之工，如倕如班，堂非不殊，户非同也；至其爲方也圓也，弗能舍規矩。何也？規矩者，法也。僕之尺尺而寸寸之者，固法也。」又云：「文必有法式，然後中諧音度，如方圓之於規矩。」（《空同集》卷六二）但吴中詩壇風氣却是重神理，輕法度。順治十一年（一六五四），侯涵序汪琬《毓德堂詩鈔》即指出這一點，説當時救七子弊者倡言「詩以性情爲則，何必法古？法古者盡優孟耳」，其所作「或失之粗，或失之拘，或失之佻」

（汪敬源《續修文清公年譜》引）。正因爲如此，汪琬論詩也頗崇尚法度。《答陳靄公書》其二云：「如以文言之，則大家之有法，猶弈師之有譜，曲工之有節，匠氏之有繩度，不可不講求而自得者也。後之作者，惟其知字而不知句，知句而不知篇，於是有開而無闔，有呼而無應，有前後而無操縱頓挫，不散則亂。譬如驅烏合之市人而思制勝於天下，其不立敗者幾希。」（《堯峰文鈔》卷三二）

（二）定位的概念可能是本自劉勰《文心雕龍·明詩》：「詩有恒裁，思無定位。隨性適分，鮮能通圓。若妙識所難，其易也將至；忽之爲易，其難也方來。」謝榛《四溟詩話》卷三：「作詩不必執於一個意思，或此或彼，無適不可，待語意兩工乃定。《文心雕龍》曰：『詩有恒裁，思無定位。』此可見作詩不專於一意也。」

（三）康熙二十五年（一六八六）葉燮由廣州歸里後，訪張玉書於京口，出《西南行草》求序，張讀竟請述爲詩之旨。葉燮曰：「放廢十載，屏除俗慮，盡發篋衍所藏唐、宋、元、明人詩，探索其源流，考鏡其正變。蓋詩爲心聲，不膠一轍，揆其旨趣，約以三語蔽之，曰情，曰事，曰理。自《雅》、《頌》詩人以來，莫之或易也。三者具備而縱其氣之所如，上摩青旻，下窮物象，或笑或啼，或歌或罷，如泉流風激，如霆迅電掣，觸類賦形，騁態極變，以才御氣而法行乎其間，詩之能事畢矣。世之縛律爲法者，才荏而氣薾，徒爲古人傭隸而已，烏足以語此。」（《已畦詩集》張玉書序）《已畦文集》卷一三《與友人論文書》云：「僕嘗有《原詩》一編，以爲盈天地間萬有不同，之物之數總不出乎理、事、情三者，故聖人之道自格物始。蓋格夫凡物之無不有理事情也，爲文者亦格之文之爲物而已矣。」按：此就詩歌構成之要素而言也。

嚴羽《滄浪詩話・詩辯》：「詩之法有五：　曰體製，曰格力，曰氣象，曰興趣，曰音節。」謝榛《四溟詩話》卷二：「詩有四格，曰興，曰趣，曰意，曰理。」則就詩性構成的層次而言。至於北宋黄裳《委羽居士集序》稱左緯「自言每以意、理、趣觀古今詩，莫能出此三字」（《赤城集》卷一七）；謝榛《四溟詩話》卷四：「凡作詩，須知道緊要下手處，便了當得快也。其法有三，曰事，曰情，曰景。」則又是就内容構成要素而言。以理、事、情概括文學表現對象的要素，也見於金聖嘆《第六才子書・賴婚》總批：「事固一事也，情固一情也，理固一理也，而無奈發言之人，其心則各不同也，其體則各不同也，其地則各不同也。」自葉燮暢論此旨，門人薛雪《一瓢詩話》三六則也加以祖述：「吾師横山先生誨余曰：作詩有三字，曰情，曰理，曰事。余服膺至今，時時理會者。」以情、理、事爲詩文三要素的説法遂深入人心。

（四）王弼《老子道德經注》二十五章：「法，謂法則也。人不違地，乃得全安，法地也。地不違天，乃得全載，法天也。天不違道，乃得全覆，法道也。道不違自然，乃得其性，法自然也。法自然者，在方而法方，在圓而法圓，於自然無所違也。自然者，無稱之言，窮極之辭也。用智不及無知，而形魄不及精象，精象不及無形，有儀不及無儀，故轉相法也。道順自然，天故資焉。天法於道，地故則焉。地法於天，人故象焉。所以爲主，其一之者主也。」

（五）此處論法，是從法所以成立的依據及其品性兩方面來論證的。必揆乎理、徵諸事、絜諸情，而法乃得以成立；法既基於三者而立，故具有合乎理、事、情的性質。其中理、事、情三者又是相互關聯、消息潛通的。劉劭《人物志・材理篇》云：「人情樞機，情之理也。」戴震《孟子字義疏證・理》云：「無過情，無不及之情，謂之理。」都是很好的例子。

【評】

詩到唐代，格局體段既成，就開始追求變化。變化是對既有法度的突破，必然涉及如何看待法的問題，於是本節進而討論「法」的哲理。葉燮的立場基本出於道法自然的觀念，鄰於劉勰《文心雕龍·原道》式的形上表現論，因此他認爲「法」也有着與《老子》「道」同樣的體用不二的屬性：一方面，法是保證理、事、情三者之動態平衡的調節機制，故無定名；而另一方面，法又具有本體屬性，有具體的内容規定，故有定位。這看似很玄妙的表達，似乎包含着在確定「法」的存在依據時邏輯上出現的兩難：一方面，法必基於一定的原則而成立，可見其自身并無自足的規定性，所謂「法者當乎理，確乎事，酌乎情，爲三者之平準，而無所自爲法也」，故稱之虚名；而另一方面，法既有所依據，就必然體現出某種基本秩序，所謂「事、理、情當於法之中，人見法而適愜其事、理、情之用，故又謂之曰定位」。所以説，「離一切以爲法，則法不能憑虚而立；有所緣以爲法，則法仍托他物以見矣。吾不知統提法者之於何屬也」。宇文所安用駕駛汽車來譬説虚名、定位的關係，頗爲通俗易懂：「實際上不存在什麽『駕車之法』，雖然有許多駕駛手册（正如在葉燮的時代有不少詩歌手册），但所有駕車者都知道從駕駛手册裏根本找不到『駕車的方法』。因此，『法』在這裏就是一個虚名；所謂『駕車方法』指的是在實際操作之前無法充分確定或充分描述的東西。可是，一旦你真的開車，你就得知道在什麼時候必須做這個，在什麼時候必須做那個：這個『必須』就是所謂『定位』或『方法』。」(《中國文論：英譯與評論》第五五〇頁)弄清這一點，就要明乎法而不執著於法，始於有法而終至於無法。葉燮於此，由「法」的虛名和定位的雙重性，又引出作爲詩歌表達的内容的理、事、情三要素，相比傳爲賈島撰《二南密旨》所提出的「立格」須「一曰情，二曰意，三曰事」，葉燮將「意」換成「理」，顯出其詩學的理學根底。而且，相比前文言「苟於情、於事、於景、於理隨在有得」，少了個「景」字，他顯然没將「景」視爲内容要素。到底是景包括在「事」中了呢，還是「景」被理解爲表現理、事、情的手段或媒介？如果是後一種情況，雖可以説是抓住了古典詩歌借景言情、情景交融的審美特徵，却不太符合古典詩學的一般觀念。因爲「景」即自然是我們日常生活中的重要内容，寫景在詩歌中也自有其獨立的價值，不一定非得依賴象徵性纔能存在。葉燮既然將理、事、情稱作「在物之三」，那麼景當然也應列爲「在物」的要素之一。這裏的表述顯然没有前文的表述更爲周全。

三之二　彼曰：「凡事凡物皆有法，何獨於詩而不然？〔一〕是也。然法有死法，〔二〕有活法。〔三〕若以死法論，今譬一人之美，當問之曰：「若固眉在眼上乎？鼻口居中乎？若固手操作而足循履乎？夫妍媸萬態〔一〕，而此數者必不渝，此死法也。彼美之絶世獨立〔二〕，不在是也。又朝廟享燕以及士庶宴會，揖讓升降，叙坐獻酬，無不然者，此亦死法也。而格鬼神〔三〕，通愛敬，不在是也。然則彼美之絶世獨立，果有法乎？不過即耳目口鼻之常而神明之。而神明之法，（四）果可言乎？彼享宴之格鬼神，合愛敬，果有法乎？不過即揖讓獻酬而感通之。而感通之法，又可言乎？死法則執〔四〕，塗之人能言之〔五〕；若曰活法，法既活而不可執矣，又焉得泥於法！而所謂詩之法，得毋平平仄仄之拈乎？村塾中曾讀《千家詩》者〔六〕，亦不屑言之。（五）若更有進，必將曰：律詩必首句如何起，三四如何承，五六如何接，末句如何結；（六）古詩要照應，要起伏；（七）析之爲句法，總之爲章法。此三家村詞伯相傳久矣〔七〕，不可謂稱詩者獨得之秘也。（八）若舍此兩端，而謂作詩另有法，法在神明之中，巧力之外，是謂變化生心。（九）變化生心之法，又何若乎？則死法爲定位，活法爲虚名；虚名不可以爲有，定位不可以爲無。不可爲無者，初學能言之；不可爲有者，作者之匠心變化，不可言也。（一〇）夫識辨不精，揮霍無具，（一一）徒倚法之一語，以牢籠一切，譬之國家有法，所以儆愚夫愚婦之不肖而使之不犯〔八〕；未聞與道德仁義之人講論習肄，而時以五刑五罰之法恐懼之而迫脅之者也。惟理、事、情三語，無處不然。三者得則胸中通達無阻，出而敷爲辭〔九〕，則夫子所云「辭達」。達者，通也，通乎理、通乎事、通乎情之謂。〔一二〕而必泥乎法，則反有所不通矣。辭且不通，法更於何有乎？

【注】

〔一〕妍媸：美醜。

〔二〕絶世獨立：超越時代，獨步一時。《楚辭·橘頌》：「蘇世獨立，横而不流。」蔡邕《陳太丘碑文》：「潁川陳君，絶世超倫。」

〔三〕格鬼神：感通鬼神。格，通。

〔四〕執：固執，拘泥。

〔五〕塗之人：道路所遇之人，即普通人。《荀子·性惡》：「塗之人可以爲禹。」

〔六〕《千家詩》：明清兩代通行的唐宋詩選本，來歷不清楚。前人皆以爲據《分門纂類唐宋時賢千家詩選》一書編選，因其書舊題「後村先生編集」，而遂有《後村千家詩》的別稱。清初曹寅刊《楝亭十二種》，收入此書二十二卷本，題作《後村千家詩》。《分門纂類唐宋時賢千家詩選》在明代一度晦而不傳，同時坊間出現一種七言《千家詩》，題謝枋得編選。到明清之交，坊間又出現一種五言《千家詩》，爲臨川王相選注。他曾爲舊題謝枋得選的七言《千家詩》作注，自己又增補注釋了五言律、絶，編成《新鐫五言千家詩》。後來坊間將這兩種《千家詩》合印爲一書，總稱《千家詩》，遂成爲清代最通行的本子。一般說的《千家詩》，就是指這種合刊本。

〔七〕三家村詞伯：窮鄉老儒。三家村，僻遠鄉村。詞伯，擅長文章的人。

〔八〕儆：警戒。《孔子家語·五儀解》：「所以儆人臣也。」

〔九〕敷：鋪陳、敷演。

【箋】

〔一〕這裏批評的對象很可能是汪琬。汪琬《吴公紳芙蓉江唱和詩序》云：「雖有肥毳，無鹽醯和劑之法，不可食也；雖有綺羅，無刀尺裁製之法，不可無（李聖華校當作「舞」）也；雖有管弦鐘鼓，苟無吹彈考擊均調之法，不可悦心而娱耳也。推而極之，大則蕭何之治民，韓信之治兵，張蒼之治曆，降而至於彈棋、蹴鞠、承蜩、弄丸之伎，蓋皆有法存焉。使蕭何、韓信、張蒼而無法，則天道之遼遠，人事之舛互，而欲藉私智以行之，未有不敗者也。使彈棋、蹴鞠、承蜩、弄丸而無法，則其伎必不工且巧，雖自炫於通都大邑，其不爲有識笑者幾希。是故凡物細大，莫不有法，而況詩乎？善學詩者，必先以法爲主。」葉燮《汪文摘謬》舉此言而論之曰：「此段借三種工人，以喻詩之法，似是已。然以取譬於詩，若者爲詩之肥毳？若者爲詩之綺羅？若者爲詩之管弦鐘鼓？是三者在物而爲質，而於詩何者爲詩之質也？吾知其不能應也。又法爲和劑，法爲尺寸裁製，法爲吹彈考擊。是三者所各有事而爲法，而於詩何者爲詩所有事而爲法也？吾又知其不能應也。且詩之法，僅如飲食之和劑，衣服之尺刀，聲音之考擊云爾乎？是三者，即窮陬僻壤最下之賤工，無不知而能之，舍此則無有所爲事者。此則猶作詩者之叶韻平仄也。以叶韻平仄爲法，何待發明告誡之諄諄乎？使法如是之淺，則不必言。若更有深焉者，而以此三者之法擬之，非其倫矣。」

（二）袁黄《騷壇漫語》：「今人談詩者，咸謂一聯點景，一聯用意，須相間成文；或一聯指事，則一聯寓情。此只是詩家死法耳。」許學夷《詩源辯體》卷三五：「或謂，子極詆晚唐、宋、元人詩法，然則詩無法乎？有。《三百篇》、漢魏、初盛唐之詩，皆法也。自此而變者，遠乎法者也。晚唐、宋、元諸人所爲詩法者，敝法也。由乎此法者，困於法者也。」王夫之《薑齋詩話》卷下：「詩之有皎然、虞伯生，經義之有茅鹿門、湯賓尹、袁了凡，皆畫地成牢以陷人者，有死法也。」劉大櫆《論文偶記》：「古人文字最不可攀者，只是文法高妙。（中略）古人文章可告人者唯法耳，然不得其神，徒守其法，則死法而已。」沈德潛《説詩晬語》卷上：「詩貴性情，亦須論法。亂雜而無章，非詩也。然所謂法者，行所不得不行，止所不得不止，而起伏照應，承接轉換，自神明變化於其中；若泥定此處應如何，彼處應如何（如磧沙僧解《三體唐詩》之類），不以意運法，轉以意從法，則死法矣。試看天地間水流雲在，月到風來，何處著得死法？」（又見《唐詩别裁集·凡例》）周弼《三體唐詩》四虛四實之説，歷來被後人視爲死法的典型。朱庭珍《筱園詩話》卷一云：「自周氏論詩，有四實四虛之法，後人多拘守其説，謂律詩法度，不外情景虛實。或以情對情，以景對景，虛者對虛，實者對實，法之正也。或以景對情，以情對景，虛者對實，實者對虛，法之變也。於是立種種法，爲詩之式。以一虛一實相承，爲中二聯法。或前虛後實，或前景後情，此爲定法。以應虛而實，應實而虛，應景而情，應情而景，或前實後虛，前情後景，或通首言情，通首寫景，爲變格、變法，不列於定式。援據唐人詩以證其説，臚列甚詳。予謂以此爲初學説法，使知虛實情景之别，則其説甚善，若名家則斷不屑拘拘於是。詩中妙諦，周氏未曾夢見，故泥於迹象，僅從字句末節著力，遂以皮毛爲神骨，淺且陋矣。」

（三）「活法」之説，宋人都説出自吕本中。吕本中《夏均父集序》云：「學詩當識活法，所謂活法者，規矩備具而能出於規矩之外，變化不測而亦不背於規矩也。是道也，蓋有定法而無定法，無定法而有定法。知是者，則可與言活法矣。」（劉克莊《江西詩派小序》引）「活法」一詞當借自禪宗，故南宋史彌寧有《詩禪》云：「詩家活法類禪機，悟處工夫誰得知？尋著這些關捩子，《國風》《雅》《頌》不難追。」（《友林乙稿》）然而具體所指則各有不同。羅大經《鶴林玉露》卷一〇云：「葉石林曰，杜工部詩對偶至嚴，而《送楊六判官》云：『子雲清自守，今日起爲官。』獨不相對。竊意『今日』字當是『令尹』字傳寫之訛耳。余謂不然。此聯之工，正爲假『雲』對『日』，兩句一意，乃詩家活法。若作『令尹』字，則索然無神，夫人能道之矣。且送楊姓人，故用子雲爲切題，豈應又泛然用一令尹耶？如『次第尋書札，呼兒檢贈篇』之句，本是假以『第』對『兒』，詩家此類甚多。」這是以「借對」爲活法的例子。俞成《螢雪叢説》卷上「文章活法」條：「文章一技，要自有活法。若膠古人之陳迹，而不能點化其句語，此乃謂之死法。死法專相蹈襲，則不能生於吾言之外；活法奪胎换骨，則不能斃於吾言之内。斃吾言者，生吾言也，故爲活法。」這是以點化前人字句爲活法的例子。周孚《寄周日新》：「夫前輩所謂活法，蓋讀書博，用功深，不自知其所以然而然。故活法當自悟中入，悟自工夫中入。而今人乃作一等不工無味之辭，而曰吾

詩無艱澀氣，此活法也。」（《蠹齋鉛刀編》卷九）

（四）《黄帝内經·靈蘭秘典論》：「心者，君主之官也，神明出焉。」《荀子·解蔽》：「心者，形之君也，而神明之主也。」《莊子·齊物論》：「勞神明爲一，而不知其同也。」林希逸《南華真經口義》注：「神明猶精神。」神明原指意識的主宰，這裏引申而言神思的活用。劉勰《文心雕龍·附會》：「夫才童學文，宜正體製，必以情志爲神明，事義爲骨髓，辭采爲肌膚，宫商爲聲氣；然後品藻玄黄，摛振金玉，獻可替否，以裁厥中，斯綴思之恒數也。」

（五）這裏的「平平仄仄之拈」，霍松林先生認爲即近體詩聲律粘對規則的「粘」。寅按《釋名·釋姿容》：「拈，粘也，兩手翕之，粘著不放也。」拈也可解爲拈韻、拈二之拈，即擇平仄之字。吴可《藏海詩話》：「元祐間，榮天和先生客金陵，僦居清化市，爲學館，質庫王四十郎、酒肆王念四郎、貨角梳陳二叔皆在席下，餘人不復能記。諸公多爲平仄之學，似乎北方詩社。王念四郎名莊，字子温，嘗有《送客》一絶云：『楊花撩亂繞烟村，感觸離人更斷魂。江上歸來無好思，滿庭風雨易黄昏。』王四十郎名松，字不雕。僕寓京師，從事禁中，不雕寄示長篇，僅能記一聯，云：『舊菊籬邊又開了，故人天際未歸來。』陳二叔忘其名，金陵人，號爲陳角梳，有《石榴》詩云：『金刀劈破紫穰瓤，撒下丹砂數百粒。』諸公篇章富有，皆曾編集。僕以携家南奔避寇，往返萬餘里，所藏書畫厄於兵火。今屈指當時社集，六十餘載，諸公佳句，可惜不傳。今僅能記其一二，以遺寧川好事者。欲爲詩社，可以效此，不亦善乎？」葉燮所謂平平仄仄之拈就是這裏説的「平仄之學」。

（六）這種説法起於元代詩格。楊載《詩法家數》論「律詩要法」曰：「五言七言，句語雖殊，法律則一。起句尤難，起句先須闊占地步，要高遠，不可苟且。中間兩聯，句法或四字截，或兩字截，須要血脉貫通，音韻相應，對偶相停，上下匀稱。有兩句共一意者，有各意者。若上聯已共意，則下聯須各意；前聯既咏狀，後聯須説人事。兩聯最忌同律。頸聯轉意要變化，須多下實字。字實則自然響亮，而句法健。其尾聯要能開一步，别運生意結之，然亦有合起意者，亦妙。」明王檟編《詩法指南》，開卷「詩學正義」即説：「夫作詩有四字，曰起承轉合是也。以絶句言之，第一句是起，第二句是承，三句是轉，四句是合。（中略）以律詩言之，律有破題，即所謂起也；（中略）有頷聯，即所謂承也；（中略）有頸聯，即所謂轉也；有結句，即所謂合也。」清康乃心《與門人》云：「唐詩與今制義酷同，不外起承轉合之法，五六頓宕作轉者殊多，發句結句，至不可苟。」（《莘野文集》卷四）黄中堅《詩學問津自序》記其師虞道巖語曰：「作詩猶作文也。首句如起講，須籠罩有勢；次句如入題，須輕逸有情；項聯作承，須確切；腹聯作轉，須推開；末二句作收，須挽足；通篇且有餘味，其間虚實相生，情景相關，在作者神而明之耳。」（《蓄齋集》卷七）

（七）王世貞《藝苑卮言》卷一：「歌行有三難，起調一也，轉節二也，收結三也。惟收爲尤難。如作平調，舒徐綿麗者，結須爲雅詞，勿使不足，令有一唱三嘆意。奔騰洶涌，驅突而來者，須一截便住，勿留有餘。中作奇語，峻奪人魄者，須令上下脉相顧，一起一伏，一頓一挫，有力無迹，方成篇法。此是秘密大藏印可之妙。」

（八）王夫之《明詩評選》卷五評楊慎《近歸有寄》：「所謂章法者，一章有一章之法也；千章一法則不必名章法矣。事自有初終，意自有起止，更天然一定之則，所謂範圍而不過者也。論及此，何仲默、高廷禮，一三家村塾師才料，那許渠開口道人？」此句再次針對首句汪琬的觀點而發，參本段箋（一）所引汪文及葉燮《汪文摘謬》。

（九）明王槚《詩法指南》序説：「語云『有法法無法』，又云『道法自然』。是編雖譚及有法，而法無所法之旨躍然以呈學詩者，欲破穿鑿支離之夙習，舍此無可從入。惟因法而法無法之法，以游於自然之途，則詩雖技哉，進乎道矣。」游藝編《詩法入門》卷首「讀詩法意」：「詩不可滯於法，而亦不能廢於法。感物而動，情見乎辭，而必拘於繩尺之間，則神氣不靈；感物而動，情見乎辭，而不屑屑於繩尺之間，則出語自放。（中略）才勝則離，語勝則捉，須從最上乘具正法眼，悟第一義。法乎法而不廢於法，法乎法而不滯於法，透徹玲瓏，總無轍迹，所謂空中之音、相中之色、水中之月、鏡中之花，是耶非耶？得是意者，乃可與之讀詩法。」浦起龍《詩學指南序》：「《易》曰『神而明之，存乎其人』，神然後能用規矩。其勿以譾譾拘拘隘是哉！」許印芳《律髓輯要》：「詩文高妙之境，迥出繩墨蹊徑之外，然舍繩墨以求高妙，未有不墮入惡道者。故知詩文不可泥乎法之迹，要歸得乎法之意，且貴得乎法外意。乃善用法而不爲法所困耳。」

（一〇）徐增《而庵詩話》：「余三十年論詩，只識得一個法字，近來方識得一個脱字。詩蓋有法，離他不得，却又即他不得。離則傷體，即則傷氣。故作詩者，先從法入，後從法出，能以無法爲有法，斯之爲脱也。」

朱庭珍《筱園詩話》卷一開宗明義即云：「詩也者，無定法而有定法者也。詩人一縷心精，蟠天際地，上下千年，縱横萬里，落筆則風雨驚，篇成則鬼神泣，此豈有定法哉！然而重山峻嶺、長江大河之中，自有天然筋節脉絡、針綫波瀾，若蛛絲馬迹，首尾貫注，各具精神結撰，則又未始無法。故起伏承接，轉折呼應，開闔頓挫，擒縱抑揚，反正烘染，伸縮斷續，此詩中有定之法也。或以錯綜出之，或以變化運之；或不明用而暗用之，或不正用而反用之；或以起伏承接而兼開闔縱擒，或以抑揚伸縮而爲轉折呼應；或不承接之承接，不呼應之呼應；或忽以縱爲擒，以開爲闔，或以抑爲揚，以斷爲續；或忽以開闔爲開闔，以抑揚爲抑揚，或又以不開闔爲開闔，不抑揚爲抑揚；時奇時正，若明若滅，隨心所欲，無不入妙：此無定之法也。作詩者以我運法，而不爲法用。故始則以法爲法，繼則以無法爲法。能不守法，亦不離法，斯爲得之。蓋本無定以馭有定，又化有定以歸無定也。無法之法，是爲活法妙法。造詣至無法之法，則法不可勝用矣。所謂行乎其所當行，止乎其所不得不止，神而明之，存乎其人也。若泥一定之法，不以人馭法，轉以人從法，則死法矣。」這是古人論法最爲圓通完備的議論。

（一一）揮霍無具，即缺乏揮灑的才具。劉熙載《藝概・詩概》：「五言尚安恬，七言尚揮霍。安恬者，前莫如陶靖節，後莫如韋左司；揮霍者，前莫如鮑明遠，後莫如李太白。」

（一二）《論語・衛靈公》：「子曰：辭達而已矣。」王世貞《藝苑卮言》卷一：「孔子曰辭達而已矣，又曰修辭立其誠，蓋辭無所不修，而意則主於達。今《易・繫》、《禮經》、《家語》、《魯論》、《春秋》之篇存者，抑何嘗不工也。揚雄氏避其達而故晦之，作《法言》；太史避其晦，故譯而達之，作帝王《本紀》，俱非聖人意也。」李東陽《麓堂詩話》：「作詩不可以意徇辭，而須以辭達意。辭能達意，可歌可咏，則可以傳。王摩詰『陽關無故人』之句，盛唐以前所未道，此辭一出，一時傳誦不足，至爲三疊歌之。後之咏别者，千言萬語，殆不能出其意之外，必如是方可謂之達耳。」潘德輿《養一齋詩話》卷二：「『辭達而已矣』，千古文章之大法也。東坡嘗拈此示人，然以東坡詩文觀之，其所謂達，第取氣之滔滔流行，能暢其意而已。孔子之所謂達，不止如是也。蓋達者，理義心術、人事物狀，深微難見，而辭能闡之，斯謂之達。達則天地萬物之性情可見矣。此豈易事，而徒以滔滔流行之氣當之乎？以其細者論之，『楊柳依依』，能達楊柳之性情者也；『蒹葭蒼蒼』，能達蒹葭之性情者也。任舉一境一物，皆能曲肖神理，托出豪素，百世之下，如在目前，此達之妙也。《三百篇》以後之詩，到此境者，陶乎，杜乎，坡未盡逮也。」郎廷槐問何謂工、何謂達，王士禛答：「詩未有不能達而能工者，故惟達者能工。達也者，『讀書破萬卷，下筆如有神』，則無不達矣。工也者，陸士衡有云：『罄澄心以凝思，渺萬慮而爲言。』『叩寂寞而求音，或含毫而渺然。』則無不工矣。」（《師友詩傳録》）

【評】

這一節抓住汪琬論「法」的拘泥之處，進一步闡明「法」的辯證觀，將宋人的「死法」、「活法」概念與上文提出的「虚名」、「定位」聯繫起來。具體的法則是固定的，是謂死法；法的原理是靈活的，是謂活法。他舉例説，人的相貌雖妍媸萬態，五官位置總有一定，傾國傾城之美不過即耳目口鼻之常而神明之。然而神明之法，又豈可言乎？就詩來説，所謂詩法，如果指平仄格律，那麽村塾曾讀《千家詩》者也不屑談它；若進而指起承轉合、篇章結構，則屬三家村學究相傳已久，不可謂詩家獨得之秘。除此之外，要説還有詩法，就衹能説「法在神明之中，巧力之外，是謂變化生心」了。相對於具體的法則「死法」來説，法的原理「活法」是更重要的，也是没有成規、無法明言的。「法」既然不可言説，那就成了無意義而可以揚棄的概念。所以，儘管葉燮没有取消「法」的概念，還在反復申説，但實際上已將它放在很後的位置上了。而汪琬受到葉燮批評後，也意識到光强調「法」確有不妥，後來不僅未將《吴公紳芙蓉江唱和詩序》收入文集中，而且在《續倡和詩序》還對舊説作了補充、修正：「始予之爲序也，告二子以作者之法，今願益以一言，曰求諸風神韻氣之全而已。不見夫土木偶之爲美人者乎？其刻木摶土而被之以丹青也，其形貌美人也，其服飾美人也，兒童説之，而有識者未嘗顧問焉。何則？爲其神韻之異於生者故也。夫作詩亦有神韻焉，摹擬非也，塗澤亦非也。」（《鈍翁續稿》卷一五）這明顯有取於王士禛「神韻」之説，希望學者從更深的層次上師法古人，而不是停留在表面的模擬、塗飾。《笛步詩集序》又説：「詩之有法，凡以求工也。吾之告徐子者，其在舍法而超然上之乎？蓋徐子知進乎法者之工，而未知忘乎法者之尤工也。苟忘乎法，則與承蜩弄丸、郢人之運斤、庖丁之解牛無異。」（《堯峰文鈔》卷二九）同樣是承蜩、弄丸的典故，這裏却從「忘乎法」的意義上重新作了解釋，顯出在葉燮批評的刺激下發生的觀念轉變。

四之一　曰理、曰事、曰情三語，大而乾坤以之定位，日月以之運行，以至一草一木、一飛一走，三者缺一，則不成物。文章者，所以表天地萬物之情狀也。然具是三者，又有總而持之、條而貫之者〔一〕，曰氣。事、理、情之所爲用，氣爲之用也。（一）譬之一木一草，其能發生者，理也。其既發生，則事也。既發生之後，夭喬滋植，情狀萬千，咸有自得之趣，則情也。苟無氣以行之，能若是乎？又如合抱之木，百尺干霄，纖葉微柯以萬計，同時而發，無有絲毫異同，是氣之爲也。苟斷其根，則氣盡而立萎，此時理事情俱無從施矣。吾故曰三者藉氣而行者也。得是三者，而氣鼓行於其間，絪緼磅礴〔二〕，隨其自然，所至即爲法。此天地萬象之至文也，豈先有法以馭是氣者哉！（二）不然，天地之生萬物，舍其自然流行之氣，一切以法繩之，夭喬飛走〔三〕，紛紛於形體之萬殊，不敢過於法，不敢不及於法，將不勝其勞，乾坤亦幾乎息矣。

【注】

〔一〕總而持之：即總持，統攝之謂。悟浄《佛説高王觀世音經注》：「陀羅尼帝，華云總持，摧邪立正，殄惡生善，皆總而持之。」參看後文「論詩者所謂總持門也」注。條而貫之：貫穿其中。《史記·屈原賈生列傳》：「明道德之廣崇，治亂之條貫，靡不畢見。」

〔二〕絪緼：即氤氳，氣蒸騰彌漫貌。

〔三〕飛走：飛禽走獸。

【箋】

〔一〕徐禎卿《談藝録》：「情者，心之精也。情無定位，觸感而興，既動於中，必形於聲。故喜則爲笑啞，憂則爲吁歔，怒則爲叱咤。然引而成音，氣實爲佐；引音成詞，文實與功。」

〔二〕此即所謂文成法立之説。姚培謙《松桂讀書堂詩話》：「朱子稱太白詩非無法，乃聖於法者，此語真是詩文三昧。蓋所謂法者，文成而法自寓，非先有法而文從之也。」章學誠《古文十弊》之九：「古人文成法立，未嘗有定格也。傳人適如其人，述事適如其事，無定之中有一定焉。知其意者，旦暮遇之；不知其意，襲其形貌，神弗肖也。」(《文史通義·内篇五》)

【評】

葉燮認爲理、事、情三個要素比起法來遠爲重要。法不過是教初學的啓蒙知識，就像刑法祇是用來威懾愚民的；而理、事、情則概括了宇宙、人世間的一切義法。在三者之上，還有一個上位概念——氣。氣是賦予理、事、情以生命活力的根本要素，理、事、情都要附於氣以行。氣行乎理、事、情之間，則法從而生，所以世間決無先於氣而生的法。看得出，葉燮論詩，明顯要將屬於規則的一類概念和屬於要素、單位的一類概念區分開來，前者近於「虚位」，後者近於「定名」。虚位必須靈活把握，定名則求其切實可用。正因爲從概念層面葉燮就將許多理論問題的前提作了很好的清理，所以他的論述遠比前人邏輯清晰、理論層次分明，顯出較强的思辯色彩和理論思維能力。

四之二　草木氣斷則立萎，理事情俱隨之而盡，固也。雖然，氣斷則氣無矣，而理事情依然在也。何也？草木氣斷則立萎，是理也；萎則成枯木，其事也；枯木豈無形狀向背，高低上下？則其情也。由是言之，氣有時而或離，理事情無之而不在。向枯木而言法，法於何施？必將曰：法將析之以爲薪，法將斵之而爲器〔一〕。若果將以爲薪爲器，吾恐仍屬之事理情矣，而法又將遁而之他矣。（一）

【注】

〔一〕斵：音濁，刻削。

【箋】

（一）吴文溥《南野堂筆記》卷五：「詩文之道有三足，曰理足，曰意足，曰氣足。理足則精神，意足則蘊藉，氣足則生動。而理與意皆輔氣而行，故必以氣爲主。」姚鵷雛《桐風蘿月館隨筆》：「竊謂詩道内涵，不外情、理、事、物四者。才有偏勝，各從其所至。善抒情者，未必能持論；工體物者，未必能鋪叙。」

【評】

這一節葉燮又補充説明了理、事、情與法的關係。理、事、情既然是概括了宇宙、人世間一切義法的詩歌要素，它們就自有獨立存在的根據，即使没有氣，理、事、情依舊存在，衹不過僵死無生氣而已，而此時法又有什麽用呢？就好像無生命的枯木，衹能用來劈柴或製器。而劈柴或製器又須根據别種理、事、情來處理，法仍舊没有它的位置。法的概念在葉燮看來其實是一個没什麽意義的概念。寫詩必須遵循、人人都知道的粗淺常規，根本就不能稱爲法；而神妙的藝術的匠心又不能一一列爲規則，所以他雖然尚未廢除「法」的名分，也等於將它打入冷宫了。

四之三 天地之大文，風雲雨雷是也。風雲雨雷變化不測，不可端倪〔一〕，天地之至神也，即至文也。試以一端論：泰山之雲，起於膚寸，不崇朝而遍天下〔二〕。吾嘗居泰山之下者半載，〔一〕熟悉雲之情狀：或起於膚寸，瀰淪六合〔三〕；或諸峰競出，升頂即滅；或連陰數月，或食時即散；或黑如漆，或白如雪；或大如鵬翼，或亂如散鬈〔四〕；或塊然垂天〔五〕，後無繼者；或聯綿纖微，相續不絶。又忽而黑雲興，土人以法占之，曰將雨，竟不雨；又晴雲出，法占者曰將晴，乃竟雨。雲之態以萬計，無一同也。以至雲之色相、雲之性情〔六〕，無一同也。雲或有時歸，或有時竟一去不歸；或有時全歸，或有時半歸，無一同也。〔二〕此天地自然之文，至工也。若以法繩天地之文〔七〕，則泰山之將出雲也，必先聚雲族而謀之，曰：「吾將出雲而爲天地之文矣。先之以某雲，繼之以某雲；以某雲爲起，以某雲爲伏；以某雲爲照應，〔三〕爲波瀾，〔四〕以某雲爲逆入，〔五〕以某雲爲空翻，〔六〕以某雲爲開，以某雲爲闔，以某雲爲掉尾。」〔七〕如是以出之，如是以歸之，一一使無爽〔八〕，而天地之文成焉。無乃天地之勞於有泰山，泰山且勞於有是雲，而出雲且無日矣！蘇軾有言：「我文如萬斛源泉，隨地而出。」〔八〕亦可與此相發明也。

【注】

〔一〕不可端倪：《莊子·大宗師》：「反覆終始，不知端倪。」韓愈《送高閑上人序》：「故（張）旭之書，變動猶鬼神，不可端倪。」端倪，邊際、限量。

〔二〕泰山之雲三句：暗用《公羊傳·僖公三十一年》：「山川有能潤於百里者，（中略）觸石而出，膚寸而合，不崇朝而遍雨乎天下者，唯泰山爾。」何休注：「側手爲膚，按指爲寸。」側手爲伸直四指，其寬度爲膚；按指爲寸，以一指寬爲一寸。崇朝，一個早晨。《詩·衛風·河廣》：「誰謂宋遠，曾不崇朝。」崇，盡也。泰安岱廟趙翼所撰聯云：「雲行雨施，不崇朝而遍天下；理大物博，祖陽氣之發東方。」亦取其意也。

〔三〕彌淪：布滿。

〔四〕鬖：音順，散亂的頭髮。

〔五〕塊然：孤獨貌。《漢書·楊王孫傳》：「其尸塊然獨處，豈有知哉。」

〔六〕色相：指事物的外在表象。李頎《題璇公山池》：「片石孤雲窺色相，清池皓月照禪心。」

〔七〕天地之文：《易·繫辭上》：「參伍以變，錯綜其數，通其變，遂成天地之文。」

〔八〕爽：失。

【箋】

〔一〕沈德潛《歸愚文鈔》卷一〇《葉先生傳》：「既罷歸，游歷四方。久之，築室吴縣之横山下，顔其居曰二棄。（中略）先是游泰山、嵩山、黄山、匡廬、羅浮、天台、雁蕩諸山，而五泄近在六百里内，游屐未到。」葉燮以不附上官，在康熙十五年（一六七六）十一月因細故罷寶應知縣，隨即出游四方。泰山是他首先游歷的地方，寓居半載之事應在康熙十六年。

〔二〕唐岱《繪事發微·雲烟》：「大雲出自山川深谷，故石謂之雲根。又云『夏雲多奇峰』，是雲生自石也。石潤氣暈則雲生，初起爲嵐氣，嵐氣聚而不散，薄者爲烟，烟積而成雲。雲飄渺無定位，四時氣象於是而顯。故春雲閑逸，和而舒暢；夏雲陰鬱，濃而叆叇；秋雲飄揚，浮而清明；冬雲玄冥，昏而慘淡。此辨四時之態也。凡畫須分雲烟，且雲有停雲、游雲、暮雲，烟有輕烟、晨烟、暮烟。烟最輕者爲靄，靄浮於遠岫遥岑。靄重陰昏則成霧，霧聚則朦朧。雲烟霧靄散入天際，爲日光所射，紅紫萬狀而爲霞，霞乃朝夕之氣輝也。（中略）總之雲烟本體，原屬虛無，頃刻變遷，舒卷無定。每見雲栖霞宿，瞬息化而無踪。作者須參悟雲是輳巧而成，則思過半矣。」

（三）照應，即行文中内容與標題相扣合。茅坤《唐宋八大家文鈔》卷六韓愈《送楊少尹序》評引唐順之曰：「前後照應，而錯綜變化不可言。此等文字，蘇、曾、王集内無之。」仇兆鰲《杜詩補注》卷下：「吴齊賢論杜曰：『讀詩之法，當先看其題目；唐人作詩，於題目不輕下一字，亦不輕漏一字，而杜詩尤嚴。次看其格局段落，其中反覆照應，絲毫不亂，而排律更精。終看其句法，前後相合，虚實相生，而詩之能事畢矣。』」其法或於起首扣題，結尾照應；或卒章顯志，結尾扣題；或文中詞語扣題，暗中照應。葉變此處言第三種。

（四）波瀾，此謂文勢之抑揚起伏、曲折變化。茅坤《唐宋八大家文鈔》卷一五七評《君術策一》：「《君術》五篇，亦是一篇，大略欲人君知所以御天下之術，而行文甚紆徐百折。當熟看波瀾處。」波瀾又指以排比造成特殊的氣勢，詳《外篇上》「三之一」箋（二）。

（五）逆入，即開頭不以順序起筆，反取逆勢，從後往前寫起，即顛倒敘述順序的筆法，亦稱「逆挽」。鞠濂《史席閑話》云：「《項羽紀》中，『初起時，年二十四』，逆將後面起事之年紀倒敘於前。然只可謂之逆入，而不可謂之逆提。蓋逆提者，提正位，而逆入者不必正位也。」姚濬《文法直指》釋「逆入」筆法云：「逆擒題尾之字，以取機勢。又有起講後先照下文，後落題首者，亦是逆入。」

（六）空翻，亦即翻空，文評家又稱「無中生有」，意指行文中藉假設或想象之辭，開拓文意，豐富層次。劉勰《文心雕龍·神思》篇云：「意翻空而易奇，詞徵實而難巧。」日儒竹添光鴻輯《孟子論文》卷一評「孟子見梁惠王」章云：「文字須知翻空出奇、波瀾頓宕、詳略相間之妙。如此文『而已矣』下，忽有『王曰』云云，撰出虛景，如海市蜃樓，聳人耳目，此翻空出奇也。」

（七）掉尾，謂文章結尾處忽作大轉折，不惟使全文又生一意，且使文勢不致平弱。李德潤《筆法論》云：「十曰放筆，亦名爲走筆。至此則一滚直下，沛然莫御矣。此又如江過三峽，直達荆門，雖千里可以崇朝至也。古人云兩岸猿聲未歇，輕舟已過萬里山，是放筆之樂也。然此處最易剽而不留，尤須玩其住筆之法。或陡然而止，如勒駿馬，挽勁弓，若具有千鈞之力；或以淡筆作結，忽參以唱嘆，藴藉含蓄，令其悠然不盡，如有絃外之音；不然，則又或結尾再生一波折收，令如神龍之掉尾，亦可不至於直率而迫促，此之不可不知也。」吴孟復、蔣立甫主編《古文辭類纂評注》引唐文治評蘇軾《東坡志林·范增》云：「一結爲神龍掉尾法，蘇氏父子常用之。」

（八）蘇軾《文説》：「吾文如萬斛泉源，不擇地而出，在平地滔滔汩汩，雖一日千里無難。及其與山石曲折，隨物賦形而不可知也。所可知者，常行於所當行，常止於不可不止，如是而已矣。」（《經進東坡文集事略》卷五七）陳恭尹《朱子蓉詩序》：「古之作者皆以其經天緯地之才，悲憫時俗之心，超軼古今之識，不得已而寓之文章，其胸中浩浩然，磊磊然，盤勃鬱積而不宣泄者，一與外物遇，如決山出泉，叩弦發矢，一往奔注，不自知其所極，此文之至也。」（《獨漉堂集》文集卷三）薛雪《一瓢詩話》第八三則：「《易》云：風行水上，涣。乃天下之大文也。起伏頓挫之中，盡抑揚反覆之義。行乎所當行，止乎所當止，一波一瀾，各有自然之妙，不爲法轉，亦不爲法縛。」

【評】

葉燮曾寓泰山下半年，泰山變幻莫測的雲氣給他留下深刻印象，也給他以靈感，讓他體悟到詩歌寫作絶無一成不變的定法，所有優秀作品的産生都是自然而然、文成法立的道理。金聖嘆批《西厢記》讀法之二十二云：「萬萬年來，天無日無雲，然決無今日雲與某日雲曾同之事，何也？雲只是山川出氣，升到空中，却遭微風，蕩作縷縷。既是風無成心，便是雲無定規。都是互不相知，便乃偶爾如此。《西厢記》正然，并無成心與定規，無非此日佳日閑窗，妙腕良筆，忽然無端，如風蕩雲。」正可與葉燮的感悟參看。這種認識是中國藝術論的根本理念，不僅與蘇東坡論文的説法相通，也可與當時的畫論相印證。唐岱《繪事發微·自然》云：「蓋自然者，學問之化境，而力學者，又自然之根基。學者專心篤志，手畫心摹，無時無處，不用其學。火候到則呼吸靈，任意所至，而筆在法中；任筆所至，而法隨意轉。至此則誠如風行水面，自然成文，信手拈來，頭頭是道矣。語云：造化入筆端，筆端奪造化。此之謂也。」這也就是葉燮説的天地自然之文，是古來藝術家所崇尚的至高境界，無論詩文書畫都是如此。

五之一　或曰：先生言作詩，法非所先，言固辨矣。然古帝王治天下，必曰大經大法〔一〕，然則法且後乎哉？余曰：帝王之法，即政也。夫子言「文武之政，布在方策」〔二〕，此一定章程，後人守之。苟有毫髮出入，則失之矣。修德貴日新，而法者舊章，斷不可使有毫髮之新。法一新，此王安石之所以亡宋也。〔一〕若夫詩，古人作之，我亦作之。自我作詩，而非述詩也〔三〕。故凡有詩，謂之新詩。若有法如教條政令，而遵之必如李攀龍之擬古樂府然後可，詩末技耳。〔二〕必言前人所未言，發前人所未發，而後爲我之詩。若徒以效顰效步爲能事〔四〕，曰此法也，不但詩亡，而法亦且亡矣。余之後法，非廢法也，正所以存法也。夫古今時會不同，即政令尚有因時而變通之；若膠固不變，則新莽之行周禮矣。〔三〕奈何風雅一道，而踵其謬戾哉！

【注】

〔一〕大經大法：《左傳·昭公十五年》：「禮，王之大經也。」《荀子·儒效》：「其言行已有大法矣。」

〔二〕夫子言句：出《禮記·中庸》：「哀公問政，子曰：『文武之政，布在方策。其人存，則其政舉；其人亡，則其政息。』」鄭玄注：「方，版也；策，簡也。」《春秋左氏傳》孔穎達正義：「單執一札，謂之爲簡，連編諸簡，乃名爲策。」方策指上古書寫用的方板和竹簡，代指典籍。

〔三〕述詩：傳授或闡釋前人的詩作。《論語·述而》：「述而不作，信而好古。」朱熹《四書集注》：「述，傳舊而已；作，則創始也。」

〔四〕效顰：《莊子·天運》：「西施病心而矉（同顰）其里，其里之醜人見而美之，歸亦捧心而矉其里。其里之富人見之，堅閉門而不出；貧人見之，挈妻子而去之走。」

【箋】

（一）葉燮《已畦文集》卷二《王安石論》：「王安石相宋神宗，進富强之策，廢祖宗之成畫，創行新法。引用章惇、吕惠卿之徒，趨利如鶩，牢固而不可解。天下騷然，而宋遂亡於金。論者謂安石非奸相蔡京、王黼之比，但以學術頗僻，剛愎自用，爲惇、惠卿等之所誤，遂至於此。觀其罷政之後，家居蕭然，旋亦自悔，亦可白其心之非好爲是也。葉子曰：不然。是烏足以知安石哉？若如所言，安石乃愚耳，非奸也。吾觀安石所著書，非不學無術者。其論時有合於古先聖賢之道，初無頗僻之甚也。即如其議茶法一篇，其言曰：『國家罷榷茶之法，而使民得自販於方，今實爲便於古，義實爲宜。而有非之者，蓋聚斂之臣，將盡財利於毫末之間，而不知與之爲取之過也。夫茶之用，等於米鹽，不可一日以無。而今官場所出，皆粗惡不可食，故民之所食皆私販者。夫奪民之所甘而使不得食，則嚴刑峻法，有不能止者。』又曰：『昔桑弘羊興榷酤之議，當時以爲財用待此而給，萬世不可易者。然至霍光不學無術之人，遂能屈其論而罷其法，蓋義之勝利久矣。今朝廷之治，方欲剗百代之弊，而復堯舜之功，而其法度乃欲出於霍光之所羞爲，則可乎？』又曰：『彼區區聚斂之臣，務以求利爲功，而不知與之爲取，上之人亦當斷之以義，豈可以人人合其私説，然後行哉？』觀安石此議，竟如他日出自司馬君實者，無一語不中安石之病，乃出於安石未秉政以前之口筆，其故何哉？然則安石之學術，未嘗不正。老泉蘇氏斥其不近人情，亦非定論也。迨安石秉政，創立新法，塗毒斯民，無一事不與其所議相背。蘇氏辨其奸，當在近人情處辨之之爲深也。夫不近人情，則不可以逢世而得所欲。惟大奸之人似近乎人情，則人主引而近之，久之而人主益信，而後徐以肆其奸，乃可以惟我之所欲爲。以爲名高，以爲固位，以爲攬權，以爲網羅天下鷹犬爪牙之具。而外傅之以經術，抗之以議論，此其禍更有酷於蔡京、王黼之徒者矣。夫奸人之濁亂國是，賊害忠良，至於亡國喪家極矣。其禍雖甚烈，然盡天下之匹夫匹婦，容或有一人之未受其毒者。惟安石之新法行，則普天下之耕而食、織而衣者，無有一夫之不被其毒者。況他人之奸，罷去則禍已；安石之奸，罷去而新法尚在，流毒未已。直至徽、欽亡，而新法方止。是其毒再世而後已也。當其侃侃議於平日，豈有不知之者哉？然後知其始之爲此議者，正所以爲逢君，爲媚世，及其學術既行，譸張自恣，使在廷之讜論無所入，若曰予既已知之矣，以此爲飾非拒諫之本也。故辨奸者，辨不近人情之奸易，辨近人情之奸難。惟聖人觀人之法，於所由所安而觀之察之，則奸回無所遁其術矣。」陸隴其《貢助徹論》：「不顧土宜，不揆時勢，而惟一切之法是爲，則是王莽之《周官》，安石之新法，以私意罔民者耳。」（《三魚堂文集》卷三雜著）昂孫《網廬漫墨》：「安石亂宋，盡以《周禮》，世之説者，類能言之。其實《周禮》之不可復行，安石豈不知之？特以富强之説，必爲儒者所排擊，於是附會經義，以鉗儒者之口，即鄉人所謂藤牌陣也。即古維今，可謂一轍。」

（二）李攀龍擬樂府之作，如《滄溟集》卷一《有所思》云：「有所思，乃在燕山隅。何用問遺君，大秦明月珠。結以連理帶，薦以合歡襦。又何問遺君，青絲繫玉環，可直千萬餘。翠羽紹繚之，黃金錯其間。聞君有它心，拉雜其珠摧其環。摧其環，臨高臺，反袂以障之，當風揚其灰。從今以往，勿復相思。若復相思，有如此珠，有如此環。非我可爲，鷄鳴狗吠。我視兄嫂，不言謂何，東方須臾高奈何。」通篇雜取漢樂府語句點竄之，吳綾蜀錦，班駁可見。又如《陌上桑》：「日出東南隅，照我西北樓。樓上有好女，自名秦羅敷。羅敷貴家子，足不逾門樞。性頗喜蠶作，采桑南陌頭。上枝結籠係，下枝挂籠鈎。墮髻何繚繞，顔色以敷愉。緗綺爲下裙，紫綺爲上襦。行者見羅敷，下擔故綢繆。少年見羅敷，袒裼出臂韝。樵者忘其薪，芻者忘其芻。來歸但怨怒，且復坐斯須。使君自南來，駐我五馬車。遣吏前致問，爲是誰家姝？羅敷小家女，秦氏有高樓。西鄰焦仲卿，蘭芝對道隅。羅敷年幾何，十五爲人婦，嫁復一年餘。力桑以作苦，孰與使君俱？使君復爲誰，蠶桑所自娱。小吏無所畏，使君一何迂。羅敷他人婦，使君他人夫。東方千餘騎，夫婿在上頭。左右三河長，負弩爲先驅。何用識夫婿，飛蓋隨高車。象牙爲車軫，桂樹爲輪輿。白馬爲上襄，兩驂皆驪駒。青絲爲馬靷，黄金爲轡頭。腰中千金劍，自名爲鹿盧。起家府小吏，拜爲朝大夫。稍遷郡太守，出入專城居。月朔朝京師，觀者盈路衢。爲人既白皙，鬑鬑有髭鬚。四十尚不足，三十頗有餘。坐中數千人，皆言夫婿殊。」通篇仿古辭鋪陳之，而每詞理不通，詳略失當。又如《長歌行》其一：「嗟我谷中蘭，猗猗復英英。秋氣日夜至，鶗鴂乃先鳴。百草不重芳，霜露浩縱橫。栖栖就一役，慷慨非其情。少壯復何爲，老大無成名。」襲古辭之意而稍易其語，遠不如古辭自然天成。《東門行》其二：「出東門，不顧歸；來入門，愴欲悲。舍中無儋石儲，還視身上衣參差。慷慨出門去，兒女牽裾啼。他家自願富貴，賤妾與君但餔糜。但餔糜，上用穹窿天故，下用匍匐小兒。時吏清廉，法不可干，一旦緩急當告誰？行吾望君歸，嗟少年，莫輕非。」通篇遺詞造句，全部襲用漢樂府原作，像是傳聞異辭一樣。王世貞《藝苑卮言》卷七云：「于鱗擬古樂府，無一字一句不精美，然不堪與古樂府并看，看則似臨摹帖耳。五言古，出西京、建安者，酷得風神。大抵其體不宜多作，多不足以盡變，而嫌於襲。」錢謙益《列朝詩集小傳》丁集上「李按察攀龍」：「吴陋儒有補《石鼓文》者，逐鼓支綴，篇什完好，余甚之曰：『此李于鱗樂府也。』其人矜喜，抵死不悟，此可爲切喻也。」馮班《古今樂府論》云：「近代李于鱗取晉、宋、齊、隋《樂志》所載，章截而句摘之，生吞活剥，曰『擬樂府』。至於宗子相之樂府，全不可通。今松江陳子龍輩效之，使人讀之笑來。」沈德潛《説詩晬語》卷上：「古樂府聲律，唐人已失。試看李太白所擬篇幅之短長，音節之高下，無一與古人合者，然自是樂府神理，非古詩也。明李于鱗句摹字仿，并其不可句讀者追從之，那得不受人譏彈？」

（三）新莽之行周禮，指王莽篡漢，按《周禮》行古制，舉凡官職、宗廟、社稷、封國、車服、刑罰乃至經濟方面的所有改革，無不據《周禮》所載，見《漢書·王莽傳》、《食貨志》等記載。歷來對王莽托古改制一致給予批評，但着眼點却很不同。《宋書·禮志一》説：「任己而不師古，秦氏以之致亡，師古而不適用，王莽所以身滅。」這是説盲目復古而不識時務。鄭樵《周禮辨》説：「若夫後世用《周禮》，王莽敗於前，荆公敗於後，此非《周禮》不可行，而不善用《周禮》者之過也。」這是説未善用《周禮》。袁枚《隨園詩話》卷六云：「商鞅廢井田而天下怨，王莽復井田而天下怨。一改舊習，人以爲怪。」這是説復古不順應民情。葉燮舉王安石和王莽作比，意謂詩法有一定之規，不能隨意亂改，但作詩却不能死守舊法。

【評】

中國古代詩論家對技法的根本態度是反對執著於固定的法，追求對法的超越，最終達到「無法」的境地。所謂「無法」，并不是隨心所欲，混亂無章，而是與自然之道合，達到通神的境界。歷來編纂詩法的人，總要告誡讀者必須靈活用法，勿爲法所拘束。這樣的觀念是建立在相信由法可臻無法即通神的前提上，然而一旦設定了這個前提，將對法的超越寄托於「神而明之，存乎其人」，那麽法的超越同時也就成了純屬作家智力範疇的不可討論的問題，談論它還有什麽意義呢？這的確是個不可回避的問題。對此，葉燮的策略是淡化乃至取消「法」的概念，所以他坦然承認「余之後法」，即將法放在很次要的位置上。他最後强調：「凡有詩，謂之新詩。若有法如教條政令，而遵之必如李攀龍之擬古樂府然後可，詩末技耳。」這與王夫之對詩法的鄙視如出一轍。

内篇　下

一之一　曰理，曰事，曰情，此三言者足以窮盡萬有之變態。凡形形色色〔一〕，音聲狀貌，舉不能越乎此。此舉在物者而爲言，而無一物之或能去此者也。曰才，曰膽，曰識，曰力，此四言者所以窮盡此心之神明。〔一〕凡形形色色，音聲狀貌，無不待於此而爲之發宣昭著。此舉在我者而爲言，而無一不如此心以出之者也。以在我之四，衡在物之三，合而爲作者之文章。大之經緯天地〔二〕，細而一動一植〔三〕，咏嘆謳吟，俱不能離是而爲言者矣。

【注】

〔一〕形形色色：語出《列子·天瑞》：「有生者，有生生者；有形者，有形形者；有聲者，有聲聲者；有色者，有色色者；有味者，有味味者。」

〔二〕經緯天地：語本《左傳·昭公二十八年》：「經緯天地曰文。」杜預注：「經緯相錯，故織成文。」

〔三〕一動一植：每一個動物、植物。

【箋】

（一）對作家稟賦的分析，歷來多有不同。劉勰《文心雕龍·體性》：「夫情動而言形，理發而文見；蓋沿隱以至顯，因内而符外者也。然才有庸俊，氣有剛柔，學有淺深，習有雅鄭；并情性所鑠，陶染所凝。是以筆區雲譎，文苑波詭者矣。故辭理庸俊，莫能翻其才；風趣剛柔，寧或改其氣；事義淺深，未聞乖其學；體式雅鄭，鮮有反其習。各師成心，其異如面。」這是分爲才、氣、學、習。宋劉克莊《後村詩話》前集卷二：「近歲詩人，雜博者堆隊仗，空疏者窘材料，出奇者費搜索，縛律者少變化。惟放翁記問足以貫通，力量足以驅使，才思足以發越，氣魄足以陵暴。南渡而後，故當爲一大宗。」這是分爲學、力、才、氣。元吴澄《元復初文集序》：「非學非識，不足以厚其本也；非才非氣，不足以利其用也。四者有一之不備，文其能以純備乎？」（《吴文正集》卷一九）這是分爲學、識、才、氣。明胡應麟《少室山房筆叢》卷一三：「才、學、識三長，足盡史乎？未也。有公心焉，直筆焉，五者兼之，仲尼是也。」這又是分爲才、學、識、德、膽。但到清初，一般仍沿襲劉知幾《史通》提出的史家三長才、學、識之説，如王大經《沈亦季詩稿序》云：「古今之論文者必曰才、學、識，至於詩則歸并於性情之一言。夫詩之貴乎性情，尚矣，然非馭之以才，輔之以學，參之以識，其究至於馳騖汗漫乎不可知之域，而弗軌於大道。若夫才逸矣，學裕矣，識瑩矣，性情深厚矣，而不從世故人情、天地事物之夥纖，悉皆歷試而遍嘗之，則又不足以窮其變而盡其化。甚矣，性情之未易言也。」（《海陵文徵》卷一三）後葉紹本《抱沖齋詩集序》仍之：「昔人論史有才、學、識三長，惟詩亦然。才不大則無以牢籠百態，辨雕萬物；學不博則無以囊括古今，鼓吹群籍；識不精則無以剪截浮辭，芟夷煩亂。蓋必三者備而後雄深雅健，其言有物，卓然爲一時詩人之傑。」後來性靈派詩家多尚才，如彭端淑《文論》云：「作文之道有三，曰學，曰識，曰才，才所以輔吾之學識以達於文者也。有學有識而才不至，則無以達其所見，以行於自然之途，使天下後世厭心而悦目。顧才有小大，授於天而不可强者也。」（《白鶴堂文稿》）吴雷發《説詩菅蒯》云：「筆墨之事，具尚有才，而詩爲甚。」袁枚《李紅亭詩序》云：「夫才者情之發，才盛則情深。」（《小倉山房外集》卷二）《蔣心餘藏園詩序》云：「作詩如作史也，才、學、識三者宜兼，而才爲尤先。造化無才，不能造萬物；古聖無才，不能製器尚象；詩人無才，不能役典籍、運心靈。才之不可已也如是夫！」而學者則多尚學，如劉文淇《舍是集序》云：「昔劉知幾謂作史有三長，曰才，曰學，曰識。後人取以論詩，謂作詩者亦必具三長，而後其詩乃工。錢辛楣先生申其説云：放筆千言，揮灑自如，詩之才也；含經咀史，無一字無來歷，詩之學也；轉益多師，滌淫哇而遠鄙俗，詩之識也。是固然已，竊謂三者之中尤必以學爲本，才非學則不展，識非學則不卓。」（《青溪舊屋文集》卷上）詩人則仍以識爲尚，如朱庭珍《筱園詩話》卷一云：「作史者以才、學、識爲三長，缺一不可。詩家亦然。三者并重，而識爲尤先，非識則才與學恐或誤用，適以成其背馳也。」

【評】

下篇第一節總揭理、事、情和才、膽、識、力分别是屬於在物和在我兩方面的問題，兩方面相交融構成文章，綜合兩方面的問題也就構成寫作的全部理論。理、事、情前篇已論列，本篇將闡述才、膽、識、力，而先對舉以述其要領。這種在物、在我的對舉方式，自明代以來已是詩家常見的思考方式。如徐禎卿《談藝録》即說：「蓋因情以發氣，因氣以成聲，因聲而繪詞，因詞而定韻，此詩之源也。然情實眑渺，必因思以窮其奥；氣有粗弱，必因力以奪其偏；詞難妥帖，必因才以致其極；才易飄揚，必因質以禦其侈。此詩之流也。」但葉燮的分析更爲深入和細緻，從而將分别屬於主體、客體兩方面的「在我之四」與「在物之三」的結構關係問題解釋得更爲清楚。

一之二　在物者前已論悉之。在我者雖有天分之不齊，要無不可以人力充之。其優於天者〔一〕，四者具足，而才獨外見，則群稱其才；而不知其才之不能無所憑而獨見也。其歎乎天者，才見不足，人皆曰才之歉也，不能勉强也；不知有識以居乎才之先。〔一〕識爲體而才爲用，若不足於才，當先研精推求乎其識〔二〕。人惟中藏無識〔三〕，則理、事、情錯陳於前，而渾然茫然，是非可否，妍媸黑白，悉眩惑而不能辨，安望其敷而出之爲才乎！文章之能事〔四〕，實始乎此。〔二〕今夫詩，彼無識者既不能知古來作者之意，并不自知其何所興感、觸發而爲詩〔五〕。或亦聞古今詩家之論，所謂體裁、格力、聲調、興會等語，〔三〕不過影響於耳，含糊於心，附會於口，而眼光從無着處，腕力從無措處。即歷代之詩陳於前，何所抉擇？何所適從？人言是則是之，人言非則非之。夫非必謂人言之不可憑也，而彼先不能得我心之是非而是非之，又安能知人言之是非而是非之也。有人曰詩必學漢魏，學盛唐，彼亦曰學漢魏，學盛唐，從而然之，而學漢魏與盛唐所以然之故，彼不能知不能言也；即能效而言之，而終不能知也。又有人曰詩當學晚唐，〔四〕學宋、學元，〔五〕彼亦曰學晚唐，學宋、學元，又從而然之，〔六〕而置漢魏與盛唐所以然之故〔六〕，彼又終不能知也。或聞詩家有宗劉長卿者矣，於是群然而稱劉隨州矣。又或聞有崇尚陸游者矣，〔七〕於是人人案頭無不有《劍南集》，以爲秘本，〔八〕而遂不敢他及矣。如此等類，不可枚舉。一概人云亦云〔七〕，人否亦否，何爲者耶？

【注】

〔一〕優於天者：生秉異才，得天獨厚。

〔二〕研精：即研核精審之義。《書》孔安國序：「於是遂研精覃思，博考經籍。」《三國志·蜀書·譙周傳》：「研精六經，尤善《書》理。」

〔三〕中藏：藏音葬。原指內臟。《史記·扁鵲倉公列傳》：「其色澤者，中藏無邪氣及重病。」此處就胸中才學而言。

〔四〕能事：《易·繫辭上》：「引而申之，觸類而長之，天下之能事畢矣。」

〔五〕并不句：孫綽《三月三日蘭亭詩序》：「情因所習而遷移，物觸所遇而興感。……原詩人之致興，諒歌詠之有由。」

〔六〕置：擱置，放棄。指趨晚唐、宋元者棄置漢魏、盛唐。

〔七〕人云亦云：自無主見，隨聲附和。蔡松年《槽聲同彦高賦》：「糟床過竹春泉句，他日人云吾亦云。」

【箋】

〔一〕范温《潛溪詩眼》：「學者先以識爲主，禪家所謂正法眼，直須具此眼目，方可入道。」嚴羽《滄浪詩話·詩辯》：「夫學詩者以識爲主。入門須正，立志須高；以漢魏、晉、盛唐爲師，不作開元、天寶以下人物。」袁宗道《士先器識而後文藝》：「信乎器識文藝，表裏相須，而器識狷薄者，即文藝并失之矣。雖然，器識先矣，而識尤要焉。蓋識不宏遠者，其器必且浮淺。而包羅一世之襟度，固賴有昭晰六合之識見也。大其識者宜何如，曰：豁之以致知，養之以無欲，其庶乎！」（《白蘇齋類集》）金堡《吴孟舉詩集序》：「爲詩不論識量而論才，不論才而呴濡於事理，詰曲於情詞，皆逐末也。」（《遍行堂集》卷三）吴雷發《説詩菅蒯》：「筆墨之事，俱尚有才，而詩爲甚。然無識不能有才，才與識實相表裏。」袁枚《隨園詩話》卷三云：「作史三長，才、學、識缺一不可。余謂詩亦如之，而識最爲先。非識，則才與學俱誤用矣。北朝徐遵明指其心曰：『吾今而知真師之所在。』其識之謂歟？」又《答蘭坨第二書》亦云：「作史者才、學、識缺一不可，而識爲尤。其道如射然，弓矢，學也；運弓矢者，才也。有以領之，使至乎當中

之鵠，而不病於旁穿側出者，識也。作詩有識，則不徇人，不矜己，不受古欺，不爲習囿。」（《小倉山房文集》卷一七）

（二）朱庭珍《筱園詩話》卷一：「積理養氣，用筆運法，使典取神，皆仗識以領之。識爲詩中先天，理、法、才、氣爲詩之後天。有先天以導其前，有後天以赴於後，以先天爲天功，以後天爲人力，能合天人功力，并造其極，斯大成矣。」

（三）嚴羽《滄浪詩話・詩辯》云：「詩之法有五：曰體製，曰格力，曰氣象，曰興趣，曰音節。」葉燮這裏以興會代替興趣，興會是傳統詩學中更古老的概念。沈約《宋書・謝靈運傳論》即稱靈運「興會標舉」，《顔氏家訓・文章》亦云「文章之體，標舉興會，發引性靈」。清初王夫之也每言興會，《唐詩評選》卷四評薛能《許州題德星亭》：「許昌詩體卑弱，然如此等不忍棄置。興會不親而談體格，非余所知也，故去彼取此。」《明詩評選》卷六評袁凱《春日溪上書懷》：「一用興會標舉成詩，自然情景俱到。恃情景者，不能得情景也。」葉燮在《原詩》中凡用興會三次，《內篇上》云：「惟有明末造，諸稱詩者專以依傍臨摹爲事，不能得古人之興會神理，句剽字竊，依樣葫蘆。」本篇後又云：「原夫創始作者之人，其興會所至，每無意而出之，即爲可法可則。」

（四）明清之際，推崇晚唐詩并身體力行的首先是虞山馮氏兄弟，而以馮班影響尤大。錢謙益《馮定遠詩序》：「其爲詩沉酣六代，出入於義山、牧之、庭筠之間。」（《牧齋初學集》卷三二）王應奎《海虞詩苑》卷四亦稱其「爲詩律細旨深，務裨風教。自唐李玉溪後，詩家多工賦體，而比興不存。先生含咀風騷，獨尋墜緒，直可上印玉溪。雖或才力小弱，醇而未肆，而於温柔敦厚之教，庶乎其不謬矣」。吴喬《逃禪詩話》則說：「中唐如士大夫之家，猶可幾及；盛唐如王侯之家，如何可學？人被二李輩弄成惡道，有志而識見未到，輕易學之，先入惡道。此不佞所身受者，豈可坐視匍匐入井耶？」然而中唐也不宜學，因爲詩能成爲典範，要麽才情之正，要麽是體製之純。「由盛唐而錢、劉，而子厚，而用晦，而山甫、昭諫，自一源流出，降殺以等，故爲正變。韓、孟、元、白千奇萬變，其派各出，不與初、盛同流，故爲大變。用晦、山甫、昭諫猶今世之儒生，韓、孟、元、白，老、莊、楊、墨也」。今世儒生雖然屬於末流俗學，但不失爲正統；老、莊、楊、墨簡直就是異端，中、晚唐因而就有了邪正之分。「古體至於陳隋，近體至於宋之江西派、江湖派，體製盡亡，并才情而失」，而「晚唐才情大横而體製未亡」，還保留着初、盛唐儀型，於是還可以師法。

（五）提倡學宋元的是程孟陽、錢謙益，首先在虞山派詩人中産生影響。馮班《誡子帖》：「錢牧翁學元裕之，不啻過之。每稱宋元人，矯王、李之失也。陸孟鳧本無所知，乃云唐人不足學。斯言也，不可以欺三歲小兒，邑人信之爲可笑。錢公極學唐，但齊、梁已上未免憒憒耳。」（《鈍吟雜録》卷七）

（六）顧景星《青門簏稿詩序》稱：「今海内稱詩家，數年以前争趨温、李、致光，近又争稱宋詩。夫學温、李、致光，其流艷而佻；學宋詩，其流俚而好盡。二者皆詩之敝也。」（邵長蘅《邵子湘全集》卷首）序作於康熙十八年（一六七九），可見康熙前期，學晚唐和學宋元是詩壇最引人矚目的兩大潮流。

（七）明清之際劉長卿、陸游詩之盛行，已見前文所引各家之説。更以王艮《憚叔子詩序》觀之：「姑就今日爲詩者言之，以限字成其體，格則竟置於不問，體有五、七言律絶、歌行，而無謡諺、《風》、《雅》、樂府、古、《選》，一二好古之士，力求其孰爲《風》，孰爲《雅》，孰爲古歌謡，孰爲郊祀、鐃歌、雜舞、横吹、相和、清商、琴曲，孰爲黄初、建安、正始、太康、元嘉、南北朝，已不免無用之譏，而其爲用不過充筐篚、弋聲利，非能知其感發懲創，有繫於人心風俗之用也。故其所尚，有取晚唐浮艷者，有謂盛唐决不能及而取劉文房以立骨者，有以蘇髯翁、陸放翁、元遺山爲才情正宗者。」（《鴻逸堂稿》）可見劉、陸詩的流行，確爲明末清初詩風的一大消息。

（八）陸游詩文集，宋元刊本到明代流傳已絶少。明代刊行的陸游集，最早爲弘治十五年（一五〇二）華珵活字印本《渭南文集》五十卷，源出宋本，不收詩作；其次是正德八年（一五一三）汪大章刊本《渭南文集》五十二卷，其中收詩九卷，但傳世很少，故萬曆間又有陳邦瞻閩中翻刻本。此外，書志還著録有萬曆四十年（一六一二）陸氏翻刻汪本。相比文集，「《劍南詩稿》以卷帙繁重，刊本浸就殘佚，惟恃傳鈔以延一綫」。有明一代，僅宋末羅椅選、劉辰翁續，明劉景寅再續《放翁詩選》十九卷，有弘治間冉孝隆刊本、嘉靖間莆田黄漳重刊本。經傳增湘詳考其篇目，知汪大章刊本《渭南文集》所收九卷詩，即全取此書編入。「自宋末以逮明季，數百年間，放翁詩稿之傳，其絶續之機，實賴此選本之一再覆刊，得以久延其緒」（《藏園群書題記》卷一五）。職是之故，天啓四年（一六二四）毛晉訪得前輩校本《劍南詩稿》，倍覺珍秘，重梓行世，或許也是爲了配合其師錢謙益之提倡陸游詩，在此前後，他還據華氏活字本重刊《渭南文集》五十卷，兩書合印成《陸放翁全集》。這是陸游詩文第一次彙刻成完帙，學者遂得

「《渭南》、《劍南》遺稿家置一編，奉爲楷式」（李振裕《新刊范石湖詩集序》）。楊大鶴《劍南詩鈔・凡例》説：「六十年前，宋人詩無論全集、選本，行世者絶少。陸放翁詩尤少，以余目所覩記，澄江許伯清前輩有手録宋人詩集三十家，今已不可復得；刻本惟曹能始《十二代詩選》，然陸放翁詩俱寥寥無幾。自汲古閣得翁子子虡所編《劍南詩稿》授梓，於是放翁之詩無一篇遺漏者矣。」

【評】

本節以論才入話，却轉而揭出識爲才先之意。初學詩者多重視才，但葉燮認爲識比才更爲重要。無識則必乏主見，隨波逐流，俯仰由人。自晚明以來，詩壇風會屢變，先是公安派鼓吹中晚唐、宋元詩，竟陵派鼓吹晚唐詩，錢謙益和程孟陽推崇陸游、元好問詩，馮班兄弟崇奉晚唐、西崑體，王士禛又推尊蘇東坡、黄庭堅詩，風氣遞變，迄無定主。宋犖《漫堂説詩》説：「康熙壬子、癸丑（康熙十一、十二年）間屢入長安，與海内名宿尊酒細論，又闌入宋人畛域。所謂旗東亦東，旗西亦西，猶之乎學王李、學三唐也。」正反映了當時詩壇群龍無首，莫知皈依的狀況。

一之三　夫人以著作自命，將進退古人〔一〕，次第前哲〔二〕，必具有隻眼而後泰然有自居之地〔三〕。倘議論是非聾瞽於中心〔四〕，而隨世人之影響而附會之，終日以其言語筆墨爲人使令驅役，不亦愚乎？〔一〕且有不自以爲愚，旋愚成妄〔五〕，妄以生驕，而愚益甚焉！

原其患，始於無識，不能取捨之故也。是即吟咏不輟，累牘連章，任其塗抹，全無生氣。其爲才耶？爲不才耶？〔二〕惟有識則是非明，是非明則取捨定。不但不隨世人脚跟，并亦不隨古人脚跟。〔三〕非薄古人爲不足學也，蓋天地有自然之文章，隨我之所觸而發宣之，必有克肖其自然者，爲至文以立極。我之命意發言，自當求其至極者。〔四〕昔人有言：「不恨我不見古人，恨古人不見我。」〔五〕又云：「不恨臣無二王法，但恨二王無臣法。」〔六〕斯言特論書法耳，而其人自命如此。等而上之，可以推矣。譬之學射者，盡其目力臂力，審而後發。苟能百發百中〔六〕，即不必學古人，而古有后羿、養由基其人者〔七〕，自然來合我矣。我能是，古人先我而能是，未知我合古人歟？古人合我歟？〔七〕高適有云：「乃知古時人，亦有如我者。」〔八〕豈不然哉！故我之著作爲古人同，所謂其揆之一〔八〕；即有與古人異，乃補古人之所未足，亦可言古人補我之所未足，而後我與古人交爲知己也。惟如是，我之命意發言，一一皆從識見中流布。識明則膽張，任其發宣而無所於怯，横説豎説〔九〕，左宜而右有〔一〇〕，直造化在手，無有一之不肖乎物也。〔九〕

【注】

〔一〕進退：褒貶。

〔二〕次第：排位。

〔三〕具有隻眼：具有獨到的眼光，出自禪宗。《無門關》：「不落因果，爲甚墮野狐；不昧因果，爲甚脱野狐？若向裏者著得一隻眼，便知得。」楊萬里《送彭元忠縣丞北歸》：「近來别具一隻眼，要踏唐人最上關。」

〔四〕聾瞀：耳聾目花，喻毫無見識。瞀，音茂，目昏暗。《荀子·非十二子》：「世俗之溝猶瞀儒。」楊倞注：「瞀，暗也。」

〔五〕旋：轉也。

〔六〕百發百中：語本王充《論衡·儒增》：「夫言其時射一楊葉中之，可也；言其百發而百中，增也。」

〔七〕后羿：有窮氏首領，《左傳》稱夷羿，以善射著名。古代神話又有羿射十日的傳説。參閲《楚辭·天問》、《山海經》、《淮南子·本經訓》等。　養由基：養氏，名由基，一作繇基，楚國平輿邑人。《戰國策·西周策》：「楚有養由基者，善射，去柳葉百步而射之，百發百中。」《吕氏春秋·精通》：「養由基射兕，中石，矢乃飲羽，誠乎兕。」

〔八〕其揆之一：《書》孔安國序：「至於夏商周之書，雖設教不倫，雅誥奥義，其歸一揆。」陸德明《釋文》：「揆，度也。」《孟子·離婁下》：「先聖後聖，其揆一也。」《文心雕龍·明詩》：「江左篇製，溺乎玄風，嗤笑徇務之志，崇盛忘機之談，袁、孫已下，雖各有雕采，而辭趣一揆。」

〔九〕横説竪説：惠洪《冷齋夜話》卷七：「『横看成嶺側成峰，遠近看山了不同。不識廬山真面目，祇緣身在此山中。』魯直曰：『此老人於《般若》橫說豎說，了無剩語。非其筆端有口，安能吐此不傳之妙哉！』」

〔一〇〕左宜而右有：本自《詩·小雅·裳裳者華》：「左之左之，君子宜之。右之右之，君子有之。」謂有識者充滿自信，言辭頭頭是道，左右逢源。

【箋】

（一）唐順之《與茅鹿門主事書》：「雖其繩墨布置，奇正轉折，自有專門師法，至於中間一段精神命脉骨髓，則非洗滌心源，獨立物表，具今古隻眼者，不足以與此。今有兩人，其一人心地超然，所謂具千古隻眼人也，即使未嘗操紙筆呻吟，學爲文章，但直攄胸臆，信手寫出，如寫家書，雖或疏鹵，然絕無烟火酸餡習氣，便是宇宙間一樣絕好文字。其一人猶然塵中人也，雖其顓顓學爲文章，其於所謂繩墨布置則盡是矣，然翻來覆去，不過是幾句婆子舌頭話，索其所謂真精神與千古不可磨滅之見，絕無有也，則文雖工而不免爲下格。此文章本色也。」（《荊川集》卷四）

（二）嚴羽《滄浪詩話·詩法》曾云：「學詩有三節：其初不識好惡，連篇累牘，肆筆而成；既識羞愧，始生畏縮，成之極難；及其透徹，則七縱八橫，信手拈來，頭頭是道矣。」不識好惡即無識之謂。鄭梁《四大家詩鈔序》云：「世之論詩者謂必不可以文作詩，稍用學識涉事理，便詆之爲破格。於是空梁、春草之派，單行宇宙，目爲詩家正宗。」（《鄭寒村全集·見黄稿》卷二）朱仕琇《耻虚齋詩集序》云：「國朝人才尤衆，其傳而習之者，亦家有其書。然沿襲依仿，人患其敝。蓋學識彌下，真才不出，無以自見故也。」

(《梅崖居士文集》卷一八)這也都是無識之弊。

(三)不隨人脚跟,也是詩家常用的比喻。姚培謙《松桂讀書堂詩話》:「古人説詩,各有心得,不隨人脚跟轉,然亦有穿鑿無意味者。如劉夢得《生公講堂》詩云:『生公説法鬼神聽,身後空堂夜不扃。高坐寂寥塵漠漠,一方明月可中庭。』此是夢得作禪語。蓋生公在時,法不曾增;生公死後,法不曾减。第四句正用禪家指月話頭。謝疊山詩話謂此是笑生公身後略無神通,唯有『一方明月』可以周遍中庭。夫身後神通,豈是高禪所屑?且此『可』字本活用,今作死煞字解,有何意味?此亦是宋儒斥佛見解,或假托謝公,未可知也。」

(四)張融《門律自序》:「夫文豈有常體,但以有體爲常,政當使常有其體。丈夫當删《詩》、《書》,制禮樂,何至因循寄人籬下?」(《南齊書·張融傳》)

(五)《南史·張融傳》:「(融)常嘆云:『不恨我不見古人,所恨古人又不見我。』」葉燮引此言主於獨創,自我作古;唐岱《繪事微言·臨舊》論臨古畫,主於學而能化,亦引此言,云:「凡臨舊畫,須細閲古人名迹。先看山之氣勢,次究格法,以用意古雅、筆精墨妙者爲尚也。而臨舊之法,雖摹古人之丘壑梗概,亦必追求其神韻之精粹,不可只求形似。誠從古畫中多臨多記,飲食寢處,與之爲一,自然神韻渾化,使蹊徑幽深,林木蔭鬱。古人之畫,皆成我之畫,有不恨我不見古人,恨古人不見我之嘆矣。」

(六)《南史·張融傳》:「融善草書,常自美其能。帝曰:『卿書殊有骨力,但恨無二王法。』答曰:『非恨臣無二王法,亦恨二王無臣法。』」

（七）周濟《介存齋詩》卷三《論詩》云：「町畦脱盡即町畦，萬事須防覺後迷。古月今人偶相照，天機合處水犀分。」這實際就是葉燮所説古今人偶合的境界。

（八）語出高適《苦雪》其四：「孰云久閑曠，本自保知寡。窮巷獨無成，春條只盈把。安能羨鵬舉，且欲歌牛下。乃知古時人，亦有如我者。」（《高適詩集編年箋注》）

（九）李贄《焚書》卷四《雜述》「二十分識」條云：「有二十分識，便能成就得十分才。蓋有此見識，雖則只有五六分才料，便成十分矣。有二十分識，便能使發得十分膽。蓋識見既大，雖只有四五分膽，亦成十分去矣。是才與膽皆因識見而後充者也。空有其才而無其膽，則有所怯而不敢；空有其膽而無其才，則不過冥行妄作之人耳。蓋才膽實由識而濟，故天下唯識爲難。有其識，則雖四五分才與膽，皆可建立而成事也。然天下又有因才而生膽者，有因膽而發才者，又未可以一概也。然則識也、才也、膽也，非但學道爲然，舉凡出世處世，治國治家，以致平治天下，總不能舍此矣。故曰智者不惑，仁者不憂，勇者不懼。智即識，仁即才，勇即膽也。」陳繼儒《小窗幽記》卷八：「立言亦何容易，必有包天、包地、包千古、包來今之識，必有驚天、驚地、驚千古、驚來今之才，必有破天、破地、破千古、破來今之膽。」金堡《李赤茂集序》：「夫天下不患無才學，而貴識與膽。膽者識之所生，而能成識。識如眼，膽如四肢。」又云：「才與學能成膽，無識不能成才學。」（《遍行堂集》卷三）

【評】

這一節從正反兩方面申論「識」的重要。有識則明是非，能取捨，不盲目隨人而敢於自我作古，所謂「識明則膽張，任其發宣而無所於怯」。所作與古人合，可以看作是英雄所見略同，也可以認爲是古人合於我；所作與古人異，那就可以補古人的不足，同時也可以説是古人補我的不足。這種主張的核心是絶對的自我表現論，不要説不在乎與古人異，甚至也不在乎與古人同，後來嘉、道間極端的性靈論者論詩即持這種觀念。末「識明則膽張」一語逗出識與膽的關係，引起下文對無識則膽怯的論析，顯出文理之密。

一之四　且夫胸中無識之人，即終日勤於學，而亦無益，俗諺謂爲「兩脚書櫥」〔一〕。記誦日多，多益爲累。〔一〕及伸紙落筆時，胸如亂絲，頭緒既紛，無從割擇，中且餒而膽愈怯，欲言而不能言，或能言而不敢言，矜持於銖兩尺矱之中〔二〕，既恐不合於古人，又恐貽譏於今人。如三日新婦，動恐失體〔三〕；又如跛者登臨，舉恐失足。文章一道，本攄寫揮灑樂事，反若有物焉以桎梏之，無處非礙矣。於是强者必曰〔四〕：「古人某某之作如是，非我則不能得其法也。」弱者亦曰〔五〕：「古人某某之作如是，今之聞人某某傳其法如是，而我亦如是也。」其黠者心則然而秘而不言〔六〕；愚者心不能知其然，徒誇而張於人，以爲我自有所本也。更或謀篇時，有言已盡，本無可贅矣，恐方幅不足而不合於格〔七〕，於是多方拖沓以擴之：是蛇添足也〔八〕。〔二〕又有言尚未盡，正堪抒寫，恐逾於格而失矩度，亟闔而已焉〔九〕：是生割活剥也。之數者，因無識，故無膽，〔三〕使筆墨不能自由，是爲操觚家之苦趣〔一〇〕，不可不察也。

【注】

〔一〕兩脚書橱：《南史·陸澄傳》：「澄當世稱爲碩學，讀《易》三年，不解文義；欲撰《宋書》竟不成。王儉戲之曰：『陸公，書厨也。』」

〔二〕尺矱：尺度、規矩。

〔三〕三日新婦：王建《新嫁娘》：「三日入厨下，洗手作羹湯。未諳姑食性，先遣小姑嘗。」

〔四〕强者：性格强悍、勇於自信者。

〔五〕弱者：性格懦弱、自信心不足者。

〔六〕黠者：狡獪有心計者。

〔七〕方幅：作品的篇幅或格局。

〔八〕蛇添足：即畫蛇添足，典出《戰國策·齊策二》：「楚有祠者，賜其舍人卮酒，舍人相謂曰：『數人飲之不足，一人飲之有餘。請畫地爲蛇，先成者飲酒。』一人蛇先成，引酒且飲之，乃左手持卮，右手畫蛇，曰：『吾能爲之足。』未成，一人之蛇成，奪其卮，曰：『蛇固無足，子安能爲之足？』遂飲其酒。爲蛇足者終亡其酒。」

〔九〕闔：此言結束文章。

〔一〇〕操觚家：從事寫作者。觚，古代用以書寫的木簡。

【箋】

〔一〕王世貞《藝苑卮言》卷三：「自古博學之士兼長文筆者，如子產之別臺駘，卜氏之辨三家，子政之記貳負，終軍之識鼮鼠，方朔之名藻廉，文通之識科斗，茂先、景純種種該洽，固無待言。自此以外，雖鑿壁恒勤，而操觚多繆，以至陸澄書厨、李邕書簏、傅昭學府、房暉經庫，往往來藝苑之譏，乃至使儒林別傳，其故何也？毋乃天授有限，考索偏工，徒務誇多，不能割愛，心以目移，辭爲事使耶？孫搴謂邢劭『我精騎三千，足敵君羸卒數萬』，則又非也。韓信用兵，多多益辦。此是化工造物之妙，與文同用。」

〔二〕章學誠《古文十弊》之七：「陳平佐漢，志見社肉；李斯亡秦，兆端厠鼠。推微知著，固相士之玄機；搜間傳神，亦文家之妙用也。但必得其神志所在，則如圖畫名家，頰上妙於增毫；苟徒慕前人文辭之佳，强尋猥瑣，以求其似，則如見桃花而有悟，遂取桃花作飯，其中豈復有神妙哉！又近來學者，喜求徵實，每見殘碑斷石，餘文剩字，不關於正義者，往往藉以考古制度，補史缺遺，斯固善矣。因是行文，貪多務得，明知贅餘非要，却爲有益後世，推求不憚辭費。是不特文無體要，抑思居今世而欲備後世考徵，正如董澤矢材，可勝暨乎？夫傳人者文如其人，述事者文如其事，足矣。其或有關考徵，要必本質所具，即或閑情逸出，正爲阿堵傳神。不此之務，但知市菜求增，是之謂畫蛇添足，又文人之通弊

也。」（《文史通義·內篇五》）

（三）金堡《李赤茂集序》：「識勝者膽勝，識劣者膽劣。」（《遍行堂集》卷三）

【評】

這一節具體剖陳無識的弊端。無識則没有駕馭腹笥書卷的能力，記誦越博，寫作時思路越混亂；無識還容易導致膽怯，一味拘泥於古人陳説，束手縮脚，不敢放開去寫。而在謀篇布局上，無識又容易犯兩個毛病，一是意已盡而擔心格局不完整，於是拖沓拼湊，類似畫蛇添足；一是意猶未盡而生怕篇幅過長，於是斬頭去尾，這是生割活剥。

一之五　昔賢有言：「成事在膽。」（一）文章千古事（二），苟無膽，何以能千古乎？吾故曰：無膽則筆墨畏縮。膽既詘矣，才何由而得伸乎？惟膽能生才，但知才受於天，而抑知必待擴充於膽耶？（一）吾見世有稱人之才，而歸美之曰能斂才就法。（二）斯言也，非能知才之所由然者也。夫才者，諸法之蘊隆發現處也。若有所斂而爲就，則未斂未就以前之才，尚未有法也。其所爲才，皆不從理事情而得，爲拂道悖德之言，與才之義相背而馳者，尚得謂之才乎？夫於人之所不能知，而惟我有才能知之；於人之所不能言，而惟我有才能言之。縱其心思之氤氳磅礴，上下縱橫，凡六合以内外〔三〕，皆不得而囿之。以是措而爲文辭，而至理存焉，萬事準焉，深情托焉，是之謂有才。若欲其斂以就法，彼固掉臂游行於法中久矣。不知其所就者，又何物也？必將曰所就者乃一定不遷之規矩。此千萬庸衆人皆可共趨之而由之，又何待於才之斂耶？故文章家止有以才御法而驅使之，決無就法而爲法之所役，而猶欲栩其才者也。吾故曰無才則心思不出，亦可曰無心思則才不出。而所謂規矩者，即心思之肆應各當之所爲也。蓋言心思，則主乎内以言才；〔三〕言法，則主乎外以言才。主乎内，心思無處不可通，吐而爲辭，無物不可通也。夫孰得而範圍其心，又孰得而範圍其言乎？主乎外，則囿於物而反有所不得於我心，心思不靈，而才銷鑠矣〔四〕。

【注】

〔一〕成事在膽：語出宋代名臣韓琦。韓琦任陝西經略安撫招討史，與范仲淹齊名。强至《韓忠獻公遺事》云：「公平日謂成大事在膽。未嘗以膽許人，往往自許也。」

〔二〕文章句：杜甫《偶題》：「文章千古事，得失寸心知。」

〔三〕六合：謂天地四方。《莊子·齊物論》：「六合之外，聖人存而不論。六合之内，聖人論而不議。」成玄英疏：「六合，天地四方。」

〔四〕銷鑠：金屬熔化，此處指消耗。

【箋】

〔一〕袁宏道《雪濤閣集序》：「文之不能不古而今也，時使之也。妍媸之質，不逐目而逐時。是故草木之無情也，而鞓紅、鶴翎，不能不改觀於左紫、溪緋。唯識時之士，爲能堤其潰而通其所必變。夫古有古之時，今有今之時，襲古人語言之迹而冒以爲古，是處嚴冬而襲夏之葛者也。（中略）近代文人，始以復古之説以勝之。夫復古是已，然至以剿襲爲復古，句比字擬，務爲牽合，棄目前之景，摭腐爛之辭。有才者詘於法，而不敢自伸其才；無才者拾一二浮泛之語，幫湊成詩。智者牽於習，而愚者樂其易，一唱億和，優人騶子，共談雅道。吁，詩至此，抑可羞哉！」（江盈科《雪濤閣集》卷首）黄子雲《野鴻詩的》：「眼不高不能越衆，氣不充不能作勢，膽不大不能馳騁，心不死不能入木。此四者，作詩之大旨也。」袁枚《隨園詩話》卷一〇：「人閑居時，不可一刻無古人；落筆時，不可一刻有古人。平居有古人，而學力方深；落筆無古人，而精神始出。」

〔二〕斂才就法，是明代格調派創作觀念的核心所在。黄生《詩麈》卷二：「宋人學識，大概膚陋。故於古人得其皮毛，不得其神髓。又言論風旨，動師前輩，雖有雋才，亦難自拔。詩道不振，職此故也。明人之才，實遠勝宋人，故不肯自安卑近，力追漢魏、盛唐，次猶擷芳六朝，希聲大曆。其蔽也，才爲法縛，情爲才掩，骨體具矣，神髓猶未。」然清初格調派詩家猶用其説。毛先舒《詩辯坻》卷一：「詩須博洽，然必斂才就格，始可言詩。亡論詞采，即情與氣，亦弗可溢。胸貯幾許，一往傾瀉，無關才多，良由法少。」清人論試帖亦主此説，如李重華《貞一齋詩説》云：「唐人試帖，六韻爲率，皆兢兢守定繩尺，絶少排奡生動者；其八韻律賦亦然。可知古人應試，無不斂才就法，不如此，亦不能入彀。」紀昀評韓愈《春雪間早梅》曰：「昌黎古體横絶一代，律詩非所長。試帖刻畫，更非所長矣。此詩刻意斂才就法，反成淺俗，不爲佳作。」（《韓昌黎詩繫年集釋》卷四）此外，正統詩論家也常以此訓後學，如朱庭珍《筱園詩話》卷二：「佛家貴正法眼藏，不尚神通。拈花微笑時，萬法俱化，不屑以神通見，而自在神通，充滿法身，不可思議，何必演幻法乎？詩家亦然。真正大作者，才力無敵，而不逞才力之得；神通具足，而不顯神通之奇。斂才氣於理法之中，出神奇於正大之域，始是真正才力，自在神通也。」

（三）徐增《而庵詩話》云：「詩本乎才，而尤貴乎全才。才全者，能總一切法，能運千鈞筆故也。夫才有情，有氣，有思，有調，有力，有略，有量，有律，有致，有格。情者，才之醖釀，中有所屬；氣者，才之發越，外不能遏；思者，才之徑路，入於縹緲；調者，才之鼓吹，出以悠揚；力者，才之充拓，莫能摇撼；略者，才之機權，運用由己；量者，才之容蓄，泄而不窮；律者，才之約束，守而不肆；致者，才之韻度，久而愈新；格者，才之老成，驟而難至。具此十者，才可云全乎？然又必須時以振之，地以基之，友以澤之，學以足之。」這就是「主乎内以言才」。

【評】

這一節論膽與才的關係，以爲才必待膽擴充之而後得發揮，無膽則筆墨畏縮，才不得伸展。

在此基礎上，他對詩家相傳的「斂才就法」之説作了辨析，認爲才本身就與對法的通曉和運用有關，如果法必斂才而可就，那麼才未斂之時便無所謂法；既有法而必須斂才以就，則又才無所用、不爲其才了。通過揭示其邏輯上的悖謬，葉燮否定了「斂才就法」的説法，而代之「以才御法」的口號。這樣，「才」實際上就可分析爲就主觀而言的「心思」和就客觀而言的「法」兩個方面，變成巧用心思和善解法則的辯證統一。以今天的觀念來看，文學才能其實就是感受能力與表現能力的完美結合。心思屬於感受能力的範疇，法屬於表現能力的範疇，兩者相輔相成，缺一不可，甚至發展不均衡也不可。葉燮對「膽」的重視，後爲乾隆間性靈派進一步發揮，成爲其詩學觀念的基本立足點。

一之六　吾嘗觀古之才人，合詩與文而論〔一〕，如左丘明、司馬遷、賈誼、李白、杜甫、韓愈、蘇軾之徒〔二〕，天地萬物皆遞開闢於其筆端，無有不可舉，無有不能勝。前不必有所承，後不必有所繼，而各有其愉快。〔一〕如是之才，必有其力以載之。〔二〕惟力大而才能堅，故至堅而不可摧也，歷千百代而不朽者以此。昔人有云：「擲地須作金石聲。」〔三〕六朝人非能知此義者，而言金石，喻其堅也。此可以見文家之力。力之分量，即一句一言，如植之則不可仆〔四〕，横之則不可斷，行則不可遏，住則不可遷。〔三〕《易》曰：「獨立不懼。」〔五〕此言其人，而其人之文當亦如是也。譬之兩人焉，共適於途，而值羊腸蠶叢、峻棧危梁之險。其一弱者，精疲於中，形戰於外，將裹足而不前〔六〕，又必不可已而進焉，於是步步有所憑藉，以爲依傍。或藉人之推之挽之，或手有所持而捫，或足有所緣而踐，即能前達，皆非其人自有之力，僅愈於木偶爲人舁之而行耳〔七〕。其一爲有力者，神旺而氣足，徑往直前，不待有所攀援假借，奮然投足，反趨弱者扶掖之前。此直以神行而形隨之，豈待外求而能者。故有境必能造，有造必能成。吾故曰，立言者無力，則不能自成一家。夫家者，吾固有之家也。人各自有家，在己力而成之耳，豈有依傍、想象他人之家以爲我之家乎！〔四〕是猶不能自求家珍，穿窬鄰人之物〔八〕，以爲己有，即使盡竊其連城之璧〔九〕，終是鄰人之寶，不可爲我家珍。而識者窺見其裏，適供其啞然一笑而已〔一〇〕。故本其所自有者而益充而廣大之以成家，非其力之所自致乎？

【注】

〔一〕論：《昭代叢書》本、《清詩話》本下有「之」字。

〔二〕左丘明：相傳爲春秋末期魯國史學家，爲《左傳》和《國語》的作者。司馬遷（約前一四五—約前九〇）：字子長。夏陽（今陝西韓城）人。家世爲史官，世稱太史公，窮畢生精力著《史記》。賈誼（前二〇〇—前一六八)：洛陽(今屬河南)人。官長沙王太傅。後人輯有《賈長沙集》。李白：參《內篇上》「一之三」注〔二三〕。

〔三〕擲地須作金石聲：劉義慶《世説新語·文學》：「孫興公作《天台賦》成，以示范榮期，云：『卿試擲地，要作金石聲。』范曰：『恐子之金石，非宮商中聲。』」

〔四〕植：樹立。《周禮·夏官·田僕》：「令獲者植旌。」仆：倒伏。

〔五〕獨立不懼：語本《易·大過》：「君子以獨立不懼，遁世無悶。」

〔六〕裹足不前：語本《戰國策·秦策三》：「天下智謀之士，聞而自疑，將裹足不前，主公誰與定天下乎？」

〔七〕舁：抬。

〔八〕穿窬：入室盜竊。《論語·陽貨》：「譬諸小人，其猶穿窬之盜也與。」窬通逾，越墻而過。

〔九〕連城之璧：喻珍貴寶物。《史記·廉頗藺相如列傳》：「趙惠文王時，得楚和氏璧。秦昭王聞之，使人遺趙王書，願以十五城請易璧。」

〔一〇〕啞然一笑：《吳越春秋·越王無余外傳》：「禹乃啞然而笑。」啞，舊讀額音。

【箋】

〔一〕吳可《藏海詩話》：「山谷詩云：『淵明千載人，東坡百世士。出處固不同，風味要相似。』有以杜工部問東坡似何人，坡云：『似司馬遷。』蓋詩中未有如杜者，而史中未有如馬者。又問荔枝似何物，『似江瑶柱』，亦其理也。」

（二）力也是一個很古老的文論概念，唐人就已將才與力相提并論。如李白《酬坊州王司馬與閻正字對雪見贈》云「閻公漢庭舊，沉鬱富才力」，杜甫《李潮八分小篆歌》云「巴東逢李潮，逾月求我歌。我今衰老才力薄，潮乎潮乎奈汝何」，《戲爲六絶句》云「才力應難跨數公，凡今誰是出群雄」，柳宗元《與楊京兆憑書》云「若宗元者，才力缺敗，不能遠騁高厲，與諸生摩九霄撫四海，誇耀於後之人矣」，白居易《與元九書》云「僕常痛詩道崩壞，忽忽憤發，或食輟哺，夜輟寢，不量才力，欲扶起之」。這都是從個人能力的角度來説的。皎然《詩式·辨體有一十九字》有「力」一項，云：「體裁勁健曰力。」高仲武《中興閒氣集》評李希仲詩云「希仲詩輕靡，華勝於質，此所謂才力不足，務爲清逸」，則著眼於詩人掌握作品體裁和風格的能力。到明代，李東陽《麓堂詩話》亦嘗論才與力的關係：「嚴滄浪所論超離塵俗，真若有所自得，反覆譬説，未嘗有失。顧其所自爲作，徒得唐人體面，而亦少超拔警策之處。予嘗謂識得十分，只做得八九分，其一二分乃拘於才力，其滄浪之謂乎？若是者往往而然。然未有識分數少而作分數多者，故識先而力後。」

（三）楊載《詩法家數》：「大抵詩之作法有八：曰起句要高遠；曰結句要不著迹；曰承句要穩健；曰下字要有金石聲；曰上下相生；曰首尾相應；曰轉折要不著力；曰占地步，蓋首兩句先須闊占地步，然後六句若有本之泉，源源而來矣。」論煉句又云：「要雄偉清健，有金石聲。」蓋前人言有金石聲，都著眼於下字、琢句的清緊響亮，葉燮則推原於力，强調字句的勁健來自於詩人的筆力。

（四）《已畦文集》卷一三《與友人論文書》：「僕嘗論古今作者，其作一文，必爲古今不可不作之文。其言有關於天下古今者，雖欲不作，而不得不作。或前人未曾言之，而我始言之；後人不知言之，而我能開發言之。故貴乎其有是言也。若前人已言之，而我模仿言之；今人皆能言之，而我隨聲附和言之，則不如不言之爲愈也。所以古來作者有言謂之立言，以此言自我而立，且非我不能立。傍無倚附之謂立，獨行其是之謂立。故與功與德共立而不朽也。」

【評】

這一節分三層來譬説力與獨創性的關係。先肯定古來自成一家的詩文作者，都具有堅不可摧的力量；次説無力量則不能自成一家；最後强調，自成一家要將力量用在發掘、擴充自己本身的藴涵，而不能用在摹仿、剿襲他人上。葉燮所關注的「力」，與前人的着眼點殊有不同，主要落實在作家才能影響於詩史的方面，質言之即改變詩史進程的力量，其理論意義需要聯繫他的詩歌要素論纔能清楚地理解。

一之七　然力有大小，家有巨細。吾又觀古之才人，力足以蓋一鄉，則爲一鄉之才；力足以蓋一國，則爲一國之才；力足以蓋天下，則爲天下之才。更進乎此，其力足以十世，足以百世，足以終古，則其立言不朽之業，(一)亦垂十世，垂百世，垂終古，悉如其力以報之。(二)試合古今之才，一一較其所就，視其力之大小遠近，如分寸銖兩之悉稱焉〔一〕。又觀近代著作之家，其詩文初出，一時非不紙貴〔二〕，後生小子，以耳爲目，互相傳誦，取爲模楷；及身没之後，聲問即泯〔三〕，漸有起而議之者。或間能及其身後，而一世再世，漸遠而無聞焉。甚且詆毁叢生，是非競起，昔日所稱其人之長，即爲今日所指之短。可勝嘆哉！〔三〕即如明三百年間，王世貞、李攀龍輩盛鳴於嘉、隆時〔四〕，〔四〕終不如明初之高、楊、張、徐，猶得無毁於今日人之口也〔五〕；〔五〕鍾惺、譚元春之矯異於末季〔六〕，又不如王、李之猶可及於再世之餘也〔七〕。〔六〕是皆其力所至遠近之分量也。統百代而論，詩自《三百篇》而後，惟杜甫之詩，其力能與天地相終始，與《三百篇》等。自此以外，後世不能無入者主之，出者奴之，〔七〕諸説之異同，操戈之不一矣〔八〕。其間又有力可以百世，而百世之内，互有興衰者：或中湮而復興，或昔非而今是，又似世會使之然。生前或未有推重之，而後世忽崇尚之，如韓愈之文。當愈之時，舉世未有深知而尚之者。二百餘年後，歐陽修方大表章之，天下遂翕然宗韓愈之文，以至於今不衰。〔八〕信乎文章之力有大小遠近，而又盛衰乘時之不同如是。欲成一家言，斷宜奮其力矣。夫内得之於識而出之而爲才，惟膽以張其才，惟力以克荷之〔九〕。得全者其才見全，得半者其才見半，而又非可矯揉蹴至之者也，蓋有自然之候焉。千古才力之大者，莫有及於神禹。神禹平成天地之功〔一〇〕，此何等事？而孟子以爲行所無事〔一一〕，不過順水流行坎止自然之理〔一二〕，而行疏瀹、排決之事〔一三〕，豈别有治水之法，有所矯揉以行之者乎〔一四〕？不然者，是行其所有事矣。大禹之神力，遠及萬萬世；以文辭立言者，雖不敢幾此，然異道同歸，勿以篇章爲細務，自遜處於没世無聞已也〔一五〕。

【注】

〔一〕分寸銖兩：此言成就大小輕重。

〔二〕紙貴：《晉書·左思傳》曰：「造《齊都賦》，一年乃成。復欲賦三都，會妹芬入宫，移家京師，乃詣著作郎張載，訪岷、邛之事。遂構思十年，門庭藩溷，皆著筆紙，遇得一句，即便疏之。自以所見不博，求爲秘書郎。及賦成，時人未之重。思自以其作不謝班、張，恐以人廢言，安定皇甫謐有高譽，思造而示之。謐稱善，爲其賦序。（中略）司空張華見而嘆曰：『班、張之流也，使讀之者，盡而有餘，久而更新。』於是豪貴之家，競相傳寫，洛陽爲之紙貴。」

〔三〕聲問即泯：名聲銷滅。「問」，通「聞」。聲問即聲聞，《荀子·大略》：「德至者色澤洽，行盡而聲聞遠。」泯，滅。

〔四〕王世貞（一五二六—一五九〇）：字元美，號鳳洲，又號弇州山人。太倉（今屬江蘇）人。嘉靖進士，由刑部主事歷官至南京刑部尚書。有《弇州山人四部稿》、《弇山堂别集》、《鳴鳳記》等。嘉、隆：嘉靖，明世宗年號，公元一五二二至一五六六年；隆慶，明穆宗年號，公元一五六七至一五七二年。

〔五〕楊：即楊基（一三二六—一三七八），字孟載，號眉庵。原籍嘉州（今四川樂山），生於蘇州（今屬江蘇）。官至山西按察使。詩與高啓、張羽、徐賁齊名，稱「吴中四傑」。有《眉庵集》。張：即張羽（一三三三—一三八五），字來儀，更字附鳳，號静居。江西潯陽（今江西九江）人。官至太常丞，工詩善畫。有《静居集》。徐：即徐賁（一三三五—一三九三），字幼文，號北郭生。長洲（今屬江蘇蘇州）人。明初被薦入朝，歷官至河南左布政使。工書善畫，精山水墨竹。有《北郭集》。

〔六〕鍾惺（一五七四—一六二四）：字伯敬，一作景伯，號退谷、止公居士。湖廣竟陵（今湖北天門）人。萬曆進士，官至福建提學僉事。有《隱秀軒集》，又與譚元春合選《詩歸》。譚元春（一五八六—一六三七）：字友夏，號鵠灣，别號蓑翁。湖廣竟陵（今湖北天門）人。天啓間鄉試第一。有《譚友夏合集》。

〔七〕再世：古以三十年爲一世，再世即六十年。然此屬泛言，猶言一代兩代，不必坐實。

〔八〕操戈：范曄《後漢書·鄭玄傳》何休嘆曰：「康成入吾室，操吾戈以伐我乎！」

〔九〕克荷：能够承受。克，能；荷，負擔。

〔一〇〕神禹句：《書·大禹謨》：「地平天成。」孔安國傳：「水土治曰平，五行叙曰成。」

〔一一〕行所無事：語出《孟子·離婁下》：「所惡於智者，爲其鑿也。如智者，若禹之行水也，則無惡於智矣。禹之行水也，行其所無事也。如智者亦行其所無事，則智亦大矣。」

〔一二〕流行坎止：水的流動與停滀。坎，八卦之一，象徵水。《易·坎》：「象曰水洊至，習坎。」王弼注：「不以坎爲隔絶，相仍而至，習乎坎也。」坎原指坑窪處，此指水受阻遏而停滯。《漢書・賈誼傳》：「乘流則逝，得坎則止。縱軀委命，不私與己。」

〔一三〕疏瀹、排決：疏浚河床與挖決堤岸。《孟子・滕文公上》：「禹疏九河，瀹濟漯而注諸海，決汝漢，排淮泗而注諸江，然後中國可得而食也。」水小則疏浚，水洶涌受阻，便衹能決堤引水。

〔一四〕矯揉：人爲做作。矯，使曲者變直；揉，使直者變曲。

〔一五〕没世無聞：暗用《論語・衛靈公》：「子曰：君子疾没世而名不稱焉。」

【箋】

〔一〕立言不朽之説，首見於《左傳・襄公二十四年》：「穆叔如晉，范宣子逆之，問焉。曰：『古人有言曰死而不朽，何謂也？』穆叔未對，宣子曰：『昔丐之祖，自虞以上爲陶唐氏，在夏爲御龍氏，在商爲豕韋氏，在周爲唐杜氏，晉主夏盟爲范氏，其是之謂乎？』穆叔曰：『以豹所聞，此之謂世禄，非不朽也。魯有先大夫曰臧文仲，既没，其言立，其是之謂乎。豹聞之：太上有立德，其次有立功，其次有立言，雖久不廢，此之謂不朽。若夫保姓受氏，以守宗祊，世不絶祀，無國無之，禄之大者，不可謂不朽。』」然後世多有議論。曹丕《與王朗書》云：「生有七尺之形，死唯一棺之土，唯立德揚名，可以不朽；其次莫如著篇籍。」《太平御覽》卷六〇二引《抱朴子》載陸機臨終之言曰：「窮通，時也；遭遇，命也。古人貴立言，以爲不朽。吾所作子書未成，以此爲恨耳。」宋濂《守齋類稿序》：「古之立言者，豈得已哉！設使道行於當時，功被於生民，雖無言可也。其負經濟之才，而弗克有所施，不得已而形於言。庶幾後之人或行之，亦不翅親展其學，所以汲汲遑遑弗忍釋者，其志蓋如是而已。」（《宋文憲公全集》卷二六）趙吉士《寄園寄所寄・囊底寄》：「古人三不朽，德與言猶有假而托之者，赫赫天壤，措諸事業，亘千秋而莫之泯滅，厥惟功名哉！」高蘭曾《復張笠溪孝廉書》：「古之人有言語工矣，文學博矣，或不移時而風流雲散，百不一二存焉。究不若政事之足以行遠而垂世。」（《自娱集文稿》卷六）但大多數人終究不這麽看。田雯《王少司農壽序》云：「文章所關獨重，立言固不在德功下矣。」高珩《渠亭山人半部稿序》云：「世人皆謂立言居其末，余以爲不然。蓋功非權藉無由被於生民，而德非遜敏亦無由底於光大。而立言則異於是，故古之人有聞其一語而可卜爲大猷之左券、大道之宗盟者，亦有一編垂世而百世之下恢恢大業若取諸囊中，陶淑群才，棐弼彝教，天壤俱無盡者。則三不朽之業，立言尤其衆著者矣。」朱彝尊《徐電發南州集序》：「當其生時獲乎上者，不盡信於朋友；其没也，已以爲功者人且罪之，其所立者安在？迨百年之久，公論出焉，初不以爵禄之崇卑厚薄定人之賢不肖。故夫士之不朽，立功者倚乎人，立言者在己，可以審所務也已。」袁枚《胡天游哀詞》引胡天游之説曰：「古今人皆死，惟能文章者不死。雖有聖賢豪傑、瑰意琦行，離文章則其人皆死。」（《石笥山房集》卷首）張宗泰《魯巖所學集》卷首阮元序：「往古來今，不過幾張白紙黑字而已。若無白紙黑字，則堯舜孔孟亦不能口傳至今。今之欲友古人，當於紙中尋之；欲友後世之人，使後世之人能尋到我者，亦惟仗紙而已。經史四部無不然也。」這可視爲中國古代對立言的根本理解。

（二）吴山濤《栗亭詩集序》：「予嘗論古今詩，謂力可百年者，其傳百年；力可千年者，其傳千年；力可傳之永遠，則其傳不可以數計。所謂力者，讀書養氣，集義而生，非可襲而取之也。從來名人魁士，軒翥奮飛，類必根柢性情，陶冶籠挫，高天深淵，窮工極變，不欲以煩聲促節與踸踔短垣、呼嘯相命者争馳尺幅之間。予持此論最久，獨余友汪子栗亭謂予知言。」汪栗亭名士鋐，所撰《中江紀年詩集序》即發揮吴氏之説：「詩之傳世遠近久暫，視其人之氣與力，可以百年者百年，可以千年者千年，至與日月争光、天地并峙者，非其詩之傳有遠近久暫，其人作詩之氣與力自爲遠近久暫而已。持此讀古今人詩，有歷歷不爽者。」

（三）蔣士銓《金檜門先生遺詩後序》引金德瑛語云：「自古作者本諸性識，發爲文章，類皆自開生面，各不相襲。變化神明於規矩之間，使天下後世玩其謳吟，可以知其襟懷品詣之所在，人與言乃因之而不朽。其斤斤於皮相派别者，未嘗不雄視一時，迨聲勢既盡，羽翼漸衰，不待攻擊而自歸澌滅，亦可哀已。」（《忠雅堂集校箋》文集卷一）

（四）《四庫全書總目》卷一七二别集類二十五《弇州山人四部稿》：「考自古文集之富，未有過於世貞者。其摹秦仿漢，與七子門徑相同，而博綜典籍，諳習掌故，則後七子不及，前七子亦不及，無論廣、續諸子也。惟其早年自命太高，求名太急，虚憍恃氣，持論遂至一偏。又負其淵博，或不暇檢點，貽議者口實。故其盛也，特尊之者遍天下，及其衰也，攻擊之者亦遍天下。」

（五）徐泰《詩談》：「姑蘇高啓，岱峰雄秀，瀚海渾涵。海内詩人，豈惟吴下。楊基天機雲錦，自然美麗。獨時出纖巧，不及高之沖雅。潯陽張羽、吴興徐賁，亞矣。四傑叙稱，以其才乎？」顧起綸《國雅品》：

「高侍郎季迪，始變元季之體，首倡明初之音，發端沉鬱，入趣幽遠，得風人激刺微旨。故高、楊、張、徐，雖并稱豪華，惟季迪爲最。」錢謙益《列朝詩集小傳》甲集「高太史啓」：「王子充曰：『季迪之詩，雋逸而清麗，如秋空飛隼，盤旋百折，招之不肯下；又如碧水芙蕖，不假雕飾，翛然塵外。』謝徽曰：『季迪之詩，緣情隨事，因物賦形，横從百出，開合變化。其體製雅醇，則冠裳委蛇，佩玉而長裾也。其思致清遠，則秋空素鶴，回翔欲下，而輕雲霽月之連娟也。其文采縟麗，如春花翹英，蜀錦新濯。其才氣俊逸，如泰華秋隼之孤騫，崑崙八駿追風躡電而馳也。』李東陽曰：『國初稱高、楊、張、徐。高才力聲調，過三人遠甚。百餘年來，亦未見卓然有過之者。』」朱彝尊《明詩綜》卷九評高啓：「侍郎跌宕風華，鳳觀虎視，造邦巨擘，所不待言。而何仲默别推袁景文第一，試合諸體觀之，袁自非高敵也。」沈德潛《説詩晬語》卷下：「元季都尚詞華，劉伯温獨標骨幹，時能規模杜、韓。高季迪出入於漢魏、六朝、唐、宋諸家，特才調過人，步蹊未化，故變元風則有餘，追大雅猶不足也。要之明初辭人以二公爲冠，袁景文次之，楊孟載次之，張志道次之，徐幼文、張來儀又次之。高、楊、張、徐之名，特并舉於北郭十子中，初非通論。」

（六）此言鍾、譚風靡一時，但不久即爲世所棄，還不如王、李影響詩壇時間之久，反映了當時詩壇對格調派和竟陵派的不同態度。清初詩家對格調派的批評集中於模擬習氣，不過是藝術觀念的問題；而對竟陵派的批評往往與亡國的怨憤聯繫在一起，每目之爲亡國之音，故抨擊者獨衆。陳子龍《答胡學博書》云：「萬曆之季，士大夫偷安逸樂，百事墮壞，而文人墨客所爲詩歌，非祖述《長慶》，以繩樞瓮牖之談爲清真，則學步《香奩》，以殘膏剩粉之資爲芳澤，是舉天下之人，非迂樸如老儒，則嫵媚若婦人也。是以士風日靡，士志日陋，而文、武之業不顯。鍾、譚兩君者，少知掃除，極意空淡，似乎前二者之失可少去矣。然舉古人所爲温柔之旨，高亮之格，虛響沉實之分，珠聯璧合之體，感時托風之心，援古證今之法，皆棄不道，而又高自標置，以致海内不學之小生，游閑之緇素，侈然皆自以爲能詩。何則？彼所爲詩既無本，詞又鮮據，可不學而然也。」侯朝宗《與陳定生論詩書》也説：「詩壞於鍾、譚，今十人之中亦有四五粗知之者。」錢謙益《列朝詩集小傳》丁集「鍾提學惺」：「唐天寶之樂章，曲終繁聲，名爲入破；鍾、譚之類，豈亦五行志所謂詩妖者乎！」曾燦《過日集·凡例》云：「近世率攻鍾、譚，虞山比之爲詩妖。然鍾、譚貶王、李太過，今人又貶鍾、譚太過。」王夫之《明詩評選》卷五評王思任《薄雨》：「竟陵狂率，亦不自料遽移風化，而膚俗易親，翕然於天下。謔庵視伯敬爲前輩，天姿韶令亦十倍於伯敬，且下徒而從之，餘可知已。其根柢極卑劣處，在哼著題目討滋味，發議論，如『稻肥增鶴秩，沙遠討鳧盟』之類，皆是物也。除却比擬鑽研，心中元無風雅，故埋頭則有，迎眸則無，借説則有，正説則無。竟陵力詆歷下，所恃以爲攻具者，止『性靈』二字。究竟此種詩，何嘗一字自性靈中來？靠古人成語，人間較量，東支西補而已。宋人最爲詩蠹在此，彼且取精多而用物弘，猶無一語關涉性靈，況竟陵之鮮見寡聞哉？五六十年來，求一人硬道取性靈中一句，亦不可得。謔庵、鴻寶大節磊砢，皆豪傑之士，視鍾、譚相去河漢，而皆不能自拔，則沈雨若、張草臣、朱雲子、周伯孔之沿竟陵門，持竟陵鉢者，又不足論已。聊爲三嘆！」卷六評袁宏道《和萃芳館主人魯印山韻》：「詩莫賤於用字，自漢、魏至宋、元，以及成、弘，雖惡劣之尤，亦不屑此。王、李出而後用字之事興，用字不可謂魔，只是亡賴，偏方下邑劣措大賴歲考捷徑耳。王、李則有萬里千山、雄風浩氣、中原白雪、黄金紫氣等字，鍾、譚則有歸懷遇覺、肅欽淡静、之乎其以、孤光太古等字，舍此則王、李、鍾、譚更無言矣。鍾、譚以其數十字之學，而誚王、李數十字之非，此婢妾争針綫鹽米之智，中郎不屑也。中郎深詆王、李，詆其用字，非詆其所用之字。竟陵不知，但用字之即可詆，而避中郎之所斥，竊師王、李用字之法而别用之，中郎不天，視此等劣措大作何面孔邪？王、李用字，是王、李劣處；王、李猶不全恃用字以立宗，全恃用字者，王、李門下重儓也。鍾、譚全恃用字，即自標以爲宗，則鍾、譚者，亦王、李之重儓，而不足爲中郎之長鬣，審矣。」田雯《木齋詩序》：「余嘗謂後人之呰謷歷下，亦太過矣。歷下縱有可議，議之斯已耳，何至僂指其字句，撏扯其篇章，謂爲風雅之下流、聲偶之極弊乎！百年、萬里、我輩、中原、浮雲、落日、黄金、白雪，自蹈重複臭腐之誚，而又引海陵生之戲語以痛斥之，發軒渠而恣狂噬，初不解其何意也。李義山之論盧、駱、王、楊，曰：『當時自謂宗師妙，今日惟觀對屬能。』詆毁之至，仍多含蓄。杜子美則以爲别裁僞體，不廢江河，故千古之知詩者莫子美若也。夫隱秀之説，昉於竟陵，後人攻歷下，兼攻竟陵。今不數十年，而竟陵之學光沉響寂，攻者之學傳之者幾人？求如王、李七子，執櫜鞬，立壇坫，奔走一世於嘉、隆之間，政未可必也。歷下詎無可議？使竟陵諸人與之并聚於一堂，譬彼張儀出而從人之約皆解；又如樊噲、英布，雖善用兵，然終非淮陰敵也。亦可以見後人之陋矣。」（《古歡堂集》卷二四）乾隆時修《四庫全書》，去葉燮的時代已近百年，對於王李、鍾譚仍然軒輊分明，没有多大變化。《四庫全書總目》卷一七二别集類二十五《滄溟集》提要云：「今觀其集，古樂府割剥字句，誠不免剽竊之譏；諸體詩亦亮節較多，微情差少；雜文更有意詰屈其詞，塗飾其字，誠不免如諸家所譏。然攀龍資地本高，記誦亦博，其才力富健，凌轢一時，實有不可磨滅者。汰其膚廓，擷其英華，固亦豪傑之士。譽者過情，毀者亦太甚矣。」同卷《弇州山人四部稿》提要云：「世貞才學富贍，規模終大，譬諸五都列肆，百貨具陳，真僞駢羅，良楛淆雜。而名材瑰寶，亦未嘗不錯出其中。知末流之失，可矣；以末流之失，而盡廢世貞之集，則非通論也。」褒貶之間，都有恕詞。而鍾惺《隱秀軒集》、《四庫全書》摒棄不録；譚元春諸集，全登於存目。《總目》卷一八〇别集類存目七譚元春《嶽歸堂集》提要云：「隆、萬以後，公安三袁始攻擊王、李詩派，以清巧爲工，風氣一變。天門鍾惺更標舉尖新幽冷之詞，與元春相倡和。評點《詩歸》，流布天下，相率而趨纖仄。有明一代之詩，遂至是而極弊。論者比之詩妖，非過刻也。元春之才較惺爲劣，而詭僻如出一手。日久論定，徒爲嗤點之資。觀其遺集，亦足爲好行小慧之戒矣。」

（七）入者主之，出者奴之，是古代學術史上一個著名的譬喻，意謂信奉一種學説，必然會排斥其他學説。韓愈《原道》云：「其言道德仁義者，不入於楊，則入於墨；不入於老，則入於佛。入於彼，必出於此。入者主之，出者奴之。入者附之，出者污之。」入者指信奉其説的人，出者指背離其説的人。入者尊其説爲主，而出者則貶其説爲奴。後人論詩文每沿用這個説法。黄宗羲《錢退山詩文序》：「江西以汗漫廣莫爲唐，永嘉以脰鳴吻決爲唐。即同一晚唐也，有謂其纖巧醲亡國之音，有謂其聲宏還正始之響。學崑體者謂之村夫子，學郊、島者謂之字面詩，入主出奴，謡諑繁興，莫不以爲折衷群言。」賀振能

《與孫箕岸》：「王、李、鍾、譚分門别派，主奴出入，聚訟荒略，薄學近習，殊可憎厭」(《窺園稿・文集》)葉燮《已畦文集》卷九《三徑草序》：「吾吴自國初以來，稱詩之家如林。(中略)蓋嘗溯有明之季，凡稱詩者咸尊盛唐。及國初而一變，詘唐而尊宋。旋又酌盛唐與宋之間，而推晚唐。且又有推《中州》以逮元者，又有詘宋而復尊唐者。紛紜反覆，入主出奴，五十年來，各樹一幟。」嘉慶間雪北山樵編《花熏閣詩述》：「樂府至有明而叢雜，出奴入主，三百年來迄無定論。《鈍吟雜論》中樂府諸論，折衷群言，歸於一是，果有别裁僞體者，將不河漢斯言也。」陳僅《竹林答問》：「宋人之論詩也鑿，分門别式，混沌盡死；明人之論詩也私，出奴入主，門户是争。」朱庭珍《筱園詩話》卷三：「吾獨不解近代之詩文家及操選政者，非無過人之才力學識，而好惡徇一己之私。其所好者，極力推尊，并爲曲護其短；其所惡者，深文巧詆，直欲并没其長。近己者則好之，不近己者則惡之，絶不知有公道。入主出奴，紛争不已，是誠何心哉！」近代王禮培《小招隱館談藝録》卷三論明前七子，也説：「其旨非漢魏六朝盛唐之詩不觀，標榜門户，入主出奴，浮響虚弦，皮剥膚附，其於温柔敦厚之教，未始有聞也。」

（八）張元幹《亦樂居士文集序》：「國初儒宗楊、劉數公，沿襲五代衰陋，號西崑體，未能超詣。廬陵歐陽文忠公，初得退之詩文於漢東弊篋故書中，愛其言辨意深。已而官於洛，乃與尹師魯講習，文風丕變，寖近古矣。」(《蘆川歸來集》卷九)

【評】

這一節繼續申論力的重要，由詩人憑力而成家進而講到憑力而傳遠。所論又分三層意思：

首先，家數大小由力決定，作家的影響力同樣也取決於創造力，兩者是成正比的。作家的創造力能超越多大的區域，他的影響力就能延伸到什麼樣的空間。王世懋《藝圃擷餘》説：「詩有必不能廢者，雖衆體未備，而獨擅一家之長。我明其徐昌穀、高子業乎？二君詩大不同，而皆巧於用短。徐能以高韻勝，有蟬蜕軒舉之風；高能以深情勝，有秋閨愁婦之態。更千百年，李、何尚有廢興，二君必無絶響。所謂成一家言，斷在君采、稚欽之上，庭實而下，益無論矣。」正是這個意思。當作家的創造力達到當世的頂峰，也就能超越當下的空間而進入時間中去，即實現了一般意義上説的不朽。但這一命題是不可逆推的，在當時聲名煊赫、影響力極大的作家，也可能并不是真正具有偉力的，他舉了明代的後七子和竟陵鍾、譚爲例，而兩者之間又有等差。相反的例子則是韓愈，其詩在唐代影響不大，但經歐陽修表彰後，數百年來影響力持續不衰。在這一點上，顯出葉燮持論與後來的性靈派詩家的差異，性靈派詩家同樣講影響力的持久問題，却是歸結於性情的厚薄。如蔣士銓《鍾叔梧秀才詩序》云：「古今人各有性情，其所以藉見於天下後世者，於詩爲最著。性情之薄者，無以自見，唯務規模格調，摭拾藻繪，以巧文其卑陋庸鄙之真。當勢力强盛，未嘗不竊一時名譽，迨無可畏忌之時，而後人公論，卒難誣罔。然當時蠅附蟻聚之徒，崇之唯恐不至，亦何愚也。」最後葉燮又回到力與才、膽、識的關係上來，强調衹能順其自然之勢，如大禹治水因勢利導。這話是不錯，但關鍵的是該如何順其自然之勢，因勢利導，他却不加分疏，衹是牽了個比喻出來，讓讀者自己去體悟。大概他覺得這已屬於神而明之、在乎其人的問題了吧，衹能意會，不可言傳了。

一之八　大約才、識、膽、力，四者交相爲濟〔一〕。苟一有所歉，則不可登作者之壇。四者無緩急，而要在先之以識；使無識，則三者俱無所托：（一）無識而有膽，則爲妄，爲鹵莽，爲無知，其言背理叛道，蔑如也〔二〕。無識而有才，雖議論縱横，思致揮霍〔三〕，而是非淆亂，黑白顛倒，才反爲累矣。無識而有力，則堅僻妄誕之辭，足以誤人而惑世，爲害甚烈。（二）若在騷壇，均爲風雅之罪人。惟有識，則能知所從，知所奮，知所決，而後才與膽、力，皆確然有以自信；舉世非之，舉世譽之，而不爲其所摇〔四〕，安有隨人之是非以爲是非者哉？（三）其胸中之愉快自足，寧獨在詩文一道已也。然人安能盡生而具絶人之姿，何得易言有識？其道宜如《大學》之始於格物。誦讀古人詩書，一一以理事情格之，（四）則前後、中邊、左右、向背，（五）形形色色，殊類萬態，無不可得；不使有毫髮之罅，而物得以乘我焉〔五〕。如以文爲戰，而進無堅城，退無横陣矣。若舍其在我者，而徒日勞於章句誦讀，不過剿襲依傍、摹擬窺伺之術，以自躋於作者之林，則吾不得而知之矣。

【注】

〔一〕交相爲濟：相互支持，互相補充。

〔二〕蔑如：不足道。

〔三〕揮霍：即揮灑。

〔四〕舉世三句：《莊子·逍遥游》：「且舉世而譽之而不加勸，舉世而非之而不加沮，定乎内外之分，辯乎榮辱之境，斯已矣。」葉燮暗用此意。

〔五〕不使二句：此暗用《文心雕龍·論説》：「故其義貴圓通，辭忌枝碎，必使心與理合，彌縫莫見其隙；辭共心密，敵人不知所乘。斯其要也。」罅，音下，縫隙。乘，利用。

【箋】

〔一〕許學夷《詩源辯體》卷三四：「學者以識爲主，其功夫、才質不可偏廢。有功夫而無才質，則拙刻遲鈍，而不能窺神聖之域；有才質而無功夫，則少年才俊，往往發其英華，騁其麗藻。晚年才盡，則醜陋盡彰，支離百出矣。」

〔二〕葉燮論識與力的關係，前後人亦有類似看法。吴偉業《定山堂詩集序》：「詩之爲道，不徒以其才也，有性情焉，有學識焉，其淺深正變之故，不於斯三者考之，不足以言詩之大也。」袁枚《隨園詩話》卷三：「作史三長：才、學、識，缺一不可。余謂詩亦如之，而識最爲先；非識，則才與學俱誤用矣。北朝徐遵明指其心曰：『吾今而知真師之所在。』其識之謂歟？」戴綗孫《味無味齋詩草序》述朱艧平日論詩之旨：「學詩者不當求之於詩，必知言養氣以老其才，茹古涵今以富其學，渺慮澄心以達其識，三者既得，然後能出風入雅，思精體大，斷非一蹴所可幾也。」黃承吉《胡丙皋詩序》：「夫識與力相因而不并及者也。識至於丈尋，而力或僅尺；識至於千里之外，而力纔百里或數百里。然必先定識，乃能致力，識不真則致力多誤。故世或有真識之士而力未充，亦或有力較充而無真識，二者相較，無寧識真。何則？識真而致力，力向真而趨也；識不真而致力，力隨識而瞀也。」（《夢陔堂文集》卷六）

（三）薛雪《一瓢詩話》第五〇則係發揮此意：「詩文無定價，一則眼力不齊，嗜好各別；一則阿私所好，愛而忘醜。如某之與某，或心知、或親串，必將其聲價逢人説項，極口揄揚；美則牽合歸之，疵則宛轉掩之。談詩論文，開口便以其人爲標準，他人縱有傑作，必索一瘢以詆之。後生立脚不定，無不被其所惑。吾輩定須竪起脊梁，撑開慧眼，舉世譽之而不加勸，舉世非之而不沮。則魔群妖黨，無所施其伎倆矣。」

（四）《禮記・大學》開宗明義，揭格物之旨：「古之欲明德於天下者，先治其國；欲治其國者，先齊其家；欲齊其家者，先修其身；欲修其身者，先正其心；欲正其心者，先誠其意；欲誠其意者，先致其知；致知在格物。」格物，即究明物理。葉燮《與友人論文書》：「僕嘗有《原詩》一編，以爲盈天地間萬有不齊之物之數，總不出乎理、事、情三者。故聖人之道，自格物始；蓋格夫凡物之無不有理、事、情也。爲文者亦格之，文之爲物而已矣。夫備物者莫大於天地，而天地備於六經。六經者，理、事、情之權輿也。合而言之，則凡經之一句一義，皆各備此三者而互相發明。分而言之，則《易》似專言乎理，《書》、

《春秋》、《禮》似專言乎事，《詩》似專言乎情。此經之原本也，而推其流之所至：因《易》之流而爲言，則議論、辯説之作是也；因《書》、《春秋》、《禮》之流而爲言，則史傳、紀述、典制等作是也；因《詩》之流而爲言，則辭賦、詩歌等作是也。數者條理各不同，分見於經，雖各有專屬，其適乎道則一也。而理者與道爲體，事與情總貫乎其中，惟明其理，乃能出之而成文。」

（五）「中邊」指中央與邊緣，是借自佛學「中道」與「邊見」的概念。《中邊分别論》下：「復有分别中道及二邊故，是中、兩邊能現故，離初後此中兩處不著，如理分别顯現故，故名中邊分别論。」金堡《陸筠修文集序》：「事無大小，皆有中邊。則有當然之理，理有中邊；則有當然之情，情有中邊。所稱作者，一目了了，如其當然而起，如其當然而止。邊無有餘，中無不足而已矣。」（《遍行堂集》卷三）陳知柔《休齋詩話》：「人之爲詩要有野意。蓋詩非文不腴，非質不枯，始能腴而終枯，無中邊之殊，意味自長。風人以來得野意者，惟淵明耳。如太白之豪放，樂天之淺陋，至於郊寒島瘦，去之益遠。」（《宋詩話輯佚》）吴可《藏海詩話》：「凡裝點者好在外，初讀之似好，再三讀之則無味。要當以意爲主，輔之以華麗，則中邊皆甜也。裝點者外腴而中枯故也，或曰秀而不實。晚唐詩失之太巧，只務外華，而氣弱格卑，流爲詞體耳。又子由叙陶詩『外枯中膏，質而實綺，臞而實腴』，乃是叙意在内者也。」按：這裏所引子由叙陶詩的一段話，乃是東坡所説，「外枯中膏」出自《評韓柳詩》；「質而實綺，臞而實腴」出蘇轍《追和陶淵明詩引》所述東坡書中語，吴氏誤記。

【評】

將才、膽、識、力一一分說後，本節又將四者的關係作一番總結性的論斷，强調四者相輔相成，缺一不可，其間無輕重緩急之分，但終究以識爲首要前提。沒有識，則才、膽、力都難免墮於邪道。他一一列舉其惡果，看上去顯然都有現實針對性。「風雅之罪人」，豈不是我們經常在明末清初的詩論中看到的大帽子嗎？從七子輩、公安到竟陵大概都被人戴過。最後教人如何培養識，仍不出《大學》格致之說，終於顯出理學的底色來。可與《外篇上》「吾故告善學詩者，必先從事於格物，而以識充其才」一段參看。

二之一　或曰：先生發揮理、事、情三言，可謂詳且至矣。然此三言，固文家之切要關鍵。而語於詩，則情之一言，義固不易；而理與事，似於詩之義未爲切要也。先儒云：「天下之物，莫不有理。」〔一〕若夫詩，似未可以物物也〔一〕。詩之至處，妙在含蓄無垠，〔二〕思致微渺，其寄托在可言不可言之間，其指歸在可解不可解之會〔二〕，〔三〕言在此而意在彼，泯端倪而離形象〔三〕，絶議論而窮思維，引人於冥漠恍惚之境〔四〕，所以爲至也。〔四〕若一切以理概之，理者一定之衡，則能實而不能虛，爲執而不爲化，非板則腐。如學究之説書，閭師之讀律〔五〕，又如禪家之參死句，不參活句，〔五〕竊恐有乖於風人之旨。以言乎事，天下固有有其理，而不可見諸事者；若夫詩，則理尚不可執，又焉能一一徵之實事者乎？而先生斷斷焉必以理事二者與情同律乎詩〔六〕，不使有毫髮之或離，愚竊惑焉。此何也？予曰：子之言誠是也。子所以稱詩者，深有得乎詩之旨者也。然子但知可言可執之理之爲理，〔六〕而抑知名言所絶之理之爲至理乎〔七〕？子但知有是事之爲事，而抑知無是事之爲凡事之所出乎？〔七〕可言之理，人人能言之，又安在詩人之言之？可徵之事，人人能述之，又安在詩人之述之？必有不可言之理，不可述之事，遇之於默會意象之表〔八〕，而理與事無不燦然於前者也。〔八〕今試舉杜甫集中一二名句，爲子晰而剖之，以見其概。可乎？

【注】

〔一〕物物：以物物之，前「物」爲名詞，後「物」爲動詞。《莊子·山木》：「浮游乎萬物之祖，物物而不物於物。」

〔二〕指歸：旨趣所在。《三國志·吴書·諸葛瑾傳》：「與權談説諫喻，未嘗切愕，微見風彩，粗陳指歸，如有未合，則舍而及他。」

〔三〕形象：具體可感的樣態。《呂氏春秋·順説》：「善説者若巧士，因人之力以自爲力，因其來而與來，因其往而與往。不設形象，與生與長，而言之與響；與盛與衰，以之所歸。」

〔四〕冥漠：玄妙莫測。《弘明集》載朱昭之《難顧道士夷夏論》：「夫鬼神之理，冥漠難明。」

〔五〕閭師：里巷之塾師。閭，里巷。《周禮》有閭師之職，爲掌四郊之地賦税的小官，此非用其義。

〔六〕斷斷：《清詩話》本作「齗齗」，是。齗齗，强辯貌。《史記·魯世家》太史公曰：「余聞孔子稱曰，甚矣魯道之衰也。洙泗之間，齗齗如也。」《集解》引徐廣曰：「故齗齗爭辭，所以爲道衰也。」

〔七〕名言所絶之理：用邏輯語言無法説明的理。名，概念。

〔八〕意象之表：謂意想之外。沈作喆《寓簡》卷九：「唐天寶中，有尚書郎張璪，性喜繪畫，多出意象之表，松石尤奇。」王翬《清輝贈言·自序》：「與古人參於毫芒之間，會諸意象之表。」

【箋】

〔一〕朱熹《大學章句》：「所謂致知在格物者，言欲致吾之知，在即物而窮其理也。蓋人心之靈，莫不有知；而天下之物，莫不有理。惟於理有未窮，故其知有不盡也。是以大學始教，必使學者即凡天下之物，莫不因其已知之理而益窮之，以求至乎其極。」

〔二〕「含蓄」一詞初見於杜甫《課伐木》詩「舍西崖嶠壯，雷雨蔚含蓄」、韓愈《題炭穀湫祠堂》詩「森沉固含蓄，本以儲陰奸」，都用作蘊含之義，并非文學術語。唐末五代詩格始用於論詩，仍用作動詞。詩以含蓄爲上的説法，起於宋人。張表臣《珊瑚鉤詩話》云：「篇章以含蓄天成爲上。」蒲瀛《漫齋語録》云：「詩文要含蓄不露，便是好處，古人説雄深雅健，此便是含蓄不露也。」（《詩人玉屑》卷一〇）姜夔《白石道人詩説》云：「語貴含蓄。」這些議論形成宋代詩學一個熱門話題，促使魏慶之采輯有關資料，在《詩人玉屑》中專立「含蓄」一門，宣告「含蓄」概念的正式確立。

（三）詩旨在可解不可解之間，自來是詩家的一種主張。謝榛《四溟詩話》卷一有「詩有可解、不可解、不必解」之説，後人常引爲口實，多方發揮。如吕陽《唐荆川文集跋》：「蓋詩、文、畫三者，惟其人惟其意，大率可解不可解之間也。」（《吕全五薪齋二集》卷四）吴雷發《説詩菅蒯》：「有强解詩中字句者，或述前人可解不可解不必解之説曉之，終未之信。余曰：古來名句如『楓落吴江冷』，就子言之，必曰楓自然落，吴江自然冷；楓落則隨處皆冷，何必獨曰吴江？況吴江冷亦是常事，有何吃緊處？即『空梁落燕泥』，必曰梁必有燕，燕泥落下，亦何足取？不幾使千秋佳句，興趣索然哉？且唐人詩中，鐘聲曰濕，柳花曰香，必來君輩指摘。不知此等皆宜細參，不得强解。甚矣，可爲知者道也！」厲志《白華山人詩説》卷一甚至説：「詩到極勝，非第不求人解，并亦不求己解，豈己真不解耶？非解所能解也。」余雲焕《味蔬齋詩話》卷二云：「詩有眼前情景，出語極新，微妙處在可解不可解之間。」但也有人不同意這種説法。明代俞弁《逸老堂詩話》卷下引蔣冕之説云：「近代評詩者，謂詩至於不可解，然後爲妙。夫詩美教化，敦風俗，示勸戒，然後足以爲詩。詩而至於不可解，是何説邪？且《三百篇》，何嘗有不可解者哉？」金聖嘆也不同意這種説法，他對文學批評所持的基本觀念就是確信批評的可能性。《金聖嘆選批唐詩》附録「聖嘆尺牘」云：「弟自幼最苦冬烘先生輩輩相傳『詩妙處正在可解不可解之間』一語。弟親見世間之英絶奇偉大人先生，皆未嘗肯作此語。而彼第二第三隨世碌碌無所短長之人，即又口中不免往往道之。無他，彼固有所甚便於此一語，蓋其所自操者至約，而其規避於他人者乃至無窮也。」李重華《貞一齋詩説》：「有以可解不可解爲詩中妙境者，此皆影響惑人之談。夫詩言情不言理者，情愜則理在其中，乃正藏體於用耳。故詩至入妙，有言下未嘗畢露，其情則已躍然者。使善説者代爲指點，無不亹亹動人，即匡鼎解頤是已。如果一味模糊，有何妙境？抑亦何取於詩？」

（四）沈德潛《説詩晬語》卷上：「事難顯陳，理難言罄，每托物連類以形之；鬱情欲舒，天機隨觸，每借物引懷以抒之。比興互陳，反覆唱嘆，而中藏之歡愉慘戚，隱躍欲傳，其言淺，其情深也。倘質直敷陳，絶無蘊蓄，以無情之語而欲動人之情，難矣。」

（五）釋普濟《五燈會元・雲門偃禪師法嗣・德山緣密禪師》：「上堂：『但參活句，莫參死句。活句下薦得，永劫無滯。一塵一佛國，一葉一釋迦，是死句。揚眉瞬目，舉指豎拂，是死句。山河大地，更無淆訛，是死句。』時有僧問：『如何是活句？』師曰：『波斯仰面看。』曰：『恁麽則不謬去也。』師便打。」宋人習借此話頭以喻詩文，嚴羽《滄浪詩話・詩法》：「須參活句，勿參死句。」馮班《鈍吟雜録・嚴氏糾謬》彈之，謂「禪家所謂死句、活句，與詩人所謂死句、活句全不相同」。錢鍾書《談藝録》云：「禪宗當機煞活者，首在不執著文字，句不停意，用不停機。古人説詩，有曰不以詞害意，而須以意逆之者；有曰詩無達詁者；有曰文外獨絶者；有曰含不盡之意見於言外者。不脱而亦不粘，與禪家之參活句，何嘗無相類處？」錢説甚是。劉大勤記、王士禛答《師友詩傳續録》：「問：《唐賢三昧集序》『羚羊挂角』云云，即音流弦外之旨否？間有議論痛快，或以序事體爲詩者，與此相妨否？答：嚴儀卿所謂『如鏡中花，如水中月，如水中鹽味，如羚羊挂角，無迹可求』，皆以禪理喻詩。內典所云『不即不離，不粘不脫』，曹洞宗所云『參活句』是也，熟看拙選《唐賢三昧集》自知之矣。至於議論、叙事，自别是一體，故僕嘗云：五、七言詩有二體，田園丘壑，當學陶、韋，鋪叙感慨，當學杜子美《北征》等篇也。」

（六）賀裳《載酒園詩話》卷一：「『詩有别趣，非關理也。』然理原不足以礙詩之妙，如元次山《舂陵行》、孟東野《游子吟》、韓退之《拘幽操》、李公垂《憫農詩》，真是六經鼓吹。樂天與微之書曰：『文章合爲時而著，歌詩合爲事而作。』然其生平所負，如《哭孔戡》諸詩，終不諧於衆口。此又所謂『言之無文，行之不遠』。故必理與辭相輔而行，乃爲善耳，非理可盡廢也。」又曰：「詩又有以無理而妙者，如李益『早知潮有信，嫁與弄潮兒』，此可以理求乎？然自是妙語。至如義山『八駿日行三萬里，穆王何事不重來』，則又無理之理，更進一塵。總之詩不可執一而論。」前所謂理，政理、事理也；後所謂理，情理、物理也。通常論詩者所言之理，不外政理、事理、情理、物理四者，而葉燮所謂不可言之理，則是藝術想象之理。

（七）葉燮這段話明顯可見《老子》思維方式的影響，老子説：「道可道，非常道；名可名，非常名。無名，天地之始；有名，萬物之母。」葉燮以名言所絶之理爲至理，以無是事爲凡事之所出，合於老子之説。

（八）《三國志·魏書·荀彧傳》注引何劭《荀粲傳》所載荀粲語：「蓋理之微者，非物象之所舉也。今稱立象以盡意，此非通於意外者也；繫辭焉以盡言，此非言乎繫表者也。斯則象外之意，繫表之言，固蕴而不出矣。」劉勰《文心雕龍·神思》：「至於思表纖旨，文外曲致；言所不追，筆固知止。至精而後闡其妙，至變而後通其數。伊摯不能言鼎，輪扁不能語斤，其微矣乎。」葉燮所謂意象之表，都與前人所言相通。至於詩理之可意會而不可言傳，則明代袁黄《騷壇漫語》亦曾有説：「唐人詩於景、意、事、情外，别有一種思致，不可解説，但可默會，難以言傳，此後人所以不及唐也。如陸魯望《白蓮》詩云：『素葯多蒙别艷欺，此花真合在瑶池。還應有恨無人覺，月曉風清欲墮時。』妙處不在言句上。宋人多不得此意，東坡咏荔枝，梅聖俞咏河豚，皆不可言詩，特俗所謂偈爾。」默會即意會，這原是理學家用的概念。張栻《論語解・八佾》：「子夏於此知禮之爲後，可謂能默會之於語言之外矣。」方孝孺《醫原》：「術之精微，可以言語授，而非言語所能盡；可以度數推，而非度數所能窮。苟不默會于心，而欲持昔人一定之説，以應無涯之變，其不至于遺失者寡矣。」李漁《閑情偶寄・詞曲下》：「即使一句賓白不道，止唱曲文，觀者亦能默會，是其賓白繁減可不問也。」

【評】

前節談完「在我之四」，本節再提起「在物之三」來討論。歷來論詩的内容要素，説法不一。葉燮的獨到之處在於着重闡明了「理」的含義，他所講的「理」不是理學之理，而是構成詩趣的超越常理的「理」，實際上就是藝術想象的美學原則。開頭的設問抓住詩歌的藝術特徵，對上文將理、事與情一并强調表示懷疑，看上去好像抓住了問題的要害，所以葉燮先肯定這種質疑是有道理的，然後指出其所謂理衹是通常説的政理、事理、情理、物理，這些理是不需要詩歌來表達的；詩歌的獨特之處在於能表達日常語言不能傳達的理、無法叙述的事。那種於常理不通而於詩爲妙語的詩家之理，無法用邏輯語言來解釋，衹能「遇之於默會意象之表」，即靠莊子所謂「官知止而神遇行」的心理活動纔能體會。這實質上是强調詩歌的藝術思維具有非理性和非邏輯性的特徵。爲了説明問題，下文他舉出杜詩裏不合物理而妙趣盎然的四個例子爲證。

二之二　如《玄元皇帝廟》作「碧瓦初寒外」句，〔一〕逐字論之：言乎「外」，與内爲界也。初寒何物，可以内外界乎？將碧瓦之外，無初寒乎？寒者，天地之氣也。是氣也，盡宇宙之内，無處不充塞，而碧瓦獨居其外，寒氣獨盤踞於碧瓦之内乎？寒而曰初，將嚴寒或不如是乎？初寒無象無形，碧瓦有物有質；合虚實而分内外，吾不知其寫碧瓦乎，寫初寒乎？寫近乎，寫遠乎？使必以理而實諸事以解之，雖稷下談天之辨〔一〕，恐至此亦窮矣。然設身而處當時之境會，〔二〕覺此五字之情景，恍如天造地設〔二〕，呈於象，感於目，會於心。意中之言，而口不能言；口能言之，而意又不可解。劃然示我以默會想象之表，〔三〕竟若有内有外，有寒有初寒，特借碧瓦一實相發之；有中間，有邊際，虚實相成，有無互立，取之當前而自得，其理昭然，其事的然也〔三〕。昔人云王維詩中有畫，〔四〕凡詩可入畫者，爲詩家能事。風雲雨雪〔四〕，景象之至虚者，畫家無不可繪之於筆；若初寒内外之景色，即董、巨復生〔五〕，恐亦束手擱筆矣。〔五〕天下惟理事之入神境者，固非庸凡人可摹擬而得也。

【注】

〔一〕稷下談天之辨：《史記·孟子荀卿列傳》：「自騶衍與齊之稷下先生，如淳于髡、慎到、環淵、接子、田駢、騶奭之徒，各著書言治亂之事。（中略）騶衍之術迂大而閎辯。（中略）故齊人頌曰談天衍。」司馬貞《索隱》：「按稷下，齊之城門也。或云稷下，山名。謂齊之學士集於稷門之下。」

〔二〕恍如句：宋徽宗《艮岳記》：「真天造地設，神謀化力，非人力所能爲者。」

〔三〕的然：清楚、鮮明貌。

〔四〕風雲雨雪：《清詩話》本前有「如」字。

〔五〕董：即董源（？—約九六二），字叔達。鍾陵（今江西進賢）人。南唐中主時任北苑副使，世稱董北苑。巨：即巨然，生卒年不詳，五代、宋初畫家。江寧（今江蘇南京）人。曾受業於董源門下，以善畫山水知名於時。與董源、荆浩、關仝并稱爲「五代四大家」。元代文人畫興起後，與董源同被推爲南宗畫鼻祖。

【箋】

〔一〕杜甫《冬日洛城北謁玄元皇帝廟》：「碧瓦初寒外，金莖一氣旁。」

〔二〕境會一詞，詩家少用，而錢謙益獨喜用之。《牧齋初學集》卷三三《賀中泠浄香稿序》云「中泠之詩文，其境會多余所閱歷」,《南游草叙》云「渡江南游,境會訢合」,又云「豈復有聲韻可陳、境會可擬乎?」《瑞芝山房初集序》云「及其境會相感,情僞相逼,鬱陶駘蕩,無意於文,而文生焉」。觀《瑞芝山房初集序》復有「遘會其境之所不能無」、「遇其情生境合」之語,知「境會」即「境」之所會,亦即境遇,指人的生存狀態。金堡《濮淡軒詩序》云:「境會所觸,可悲可喜可愕,一發於詩。」(《遍行堂集》卷四)《已畦文集》卷八《黄葉村莊詩序》:「夫境會何常,就其地而言之:逸者以爲可挂瓢植杖,騷人以爲可登臨望遠,豪者以爲是秋冬射獵之場,農人以爲是祭韭獻羔之處。」

(三)劃然示我以默會想象之表,這句話包含着對審美心理之複雜性的細緻説明。「劃然示我」是説清晰地在我的主觀意識中呈現;「默會」應該指内在的意識活動,是帶有意向性的體悟;「想象之表」則是想象經驗的表象。上文提到「必有不可言之理,不可述之事,遇之於默會意象之表,而理與事無不燦然於前者也」,是説要靠詩人傳達的一定是不可説的理,不可述的事,而通過意識活動的内在體悟,其理與事就會在想象經驗中呈現爲鮮明的心理表象。所謂「遇之」似乎是就作者一方而言的,這裏的「示我」則顯然是就讀者而言。合而觀之,詩歌由「意念—表現—作品—接受—反應」的審美心理過程就完整地呈現在我們面前。

(四)蘇軾《書摩詰藍田烟雨圖》云:「味摩詰之詩,詩中有畫;觀摩詰之畫,畫中有詩。」後發揮其説者甚衆。明代許學夷《詩源辯體》卷一六:「東坡云:『味摩詰之詩,詩中有畫;觀摩詰之畫,畫中有詩。』愚按:摩詰詩如『回風城西雨,返景原上村』,『殘雨斜日照,夕嵐飛鳥還』,『陰晝小苑城,微明渭川樹』，『行到水窮處，坐看雲起時』，『山中一夜雨，樹杪百重泉』，『啼鳥忽臨澗，歸雲時抱峰』，『返景入深林，復照青苔上』，『彩翠時分明，夕嵐無處所』，『逶迤南川水，明滅青林端』，『溪上人家凡幾家，落花半落東流水』，『瀑布杉松常帶雨，夕陽彩翠忽成嵐』，『雲裏帝城雙鳳闕，雨中春樹萬人家』，『新豐樹裏行人度，小苑城邊獵騎回』等句，皆詩中有畫者也。」清人戴鳴《桑陰隨記》言：「王摩詰詩中有畫，畫中有詩，人盡知之。不知凡古人詩皆有畫，名（疑應作古）人畫皆有詩也。何以言之？譬如山水峰巒起伏，林木映帶，烟雲浮動於中，詩不如是耶？譬如翎毛飛鳴馳驟，顧盼生姿，詩不如是耶？譬如人物衣冠意態，栩栩欲活，詩不如是耶？其各畫家之筆致，蒼勁雄渾，宏肆秀麗，峻峭迴拔，古雅精緻，瑰奇華艷，奇逸瘦挺，渾樸工整，灑脱圓晬，不又皆詩之風格神韻歟？」

（五）此論涉及繪畫表現的局限性問題。邵雍《詩畫吟》云：「畫筆善狀物，長於運丹青。丹青入巧思，萬物無遁形。詩筆善狀物，長於運丹誠。丹誠入秀句，萬物無遁情。」（《伊川擊壤集》卷一八）詩畫各有所能不能，故詩可寫而畫不可傳的例子很多。周密《絶妙好詞》云：「樂笑翁張炎詞如：『荒橋斷浦，柳蔭撑出漁舟小。』賦春水入畫。其咏孤雁云：『自顧影欲下寒塘，正沙净草枯，水平天遠。寫不成書，只寄得相思一點。』如此等語，雖丹青難畫矣。」宋琬《破陣子·關山道中》詞云：「六月陰崖殘雪在，千騎宵征畫角清。丹青似李成。」王漁洋評：「李營丘圖只好寫景，能寫出寒泉畫角耶？」陳世祥《好事近·夏閨》「燕子一雙私語落，銜來花瓣」一句，王漁洋也説：「燕子二語畫不出。」葉廷琯《鷗陂漁話》卷五云：「『人家青欲雨，沙路白於烟。』江右李蘭青湘《江上晚眺》句也。余嘗爲序伯誦之，序伯極嘆賞，謂有畫意而畫不能到。」陸鎣《問花樓詩話》卷一云：「昔人謂詩中有畫，畫中有詩，然亦有畫手所不能到者。先廣文嘗言，劉文房《龍門八咏》『入夜翠微裏，千峰明一燈』，《浮石瀨》詩『衆嶺猿嘯重，空江人語響』，《石梁湖》詩『湖色淡不流，沙鷗遠還滅』，錢仲文《秋杪南山》詩『反照亂流明，寒空千嶂净』，《李祭酒别業》詩『片水明斷崖，餘霞入古寺』，柳子厚《溪居》詩『曉耕翻露草，夜榜響溪石』，《田家》詩『鷄鳴村巷白，夜色歸暮田』，此豈畫手所能到耶？」潘焕龍《卧園詩話》卷二云：「昔人謂詩中有畫，畫中有詩，然繪水者不能繪水之聲，繪物者不能繪物之影，繪人者不能繪人之情，詩則無不可繪，此所以較繪事爲尤妙也。」

【評】

「碧瓦初寒外」的奇妙衹在於用了以虚爲實的擬物手法，將無形的「初寒」擬作有質的東西，於是就構成了反常合道的獨特表現。葉燮能抓住一句詩的妙趣，將其修辭的義理説得頭頭是道，這本身就足以顯示他作爲批評家的不凡才能。更何況他還借助於這個例子，闡發了兩個理論問題，不能不讓人贊嘆他的理論眼光。他首先以自己的鑒賞經驗，説明了審美經驗的形成過程，即先要「設身而處當時之境會」，於是五個字描繪的情景方「呈於象，感於目，會於心」。不過那種感覺是無法表達的，即便説出來，他人也無法理解，衹能「劃然示我以默會想象之表」，即在想象經驗中呈現爲清晰的心理表象。這無疑是古典詩學中對美感經驗形成方式、過程最深刻的理論闡述。最後，就詩、畫在表現景物虚實方面的差異，葉燮又談到了詩、畫藝術表現境界的高下：詩可入畫，固然是詩家值得稱道的本領；但一般的景物，畫家也都能畫。衹有遇到「碧瓦初寒外」這樣的奇思妙想，畫家便無法措手了。雖然他并未明説繪畫的境界不如詩歌，但既説理事入神境者雖董源、巨然也將束手，那麼就等於斷言詩高於畫了。

二之三 又《宿左省》作「月傍九霄多」句，(一)從來言月者，衹有言圓缺，言明暗，言升沉，言高下，(二)未有言多少者。若俗儒，不曰「月傍九霄明」，則曰「月傍九霄高」，以爲景象真而使字切矣。今曰「多」，不知月本來多乎？抑傍九霄而始多乎？不知月多乎？月所照之境多乎？有不可名言者。試想當時之情景，非言明、言高、言升可得，而惟此「多」字可以盡括此夜宫殿當前之景象。他人共見之，而不能知，不能言，惟甫見而知之，而能言之。其事如是，其理不能不如是也。

【箋】

（一）杜甫《春宿左省》：「星臨萬户動，月傍九霄多。」

（二）言圓缺者，如駱賓王《玩初月》：「忌滿光恒缺。」蘇軾《水調歌頭》：「人有悲歡離合，月有陰晴圓缺。」

言明暗者，如元僧圓至《寒食》：「月暗花明掩竹房，輕寒脉脉透衣裳。」言升沉者，如張若虛《春江花月夜》：「斜月沉沉藏海霧，碣石瀟湘無限路。」杜甫《初月》：「微升古塞外，已隱暮雲端。」宋王庭珪絶句：「回頭貪看新月上，不覺竹竿流下灘。」言高下者，如韓愈《和崔舍人咏月二十韻》：「未高蒸遠氣，半上霽孤形。」元馮熙之《送別劉篁嵥》：「來似孤雲出岫閑，去如高月耿難攀。」

【評】

「月傍九霄多」也是以虛爲實的擬物手法，所不同的是，「月」和「九霄」都被擬作有形有質的東西，於是葉燮從擬物手法所造成的不確定性分析了修辭的藝術效果，强調獨特的修辭不僅源於敏鋭的藝術感覺，更得力於深厚的語言功力。他强調，體會當時的情景，衹有這個「多」字，「可以盡括此夜宫殿當前之景象」。這不禁讓我們聯想到王夫之《夕堂永日緒論内編》那段著名的議論：「『僧敲月下門』衹是妄想揣摩，如説他人夢，縱令形容酷似，何嘗毫髮關心？知然者，以其沉吟『推』、『敲』二字，就他作想也。若即景會心，則或推或敲，必居其一，因景因情，自然靈妙，何勞擬議哉？『長河落日圓』，初無定景；『隔水問樵夫』，初非想得。則禪家所謂『現量』也。」「現量」是王夫之始用於詩文評的概念，取自佛教法相宗的教義，研究者多將它等同於藝術直覺或直觀審美。而據我的研究，王夫之的「現量」概念，更側重於當下直覺。他認爲詩歌所有的藝術魅力和社會功能都緣自「咏得現量分明」，對當下直覺的透徹表現是成功的關鍵。重視當下直覺，必重親歷而輕擬議，主寫實而反取境，這導致他對詩歌本質的界定流於狹隘和拘泥。相比之下，葉燮對杜詩的評價，不僅重視個人的心理經驗和獨特感受，更强調構思取境的典型性和語言的表現力，顯示出他對詩歌本質的理解遠比王夫之爲閎通。

二之四　又《夔州雨濕不得上岸》作「晨鐘雲外濕」句，〔一〕以晨鐘爲物而濕乎？雲外之物，何啻以萬萬計！且鐘必於寺觀，即寺觀中，鐘之外物亦無算，何獨濕鐘乎？然爲此語者，因聞鐘聲有觸而云然也。聲無形，安能濕？鐘聲入耳而有聞，聞在耳，止能辨其聲，安能辨其濕？曰雲外，是又以目治〔二〕，見雲不見鐘，故云雲外。然此詩爲雨濕而作，有雲然後有雨，鐘爲雨濕，則鐘在雲内，不應云外也。斯語也，吾不知其爲耳聞耶？爲目見耶？爲意揣耶？俗儒於此必曰「晨鐘雲外度」，又必曰「晨鐘雲外發」，決無下「濕」字者。不知其於隔雲見鐘，聲中聞濕，妙悟天開，從至理實事中領悟，〔三〕乃得此境界也。〔四〕

【注】

〔二〕目治：阮元《文言説》：「古人以簡策傳事者少，以口舌傳事者多；以目治事者少，以口耳治事者多。」

治，《清詩話》本作「始」。

【箋】

（一）杜甫《船下夔州郭宿雨濕不得上岸別王二十判官》：「晨鐘雲外濕，勝地石堂烟。」

（二）何紹基《與汪菊士論詩》云：「詩貴有奇趣，却不是說怪話，正須得至理，理到至處，發以仄徑，乃成奇趣。」（《東洲草堂文鈔》卷五）此言正可與葉燮之說相發明。

（三）《原詩》三次出現「境界」一詞，除本處外，前一例是《內篇上》的「如蘇軾之詩，其境界皆開闢古今之所未有」，後一例是《外篇下》的「六朝詩家，惟陶潛、謝靈運、謝朓三人最傑出，可以鼎立。三家之詩不相謀，陶潛淡遠，靈運警秀，朓高華，各闢境界，開生面」。除了第三例論陶、謝三公詩各闢境界有所不同，前兩個例子都與古典詩學指稱立意取境之構思總和的「意境」概念相通，這不妨視爲古典詩學「意境」——「境界」概念形成的一個標志。後來王國維自稱拈出「境界」一詞，他似乎不知道葉燮兩百多年前已使用這個概念。就是論詞，與葉燮同時的劉體仁也使用過「境界」一詞。

【評】

「晨鐘雲外濕」是通過虛擬的想象完成的通感表現，由鐘聲的聽覺延伸到對鐘本身的想象。葉燮由分析物理而得出杜甫詩境是「從至理實事中領悟」的結論，揭示了此詩獨特的藝術思維及表現手法。但當代詩人李瑛的《謁托馬斯·曼墓》「細雨剛停，細雨剛停，雨水打濕了墓地的鐘聲」，則明顯是脱胎於杜詩的藝術構思了。

二之五　又《摩訶池泛舟》作「高城秋自落」句，〔一〕夫秋何物，若何而落乎？時序有代謝〔二〕，未聞云落也。即秋能落，何繫之以高城乎？而曰高城落，則秋實自高城而落，理與事俱不可易也。

【注】

〔一〕時序有代謝：《淮南子·兵略訓》：「若春秋有代謝，若日月有晝夜，終而復始，明而復晦。」

【箋】

〔一〕杜甫《晚秋陪嚴鄭公摩訶池泛舟得溪字》：「高城秋自落，雜樹晚相迷。」

【評】

相比前三句，「高城秋自落」的評語很短。大概這句詩没什麽特别的韻味，葉燮對它的修辭效果也没多少可説的，衹是强調了取意的强烈主觀色彩。事實上，要説「秋實自高城而落」是「理與事俱不可易」，也確實没什麽理可講，衹能援引黑格爾的話，説存在的就是合理的。但葉燮可以用這個例子來證明，詩人有自己不同於常理的「理」。

二之六　以上偶舉杜集四語，若以俗儒之眼觀之，以言乎理，理於何通？以言乎事，事於何有？所謂言語道斷〔一〕，思維路絶；然其中之理，至虛而實，至渺而近，灼然心目之間，殆如鳶飛魚躍之昭著也〔二〕。理既昭矣，尚得無其事乎？古人妙於事理之句，如此極多，姑舉此四語，以例其餘耳。其更有事所必無者，偶舉唐人一二語，如「蜀道之難，難於上青天」，〔一〕「似將海水添宮漏」，〔二〕「春風不度玉門關」，〔三〕「天若有情天亦老」，〔四〕「玉顔不及寒鴉色」〔五〕等句，如此者何止盈千累萬。決不能有其事，實爲情至之語。夫情必依乎理，情得然後理真。情理交至，事尚不得耶？要之，作詩者實寫理事情，可以言言，可以解解，即爲俗儒之作。惟不可名言之理，〔六〕不可施見之事，不可徑達之情，則幽渺以爲理，想象以爲事，惝怳以爲情，方爲理至、事至、情至之語。此豈俗儒耳目心思界分中所有哉？則余之爲此三語者，非腐也，非僻也，非錮也。得此意而通之，寧獨學詩，無適而不可矣。

【注】

〔一〕言語道斷：《維摩詰經·阿閦佛品第十二》：「一切言語道斷。」《瓔珞經》：「一切言語道斷，心行處滅。」黄宗羲《明儒學案》卷四二《文選唐曙臺先生伯元》：「先生學於吕巾石，其言性一天也，無不善；

心則有善不善。至於身，則去禽獸無幾矣。性可順，心不可順，以其附乎身也；身可反，心不可反，以其通乎性也。故反身修德，斯爲學之要。而其言性之善也，又在不容說之際，至於有生而後，便是纔說性之性，不能無惡矣。夫不容說之性，語言道斷，思維路絶，何從而知其善也？」

〔一二〕鳶飛魚躍之昭著：《禮記·中庸》：「《詩》云：『鳶飛戾天，魚躍於淵。』言其上下察也。」鄭玄注：「察，猶著也。言聖人之德，至於天則鳶飛戾天，至於地則魚躍於淵，是氣著明於天地也。」按：兩句見《詩·大雅·旱麓》。施閏章《蠖齋詩話》：「詩不可無道氣，稍著迹，輒敗人興。右丞體具禪悦，供奉身有仙骨，靖節則進乎道矣。鳶飛魚躍，不知於道何與？」

【箋】

（一）李白《蜀道難》句。

（二）李益《宫怨》：「似將海水添宫漏，共滴長門一夜長。」

（三）王昌齡《涼州詞》：「羌笛何須怨楊柳，春風不度玉門關。」

（四）李賀《金銅仙人辭漢歌》：「衰蘭送客咸陽道，天若有情天亦老。」

（五）王昌齡《長信秋詞》：「玉顔不及寒鴉色，猶帶昭陽日影來。」

（六）名言之理，即日常邏輯，亦即王夫之所謂經生之理。王夫之《古詩評選》卷五評鮑照《登黄鶴磯》：「經生之理，不關詩理，猶浪子之情，無當詩情。」卷四司馬彪《雜詩》：「百草應節生，含氣有深淺。秋蓬獨何事，飄飖隨風轉。長飇一飛薄，吹我之四遠。搔首望故株，邈然無由返。」王夫之評：「王敬美謂，詩有妙悟，非關理也。非謂無理有詩，正不得以名言之理相求耳。且如飛蓬何首可搔，而不妨云搔首。以理求之，詎不蹭蹬？」

【評】

以上所舉的四個例子，在俗儒看來都是必無其理、必無其事的，但在詩家却很正常。這種非常之理，正像佛家的禪悟，不可以邏輯語言來説明，無法以理性思維來驗證。祇有理解這一點，纔能把握那看似玄虛不可捉摸的詩理，也就是藝術思維的規律。而一旦掌握藝術思維的規律，便什麼藝術現象都不難理解，都可以創造了。這其實也就是蘇東坡所謂「詩以奇趣爲宗，反常合道爲趣」（《冷齋夜話》卷五）的道理。吴喬最欣賞東坡此語，説「無奇趣何以爲詩？反常而不合道，是謂亂談；不反常而合道，則文章也。山谷云：『雙鬟女娣如桃李，早年歸我第二雛。』亂談也。堯夫《三皇》等吟，文章也」。（《圍爐詩話》卷一）又説「曹鄴、于濆、聶夷中五古皆合理，而率直迫切，全失詩體。梁、陳於理則遠，於詩則近；鄴等於理則合，於詩則違」（卷二）。所謂反常，指有悖於日常邏輯即可名言之理；合道，即符合藝術思維的規則。葉燮的態度非常明確，鄙薄實寫理、事、情，而張揚反常合道的主觀感受，崇尚虚構想象的藝術思維。若從古人對杜甫的評論來看，其實這也不是什麼新穎的見解。南宋陳模《懷古録》卷上論杜甫就曾説「夫有是物可見，而能咏狀之者已難矣。至於物之不可見者，而能咏狀其意者，則尤難也」，而杜詩所擅長的正是「以無爲有，描摹氣象，脱落筆墨畦徑之外，此其獨步千古也」。他舉杜甫《韋偃戲爲雙松圖歌》、《觀公孫大娘弟子舞劍器行》、蘇軾《韓幹十四馬》詩爲例，説：「夫所謂筆端有口者，以口所欲言者，筆端能言之也。此則口所不能言者，筆端要能言之，真所謂『筆補造化天無功』。」這不正近於葉燮所謂「幽渺以爲理，想象以爲事，惝恍以爲情」麽？但這種「妙於事理」的「情至之語」似乎已被詩家忘却，所以葉燮在此提出，仍戛絶於時流的普遍認識水平，即便與王夫之的詩歌觀念相比，也明顯更爲通達，更爲深刻。

三之一

或曰：「先生之論詩，深源於正變、盛衰之所以然，不定指在前者爲盛，在後者爲衰，而謂明二李之論爲非是〔一〕，又以時人之模棱漢魏、貌似盛唐者〔二〕，熟調陳言，千首一律〔三〕，爲之反覆以開其錮習，發其憒蒙。乍聞之，似乎矯枉而過正〔四〕；徐思之，真膏肓之針砭也〔五〕。然則學詩者，且置漢魏、初盛唐詩勿即寓目，恐從是入手，未免熟調陳言相因而至，我之心思終於不出也。不若即於唐以後之詩而從事焉，可以發其心思，啓其神明，庶不墮蹈襲相似之故轍，可乎？」〔一〕余曰：吁，是何言也！余之論詩，謂近代之習大概斥近而宗遠，排變而崇正，爲失其中而過其實，故言非在前者之必盛，在後者之必衰。若子之言，將謂後者之居於盛，而前者反居於衰乎？吾見歷來之論詩者，必曰蘇李不如《三百篇》，建安、黄初不如蘇李，六朝不如建安、黄初，唐不如六朝。而斥宋者，至謂不僅不如唐；〔二〕而元又不如宋。〔三〕惟有明二三作者，高自位置，惟不敢自居於《三百篇》，而漢魏、初盛唐居然兼總而有之，而不少讓。〔四〕平心而論〔六〕，斯人也實漢魏、唐人之優孟耳。竊以爲相似而僞，無寧相異而真，〔五〕故不必泥前盛後衰爲論也。

【注】

〔一〕二李：李夢陽、李攀龍。

〔二〕模棱：因相似而易混淆，似是而非。

〔三〕一律：一種聲調。《淮南子·説林訓》：「異音者不可聽以一律，異形者不可合以一體。」

〔四〕矯枉而過正：《後漢書·仲長統傳》：「逮至清世，則復入矯枉過正之檢。」

〔五〕膏肓之針砭：絶症之良方。膏，心尖脂肪；肓，心臟和隔膜之間，古以病入膏肓爲不治。針砭，古以砭石爲針，後泛稱以金針與砭石治療爲針砭。

〔六〕平心而論：蒲松齡《聊齋志異·司文郎》：「當前踧落，固是數之不偶，平心而論，文亦未便登峰。」紀昀《閱微草堂筆記·灤陽消夏録一》：「平心而論，王弼始變舊説，爲宋學之萌芽。」

【箋】

（一）一種思潮至其末流必致弊端叢生，起而反撥者往往又矯枉過正。如朱庭珍《筱園詩話》卷二云：「明七子論文必秦漢，詩必盛唐，戒讀唐以後書，力争上流，論未嘗不高也。然拘常而不達變，取徑轉狹，猶登山者一望崑崙，觀水者一朝南海，即侈然自足，而不知五岳、四瀆、九江、五湖、三十六洞天之奇，天下尚別有無數妙境界也。則拘於方隅，必不能高涉崑崙之顛，遠航大海之外，徒自崖而反，望洋興嘆已耳。若近代名流文集，或欠雅潔，或苦薄弱；詩集，貪書卷者多乏剪裁融化之功，主神韻者絶少雄厚生辣之力，又似專法秦漢、盛唐以後詩文，專讀宋以後書者也。降而愈下，又不如取法乎上之爲得矣。」袁枚説得好：「文尊韓，詩尊杜，猶登山者必上泰山，泛水者必朝東海也。然使空抱東海、泰山，而此外不知有天台、武夷之奇，瀟湘、鏡湖之勝，則亦泰山上之一樵夫，海船上之舵工而已矣。學者當以博覽爲工。」（《隨園詩話》卷八）

（二）歐陽玄《梅南詩序》云：「詩得於性情者爲上，得之於學問者次之，不期工者爲工，求工而得工者次之。《離騷》不及《三百篇》，漢魏六朝不及《離騷》，唐人不及漢魏六朝，宋人不及唐人，皆此之以而習詩者不察也。」（《圭齋文集》卷八）胡應麟《詩藪》内編卷一：「《三百篇》降而《騷》，《騷》降而漢，漢降而魏，魏降而六朝，六朝降而三唐，詩之格以代降也。」

（三）元詩不如宋，大概是詩家定論。明都穆《南濠詩話》云：「昔人謂詩盛於唐，壞於宋，近亦有謂元詩過宋詩者，陋哉見也。劉後村云：『宋詩豈惟不愧於唐，蓋過之矣。』予觀歐、梅、蘇、黄、二陳，至石湖、放翁諸公，其詩視唐未可便謂之過，然真無愧色者也。元詩稱大家，必曰虞、楊、范、揭。以四子而視宋，特太山之卷石耳。方正學詩云：『前宋文章配兩周，盛時詩律亦無儔。今人未識崑崙派，却笑黄河是濁流。』又云：『天曆諸公製作新，力排舊習祖唐人。粗豪未脱風沙氣，難詆熙豐作後塵。』非具正法眼者，烏能道此。」朱庭珍《筱園詩話》卷二亦云：「宋人承唐人之後，而能不襲唐賢衣冠面目，别闢門户，獨樹壁壘，其才力學術，自非後世所及。（中略）元人一代，無卓卓成家者。大約元詩皆學飛卿、長吉，靡靡成風。虞道園不過骨力稍蒼老，風格較簡浄耳，然篇幅窄狹，才力薄而不厚，未能深造。吴淵穎歌行，真意真氣皆苦不足，惟繁稱博引，堆垛典故，襞積藻采，以炫外貌，又乏剪裁之妙，融化之功，如塗塗附，非作者也。漁洋知薄楊廉夫之靡怪妖艷，屏而不録，而不知道園之造詣淺薄，淵穎之鴻文無範，竟録道園以繼遺山，采淵穎以殿全集，謂道園老成，淵穎奇麗，是爲古人瞞過，未云具眼。豈知道園之才氣遠不如高青丘，淵穎之筆力亦不及楊鐵崖耶？」

（四）胡應麟《詩藪·續編》：「自《三百篇》以迄於今，詩歌之道，無慮三變：一盛於漢，再盛於唐，又再盛於明。典午創變，至於梁、陳極矣。唐人出而聲律大宏。大曆積衰，至於元、宋極矣。明風啓而製作大備。」錢謙益《列朝詩集小傳》丙集「李副使夢陽」：「近世耳食者至謂唐有李、杜，明有李、何，自大曆以迄成化，上下千載，無餘子焉。」自明代中葉以來，詩家習以弘、嘉直接盛唐，宋、元仿佛根本就不存在。直到明清之交，雲間派詩家仍持這種觀念。王光承《華蘋詩集序》即云：「自《三百篇》以後，千餘年而有盛唐諸子。自盛唐以後，八百餘年而有弘、嘉諸子。」（吴懋謙《吴六益前後合集》）宋徵璧《抱真堂詩話》：「陳思王其源本於《國風》，唐則太白，明則大復、大樽，其諍子哉！」詩歌史就這麼簡單地被圈出三個亮點，其餘都是無意義的空白。這種眼界源於儒家的道統觀念。袁枚《隨園詩話》卷六曾指出：「詩分唐、宋，至今人猶恪守。不知詩者，人之性情；唐、宋者，帝王之國號。人之性情，豈因國號而轉移哉？亦猶道者人人共由之路，而宋儒必以道統自居，謂宋以前直至孟子，此外無一人知道者。吾誰欺？欺天乎？七子以盛唐自命，謂唐以後無詩，即宋儒習氣語。」不過以道統自居并不始於宋儒，應該是從揚雄開始的，中間還有韓愈。

（五）尤侗《吴虞升詩序》曾倡言：「詩無古今，惟其真耳。有真性情然後有真格律，有真格律然後有真風調。勿問其似何代之詩也，自成其本朝之詩而已；勿問其似何人之詩也，自成其本人之詩而已。」（《西堂雜俎》二集卷三）古典詩歌自漢魏以後形成自己的傳統，歷代作者論詩，無不標舉某個時代的詩歌爲藝術理想，或漢魏、或六朝、或三唐、或宋元，奉之爲師法的典範，而尤侗却解構了所有時代的典範性，將詩歌所有的價值理想歸結於一個「真」字，這正是對明代以來「古風必曰漢魏，近體必曰盛唐」的流行觀念的反撥，他由此主張「與其爲似漢魏，寧爲真六朝；與其爲似盛唐，寧爲真中晚，且寧爲真宋元」。這種主張代表了吴中詩學觀念的主流傾向，葉燮「相似而僞，無寧相異而真」的説法與之應有内在的關聯。

【評】

既然破除世俗所持正變、盛衰的陋見，明代格調派學漢魏、盛唐的狹隘觀念也被否定，那麼自然就產生一個問題：難道如今學詩就該抛棄漢魏、盛唐而學後人麽？顯然，言下隱含的問題乃是宋人是否可學。葉燮提出這一設問，歸根結底是要説明，在破除一種思維定勢的同時，不能陷入另一種思維定勢。明人持退化論史觀，倡詩以代降之説，同時又高自位置，以兼包漢魏、盛唐，直承《三百篇》自命。這在葉燮看來不過是假漢魏、假盛唐而已。祇要不改變盲目模仿的錮習，無論學唐學宋，都脱不了假氣。所以他要人抛開前後、盛衰的問題，也不要拘泥於師法唐前還是唐以後的問題，將獨創性放在首位，「相似而僞，無寧相異而真」。這正與當時詩壇對「真詩」的呼唤相應，足以消解人們在師法策略與自我表現二者關係問題上的困惑。

三之二　夫自《三百篇》而下三千餘年之作者，其間節節相生，如環之不斷；如四時之序，衰旺相循，而生物，而成物，息息不停，無可或間也。吾前言踵事增華，因時遞變，此之謂也。故不讀「明」「良」〔一〕、《擊壤》之歌，不知《三百篇》之工也；不讀《三百篇》，不知漢魏詩之工也；不讀漢魏詩，不知六朝詩之工也；不讀六朝詩，不知唐詩之工也；不讀唐詩，不知宋與元詩之工也。〔一〕夫惟前者啓之，而後者承之而益之；前者創之，而後者因之而廣大之。〔二〕使前者未有是言，則後者亦能如前者之初有是言；前者已有是言，則後者乃能因前者之言而另爲他言。〔三〕總之，後人無前人，何以有其端緒？

前人無後人，何以竟其引伸乎？（四）譬諸地之生木然：《三百篇》則其根，蘇、李詩則其萌芽由蘖（二），建安詩則生長至於拱把，六朝詩則有枝葉，唐詩則枝葉垂蔭，宋詩則能開花，而木之能事方畢。（五）自宋以後之詩，不過花開而謝，花謝而復開，其節次雖層層積累，變換而出，而必不能不從根柢而生者也。（六）故無根則由蘖何由生，無由蘖則拱把何由長，不由拱把則何自而有枝葉垂蔭，而花開花謝乎？若曰審如是，則有其根斯足矣，凡根之所發不必問也；且有由蘖及拱把成其爲木斯足矣，其枝葉與花不必問也。則根特蟠於地而具其體耳，由蘖萌芽僅見其形質耳，拱把僅生長而上達耳，而枝葉垂蔭，花開花謝，可遂以已乎！故止知有根芽者，不知木之全用者也；止知有枝葉與花者，不知木之大本者也。由是言之，詩自《三百篇》以至於今，此中終始相承相成之故，乃豁然明矣，豈可以臆畫而妄斷者哉？（七）

【注】

〔一〕「明」「良」：《書·益稷》：「乃賡載歌曰：『元首明哉，股肱良哉，庶事康哉！』」

〔二〕由蘖：張雲璈《四寸學》卷一：「《盤庚》『若顛木之有由蘖』，《說文》引作甹，云木生條也。古史言由枿。徐鍇云：《說文》無由字，今《尚書》只作由枿，蓋後人省弓，而後人因省之，通用爲因由等字。從弓，像枝條華函之形。徐鉉云：孔安國注《書》，直訓由作用也。用枿之語不通，予按《詩序》云：由儀，萬物之生，各得其宜，是以由訓生。今孔傳言今往遷都，更求昌盛，如顛仆之木，有用生蘖，正以生字爲訓。所云用生蘖者，用此生蘖，以冀其長大之意云爾，固未嘗直訓爲用也。」

【箋】

（一）這裏縱觀歷代詩僅到宋元而止，不及明人，是因爲在清人眼中，明詩不及前代遠甚，毫不足道。如方象瑛《報朱竹垞書》所云：「明詩體格卑下，不及前代遠甚，隆、萬以後，習氣熏蒸，賢者不免。一變而爲公安，再變而爲竟陵，作者愈多，正音愈遠。」（《健松齋續集》卷四）

（二）田雯《古歡堂雜著》卷三「詩文演法」條即發明此義，云：「余嘗謂白香山《琵琶行》一篇，從杜子美《觀公孫大娘弟子舞劍器行》詩得來：『臨潁美人在白帝，妙舞此曲神揚揚。與余問答既有以，感時撫事增惋傷。』杜以四語，白成數行，所謂演法也。鳧脛何短，鶴脛何長，續之不能，截之不可，各有天然之致，不惟詩也，文亦然。楊升庵曰，郭象《莊子注》云：『工人無爲於刻木，而有爲於運矩；主上無爲於親事，而有爲於用臣。』柳子厚演之爲《梓人傳》一篇，凡數百言。毛萇《詩傳》云：『漣，風行水成文也。』蘇老泉演之爲《蘇文甫字説》一篇，亦數百言。皆得脱胎换骨之三昧。知此則余之論白、杜之詩，了然無疑義矣。」

（三）這就是寫作中的規避意識，與哈羅德·布魯姆《影響的焦慮》一書中提出的「影響的焦慮」有關。我曾在《擬與避：古典詩歌文本的互文性問題》一文中提出：互文性不衹産生於有意的摹仿或無意的相似，有意識的回避也應該是一種互文，它以另一種形式建立了文本間的關係。我們祇要讀一讀某些風景名勝比如黄鶴樓、岳陽樓之類的歷代題咏之作，就會發現它們與崔顥《黄鶴樓》、杜甫《登岳陽樓》的關係明顯可分爲兩類，一類帶有模仿二詩的痕迹，另一類絲毫不見與二詩的關聯。顯然，任何一個登臨題詩或擬作此題的作者都不可能不知道崔顥、杜甫的名作，但由於寫作觀念不同，就出現上面擬和避的兩種結果。避在寫作中一點也不比擬顯得平淡和不引人注目，當後人寫作一些古老的或有經典作品在前的題目時，讀者是很注意從擬和避的不同角度去審視它的。高士奇評陸次雲《桃花源》詩，説「不襲淵明之記，不蹈摩詰之詩，機杼自新，音節自古」（《北墅緒言》卷一），就是個很好的例子。古人爲避免構思雷同而采用的所謂「翻案」法，也經常導致對經典作品的規避，在宋代已非常引人注目。清代賀裳《載酒園詩話》卷一曾舉歷代咏王昭君詩爲例説明這一點，雖然他本人持「詩貴入情，不須立異」的看法，但所舉的詩例恰好顯示，「後人欲求勝古人」，是如何别出心裁地標新立異，甚至「愈不如古」也在所不辭。拙文通過對比王士禛和方象瑛兩部蜀道詩集，説明規避同樣是文本間的一種關係，它與摹仿共同構成了隱、顯兩種截然不同的互文形態。以往的研究祇涉及摹仿形成的互文性，未意識到對經典之作或他人之作的有意識規避也是一種隱性的互文。儘管這種互文性不是指向文本的相似，而是指向文本的背離，但祇要從所謂「影響的焦慮」來看這種規避，就很容易理解它作爲互文的性質。

（四）王士禛答郎廷槐問：「詩之陵夷者，其流波之頽乎？詩之濫觴者，其浚發之原乎？不有始也，孰導其初？不有終也，孰持其後？天道由質而趨文，人道由約而趨盈，詩道由雅而趨靡。詩之變也，其世變爲之乎？」（《師友詩傳録》）此言可與葉燮之説相發明。

（五）論詩史而以花木爲喻，前則有徐世溥《悦安軒詩餘序》：「詩之變至於晚唐，其勢有不得不爲詩餘者，斯豈時尚使然，抑亦有勢數存焉。譬之草木，太白其荄萌也，孫、韋、温、毛其蓓蕾也，慶曆、熙、豐諸賢其盛華也。」（《倚聲初集》前編卷二）經葉燮用之，後人多相沿。如王堯衢《古唐詩合解·凡例》：「譬之於木，《三百篇》，根也；蘇、李發萌芽，建安成拱把，六朝生枝葉，至唐而枝葉垂蔭，始花始實矣。讀者須熟悉乎文質、體裁、格律、聲調升降之不同，而詩之源流本末乃全，既不能棄根而尋枝葉，自不得讀唐而置古。」錢泳《履園譚詩》：「詩之爲道，如草木之花，逢時而開，全是天工，并非人力。溯所由來，萌芽於《三百篇》，生枝布葉於漢魏，結蕊含香於六朝，而盛開於有唐一代。至宋、元則花謝香消，殘紅委地矣。」劉毓盤《詞史·結論》：「詞者詩之餘。句萌於隋，發育於唐，敷舒於五代，茂盛於北宋，煊燦於南宋，翦伐於金，散漫於元，摇落於明，灌溉於清初，收穫於乾、嘉之際。」

（六）這明顯是宋詩派的説法，主唐詩者必曰詩至唐而能事畢矣。如方世舉《叢蘭詩話》即曰：「詩屢變而至唐變止矣，格局備，音節諧，界畫定，時俗準。」

（七）自宋以後，唐、宋遂爲兩種不可逾越的詩歌典範。蔣士銓《辨詩》：「唐宋皆偉人，各成一代詩。宋人生唐後，開闢真難爲。元明不能變，非僅氣力衰。能事有止境，極詣難角奇。」（《忠雅堂詩集》卷一三）

【評】

破除前後盛衰的思維定勢，并没有解決詩史的認識方法問題，於是葉燮又提出自己的詩史觀。即將詩史比喻爲樹木生長一樣的有機過程，每個時代都是詩歌史不可缺少的環節，而藝術表現則隨着時代的推移，日新月異，不斷豐富。我們知道，西方文學理論中也有將文學作品比擬爲植物的説法。蒲伯在《伊利亞特》英譯本的譯者前言中説：「一件這樣的作品就像一株茂盛的樹，它從極具生命力的種子中生長，經過培植而成長繁茂，最後結出美麗的果實。」後來柯勒律治、施萊格爾、赫爾德等人都曾强調藝術和天才是一個自然的生長過程，而由亞里士多德的著作萌生，在喬治·瓦薩利《意大利最傑出的建築師、畫家和雕塑家傳記》一書中浮現出來，到維柯、温克爾曼的著作自覺運用的一種藝術史觀，則將藝術史「描述爲生長、增殖、開花、成熟、僵化以及最後的衰亡所組成的過程」（韋勒克《文學史上的進化概念》）。但葉燮的説法不僅遠比他們早，而且對藝術表現手法的豐富和精緻做出了富有理論性的解釋：前人的成就不僅爲後代積累了藝術經驗，給後人以啓迪，同時還給後代以創新的壓力，使後人在「影響的焦慮」驅使下進行新的探索，推動藝術表現的發展和變化。關於葉燮的詩史觀，學術界有不同看法，或認爲有進化論傾向，或認爲是歷史循環論，我認爲都不妥當。葉燮固然承認詩一代工於一代，但「工」祇着眼於藝術表現手法和技巧的豐富和精緻，像黄生説的「凡詩之稱工者，意必精，語必秀，句有句法，字有字法，章有章法」(《詩麈》卷二)。這絶不意味着後代的詩歌一定比前代更高級。他對傳統的古今、正變、盛衰、工拙對應關係的解構,毋寧説正出於一種反進化論的觀念。當然,他肯定詩歌史是一個踵事增華的過程,藝術表現在不斷豐富和變化,這更不是循環論和退化論的,祇能是説一種發展論的詩歌史觀,與當代藝術史觀念恰有相通之處。當代的藝術史學者普遍認爲,在藝術的領域根本無進化可言,祇有發展和變化。藝術的歷史就是藝術觀念不斷變化和藝術技巧日益豐富的歷史,這種變化和發展決不同於生物意義上的進化。誰也不能説莫扎特和貝多芬的音樂比巴赫更高級,或者説莫奈或畢加索的繪畫比達芬奇、拉斐爾更高級。葉燮顯然也是這麽看的吧,他絶不會同意説杜甫詩比《三百篇》更高級,而蘇東坡又更高於杜甫。

三之三　大抵近時詩人,其過有二:其一奉老生之常談〔一〕,襲古來所云忠厚和平、渾樸典雅、陳陳皮膚之語,以爲正始在是,元音復振,動以道性情、托比興爲言。其詩也,非庸則腐,非腐則俚。其人且復鼻孔撩天,摇脣振履,面目與心胸,殆無處可以位置:此真虎豹之鞹耳〔二〕。(一)其一好爲大言,遺棄一切,掇採字句〔三〕,抄集韻脚〔四〕。覩其成篇,句句可畫〔五〕;諷其一句,字字可斷。其怪戾則自以爲李賀,(二)其濃抹則自以爲李商隱,其澀險則自以爲皮、陸,其拗拙則自以爲韓、孟。(三)土苴建安〔六〕,弁髦初盛〔七〕，後生小子，詫爲新奇，競趨而效之，（四）所云牛鬼蛇神、夔蚿罔兩〔八〕。（五）揆之風雅之義，風者真不可以風，雅者則已喪其雅，尚可言耶？（六）吾願學詩者，必從先型以察其源流〔九〕，識其升降。讀《三百篇》而知其盡美矣，盡善矣〔一〇〕，然非今之人所能爲；即今之人能爲之，而亦無爲之之理，終亦不必爲之矣。（七）繼之而讀漢魏之詩，美矣，善矣，今之人庶能爲之〔一一〕，而無不可爲之；然不必爲之，或偶一爲之而不必似之。（八）又繼之而讀六朝之詩，亦可謂美矣，亦可謂善矣，我可以擇而間爲之，亦可以恝而置之〔一二〕。又繼之而讀唐人之詩，盡美盡善矣，我可盡其心以爲之，又將變化神明而達之。又繼之而讀宋之詩、元之詩，美之變而仍美，善之變而仍善矣，吾縱其所如〔一三〕，而無不可爲之，可以進退出入而爲之。此古今之詩相承之極致，而學詩者循序反覆之極致也。原夫創始作者之人，其興會所至，每無意而出之，即爲可法可則。如《三百篇》中，里巷歌謡、思婦勞人之吟咏居其半。彼其人非素所誦讀講肄推求而爲此也，又非有所研精極思、腐毫輟翰而始得也〔一四〕。情偶至而感，有所感而鳴，（九）斯以爲風人之旨，（一〇）遂適合於聖人之旨，而刪之爲經以垂教。（一一）非必謂後之君子，雖誦讀講習，研精極思，求一言之幾於此而不能也。乃後之人頌美訓釋《三百篇》者，每有附會，而於漢魏、初盛唐亦然，以爲後人必不能及。乃其弊之流，且有逆而反之：推崇宋元者，菲薄唐人；節取中晚者，遺置漢魏。〔一二〕則執其源而遺其流者，固已非矣；得其流而棄其源者，又非之非者乎？然則學詩者，使竟從事於宋元、近代，而置漢魏、唐人之詩而不問，不亦大乖於詩之旨哉！〔一三〕

【注】

〔一〕老生之常談：《世説新語·規箴》載何晏、鄧揚令管輅作卦，云：「不知位至三公不？」卦成，輅稱引古義，深以戒之。揚曰：「此老生之常談。」晏曰：「知幾其神乎，古人以爲難；交疏吐誠，今人以爲難。今君一面盡二難之道，可謂『明德惟馨』。《詩》不云乎：『中心藏之，何日忘之！』」此指議論平常，毫無新意。道光間延君壽詩話名《老生常談》，即取此義自謙。

〔二〕虎豹之鞟：鞟音擴，同「鞹」，《説文》：「鞹，去毛皮也。」虎豹之皮去了毛，就和犬羊没什麽差别了。此喻模擬而失去自身的特色。

〔三〕掇採字句：摘取前人佳句、雋語來拼湊自己的作品。

〔四〕抄集韻脚：襲取前人作品中押韻的詞，用於自己的作品。

〔五〕句句可畫：句與句都不連貫，可以斷開。畫，劃分。

〔六〕土苴建安：此言輕賤建安。土苴，即土渣，喻極輕賤不足道之物。《莊子·讓王》：「其土苴以治天下。」

〔七〕弁髦初盛：此喻因初盛唐被明人學濫，棄而不顧。弁髦，古代貴族子弟行加冠之禮時束髮的黑布帽，三次加冠後即不再使用。《左傳·昭公九年》：「豈如弁髦，而因以敝之。」

〔八〕所云：即所謂，指前人所言。牛鬼蛇神：佛教所言陰間的牛頭鬼卒、蛇首神人等。夔：古代傳説中一種龍形獨足動物。蚿：一種多足的蟲。罔兩：同「魍魎」，傳説中的精怪。

〔九〕先型：古代的典範。

〔一〇〕讀《三百篇》二句：《論語·八佾》：「子謂《韶》，盡美矣，又盡善也。謂《武》，盡美矣，未盡善也。」

〔一一〕庶：庶幾，大概。

〔一二〕恝：音頰，無動於衷。《孟子·萬章上》：「夫公明高以孝子之心爲不若是恝。」趙岐注：「恝，無愁之貌。」

〔一三〕所如：所往。

〔一四〕腐毫輟翰：語本劉勰《文心雕龍·神思》：「相如含筆而腐毫，揚雄輟翰而驚夢。」

【箋】

〔一〕虎豹之鞟的比喻出自《論語·顔淵》：「棘子成曰：『君子質而已矣，何以文爲？』子貢曰：『惜乎，夫子之説君子也！駟不及舌。文猶質也，質猶文也。虎豹之鞟，猶犬羊之鞟。』」後代論藝文常托喻於此，而有不同的發揮。《文心雕龍·情采》云：「虎豹無文，則鞟同犬羊；犀兕有皮，而色資丹漆：質待文也。」雲間派詩人宋徵璧《抱真堂詩話》云：「詩貴自然。然孔門之雅言也，不曰『虎豹之鞹，猶犬羊之鞹』乎？」這是説詩雖以自然爲貴，但也不能放棄對文采的追求，没有文采，怎麽區别不同的本質呢？而葉燮這裏却説晚明以來格調派詩人的摹仿使得他們的作品陳熟雷同，就像去了毛的虎豹之皮，看不出與古人有什麽差别。葉燮使用「虎豹之鞟」的比喻未必是針對宋徵璧而言，或許衹是巧合，然而矛頭所指却包括追踵王、李輩的雲間派詩人在内。

（二）錢鍾書《談藝録》：「蓋（長吉）性僻耽佳，酷好奇麗，以爲尋常事物，皆庸陋不堪入詩。力避不得，遂從而飾以粉堊，綉其鞶帨焉。微情因掩，真質大傷。牛鬼蛇神，所以破常也，代詞尖新，所以文淺也。」

（三）其拗拙則自以爲韓、孟，似乎當時對韓、孟的看法就是拗拙。陸時雍《詩鏡總論》：「孟郊詩之窮也，思不成倫，語不成響，有一二語總稿，衷之瀝血矣。自古詩人，未有拙於郊者。獨創成家，非高才大力，誰能辦此？郊之所以益重其窮也。」

（四）這是指公安派。袁宏道《與張幼于》云：「世人喜唐，僕則曰唐無詩；世人喜秦漢，僕則曰秦漢無文；世人卑宋黜元，僕則曰詩文在宋元諸大家。」（《袁中郎尺牘》）

（五）這裏指的是杜牧《李長吉詩序》對李賀詩歌的評價：「賀唐皇諸孫，字長吉，元和中韓吏部亦頗道其歌詩。雲烟綿聯，不足爲其態也；水之迢迢，不足爲其情也；春之盎盎，不足爲其和也；秋之明潔，不足爲其格也；風檣陣馬，不足爲其勇也；瓦棺篆鼎，不足爲其古也；時花美女，不足爲其色也；荒國陊殿，梗莽丘壟，不足爲其怨恨悲愁也；鯨呿鰲擲，牛鬼蛇神，不足爲其虚荒誕幻也。蓋《騷》之苗裔，理雖不及，辭或過之。」

（六）《詩大序》：「詩有六義焉：一曰風，二曰賦，三曰比，四曰興，五曰雅，六曰頌。上以風化下，下以風刺上。主文而譎諫，言之者無罪，聞之者足以戒，故曰風。（中略）是以一國之事，繫一人之本，謂之風；言天下之事，形四方之風，謂之雅。雅者，正也，言王政之所由廢興也。」這裏説「揆之風雅之義」，可見是着眼於漢儒所言《風》、《雅》的美刺、比興。「風者」兩句意謂效法《國風》的作品已不具有風化的作用，而效法《雅》的作品也喪失了美刺的精神。

（七）强幼安述《唐子西文録》：「六經已後，便有司馬遷，《三百五篇》之後，便有杜子美。六經不可學，亦不須學，故作文當學司馬遷，作詩當學杜子美，二書亦須常讀，所謂『何可一日無此君』也。」葉燮説《詩經》今人不可爲，也不必爲，正是此意。後袁枚《隨園詩話》卷三亦言此意：「沈歸愚選《明詩别裁》，有劉永錫《行路難》一首云：『雲漫漫兮白日寒，天荆地棘行路難。』批云：『只此數字，抵人千百。』予不覺大笑。『風蕭蕭兮白日寒』，是《國策》語；『行路難』三字是題目。此人所作，只『天荆地棘』四字而已，以此爲佳，全無意義。須知《三百篇》如『采采芣苢』、『薄言采之』之類，均非後人所當效法。聖人存之，采南國之風，尊文王之化；非如後人選讀本，教人摹仿也。今人附會聖經，極力贊嘆。章蘖齋戲仿云：『點點蠟燭，薄言點之。點點蠟燭，薄言剪之。』注云：『剪，剪去其煤也。』聞者絶倒。」相比之下，就知道袁枚其實比沈德潛更體得葉燮詩學的真髓，這應該是他早年從薛雪游，間接地受到影響。

（八）于慎行《古樂府叙》：「唐人不爲古樂府，是知古樂府也。辭聲相雜，既無從辨，音節未會，又難於歌，故不爲爾。然不效其體，而時假其名，以達所欲出，斯慕古而托焉者乎。近世一二名家，至乃逐句形模，以追遺響，則唐人所吐棄矣。余嘗爲郊廟鐃歌，可數十首，已而視之，頗涉兒戲，亦復不自了然，遂焚棄之。取其音節稍近者，仿其一二，謂之本調。至近體歌行，如唐人所假者，各從其類附焉，而不曰樂府，則詩之而已矣。夫唐人能爲而不爲，今之君子能爲而遂爲之，予奈何不能爲而爲也！」（《穀城山館詩集》卷一）

（九）《詩經》作爲最古老的詩歌，一向被視爲情感的自然流露。林弼《華川王先生詩序》：「夫《三百篇》者，詩人情性之正，而形於温厚平易之言也。後世能言之士，有極力追仿不能及者，則固非無法也，非無辭也，其法非後世之所謂法，其辭非後世之所謂辭也。蓋情之所發者，正理之所存者，順則形於言也，自有其法，自有其辭，有不待於强爲者也。」（《林登州集》卷一三）《隨園詩話》卷一：「楊誠齋曰：『從來天分低拙之人，好談格調，而不解風趣，何也？格調是空架子，有腔口易描；風趣專寫性靈，非天才不辦。』余深愛其言。須知有性情，便有格律，格律不在性情外。《三百篇》半是勞人思婦率意言情之事，誰爲之格，誰爲之律，而今之談格調者，能出其範圍否？況皋、禹之歌，不同乎《三百篇》；《國風》之格，不同乎《雅》、《頌》，格豈有一定哉？」又卷三引歐永孝序江賓谷詩云：「《三百篇》，《頌》不如《雅》，《雅》不如《風》。何也？《雅》、《頌》，人籟也，地籟也，多后王、君公、大夫修飾之詞。至十五《國風》，則皆勞人、思婦、静女、狡童矢口而成者也。《尚書》曰『詩言志』，《史記》曰『詩以達意』，若《國風》者，真可謂之言志而能達矣。」

（一〇）「風人之旨」又稱「風人之義」、「風人遺志」、「風人遺意」、「風人指意」、「詩人之旨」，明人又稱「風人之體」、「風人之調」、「風人之度」、「風人之韻」、「風人遺響」、「風人之致」等等。所謂「風人」，宋張表臣《珊瑚鉤詩話》卷三云：「古有采詩官，命曰風人，以見風俗喜怒好惡。」明鍾惺《董崇相詩序》：「古詩人曰風人。風之爲言，無意也。性情所至，作者不自知其工，詩已傳於後，而姓氏或不著焉。」（《隱秀軒集》卷一七）後世所謂「風人之旨」，大約有三層含義：一、得性情之正。如梁蘭《畦樂詩集》楊士奇序云：「詩以道性情，詩所以傳也。古今以詩名者多矣，然《三百篇》後得風人之旨者，獨推陶靖節。由其沖和雅淡，得性情之正，若無意於詩，而千古能詩者卒莫過焉。故能輕萬鍾、芥千駟，翛然物表，俯仰無慚，豈非足乎己而無待於外者乎？」二、以比興手法寓諷喻之意。如鄧雲霄《許覺父落花詩序》：「夫詩有情有景，有比有興。今人但知用學問、賦事實耳。內不緣情，外不叶景，巵言俚語，罔有寄托，此於比興何居？而風人之旨絶矣。」（《漱玉齋文集》卷一）三、文辭含蓄，有温柔敦厚之風。如王廷相《巴人竹枝歌十首》序：「嗟乎，君臣、朋友、夫婦，其道一也，而夫婦之情尤足以感人。故古之作者，每藉是以托諷，而孤臣、怨友之心於此乎白，因之感激以全其義分者多矣。是故温柔敦厚者，詩人之體也；發乎情，止乎義理者，詩人之志也；雜出比興，形寫情志，詩人之辭也。」（《王氏家藏集》卷二〇）

（一一）孔子删《詩》之説，前人早有疑之者，葉燮不敢懷疑，尚且引以張大己説。袁枚《隨園詩話》卷三承上文論《三百篇》後人不可仿時，順便提到：「余嘗疑孔子删《詩》之説，本屬附會。今不見於《三百篇》中，而見於他書者，如《左氏》之『翹翹車乘，招我以弓』，『雖有姬姜，無棄憔悴』；《表記》之『昔吾有先正，其言明且清』；古詩之『雨無其極，傷我稼穡』之類，皆無愧於《三百篇》，而何以全刪？要知聖人述而不作，《三百篇》者，魯國方策舊存之詩，聖人正之，使《雅》、《頌》各得其所而已，非刪之也。後儒王魯齋欲刪《國風》淫詞五十章，陳少南欲刪《魯頌》，何迂妄乃爾！」

（一二）袁枚《隨園詩話》卷七：「余嘗教人，古風須學李、杜、韓、蘇四大家，近體須學中、晚、宋、元諸名家。或問其故，曰：李、杜、韓、蘇，才力太大，不屑抽筋入細，播入管弦，音節亦多未協。中、晚名家，便清脆可歌。」袁枚此說遠承公安派，近推廣王漁洋之說而至極，正是這種逆反趨向的代表。

（一三）袁枚《答施蘭垞論詩書》：「來書云唐詩舊，宋詩新，更不然也。夫新舊可以年代計乎？一人之詩，有某首新，某首舊者；一詩之中，有某句新，某句舊者。新舊存乎其詩，不存乎唐、宋。且子之所謂新舊，僕亦知之。前有人焉，明堂奧房，襜襜焉盛服而居；後又有人焉，明堂奧房，襜襜焉盛服而居。子慮其雷同而舊也，將變而新之，則宜更華其居，更盛其服，以相壓勝矣。乃計不出此，而忽窪居窟處，衣昌披而服藍縷，曰吾以新云爾，其果新乎？抑雖新而不如其不新乎？」（《小倉山房文集》卷一七）由施蘭垞的新舊觀，就會推導出退而求其次的美學追求。袁枚在這一點上倒是態度鮮明，他主張「詩有工拙，而無古今」（《答沈大宗伯論詩書》），强調的是今可勝昔，而非趨邪避正。

【評】

葉燮將古代作品的典範性分爲不能爲也不必爲之、庶能爲可偶爲而不必似之、可擇而間爲之亦可置之、可盡心爲之而又將神明變化之、無不可爲之而可以進退出入而爲之五等，不能不説是非常理性的態度，可以提醒學者不要盲目模仿。王漁洋指點後輩學詩，强調從性分之近，就各體之宜，與此分别從正、反兩個方面立論，殊途同歸。最後葉燮又回到前面的問題，對是否應該放棄唐代和更早的詩歌，而從宋、元、明人詩入手，表達了自己的看法。在他看來，這是在破除前盛後衰的僵化思維之後，又落入新的窠臼。執著於前盛後衰之見，非漢魏、盛唐不敢觀，已是謬誤；而反過來，否定漢魏、盛唐，從宋元詩入手，那就更是錯上加錯了。這自然是指公安派矯枉過正之失。要之，《原詩・内篇》所批評的對象大概不出明代格調、公安、竟陵三派，力圖折衷其偏頗，以一種通達的態度來對待詩歌史。

外篇　上

一之一　五十年前〔一〕，詩家群宗「嘉隆七子」之學〔二〕。其學五古必漢魏，七古及諸體必盛唐。於是以體裁、聲調、氣象、格力諸法，著爲定則，作詩者動以數者律之，勿許稍越乎此。〔一〕又凡使事、用句、用字，亦皆有一成之規，不可以或出入，其所以繩詩者，可謂嚴矣。〔二〕惟立説之嚴，則其途必歸於一，其取資之數皆如有分量以限之〔三〕，而不得不隘。〔三〕是何也？以我所製之體，必期合裁於古人；稍不合，則傷於體。而爲體有數矣。我啓口之調，必期合響於古人；稍不合，則戾於調。而爲調有數矣。氣象、格力無不皆然，則亦俱爲有數矣。其使事也，唐以後之事戒勿用，而所使之事有數矣。其用字句也，唐以前未經用之字與句戒勿入，則所用之字與句亦有數矣。〔四〕夫其説亦未始非也，然以此有數之則，而欲以限天地景物無盡之藏，并限人耳目心思無窮之取，即優於篇章者，使之連咏三日，其言未有不窮，而不至於重見疊出者寡矣。

【注】

〔一〕五十年前：《原詩》撰於康熙二十五年（一六八六），上溯五十年，爲崇禎九年（一六三六）。

〔二〕嘉隆七子：即後七子，李攀龍、王世貞、宗臣、梁有譽、謝榛、徐中行、吴國倫，均生活在嘉靖、隆慶年間。嘉靖，明世宗年號，公元一五二二至一五六六年；隆慶，明穆宗年號，公元一五六七至一五七二年。

〔三〕取資：可以采取的方式。

【箋】

〔一〕五十年前的崇禎年間，正是以陳子龍爲代表的雲間派主宰詩壇的時期，他們直承明七子的詩歌觀念，上溯嚴羽《滄浪詩話》，也以體製、格力、氣象、聲調爲詩法之要義，主張五古法漢魏，七古及諸體法盛唐。

〔二〕楊慎《丹鉛雜録》卷二「音韻之原」條强調：「大凡作古文賦頌，當用吴才老古韻；作近代詩詞，當用沈約韻。近世有倔强好異者，既不用古韻，又不屑用今韻，惟取口吻之便，鄉音之叶，而著之詩焉。良爲後人一笑刺爾。」王世貞《藝苑卮言》卷一：「首尾開闔，繁簡奇正，各極其度，篇法也。抑揚頓挫，長短節奏，各極其致，句法也。點掇關鍵，金石綺彩，各極其造，字法也。篇有百尺之錦，句有千鈞之弩，字有百煉之金。文之與詩，固異象同則，孔門一唯，曹溪汗下後，信手拈來，無非妙境。」謝榛《四溟詩話》卷一：「張説《送蕭都督》曰：『孤城抱大江，節使往朝宗。果是臺中舊，依然水上逢。京華遥比日，疲老颯如冬。竊羨能言鳥，銜恩向九重。』此律詩用古韻也。李賀《咏馬》曰：『白鐵挫青禾，砧聞落細莎。世人憐小頸，金埒愛長牙。』此絶亦用古韻也。二詩不可爲法。」此即七子輩繩詩之嚴也。

（三）宋琬《周釜山詩序》：「明詩一盛於弘治，而李空同、何大復爲之冠；再盛於嘉靖，而李于鱗、王元美爲之冠。余嘗以爲前七子，唐之陳、杜、沈、宋也；後七子，唐之高、岑、王、孟也。萬曆以降，學者紛然波靡，於是鍾、譚二子起而承其弊。迹其本初，亦云救也，而海内之言詩者遂至以王、李爲諱，譬如治河者不咎尾閭之泛濫，乃欲鏟崑崙而堙星宿，不亦過乎？雲間之學，始於幾社，陳卧子、李舒章有廓清摧陷之功，於是北地、信陽、濟南、婁東之言復爲天下所信從。顧其持論過狹，泥於濟南唐無古詩之説，自杜少陵《無家》、《垂老》、《北征》諸作，皆棄而不録，以爲非漢魏之音也。」（《安雅堂文集》卷一）戴道默、范箕生《詩家選序》：「詩至獻吉而古，敝也襲；至于鱗而高，敝也狹。」（葉矯然《龍性堂詩話》續集引）可謂一語中的。毛奇齡《王枚臣西臺雜吟序》引王先吉語云：「有明諸君閎闊過峻，第恢其一門，而凡三衢九術，縱横汗衍，千蹄萬幅之不可紀極者，悉閼抑勿通，是使隘也。夫青黄殊色而齊暗於目，竽笙異音而同調於耳。河水多廣流，不廢支潔；鄧林有奇材，不翳榛莽。必欲執一元之管以定中聲，據二《南》之詩以概篇什，豈通人之事哉？」

（四）勿用唐以後事之説，發自趙孟頫。陶宗儀《南村輟耕録》卷九「詩法」條：「趙魏公云：『作詩用虚字，殊不佳。中兩聯填滿方好。出處纔使唐已下事，便不古。』」范梈《木天禁語》論「字法」亦云：「《事文類聚》事不可用，多宋事也。又不可用俚語偏方之言。摘用《史記》、《西漢書》、《東漢書》、新舊《唐書》、《晉書》字樣，集成聯對。」明代格調派頗奉其説。王世貞《藝苑卮言》卷一：「勿偏枯，勿求理，勿搜僻，勿用六朝强造語，勿用大曆以後事。此詩家魔障，慎之慎之。」謝榛《四溟詩話》卷二云：「趙子昂曰：『作詩但用隋唐以下故事，便不古也；當以隋唐以上爲主。』此論執矣。隋唐以上泛用則可，隋唐以下泛用則不可。學者自當斟酌，不落凡調。」劉大勤問：「作律詩忌用唐以後事，其信然歟？」王士禎答：「自何李、李王以來，不肯用唐以後事，似不必拘泥；然六朝以前事，用之即多古雅，唐宋以下，便不盡爾，此理亦不可解。總之，唐宋以後事，須擇其尤雅者用之。如劉後村七律，專好用本朝事，直是惡道。」（《師友詩傳續録》）方世泰《輟鍛録》：「用事選料，當取諸唐以前，唐以後典故，萬不可入詩，尤忌以宋、元人詩作典故用。」

【評】

上篇主要論述的是原理性的問題，下篇進入歷代詩歌的批評。首當其衝的就是明代「嘉隆七子」，這正體現了清初詩學的一個基本特徵，即詩論家對詩學基本問題的思考都是由反思明代詩學的流弊開始的。而「嘉隆七子」正是明代文學思潮的重要代表。通常對七子輩的批評都着眼於復古和模擬兩個方面，而葉燮在此指出了「嘉隆七子」詩學的另一個弊端，即以格調繩人的瑣細和嚴酷。體製、聲調、用事、字句必期合於古人，唐以後事不能用，不合於前人的結構，字句不能用，這使得詩歌表現的手段和素材流於貧乏和雷同，導致一代詩歌千人一面、萬口同腔的結果。本來，經過公安派和竟陵派的反撥，明前後七子已聲名狼藉，爲詩家所鄙棄，但因兩派矯枉過正，流弊叢生，反引致陳子龍及雲間諸子重倡格調之説，使格調派有捲土重來之勢。《外篇》一開始就説雲間派，看得出葉燮對此是很警惕的。

一之二　夫人之心思，本無涯涘可窮盡、可方體〔一〕，每患於局而不能攄，扃而不能發〔二〕，乃故囿之而不使之攄，鍵之而不使之發〔三〕，則萎然疲薾〔四〕，安能見其長乎？故百年之間，守其高曾〔五〕，不敢改物〔六〕，熟調膚辭，陳陳相因〔七〕，而求一軼群之步、弛跅之材〔八〕，蓋未易遇矣。〔一〕於是楚風懲其弊，〔二〕起而矯之，抹倒體裁、聲調、氣象、格力諸説，獨闢蹊徑，而栩栩然自是也。夫必主乎體裁諸説者，或失則固，盡抹倒之，而入於瑣屑、滑稽、隱怪、荆棘之境，以矜其新異，其過殆又甚焉。故楚風倡於一時，究不能入人之深，旋趨而旋棄之者，以其説之益無本也。〔三〕

【注】

〔一〕涯涘：水的邊際，此指極限。《莊子·養生主》：「吾生也有涯，而知也无涯。以有涯隨无涯，殆已。」《宋書·臧質傳》柳元景檄：「自恣醜薄，罔知涯涘；干謁陳聞，曾無紀極。」方體：限制範圍。

〔二〕扃：閉塞。

〔三〕鍵：門閂、鎖簧，此言上鎖。

〔四〕疲薾：疲倦，精神不振。薾，通「苶」。《莊子·齊物論》：「終身役役而不見其成功，苶然疲役而不見所歸，可不哀耶？」

〔五〕高曾：高祖、曾祖。翁方綱《石洲詩話》卷一：「元、白以下，何嘗非鋪陳排比？而杜公所以爲高曾規矩者，又別有在耳。」

〔六〕改物：改變前代文物制度，後指改朝換代。《左傳·昭公九年》：「文之伯也，豈能改物？」杜預注：「言文公雖霸，未能改正朔、易服色。」《國語·周語中》：「叔父若能光裕大德，更姓改物，以創制天下，自顯庸也。」

〔七〕陳陳相因：《史記·平準書》：「太倉之粟，陳陳相因，充溢露積於外，至腐敗不可食。」

〔八〕弛跅之材：《晉書·周處傳論》：「周子隱以跅弛之材，負不羈之行。」跅，音唾。弛跅，即「跅弛」，放縱不羈。

【箋】

〔一〕這是說明人死守漢魏、盛唐的藩籬而不敢稍逾，就像人謹守高祖、曾祖的訓喻而不敢略有變動。王岱《張螺浮晨光詩序》云：「宋詩亡於理，元詩亡於詞，明之何、李亡於笨，七子亡於冗，公安亡於謔，天池亡於率，竟陵亡於薄。石倉，竟陵之優孟；雲間，七子之優孟。後生輩出，標榜雲間，貢高自大，土飯塵羹，餒魚敗肉，合器煎烹，使人敗腸而吐胃，并雲間故步亦亡矣。」康熙八年（一六六九）八月，魏禧與孫枝蔚過訪陳允衡，魏禧説：「學古人之文者，縱不得抗衡古人，亦當爲其子孫，不當爲奴婢，譬如豪僕，失主人則倀倀無所之。子孫雖歷世久，必有真肖其祖父之處。」孫枝蔚却説：「學古人詩，當知古人祖父，又當知其子孫。知祖父，則我可與古人并爲兄弟；不知子孫，則不識其流弊所至。」（魏禧《溉堂續集序》）魏禧的意思是學古必自樹立，不可寄人籬下；而孫枝蔚反過來强調知今，説不知今則不識末流之弊，兩人之説合起來正好是推源溯流之法的兩面。

（二）這裏的「楚風」自然是指公安派與竟陵派。兩派作家都是湖北人，湖北古屬楚地，故曰楚風。但楚風能在清初成爲一個特殊的詩學概念，則不能不説是與明代以來日益强化的地域意識相關。宋徵璧《抱真堂詩話》云：「列國各有風，楚何以無風？曰：外之爾。夫外楚，又何以列《秦風》？夫視遠者不能見形，聽遠者不能聞聲，其猶愚人之心也哉！何足以知之。自屈、宋以《歌》、《辯》特張楚勁，於是乎有楚風。夫《小戎》、《板屋》，是誠秦聲耳，如『蒹葭蒼蒼，白露爲霜』，與楚風『目眇眇兮愁予』，又何異之有？」這恰恰説明詩學中地域概念的形成與實存無關，而與意識有關。朱彝尊《静志居詩話》卷二一：「雲子（朱隗字）際鍾、譚盛行之日，唱酬吴下，遥應南風。」其贈陳玉立長歌有云：「五十年前，不知天下幾人僵死中原白雪中，此後還爲楚風誤。」卷二二又云：「啓、禎之間，楚風無不效法公安、竟陵者，杜于皇獨以杜陵爲師，是亦豪傑之士。」

（三）鄭梁《錢虞山詩選序》：「自高、楊、張、徐之響既息，定山、江門僅以堯夫别傳，吟謡山澤，雖西涯壇坫尚存正始，而舉世淪胥於學究，非北地以雄傑之姿自樹旗鼓，則卑靡不知其所極矣。無如歷下、太倉雷同剿襲，遂率天下而趨於浮聲切響之中，甚至千篇一律，幾同飯土嚼蠟。公安、竟陵亦思救之，而空疏之質不能自出頭地，或俚或鬼，適足爲王、李之獺鸇，斯誠詩道極敝之一會也。」（《鄭寒村全集·見黄稿》卷二）

【評】

這一節論述公安派、竟陵派興起的詩歌史背景，反思其流弊所在。格調派過於注重格調，拘泥於法，固然失之膠固，但公安、竟陵破除一切法而泛濫無歸，則更不足取。所以公安、竟陵兩派很快便趨式微，比格調派在詩壇的影響遠爲短暫。究其根由，格調派不管怎麽説有自己的理論體系，而公安、竟陵則完全没有自己的理論立足點，有意衝破格調派的壁壘，自己却無建樹，結果其影響力較前後七子消逝得更快。所以葉燮前文説「鍾惺、譚元春之矯異於末季，又不如王、李之猶可及於再世之餘也」。

一之三　近今詩家，知懲七子之習弊，掃其陳熟餘派，是矣。然其過，凡聲調字句之近乎唐者，一切屏棄而不爲；務趨於奥僻〔一〕，以險怪相尚，目爲生新，自負得宋人之髓，〔二〕幾於句似秦碑〔三〕，字如漢賦，〔四〕新而近於俚，生而入於澀，真足大敗人意。夫厭陳熟者，必趨生新；而厭生新者，則又反趨陳熟。〔三〕以愚論之，陳熟生新，不可一偏，必二者相濟，於陳中見新，生中得熟，方全其美；〔四〕若主於一而彼此交譏〔三〕，則二俱有過。然則詩家工拙美惡之定評，不在乎此，亦在其人神而明之而已。〔五〕

【注】

〔一〕奥僻：古奥、冷僻，這是宋詩用字、用事的特點。

〔二〕句似秦碑：言句法古拙拗口。

〔三〕交譏：相互攻擊。

【箋】

〔一〕明代中葉以後，鑒於格調派的模擬造成詩壇陳陳相因的局面，棄熟求生乃成爲詩壇一股新的思潮，其代表人物就是竟陵派詩人鍾惺和譚元春。據徐增《錢聖月法廬全集序》説：「今天下詩，不繇學問之詩也，其弊蓋起於鍾、譚尚生之説。當夫神廟之末、熹宗之朝，海内承王、李之濫，詩道柔靡，病在不立體。鍾、譚從而辟之，其生之之説本於不博已，亦以云救也，孰意救之而弊愈甚。王、李之徒，所尚聲律，必在遲久而後出之，故其詩病在熟。今之人不然，曰：『鍾、譚之生，吾師也。吾安能久待爲？』於是以兀兀之胸而運以格格之腕，輒手一刻以贈人，無怪乎詩道之日淪也。嗚呼！鍾、譚之生，繇學問而生；世之效鍾、譚者，不繇學問而遽求其生。不知不學問而生，生其所固然也，何以稱爲？然則今之學鍾、譚者，皆鍾、譚之罪人也。」(《九誥堂集》)但到葉燮寫作《原詩》的時候，他對求生的批評，矛頭已指向方興未艾的宋詩風，而非早已聲名狼藉的竟陵派了。

（二）字如漢賦，言字多生僻。漢賦作家多通小學，故多用生僻不常見之字。謝榛《四溟詩話》卷二云：「漢人作賦，必讀萬卷書，以養胸次。《離騷》爲主，《山海經》、《輿地志》、《爾雅》諸書爲輔。又必精於六書，識所從來，自能作用。若揚袘、戌削、飛襳、垂髾之類，命意宏博，措辭富麗，千匯萬狀，出有入無，氣貫一篇，意歸數語，此長卿所以大過人者也。」

（三）俞兆晟《漁洋詩話序》引王漁洋晚年回顧平生論詩之變：「少年初筮仕時，唯務博綜該洽，以求兼長。文章江左，烟月揚州，人海花場，比肩接迹。入吾室者，皆操唐音，韻勝於才，推爲祭酒。然而空存昔夢，何堪涉想？中歲越三唐而事兩宋，良由物情厭故，筆意喜生，耳目爲之頓新，心思於焉避熟。明知長慶以後，已有濫觴；而淳熙以前，俱奉爲正的。當其燕市逢人，征途揖客，争相提倡，遠近翕然宗之。既而清利流爲空疏，新靈寖以佶屈，顧瞻世道，惄焉心憂。於是以太音希聲，藥淫哇錮習，《唐賢三昧》之選，所謂乃造平淡時也，然而境亦從兹老矣。」冉覲祖撰《莘野集序》論康熙中詩壇風氣亦云：「厭常喜新，翻盡窠臼，□前賢所論定，棄者取之，取者棄之，色求腴而氣骨漸凋，意欲逸而音節不振。宋元諸家，迭出相軋，不僅如昔所云『元輕白俗』、『郊寒島瘦』已也。」這都是「厭陳熟者，必趨生新；而厭生新者，則又反趨陳熟」的例子。不僅如此，詩歌史的演變其實就是某些趨向不斷反撥離合的過程，如朱庭珍《筱園詩話》卷一所說：「大約樸厚之衰，必爲平實，而矯以刻畫；迨刻畫流於雕琢瑣碎，則又返而追樸厚。雄渾之弊，必入廓膚，而矯以清真；及清真流於淺滑俚率，則又返而主雄渾。典麗之降，必至餖飣，則矯以新靈；久之新靈流於空疏孤陋，則又返而趨典麗。」

（四）曾慥《類説》卷五七：「詩貴圓熟，謝朓云『好詩圓美流轉如彈丸』。故東坡云：『中有輕圓句，銅丸飛柘彈。』蓋詩貴圓熟也。然圓熟多失之平易，老硬多失之枯乾，能不失二者之間，則可與古作者并驅矣。」謝榛《四溟詩話》卷三：「或問作詩中正之法，四溟子曰：貴乎同不同之間。同則太熟，不同則太生。二者似易實難。握之在手，主之在心，使其堅不可脱，則能近而不熟，遠而不生。此惟超悟者得之。」牟願相《小澥草堂雜論詩》：「李太白、王龍標七絶，爲有唐之冠。其實龍標第一，蓋太白熟，龍標生。」沈德潛《説詩晬語》卷下：「隱侯云『彈丸脱手』，固是詩家妙喻。然過熟則滑，唯生熟相濟，於生中求熟，熟處帶生，方不落尋常蹊徑。」

（五）范晞文《對床夜語》卷五：「詩用生字，自是一病。苟欲用之，要使一句之意，盡於此字上見工，方爲穩帖。如唐人『走月逆行雲』，『芙蓉抱香死』，『笠卸晚峰陰』，『秋雨慢琴弦』，『松涼夏健人』，『逆』字、『抱』字、『卸』字、『慢』字、『健』字，皆生字也，自下得不覺。」

【評】

沈德潛《國朝詩别裁集》卷一〇載：「先生論詩，一曰生，一曰新，一曰深，凡一切庸熟、陳舊、浮淺語須掃而空之。今觀其集中諸作，意必鈎玄，語必獨造，寧不諧俗，不肯隨俗，戛戛於諸名家中，能拔戟自成一隊者。」可見生新原是葉燮論詩的基本宗旨，然而當時宋詩風之流行，一味追求生澀奥僻，以致流弊叢生。葉燮因而特别闡明生新與陳熟的辯證關係：字句過於陳熟，缺乏新鮮感，難以激起讀者的審美反應；字句過於生新，變成純個人化的符號，讀者又無法理解和接受。於是需要適當地調劑新陳，在生熟之間掌握一個適宜的度。這樣的看法，即便從當代信息論和符號學立場來看也是很有見識的。而葉燮的核心意思還不在此，他真正要説明的其實是「詩家工拙美惡之定評，不在乎此」。也就是説，他要破除這種非此即彼、非彼即此的思維方式，消解生新、陳熟之類概念固定的價值屬性。正像他在詩史認識上褫除正變、盛衰、源流、古今等一系列概念的固定價值一樣，他力圖取消這類對立概念的恒定價值，衹將它們視爲需要在具體語境中靈活看待的對象。這無疑是葉燮藝術思維的睿智之處，值得我們重視。

二之一　陳熟、生新，二者於義爲對待。對待之義，自太極生兩儀以後〔一〕，無事無物不然：日月、寒暑、晝夜，以及人事之萬有——生死、貴賤、貧富、高卑、上下、長短、遠近、新舊、大小、香臭、深淺、明暗，種種兩端，不可枚舉。〔一〕大約對待之兩端，各有美有惡，非美惡有所偏於一者也。其間惟生死、貴賤、貧富、香臭，人皆美生而惡死，美香而惡臭，美富貴而惡貧賤。然逢、比之盡忠〔二〕，死何嘗不美？江總之白首〔三〕，生何嘗不惡？〔二〕幽蘭得糞而肥，臭以成美；海木生香則萎〔四〕，香反爲惡。富貴有時而可惡，貧賤有時而見美，尤易以明。即莊生所云「其成也毀，其毀也成」之義〔五〕。對待之美惡，果有常主乎〔六〕？〔三〕生熟、新舊二義，以凡事物參之：器用以商、周爲寶，是舊勝新；美人以新知爲佳，是新勝舊；肉食以熟爲美者也，果食以生爲美者也，反是則兩惡。推之詩，獨不然乎？〔四〕舒寫胸襟，發揮景物，境皆獨得，意自天成，〔五〕能令人永言三嘆〔七〕，尋味不窮，忘其爲熟，轉益見新，無適而不可也。若五内空如〔八〕，毫無寄托，以剿襲浮辭爲熟，搜尋險怪爲生，均爲風雅所擯。論文亦有順、逆二義，并可與此參觀發明矣。〔六〕

【注】

〔一〕太極生兩儀：《易·繫辭上》：「是故易有太極，是生兩儀。」孔穎達疏：「混元既分，即有天地，故曰太極生兩儀，即老子云『一生二』也。不言天地而言兩儀者，指其物體；下與四象（金、木、水、火）相對，故曰兩儀，謂兩體容儀也。」《淮南子·覽冥訓》：「引類於太極之上。」高誘注：「太極，天地始形之時也。」

〔二〕逢、比之盡忠：逢，關龍逢，夏代賢臣，因諫桀而被殺；比，比干，殷紂王叔父，官少師，因屢勸諫紂而被戮。

〔三〕江總（五一九—五九四）：字總持。濟陽考城（今河南蘭考）人。陳後主時官至尚書令。後人輯有《江令君集》。

〔四〕海木：鷓鴣花喬木，楝科植物，花白色，萼鐘狀。種子有白色假種皮。分布於雲南、廣西、貴州等地，生於山坡林中。可入藥，有清熱解毒功效。

〔五〕其成也毀句：《莊子·齊物論》：「其分也，成也；其成也，毀也。凡物無成與毀，復通爲一。」

〔六〕常主：固定的意義。

〔七〕永言三嘆：《書·舜典》：「詩言志，歌永言。」孔安國傳：「歌咏其義以長其言。」《荀子·禮論》：「《清廟》之歌，一倡而三嘆也。」

〔八〕五内：五臟。蔡琰《悲憤詩》：「見此崩五内，恍惚生狂痴。」

【箋】

〔一〕對待即相對，是中國哲學的基本概念。方以智《東西均》：「夫對待，即相反者也」，「有一必有二，二皆本於一」，「所謂一切對待之法，亦相對反因者也」。張岱年《中國哲學大綱》曰：「中國哲學中，與反復密切相關者，有兩一的概念。兩者對待，亦即對立；一者合一，亦即統一。兩一即對待合一，亦即對立統一。兩一的觀念，在《易》爻辭已開其端，到《老子》乃發闡之甚詳。但《老子》尚未以對待合一解説變化，至《易傳》乃以對待合一爲變化反復之所以，認爲所以有變化而變化所以是反復的，乃在於對待之相推。凡對待皆有其合一，凡一體必包含對待；對待者相摩相蕩，相反相求，於是引起變化。《易傳》言之極精，然尚未立定概括的名稱。到宋時，張子乃創立『兩』與『一』的名詞。今以張子之兩一的概念概括古來關於對待合一的思想。」張載之説即《正蒙・太和》所云：「兩不立則一不可見，一不可見則兩之用息。兩體者，虛實也，動静也，聚散也，清濁也，其究一而已。感而後有通，不有兩則無一。故聖人以剛柔立本，乾坤毁則無以見易。游氣紛擾，合而成質者，生人物之萬殊；其陰陽兩斷循環不已者，立天地之大義。」葉燮集中用對待之例，如卷六《二取亭記》：「確庵曰：君之草堂名二棄，凡物之義不孤行，必有其偶爲對待。棄者，取之對待也。一與一對待而成二，棄一則餘一，棄二則二外皆餘。使二之餘亦棄，則棄不名二；二之餘不棄，則餘將安歸？則必歸乎取。二與二對待而成四，分四各爲二，以彼二屬棄，則此二必屬乎取矣。與子之義相左者爲棄，反其相左而與子意合者斯爲取。棄得二，取亦得二，堂爲棄而亭爲取，妙義循環，道盡於此矣。盍名是亭爲二取亭乎？」卷七《積善律院浄因堂碑記》：「因者，果之對待也。因不浄，何以得果浄？欲得浄果，必先浄其因。」同卷《洞庭東山靈應宫高真堂碑記》：「夫凡萬有之事與物，無不各有對待。而天者，其形與器有對待，而天之性情與主宰則無對待。」卷二二《題雪窗紀夢後》：「世間萬法不出事理二者，二者爲事與理，各各對待而成。我與物，真與幻，悟與迷，覺與夢，皆對待也。瞿曇氏有言，心生則種種法生是也。無我則無物，無真則無幻，無悟則無迷，無覺則無夢，無則俱無，斯對待絶。瞿曇氏又言，心滅則種種法滅是也。梓園程先生因雪而有感觸，因感觸而有夢，因夢而見僧，因僧拍肩而覺，因覺而得鶴。此事理相因，種種法因心生而遞成對待者也。既乃鶴見則夢亡，安知僧之不爲鶴則覺亡，安知鶴之不爲我則物亡，安知我不爲鶴則我亡。物我俱亡則悟亡，安有迷？迷悟俱亡則真亡，安有幻？此事理之遞亡，種種法因心滅而遞絶對待者也。先生深有契乎漆園化蝶之旨，而得吾儒無我之真，適合瞿曇氏心滅心生之妙，究之我與雪、僧與鶴，離耶即耶？此之謂物化。」

（二）張溥《漢魏六朝百三家集題辭・江令君集》：「後主狎客，江總持居首。國亡主辱，竟逃明刑。開府隋朝，眉壽無恙。《春秋》惡佞人，有厚福若是者哉！」

（三）葉燮認爲，凡對立的概念，一般都是兩端各有其正、負面屬性，没有單純偏於善惡一方的。唯獨生死、貴賤、貧富、香臭四組概念，價值偏於一方，但即便如此，在具體語境中它們也不是固定不變的。他分别舉例説明這些概念在特殊情況下意義發生逆轉的可能。由這裏所引的《莊子》語來看，葉燮二元對立的思想根於道家，而尤屬意於取消對立二元固有的價值屬性，付之以動態的把握方式。

（四）袁枚《隨園詩話》卷四論厚薄，正與葉燮的觀念相通：「今人論詩，動言貴厚而賤薄，此亦耳食之言。不知宜厚宜薄，惟以妙爲主。以兩物論，狐貉貴厚，鮫蛸貴薄。以一物論，刀背貴厚，刀鋒貴薄。安見厚者定貴，薄者定賤耶？古人之詩，少陵似厚，太白似薄；義山似厚，飛卿似薄，俱爲名家。猶之論交，謂深人難交，不知淺人亦正難交。」

（五）這裏將「境」與「意」對舉，與唐末孫光憲《白蓮集序》「議者以唐來詩僧，惟貫休禪師骨氣渾成，境意卓異，殆難儔敵」的用法一樣，合起來就是古典意境論立意取境之義。皎然《詩式・取境》：「詩不假修飾，任其醜樸。但風韻正，天真全，即名上等。予曰不然，無鹽闕容而有德，曷若文王太姒有容而有德乎？又云：不要苦思，苦思則喪自然之質。此亦不然，夫不入虎穴，焉得虎子？取境之時，須至難至險，始見奇句。成篇之後，觀其氣貌，有似等閑，不思而得，此高手也。有時意靜神王，佳句縱橫，若不可遏，宛若神助。不然，蓋由先積精思，因神王而得乎？」「取境」的境，質言之就是體驗。取境就是由自己的體驗中調取與詩意的表達相宜的片斷，以構成完整的意境。葉燮説「境皆獨得，意自天成」，與皎然的説法一樣，都是通過艱苦的構思獲得獨創性的藝術表現，而最終完成後却似自然天成，非假雕琢。

（六）牟願相《小澥草堂雜論詩》：「生字有二義，一訓生熟，一訓生死。然生硬熟軟，生秀熟平，生辣熟甘，生新熟舊，生痛熟木。果生堅熟落，穀生茂熟槁，惟其不熟，所以不死。」

【評】

就着上文對陳熟、生新這對概念的討論，葉燮借題發揮，或者也可以説是補充論述，對對立概念的辯證關係及其意義的不確定性作了更具體的闡述。在他看來，世間萬事萬物，根本就不存在絕對的價值，既然如此，在詩歌語言的新舊、生熟問題上也就不能持絶對化的態度，必須根據作品的具體情況、詩歌史的具體語境靈活把握。

三之一　詩家之規則不一端，而曰體格，曰聲調，恒爲先務，論詩者所爲總持門也〔一〕。〔一〕詩家之能事不一端，而曰蒼老，曰波瀾，〔二〕目爲到家〔二〕，評詩者所爲造詣境也〔三〕。以愚論之，體格、聲調與蒼老、波瀾，何嘗非詩家要言妙義，然而此數者，其實皆詩之文也，非詩之質也；所以相詩之皮也，非所以相詩之骨也。試一一論之。

【注】

〔一〕總持：梵語陀羅尼的義譯，謂持善不失，持惡不生，無有漏忌。《維摩經·佛國品》：「心常安住，無礙解脱，念定總持，辯才不斷。」《景德傳燈録》卷一阿難：「多聞博達，知慧無礙，世尊以爲總持第一，嘗所贊嘆。」這裏借用爲總綱領之義。

〔二〕到家：猶言到位，達到足以成家的水平。明李贄《覆楊定見書》：「文章若未到家，須到家，乃已。」

〔三〕造詣境：深造有成所達到的境界。

【箋】

〔一〕胡應麟《詩藪》内編卷五：「作詩大要不過二端，體格聲調，興象風神而已。體格聲調，有則可循；興象風神，無方可執。故作者但求體正格高，聲雄調鬯，積習之久，矜持盡化，形迹俱融，興象風神，自爾超邁。譬則鏡花水月，體格聲調，水與鏡也；興象風神，月與花也。必水澄鏡明，然後花月宛然。」清初承傳格調派詩學的山東詩家張謙宜《絸齋詩談》卷三有一段話，體現了格調派的理論旨趣：「格如屋之有間架，欲其高竦端正；調如樂之有曲，欲其圓亮清粹，和平流麗。句欲煉如熟絲，方可上機；字欲琢如嵌寶器皿，其珠玉珊翠之屬，恰與款竅相當。機所以運字句，氣所以貫格調。若神之一字，不離四者，亦不滯於四者。發於不自覺，成於經營布置外，但可養不可求，可會其妙，不可言其所以然。讀詩而偶遇之，當時存胸中，咏哦以竟其趣，久久自悟已。」

（二）相比體格、聲調，蒼老和波瀾是詩家達到很高造詣的成熟的境界。蒼老通常指色澤，蒼老的趣味起於宋代詩人對「老境」的推崇，到清初我們可以在陳祚明《采菽堂古詩選》裏清楚地看到他對此的熱衷。波瀾雖見於杜詩「波瀾獨老成」，也與老境有關，但成爲詩學的重要概念似乎比較晚，詩家使用時取義也不盡相同。黄宗羲《靳熊封詩序》云：「百年之中，詩凡三變。有北地、歷下之唐，以聲調爲鼓吹；有公安、竟陵之唐，以淺率幽深爲秘籍；有虞山之唐，以排比爲波瀾。雖各有所得，而欲使天下之精神聚之於一途，是使作僞百出，止留其膚受耳。」此以排比爲波瀾，有可能是受到八股文法的影響。《内篇上》設喻譏諷那些拘泥於法的人，説「吾將出雲而爲天地之文矣。先之以某雲，繼之以某雲；以某雲爲起，以某雲爲伏；以某雲爲照應，爲波瀾，以某雲爲逆入，以某雲爲空翻，以某雲爲開，以某雲爲闔，以某雲爲掉尾」，所舉諸法也都是八股文法的術語。

【評】

作詩以體格、聲調爲先，評詩以蒼老、波瀾爲尚，格調派的家數不外於此。但這在葉燮看來祇是表面的、皮毛的東西，并未觸及詩歌内在的本質。於是下文他一一用比喻來説明，爲什麽説它們是文是皮，非質非骨。其實從胡應麟論「詩之大要」在體格聲調和興象風神兩端，就可知格調派晚境已不僅囿於體格、聲調言詩，而漸趨於風神、興象并重。清初懲於格調派流弊的詩家，欲擺脱其牢籠，多由體格、聲調向興象風神轉移。如陳祚明「主風神而次氣骨，主婉暢而次宏壯」（周容《春酒堂詩話》），王士禛「直取性情，歸之神韻」（盛符升《十種唐詩選序》），都是格調派詩論核心概念的轉移。而葉燮論詩則完全脱離了由體格、聲調、興象、風神這類意味着藝術效果的基本範疇所構架起來的詩學體系，回到表達什麽、如何表達這一所有藝術問題的原點上來。由此可以説，《原詩》的理論品格其實是詩歌美學，而不是一般的詩歌批評或詩歌修辭學著作，它關注和思考的都是詩學最基本的原理問題。

三之二　言乎體格：　譬之於造器，體是其製，格是其形也。將造是器，得般、倕運斤〔一〕，公輸揮削〔二〕，器成而肖形合製，無毫髮遺憾，體格則至美矣。乃按其質，則枯木朽株也，可以爲美乎？此必不然者矣。夫枯木朽株之質，般輸必且束手，而器亦烏能成？然則欲般輸之得展其技，必先具有木蘭、文杏之材也〔三〕，而器之體格方有所托以見也。

【注】

〔一〕般：　亦作「班」，春秋時魯國巧匠魯班。曾發明多種木作工具，爲營造工匠、木匠尊奉爲祖師。　倕：　共工，傳説爲上古時代的巧匠。　斤：　斧子。

〔二〕公輸：即公輸般。亦作公輸班。傳爲春秋時魯國人，又稱魯班。

〔三〕木蘭：亦名杜蘭、林蘭，落葉小喬木，狀如楠樹，木質似柏而微疏，古以作舟。任昉《述異記》卷下：「木蘭洲，在潯陽江中，多木蘭樹。昔吴王闔閭植木蘭於此，用構宫殿也。七里洲中，有魯般刻木蘭爲舟，舟至今在洲中。詩家云木蘭舟，出於此。」文杏：杏樹的一種，木有文采，號爲良材。

【評】

就體格而言，它相當於器物的結構和造形。無論多好的結構、造型，没有優良的材質，任何良工巧匠也無法製作像樣的成品。這就是説，體格衹有依托於一定的内容，纔顯示出它的意義。這是很簡單的道理，但由此可以理解格調派對「格調」的理解。聯繫下文論聲調來看，「格調」就是「體格」與「聲調」的總和。而「體格」又分爲體和格兩個層面：體是體製，即内在的規定性和藝術表現的總體要求，就像器物的結構，它是由用途和功能決定的；格是章句，即通過特定的語法和修辭構成的文本特徵，好比器物的造型，取決於作者的趣味、才能和習慣。自明代以來，「格調」雖爲詩家常談，但夙無清晰的界定，何謂格調，何謂格，何謂調，在論者筆下差異很大。由葉燮這段文字，我們大致可以厘清「格調」涵義的層次。即便遇到某些詩論家，格、調的具體所指都不同，也可以用這一理論模式去分析其異同。

三之三　言乎聲調：　聲則宫商叶韻〔一〕，調則高下得宜，而中乎律吕〔二〕，鏗鏘乎聽聞也。〔一〕請以今時俗樂之度曲者譬之：　度曲者之聲調，先研精於平仄陰陽。　其吐音也，分唇鼻齒腭、開閉撮抵諸法〔三〕，而曼以笙簫〔四〕，嚴以鼙鼓〔五〕，節以頭、腰、截板〔六〕，所争在渺忽之間〔七〕，其於聲調可謂至矣。　然必須其人之發於喉、吐於口之音以爲之質，〔二〕然後其聲繞梁〔八〕，其調遏雲〔九〕，乃爲美也。　使其發於喉者啞然〔一〇〕，出於口者颯然〔一一〕，高之則如蟬〔一二〕，抑之則如蚓〔一三〕，吞吐如振車之鐸〔一四〕，收納如鳴窌之牛〔一五〕，而按其律吕則於平仄陰陽、唇鼻齒腭、開閉撮抵諸法，毫無一爽，曲終而無幾微愧色。　其聲調是也，而聲調之所麗焉以爲傳者則非也〔一六〕，則徒恃聲調以爲美，可乎？

【注】

〔一〕叶韻：　押韻。　叶，讀若協。　宋人不明古今語音演變的道理，凡今讀不押韻，就認爲在古時改讀爲合韻的音，稱叶韻，有吴才老者倡其説。　明焦竑、陳第即指其謬，清儒考核古書用韻之例，力駁其説之妄。

〔二〕中乎律吕：　聲調和諧，有音樂的美感。　律吕，古代校正樂律的器具，用竹管或金屬管製成，共十二管，以管之長短來確定音之高低。　從低音管算起，奇數六管稱律，偶數六管稱吕，合名律吕。　後用以指樂律或音律。

〔三〕唇：唇音。鼻：鼻音。齒：齒音。腭：舌頭音。開：開口音。閉：閉口音。撮：撮口音。抵：以齒抵腭，舌頭音。

〔四〕曼以笙簫：以笙、簫奏柔曼的旋律。

〔五〕嚴以鼙鼓：以小鼓和大鼓奏出肅殺的音樂。鼙鼓，戰爭時軍隊用的小鼓。

〔六〕頭、腰、截板：王驥德《曲律·論板眼第十一》：「蓋凡曲，句有長短，字有多寡，調有緊慢，一視板以爲節制，故謂之板眼。初啓聲即下者爲實板，又曰劈頭板（遇緊調，隨字即下；細調亦俟聲出，徐徐而下）；字半下者爲掣板，亦曰枵板（蓋腰板之誤）；聲盡而下者爲截板，亦曰底板。」

〔七〕渺忽：微妙。安磐《頤山詩話》：「思入乎渺忽，神恍乎有無，情極乎真到，才盡乎形聲，工奪乎造化者，詩之妙也。試以杜詩言之：『子規夜啼山竹裂，王母晝下雲旗翻』，非入於渺忽乎？『織女機絲虛夜月，石鯨鱗甲動秋風』，非恍忽有無乎？『艱難苦恨繁霜鬢，潦倒新停濁酒杯』，非極其真到乎？『五更鼓角聲悲壯，三峽星河影動摇』，非極其形聲乎？『白摧朽骨龍虎死，黑入太陰雷雨垂』，非工奪造化乎？」

〔八〕繞梁：《列子·湯問》：秦青顧謂其友曰：「昔韓娥東之齊，匱糧，過雍門，鬻歌假食。既去而餘音繞梁欐，三日不絕。」

〔九〕遏雲：《列子·湯問》：「薛譚學謳於秦青，未窮青之技，自謂盡之，遂辭歸。秦青弗止，餞行於郊衢，撫節悲歌，聲振林木，響遏行雲。薛譚乃謝求反，終身不敢言歸。」

〔一〇〕啞然：低沉不清楚。

〔一一〕颯然：虛弱無力。

〔一二〕高之則如蟬：放開嗓音如蟬噪般聒耳。

〔一三〕抑之則如蚓：壓低嗓音則聽不到。

〔一四〕吞吐如振車之鐸：呼吸換氣時氣息不齊，像馬車顛簸產生的零亂的鈴聲。鐸，催動車馬的鈴。

〔一五〕收納如鳴窌之牛：收聲時控制氣息不好，喉間有顫音，如同牛在地窖中鳴叫。窌，音義均同窖。《管子·地員》曰：「凡聽宫，如牛鳴窌中。」

〔一六〕麗：附麗，附着。《易·離》彖辭：「離，麗也。日月麗乎天，百穀草木麗乎土。」王弼注：「麗，猶著也。」

【箋】

（一）李東陽《麓堂詩話》：「今之歌詩者，其聲調有輕重、清濁、長短、高下、緩急之異，聽之者不問而知其爲吳爲越也。漢以上古詩弗論，所謂律者，非獨字數之同，而凡聲之平仄，亦無不同也。然其調之爲唐爲宋爲元者，亦較然明甚。此何故耶？大匠能與人以規矩，不能使人巧。律者，規矩之謂，而其爲調則有巧存焉。苟非心領神會，自有所得，雖日提耳而教之無益也。」由此可知，律指近體詩的平仄格律，「調」則指四聲搭配形成的和諧韻律。律是固定的，而調則千變萬化，各個時代都有自己的特點。對「調」的揣摩也就是探求字音輕重、清濁、抑揚與音樂美的關係。在近體格律定型之前，詩家以「若前有浮聲，則後須切響」(《宋書·謝靈運傳論》)的原則安排字的清濁、陰陽，以求一片宫商；迨初唐近體格律定型後，詩家就在平仄格式的基礎上研練四聲、清濁的配合，追求更細膩的完美境界。這就是殷璠《河嶽英靈集》序説的「詞有剛柔，調有高下，但令詞與調合，首末相稱，中間不敗，便是知音」。李東陽對律、調的辨析，表明格調派對「調」的理解正是秉承唐人而來的，是古典詩學在聲律問題上一個源遠流長的傳統觀念。

(二) 這裏强調聲調和韻律都依賴於演唱者的發音纔能實現其美感，雖然他舉的負面例子都是演唱者音質的問題，但這裏的「質」却不是指音質，而是説人聲是聲調之文所附麗的質，與上文體格與木質的比喻關係是一樣的。

【評】

這一節論聲調也分出兩層含義，聲是平仄四聲押韻之屬，調則是四聲搭配和諧的韻律感，合起來就是格調派所謂「調」的全部内涵了。但在葉燮看來這顯然還不够，他説聲調必須通過好的歌喉演唱出來，即必須依附於好的音色和音質纔能實現其聽覺效果。這當然是比喻的説法：體格以意爲質，聲調豈能以人的嗓音爲質？他其實是要强調，聲調自身不具有獨立的意義，與體格一樣都必須附麗於詩歌要表達的内容。在這個問題上，他的見識似乎不如王夫之。王夫之很重視「聲情」即聲音的表情功能，將聲音的表情作用視爲詩歌的本質屬性之一，我想多數詩人會贊同王夫之的看法。

三之四　以言乎蒼老：凡物必由穉而壯，漸至於蒼且老，各有其候，非一於蒼老也。且蒼老必因乎其質，非凡物可以蒼老概也。即如植物，必松柏而後可言蒼老。松柏之爲物，不必盡干霄百尺〔一〕，即尋丈楹檻間，其鱗鬣夭矯，具有凌雲磐石之姿。此蒼老所由然也。苟無松柏之勁質，而百卉凡材，彼蒼老何所憑藉以見乎？必不然矣。

【注】

〔一〕干霄：沖霄。干，本義爲冒犯，此謂高觸雲霄。

【評】

當時詩家無不重蒼老，即便是跳出格調派的窠臼，以風神取代氣骨的陳祚明，蒼老仍是貫穿《采菽堂古詩選》評語的主導趣味。而葉燮却認爲，蒼老其實衹適用於某些事物乃至事物的某個階段，并非凡事皆可言蒼老。就拿植物來説，唯有松柏可言蒼老，這不是説樹齡有多久，樹形有多高。哪怕是院子裏小小的一株，其樹皮與姿態也莫不有一種滄桑感。至於這種蒼老的感覺源自何處，葉燮没有給出答案，但他的意思很清楚：蒼老衹是詩歌趣味的一種，没有必要將它普泛化，要求所有的詩歌都具有蒼老的品格。這無疑是很通達的見解。格調派的摹仿所以導致虚假和陳陳相因，就因爲不能擺脱預設風格的拘執，爲了所謂格調而寧可犧牲主體的性情和客體的個性化姿態。於是千人一面、千篇一律，縱然有蒼老之美，一見再見，也令人生厭。

三之五 又如波瀾之義，風與水相遭成文而見者也。大之則江湖，小之則池沼，微風鼓動而爲波爲瀾，此天地間自然之文也。〔一〕然必水之質空虚明净，坎止流行〔二〕，而後波瀾生焉，方美觀耳。若污萊之豬〔三〕，溷厠之溝瀆〔四〕，遇風而動，其波瀾亦猶是也，但揚其穢，曾是云美乎？然則波瀾非能自爲美也，有江湖池沼之水以爲之地〔五〕，而後波瀾爲美也。

【注】

〔一〕坎止流行：遇窪地而止，順着水流則行。此處指水的停止流動。見《内篇下》「一之七」注〔一二〕。

〔二〕污萊之豬：亂草叢生的水窪。萊，荒地。《詩·小雅·楚茨》小序：「田萊多荒。」孔穎達疏：「田廢生草謂之萊。」豬，音猪，水積聚之處。

〔三〕溷厠：猪圈和厠所。

〔四〕地：質地，引申爲基礎、依據。

【箋】

（一）楊載《詩法家數》論七言古詩云："七言古詩，要鋪叙，要有開合，有風度，要迢遞險怪，雄俊鏗鏘，忌庸俗軟腐。須是波瀾開合，如江海之波，一波未平，一波復起。又如兵家之陣，方以爲正，又復爲奇，方以爲奇，忽復是正。出入變化，不可紀極。備此法者，惟李、杜也。"這大體上就是詩家通常説的波瀾之意。

【評】

這一節論波瀾，又用了一個生動的比喻：波瀾衹有生於美麗的江湖池沼、明浄的水面，纔有可觀，波瀾不能自爲之美。這意味着，詩文的波瀾必托基於有内涵的好作品，纔能産生良好的藝術效果，否則徒添怪異而已。葉燮其實没有涉及波瀾本身的定義和説明，衹論説波瀾如何實現。這與其説是詩學，還不如説是美學。在葉燮看來，那些老生常談的問題根本就不值得討論，他更關心的是這些概念背後的原理問題。這正是他不同於一般詩論家的地方。《原詩》的書名直譯成現代漢語，正該是"詩學原理"。

三之六　由是言之，之數者皆必有質焉以爲之先者也。彼詩家之體格、聲調、蒼老、波瀾，爲規則，爲能事，固然矣。然必其人具有詩之性情、詩之才調、詩之胸懷、詩之見解以爲其質，如賦形之有骨焉，而以諸法傳而出之〔一〕，猶素之受繪〔二〕，有所受之地，而後可一一增加焉。故體格、聲調、蒼老、波瀾，不可謂爲文也，有待於質焉，則不得不謂之文也；不可謂爲皮之相也，有待於骨焉，則不得不謂之皮相也〔三〕。吾故告善學詩者，必先從事於格物，而以識充其才，則質具而骨立；而以諸家之論優游以文之，則無不得而免於皮相之譏矣。

【注】

〔一〕傳：同附，依附。

〔二〕素之受繪：《論語·八佾》：「子曰：『繪事後素。』」朱熹《集注》：「繪事，繪畫之事也；後素，後於素也。《考工記》曰：『繪畫之事後素功。』謂先以粉地爲質，而後施五采，猶人有美質，然後可加文飾。」葉燮所言即本此義。

〔三〕皮相：衹看表面。相，觀察。《史記·酈生陸賈列傳》：「夫足下欲興天下之大事而成天下之大功，而以目皮相，恐失天下之能士。」

【評】

經過這番剖析，葉燮成功地解構了時論所重的體格、聲調、蒼老、波瀾四個概念的絶對性。這四者雖不能説不重要，但絶不是詩歌的根本所在。它們都是依附於質而存在的文，一如依賴於畫布的彩繪。那麽，什麽纔是詩歌的質呢，本節揭示了謎底，那就是詩的性情、詩的才調、詩的胸懷、詩的見解。四者側重於抒情主體的自我表現，因而與前文論作家資質的才、膽、識、力略有不同。就其本意而言，詩的性情等概念與體格、聲調、蒼老、波瀾的關係，并不等同於傳統意義上的文質關係，但既然將性情等視爲質和骨，體格、聲調和蒼老、波瀾就祇好看作文和皮相了。

四之一　《虞書》稱「詩言志」〔一〕，志也者，訓詁爲「心之所之」〔二〕。在釋氏，所謂「種子」也〔三〕。志之發端，雖有高卑、大小、遠近之不同，然有是志，而以我所云才、識、膽、力四語充之，則其仰觀俯察〔四〕，遇物觸景之會，勃然而興，旁見側出〔五〕，才氣心思，溢於筆墨之外。志高則其言潔，志大則其辭弘，志遠則其旨永。如是者其詩必傳，正不必斤斤争工拙於一字一句之間。乃俗儒欲炫其長以鳴於世，於片語隻字，輒攻瑕索疵，指爲何出，稍不勝則又援前人以證。不知讀古人書，欲著作以垂後世，貴得古人大意，片語隻字稍不合，無害也。（一）必欲求其瑕疵，則古今惟吾夫子可免。（二）《孟子》七篇〔六〕，欲加之辭，豈無微有可議者？孟子引《詩》、《書》，字句恒有錯誤〔七〕，豈爲子輿氏病乎？（三）詩聖推杜甫，(四)若索其瑕疵而文致之(八)，政自不少，終何損乎杜詩！(五)俗儒于杜則不敢難，(六)若今人爲之，則喧呶不休矣。今偶録杜句，請正之俗儒，然乎？否乎？如：「自是秦樓壓鄭谷」，俗儒必曰：秦樓與鄭谷不相屬，「壓鄭谷」何出？(七)「愚公谷口村」，必曰：愚公，谷也，從無村字，押韻杜撰。(八)「參軍舊紫髯」，必曰：止有髯參軍，紫髯另是一人，杜撰牽合。(九)「河隴降王款聖朝」，必曰：降則款矣，款則降矣，字眼重出，湊句。(一〇)「王綱尚旒綴」，必曰：「綴旒」倒用，何出？(一一)「不聞夏殷衰，中自誅褒妲」，必曰：褒、妲是殷、周，與夏無涉；遺却周，錯誤甚。(一二)「前軍蘇武節，左將呂虔刀」，必曰：蘇武前軍乎？呂虔左將乎？(一三)「第五橋邊流恨水，皇陂亭北結愁亭」，必曰：恨水、愁亭何出？牽橋、陂，尤杜撰。(一四)「蘇武看羊陷賊庭」，必曰：改牧作「看」，又「賊庭」，俱錯。(一五)「但訝鹿皮翁，忘機對芳草」，必曰：鹿皮翁「對芳草」事，何出？(一六)「舊諳疏懶叔」，必曰：懶是嵇康，牽阮家不上。(一七)「囚梁亦固扃」，必曰：「固扃」押韻，何出？(一八)「歷下辭姜被，關西得孟鄰」，必曰：姜被、孟鄰豈歷下、關西事耶？(一九)「處士禰衡俊」，必曰：禰衡稱俊，何出？(二〇)「斬木火井窮猿呼」，必曰：斬木一事，火井一事，窮猿呼一事，硬牽合。(二一)「片雲天共遠，永夜月同孤。落日心猶壯，秋風病欲蘇」，必曰：言片雲，言天，言永夜，言月，言落日，言秋風，二十字中重見疊出，無法之甚。（二二）「永負蒿里餞」，必曰：蒿里餞何出？（二三）「不見杏壇丈」，必曰：函丈耶？可單用丈字耶？抑指稱孔子耶？（二四）「侍祠恧先露」，必曰：「恧先露」不成文，費解。（二五）「涇渭開愁容」，必曰：涇渭亦有愁容耶？（二六）「氣劘屈賈壘，目短曹劉墻」，必曰：屈賈壘、曹劉墻，何出？（二七）「管寧紗帽凈」，必曰：改「皂」爲「紗」，取叶平仄，杜撰。（二八）「潘生驂閣遠」，必曰：散騎省曰「驂閣」，有出否？（二九）「豺遘哀登楚」，必曰：王粲《七哀詩》「豺虎方遘患」。登荊州樓五字，何異「蛙翻白出闊」耶？（三〇）「楚星南天黑，蜀月西霧重」，必曰：楚星、蜀月、西霧何出？（三一）「孔子釋氏親抱送」，必曰：杜撰，俗極。（三二）「傾銀注玉驚人眼」，必曰：銀瓶耶？玉碗耶？杜撰，不成文，且俗。（三三）「郭振起通泉」，必曰：郭元振去「元」字，何據？（三四）「嚴家聚德星」，必曰：簡嚴遂州，以「聚德星」屬嚴家，則一部《千家姓》家家可聚德星矣。（三五）「把文驚小陸」，必曰：小陸何人耶？若指陸雲，何出？（三六）「師伯集所使」，必曰：據注，雨師、風伯也，杜撰極。（三七）「先儒曾抱麟」，必曰：即泣麟耶？「抱」字何出？（三八）「修文將管輅」，必曰：修文非管輅事。（三九）「莫徭射雁鳴桑弓」，必曰：「桑弧」曰「桑弓」，有出否？（四〇）「悠悠伏枕左書空」，必曰：「左」字何解？（四一）「只同燕石能星隕」，必曰：隕石也，稱「燕石」，何出？（四二）「涼憶峴山巔」，必曰：峴山之涼，有出乎？（四三）「名參漢望苑」，必曰：博望苑去「博」字，何出？（四四）「馮招疾病纏」，必曰：左思詩「馮公豈不偉，白首不見招」，曰「馮招」可乎？以疾病屬馮，尤無謂。（四五）「韋經亞相傳」，必曰：韋玄成稱亞相，有出否？（四六）「舌存恥作窮途哭」，必曰：不是一事，牽合。（四七）「投閣爲劉歆」，必曰：劉歆子棻事，借叶韻可乎？（四八）「嫌疑陸賈裝」，必曰：馬援薏苡嫌疑，陸賈裝有何嫌疑乎？（四九）「穀貴没潛夫」，必曰：王符以穀貴没乎？（五〇）以上偶録杜句，余代俗儒一一爲之評駁。其他若此者甚多，亦何累乎杜哉？今有人，其詩能一一無是累，而通體庸俗淺薄，無一善，亦安用有此詩哉？故不觀其高者、大者、遠者，動摘字句，刻畫評駁，（五一）將使從事風雅者，惟謹守老生常談爲不刊之律（九），但求免於過斯足矣，使人展卷有何意味乎？而俗儒又恐其説之不足以勝也，於是遁於考訂證據之學，驕人以所不知而矜其博。此乃學究所爲耳，千古作者心胸，豈容有此等銖兩瑣屑哉？司馬遷作《史記》，往往改竄六經文句，後世無有非之者，以其所就者大也。（五二）然余爲此言，非教人杜撰也。如杜此等句，本無可疵；今人惑於盲瞽之説，而以杜之所爲無害者，反嚴以繩人，於是

詩亡，而詩才亦且亡矣。余故論而明之。詩之工拙，必不在是，可無惑之。（五三）

【注】

〔一〕《虞書》：《尚書》組成部分，其中唐堯、虞舜、夏禹之事繫於《虞書》。

〔二〕志也者二句：志，《說文》：「意也。从心，之聲。」《書·舜典》：「詩言志。」《論語·爲政》：「吾十有五而志於學。」皇侃《疏》：「志者，在心之謂也。」朱熹《集注》：「心之所之謂之志。」

〔三〕種子：佛教所用的一個著名比喻，最早見於《雜阿含經》，後成爲大乘唯識學的重要術語之一。據《成唯識論》卷二説，於阿賴耶識中，能同時生起七轉諸法現行之果，又具有令自類的種子前後相續不斷的功能；即能生一切有漏、無漏、有爲等諸法的功能者，都稱爲種子。一如植物的種子，具有生發一切現象的可能性。種子藏於阿賴耶識中，前者（種子）爲因、作用，後者（阿賴耶識）爲果、本體。種子自身并不是一個客體，而純粹是一種精神作用。葉燮這裏藉以喻志，意謂志是關乎詩歌發生的最本原的概念。

〔四〕仰觀俯察：《易·繫辭上》：「仰以觀於天文，俯以察於地理，是故知幽明之故。」《文心雕龍·原道》：「仰觀吐曜，俯察含章，高卑定位，故兩儀既生矣，惟人參之，性靈所鍾，是爲三才。」

〔五〕旁見側出：蘇軾《書吴道子畫後》：「吴道子畫人物，如以燈取影，逆來順往，旁見側出。」袁枚《隨園詩話》卷七：「其妙處總在旁見側出，吸取題神，不是此詩，恰是此詩。」

〔六〕《孟子》：孟子，名軻，字子輿，鄒人。受業於子思之門人，述唐虞三代之德，是以所如者不合，退而與萬章之徒序《詩》《書》，述仲尼之意，作《孟子》七篇。事載《史記·孟子荀卿列傳》。

〔七〕孟子二句：《孟子》引《詩》、《書》，多與今傳本不同，蓋古書傳本之異如此，前人亦多有論之。葉燮遽謂之錯誤，未免如孟子所謂「盡信書不如無書」矣。

〔八〕文致：玩弄法律條文，加人以罪名。《後漢書·陳寵傳》：「解妖惡之禁，除文致之請。」李賢注：「文致，謂前人無罪，文飾致於法中也。」

〔九〕不刊：不可改易。杜預《春秋左氏傳序》：「左丘明受經於仲尼，以爲經者不刊之書也。」刊，削。古以簡牘書寫，有誤則削除重寫。

【箋】

〔一〕梁章鉅《退庵隨筆》：「杜詩無體不佳，論者謂絶句稍讓太白。然後學却不必如此分別，但須學其字字有來歷，即其蕪詞累句，讀之亦皆有益。猶憶少時，聞先資政公言：『讀杜詩，須當一部小經書讀之。』此語似未經人道過。顧亭林亦謂『經書後，有幾部書可以治天下，《前漢書》其一，杜詩其一也。』」

〔二〕梁章鉅《退庵隨筆》：「李、杜、韓、蘇詩中，亦不免有疵詞累句，不但無損其爲名家，且并有與古人暗合者。即如《三百篇》中，有敷衍句，如『無已太康，亦已太甚』，太即已也。此與《書》之『不遑暇食』，《左傳》之『尚猶有臭』相同。有湊泊句，如『既伯既禱』、『匪載匪來』、『爰始爰謀』、『如沸如羹』，第三字皆湊成。有複疊句，其相連者，如『不我以，不我以』，『人涉卬否，人涉卬否』。相間者，如《君子于役》二章，各複一『君子于役』；《采苓》三章，各複一『人之爲言』；《雲漢》卒章，複下『瞻卬昊天』。其複二字者，在句首，如『言告師氏，言告言歸』；在句中，如『以望楚矣，望楚與堂』；在句末，如『奉時辰牡，辰牡孔碩』，『胡不相畏，不畏於天』，『戎車嘽嘽，嘽嘽焞焞』，『其德克明，克明克類』，皆取成句調，別無深義也。」

（三）《孟子》引《詩》之例，如嚴虞惇《讀詩質疑》卷首一五指出：「『以按徂旅，以篤於周祜』，《孟子》引《詩》云：『以遏徂莒，以篤周祜。』」《孟子》引《書》之例，宋王觀國《學林》卷一「《書》篇」已條舉之，謂：「以上《孟子》所引《書》，趙岐注皆曰：『《尚書》逸篇也。』觀國按：《孟子》所引《書》，今《書》皆有之。是亦伏生書所無，而科斗書有之。趙岐亦未見科斗書爾。當西漢時，周之遺風未遠，以揚雄之博學名儒，於科斗書且不能究，況於後世屢歷兵火，識古文者愈少，古文道幾熄矣。」明陳第《尚書疏衍》卷一「引《書》證」列舉先秦典籍引古文《尚書》之例，有關《孟子》者有：孟子引《書》曰「洚水警予」，又「祗載見瞽瞍，夔夔齊栗，瞽瞍亦允若」，皆《大禹謨》文也；孟子引《書》曰「葛伯仇餉」，又「湯一征，自葛始，天下信之。東面而征西夷怨，南面而征北狄怨」，又「徯我後，後來其蘇」，皆《仲虺》之誥文也；孟子引《伊訓》曰「天誅造攻自牧宮，朕載自亳」，又「若藥不瞑眩，厥疾不瘳」，皆《説命》文也；孟子引《書》曰「天降下民，作之君，作之師，惟曰其助，上帝寵之。四方有罪無罪，惟我在天下，曷敢有越厥志」，孟子引《泰誓》曰「天視自我民視，天聽自我民聽」，又「我武惟揚，侵于之疆，則取于殘，殺伐用張，于湯有光」，皆《泰誓》文也；孟子引《書》曰「不顯哉文王謨，丕承哉武王烈，佑啓我後人，咸以正無缺」，皆《君牙》文也。閻若璩《古文尚書疏證》卷一第十四以古文《尚書》引《孟子》之文，論定其僞：「《書》有今文古文，此自西漢時始然，孟子時固無有也。無有則同一百篇而已矣，何孟子引今文《書》，由今校之，辭既相符，義亦吻合；及其引古文《書》，若《泰誓上》、《泰誓中》、《武成》，辭既不同，而句讀隨異，義亦不同，而甚至違反？試爲道破，真有令人失笑者焉。孟子引今文者六：『時日害喪』二句，『若保赤子，舜流共工於幽州』五句，『二十有八載』五句，『殺越人于貨』三句，『享多儀』四句。『惟竄三苗』，『竄』作『殺』；『罔不譈上』，有『凡民』二字，然許氏《説文》引《周書》正作『凡民罔不憝』，亦可證非孟子自增之也。至『天降下民』爲書辭，玩其文義，似應至『武王耻之』止，今截至『曷一二三四五六敢有越厥志』，趙岐讀『其助上帝寵之』爲句，『四方』字屬下；今以『寵之四方』爲句。『有罪無罪』下，削去『惟我在』三字，以『予』字代天下，是《書》原指民言，今竟指君言矣。『有攸不爲臣』一段，截去首句，『東征』上增『肆予』二字；『綏厥士女』下復出『惟其士女，紹我周王見休』一句，變作『昭我周王，天休震動』二句，其不同至如此，然猶可言也。若義理之抵牾，叙議之錯雜，則未有如前所論『王曰無畏』一節者也。豈孟子逆知百餘年後，《書》分今文、古文，而於古文時多所改竄？抑孟子當日引《書》原未嘗改竄，故今以真書校之祇覺其合，而晚作僞《書》者，必須多方改竄，以與己一類，而遂不顧後有以《孟子》校者之不合耶？此又一大破綻也。」

（四）詩聖之名起自何人，不太清楚，但秦觀《韓愈論》將杜甫擬爲集大成的「聖之時者」，應已含詩聖之義。後人推杜甫爲詩聖，皆本此。黄子雲《野鴻詩的》：「孔子兼堯、舜、禹、湯、文、武、周公而成聖者也；杜陵兼《風》《騷》、漢魏、六朝而成詩聖者也。」

（五）錢澄之《陳二如杜意序》論杜詩，以爲「其奇在氣力絶人，而不在乎區區詞義之間也」。「如以辭而已，集中有句澀而意盡者，有調苦而韻湊者，有使事錯誤者，有出詞鄙俚者，有失粘者，有失韻者，有複韻者，其弊至多。唯是其氣力渾淪磅礴，足以籠罩一切，遂使人不敢細議其弊。宋人奉之太過，謂其弊處正佳，從而效之；又爲穿鑿注解之，以諱其弊，其去詩意愈遠」（《田間文集》卷一三）。沈德潛《説詩晬語》卷下：「杜詩別於諸家，在包絡一切。其時露敗缺處，正是無所不有處。評釋家必代爲辭説，或周遮徵引以斡旋之；甚有以時文法解説杜詩，斷斷於提伏串插間者。浣花翁有知，定應齒冷。」蔣士銓《杜詩詳注集成序》：「或指杜詩疵累以爲口實。昔賢修身立言，大段自不可及，其他字句之病，正不足道。如朱子闡明聖賢義理，道統賴以不墜。若偶有考訂疏悮，日月之食，人皆見之。西河毛氏嫚罵詆毀，幾同仇敵，試返身自省，區區一知半解，誠何足爲世道人心之繫？説杜詩者猶是焉。」（《忠雅堂集校箋》文集卷二）

（六）許學夷《詩源辯體》卷一九云：「唐人詩惟杜甫最難學，而亦最難選。子美律詩，五言多晦語、僻語，七言多稚語、累語，今例以子美之詩而不敢議，又或於晦、僻、稚、累者反多録之，則詩道之大厄也。」趙執信《談龍録》亦云：「阮翁酷不喜少陵，特不敢顯攻之，每舉楊大年『村夫子』之目以語客。」

（七）「自是秦樓壓鄭谷」，《鄭駙馬宅宴洞中》句。

（八）「愚公谷口村」，《贈比部蕭郎中十兄》句。原作「愚公野谷村」。

（九）「參軍舊紫髯」，《送張二十參軍赴蜀州因呈楊五侍御》句。

（一〇）「河隴降王款聖朝」，《贈田九判官》句。

（一一）「王綱尚旒綴」，《送樊二十三侍御返漢中判官》句。

（一二）「不聞夏殷衰，中自誅褒妲」，《北征》句。惠洪《冷齋夜話》卷二：「老杜《北征》詩曰：『唯昔艱難初，事與前世別。不聞夏商衰，中自誅褒妲。』意者明皇覽夏、商之敗，畏天悔過，賜妃子死也。而劉禹錫《馬嵬》詩曰：『官軍誅佞幸，天子舍夭姬。群吏伏門屏，貴人牽帝衣。』白樂天《長恨》詞曰：『六軍不發爭奈何，宛轉蛾眉馬前死。』乃是官軍迫使殺妃子，歌咏祿山叛逆耳。孰謂劉、白能詩哉！其去老杜何啻九牛毛耶？《北征》詩識君臣之大體，忠義之氣與秋色爭高，可貴也。」葛立方《韻語陽秋》卷一九曰：「老杜《北征》詩云：『憶昔狼狽初，事與古先別』，『不聞夏商衰，中自誅褒妲』。其意謂明皇英斷，自誅妃子，與夏、商之誅褒、妲不同。老杜此語，出於愛君，而曲文其過，非至公之論也。」

（一三）「前軍蘇武節，左將呂虔刀」，《喜聞官軍已臨賊寇二十韻》句。

（一四）「第五橋邊流恨水，皇陂亭北結愁亭」，《題鄭十八著作虔》句。

（一五）「蘇武看羊陷賊庭」，《題鄭十八著作虔》句。

（一六）「但訝鹿皮翁，忘機對芳草」，《遣興三首》其三句。

（一七）「舊諳疏懶叔」，《佐還山後寄三首》其一句。

（一八）「囚梁亦固扃」，《秦州見敕目薛三璩授司議郎畢四曜除監察與二子有故遠喜遷官兼述索居凡三十韻》句。

（一九）「歷下辭姜被，關西得孟鄰」，《贈張十二山人彪三十韻》句。

（二〇）「處士禰衡俊」，《寄李十二白二十韻》句。

（二一）「斬木火井窮猿呼」，《入奏行》句。

（二二）「片雲天共遠，永夜月同孤。落日心猶壯，秋風病欲蘇」，《江漢》句。

（二三）「永負蒿里餞」，《故秘書少監武功蘇公源明》句。

（二四）「不見杏壇丈」，《故著作郎貶台州司户滎陽鄭公虔》句。

（二五）「侍祠恧先露」，《往在》句。

（二六）「涇渭開愁容」，《往在》句。

（二七）「氣劘屈賈壘，目短曹劉墻」，《壯游》句。

（二八）「管寧紗帽浄」，《秋日夔府咏懷奉寄鄭監審李賓客之芳一百韻》句。

（二九）「潘生驂閣遠」，《寄劉峽州伯華使君四十韻》句。

（三〇）「豺遘哀登楚」，《夔府書懷四十韻》句。「蛙翻白出闊」，出自元懷《拊掌録》：「哲宗朝，宗子有好爲詩而鄙俚可笑者，嘗作《即事》詩，云：『日暖看三織，風高鬥兩廂。蛙翻白出闊，蚓死紫之長。潑聽琵梧鳳，饅抛接建章。歸來屋裏坐，打殺又何妨。』或問詩意，答曰：『始見三蜘蛛織網於檐間，又見二雀鬥於兩廂，廊有死蛙翻腹似出字，死蚓如之字。方吃潑飯，聞鄰家琵琶作《鳳栖梧》；食饅頭未畢，閽人報建安章秀才上謁，迎客既歸，見内門上畫鍾馗擊小鬼，故云打死又何妨。』哲宗嘗灼艾，諸内侍欲娱

上，或舉其詩，上笑不已，竟不灼艾而罷。」（陶宗儀《說郛》卷三四下）

（三一）「楚星南天黑，蜀月西霧重」，《晚登瀼上堂》句。

（三二）「孔子釋氏親抱送」，《徐卿二子歌》句。

（三三）「傾銀注玉驚人眼」，《少年行二首》其一句。

（三四）「郭振起通泉」，《陳拾遺故宅》句。

（三五）「嚴家聚德星」，《行次鹽亭縣聊題四韻奉簡嚴遂州蓬州兩使君諮議諸昆季》句。

（三六）「把文驚小陸」，《答鄭十七郎一絶》句。

（三七）「師伯集所使」，《種萵苣》句。

（三八）「先儒曾抱麟」，《敬寄族弟唐十八使君》句。

（三九）「修文將管輅」，《哭李尚書》句。

（四〇）「莫徭射雁鳴桑弓」，《歲晏行》句。

（四一）「悠悠伏枕左書空」，《清明二首》其二句。

（四二）「只同燕石能星隕」，《酬郭十五判官》句。

（四三）「涼憶峴山巔」，《回棹》句。

（四四）「名參漢望苑」，《寄李十四員外布十四韻》句。

（四五）「馮招疾病纏」，《哭韋大夫之晉》句。

（四六）「韋經亞相傳」，《哭韋大夫之晉》句。

（四七）「舌存恥作窮途哭」，《暮秋枉裴道州手札率爾遣興寄近呈蘇涣》句。

（四八）「投閣爲劉歆」，《風疾舟中伏枕書懷三十六韻奉呈湖南親友》句。

（四九）「嫌疑陸賈裝」，《送魏二十四司直充嶺南掌選崔郎中判官兼寄韋韶州》句。

（五〇）「穀貴没潛夫」，《哭台州鄭司户蘇少監》句。《後漢書·王符傳》：「王符字節信，安定臨涇人也。少好學，有志操，與馬融、竇章、張衡、崔瑗等友善。安定俗鄙庶孽，而符無外家，爲鄉人所賤。自和、安之後，世務游宦，當塗者更相薦引。而符獨耿介不同於俗，以此遂不得升進。志意藴憤，乃隱居著書三十餘篇，以譏當時失得。不欲章顯其名，故號曰《潛夫論》。其指訐時短，討謫物情，足以觀見當時風政。（中略）符竟不仕，終於家。」

（五一）胡應麟《詩藪》内編卷五云：「杜語太拙太粗者，人所共知。然亦有太巧類初唐者，若『委波金不定，照席綺逾依』之類；亦有太纖近晚唐者，『雨荒深院菊，霜倒半池蓮』之類。」又云：「杜《題桃樹》等篇，往往不可解，然人多知之，不足誤後生。惟中有太板者，如『思家步月清宵立，憶弟看雲白日眠』之類；有太凡者，『朝罷香烟携滿袖，詩成珠玉在揮毫』之類。若以其易而學之，爲患斯大，不得不拈出也。」許學夷《詩源辯體》卷一九也曾指摘杜詩累句，并論宋人學杜之弊：「如『陸機二十作《文賦》，汝更小年能綴文』，『昔有佳人公孫氏，一舞劍器動四方』，『今我不樂思岳陽，身欲奮飛病在床』等句，未可爲法。至『天下幾人畫古松，畢宏已老韋偃少』，『聞道南行市駿馬，不限匹數軍中須』，『麟角鳳嘴世莫識，煎膠續弦奇自見」，則斷乎爲累語矣。今人於工者既不能曉，於拙者又不敢言，烏在其能讀杜也？後梅聖俞、黄魯直太半學杜累句，可謂嗜痂之癖。」他説晦、僻者不能盡摘，而於稚、累者略舉了二十幾句：「如『西望瑶池降王母』，『柴門不正逐江開』，『三顧頻煩天下計』，『風飄律吕相和切』，『不分桃花紅勝錦，生憎柳絮白於綿』，『桃花細逐楊花落，黄鳥時兼白鳥飛』，『酒債尋常行處有，人生七十古來稀』，『穿花蛺蝶深深見，點水蜻蜓款款飛』等句，皆稚語也。如『艱難苦恨繁霜鬢』，『晝漏稀聞高閣報』，『恒飢稚子色凄涼』，『志決身殲軍務勞』，『寵光蕙葉與多碧』，『太向交游萬事慵』，『總戎楚蜀應全未，方駕曹劉不啻過』，『不爲困窮寧有此，祇緣恐懼轉須親』等句，皆累語也。」入清後，柴紹炳《杜工部七言律説》，在列舉名篇後摘其累句：「其他率爾成篇，漫然屬句，自信老筆，殊慚斐然。予嘗覽而擿之，中有極鄙淺者，如『朝罷香烟携滿袖，詩成珠玉在揮毫』，『富貴必從勤苦得，男兒須讀五車書』，『揚雄更有《河東賦》，惟待吹噓送上天』之類；有極輕遬者，如『自去自來梁上燕，相親相近水中鷗』，『酒債尋常行處有，人生七十古來稀』，『此身未知歸定處，呼兒覓紙一題詩』之類；有極濡滑者，如『傳語風光共流轉，暫時相賞莫相違』，『淮海維揚一俊人，金章紫綬照青春』，『聞道雲安麯米春，纔傾一盞即醺人』之類；有極纖巧者，如『何人錯憶窮愁日，愁日愁隨一綫長』，『侵凌雪色還萱草，漏泄春光有柳條』，『老妻畫紙爲棋局，稚子敲針做釣鈎』之類；有極粗硬者，如『爲人性僻耽佳句，語不驚人死不休』，『不爲困窮寧有此，祇緣恐懼轉須親』，『在野只教心力破，於人何事網羅求』之類；有極酸腐者，如『細推物理須行樂，何用浮名絆此身』，『予見亂離不得已，子知出處必須經』，『炙背可以獻天子，食芹由來知野人』之類；有極徑露者，如『此日此時人共得，一談一笑俗相看』，『戎馬不如歸馬逸，千家今有百家存』，『出師未捷身先死，長使英雄泪滿襟』之類；有極沾滯者，如『伐竹爲橋結構同，褰裳不涉往來通』，『指麾能事回天地，訓練强兵動鬼神』，『安得務農息戰鬥，普天無吏横索錢』之類。凡此皆杜律之病，往往而是。」黄子雲《野鴻詩的》：「少陵早年所作，瑕疵亦不少。即以坊家選本而言，《題張氏隱居》云：『春山無伴獨相求。』即云無伴，何又云獨？且『伐木丁丁山更幽』句亦弱；『不貪』二語，未免客氣，又不融洽；落下二句，無聊甚矣。《早朝》云：『詩成珠玉在揮毫。』湊泊不堪；『欲知世掌絲綸美，池上於今有鳳毛。』乃應酬套語。《送張翰林南海勒碑》云：『冠冕通南極，文章落上台。詔從三殿去，碑到百蠻開。野館濃花發，春帆細雨來。不知滄海使，天遣幾時回？』『野館』二句，狀景纖細，題與詩俱不稱，又不切南海，思亦未甚出新。若『細推物理須行樂，何用浮名絆此身』，『不須聞此意惻愴，生前相遇且銜杯』，開宋人迂腐氣矣。蓋公於是時學力猶未醇。至入蜀後，方臻聖域。」汪師韓《詩學纂聞》「杜詩字句之疵」條云：「詩至少陵，謂之集大成，然不必無一字一句之可議也。讀其全集，求痕覓瑕，亦何可悉數？即如『岱宗夫如何，齊魯青未了』（《望岳》），起輕佻失體。『利涉想蟠桃』（《臨邑舍弟書至》），以臨邑近海而用蟠桃，豈非湊韻？『更尋嘉樹傳』（《冬至懷李白》），傳字搭湊。『屏開金孔雀，褥隱綉芙蓉』，又云『門闌多喜氣，女婿近乘龍』（《李監宅》），此二韻俱俗調。『道逢麯車口流涎』（《飲中八仙歌》），形容失體。『殘杯與冷炙，到處潛悲辛』（《贈韋左丞》），語涉卑瑣，與前『讀書萬卷』、『下筆有神』等句相比，誇鄙兩失。『翠柏深留景，紅梨迥得霜』（《真元皇帝廟》），深、迥二字開後人撑句陋派。『雲泥相望懸』（《送韋書記》），公與書記何至雲泥？失體。『卑枝低結子』（《何將軍山林》），卑、低疊出。『才兼鮑照愁絶倒』（《簡薛華》），絶倒説愁，要是湊韻，後人曲解不必。『同輩隨君侍君側』（《哀江頭》）同、隨、侍三字疊出，楊升庵雖爲解之，要不足法。『此輩感恩至，羸俘何足操』（《官軍臨賊境》），排律中忽兩句不對。『掖垣竹埤梧十尋』（《題省埤壁》），垣、埤雜出，或曰：垣竹埤梧，高皆十尋；或曰：掖垣傍竹埤之梧，高有十尋。要於句法皆劣。『桃花細逐楊花落，黄鳥時兼白鳥飛』（《曲江對酒》），細逐、時兼開俗派。『作尉窮谷僻』（《白水崔少府高齋》），窮、僻雜出。『我貧無乘非無足』（《逼側行》），俚率。『酒酣懶舞誰能拽，詩罷長吟不復聽』（《題鄭著作》），兩句下三字支湊成句。『第五橋頭流恨水，黄陂岸北結愁亭』（《同上》），恨水、愁亭合掌。『窮巷悄然車馬絶，案頭乾死讀書螢』（《同上》），上句悄、絶重複，下句粗派。『數金憐俊邁』（《不歸》），數金或謂當作數齡，然與對句『總角愛聰明』合掌矣；或謂數讀上聲，因首句云『河間尚征伐』，故用數錢以應河間。此二句畢竟費解。『長懷十九泉』（《秦州雜詩》其十四），仇池有泉九十九眼，删去八十。『壁色立積鐵』（《鐵堂峽》），五仄似疊韻，調啞。『文章差底病』（《赴青城縣》），或以差讀楚懈切，謂病除也。言雖有文章，差得何病乎？或以差是差錯，病如聲病，言文章之不利，差在何病乎？或又以文章何救於貧。雖各異解，要是語不分明。『一夜水高二尺强，數日不可更禁當』（《春水生》），次句粗率。『長吟野望時』，又云『排悶强裁詩』（《江亭》），一首内長吟、裁詩重複，或以照應者，非也。『寡心應是酒，遣興莫過詩』（《可惜》），開後人詩、酒對舉俗派。『蒼棱白皮十抱文』（《海棕行》），十字難解，或是訛闕。『觀者貪愁掣臂飛』(《畫角鷹》),貪、愁雜出。『身無却少壯,迹有但羈栖』(《梓州登樓》),粗率,不成句法。『依舊已銜泥』(《同上》),依舊即已也,三字疊出。『不復知天大』(《望兜率寺》),此句上下不接,或以樹密爲解,或謂佛尊於天,或謂以呼天者呼佛,要皆曲解。『金壺隱浪偏』(《陪李梓州泛江》),隱字不可解。『同舟昨夜何由得』(《送辛員外》),何由得三字率爾。『留門月復光』(《臺上得涼字》),留門不知説月説人。『久客應吾道』(《舍弟歸草堂》),詞不達意。『神翰顧不一,體變鍾兼兩』(《八哀·鄭虔》),鍾謂鍾繇、鍾會父子,顧或謂野王或作虛字,皆似支湊。『青袍白馬有何意』(《同上》),下三字牽率。『梅花欲開不自覺』(《同上》),下三字贅。『見愁汗馬西戎逼』,又云『將軍且莫破愁顔』(《諸將》),愁字重出。『歸楫生衣卧』(《寄韋有夏》),下三字不貫穿。或云楫生水衣而猶卧波,乃曲解也。『黄鶯并坐交愁濕,白鷺群飛太劇乾』(《遣悶戲呈》),并、交雜出,太劇近俚。『爆嵌魑魅泣,崩凍嵐陰昈』(《火》),爆嵌、崩凍字太造作。『被喝味空頻』(《熱》),詞不達意。『滿坐涕潺湲』,又云『伏臘涕漣漣』(《夔府咏懷》),涕重見。『叢菊兩開他日淚,孤舟一繫故園心』(《秋興》),兩開、一繫牽强。『白頭吟望苦低垂』(《同上》),望、低垂猥并。『萬古雲霄一羽毛』(《咏懷古蹟》),句紆曲而無着。『紀德名標五,初鳴度必三』(《鷄》),俗調,似類書。『問子能來宿,今疑索故要』(《期嚴明府》),下五字亦晦拙。『起居八座太夫人』(《送柏別駕》),俗調。『敢居高士差』(《柴門》),差字費解。或云敢猶豈敢,差是肩差,累矣。『一時今夕會』(《江樓夜宴》),一時、今夕重疊。『枕帶還相似,柴荆即有焉』(《移居東屯》),對句下三字湊韻。『無食無兒一婦人』(《呈吳郎》),俚句。『無數春笋滿林生』(《三絶句》),無數、滿,字重出。

『古人已用三冬足，年少今開萬卷餘』（《柏學士茅屋》），上句引古割裂，下句開、餘不貫。『富貴必從勤苦得，男兒須讀五車書』（《同上》），似村塾中語，且五車、萬卷疊出。『歡劇提携如意舞，喜多行坐白頭吟』（《舍弟赴藍田》），歡劇、喜多字嫌合掌。『發日排南喜，傷神散北吁』（《續得觀書》），南喜、北吁不成語。『經過憶鄭驛』（《舟中寄鄭審》），驛字無着。『勞生繫一物』（《回棹》），一物何所指？以上所録，皆人所共見者，然固無害於杜之大也。擬諸聖人，其亦猶周公之過，孔子之不悦於子路歟？」陳僅《竹林答問》曾從句法的角度論杜甫造句的鄙拙：「杜詩五律句法，亦有不可學者，如『詩應有神助，吾得及春游』，『春知催柳別，江與放船清』，『身無却老壯，迹有但鷄栖』，『宿雁行猶去，叢花笑不來』，『羈栖愁裏見，二十四回明』，『日兼春有暮，愁與醉無醒』等句，流弊滋多，不可不慎。至詩中有極不成句語，如『下水不勞牽』，此語與『逆風必不得張帆』何異？題云不揆鄙拙，誠然。」李洽《夜談追録》卷一記歐陽輅評杜詩云：「《哀王孫》『慎勿』一語殊湊。『吾甥李潮下筆親』，親字强押。『爲君酤酒滿眼酣』二語，不過勉强結局而已。《可嘆》篇自『王孫』以下，似夾雜不成文理。《洗兵馬》篇語多混造，音節則初唐之習，靡懦可厭。『整頓乾坤濟時了』及『後漢今周喜再昌』成何語耶？集中此等不可勝數，鶻突看過，則受古人欺矣。」又列舉「杜集中極可笑句，『石出側聽楓葉下，櫓摇背指菊花開』，『叢菊兩開他日淚』，『錦江春色來天地』，『三寸黄柑猶自青』等語，真此公累句。至『倒流三峽』、『横掃千人』尤爲醜態，工部亦偶有之，世人奉爲圭臬，可怪也」。最不可理解的是方元鯤《七律指南》，其書本以杜甫爲宗，分杜詩爲二體，以後代作者分隸之，書中竟也對杜甫頗多指斥。開卷評《諸將五首》其一「現愁汗馬西戎逼，曾閃朱旗北斗殷」云「殷字韻欠穩，此句究覺湊泊」，評其二「韓國本意築三城，擬絶天驕拔漢旌」云「漢旌不當云拔」。《咏懷古蹟》五首僅録二首，而評咏明妃「一去紫臺連朔漠，獨留青冢向黄昏」云「黄昏以虚對實，向字覺無着落。六句雖以月夜魂救轉，然終是趁韻之病」。評《蜀相》「丞相祠堂何處尋」云「起句拙直」，評《閣夜》「卧龍躍馬終黄土，人事音塵漫寂寥」云「結句意晦，且以躍馬代公孫，與卧龍連用亦未安」。評《登高》云「五六意已盡，結句未免支撑」，評《九日藍田崔氏莊》「羞將短髮還吹帽，笑倩旁人爲正冠」云「冠帽字犯複」。評《至日遣興奉寄北省舊閣老兩院故人二首》「何人錯憶窮愁日，愁日愁隨一綫長」云「結意不明晰，亦拙」。乙編卷一評《撥悶》「當令美味入吾唇」云「八句太俗」。最嚴厲的是評《咏懷古迹》「諸葛」一首：「起句獷，次句肅字湊，四句殊鶻突，亦費解，結句甚拙。」

（五二）司馬遷作《史記》，改竄六經文句，已見《史記·太史公自序》：「厥協六經異傳，整齊百家雜語。」王世貞《藝苑卮言》卷三：「太史公之文，有數端焉：帝王紀，以己釋《尚書》者也，又多引圖緯子家言，其文衍而虚；春秋諸世家，以己損益諸史者也，其文暢而雜；儀、秦、鞅、雎諸傳，以己損益《戰國策》者也，其文雄而肆；劉、項紀，信、越諸傳，志所聞也，其文宏而壯；《河渠》、《平準》諸書，志所見也，其文核而詳，婉而多風；《刺客》、《游俠》、《貨殖》諸傳，發所寄也，其文精嚴而工篤，磊落而多感慨。」趙翼《陔餘叢考》卷五：「《史記·堯紀》全取《堯典》成篇，《舜紀》用《舜典》及《孟子》，《禹紀》用《禹謨》、《禹貢》及《孟子》，其自叙謂『擇其言尤雅者』，故他書不旁及也。又如周穆王西巡見西王母之事，《周本紀》不載，而於趙造父之御見之，亦見繁簡得宜。然其中亦多有牴牾者。」章學誠《文史通義・説林》：「司馬遷襲《尚書》、《左》、《國》之文，非好同也，理勢之不得不然也；司馬遷點竄《尚書》、《左》、《國》之文，班固點竄司馬遷之文，非好異也，理勢之不得不然也。有事於此，詢人端末，豈必責其親聞見哉？張甲述所聞於李乙，豈盜襲哉？人心不同，如其面也。張甲述李乙之言，而聲容笑貌，不能盡爲李乙，豈矯異哉！」

（五三）薛雪《一瓢詩話》第三十則轉述葉燮這段論述，云：「張表臣駁老杜『軒墀曾寵鶴』，小杜『欲把一麾江海去』，以爲誤用懿公好鶴與顔延年詩意。殊不知二公非死煞用事者，其好處正是此種。昔吾師横山先生亦惡此等咬文嚼字，因摘取杜少陵似有可議而實無可議之句，戲代俗子評駁，摹寫妄人口吻，句句酷肖，令人捧腹。恨不能悉記，聊述數語，以共欣賞。」

【評】

性情、才調、胸懷、見解畢竟是後起的概念，於是葉燮重新回到最古老的詩學命題「詩言志」，并與前文闡述的才、膽、識、力相照應，再次强調詩歌的本質所在。立足於此，他又對俗儒不究根本，而斤斤於一字一句論工拙，提出了批評。鑒於晚明以來詩家對杜詩拙詞累句的指摘，葉燮也仿其手眼，代爲舉例，以諷刺俗儒的吹求。不過他舉的例子，倒是歪打正着，并非像他所説的「如杜此等句，本無可疵」，其中有些字句還是明顯有毛病、經不起推敲的，甚至比他人所舉的拙詞累句更有值得非議的理由。王世貞《藝苑卮言》卷四說「太白不成語者少，老杜不成語者多」，本是符合事實的，但隨後又各打二十大板，說「凡看二公詩，不必病其累句，不必曲爲之護。正使瑕瑜不掩，亦是大家」，這對太白是明顯不公平的。太白興至神王之際，雖也難免有不加檢束、泥沙俱下的情形，但集中衹有率爾所成、意思重複的句子，寫得拙劣不成語的句子却極爲罕見。其實，回顧李白、杜甫的接受史，李白固然没有像杜甫那樣受到無上的贊譽，却也很少受到批評，除了王安石說「詩詞十句九句言婦人酒」（《冷齋夜話》卷五）一點，他從人品到藝術都很少爲人非議。反而杜甫自明代中葉以來，無論其人品、德性還是詩歌藝術都遭到非常嚴厲的批評。臺灣學者簡恩定《清初杜詩學研究》一書，曾從「誕於言志」、「風雅罪人」、「開以文爲詩之風」、「傷於太盡」四個方面列舉清初詩家對杜甫的非議，還可以補充的一點是，清初詩評家開始集中地對杜詩的語言提出批評，并對後人産生一定影響。葉燮這段議論正是對當時非杜風氣的一個回應。由此也可以看出，歷來對杜詩的評價決不是衆口一詞、没有異議的。在杜詩的經典化過程中，其實不斷有人從道德品質、人格境界、諸體工拙、拙詞累句等不同層面對杜甫的「詩聖」地位提出質疑，衹不過這些懷疑的聲音多被尊杜的强勢話語所壓抑，未能形成强勁的輿論。

五之一　**杜句之無害者，俗儒反嚴以繩人，必且曰：「在杜則可，在他人則不可。」**（一）

斯言也，固大戾乎詩人之旨者也。夫立德與立言〔一〕，事異而理同。立德者曰：「舜何人也，予何人也，有爲者亦若是。」〔二〕乃以詩立言者，則自視與杜截然爲二，何爲者哉？將以杜爲不可學邪？置其嬍之可而不能學〔三〕，因置其瑕之不可而不敢學，僅自居於調停之中道〔四〕，其志已陋，其才已卑，爲風雅中無是無非之鄉愿〔五〕，可哀也。將以杜爲不足學耶？則以可者僅許杜而不願學，而以不可者聽之於杜而如不屑學，爲風雅中無知無識之冥頑〔六〕，益可哀已！然則「在杜則可，在他人則不可」之言，捨此兩端，無有是處。是其人既不能反而得之於心，而妄以古人爲可不可之論，不亦大過乎〔七〕？·〔二〕

【注】

〔一〕立德與立言：《左傳·襄公二十四年》穆叔答范宣子問不朽之説，曰：「太上有立德，其次有立功，其次有立言，雖久不廢。此之謂不朽。」孔穎達《正義》：「太上，謂上聖之人也。（中略）老、莊、荀、孟、管、晏、孫、吴之徒，制作子書，（中略）皆是立言者也。」

〔二〕舜何人也三句：出《孟子·滕文公上》：「孟子曰：『夫道一而已矣。』成覵謂齊景公曰：『彼丈夫也，我丈夫也，吾何畏彼哉！』顔淵曰：『舜何人也，予何人也，有爲者亦若是。』」此即人人皆可爲堯、舜之意。

〔三〕嬍：同美，美好。

〔四〕中道：不偏不倚的折衷態度，儒家和佛家都有中道之説。《孟子·盡心下》：「孔子豈不欲中道哉？」趙岐注：「中道，中正之道也。」《大智度論》卷四三：「常是一邊，斷滅是一邊，離是二邊行中道，是爲般若波羅蜜。」

〔五〕鄉愿：無原則之人。《論語·陽貨》：「鄉原，德之賊也。」《孟子·盡心下》：「萬章曰：『一鄉皆稱原人焉，無所往而不爲原人，孔子以爲德之賊，何哉？』曰：『非之無舉也，刺之無刺也，同乎流俗，合乎污世，居之似忠信，行之似廉潔，衆皆悦之，自以爲是，而不可與入堯、舜之道，故曰德之賊也。』」

〔六〕冥頑：愚蠢固陋之人。

〔七〕大過：太甚。

【箋】

〔一〕這種説法本自《孔子家語》卷二魯人語：「柳下惠則可，吾固不可。」始於宋人，後來很常見。孫奕《履齋示兒編》卷九「偏枯對」條：「詩貴於的對，而病於偏枯。雖子美尚有此病。如《重遇何氏》曰：『手自栽蒲柳，家纔足稻粱。』（中略）此以一草木對二草木也。《贈崔評事》曰：『燕王買駿骨，渭老得熊羆。』（中略）此以一鳥獸對二鳥獸也。（中略）大手筆如老杜則可，然未免爲白圭之玷，恐後學不可效尤。」范晞文《對床夜語》卷二：「老杜詩『兩邊山木合，終日子規啼』，以『終日』對『兩邊』；『不知雲雨散，虚費短長吟』，以『短長』對『雲雨』；『桑麻深雨露，燕雀半生成』，以『生成』對『雨露』；『風物悲游子，登臨憶侍郎』，以『登臨』對『風物』。句意適然，不覺其爲偏枯，然終非法也。柳下惠則可，吾則不可。」方回《瀛奎律髓》卷一〇評杜甫《曲江二首》其一：「詩三用花字，在老杜則可，在他人則不可。」紀昀曰：「西子捧心，不得謂之非病。老杜則可之説，猶是壓於盛名。」胡應麟《詩藪》内編卷五：「杜七言律，通篇太拙者，『聞道雲安麴米春』之類；太粗者，『堂前撲棗任西鄰』之類；太易者，『清江一曲抱村流』之類；太險者，『城尖徑仄旌旆愁』之類。杜則可，學杜則不可。」俞弁《逸老堂詩話》卷上：「古人服善，往往推尊於前輩。如杜少陵：『不見高人王右丞，藍田丘壑蔓寒藤。』『復憶襄陽孟浩然，清詩句句盡堪傳。』高適則云：『美名人不及，佳句法如何？』岑參則云：『謝朓每篇堪諷咏。』如李太白過黄鶴樓則云：『眼前有景道不得，崔顥題詩在上頭。』又云：『令人却憶謝玄暉。』韓退之云：『李杜文章在，光焰萬丈長。』又云：『少陵無人謫仙死，才薄將奈石鼓何？』宋韓維詩云：『自愧效陶無好語，敢煩凌杜發新章？』古人如此推讓，今人操觚未能成章，輒闊視前古爲無物。近見《咏月詩》，有『李白無多讓，陶潛亦浪傳』之句，是何語邪？可謂狂瞽甚矣！或有駁余曰：杜老有『氣劘屈賈壘，目短曹劉墻』，又云『賦料揚雄敵，詩看子建親』，亦高自稱許。予曰『在老杜則可，餘則不可』。」吴雷發《説詩菅蒯》：「詩之屬對，固在工確。然間有自然成對處，雖字句稍借，正不害其爲佳。今人於一二字輒多嗤點，縱非忌刻，亦是識見不廣。試觀老杜句，如：『晚涼看洗馬，森木亂鳴蟬』，『紫鱗沖岸躍，蒼隼護巢歸』，『且食雙魚美，誰看異味重』，『華館春風起，高城烟霧開』，『漢使徒空到，神農竟不知』，『霧樹行相引，蓮峰望或開』，『城郭終何事，風塵豈駐顔』，『天上多鴻雁，人間足鯉魚』，『蛟龍得雲雨，雕鶚在秋天』，『已知出郭少塵事，更有澄江銷客愁』，『慣看賓客兒童喜，得食階除鳥雀馴』，『扁舟繫纜沙邊久，南國浮雲水上多』，『老去詩篇渾漫興，春來花鳥莫深愁』，『宛馬總肥秦苜蓿，將軍只數漢嫖姚』，『林花著雨胭脂濕，水荇牽風翠帶長』，『棋局動隨幽澗竹，袈裟憶上泛湖船』，『籬邊老却陶潛菊，江上徒逢袁紹杯』，『正憐日破浪花出，更復春從沙際歸』，以今人論之，必以爲欠工確矣。然於老杜則忽之，於後人則必刻求。如謂老杜則可，後人則不可，將厚責後人耶？是薄待老杜矣；抑姑置老杜耶？是薄待後人矣。第在作詩者，不可藉口以自恕耳。」

（二）然而這種議論後人終究難以杜絶，即便是葉燮的學生薛雪也曾在《一瓢詩話》中説：「王荆公好將前人詩竄點字句爲己詩，亦有竟勝前人原作者。在荆公則可，吾輩則不可。」

【評】

没有一個作家是完美無缺的，即便是大家也總有不可避免的毛病，就看我們怎麽看待他們。前人每舉出杜甫詩中或粗率、或纖細、或不成語的例子，説在杜則可，他人則不可，這在葉燮看來是没志氣的表現。人在道德修養上能做到當仁不讓，爲什麽在詩歌上就不敢與前人較勁呢？這正是「膽」的問題。

六之一 「作詩者，在抒寫性情。」（一）此語夫人能知之，夫人能言之，而未盡夫人能然之者矣。作詩，有性情必有面目。此不但未盡夫人能然之，并未盡夫人能知之而言之者也。〔一〕如杜甫之詩，隨舉其一篇，篇舉其一句，無處不可見其憂國愛君，憫時傷亂，遭顛沛而不苟，處窮約而不濫〔二〕，崎嶇兵戈盜賊之地，而以山川景物、友朋杯酒，抒憤陶情，此杜甫之面目也。〔三〕我一讀之，甫之面目躍然於前。讀其詩一日，一日與之對；讀其詩終身，日日與之對也。故可慕可樂而可敬也。舉韓愈之一篇一句，無處不可見其骨相稜嶒〔二〕，俯視一切，進則不能容於朝，退又不肯獨善於野，疾惡甚嚴，愛才若渴，此韓愈之面目也。〔四〕舉蘇軾之一篇一句，無處不可見其凌空如天馬，游戲如飛仙，風流儒雅，無入不得，好善而樂與，嬉笑怒罵，四時之氣皆備，此蘇軾之面目也。〔五〕此外諸大家，雖所就各有差別，而面目無不於詩見之。〔六〕其中有全見者，有半見者。如陶潛、李白之詩，皆全見面目。王維五言則面目見，七言則面目不見。此外面目可見不可見，分數多寡，各各不同，然未有全不可見者。讀古人詩，以此推之，無不得也。〔七〕余嘗於近代一二聞人，展其詩卷，自始至終，亦未嘗不工；乃讀之數過，卒未能睹其面目何若，竊不敢謂作者如是也。〔八〕

【注】

〔一〕處窮約而不濫：《論語·衛靈公》：「君子固窮，小人窮斯濫矣。」

〔二〕稜嶒：本指山勢高峻，這裏指氣質卓越不群。

【箋】

（一）嚴羽《滄浪詩話·詩辯》：「詩者，吟咏情性也。」尤侗《曹培德詩序》：「詩之至者，在乎道性情，性情所至，風格立焉，聲調出焉。」（《西堂雜俎》三集卷四）

（二）比如楊維楨《李仲虞詩序》説：「删後求詩者尚家數。家數之大，無止乎杜。宗杜者，要隨其人之資所得爾；資之拙者，又隨其師之所傳得之爾。詩得於師，固不若得於資之爲優也。詩者，人之情性也，人各有情性，則人各有詩也。得於師者，其得爲吾自家之詩哉？」（《東維子集》卷七）就從師承的角度指出因宗法前人而喪失自家面目的情形。

（三）孟棨《本事詩·高逸第三》：「杜所贈（李白）二十韻，備叙其事。讀其文，盡得其故蹟。杜逢禄山之難，流離隴蜀，畢陳於詩，推見至隱，殆無遺事，故當時號爲『詩史』。」蘇軾《王定國詩集叙》：「古今詩人衆矣，而子美獨爲首者，豈非以其流落飢寒，終身不用，而一飯未嘗忘君也歟？」（《東坡全集》卷三四）

（四）韓愈《岳陽樓别竇司直》有句云：「歡窮悲心生，婉孌不能忘。念昔始讀書，志欲干霸王。屠龍破千金，爲藝亦云亢。愛才不擇行，觸事得讒謗。」（《韓昌黎詩繫年集釋》卷三）又《進學解》：「少始知學，勇於敢爲：長通於方，左右具宜。先生之於爲人，可謂成矣。然而公不見信於人，私不見助於友，跋前躓後，動輒得咎。暫爲御史，遂竄南夷；三年博士，冗不見治。命與仇謀，取敗幾時。冬暖而兒號寒，年豐而妻啼飢。頭童齒豁，竟死何裨！不知慮此，而反教人爲？」陸時雍《詩鏡總論》：「讀柳子厚詩，知其人無與偶。讀韓昌黎詩，知其世莫能容。」方世泰《輟鍛録》：「韓退之、吕温詩，不必論其時世，究其言行，一望而知其爲熱中躁進、好事敢爲之人也，其不可掩如此。」

（五）薛雪《一瓢詩話》第五十五則發揮此意：「横山先生説詩，推杜浣花、韓昌黎、蘇眉山爲三家鼎立。余謂杜浣花一舉一動，無不是忠君愛國、憫時傷亂之心，雖友朋杯酒間，未嘗一刻忘之。顛沛不苟，窮約不濫，以稷契自期，公豈妄矜哉？韓昌黎學力正大，俯視群蒙，匡君之心，一飯不忘，救時之念，一刻不懈，惟是疾惡太嚴，進不獲用，而愛才若渴，退不獨善，嘗謂直接孔孟薪傳，信不誣也。蘇眉山天才俊逸，瀟灑風流，嬉笑怒駡，皆成文章，又因其學力宏贍，無入不得，幸有權臣與之齟齬，成就眉山到老。其長詩差可追隨二公，餘則不在語言文字間與之銖寸較量也。」

（六）龔自珍《書湯海秋詩集後》：「詩與人爲一，人外無詩，詩外無人，其面目也完。」朱庭珍《筱園詩話》卷二：「如蘇、黄二公，可謂一朝大家，前無古人，後無來者也。半山、歐公、放翁，亦皆一代作手，自有面目，不傍前賢籬下，雖遜東坡、山谷兩家一格，亦卓然在名大家之列。」

（七）沈德潛《説詩晬語》卷下：「性情面目，人人各具。讀太白詩，如見其脱屣千乘；讀少陵詩，如見其憂國傷時。其世不我容，愛才若渴者，昌黎之詩也；其嬉笑怒駡，風流儒雅者，東坡之詩也。即下而賈島、李洞輩，拈其一章一句，無不有賈島、李洞者存。倘詞可饋貧，工同鞶帨，而性情面目，隱而不見，何以使尚友古人者讀其書想見其爲人乎？」

（八）吴喬《圍爐詩話》卷三：「讀唐人之詩集，則可以知其人之性情、學問、境遇、志趣、年齒。如《韻語陽秋》之評太白者，可以見太白詩從心出故也。讀明人詩集，了無所見，以作者仿唐人皮毛，學之者又仿其皮毛，略無自心故也。夫唐無二盛，盛唐亦無多人，而自弘、嘉以來，百千萬人，百千萬篇，莫非盛唐。豈人才獨盛於明，瑶草同於竹麻蒀葦乎？此何難知，逐臭者不知耳。」

【評】

雖説詩的風貌與作者的性情有關，但從人的性情到詩中文字，畢竟還有很長一段距離，必須才、膽、識、力四者具備，方能形神逼肖地表現自我。這在葉燮心目中是很高的境界，衹有極少數詩家能企及。就連王維這樣的大詩人，也衹有部分體裁能見面目。後來方世泰似乎也有類似的看法，所以乾脆就放棄了人、詩一致的要求，退而求其次，惟詩歌風格、自我形象之鮮明性是論，所謂「能令百世而下，讀其詩可想其人，無論其詩之發於誠與僞，而其詩已足觀矣」（《輟鍛録》）。這自然是很世故的態度，但又何嘗不是很實際的要求呢？下文我們將看到，葉燮還堅持着「文如其人」的傳統信念，但這種信念自古以來就不斷遭到質疑。説到底，在很多情況下，作者的表達是無從判斷其真僞的。在更早的古代，甚至作者的爲人都是由作品告訴我們的。如果我們天真地即以作品論人，在邏輯上便會陷於循環論證，當然是靠不住的。

七之一　杜甫之詩，獨冠今古。此外上下千餘年，作者代有，惟韓愈、蘇軾，其才力能與甫抗衡，鼎立爲三。（一）韓詩無一字猶人，如太華削成〔一〕，不可攀躋。若俗儒論之，摘其杜撰，十且五六，輒摇唇鼓舌矣〔二〕。（二）蘇詩包羅萬象〔三〕，鄙諺小説，無不可用。譬之銅鐵鉛錫，一經其陶鑄，皆成精金〔四〕。庸夫俗子安能窺其涯涘！（三）并有未見蘇詩一斑，公然肆其譏彈，亦可哀也。韓詩用舊事而間以己意易以新字者，（四）蘇詩常一句中用兩事三事者，非騁博也，力大故無所不舉。（五）然此皆本於杜，細覽杜詩，知非韓、蘇創爲之也。（六）必謂一句止許用一事者，此井底之蛙，未見韓、蘇，并未見杜者也。且一句止用一事，如七律一句，上四字與下三字總現成寫此一事，亦非謂不可；若定律如此，是記事册，非自我作詩也。詩而曰作，須有我之神明在内，如用兵然：孫、吴〔五〕成法（七），懦夫守之不變，其能長勝者寡矣；驅市人而戰，出奇制勝，未嘗不愈於教習之師。（八）故以我之神明役字句，以我所役之字句使事，知此方許讀韓、蘇之詩。不然，直使古人之事，雖形體眉目悉具，直如芻狗〔六〕，略無生氣，何足取也？（九）

【注】

〔一〕太華：西岳華山。

〔二〕搖唇鼓舌：《莊子·盜跖》：「不耕而食，不織而衣，搖唇鼓舌，擅生是非。」

〔三〕包羅萬象：《黄帝宅經》卷上：「所以包羅萬象，舉一千從。」

〔四〕精金：精煉的銅合金。《後漢書·鮮卑傳》：「精金良鐵，皆爲賊有。」梁簡文帝《鏡象詩》：「精金宛成器，懸鏡在高堂。」後代亦指純金。王陽明《傳習録》卷上：「聖人之所以爲聖，只是其心純乎天理，而無人欲之雜，猶精金之所以爲精，但以其成色足而無銅鉛之雜也。」

〔五〕孫、吴：孫武、吴起。孫武，字長卿，春秋齊國人，曾以《兵法》見吴王闔閭，後率吴軍大破楚軍。《漢志》載《吴孫子兵法》八十二篇。吴起，戰國衛國人，善用兵，曾在楚國變法，失敗被殺。《漢志》有《吴起》四十八篇。後世每與孫武并稱孫、吴。

〔六〕芻狗：古代祭祀時用草扎成的狗。《老子》：「天地不仁，以萬物爲芻狗；聖人不仁，以百姓爲芻狗。」《莊子·天運》：「芻狗之未陳也，盛以篋衍，巾以文綉，尸祝齋戒以將之。及其已陳也，行者踐其首脊，蘇者取而爨之而已。」此喻前人用剩的陳腐素材。

【箋】

〔一〕劉獻廷《廣陽詩集》七古《葉星期以詩稿見惠步昌黎韻酬贈》云「杜陵昌黎君所愛，眉山之外皆除芟」，沈德潛《分干詩鈔序》云「予少從横山先生學詩，先生以杜、韓、蘇三家指授」。這自然是葉燮依據「力」的大小所得出的評價，若他人所舉則殊有不同。胡應麟《詩藪》則云：「古今專門大家，得三人焉。陳思之古，拾遺之律，翰林之絶，皆天授非人力也。」《御選唐宋詩醇》卷四引此言，并案：「要是確論，至所云唐五言絶多法齊梁，體製自別，此則氣骨甚高，神韻甚穆，過齊梁遠矣。」牟願相《小澥草堂雜論詩》則説：「詩自《三百篇》後，有三大宗：曹子建、陶淵明、杜子美也。」

（二）袁枚《隨園詩話》卷三：「宋人好附會名重之人，稱韓文杜詩，無一字没來歷。不知此二人之所以獨絶千古者，轉妙在没來歷。元微之稱少陵云：『憐渠直道當時事，不著心源傍古人。』昌黎云：『惟古於詞必己出，降而不能乃剽賊。』今就二人所用之典，證二人生平所讀之書，頗不爲多，班班可考；亦從不自注此句出何書，用何典。昌黎尤好生造字句，正難其自我作古，吐詞爲經。他人學之，便覺不妥耳。」施補華《峴傭説詩》：「韓、孟聯句，字字生造，爲古來所未有，學者不可不窮其變。」

（三）周紫芝《竹坡詩話》述蘇東坡言曰：「街談市語，皆可入詩，但要人熔化耳。」邵長蘅《注蘇例言》：「詩家援據該博，使事奧衍，少陵之後，僅見東坡。蓋其學富而才大，自經史四庫，旁及山經地志、釋典道藏、方言小説，以至嬉笑怒駡、里媪竈婦之常談，一入詩中，遂成典故。」邊連寶《病餘長語》卷一二：「坡公天才卓犖，無施不可，故凡佛經、道藏、巷議街談、方言土語、小説稗官、一經點化，無不奇趣横生，厭心極目。然於風雅正則未免有累，殊不可爲訓也。」劉熙載《藝概・詩概》：「無一意一事不可入詩吟哦，唐則子美，宋則蘇、黄。要其胸中具有爐錘，不是金銀銅鐵强令混合也。」今按：陳師道《後山詩話》云：「熙寧初，有人自常調上書，迎合宰相意，遂丞御史。蘇長公戲之曰：『有甚意頭求富貴，没些巴鼻使奸邪。』有甚意頭、没些巴鼻，皆俗語也。」這是蘇詩用鄙諺的例子。又云：「昔之黠者，滑稽以玩世。曰彭祖八百歲而死，其婦哭之慟。其鄰里共解之曰：『人生八十不可得，而翁八百矣，尚何尤！』婦謝曰：『汝輩自不諭爾，八百死矣，九百猶在也。』世以痴爲九百，謂其精神不足也。又曰，令新視事而不習吏道，召胥魁問之，魁具道笞十至五十，及折杖數。令遽止之曰：『我解矣，笞六十爲杖十四邪？』魁笑曰：『五十尚可，六十猶痴邪！』長公取爲偶對，曰：『九百不死，六十猶痴。』」趙翼《甌北詩話》卷五：「坡在惠州，白鶴觀新居將成，詩云：『佐卿恐是歸來鶴，次律寧非過去僧。』《游羅浮和子過》詩云：『汝當奴隸蔡少霞，我亦季孟山玄卿。』按：唐明皇射沙苑，偶中一鶴，帶箭飛去。後明皇幸蜀，偶憩一寺，壁有挂箭，即御箭也。僧云：『昔有徐佐卿者留此箭，俟箭主來還之。』乃知鶴即佐卿所化也。蔡少霞夢入仙都，書《蒼龍溪新宫銘》，其文乃紫陽真人山玄卿所撰，見薛用弱《集異記》。房次律悟前身爲智永禪師，亦見柳子厚《龍城録》。皆唐人小説也。想坡公遭遷謫後，意緒無聊，借此等稗官脞説遣悶，不覺闌入用之，而不知已爲後人開一方便法門矣。」這是蘇詩用小説的例子。惠洪《冷齋夜話》卷一：「詩人多用方言，南人謂象牙爲白暗，犀爲黑暗，故老杜詩曰：『黑暗通蠻貨。』又謂睡美爲黑甜，謂飲酒爲軟飽，故東坡詩曰：『三杯軟飽罷，一枕黑甜餘。』」這是蘇詩用方言的例子。

（四）何焯《義門讀書記》卷二「昌黎集・陸渾山火」評引劉石齡云：「《易・説卦》『離爲火』，『其於人也爲大腹』，故以『頳胸垤腹』擬諸形容；又形幢、紫纛、日轂、霞車、虹靷、豹韃、電光、頳目等字，亦從『爲日』、『爲電』、『爲甲胄』、『爲兵戈』句化出，造語必有依據也。」方東樹《昭昧詹言》卷一：「以新意清詞易陳言熟意，爲明遠、退之最嚴。政如顔公變右軍書，爲古今一大界限。所謂詞必己出，不隨人作計。」

（五）胡震亨《唐音癸籤》卷四：「詩家使事，必仍其事之本字，其常也。然亦不盡然，如老杜『玉衣晨自舉，鐵馬汗常趨』，非用昭陵石馬汗出事乎？却更爲鐵馬。『但使閭閻還揖讓，敢論松竹久荒蕪』，非用陶潛『三徑就荒，松菊猶存』語乎？却更爲松竹。但細讀全篇，覺仍之不穩，必更之纔合者，則頰上三毛之謂也。於此參究，可悟使事活法。」此即杜詩用事易新字之例。如上文所舉「斬木火井窮猿呼，必曰斬木一事，火井一事，窮猿呼一事，硬牽合」；「舌存耻作窮途哭，必曰不是一事，牽合」，即杜詩一句并用數事之例。

（六）王世懋《藝圃擷餘》：「談藝者有謂七言律一句不可兩入故事，一篇中不可重犯故事。此病犯者故少，能拈出亦見精嚴。然我以爲皆非妙悟也。作詩到神情傳處，隨分自佳，下得不覺痕迹，縱使一句兩入，兩句重犯，亦自無傷。如太白《峨眉山月歌》，四句入地名者五，然古今目爲絶唱，殊不厭重。蜂腰、鶴膝、雙聲、疊韻，休文三尺法也，古今犯者不少，寧盡被汰邪？」

（七）借兵法喻詩是古典詩學傳統的言説方式。詩文的謀篇布局、遣詞造句，與運兵布陣頗爲相似，因此古人很早就用兵法來喻説詩文創作。杜牧《答莊充書》云：「凡爲文以意爲主，氣爲輔，以辭彩章句爲之兵衛。未有主强盛而輔不飄逸者、兵衛不華赫而莊整者。四者高下圓折，步驟隨主所指，如鳥隨鳳，魚隨龍，師衆隨湯武，騰天潛泉，横裂天下，無不如意。」（《樊川文集》卷一〇）宋代陳善《捫虱新語》卷五云：「桓温見《八陣圖》，曰：『此常山蛇勢也，擊其首則尾應，擊其尾則首應，擊其中則首尾皆應。』予謂此非特兵法，亦文章法也。文章亦要婉轉回復，首尾相應，乃爲盡善。山谷論詩文亦云：『每作一篇，先立大意，長篇須曲折三致意乃成章耳。』此亦常山蛇勢也。」楊萬里《答盧誼伯書》云：「作文如治兵，擇械不如擇卒，擇卒不如擇將爾。械鍛矣，授之羸卒，則如無械爾。卒精矣，授之妄校尉，則如無卒。千人之軍，其裨將二，其大將一；萬人之軍，其大將一，其裨將十。善用兵者，以一令十，以十令萬，是故萬人一人也。雖然，猶有陣焉。今則不然，亂次以濟，陣乎？驅市人而戰之，卒乎？十羊九牧，將乎？以此當筆陣之勍敵，不敗奚歸焉？」（《楊萬里詩文集》卷六六）嚴羽《滄浪詩話・詩法》云：「少陵詩法如孫、吴，太白詩法如李廣。」元代楊載《詩法家數》云：「又如兵家之陣，方以爲正，又復爲奇，方以爲奇，忽復是正。出入變化，不可紀極。備此法者，惟李、杜也。」吴萊云：「作文如用兵，有正有奇。正者文之法，奇者不爲法縛。千變萬化，坐作擊刺，一時俱起者也。及止部還伍，則肅然未常亂。」（方以智《文章薪火》引）明代王世懋《藝圃擷餘》云：「每一題到，茫然思不相屬，幾謂無措。沉思久之，如瓴水去窒，亂絲抽緒，種種縱横坌集，却於此時要下剪裁手段，寧割愛，勿貪多。又如數萬健兒，人各自爲一營，非得大將軍方略，不能整頓攝服，使一軍無嘩，若爾朱榮處貼葛榮百萬衆。求之詩家，誰當爲比？」清代陳僅《竹林答問》云：「大凡作詩，無執筆尋詩之理。一題入手，先掃心地，一片光明，必使萬邪悉屏，然後從容定意，意定而後謀局，局定則思過半矣。於是從首至尾，一路結構，慘淡經營，迨全詩在胸，下筆迅寫。脱稿後字句未愜，乃有推敲塗改一番工夫。譬之大將領十萬師，先觀其令嚴夜寂，有聞無聲，便知是將才。次則定謀，次則遣將。至營陣既列，變化在手，不待接仗而決其必勝矣。苟胸無全詩而字字苦吟，律詩且不可，况古體乎？」喬億《劍溪説詩》以古代武將及兵法比擬李、杜家數，則又爲一格。

（八）《吕氏春秋·仲秋紀》：「世有言曰：『驅市人而戰之，可以勝人之厚禄教卒；老弱罷民，可以勝人之精士練材；離散係紥，可以勝人之行陣整齊；鋤櫌白梃，可以勝人之長銚利兵。』此不通乎兵者之論。」《史記·淮陰侯列傳》：「諸將效首虜，畢賀，因問信曰：『兵法右倍山陵，前左水澤，今者將軍令臣等反背水陳，曰破趙會食，臣等不服。然竟以勝，此何術也？』信曰：『此在兵法，顧諸君不察耳。兵法不曰陷之死地而後生，置之亡地而後存？且信非得素拊循士大夫也，此所謂驅市人而戰之。其勢非置之死地，使人人自爲戰；今予之生地，皆走，寧尚可得而用之乎！』諸將皆服曰：『善。非臣所及也。』」明李騰芳《文字法三十五則》：「歐公《醉翁亭記》『峰迴路轉，有亭翼然立於泉上者，醉翁亭也』，一『翼』字，將亭之情、亭之景、亭之形象俱寫出，如在目前，可謂妙絶矣。此等不可勝言。大約古人用字如將用兵，無不以一當百。尋常字面從他手中出來，便大奇絶。如韓信驅市人而戰，凡市人皆精兵也。」（《李文莊公全集》卷九《山居雜著》）謝榛《四溟詩話》卷二：「李靖曰，正而無奇，則守將也；奇而無正，則鬥將也。奇正皆得，國之輔也。譬諸詩，發言平易而循乎繩墨，法之正也；發言雋偉而不拘乎繩墨，法之奇也。平易而不執泥，雋偉而不險怪，此奇正參伍之法也。白樂天正而不奇，李長吉奇而不正，奇正參伍，李、杜是也。」

（九）方世泰《輟鍛録》：「作詩不能不用故實，眼前情事，有必須古事襯托而始出者。然用事之法最難，或側見，或反引，或暗用，吸精取液，於本事恰合，令讀者一見了然，是爲食古而化。若本無用意處，徒取經史字面，鋪張滿紙，是侏儒自醜其短，而固高冠巍屐，緑衣紅裳，其惡狀愈可憎也。」

【評】

這一節從用事的角度説明，大作家才力大，故能熔鑄古今，包容萬有，没有不可驅遣的素材。杜甫是開闢這種境界的第一人，後來韓愈、蘇軾詩的種種變態，其實都本自杜甫。這裏論韓愈，衹舉出杜撰新語或用舊事而易新字兩點，顧嗣立《寒廳詩話》還指出：「韓昌黎詩句句有來歷，而能務去陳言者，全在於反用。如《醉贈張秘書》詩，本用嵇紹鶴立鷄群語，偏云『張籍學古淡，軒鶴避鷄群』；《縣齋有懷》詩，本用向平婚嫁畢事，偏云『如今便可爾，何用畢婚嫁？』《送文暢》詩，本用老杜『每愁夜中自足蝎』句，偏云『照壁喜見蝎』；《薦士》詩，本用《漢書》『强弩之末不能入魯縞』，偏云『强箭射魯縞』；《嶽廟》詩，本用謝靈運『猿鳴誠知曙』句，偏云『猿鳴鐘動不知曙』。此等不可枚舉。學詩者解得此秘，則臭腐化爲神奇矣。」這同樣是務去陳言的一種方式。最後，葉燮借韓信故事，以兵法喻詩理，説明作詩用事，既無成法可拘守，也不必拘守成法，要學人「以我之神明役字句，以我所役之字句使事」。這個道理很簡單，倒是借兵法喻詩的説法值得注意，這也體現了古典詩學類比式喻説的話語特徵。

八之一　詩是心聲，不可違心而出，亦不能違心而出。功名之士，決不能爲泉石澹泊之音〔一〕；輕浮之子，必不能爲敦龐大雅之響〔二〕。〔一〕故陶潛多素心之語，〔二〕李白有遺世之句，（三）杜甫興「廣厦萬間」之願，（四）蘇軾師「四海弟昆」之言。（五）凡如此類，皆應聲而出。其心如日月，其詩如日月之光。隨其光之所至，即日月見焉。故每詩以人見，人又以詩見。（六）使其人其心不然，勉强造作，而爲欺人欺世之語，能欺一人一時，決不能欺天下後世。究之閲其全帙，其陋必呈。其人既陋，其氣必苶，安能振其辭乎？故不取諸中心而浮慕著作，必無是理也。（七）

【注】

〔一〕泉石：山水，代指山林隱逸之志。《梁書·徐摛傳》：「（朱异）遂承間白高祖曰：『摛年老，又愛泉石，意在一郡，以自怡養。』」

〔二〕敦龐：即敦庬，淳厚博大。《左傳·成公十六年》：「民生敦庬，和同以聽。」杜預注：「敦，厚也；庬，大也。」王充《論衡·自紀》：「没華虚之文，存敦庬之樸。」

【箋】

〔一〕江盈科《雪濤詩評》云：「詩本性情。若係真詩，則一讀其詩而其人性情入眼便見。大都其詩瀟灑者，其人必䢜快；其詩莊重者，其人必敦厚；其詩飄逸者，其人必風流；其詩流麗者，其人必疏爽；其詩枯瘠者，其人必寒澀；其詩豐腴者，其人必華贍；其詩凄怨者，其人必拂鬱；其詩悲壯者，其人必磊落；其詩不羈者，其人必豪宕；其詩峻潔者，其人必清修；其詩森整者，其人必謹嚴。譬如桃梅李杏，望其華便知其樹。」薛雪《一瓢詩話》襲之曰：「悒快人詩必瀟灑，敦厚人詩必莊重，倜儻人詩必飄逸，疏爽人詩必流麗，寒澀人詩必枯瘠，豐腴人詩必華贍，拂鬱人詩必凄怨，磊落人詩必悲壯，豪邁人詩必不羈，清修人詩必峻潔，謹敕人詩必嚴整，猥鄙人詩必委靡。此天之所賦，氣之所禀，非學之所至也。」

（二）素心，心地純樸。顔延之《陶徵士誄》：「弱不好弄，長實素心。」陶淵明《移居》：「聞多素心人，樂與數晨夕。」劉熙載《藝概・詩概》：「陶詩有『賢哉回也』、『吾與點也』之意，直可嗣洙、泗遺音。其貴尚節義，如《咏荆軻》、美田子泰等作，則亦孔子賢夷、齊之志也。」又云：「陶詩『吾亦愛吾廬』，我亦具物之情也；『良苗亦懷新』，物亦具我之情也。《歸去來辭》亦云：『善萬物之得時，感吾生之行休。』」又云：「陶詩云：『願言躡清風，高舉尋吾契。』又云：『即事如已高，何必升華嵩。』可見其玩心高明，未嘗不脚踏實地，不是偶然無所歸宿也。」又云：「詩可數年不作，不可一作不真。陶淵明自庚子距丙辰十七年間，作詩九首，其詩之真，更須問耶？」由這些地方細參，陶詩多素心之語的意思不難體會。

（三）劉熙載《藝概・詩概》：「太白詩舉止極其高貴，不下商山采芝人語。」又云：「太白與少陵同一志在經世，而太白詩中多出世語者，有爲言之也。屈子《遠游》曰：『悲時俗之迫厄兮，願輕舉而遠游。』使疑太白誠欲出世，亦將疑屈子誠欲輕舉耶？」又云：「『以友天下善士爲未足，又尚論古之人。』神仙，猶古之人耳。故知太白詩好言神仙，祇是將神仙當賢友，初非鄙薄當世也。」

（四）杜甫《茅屋爲秋風所破歌》：「八月秋高風怒號，卷我屋上三重茅。茅飛渡江灑江郊，高者挂罥長林梢，下者飄轉沉塘坳。南村群童欺我老無力，忍能對面爲盜賊。公然抱茅入竹去，脣焦口燥呼不得，歸來倚杖自嘆息。俄頃風定雲墨色，秋天漠漠向昏黑。布衾多年冷似鐵，嬌兒惡卧踏裏裂。床頭屋漏無乾處，雨脚如麻未斷絶。自經喪亂少睡眠，長夜沾濕何由徹？安得廣廈千萬間，大庇天下寒士俱歡顔，風雨不動安如山？嗚呼！眼前何時突兀見此屋，吾廬獨破受凍死亦足！」（《杜詩詳注》卷一〇）元韋居安《梅磵詩話》卷上：「杜子美《茅屋爲秋風所破歌》云：『安得廣厦千萬間，大庇天下寒士俱歡顔。』白樂天《製綾襖》詩云：『安得大裘長萬丈，與君都蓋洛陽城。』《碧溪詩話》云：『觀子美、樂天詩意，直欲推身利以利人。』余近閱遺山元好問《酒》詩云：『去古日已遠，百僞無一真。獨惟醉鄉地，中有羲皇淳。聖教難爲功，乃見酒力神。誰能釀滄海，盡醉區中民。』詩意宏闊，亦非苟作。」

（五）蘇軾《東坡八首》其七：「潘子久不調，沽酒江南村。郭生本將種，賣藥西市垣。古生亦好事，恐是押牙孫。家有一畝竹，無時容叩門。我窮交舊絶，三子獨見存。從我於東坡，勞餉同一飧。可憐杜拾遺，事與朱阮論。吾師卜子夏，四海皆弟昆。」（《東坡全集》卷一二）

（六）都穆《南濠詩話》：「揚子雲曰：『言，心聲也；字，心畫也。』蓋謂觀言與書，可以知人之邪正也。然世之偏人曲士，其言其字，未必皆偏曲。則言與書，又似不足以觀人者。元遺山詩云：『心畫心聲總失真，文章寧復見爲人。高情千古《閑居賦》，争信安仁拜路塵。』有識者之論固如此。」魏象樞《庸言》：「古人之詩，出於性情，故所居之地、所處之時、所與之人、所行之事、所歷之境、所見之物，至今一展卷瞭然者，真詩也。若今人之詩，亦曰性情物耳，然而不真者頗多。即如極富而言貧，極壯而言老，極醒而言醉，極巧而言拙，失其真矣。且功名之士故發泉石之音，狂悖之徒飾爲忠孝之句，尤不真之甚者也。學者宜以真詩爲法哉！」

（七）《已畦文集》卷八《南游集序》：「詩文一道，在儒者爲末務。詩以通性情，文以辭達意，如是已矣，初未嘗争工拙於尺寸銖兩間。故論者未可以詩文之工拙而定其人之品，亦未可以其人之品而定其詩文之工拙也。然余歷觀古今數千百年來所傳之詩與文，與其人未有不同出於一者，得其一即可以知其二矣。即以詩論，觀李青蓮之詩，而其人之胸懷曠達出塵之概，不爽如是也。觀杜少陵之詩，而其人之忠愛悲憫，一飯不忘，不爽如是也。其他鉅者如韓退之、歐陽永叔、蘇子瞻諸人，無不文如其詩，詩如其文，詩文如其人。蓋是其人，斯能爲其言；爲其言，斯能有其品。人品之差等不同，而詩文之差等即在可握券取也。近代間有鉅子，詩文與人判然爲二者，然亦僅見，非恒理耳。余嘗操此以求友，得其友，及觀其詩與文，無不合也。信乎詩文一道，根乎性而發爲言，本諸内者表乎外，不可以矯飾，而工與拙亦因之見矣。」可與上文參看。

【評】

雖然葉燮斷言詩不可也不能違心而出，但這在中國古代文學理論中不是一個能輕易得到認同的結論。作品與作者的對應關係，質言之即「文如其人」或相反，自古就是論争不休的問題。在早期的文學理論中，古人對作者與作品的一致性是持肯定態度的。這種看法可以追溯到《論語》

的「有德者必有言」，但自從元好問《論詩絶句三十六首》之六針對揚雄的話發難——「心畫心聲總失真，文章寧復見爲人」，人們便從各個角度對「文如其人」提出質疑，并舉出隋代楊素，明代嚴嵩、阮大鋮等典型的反面例證，從而不得不感嘆：「詩才與人品本屬兩途！」（林鈞《樵隱詩話》）嚴格地說，葉燮這一論斷衹有基於如下三項假設纔能成立：第一，作家有文如其人的願望；第二，作家都真實地表達了他的內心；第三，文學作品能够如實地再現作家所欲表達的意思。遺憾的是，無論歷來文學史的經驗，還是當代文學理論的認識，都不支持這些假設，所以「文如其人」衹在極有限的條件下或某個理論層面上纔能成立，詳細討論可參看拙著《古典詩學的現代詮釋》有關「文如其人」的一章。

九之一　古人之詩，必有古人之品量。（一）其詩百代者，品量亦百代。古人之品量，見之古人之居心；其所居之心，即古盛世賢宰相之心也。宰相所有事，經綸宰制〔一〕，無所不急，而必以樂善愛才爲首務，無毫髮娼疾忌忮之心〔二〕，方爲真宰相。百代之詩人亦然。如高適、岑參之才，遠遜於杜，觀甫贈寄高、岑諸作，極其推崇贊嘆。（二）孟郊之才，不及韓愈遠甚，而愈推高郊，至「低頭拜東野」，願郊爲龍身爲雲，「四方上下逐東野」。（三）盧仝、賈島、張籍等諸人〔三〕，其人地與才〔四〕，愈俱十百之，而愈一一爲之嘆賞推美。〔四〕史稱其「獎借後輩，稱薦公卿間，寒暑不避」。〔五〕歐陽修於詩，極推重梅堯臣、蘇舜欽。〔六〕蘇軾於黄庭堅、秦觀、張耒等諸人〔五〕，皆愛之如己，所以好之者無不至。〔七〕蓋自有天地以來，文章之能事，萃於此數人，決無更有勝之而出其上者，及觀其樂善愛才之心，竟若欿然不自足〔六〕。此其中懷闊大，天下之才皆其才，而何媢疾忌忮之有。〔八〕不然者，自炫一長，自矜一得，而惟恐有一人之出其上，又惟恐人之議己，日以攻擊詆毁其類爲事。此其中懷狹隘，即有著作，如其心術，尚堪垂後乎？〔九〕昔人惟沈約聞人一善〔七〕，如萬箭攢心，〔一〇〕而約之所就，亦何足云？是猶以李林甫、盧杞之居心，〔一一〕而欲博賢宰相之名，使天下後世稱之，亦事理所必無者爾。

【注】

〔一〕經綸：處理國家大事。《禮記·中庸》：「惟天下至誠，爲能經綸天下之大經。」

〔二〕媢疾忌忮：狹隘妒嫉，排斥賢能。

〔三〕盧仝（約七七五—八三五）：號玉川子。郡望范陽（治今河北涿州），生於河南。少隱居少室山，徵諫議不起。有《玉川子詩集》。賈島（七七九—八四三）：字閬仙。范陽（治今河北涿州）人。早年出家爲僧，號無本。後還俗，官長江主簿，世稱賈長江。有《長江集》。張籍（約七六七—約八三〇）：

字文昌。原籍蘇州（今屬江蘇），後僑寓和州（今安徽和縣）。貞元進士，歷任太常寺太祝、水部員外郎、國子司業等職，世稱張水部或張司業。有《張司業集》。

〔四〕人地：人的才品與門第。《南史·王融傳》：「融躁於名列，自恃人地，三十内望爲公輔。」

〔五〕秦觀（一〇四九—一一〇〇）：字少游，一字太虚，號淮海居士。高郵（今屬江蘇）人。元豐進士，官秘書省正字，兼國史院編修官。與黄庭堅、張耒、晁補之并稱爲「蘇門四學士」。有《淮海集》、《淮海居士長短句》。張耒（一〇五四—一一一四）：字文潛，號柯山。楚州淮陰（今屬江蘇）人。從蘇軾學，爲「蘇門四學士」之一。熙寧進士，官至太常少卿。有《柯山詞》、《張右史文集》。

〔六〕欿然：自覺有所不足貌。《孟子·盡心上》：「如其自視欿然，則過人遠矣。」

〔七〕沈約（四四一—五一三）：字休文。吴興武康（今浙江德清武康鎮）人。歷仕宋、齊、梁三朝，卒謚隱，世稱沈隱侯。後人輯有《沈隱侯集》。

【箋】

〔一〕品量一詞，葉燮用以指稱作者創造力之總和，前此未見人使用。金堡《吴孟舉詩集序》有識量之説，似略近之：「有天下士，有國士，有一鄉之士，蓋分於識量。識如山，量如水，山至於妙高，水至於大瀛海，然後足以發其才。識卑者，才雖高，僅成部婁；量狹者，才雖廣，亦灌陂池。」（《遍行堂集》卷三）沈德潛《國朝詩别裁集》凡例：「人必論定於身後。蓋其人已爲古人，則品量與學殖俱定，否則或行或藏，或醇或駁，未能遽定也。」即承師説。鄧繹《藻川堂譚藝·比興篇》：「梨洲、船山，學術之狂者也；

朝宗、冰叔，則文章之狂者也，皆天下所莫能及。雖然，學術可以兼文章，文章不能兼學術。梨洲、船山之品量，所以軋侯、魏而上之也乎？」

（二）杜甫《寄高三十五書記》：「嘆惜高生老，新詩日又多。美名人不及，佳句法如何？」《奉簡高三十五使君》：「當代論才子，如公復幾人。」《寄彭州高三十五使君適虢州岑二十七長史參三十韻》：「海内知名士，雲端各異方。高岑殊緩步，沈鮑得同行。意愜關飛動，篇終接混茫。」《九日寄岑參》：「是節東籬菊，紛披爲誰秀？岑生多新詩，性亦嗜醇酎。采采黄金花，何由滿衣袖？」《寄岑嘉州》：「謝朓每篇堪諷誦，馮唐已老聽吹噓。」

（三）韓愈《醉留東野》：「昔年因讀李白杜甫詩，長恨二人不相從。吾與東野生并世，如何復躡二子踪？東野不得官，白首誇龍鍾。韓子稍奸黠，自慚青蒿倚長松。低頭拜東野，願得終始如駏蛩。東野不回頭，有如寸莛撞巨鐘。吾願身爲雲，東野變爲龍。四方上下逐東野，雖有離别無由逢。」（《韓昌黎詩繫年集釋》卷一）俞弁《逸老堂詩話》卷上：「人之於詩，嗜好往往不同。如韓文公讀孟東野詩，有『低頭拜東野』之句。唐史言退之性倔强，任氣傲物，少許可。其推讓東野如此。坡公《讀孟郊詩》有云：『初如食小魚，所得不償勞。又如煮蟛蝛，竟日嚼空螯。』二公皆才豪一世，而其好惡不同若此。元遺山有云：『東野悲鳴死不休，高天厚地一詩囚。江山萬古潮陽筆，合卧元龍百尺樓。』推尊退之而鄙薄東野至矣。此詩斷盡百年公案。」按孟郊於韓愈爲前輩，韓愈初見孟郊，驚爲古賢再世，衷心傾慕，其贈郊詩文皆可考見。洪亮吉《北江詩話》卷六云：「孟東野詩，篇篇皆似古樂府，不僅《游子吟》、《送韓愈從軍》諸首已也。即如『良人昨日去，明月又不圓』，魏晉後即無此等言語也。他若昌黎《南山》詩，可云奇警極矣，而東野以二語敵之，曰：『南山塞天地，日月石上生。』宜昌黎之一生低首也。次則『上天下天水，出地入地舟』，造語亦非他人所能到。」此言頗得之。劉熙載《藝概·詩概》：「昌黎《送孟東野序》稱其詩以附於古之作者，《薦士》詩以『橫空盤硬語，妥帖力排奡』目之。又《醉贈張秘書》云：『東野動驚俗，天葩吐奇芬。』韓之推孟也至矣。後人尊韓抑孟，恐非韓意。」

（四）吳雷發《説詩菅蒯》：「昌黎以沈雄博大之才，發之於詩，而遇郊、島之寒瘦者，亦從而津津嘆賞之。蓋古之具異才者，未有不愛才者也。」劉熙載《藝概·詩概》：「韓愈自言其行己不敢有愧於道，余謂其取友亦然。觀其《寄盧仝》云：『先生事業不可量，惟用法律自繩己。』薦孟郊云：『行身踐規矩，甘辱恥媚竈。』以盧、孟之詩名，而韓所盛推乃在人品，真千古論詩之極則也哉！」

（五）《舊唐書·韓愈傳》：「愈性宏通，與人交榮悴不易。少時與洛陽人孟郊、東郡人張籍友善，二人名位未振，愈不避寒暑，稱薦於公卿間，而籍終成科第，榮於祿仕。」胡震亨《唐音癸籤》卷二五：「詩道須前後輩相推引。李、杜兩大家不曾成就得一個後輩來，殊可惜！惟昌黎公有文章官位聲名，任得此事，公又實以作人迪後擔子一身肩承。史稱其獎借後輩，稱薦公卿間，寒暑不避。而會其時所曲成其業與其身名，如孟郊、李賀、賈島其人者，又皆間出吟手，能偕公翻門新異，換奪一世心眼傳後，以故繼諸人而起者，復燈燈相繼續不衰，追頌公亦因不衰。終唐三百年，求文章家一大龍門，非公其誰歸？」

（六）歐陽修《水谷夜行寄子美聖俞》詩云：「寒鷄號荒林，山壁月倒挂。披衣起視夜，攬轡念行邁。我來夏云初，素節今已屆。高河瀉長空，勢落九州外。微風動涼襟，曉氣清餘睡。緬懷京師友，文酒邈高會。其間蘇與梅，二子可畏愛。篇章富縱橫，聲價相磨蓋。子美氣尤雄，萬竅號一噫。有時肆顛狂，醉墨灑霶霈。譬如千里馬，已發不可殺。盈前盡珠璣，一一難揀汰。梅翁事清切，石齒漱寒瀨。作詩三十年，視我猶後輩。文詞愈清新，心意雖老大。譬如妖韶女，老自有餘態。近詩尤古硬，咀嚼苦難嘬。初如食橄欖，真味久愈在。蘇豪以氣轢，舉世徒驚駭。梅窮獨我知，古貨今難賣。二子雙鳳凰，百鳥之嘉瑞。雲烟一翱翔，羽翮一摧鎩。安得相從游，終日鳴噦噦。問胡苦思之，對酒把新蟹。」（《歐陽修全集》卷二）參看《内篇上》「一之三」箋（二三）。洪亮吉《北江詩話》卷二云：「歐陽公善詩而不善評詩，如所推蘇子美、梅聖俞，皆非冠絶一代之才。」這與葉燮説的不是一個問題。

（七）黄庭堅《子瞻詩句妙一世乃云效庭堅體蓋退之戲效孟郊樊宗師之比以文滑稽耳恐後生不解故以韻道之》云：「我詩如曹檜，淺陋不成邦。公如大國楚，吞五湖三江。赤壁風月笛，玉堂雲霧窗。句法提一律，堅城受我降。枯松倒澗壑，波濤所舂撞。萬牛挽不前，公乃獨力扛。諸人方嗤點，渠非晁張雙。但懷相識察，床下拜老龐。小兒未可知，客或許敦厖。誠堪婿阿巽，買紅纏酒缸。」（《山谷全集》卷二）魏慶之《詩人玉屑》卷二一引《冷齋夜話》：「東坡初未識少游，少游知其將復過維揚，作坡筆語，題壁於一山中寺。東坡果不能辨，大驚。及見孫莘老，出少游詩詞數十篇，讀之，乃嘆曰：『向書壁者，定此郎也！』」又曰：「少游到郴州，作長短句云（即《踏莎行》，詞略），東坡絶愛其尾兩句，自書於扇，曰：『少游已矣，雖萬人何贖！』」又卷一八引胡仔《苕溪漁隱叢話》：「東坡嘗有書薦少游於荊公，云：『向屢言高郵進士秦觀太虛，公亦粗知其人，今得其詩文數十首拜呈。詞格高下，固已無逃於左右。此外博綜史傳，通曉佛書，若此類未易一一數也。』荆公答書云：『示及秦君詩，適葉致遠一見，亦以謂清新婉麗，鮑、謝似之。公奇秦君，口之而不置，我得其詩，手之而不釋。又聞秦君嘗學至言妙道，無乃笑我與公嗜好過乎？』」田雯《芝亭集序》：「當宋風氣初辟，都官、滄浪自成大雅。山谷出，耳目一新，摩壘堂堂，誰復與敵？雖其時居蘇門六君子之列，而長公虛懷推激，每謂效魯直體，猶退之之於孟郊、樊宗師焉，矧其他耶？」（《古歡堂集》卷二四）又《王少司農壽序》：「蘇軾以文章名於宋，史稱黄、秦、晁、張游於其門，曰四學士。後復益以陳師道、李廌，爲六君子。夫六君子者，飛揚跋扈，各矜著作之雄才，雖坡公虛懷折節，亦嘗自謂詩效庭堅體，而六君子之北面以事眉山則一也。」（卷二六）

（八）沈德潛《説詩晬語》卷下：「韓子高於孟東野，而爲雲爲龍，願四方上下逐之。歐陽子高於蘇、梅，而以黄河清、鳳凰鳴比之。蘇子高於黄魯直，而已所賦詩云效魯直體以推崇之。古人胸襟，廣大爾許！」薛雪《一瓢詩話》：「好浮名不如好實學，豈有實學而名不遠者乎？師今人不如師古人，豈有師古而今人能勝之者乎？古人學問深，品量高，心術正，其著作能振一時，垂萬世。今人萬萬不及古人者，即據一端可見矣：古人愛才如命，其人稍有一長，即推崇贊嘆，不避寒暑。今人則唯恐一人出我之上，媢嫉擠排，不遺餘力。雖有著作，視其心術，天將厭之，尚希垂後乎？余非望人開倡譽之端，實見中懷狹隘者，終爲品量之累。鄭少谷與王子衡初不相識，嘗有詩云：『海内談詩王子衡，春風坐遍魯諸生。』其推許神交如此。後鄭死，王感其意，數千里入閩，經紀其喪。王阮亭先生咏之云：『三代而還盡好名，文人從古善相輕。君看少谷山人死，獨有平生王子衡。』亦可謂善勸者矣。」這都是本其師之説。

（九）朱庭珍《筱園詩話》卷三：「自宋以降，世風日下，文人相輕，漸成惡習。劉祁作《歸潛志》，力詆遺山，自護己短。李空同與何大復書札相争，往復攻擊。李于鱗因謝茂秦成名，反削其名於吟社，以書絶交。趙秋谷因不借《聲調譜》之故，集矢阮亭，至作《談龍録》以貶之。袁枚與趙翼互相標榜，亦互相譏刺，趙作四六文以控袁，雖云游戲，而筆端刻毒，與市棍揭帖、訟師刀筆無異。」

（一〇）李冗《獨異志》卷中：「梁沈約，家藏書十二萬卷，然心僻惡，聞人一善，如萬箭攢心。」

（一一）李林甫爲唐玄宗時宰相。《舊唐書·李林甫傳》：「林甫恃其早達，輿馬被服，頗極鮮華。自無學術，僅能秉筆，有才名於時者尤忌之。而郭愼微、苑咸，文士之闒茸者，代爲題尺。林甫典選部時，選人嚴迥判語有用『杕杜』二字者，林甫不識『杕』字，謂吏部侍郎韋陟曰：『此云「杖杜」，何也？』陟俛首不敢言。太常少卿姜度，林甫舅子。度妻誕子，林甫手書慶之曰：『聞有弄獐之慶。』客視之掩口。」「林甫面柔而有狡計，能伺候人主意，故驟歷清列，爲時委任。而中官妃家皆厚結托，伺上動静，皆預知之，故出言進奏，動必稱旨。而猜忌陰中人，不見於詞色，朝士受主恩顧，不由其門，則構成其罪；與之善者，雖厮養下士，盡至榮寵。（中略）而耽寵固權，己自封植，朝望稍著，必陰計中傷之。」盧杞爲唐德宗時宰相。《舊唐書·盧杞傳》：「既居相位，忌能妒賢，迎吠陰害，小不附者，必致之於死。將起勢立威，以久其權。楊炎以杞陋貌無識，同處台司，心甚不悦，爲杞所譖，逐於崖州。德宗幸奉天，崔寧流涕論時事，杞聞惡之，譖於德宗，言寧與朱泚盟誓，故至遲回，寧遂見殺。惡顔真卿之直言，令奉使李希烈，竟殁於賊。初，京兆尹嚴郢與楊炎有隙，杞乃擢郢爲御史大夫以傾炎。炎既貶死，心又惡郢，圖欲去之。宰相張鎰忠正有才，上所委信，杞頗惡之。會朱滔、朱泚弟兄不睦，有泚判官蔡廷玉者離間滔，滔論奏，請殺之。廷玉既貶，殿中侍御史鄭詹遣吏監送，廷玉投水而卒。杞因奏曰：『恐朱泚疑爲詔旨，請三司按鞫詹；又御史所爲，稟大夫命，并令按郢。』詹與張鎰善，每伺杞晝眠，輒詣鎰。杞知之，他日杞假寢佯熟，伺詹果來，方與鎰語，杞遽至鎰閣中。詹趨避杞，杞遽言密事，鎰曰：『殿中鄭侍御在此。』杞佯愕曰：『向者所言，非他人所宜聞。』時三司使方按詹、郢，獄未具而奏殺詹，貶郢爲驩州刺史，鎰尋罷相出鎮鳳翔。其陰禍賊物如此。」及其貶出，德宗欲復用爲饒州刺史，給事中袁高謁宰相盧翰、劉從一曰：「杞作相三年，矯詐陰賊，退斥忠良，朋附者咳唾立至青雲，睚眦者顧盼已擠溝壑。」

【評】

葉燮堅信文如其人，那麽人品對於文品自然是首要的決定因素了。這一節論人品與文品的關係，祇着眼於大文學家樂善愛才的美德，鄙斥胸懷狹隘的文人相輕，很可能對十年前見嫉於上官、失意於宦途的遭遇還耿耿於懷。

一〇之一　詩之亡也，亡於好名。〔一〕没世無稱，君子羞之，〔二〕好名宜亟亟矣。竊怪夫好名者，非好垂後之名，而好目前之名〔一〕。目前之名，必先工邀譽之學〔二〕，〔三〕得居高而呼者倡譽之，而後從風者群和之，以爲得風氣。於是風雅筆墨，不求之古人，耑求之今人，以爲迎合。其爲詩也，連卷累帙，不過等之揖讓周旋，羔雁筐篚之具而已矣〔三〕！〔四〕及聞其論，則亦盛言《三百篇》，言漢、言唐、言宋而進退是非之，居然當代之詩人，而詩亡矣。

【注】

〔一〕非好二句：此即曹丕《典論·論文》所謂「遂營目前之務，而遺千載之功」。

〔二〕邀譽：博得賞識。

〔三〕羔雁筐篚：小羊與雁，代指士大夫拜會交際時所奉禮物。《禮記·曲禮下》：「凡摯，天子鬯，諸侯圭，卿羔，大夫雁。」筐篚，盛禮品的竹制器具。

【箋】

〔一〕《已畦文集》卷九《潤庵詩草序》：「今天下無人不言詩矣。言詩者恒不求傳於後世，但求取知於當世。其求知之道不一，有目未嘗見古人，未嘗見詩之所以爲詩，便欲軒唐輊宋，出元入明，竊他人之口吻，妄肆丹黄鉛槧，及至握管，竟有終日不能成章。即能艱苦出一句半句，庸腐陳爛，不堪寓目，彼且儼然自居爲詩人。此竊詩之形貌求知於世，而世遂因而稱之爲詩人者。又有名不出里黨，足不逾户庭，妄操詩之壇坫品題。凡有筆墨，必援當世之名公卿先生，遍及海内山人名士，無論生平未嘗謀面，并未嘗聞聲相思者，悉將其姓氏列之簡端，聯之几席，如朝夕同事者。彼其人冒交游以附聲氣，此竊詩之黨援求知於世，而世遂因而收之爲詩人者。嗟乎，如是而爲詩人，詩人豈易乎哉？其難乎哉？」

（二）《論語・衛靈公》：「子曰：君子疾没世而名不稱焉。」屈原《離騷》亦云：「老冉冉其將至，恐修名之不立。」蓋中國人夙無來世與彼岸的觀念，死亡即意味着人生的終結，故自遠古人們就對身後之名極爲執著。後曹植《求自試表》云：「如微才不試，没世無聞，徒榮其軀而豐其體，（中略）此徒圈牢之養物，非臣之所志也。」也是這個意思。

（三）王世貞《藝苑卮言》卷八：「大抵世之於文章，有挾貴而名者，有挾科第而名者，有挾他技如書畫之類而名者，有中於一時之好而名者，有依附先達、假吹噓之力而名者，有務爲大言、樹門户而名者，有廣引朋輩、互相標榜而名者，要之非可久可大之道也。邇來狙獪賈胡，以金帛而買名；淺夫狂豎，至用詈駡謗訕，欲以脅士大夫而取名。」吴雷發《説詩菅蒯》：「有爵位者，稍知文學，即易成名，是猶順風而呼也。其他則捐金結納，曳裾侯門，交游衆而標榜興，亦足以致聲譽。」這都是所謂邀譽之術。

（四）施閏章《寄程蝕庵》：「聲詩一道，近日以爲竿牘之捷徑，即有能者，亦苦爛熟已甚。」（《尺牘蘭言》卷一）又《蠖齋詩話》：「今人輕用其詩，贈送不情，僅同於充饋遺筐篚之具而已，豈不鄙哉？」李沂《秋興閣詩話》「指陋習」一條針砭當時詩歌五種陋習，第四種「濫用」即應酬習氣：「濫用者由欲廣聲氣，故索之即應，有以介壽索者，有以哀挽索者，有以歌頌索者，有以旌表索者，此等甚多。詩既不佳，徒勞神思，或預辦套語，臨時書付，詩名愈廣，詩品愈卑；更有逢人輒贈，用充禮物。詩之不幸，一至於此，大可傷也。」

【評】

這一節由抨擊好名之風指出近代詩壇的墮落，認爲其淵源可追溯到明代的朋黨門户之風。《四庫全書總目》卷一七二朱樸《西村詩集》提要云：「當太倉、歷下壇坫争雄之日，士大夫奔走不遑，七子之數輾轉屢增，一時山人墨客亦莫不望景趨風，乞齒牙之餘論，冀一顧以增聲價。蓋詩道之盛未有盛於是時者，詩道之濫亦未有濫於是時者。」清初詩論家對明代詩歌的反思和批評，集中於模擬之風、門户之見和應酬習氣三個方面。葉燮對詩亡於好名的憂慮，切中晚明以來詩壇的門户之見和應酬習氣兩大流弊。而他對好名者邀譽之術的模寫：「得居高而呼者倡譽之，而後從風者群和之，以爲得風氣。於是風雅筆墨，不求之古人，專求之今人，以爲迎合。」我們衹要看看當時那些趨附於王漁洋門下的詩人及其投贄之作對神韻詩風的頌揚和模仿，便會對葉燮此言會心一笑。

一一之一　詩之亡也，又亡於好利。夫詩之盛也，敦實學以崇虚名；其衰也，媒虚名以網厚實〔一〕。於是以風雅壇坫爲居奇，以交游朋盍爲牙市〔二〕，〔一〕是非淆而品格濫，詩道雜而多端，而友朋切劘之義〔三〕，因之而衰矣。昔人言「詩窮而後工」，〔二〕然則詩豈救窮者乎！斯二者，好名實兼乎利，好利遂至不惜其名。夫三不朽，詩亦立言之一，奈何以之爲壟斷名利之區？不但有愧古人，其亦反而問之自有之性情可矣。

【注】

〔一〕媒虛名以網厚實：以虛名爲媒介，謀取實利。

〔二〕朋盍：語本《易·豫》九四：「由豫，大有得。勿疑，朋盍簪。」舊解爲朋類聚好無疑貳之義。牙市：牙行經紀。劉攽《中山詩話》：「韓吏部《贈玉川詩》曰：『水北山人得聲名，去年去作幕下士。水南山人又繼往，鞍馬僕從塞閭里。少室山人索價高，兩以諫官徵不起。』又曰：『先生抱材須大用，宰相未許終不仕。』王向子直謂韓與處士作牙人商度物價也。古稱駔儈，今謂牙，非也。劉道原云：『本稱互郎，主互市。唐人書互爲㸦，因訛爲牙。』理或信然。」

〔三〕友朋切劘之義：劘，音義均同磨。《詩·衛風·淇奧》：「有匪君子，如切如磋，如琢如磨。」劉晝《劉子新論·貴言》：「知交之於朋友，亦有切磋琢磨之義。」

【箋】

〔一〕當時有處士孫默，就是這類人物的一個典型，人稱「名士牙行」。王晫《今世説》卷一：「孫無言居廣陵，以能詩聞。布衣之士有工一詩擅一技者，莫不折節下之。其少舊通籍，自方伯郡守以下或招之，亦不往。南洲王於一客死武林，無言爲之奔告故人，經營其喪，紀其妻子，俾歸葬於南昌。」王士禛《居易録》卷六：「近日新安孫布衣默，字無言，居廣陵，貧而好客。四方名士至者，必徒步訪之。嘗告予欲渡江往海鹽，詢以有底急，則云欲訪彭十羨門，索其新詞，與予洎鄒程村作合刻爲三家集耳。陳其年維崧贈以詩曰：『秦七黄九自佳耳，此事何與卿飢寒？』指此也。人戲目之爲名士牙行。」孫默（一六一三—一六七八），字無言，號桴庵。江南歙縣人，清初流寓揚州、金陵，周旋於一時名士間，以編刻《國朝名家詩餘》著聞。後稱欲歸黄山，遍索一時名公文士詩文送行，得詩文數以千計。有《留松閣集》。事迹見汪懋麟撰《孫處士墓志銘》。

（二）歐陽修《宛陵先生詩集序》：「予聞世謂詩人少達而多窮，夫豈然哉？蓋世所傳詩者，多出於古窮人之辭也。凡士之蘊其所有而不得施於世者，多自放於山顛水涯，外見蟲魚草木、風雲鳥獸之狀類，往往探其奇怪，内有憂思感憤之鬱積，其興於怨刺，以道羈臣寡婦之所嘆，蓋愈窮則愈工。然則非詩之能窮人，殆窮者而後工也。」按：歐公此論似本自孫樵《與賈希逸書》：「揚雄以《法言》、《太玄》窮，元結以《浯溪碣》窮，陳拾遺以《感遇》詩窮，王勃以《宣尼廟碑》窮，玉川子以《月蝕》詩窮，杜甫、李白、王江寧皆相望於窮者也。」（《孫可之集》卷二）王世貞《藝苑卮言》卷八：「古人云詩能窮人，究其質情，誠有合者。今夫貧老愁病，流竄滯留，人所不謂佳者也，然而入詩則佳；富貴榮顯，人所謂佳者也，然而入詩則不佳：是一合也。泄造化之秘，則真宰默讎；擅人群之譽，則衆心未厭。故呻佔椎琢，幾於伐性之斧；豪吟縱揮，自傅爰書之竹。矛刃起於兔鋒，羅網布於雁池：是二合也。循覽往匠，良少完終，爲之愴然以慨，肅然以恐。曩與同人戲爲《文章九命》，一曰貧困，二曰嫌忌，三曰玷缺，四曰偃蹇，五曰流竄，六曰刑辱，七曰夭折，八曰無終，九曰無後。」

【評】

這一節又從好利的方面來抨擊近代詩壇風氣。在詩歌日益流爲應酬工具和游食之資的同時，詩壇也日益淪爲「壟斷名利之區」。遠離詩壇中心的葉燮既看不到詩歌的方向，也看不到詩歌的理想和未來。宋犖晚年回顧平生創作經歷，説康熙十一（一六七二）、十二年間屢入長安，「與海内名宿尊酒細論，又闌入宋人畛域，所謂旗東亦東，旗西亦西，猶之乎學王李、學三唐也」（《漫堂説詩》）。而到十餘年後葉燮寫作《原詩》時，宋詩風尚未結出成熟的果實，便已在君主趣味和詩壇慣性的合力作用下，隨着王漁洋的轉向而低落。這更加重了葉燮的失望感覺，本節的議論正是歷史反思與現實的失落感相交織的複雜體驗的自然流露。

一二之一　詩道之不能長振也，由於古今人之詩評雜而無章，紛而不一。六朝之詩，大約沿襲字句，無特立大家之才。其時評詩而著爲文者，如鍾嶸〔一〕，如劉勰〔二〕，其言不過吞吐抑揚，不能持論。（一）然嶸之言曰：「邇來作者，競須新事，牽攣補衲，蠹文已甚〔三〕。」斯言爲能中當時後世好新之弊。（二）勰之言曰：「沈吟鋪辭，莫先於骨。故辭之待骨，如體之樹骸。」〔三〕斯言爲能探得本原。此二語外，兩人亦無所能爲論也。他如湯惠休「初日芙蓉」〔四〕，沈約「彈丸脱手」之言，〔四〕差可引伸，然俱屬一斑之見，終非大家體段。其餘皆影響附和，沉淪習氣，不足道也。

【注】

〔一〕鍾嶸（？—約五一八）：字仲偉。潁川長社（今河南長葛）人。梁時曾爲晉安王記室。有《詩品》三卷傳世。

〔二〕劉勰（約四六五—約五三二）：字彦和。原籍東莞莒縣（今屬山東），其先人於永嘉之亂中逃難渡江，遂定居京口（今江蘇鎮江）。少從僧祐學，精通佛典。三十多歲撰《文心雕龍》。後爲臨川王、昭明太子蕭統記室，蕭統去世後出家爲僧。

〔三〕蠹文：損害文章之道。

〔四〕湯惠休：字茂遠。初爲僧，南朝宋孝武帝令還俗。官至揚州從事史。有文集，已佚，今存詩十一首。

【箋】

〔一〕這一論斷恐怕很難得到古今論者的首肯。前有王世貞《藝苑卮言》卷三言：「吾覽鍾記室《詩品》，折衷情文，裁量事代，可謂允矣，詞亦奕奕發之。第所推源出於何者，恐未盡然。邁、凱、昉、約濫居中品；至魏文不列乎上，曹公屈第乎下，尤爲不公，少損連城之價。吾獨愛其評子建『骨氣奇高，詞采華茂，情兼雅怨，體被文質』；嗣宗『言在耳目之內，情寄八荒之表』；靈運『名章迥句，處處間起，麗典新聲，絡驛奔會』；越石『善爲悽悷之詞，自有清拔之氣』；明遠『得景陽之詭諔，含茂先之靡嫚，骨節强於謝混，驅邁疾於顔延，總四家而并美，跨兩代而孤出』；玄暉『奇章秀句，往往警遒，足使叔源失步，明遠變色』；文通『詩體總雜，善於摹擬，筋力於王微，成就於謝朓』。此數評者，贊許既實，措撰尤工。」後則有章學誠《校讎通義・宗劉》云：「評點之書，其源亦始鍾氏《詩品》、劉氏《文心》。然彼則有評無點，且自出心裁，發揮道妙，又且離詩與文而別自爲書，信哉其能成一家言矣。」

（二）鍾嶸《詩品序》：「近任昉、王元長等，詞不貴奇，競須新事，爾來作者，寖以成俗，遂乃句無虛語，語無虛字，拘攣補衲，蠹文已甚。」葉夢得《石林詩話》卷中：「余每愛此言簡切，明白易曉，但觀者未嘗留意耳。自唐以後，既變以律體，固不能無拘窘，然苟大手筆，亦自不妨削鐻於神志之間，斫輪於甘苦之外也。」葉燮引鍾嶸語有刪改。

（三）劉勰語出《文心雕龍・風骨》：「是以怊悵述情，必始乎風；沉吟鋪詞，莫先於骨。故詞之待骨，如體之樹骸；情之含風，猶形之包氣。」

（四）這應是本自其遠祖葉夢得《石林詩話》之説：「古今論詩者多矣，吾獨愛湯惠休稱謝靈運爲『初日芙渠』、沈約稱王筠爲『彈丸脱手』兩語，最當人意。『初日芙渠』，非人力所能爲，而精彩華妙之意，自然見於造化之妙，靈運諸詩，可以當此者亦無幾。『彈丸脱手』，雖是輸寫便利，動無留礙，然其精圓快速，發之在手，筠亦未能盡也。然作詩審到此地，豈復更有餘事。韓退之《贈張籍》云：『君詩多態度，靄靄春空雲。』司空圖記戴叔倫語云：『詩人之詞，如藍田日暖，良玉生烟。』亦是形似之微妙者，但學者不能味其言耳。」據鍾嶸《詩品·宋光禄大夫顔延之》引湯惠休語，作：「謝詩如芙蓉出水，顔如錯彩鏤金。」葉夢得言「初日芙渠」恐涉《南史·顔延之傳》而誤：「延之嘗問鮑照，己與謝靈運優劣，照曰：『謝五言如初發芙蓉，自然可愛；君詩若鋪錦列綉，亦雕繢滿眼。』」「彈丸脱手」亦非沈約語，乃謝朓所言，沈約述於王志者。《南史·王融傳》：「筠又嘗爲詩呈約，約即報書嘆咏，以爲後進擅美。筠又能用强韻，每公宴并作，辭必妍靡。約嘗啓上，言晚來名家無先筠者。又於御筵謂王志曰：『賢弟子文章之美，可謂後來獨步。謝朓常見語云「好詩圓美流轉如彈丸」。近見其數首，方知此言爲實。』」葉燮恐怕都是承《石林詩話》之誤。

【評】

葉燮的詩歌批評不僅有自覺的理論意識，也立足於對傳統文學批評的深刻反思。本節由南朝的文學批評入手，將詩道之不能長振，歸結於古今人之詩評「雜而無章，紛而不一」。宇文所安説：「祇有把這句話放到傳統中國文學理論的語境之中，你纔能體會到它有多麽大膽驚人。批評家經常希望借助前人一些清規戒律和不同凡響的觀點來引導藝術的發展，以恢復它往日的榮光；確實有不少人譴責其對手的觀點走錯了方向，以至把詩歌引入歧途，但没有人把這個罪責算在前人概念混亂的賬上。」(《中國文論：英譯和評論》第五四七頁)「雜而無章，紛而不一」似乎還不能直接與概念混亂聯繫起來，但葉燮不滿於古來文學批評的零碎而缺乏條理則是顯而易見的。《原詩》所以采取「作論之體」來闡述自己的詩學，也正是有鑒於此。

一二之二　唐宋以來諸評詩者，或概論風氣，或指論一人一篇一語，單辭複句〔一〕，不可殫數。其間有合有離，有得有失。如皎然曰〔二〕：「作者須知復變，若惟復不變，則陷於相似，置古集中，視之眩目，何異宋人以燕石爲璞〔三〕。」〔一〕劉禹錫曰：「工生於才，達生於識，二者相爲用而詩道備。」〔二〕李德裕曰〔四〕：「譬如日月，終古常見，而光景常新。」〔三〕皮日休曰：「才猶天地之氣，分爲四時，景色各異；人之才變，豈異於是？」〔四〕以上數則語足以啓蒙砭俗，異於諸家悠悠之論〔五〕，而合於詩人之旨，爲得之。其餘非戾則腐，如聾如聵不少〔六〕。而最厭於聽聞、錮蔽學者耳目心思者，則嚴羽、高棅、劉辰翁及李攀龍諸人是也〔七〕。羽之言曰：「學詩者以識爲主，入門須正，立意須高，以漢魏、晉、盛唐爲師，不作開元、天寶以下人物。若自退屈，即有下劣詩魔，入其肺腑。」〔五〕夫羽言學詩須識是矣，既有識，則當以漢魏、六朝、全唐及宋之詩悉陳於前，彼必自能知所決擇，知所依歸，所謂信手拈來，無不是道〔八〕。若云漢魏、盛唐，則五尺童子、三家村塾師之學詩者，亦熟於聽聞，得於授受久矣。此如康莊之路，衆所群趨，即瞽者亦能相隨而行，何待有識而方知乎？（六）吾以爲若無識，則一一步趨漢魏、盛唐，而無處不是詩魔；苟有識，即不步趨漢魏、盛唐，而詩魔悉是智慧，仍不害於漢魏、盛唐也。羽之言何其謬戾而意且矛盾也！彼棅與辰翁之言，大率類是，而辰翁益覺惝恍無切實處。（七）詩道之不振，此三人與有過焉。（八）

【注】

〔一〕單辭複句：單辭，一面之詞。《書·吕刑》：「明清於單辭。」孔穎達疏：「單辭，謂一人獨言，未有與對之人。訟者多直己以曲彼，構辭以誣人，單辭特難聽，故言之也。」複句，相對單辭而言，指雙方問答應對之辭。

〔二〕皎然：大曆、貞元間名僧。俗姓謝，字清晝，世稱晝公。湖州（今屬浙江）人。自稱南朝謝靈運十世孫。精内外學，詩名甚著，唐德宗詔寫其集入内府。有《杼山集》、《詩式》、《詩議》等。

〔三〕宋人以燕石爲璞：《後漢書·應劭傳》：「昔鄭人以乾鼠爲璞，鬻之於周；宋愚夫亦寶燕石，緹緼十重。夫睹之者掩口盧胡而笑，斯文之族，無乃類旃。」

〔四〕李德裕（七八七—八五〇）：字文饒，趙郡（今河北趙縣）人。宰相李吉甫子，以門蔭入仕，由翰林學士官至宰相，封衛國公。有《會昌一品集》。

〔五〕悠悠之論：悠謬不着邊際的議論。

〔六〕如聾如瞶：瞶，音貴，即瞎子。《類篇》：「瞶，歸謂切。極視，一曰目無精也。」瞶，疑應作聵。聵，音潰。《國語·晉語四》：「聾聵不可使聽。」韋昭注：「耳不別五聲之和曰聾，生而聾曰聵。」

〔七〕嚴羽：字儀卿，一字丹丘，邵武（今屬福建）人。生活於南宋理宗、度宗之世。隱居不仕，自號滄浪逋客。有《滄浪吟卷》、《滄浪詩話》。　高棅（一三五〇—一四二三）：字彦恢，更名廷禮，號漫士。長樂（今屬福建）人。明永樂初以布衣召爲翰林待詔，遷典籍。與林鴻、鄭定、陳亮、王恭、王偁、王褒、唐泰、周玄、黄玄并稱閩中十子。有《嘯臺集》、《木天清氣集》。曾編選《唐詩品彙》、《唐詩正聲》，對明代格調派詩學觀念影響極大。　劉辰翁（一二三二—一二九七）：字會孟，號須溪。吉州廬陵（今江西吉安）人。曾入太學，後掌教濂溪書院。宋亡隱居不出，以評點前人詩文自娱。有《須溪集》。

〔八〕所謂二句：嚴羽《滄浪詩話·詩法》：「及其透徹，則七縱八横，信手拈來，頭頭是道矣。」

【箋】

（一）皎然《詩式》卷五「復古通變體」一條：「作者須知復變之道。反古曰復，不滯曰變。若惟復不變，則陷於相似之格，其狀如駑驥同厩，非造父不能辨。能知復變之手，亦詩人之造父也。以此相似一類，置於古集之中，能使弱手視之眩目，何異宋人以燕石爲玉璞，豈知周客盧胡而笑哉！」葉燮這裏是節引。

（二）劉禹錫《董氏武陵集紀》云：「片言可以明百意，坐馳可以役萬景，工於詩者能之。《風》、《雅》體變而興同，古今調殊而理冥，達於詩者能之。工生於才，達生於明，二者還相爲用，而後詩道備矣。」（《劉賓客文集》卷一九）葉燮所引語句有删節。

（三）李德裕《文章論》云：「世有非文章者，曰：『辭不出於《風》、《雅》，思不越於《離騷》，摹寫古人，何足貴也？』余曰：『譬諸日月，雖終古常見，而光景常新。此所以爲靈物也。』」（《會昌一品集》外集卷三）葉燮所引文字略有出入。陳恭尹《答梁藥亭論詩書》：「李贊皇有言：『文章如日月，終古常見而光景常新。此所以爲靈物。』吾常佩服其言，而未能學。夫日月以其精華爲日新，而忘其形體之舊，文章以其性情爲不朽，而忘其言語之尋常。假使日舍其圓而方，月變其弦而角，新則新矣，尚未必不爲怪物也。」（《獨漉堂集》文集卷六）沈德潛《説詩晬語》卷下：「鍾伯敬云：『但欲洗去故常語，然別開一徑，康馗有弗踐者焉。故器不尚象，淫巧雜陳；聲不和律，艷詄競響。』此持論極善，且似自砭其失處。蓋詩當求新於理，不當求新於徑。譬之日月，終古常見，而光景常新，未嘗有兩日月也。」

（四）皮日休《松陵集序》云：「夫才之備者，猶天地之氣乎？氣者止乎一也，分而爲四時。其爲春，則煦枯發枿，如育如護，百物融洽，酣人肌骨。其爲夏，則赫曦朝升，天地如窑，草焦木暍，若燎毛髮。其爲秋，則涼颸高瞥，若露天骨，景爽夕清，神不蔽形。其爲冬，則霜陣一凄，萬物皆瘁，雲沮日慘，若憚天責。夫如是，豈拘於一哉！亦變之而已。人之有才者，不變則已；苟變之，豈異於是乎？」（《皮子文藪》附録一）葉燮這裏是節引。

（五）這段引文見嚴羽《滄浪詩話·詩法》。魏慶之《詩人玉屑》引《詩辯》，「立意須高」作「立志須高」，「入其肺腑」作「入其肺腑之間」。

（六）王世懋《藝圃擷餘》：「今世五尺之童，纔拈聲律，便能薄棄晚唐，自傳初、盛，有稱大曆以下，色便赧然。然使誦其詩，果爲初邪，盛邪，中邪，晚邪？大都取法固當上宗，論詩亦莫輕道。詩必自運，而後可以辨體；詩必成家，而後可以言格。晚唐詩人，如温庭筠之才，許渾之致，見豈五尺之童下？直風會使然耳，覽者悲其衰運可也。故予謂今之作者，但須真才實學，本性求情，且莫理論格調。」

（七）劉辰翁畢生用力於評點，所評點詩文有《班馬異同》、《陶韋合集》、《李詩選》、《孟浩然詩集》、《王右丞集》、《杜子美詩集》、《劉隨州詩集》、《韋蘇州詩集》、《孟東野詩集》、《李長吉歌詩》、《三唐人詩集》、《蘇東坡詩集》、《王荆文公詩箋注》、《精選陸放翁詩集》等十餘種，明人曾合刊爲《劉須溪評點九種書》。對他的評點，歷來毀譽參半。予以肯定評價的，有李東陽《麓堂詩話》：「劉會孟名能評詩，自杜子美下至王摩詰、李長吉諸家，皆有評。語簡意切，别是一機軸，諸人評詩者皆不及。及觀其所自作，則堆疊餖飣，殊乏興調，亦信乎創作之難也。」《四庫全書》所收《須溪集》編輯者鄒炳泰，於所著《午風堂叢談》卷三也説：「須溪所評古書，意取標新，致傷纖刻，固有之。至其博識特見，毅然自立，即升庵於其評《史記》諸書亦不能不以好古之士歸之。」阮元《杜詩集評序》：「評杜者自劉辰翁須溪始。辰翁鋪陳終始，排比聲韻，不事訓詁，最得論詩體例。」予以否定評價的，則有王夫之《夕堂永日緒論内編》：「一部杜詩，爲劉會孟堙塞者十之五。」錢謙益《注杜詩略例》：「辰翁之評杜也，不識杜之大家數。（中略）而點綴其尖新雋冷，單詞隻字，以爲得杜神髓，此所謂一知半解也。」汪琬《題劉須溪評班馬異同》：「淺陋無識，真有兒童之見不若者。」（《鈍翁類稿》卷四七）

（八）將嚴羽、劉辰翁、高棅相提并論，已見於錢謙益《題徐季白詩卷後》：「天地之降才，與吾人之靈心妙智，生生不窮，新新相續。有《三百篇》，則必有楚騷，有漢魏建安，則必有六朝。有景、隆、開元，則必有中晚及宋元。而世皆遵守嚴羽（儀）卿、劉辰翁、高廷禮之瞽説，限隔時代，支離格律，如痴蠅穴紙，不見世界，斯則良可憐湣者。」（《牧齋有學集》卷四七）其《愛琴館評選詩慰序》也寫道：「古學日遠，人自作辟，邪師魔見，藴釀於宋季之嚴羽卿、劉辰翁，而毒發於弘、德、嘉、萬之間。學者甫知聲病，則漢魏、齊梁、初盛中晚之聲影，已盤牙於胸中。傭耳借目，尋條屈步，終其身爲隸人而不能自出。」（同書卷一五）

【評】

本節評論唐宋以來的詩論。嚴羽、劉辰翁和高棅，一個詩論家，一個詩評家，一個詩選家，都在批評史上影響深遠。尤其是嚴羽和高棅，先後確立了獨宗盛唐的藝術觀念，并建構起相應的唐詩譜系，直接影響了有明一代的詩歌風氣。隨着晚明詩壇對前後七子狹隘詩歌觀念的鄙棄，嚴羽和高棅也受到不同程度的批評。而江南正是批評聲音最强烈的地區，錢謙益於《徐元嘆詩序》痛心疾呼：「自羽卿之説行，本朝奉以爲律令。談詩者必學杜，必漢魏、盛唐，而詩道之榛蕪彌甚。羽卿之言，二百年來，遂若塗鼓之毒藥。」（《牧齋初學集》卷三二）繼而又在《題徐季白詩卷後》、《愛琴館評選詩慰序》連帶劉辰翁、高棅一并抨擊，其門人馮班輩倡揚其説，都對嚴羽等酷加排擊。葉變的詩學觀雖不同於虞山派詩家，但對嚴、劉、高三人同樣是瞧不上眼的，傷嘆詩道不振，也没忘了記上他們一筆賬。

一二之三　至於明之論詩者，無慮百十家。〔一〕而李夢陽、何景明之徒〔二〕，自以爲得其正而實偏，得其中而實不及，大約不能遠出於前三人之窠臼。而李攀龍益又甚焉。王世貞詩評甚多，雖祖述前人之口吻而掇拾其皮毛，然間有大合處。如云：「剽竊摹擬，詩之大病，割綴古語，痕迹宛然，斯醜已極。是病也，莫甚於李攀龍。」〔三〕世貞生平推重服膺攀龍，可謂極至，〔三〕而此語切中攀龍之隱，昌言不諱。〔四〕乃知當日之互爲推重者，徒以虚聲倡和，藉相倚以壓倒衆人，而此心之明，自不可掩耳。〔五〕

【注】

〔一〕何景明（一四八三—一五二一）：字仲默，號白坡，又號大復山人。河南信陽（今屬河南）人。弘治進士，授中書舍人，官至陝西副使。有《大復集》。

【箋】

〔一〕據孫小力《明代詩學書目匯考》（《中國詩學》第九輯），明人詩話見於書志著録、文獻記載的，現知有一百六十一種。

（二）王世貞語出《藝苑卮言》卷四：「剽竊模擬，詩之大病。亦有神與境觸，師心獨造，偶合古語者。如『客從遠方來』，『白楊多悲風』，『春水船如天上坐』，不妨俱美，定非竊也。其次裒覽既富，機鋒亦圓，古語口吻間，若不自覺。如鮑明遠『客行有苦樂，但問客何行』之於王仲宣『從軍有苦樂，但問所從誰』，陶淵明『雞鳴桑樹顛，狗吠深巷中』之於古樂府『雞鳴高樹顛，狗吠深宫中』。王摩詰『白鷺』、『黄鸝』，近世獻吉、用修亦時失之，然尚可言。又有全取古文，小加裁剪，如黄魯直《宜州》用白樂天諸絶句。王半山『山中十日雨，雨晴門始開。坐看蒼苔色，欲上人衣來』，後二語全用輞川，已是下乘，然猶彼我趣合，未致足厭。乃至割綴古語，用文已陋，痕迹宛然，如『河分岡勢』『春入燒痕』之類，斯醜方極。模擬之妙者，分歧逞力，窮勢盡態，不唯敵手，兼之無迹，方爲得耳。若陸機《辨亡》、傅玄《秋胡》，近日獻吉『打鼓鳴鑼何處船』語，令人一見匿笑，再見嘔噦，皆不免爲盜跖、優孟所訾。」葉燮這裏是節引。

（三）王世貞對李攀龍的推崇，可見於《藝苑卮言》卷五：「嘉靖之季，尚辭者醖風雲而成月露，存理者扶感遇而敓咏懷，喜華者敷藻於景龍，畏深者信情於元和，亦自斐然，不妨名世。第《感遇》無文，月露無質，景龍之境既狹，元和之蹊太廣，浸淫諸派，涸爲下流。中興之功，則濟南爲大矣。」卷六云：「五、七言律至仲默而暢，至獻吉而大，至于鱗而高。絶句俱有大力，要之有化境在。」卷七云：「于鱗自棄官以前，七言律極高華，然其大意，恐以字累句，以句累篇，守其俊語，不輕變化，故三首而外，不耐雷同。晚節始極旁搜，使事該切，措法操縱，雖思探溟海，而不墮魔境。世之耳觀者，乃謂其比前少退，可笑也。歌行方入化而遂没，惜其不多，寥寥絶響。」又云：「于鱗擬古樂府，無一字一句不精美，然不堪與古樂府并看，看則似臨摹帖耳。五言古，出西京建安者，酷得風神，大抵其體不宜多作，多不足以盡變，而嫌於襲；出三謝以後者，峭峻過之，不甚合也。七言歌行，初甚工於辭，而微傷其氣，晚節雄麗精美，縱横自如，灼然春工之妙。五、七言律，自是神境，無容擬議。絶句亦是太白、少伯雁行。排律比擬沈、宋，而不能盡少陵之變。志傳之文，出入左氏、司馬，法甚高，少不滿者，損益今事以附古語耳。序論雜用《戰國策》、《韓非》諸子，意深而詞博，微苦纏擾。銘辭奇雅而寡變，記辭古峻而太琢，書牘無一筆凡語。若以獻吉并論，于鱗高，獻吉大；于鱗英，獻吉雄；于鱗潔，獻吉冗；于鱗艱，獻吉率。令具眼者左右袒，必有歸也。」

（四）王世貞《藝苑卮言》卷七：「李于鱗文，無一語作漢以後，亦無一字不出漢以前。其自叙樂府云『擬議以成其變化』，又云『日新之謂盛德』，亦此意也。若尋端議擬，以求日新，則不能無微憾。世之君子乃欲淺摘而痛訾之，是訾古人矣。」又云：「始見于鱗選明詩，余謂如此何以鼓吹唐音。及見唐詩，謂何以衿裾古《選》。及見古《選》，謂何以箕裘《風》、《雅》。乃至陳思《贈白馬》，杜陵、李白歌行，亦多棄擲。豈所謂英雄欺人，不可盡信耶？」又云：「于鱗才可謂前無古人，至於裁鑒，亦不能無意向。余爲其《古今詩删》序云：『令于鱗而輕退古之作者，間有之；于鱗舍格而輕進古之作者，則無是也。』此語雖爲于鱗解紛，然亦大是實録。」

（五）王世貞《藝苑卮言》卷七：「明年爲刑部郎，同舍郎吴峻伯、王新甫、袁履善進余於社。吴時稱前輩，名文章家，然每余一篇出，未嘗不擊節稱善也。亡何，各用使事，及遷去，而伯承者前已通余於于鱗，又時時爲余言于鱗也，久之始定交。自是詩知大曆以前，文知西京而上矣。已于鱗所善者布衣謝茂秦來，已同舍郎徐子與、梁公實來，吏部郎宗子相來，休沐則相與揚扢，冀於探作者之微，蓋彬彬稱同調云。而茂秦、公實復又解去，于鱗乃倡爲五子詩，用以紀一時交游之誼耳。又明年而余使事竣還北，于鱗守順德，出茂秦，登吳明卿。又明年同舍郎余德甫來，又明年户部郎張肖甫來，吟咏時流布人間，或稱七子，或八子，吾曹實未嘗相標榜也。而分宜氏當國，自謂得旁采風雅權，讒者間之，眈眈虎視，俱不免矣。」卷八又云：「李于鱗守順德時，有胡提學者過之。其人蜀人也，于鱗往訪，方掇茶次，漫問之曰：『楊升庵健飯否？』胡忽云：『升庵錦心綉腸，不若陳白沙鳶飛魚躍也。』于鱗拂衣去，口咄咄不絶。後按察關中，過許中丞宗魯，許問今天下名能詩何人，于鱗云：『唯王某。』謂余也。其次爲宗臣子相。時子相爲考功郎，許請子相詩觀之，于鱗忽勃然曰：『夜來火燒却。』許面赤而已。」

【評】

本節順藤摸瓜論及明前、後七子，他們與嚴羽、高棅詩學的關係大家都很熟悉，這裏值得注意的是葉燮對李攀龍與王世貞的區别。他對王世貞的評價明顯要高得多，事實上書中曾多次徵引王世貞之説，是他引用最多的一位前代批評家。由此也可看出葉燮的眼光。王世貞和胡應麟原是明代最淵博、最有見解的學者和詩論家。不過，他的結論是，王世貞平生推重李攀龍而又不諱言其詩模擬之弊，不是王世貞愛而不諱其短，而是當日互爲推重僅是虚聲倡和、藉相倚以壓倒衆人。這未免過於武斷，還需要更有力的證據來支撑。

一二之四 夫自湯惠休以「初日芙蓉」擬謝詩，後世評詩者，祖其語意，動以某人之詩如某某：(一)或人，或神仙，或事，或動植物，造爲工麗之辭，而以某某人之詩一一分而如之。(二)泛而不附，縟而不切，未嘗會於心，格於物，徒取以爲談資，與某某之詩何與？明人遞習成風，其流愈盛。(三)自以爲兼總諸家，而以要言評次之，不亦可哂乎？我故曰：歷來之評詩者，雜而無章，紛而不一，詩道之不能常振於古今者，其以是故歟？(四)

【箋】

（一）敖陶孫《臞翁詩評》：「魏武帝如幽燕老將，氣韻沉雄；曹子建如三河少年，風流自賞；鮑明遠如飢鷹獨出，奇矯無前；謝康樂如東海揚帆，風日流麗；陶彭澤如絳雲在霄，舒卷自如；王右丞如秋水芙蕖，倚風自笑；韋蘇州如園客獨繭，暗合音徽；孟浩然如洞庭始波，木葉微脱；杜牧之如銅丸走阪，駿馬注坡；白樂天如山東父老課農桑，言言皆實；元微之如李龜年説天寶遺事，貌悴而神不傷；劉夢得如鏤冰雕瓊，流光自照；李太白如劉安雞犬，遺響白雲，核其歸存，恍無定處；韓退之如囊沙背水，唯韓信獨能；李長吉如武帝食露盤，無補多欲；孟東野如埋泉斷劍，卧壑寒松；張籍如優工行鄉飲，酬獻秩如，時有詼氣；柳子厚如高秋獨眺，霽晚孤吹；李義山如百寶流蘇，千絲鐵網，綺密瓌妍，要非適用。本朝蘇東坡如屈注天潢，倒連滄海，變眩百怪，終歸雄渾；歐公如四瑚八璉，止可施之宗廟；荆公如鄧艾縋兵入蜀，要以險絶爲功；山谷如陶弘景祇詔入宫，析理談玄，而松風之夢故在；梅聖俞如關河放溜，瞬息無聲；秦少游如時女步春，終傷婉弱；後山如九皋獨唳，深林孤芳，沖寂自妍，不求賞識；韓子蒼如梨園按樂，排比得倫；吕居仁如散聖安禪，自能奇逸。其他作者，未易殫陳。獨唐杜工部，如周公制作，後世莫能擬議。」（魏慶之《詩人玉屑》卷二）

（二）這類立象盡意的批評法，起初都雜用各類比喻，到後代則出現專用某比喻的情形。如清人諸聯《明齋小識》卷七「詩喻」云：「古來漢魏如薝蔔；陳思王如酴醿；應、劉如山礬；阮步兵如素柰；三張、二陸如桂；左太沖如文杏；陶如菊；謝如芍藥；顔太常如石榴；惠連如木芙蓉；鮑明遠如凌霄；謝朓如桃；沈約如紫薇；江淹如夜落金錢；庾信如玉簪；徐陵如白丁香；陳拾遺如款冬；曲江如錦帶；四傑如綉球；沈、宋如牡丹；高達夫、岑嘉州如辛夷；右丞如蕙；孟山人如水仙；韋左司如梨；柳如柳；杜陵如崑崙山萬仞瓊華；青蓮如世尊頂上千葉寶蓮；大曆十才子如李，如葵，如萱，如素馨、淇澳竹、嶧陽孤桐；長吉如寶珠山茶；白傅如玉蘭；郊、島、盧仝如當歸、玉竹；韓如孤山老梅，如柏；皮、陸如麗春；温、李如海棠；張、王如夜合；微之、牧之如木香；冬郎如茉莉；東坡居士如滿條紅，又如蔦蘿附喬松；山谷如蠟梅；梅聖俞如芭蕉；放翁、誠齋如月季；石湖如鳳仙；花蕊夫人如含笑；元遺山如杜鵑；虞、楊、范、揭、薩都剌如五色薔薇。」這是專用植物作譬的例子。尚鎔

《與婁潤筠明府論古文書》：「侯朝宗如少室凌空，離奇莫測；魏叔子如匡廬深峭，襟帶江湖；邵子湘如北邙綿亘，河洛環流；汪苕文如箕山壓潁，平淡相涵；毛西河如楚國方城，霸氣騰躍；彭躬庵如河上敖山，下多倉粟；朱竹垞如大小孤山，各成生面；姜西溟如靈巖天平，共成勝概；方望溪如鍾阜龍盤，氣象尊貴；李穆堂如豫章西山，拔地博厚；袁子才如曲江丹霞，變態百出；劉海峰如九華臨江，森然秀異；全謝山如太室嚴厲，俯視中州；朱梅崖如庾嶺刺天，中夷外險；范燕川如雲間九峰，青空一色；姚姬傳如金焦相對，力挽頹瀾；謝薌泉如嶽麓浮湘，雲鮮霞蔚；許生洲如苕霅弁山，清暉四映；惲子居如太行鬱蟠，獨雄三晉。」這又是專用天下名山來作譬的例子。

（三）明人評詩以爲談資，最著名的例子可見於王世貞《藝苑卮言》卷五：「湯惠休、謝琨、沈約、鍾嶸、張説、劉次莊、張芸叟、鄭厚、敖陶孫、松雪齋，於詩人俱有評擬，大約因袁昂評書之論而模仿之耳。（中略）余於國朝前輩名家，亦偶窺一斑，聊附於此，以當鼓腹。詩，高季迪如射雕胡兒，伉健急利，往往命中；又如燕姬靚妝，巧笑便辟。劉伯温如劉宋好武諸王，事力既稱，服藝華整，見王謝衣冠子弟，不免低眉。袁可潛如師手鳴琴，流利有情，高山尚遠。劉子高如雨中素馨，雖復嫣然，不作寒梅老樹風骨。楊孟載如西湖柳枝，綽約近人，情至之語，風雅掃地。汪朝宗如胡琴羌管，雖非太常樂，琅琅有致。徐幼文、張來儀如鄉士女，有質有情，而乏體度。孫伯融如新就銜馬，步驟未熟，時見輕快。孫仲衍如豪富兒入少年場，輕脱自好。浦長源、林子羽如小乘法中作論師，生天則可，成佛甚遥。解大紳如河朔大俠，鬚髯戟張，與之周旋，酒肉傖父。楊東里如流水平橋，粗成小致。曾子啓如封節度募兵東征，鮮華雜沓，精騎殊少。湯公讓、劉原濟如淮陰少年，鬥健作噉人狀。劉欽謨如村女簪花，穠艷羞澀，正得各半。夏正夫如鄉嗇夫衣綉見達官，雖復整飭，時露本態。李西涯如陂塘秋潦，汪洋淡沲，而易見底裏。謝方石如鄉里社塾師，日作小兒號嗄。吴匏庵如學究出身人，雖復閑雅，不脱酸習。沈啓南如老農老圃，無非實際，但多俚辭。陳公甫如學禪家，偶得一自然語，謂爲游戲三昧。莊孔陽佳處不必言，惡處如村巫降神，里老駡坐。陸鼎儀如吃人作雅語，多在咽喉間。張亨父如作勞人唱歌，滔滔中俗子耳。張静之如小棹急流，一瞬而過，無復雅觀。楊文襄如老弋陽伎，發喉甚便而多鼻音，不復見調。桑民懌如洛陽博徒，家無擔石，一擲百萬。林待用如太湖中頑石，非不具微致，無乃痴重何。喬希大如漢官出臨遠郡，亦自粗具威儀。祝希哲如盲賈人張肆，頗有珍玩，位置總雜不堪。蔡九逵如灌莽中薔薇，汀際小鳥，時復娟然，一覽而已。王敬夫如漢武求仙，欲根正染，時復遇之，終非實境。石少保如披沙揀金，時時見寶。文徵仲如仕女淡妝，維摩坐語；又如小閣疏窗，位置都雅，而眼境易窮。康德涵如靖康中宰相，非不處貴，恇擾粗率，無大處分。蔣子雲如白蠟糖，看似甘美，不堪咀嚼。王欽佩如小女兒帶花，學作軟麗。唐虞佐如苦行頭陀，終少玄解。王子衡如外國人投唐，武將坐禪，威儀解悟中，不免露抗浪本色。熊士選如寒蟬乍鳴，疏林早秋，非不清楚，恨乏他致。張琦如夜蛙鳴露，自極聲致，然不脱汙泥中。唐伯虎如乞兒唱《蓮花樂》，其少時亦復玉樓金埒。邊庭實如洛陽名園，處處綺卉，不必盡稱姚魏；又如五陵裘馬，千金少年。顧華玉如春原畫花，萑靡不少。劉元瑞如閩人强作齊語，多不辨。朱升之如桓宣武似劉司空，無所不恨。殷近夫如越兵縱横江淮間，終不成霸。王新建如長爪梵志，彼法中錚錚動人。陸子淵如入貲官作文語，雅步雖自有餘，未脱本來面目。鄭繼之如冰凌石骨，質勁不華；又如天寶父老談喪亂，事皆實際，時時感慨。孟望之如貧措大置酒，寒酸澹泊，然不至腥膻。黄勉之如假山池，雖爾華整，大費人力。高子業如高山鼓琴，沈思忽往，木葉盡脱，石氣自青；又如衛洗馬言愁，憔悴婉篤，令人心折。薛君采如宋人葉玉，幾奪天巧；又如倩女臨池，疏花獨笑。胡孝思如驕兒郎愛吴音，興到即謳，不必合板。馬仲房如程衛尉屯西宫，斥堠精嚴，甲仗雄整，而士乏樂用之氣。豐道生如沙苑馬，駑駿相半，恣情馳騁，中多敗蹶。王舜夫如敗鐵網取珊瑚，用力堅深，得寶自少。孫太初如雪夜偏師，間道入蔡；又如鳴蜩伏蚓，聲振月露，體滯泥壤。施子羽如寒鴉數點，流水孤村，惜其景物蕭條，迫晚意盡。王履吉如鄉少年久游都會，風流詳雅，而不盡脱本來面目；又似揚州大宴，雖鮭珍水陸，而時有宿味。常明卿如沙苑兒駒，驕嘶自賞，未諧步驟。張文隱如藥鑄鼎，燦爛驚人，終乏古雅。王稚欽如良馬走坂，美女舞竿，五言尤自長城。陳約之如青樓小女，月下箜篌，初取閑適，終成凄楚；又如過雨殘荷，雖爾衰落，嫣然有態。楊用修如暴富兒郎，銅山金埒，不曉吃飯著衣。李子中如刁家奴，輝赫車馬，施散金帛，原非己物。廖鳴吾如新決渠，浮楚濁泥，一瞬皆下。皇甫子安如玉盤露屑，清雅絶人，惜輕縑短幅，不堪裁剪。袁永之如王謝門中貴子弟，動止可觀。黄才伯如紫瑛石，大似靺鞨，晚年不無可恨。周以言如中智苾芻，雖乏根具，不至出小乘語。施平叔如小邑民築室，器物俱完。張以言如甘州石斗，色澤似玉，膚理粗漫。胡承之如病措大習白猿公術，操舞如度，擊刺未堪。華子潛如磐石疏林，清溪短棹，雖在秋冬之際，不廢楓橘。張孟獨如駡陣兵，嗔目揎袖，果勢壯往。張愈光如拙匠琢山骨，斧鑿宛然；又如束銅錮腹，滿中外道。湯子重如鄉三老入城，威儀舉舉，終少華冶態。傅汝舟如言《法華》作風話，凡多聖少。喬景叔如清泉放溜，新月挂樹，然此景殊少，不耐縱觀。蔡子木如驕女織流黄，不知絲理，强自斐然。王道思如驚弋宿鳥，撲刺遒迅，殊愧幽閑之狀。許伯誠如賈胡子作狎游，隨事揮散，無論中節。陳羽伯如東市倡，慕青樓價，微傅粉澤，强工顰笑。王允寧如馬服子陳師，自作奇正，不得兵法；又如項王嘔嘔未了，忽發喑嗚。徐昌穀如白雲自流，山泉冷然，殘雪在地，掩映新月；又如飛天仙人，偶游下界，不染塵俗。何仲默如朝霞點水，芙蕖試風；又如西施毛嬙，毋論才藝，却扇一顧，粉黛無色。李獻吉如金鳷擘天，神龍戲海；又如韓信用兵，衆寡如意，排蕩莫測。李于鱗如峨眉積雪，閬風蒸霞，高華氣色，罕見其比；又如大商舶，明珠異寶，貴堪敵國，下者亦是木難、火齊。宗子相如渥洼神駒，日可千里，未免嚙趹之累；又如華山道士，語語烟霞，非人間事。梁公實如緑野山池，繁雅匀適；又如漢司隸衣冠，令人驚美，但非全盛儀物。吴峻伯如子陽在蜀，亦具威儀；又如初地人，見聲聞則入，大乘則遠。馮汝行如幽州馬行客，雖見伉俍，殊乏都雅。馮汝言如晉人評會稽王，有遠體而無遠神。張茂參如荒傖渡江，揖讓簡略，故是中原門第。盧少楩如翩翩濁世佳公子，輕俊自肆。朱子价如高坐道人，衩衣躡屐，忽發胡語。陳鳴野如子玉兵，過三百乘則敗。彭孔嘉如光禄宴使臣，餖飣詳整，而中多宿物。徐汝思如初調鷹見擊鶩，故難獲鮮。黄淳父如北里名姬作酒糾，才色既自可觀，時出俊語，爲客所賞。謝茂秦如太官舊庖，爲小邑設宴，雖事饌非奇，而餖飣不苟。魏順甫如黄梅坐人談上乘，縱未透汗，不失門宗。」謝榛《四溟詩話》卷三亦云：「自古詩人養氣，各有主焉。蘊乎內，著乎外，其隱見異同，人莫之辨也。熟讀初唐盛唐諸家所作，有雄渾如大海奔濤，秀拔如孤峰峭壁，壯麗如層樓疊閣，古雅如瑶瑟朱弦，老健如朔漠横雕，清逸如九皋鳴鶴，明净如亂山積雪，高遠如長空片雲，芳潤如露蕙春蘭，奇絶如鯨波蜃氣，此見諸家所養之不同也。學者能集衆長合而爲一，若易牙以五味調和，則爲全味矣。」

（四）洪亮吉《北江詩話》卷一論當時名家詩，是迄今所見篇幅最大的一例：「錢宗伯載詩如樂廣清言，自然入理；紀尚書昀詩如泛舟苕、霅，風日清華；王方伯太岳詩如白頭宮監，時説開、天；陳方伯奉兹詩如壓雪老梅，愈形倔强；張上舍鳳翔詩如倀鬼哭虎，酸風助哀；馮文肅英廉詩如申、韓著書，刻深自喜；蔣編修士銓詩如劍俠入道，猶餘殺機；朱學士筠詩如激電怒雷，雲霧四塞；翁閣學方綱詩如博士解經，苦無心得；袁大令枚詩如通天神狐，醉即露尾；錢文敏維城詩如名流入座，意態自殊；畢宫保沅詩如飛瀑萬仞，不擇地流；舅氏蔣侍御和甯詩如宛洛少年，風流自賞；吴舍人泰來詩如便服輕裘，僅堪適體；錢少詹大昕詩如漢儒傳經，酷守師法；王光禄鳴盛詩如霽日初出，晴雲滿空；趙光禄文哲詩如宫人入道，未洗鉛華；王司寇昶詩如盛服趨朝，自矜風度；嚴侍讀長明詩如觸目琳琅，率非己有；王侍讀文治詩如太常法曲，究係正聲；施太僕朝幹詩如讀甘讒鼎銘，發人深省；任侍御大椿詩如灞橋銅狄，冷眼看春；鮑郎中之鍾詩如昆侖琵琶，未除舊習；張舍人塤詩如廣筵招客，間雜屠沽；程吏部晉芳詩如白傅作詩，老嫗都解；曹學士仁虎詩如珍饌滿前，不能隔宿；張大令鶴詩如繩樞瓮牖，時發奇花；湯大令大奎詩如故侯門第，樽俎尚存；張宫保百齡詩如逸客游春，衫裳倜儻；舅氏蔣檢討衡詩如長孺戇直，至老益堅；汪明經中詩如病馬振鬣，時鳴不平；錢通副澧詩如淺話桑麻，亦關治術；李主事鼎元詩如海山出雲，時有奇采；姚郎中鼐詩如山房秋曉，清氣流行；吴祭酒錫麒詩如青緑溪山，漸趨蒼古；黄二尹景仁詩如咽露秋蟲，舞風病鶴；顧進士敏恒詩如平空鶴唳，清響四流；瞿主簿華詩如危樓斷簫，醒人殘夢；高孝廉文照詩如碎裁古錦，花樣尚存；方山人薰詩如獨行空谷，時逗疏香；趙兵備翼詩如東方正諫，時雜詼諧；阮侍郎元詩如金莖殘露，色晃朝陽；凌教授廷堪詩如畫壁蝸涎，篆碑蘚蝕；李兵備廷敬詩如三齊官服，組織輕巧；林上舍鎬詩如狂飈入座，花葉四飛；曾都轉燠詩如鷹隼脱韝，精采溢目；王典籍芑孫詩如中朝大官，老於世事；秦方伯瀛詩如久旱名山，尚流空翠；錢大令維喬詩如逸客飧霞，惜難輕舉；屠州守紳詩如栽盤紅藥，蓄沼文魚；劉侍讀錫五詩如匡鼎説詩，能傾一坐；管侍御世銘詩如朝正岳瀆，鹵簿森嚴；方上舍正澍詩如另辟池臺，廣饒佳麗；法祭酒式善詩如巧匠琢玉，瑜能掩瑕；梁侍講同書詩如山半鐘魚，響參天籟；潘侍御庭筠詩如枯禪學佛，情劫未忘；史文學善長詩如春雲出岫，舒卷自如；黎明經簡詩如怒猊飲澗，激電搜林；馮户部敏昌詩如老鶴行庭，舉止生硬；趙郡丞懷玉詩如鮑家驄馬，骨瘦步工；汪助教端光詩如新月入簾，名花照鏡；楊大令倫詩如臨摹畫幅，稍覺失真；楊户部芳燦詩如金碧池臺，炫人心目；楊布政揆詩如滄溟泛舟，忽得奇寶；孫兵備星衍少日詩如飛天仙人，足不履地；吕司訓星垣詩如宿霧埋山，斷虹飲渚；張檢討問陶詩如騏驥就道，顧視不凡；何工部道生詩如王謝家兒，自饒繩檢；劉刺史大觀詩如極邊春色，仍帶荒寒；吴禮部蔚光詩如百草作花，艷奪桃李；徐大令書受詩如范雎宴客，草具雜陳；趙大令希璜詩如麋鹿駕車，終難就範；施上舍晉詩如湖海元龍，未除豪氣；伊太守秉綬詩如貞元朝士，時務關心；方太守體詩如松風竹韻，爽客心脾；張司馬鉉詩如鑿險縋幽，時逢異境；張上舍崟詩如倪迂短幅，神韻悠然；劉孝廉嗣綰詩如荷露烹茶，甘香四徹；金秀才學蓮詩如殘蟾照海，病燕依樓；吴孝廉嵩梁詩如仙子拈花，自饒風格；徐刺史嵩詩如神女散髮，時時弄珠；吴司訓照詩如風入竹中，自饒清韻；姚文學椿詩如洛陽少年，頗通治術；孫吉士原湘詩如玉樹浮花，金莖滴露；唐刺史仲冕詩如出峽樓船，帆檣乍整；張大令吉安詩如青子入筵，味别百果；陳博士石麟詩如晴雲舒紅，媚比幽谷；項州倅墉詩如春草乍緑，尚存冬心；邵進士葆祺詩如香車寶馬，照耀通衢；郭文學麐詩如大堤游女，顧影自憐；張上舍問簪詩如秋棠作花，凄艷欲絶；胡孝廉世琦詩如涉險驊騮，攫空鷹隼；羅山人聘詩如仙人奴隸，曾入蓬萊；僧慧超詩如松花作飯，不飽獼猴；僧巨超詩如荇葉製羹，藉清牢醴；僧小顛詩如張顛作草，時覺神來；僧果仲詩如郭象注《莊》，偶露才語；僧寒石詩如老衲升壇，不礙真率；閨秀歸懋昭詩如白藕作花，不香而韻；崔恭人錢孟鈿詩如沙彌升座，靈警異常；孫恭人王采薇詩如斷緑零紅，凄艷欲絶；吴安人謝淑英詩如出林勁草，先受驚風；張宜人鮑茝香詩如栽花隙地，補種桑麻。余所知近時詩人如此，内惟黎明經簡未及識面。或問君詩何如，曰僕詩如激湍峻嶺，殊少回旋。」

【評】

此節談的是古代文學批評中的立象盡意之法，張伯偉《中國古代文學批評方法研究》稱爲意象批評法。溯其源頭，始於《詩經・大雅・烝民》「吉甫作誦，穆如清風」。然羅列而論人物，始於袁昂論書，梁武帝評書仿之，宋代米芾復效之，直到清代桂馥仍有《國朝隸品》。而移而論詩者，最爲人熟知的是宋代敖陶孫《詩評》。此後有佚名《竹林詩評》論漢魏六朝詩人，又有劉克莊《後村詩話》、明徐泰《詩談》、清毛先舒《北門四子詩評語》，至洪亮吉《北江詩話》論當時名家詩而極其至。推而廣之，皇甫湜《論業》、魏禧《日録》卷二、尚鎔《與婁澗筠明府論古文書》以之論文，郭麐《靈芬館詞話》、聞宥《野鶴零墨》卷三以之論詞，明寧獻王《太和正音譜》「古今群英樂府格勢」以之評元明北曲，何白池《法苑火齊》卷二「詩賦」以之論詩賦，可以説是源遠流長，張伯偉因而將它與推源溯流、以意逆志并列爲中國古代文學批評的三種基本方法。但葉燮對這種批評法獨不以爲然，認爲難免有「泛而不附，縟而不切」的缺陷。實際上任何一種批評方法都有長短，立象盡意的方法，類比而兼形象，自然不可能像邏輯語言那麽深切著明，但寥寥數語，得其神似，却也能捕捉到對象的精神。運用得好，有助於對詩人藝術風貌的整體把握。

外篇　下

一之一　《三百篇》如三皇五帝〔一〕，雖法制多有未備，然所以爲君而治天下之道，無能外此者矣。漢魏詩如三王〔二〕，已有質文治具〔三〕，焕然耳目，然猶未能窮盡事物之變。自此以後，作者代興〔四〕，極其所至，如漢祖、唐宗〔五〕，功業炳耀，其名王，其實則霸〔六〕。雖後人之才或遜於前人，然漢、唐之天下，使以三王之治治之，不但不得王，并且失霸。故後代之詩，爲王則不傳，爲霸則傳。漢祖、唐宗之規模，而以齊桓、晋文之才與術用之〔七〕，業成而儼然王矣。知此方可登作者之壇，紹前哲，垂後世。若徒竊漢、唐之規模，而無桓、文之才術，欲自雄於世，此宋襄之一戰而敗〔八〕，身死名滅，爲天下笑也。

【注】

〔一〕三皇五帝：《周禮·春官·外史》：「掌三皇五帝之書。」三皇五帝，歷來多有歧説，皇甫謐《帝王世紀》謂伏羲、神農、黄帝爲三皇，少昊、顓頊、高辛、堯、舜爲五帝，唐司馬貞補《史記·三皇紀》則以伏羲、女媧、神農爲三皇，《史記・五帝紀》以黄帝、顓頊、帝嚳、堯、舜爲五帝。

〔二〕三王：夏禹、商湯、周文王。

〔三〕治具：治國的措施。《莊子・天道》：「驟而語形名賞罰，此有知治之具，非知治之道。」韓愈《進學解》：「方今聖賢相逢，治具畢張，拔去凶邪，登崇畯良。」

〔四〕代興：《左傳・昭公三年》齊侯云：「有酒如澠，有肉如陵。寡人中此，與君代興。」

〔五〕漢祖：即漢高祖劉邦（前二五六—前一九五），字季，秦泗水郡沛縣（今屬江蘇）人，官泗水亭長，後起兵稱沛公，項羽封爲漢王，後爲漢朝開國皇帝，世稱漢高祖。唐宗：即唐太宗李世民（五九九—六四九），唐高祖李淵次子，封秦王，立下赫赫戰功，繼李淵爲唐朝第二位皇帝，廟號太宗。於六二六至六四九年在位期間有「貞觀之治」的美譽。

〔六〕王：《孟子・公孫丑上》：「以力假仁者霸，霸必有大國；以德行仁者王，王不待大。」《梁惠王上》朱熹集注：「王，謂王天下之道。」即王道，以仁德感化人。霸：霸道，以武力征服。

〔七〕齊桓：即齊桓公（？—前六四三），姜姓，名小白。齊僖公子，齊襄公弟。公元前六八五至前六四三年在位，任用管仲爲相，國力强盛，爲春秋五霸之首。晉文：即晉文公（前六九七—前六二八），姬姓，名重耳。晉獻公之子。公元前六三六至前六二八年在位。流亡十九年後復國，任用賢能，國力日雄，遂居春秋五霸之一。

〔八〕宋襄：即宋襄公（？—前六三七），子姓，名兹甫。宋桓公次子，公元前六五〇至前六三七年在位。篤守禮法，以仁義見稱。以賢臣子魚、公孫固爲輔，國中大治，爲春秋五霸之一。前六三八年與楚戰於泓水，時楚軍勢强，大司馬子魚欲趁楚軍渡水時截殺之，襄公不許；楚軍登岸，子魚欲趁楚軍未列陣形時襲之，襄公又不許，遂致敗績。襄公腿部中箭，翌年重傷而卒。

【評】

《外篇下》進入詩史專門問題的討論，内容包括作家、作品評論，各種詩歌類型、體裁的體製與作法，可見葉燮在詩歌批評方面的判斷力及創作經驗的積累。本節借治道與時世的適應關係來説明詩歌寫作範式宜與詩史發展的階段相對應，後人盲目采用前代的體裁和表現手法來寫作，就像宋襄公泥古不化，以古代戰法應敵，勢必自取敗亡。相對於前文對明代擬古思潮的批判，這是從原理上探討復古、模擬的病根所在。

二之一　漢魏之詩，如畫家之落墨於太虚中〔一〕，初見形象。一幅絹素，度其長短闊狹，先定規模，而遠近濃淡、層次脱卸，俱未分明。六朝之詩，始知烘染設色，微分濃淡，而遠近層次，尚在形似意想間，〔一〕猶未顯然分明也。盛唐之詩，濃淡遠近層次，方一一分明，能事大備。宋詩則能事益精，諸法變化，非濃淡遠近層次所得而該〔二〕，刻畫博换，無所不極。

【注】

〔一〕太虛：此指天空、宇宙。

〔二〕該：包括、範圍。

【箋】

〔一〕形似作爲古代藝術論的重要術語，在不同時代具有不同的内涵。六朝人皆用以指白描之工，即追求描繪的逼真，如沈約《宋書・謝靈運傳論》：「自漢至魏，四百餘年，辭人才子，文體三變。相如工爲形似之言，班固長於情理之説，子建、仲宣以氣質爲體，并標能擅美，獨映當時。」鍾嶸《詩品》卷上晉黄門郎張協：「文體華净，少病累。又巧構形似之言，雄於潘岳，靡於太沖。風流調達，實曠代之高手。」顔之推《顔氏家訓・文章篇》：「何遜詩實爲清巧，多形似之言。揚都論者，恨其每病苦辛，饒貧寒氣，不及劉孝綽之雍容也。」《文心雕龍・物色》：「自近代以來，文貴形似。窺情風景之上，鑽貌草木之中；吟咏所發，志惟深遠；體物爲妙，功在密附。故巧言切狀，如印之印泥，不加雕削，而曲寫毫芥。故能瞻言而見貌，即字而知時也。」唐人猶沿襲之，如張九齡《宋使君寫真圖贊并序》：「意得神傳，筆精形似。」高仲武《中興閒氣集》卷上：「侍御詩清雅，工於形似。如『風兼殘雪起，河帶斷冰流』，吟之未終，皎然在目。」但到宋代愈益崇尚傳神，蘇軾遂有「論畫以形似，見於兒童鄰。賦詩必此詩，定非知詩人」（《書鄢陵王主簿所畫折枝二首》）之説。同時，形似又基於追求逼真描繪的含義，引申出與誇張想象相對的寫實的含義，與意味着直接叙述的表現手法——賦相聯繫起來。范温《潛溪詩眼》的一段話很清楚地顯示出這一點：「形似之語，蓋出於詩人之賦，『蕭蕭馬鳴，悠悠旆旌』是也；激昂之語，蓋出於詩人之興，『周餘黎民，靡有孑遺』是也。古人形似之語，如鏡取形、燈取影也。故老杜所題詩，往往親到其處，益知其工。激昂之言，孟子所謂『不以文害辭，不以辭害志』，初不可形迹考，然後此乃見一時之意。余游武侯廟，然後知《古柏詩》所謂『柯如青銅根如石』，信然決不可改。此乃形似之語。『霜皮溜雨四十圍，黛色參天二千尺。雲來氣接巫峽長，月出寒通雪山白』，此激昂之語，不如此則不見柏之大也。文章固多端，警策往往在此兩體耳。」

【評】

以畫喻詩起於古代詩畫功能相通的觀念，源頭可以追溯到《歷代名畫記》所引陸機語：「丹青之興，比《雅》、《頌》之述作，美大業之馨香。」劉勰《文心雕龍・定勢》「繪事圖色，文辭盡情」又予以發揮，到唐代殷璠《河嶽英靈集》卷上就以「在泉爲珠，著壁成繪」來形容王維詩歌具有一種光彩奪目的效果。葉燮這裏是用繪畫技巧的發展來譬喻歷代詩歌寫作的階段性特徵，大旨與前文的作室之喻相似（見《内篇上》「二之二」），都是説漢魏詩純任天然，尚無技巧意識；六朝詩始有技巧意識，但尚粗略；到唐詩則日益自覺，技巧大備；宋人除了精益求精之外，又有意求變，多方開拓。作爲大判斷，這麽説還是中肯的。

二之二　又嘗謂漢魏詩不可論工拙，其工處乃在拙，其拙處乃見工，〔一〕當以觀商周尊彝之法觀之〔一〕。〔二〕六朝之詩，工居十六七，拙居十三四，工處見長，拙處見短。〔三〕唐詩諸大家、名家，始可言工，若拙者則竟全拙，不堪寓目。宋詩在工拙之外，其工處固有意求工，拙處亦有意爲拙。〔四〕若以工拙上下之，宋人不受也。此古今詩工拙之分劑也〔二〕。

【注】

〔一〕尊彝：商周時代的兩種青銅酒器。

〔二〕分劑：《三國志・魏書・華佗傳》：「心解分劑，不復稱量。」原指藥的劑量，此喻所占比例。

【箋】

〔一〕嚴羽《滄浪詩話・詩評》曰：「漢魏古詩，氣象混沌，難以句摘。」謝榛《四溟詩話》卷一：「《世說新語》：謝公問諸子弟《毛詩》何句最佳，玄曰：『昔我往矣，楊柳依依。今我來思，雨雪霏霏。』聖經若論佳句，譬諸九天而較其高也。嚴滄浪曰：『漢魏古詩，氣象渾厚，難以句摘。』況《三百篇》乎？滄浪知詩矣。」陸時雍《詩鏡總論》：「古樂府多俚言，然韻甚趣甚。後人視之爲粗，古人出之自精，故大巧者若拙。」

（二）將論古詩與觀商周彝鼎相比擬，陸時雍《詩鏡總論》已開先例：「古之爲尚，非徒樸也，實以其精。今人觀宋器，便知不逮古人甚遠。商彝周鼎，洵可珍也。不求其精，而惟其樸，以疏頑爲古拙，以淺俚爲玄淡，精彩不存，面目亦失之遠矣。」

（三）這是説六朝人始有意求工，故工拙皆由其才力之高下、技巧之成敗而驗。陸時雍《詩鏡總論》：「詩至於宋，古之終而律之始也。體製一變，便覺聲色俱開。謝康樂鬼斧默運，其梓慶之鐻乎？顔延年代大匠斲而傷其手也。寸草莖能争三春色秀，乃知天然之趣遠矣。」

（四）陳師道《後山詩話》云：「寧拙毋巧，寧樸毋華，寧粗毋弱，寧僻毋俗，詩文皆然。」吴可《藏海詩話》云：「凡詩切對求工，必氣弱。寧對不工，不可使氣弱。」又云：「東坡詩不無精粗，當汰之。葉集之云：『不可。於其不齊不整中時見妙處爲佳。』」又云：「東坡《謝李公擇惠詩帖》云：『公擇遂做到人不愛處。』」陸游《明日復理夢中作》云：「詩到無人愛處工。」均可見宋人有意爲拙的意識。羅大經《鶴林玉露》丙編卷三：「作詩必以巧進，以拙成。故作字惟拙筆最難，作詩惟拙句最難。至於拙，則渾然天全，工巧不足言矣。古人拙句，曾經拈出，如『池塘生春草』，『楓落吴江冷』，『澄江静如練』，『空梁落燕泥』，『清暉能娱人，游子淡忘歸』，『大江流日夜，客心悲未央』，『明月入高樓，流光正徘徊』，『采菊東籬下，悠然見南山』，如此等類，固已多矣。以杜陵言之，如『兩邊山木合，終日子規啼』，『野人時獨往，雲木曉相參』，『喜無多屋宇，幸不礙雲山』，『在家長早起，憂國願年豐』，『若無青嶂月，愁殺白頭人』，『百年渾得醉，一月不梳頭』，『一徑野花落，孤村春水生』，此五言之拙者也。『春水船如天上坐，老年花似霧中看』，『遷轉五州防禦使，起居八座太夫人』，『竹葉於人既無分，菊花從此不須開』，『莫思身外無窮事，且盡生前有限盃』，『雷聲忽送千峰雨，花氣渾如百和香』，『秋水纔添四五尺，野航恰受兩三人』，『酒債尋常行處有，人生七十古來稀』，此七言之拙者也。他難殫舉，可以類推。杜陵云『用拙存吾道』，夫拙之所在，道之所存也，詩文獨外是乎？」雖然他舉出的例子，後人未必都同意是拙句，但這種意識已爲後代詩家所注意。謝榛《四溟詩話》卷一云：「《鶴林玉露》曰：詩惟拙句最難。至於拙則渾然天成，工巧不足言矣。若子美『雷聲忽送千峰雨，花氣渾如百和香』之類，語平意奇，何以言拙？劉禹錫《望夫石》詩：『望來已是幾千載，只是當年初望時。』陳後山謂『辭拙意工』，是也。」

【評】

既然歷代作者對於技巧的意識不同，讀者評價作品的技巧就需要瞭解其間的差異。爲此本節嘗試從作者意圖的角度來概括古代詩歌的寫作範式。這不能不説是很獨到的見解，我還没見到前人有這麼看問題的。其中論宋詩拙處乃有意爲拙，最有見地。實際上不止是詩，推而至宋人書法，也可作如是觀。蘇、黄、米、蔡的書迹，相比唐人常見有很稚拙的筆致，那決不是他們寫不工整，而是就要這種趣味。葉燮看問題的視角過於新異，以至於不被後人理解。《四庫全書總目》卷一九七説《原詩》「亦多英雄欺人之語」，便舉「宋詩在工拙之外」一段，説：「此論蘇、黄數家猶可，概曰宋人，豈其然乎？」其實任何一種新觀念，都祇體現在部分作者的創作中，而衡量一個時代的特色往往就以這部分作者的特色爲代表。如果用統計的方法來分析全部宋詩，相信會是接近唐風的作品占多數，以《四庫全書總目》的説法，那就無所謂宋詩，而祇有蘇、黄詩了。這樣的思維方式肯定是不對的。在這種地方，葉燮詩論常顯示出一種超越時代的穿透力。

二之三　又漢魏詩如初架屋，棟梁柱礎門户已具，而窗欞楹檻等項，猶未能一一全備，但樹棟宇之形製而已。六朝詩始有窗欞楹檻，屏蔽開闔。唐詩則於屋中設幃帳床榻器用諸物，而加丹堊雕刻之工。宋詩則製度益精，室中陳設種種玩好，無所不蓄。(一)大抵屋宇初建，雖未備物，而規模弘敞，大則宫殿，小亦廳堂也。遞次而降，雖無製不全，無物不具，然規模或如曲房奥室，極足賞心，而冠冕闊大，遜於廣厦矣。夫豈前後人之必相遠哉？運會世變使然，非人力之所能爲也，天也。

【箋】

（一）以造屋喻詩歌藝術表現之進步與完善，後爲袁枚《隨園詩話》卷六所承：「七律始於盛唐，如國家締造之初，宫室粗備，故不過樹立架子，創建規模；而其中之洞房曲室，網户罘罳，尚未齊備。至中、晚而始備，至宋、元而愈出愈奇。明七子不知此理，空想挾天子以臨諸侯，於是空架雖立，而諸妙皆捐。」

【評】

因爲講到詩歌藝術表現的發展，這裏又將前文的作室之喻拿來繼續演繹，但議論的中心已由描述發展過程轉移到評價其結果。文學史出現一個吊詭的結論：詩歌技巧發展到宋代日益精緻，但詩歌的藝術水平却未必相應地提升，正像曲房奥室雕飾雖然精美，却缺乏殿堂的閎敞氣象。由此不難看出，葉燮的詩歌史觀絶對不是進化論的，在漢魏詩的簡易到宋詩的精緻之間，并不存在一個標志着進化的矢量。從藝術表現的角度説，詩歌史的確有着由簡而繁、由粗而精的發展和演進。但就價值而言，却不存在前低後高的進化過程。漢魏詩雖初具形製，細節未備，但規模閎敞，氣象闊大；後世之詩誠然體製益密、技巧益工，但規模小巧、氣象稍遜。由此無論如何也得不出宋詩高於漢魏的看法。這正像馬克思論古希臘藝術不可企及的永恒魅力，它與生物學意義上的進化論觀念是絶對無緣的。葉燮這種觀念與當代藝術史學的反進化論立場倒有相通之處，再次表現出他的詩史觀有着過人的深刻性。

三之一　六朝詩家，惟陶潛、謝靈運、謝朓三人最傑出，可以鼎立。三家之詩不相謀：陶澹遠，靈運警秀，朓高華，各闢境界，開生面，其名句無人能道。〔一〕左思、鮑照次之。思與照亦各自開生面，餘子不能望其肩項。〔二〕最下者潘安、沈約〔三〕，幾無一首一語可取，詩如其人之品也。〔三〕齊梁駢麗之習，人人自矜其長。然以數人之作，相混一處，不復辨其爲誰，千首一律，不知長在何處！其時膾炙之句，如「芙蓉露下落，楊柳月中疏」，〔四〕「亭皋木葉下，隴首秋雲飛」等語，〔五〕本色無奇，亦何足艷稱也。〔六〕

【注】

〔一〕潘安：即潘岳（二四七—三〇〇），字安仁。滎陽中牟（今屬河南）人。才富貌美，以《悼亡詩》著名。官給事黄門侍郎。後人輯有《潘黄門集》。

【箋】

〔一〕這裏説三家名句無人能道，指其詩中秀句非同時人所能企及。前人一般認爲詩到晉、宋間，始有名句可摘。如嚴羽《滄浪詩話·詩評》：「漢魏古詩，氣象混沌，難以句摘。晉以還方有佳句，如淵明『采菊東籬下，悠然見南山』，謝靈運『池塘生春草』之類。謝所以不及陶者，康樂之詩精工，淵明之詩質而自然耳。」胡應麟《詩藪》内編卷二：「嚴謂建安以前，氣象渾淪，難以句摘。此但可論漢古詩。若『高臺多悲風』、『明月照高樓』、『思君如流水』，皆建安語也。子建、子桓工語甚多，如『丹霞夾明月，華星出雲間』、『秋蘭被長阪，朱華冒緑池』之類，句法字法，稍稍透露。仲宣、公幹以下寂寥，自是其才不及，非以渾淪難摘故也。」許學夷《詩源辯體》卷三：「予案《十九首》如『思君令人老』、『磊磊澗中石』、『同心而離居』、『秋草萋以緑』，與子建『高臺多悲風』等，本乎天成，而無作用之迹，作者初不自知耳。如子桓『丹霞夾明月』等語，乃是構結使然。必若陸士衡輩有意雕刻，始可稱佳句也。」沈德潛《説詩晬語》卷上：「漢魏詩只是一氣轉旋，晉以下始有佳句可摘，此詩運升降之别。」獨陸時雍《詩鏡總論》云：「『池塘生春草』，雖屬佳韻，然亦因夢得傳。『林壑斂暝色，雲霞收夕霏』，語饒霽色，稍以椎鍊得之。『白雲抱幽石，緑筱媚清漣』，不琢而工。『皇心美陽澤，萬象咸光昭』，不淘而浄。『杪秋尋遠山，山遠行不近』，不修而嫵。『猿鳴誠知曙，谷幽光未顯』，『巖下雲方合，花上露猶泫』，不繪而工。此皆有神行乎其間矣。」又云：「謝康樂詩，佳處有字句可見，不免硜硜以出之，所以古道漸亡。」指出謝靈運詩工於琢句的特點及其在詩歌史上的意義。葉燮更將陶淵明與二謝相聯繫，顯出他對「名句」的要求遠過於通常所持的標準。

（二）嚴羽《滄浪詩話·詩法》：「黄初之後，惟阮籍《咏懷》之作，極爲高古，有建安風骨。晉人舍陶淵明、阮籍嗣宗外，惟左太沖高出一時，陸士衡獨在諸公之下。」沈德潛《古詩源·例言》：「茂先、休奕，莫能軒輊；二陸、潘、張，亦稱魯衛。太沖拔出於衆流之中，豐骨峻上，盡掩諸家。鍾記室季孟於潘陸之間，非篤論也。」袁枚《隨園詩話》補遺卷一〇：「左思之才，高於潘岳；朓之才，爽於靈運。何也？以其超雋能新故也。齊高祖云：『日不讀謝朓詩，便覺口臭。』宜李青蓮之一生低首也。」

（三）潘岳、沈約的人品，在歷史上都頗遭人非議。唐順之《與茅鹿門主事書》云：「自有詩以來，其較聲律、雕句文，用心最苦而立説最嚴者，無如沈約。苦却一生精力，使人讀其詩，祇見其捆縛齷齪，滿卷累牘，竟不曾道出一兩句好話。何則？本色卑也。本色卑，文不能工也。」（《荆川集》卷四）《隨園詩話》

補遺卷九云：「六朝人稱詩之多而能工者沈約也，少而能工者謝朓也。余讀二人之詩，愛謝而不愛沈。」

（四）「芙蓉露下落，楊柳月中疏」，出南朝梁詩人蕭愨《秋思》：「清波收潦日，華林鳴籟初。芙蓉露下落，楊柳月中疏。燕幃緗綺被，趙帶流黄裾。相思阻音息，結夢感離居。」顔之推《顔氏家訓·文章》云：「蘭陵蕭愨，梁室上黄侯之子，工於篇什。嘗有秋詩云：『芙蓉露下落，楊柳月中疏。』時人未之賞也。吾愛其蕭散，宛然在目。潁川荀仲舉、琅邪諸葛漢，亦以爲爾。而盧思道之徒，雅所不愜。」許顗《彦周詩話》：「六朝詩人之詩，不可不熟讀。如『芙蓉露下落，楊柳月中疏』，鍛煉至此，自唐以來，無人能及也。退之云：『齊梁及陳隋，衆作等蟬噪。』此語我不敢議，亦不敢從。」

（五）「亭皋木葉下，隴首秋雲飛」，出梁詩人柳惲《搗衣詩》其二：「行役滯風波，游人淹不歸。亭皋木葉下，隴首秋雲飛。寒園夕鳥集，思牖草蟲悲。嗟矣當春服，安見禦冬衣？」王世貞《藝苑卮言》卷三：「吴興『庭皋木葉下，隴首秋雲飛』，又『太液滄波起，長楊高樹秋』，置之齊梁月露間，矯矯有氣，上可以當康樂而不足，下可以凌子安而有餘。」王士禛《香祖筆記》卷五：「『亭皋木葉下，隴首秋雲飛』，『太液滄波起，長楊高樹秋』，皆柳文暢詩也。六朝名句，灼然在人耳目者。而某詩話謂吴興趙孟頫有句云云，置之齊梁，矯矯有氣，可謂眯目人道白黑，而《詩話類編》取之，亦不注作者名氏，閲之不覺捧腹。」按：王世貞所言吴興，自指柳惲，而後人誤會爲趙孟頫。方世泰《輟鍛録》：「『庭皋木葉下，隴首秋雲飛』，『芙蓉露下落，楊柳月中疏』，『太液滄波遠，長楊高樹秋』，如此寫景，豈晚唐人所得夢見！」

（六）陸時雍《詩鏡總論》：「詩被於樂，聲之也。聲微而韻，悠然長逝者，聲之所不得留也。一擊而立盡者，瓦缶也。詩之饒韻者，其鉦磬乎？『相去日益遠，衣帶日以緩』，其韻古；『携手上河梁，游子暮何之』，其韻悠；『高臺多悲風，朝日照北林』，其韻亮；『晨風飄歧路，零雨被秋草』，其韻矯；『采菊東籬下，悠然見南山』，其韻幽；『皇心美陽澤，萬象咸光昭』，其韻韶；『扣枻新秋月，臨流別友生』，其韻清；『野曠沙岸凈，天高秋月明』，其韻洌；『天際識歸舟，雲中辨江樹』，其韻遠。凡情無奇而自佳，景不麗而自妙者，韻使之也。」王夫之《夕堂永日緒論内編》：「不能作景語，又何能作情語耶？古人絶唱句多景語，如『高臺多悲風』、『蝴蝶飛南園』、『池塘生春草』、『亭皋木葉下』、『芙蓉露下落』，皆是也，而情寓其中矣。以寫景之心理言情，則身心中獨喻之微，輕安拈出。謝太傅於《毛詩》取『吁謨定命，遠猷辰告』，以此八字如一串珠，將大臣經營國事之心曲，寫出次第，故與『昔我往矣，楊柳依依；今我來思，雨雪霏霏』同一達情之妙。」兩家之論可與葉燮之説相印證。

【評】

從本節開始進入具體作家的批評。論六朝詩人，首先推崇陶潛、謝靈運、謝脁，以爲可以鼎立爲三大家，其警句出人意表，非同時人能道；其次，指出六朝詩歌個性色彩不够鮮明；第三，覺得當時傳誦的名句平淡無奇，并不見得怎麽出色。這些看法中，第三點可能不易得到後人的認可。他對六朝名句的評價與王夫之截然不同，由此顯出兩家論詩路數之異。王夫之詩學根柢於六朝、初唐，最重情、景；而葉燮詩學根柢於宋詩，尚理尚意，故幾乎不談情、景。但兩人有一點很相似，那就是相比理論思維的深刻來説，他們對詩歌作品的審美判斷力都略顯遜色，所以兩人對具體作品的評價，乃至詩人風格特徵的概括，常異於詩家通論。葉燮這裏對陶公、二謝詩風的概括尚會心不遠，前文他對唐代名詩人風格特徵的概括便很不同於歷代批評家的論斷，即使今天看來也很難讓人苟同。後面我們還會遇到不少類似的怪異論斷。

四之一　謝靈運高自位置，而推曹植之才獨得八斗，(一)殊不可解。植詩獨《美女篇》可爲漢魏壓卷，(二)《箜篌引》次之，(三)餘者語意俱平，無警絶處。《美女篇》意致幽眇，含蓄雋永，音節韻度，皆有天然姿態，層層摇曳而出，使人不可髣髴端倪〔一〕，固是空千古絶作。後人惟杜甫《新婚别》可以伯仲，(四)此外誰能學步？靈運以八斗歸之，或在是歟？若靈運名篇，較植他作固已優矣，而自遜處一斗，何也？(五)

【注】

〔一〕不可髣髴端倪：找不到頭緒。形容其結構天衣無縫。

【箋】

（一）《南史·謝靈運傳》載靈運之言曰：「天下才共一石，曹子建獨得八斗，我得一斗，自古及今，共用一斗。」

（二）曹植《美女篇》：「美女妖且閑，采桑歧路間。柔條紛冉冉，落葉何翩翩。攘袖見素手，皓腕約金環。頭上金爵釵，腰佩翠琅玕。明珠交玉體，珊瑚間木難。羅衣何飄飄，輕裾隨風還。顧盼遺光采，長嘯氣若蘭。行徒用息駕，休者以忘餐。借問女安居，乃在城南端。青樓臨大路，高門結重關。容華耀朝日，誰不希令顏。媒氏何所營，玉帛不時安。佳人慕高義，求賢良獨難。衆人徒嗷嗷，安知彼所觀。盛年處房室，中夜起長嘆。」（《曹植集校注》卷二）

（三）曹植《箜篌引》：「置酒高殿上，親交從我游。中厨辦豐膳，烹羊宰肥牛。秦箏何慷慨，齊瑟和且柔。陽阿奏奇舞，京洛出名謳。樂飲過三爵，緩帶傾庶羞。主稱千金壽，賓奉萬年酬。久要不可忘，薄終義所尤。謙謙君子德，磬折欲何求？驚風飄白日，光景馳西流。盛時不再來，百年忽我遒。生存華屋處，零落歸山丘。先民誰不死，知命復何憂？」（《曹植集校注》卷三）

（四）杜甫《新婚別》：「兔絲附蓬麻，引蔓故不長。嫁女與征夫，不如棄路旁。結髮爲君妻，席不暖君床。暮婚晨告別，無乃太匆忙。君行雖不遠，守邊赴河陽。妾身未分明，何以拜姑嫜？父母養我時，日夜令我藏。生女有所歸，雞狗亦得將。君今往死地，沈痛迫中腸。誓欲隨君去，形勢反蒼黃。勿爲新婚念，努力事戎行。婦人在軍中，兵氣恐不揚。自嗟貧家女，久致羅襦裳。羅襦不復施，對君洗紅妝。

仰視百鳥飛，大小必雙翔。人事多錯迕，與君永相望。」（《杜詩詳注》卷七）

（五）對謝靈運詩評價之最，前有皎然，後有王夫之，皆目爲不可一世之才。皎然《詩式·文章宗旨》：「康樂公早歲能文，性穎神澈。及通内典，心地更精，故所作詩，發皆造極，得非空王之道助邪？夫文章，天下之公器，安敢私焉？曩者嘗與諸公論康樂爲文，真於情性，尚於作用，不顧詞彩，而風流自然。彼清景當中，天地秋色，詩之量也；慶雲從風，舒卷萬狀，詩之變也。不然，何以得其格高，其氣正，其體貞，其貌古，其詞深，其才婉，其德宏，其調逸，其聲諧哉？至如《述祖德》一章，《擬鄴中》八首，《經廬陵王墓》、《臨池上樓》，識度高明，蓋詩中之日月也，安可攀援哉！惠休所評『謝詩如芙蓉出水』，斯言頗近矣！故能上躡《風》、《騷》，下超魏、晉。建安製作，其椎輪乎？」王夫之《古詩評選》卷五評謝靈運《登上戍石鼓山》：「謝詩有極易入目者，而引之益無盡；有極不易尋取者，而徑遂正自顯，然顧非其人弗與察爾。言情則於往來動止、縹緲有無之中，得靈蠁而執之有象；取景則於擊目經心、絲分縷合之際，貌固有而言之不欺。而且情不虛情，情皆可景；景非滯景，景總含情。神理流於兩間，天地供其一目，大無外而細無垠，落筆之先，匠意之始，有不可知者存焉。豈徒『興會標舉』，如沈約之所云者哉？自有五言，未有康樂；既有康樂，更無五言。或曰不然，將無知量之難乎？」

【評】

曹植與謝靈運誰才高，誰成就大，古今評論家肯定見仁見智。但有一點是毋庸置疑的，即「五言自漢迄魏，得思王始稱大成」（李重華《貞一齋詩説》），并且「古今大家，至曹子建始」（朱庭珍《筱園詩話》卷二)。曹植乃是詩歌史上第一位重要的詩人，其作品數量之多、題材涉及面之廣、表現手法之豐富，都獨步一時，影響深遠。其詩所咏歌的青春主題、游俠意氣以及懷才不遇的抑鬱情懷，都是盛唐之音的直接源頭。從這個意義上説，無論如何高估曹植的詩史地位都是不過分的。

五之一　陶潛胸次浩然，吐棄人間一切，故其詩俱不從人間得。詩家之方外，别有三昧也。(一)游方以内者，不可學，學之猶章甫而適越也〔一〕。唐人學之者，如儲光羲，(二)如韋應物。(三)韋既不如陶，儲雖在韋前，又不如韋，總之俱不能有陶之胸次故也。(四)

【注】

〔一〕章甫而適越：《莊子·逍遥游》：「宋人資章甫而適諸越，越人斷髮文身，無所用之。」

【箋】

(一)《莊子·大宗師》：「孔子曰：彼游方之外者也，而丘游方之内者也。」葛洪《西京雜記》卷三載：「司馬長卿賦，時人皆稱典而麗，雖詩人之作，不能加也。楊子雲曰：『長卿賦不似從人間來，其神化所至邪？』子雲學相如爲賦而弗逮，故雅服焉。」葉燮暗用這兩個典故，稱陶淵明詩有世外高人氣象。陶淵明自鍾嶸稱爲古今隱逸詩人之宗，後世每謂其詩多得道之言，如都穆《南濠詩話》云：「東坡嘗拈出淵明談理之詩有三，一曰『采菊東籬下，悠然見南山』，二曰『笑傲東軒下，聊復得此生』，三曰『客養千金軀，臨化消其寶』，皆以爲知道之言。予謂淵明不止於知道，而其妙語亦不止是。如云：『縱浪大化中，不喜亦不懼。應盡便須盡，無復獨多慮。』如云：『望雲慚高鳥，臨水愧游魚。真想初在襟，誰謂形迹拘。』如云：『不賴固窮節，百世當誰傳？』如云：『朝與仁義生，夕死復何求？』如云：『及時當勉厲，歲月不待人。』如云：『前途當幾許？未知止泊處。古人惜分陰，念此使人懼。』觀是數詩，則淵明蓋真有得於道者，非常人能蹈其軌轍也。」

（二）儲光羲學陶之作，如王夫之《唐詩評選》卷二評儲光羲《同王十二維偶然作》云：「得轉皆無預設，此乃似陶，亦似江文通之擬陶。」方世泰《輟鍛録》：「儲光羲《田家雜詩》云：『見人乃恭敬，曾不問賢愚。雖若不能言，心中亦難誣。』非浮沉玩世用拙保身之士乎？（中略）至韋蘇州、元次山詩，不必考其本末，辨其誠僞，一望而信其爲悱然忠厚、淡泊近道之君子也。」

（三）關於韋應物之學陶，陳師道《後山詩話》有云：「右丞、蘇州，皆學於陶，王得其自在。」李東陽《麓堂詩話》有云：「陶詩質厚近古，愈讀而愈見其妙。韋應物稍失之平易，柳子厚則過於精刻，世稱『陶韋』，又稱『韋柳』，特概言之。惟謂學陶者，須自韋、柳而入，乃爲正耳。」王世貞《藝苑卮言》卷四有云：「韋左司平淡和雅，爲元和之冠。至於擬古，如『無事此離別，不如今生死』語，使枚、李諸公見之，不作嘔耶？此不敢與文通同日，宋人乃欲令之配陶陵謝，豈知詩者。」

（四）楊時《龜山先生語録》卷一：「陶淵明詩所不可及者，沖淡深粹，出於自然。若曾用力學，然後知淵明詩非著力之所能成。」陳模《懷古録》卷中：「淵明人品素高，胸次灑落，信筆而成，不過寫其胸中之妙爾，未嘗以爲詩，亦未嘗求人稱其好。故其好者皆出於自然，此其所以不可及。」

【評】

相比前後所有能自成一家的詩人，陶淵明的獨絶之處在於純以胸襟氣韻取勝。而要有陶淵明的胸襟，必須具備三個條件：一能絶意於富貴，二能忍耐清貧，三能够從平凡生活中發現詩意。很少有人能滿足這些條件，所以很少有人能企及陶詩的境界。甚至那麽景仰陶淵明，同樣胸襟豁達的蘇東坡都不行，他的《和陶詩》歷來都認爲還是蘇詩，不像陶詩。

六之一　六朝諸名家，各有一長，俱非全璧。鮑照、庾信之詩，杜甫以「清新」、「俊逸」歸之，似能出乎類者。究之拘方以内，畫於習氣〔一〕，而不能變通〔二〕。然漸闢唐人之户牖，而啓其手眼，不可謂庾不爲之先也。〔一〕

【注】

〔一〕畫於習氣：爲習慣勢力所束縛，止步不前。《論語·雍也》：「力不足者中道而廢，今汝畫。」何晏《集解》引孔安國曰：「畫，止也。」

〔二〕變通：《易・繫辭上》：「闔户謂之坤，闢户謂之乾，一闔一闢謂之變，往來不窮謂之通。」又：「是故形而上者謂之道，形而下者謂之器，化而裁之謂之變，推而行之謂之通。」

【箋】

（一）楊慎《升庵詩話》卷九：「庾信之詩，爲梁之冠絶，啓唐之先鞭。史評其詩曰綺艷，杜子美稱之曰清新，又曰老成。綺艷清新，人皆知之，而其老成，獨子美能發其妙。余嘗合而衍之曰：綺多傷質，艷多無骨。清易近薄，新易近尖。子山之詩，綺而有質，艷而有骨，清而不薄，新而不尖，所以爲老成也。若元人之詩，非不綺艷，非不清新，而乏老成。宋人詩則强作老成態度，而綺艷清新，概未之有。若子山者可謂兼之矣。不然，則子美何以服之如此。」劉熙載《藝概・詩概》：「庾子山《燕歌行》開唐初七古，《烏夜啼》開唐七律，其他體爲唐五絶、五律、五排所本者，尤不可勝舉。」

【評】

不同的知識背景，站在不同的立場上，對同一詩人的詩史意義，估量會很不一樣。葉燮雖然肯定，在開唐詩先聲這一點上庾信要領先於鮑照一步，但總體上還是覺得他囿於時代風氣，缺少創變。這無疑是站在唐宋詩的立場向後看的感覺，同時他於六朝詩也没下過多少功夫，因此對庾信的藝術功力就没有浸淫於六朝的楊慎領會得深。楊慎對庾信的「老成」境界，把握得非常到位，對「老成」的美學特徵更是概括得異常精當。後來田雯《古歡堂雜著》卷二、薛雪《一瓢詩話》講庾信，講老成，全都暗襲其語。清初對六朝詩鑽研最深的陳祚明，也很推崇庾信。《采菽堂古詩選》卷三三這麼評庾信：「子山聳異搜奇，迥殊常格，事必遠徵令切，景必刻寫成奇，不獨暫爾標新，抑且無言不警；故紛紛藉藉，名句沓來。」這就明顯是站在漢魏古詩的立場向未來看的感覺，覺得庾信無言不警，名句絡繹。其實我們今天讀庾信詩，未必會贊同他的評價。另外，再就鮑照、庾信兩人而言，後代批評家也有認爲鮑照對唐詩影響更大的。如潘德輿《養一齋詩話》卷二説：「吾於六朝人，極服膺陶之古詩、鮑之樂府，蓋接漢魏之統，開有唐之派者止此。其餘非無能者，皆出二公下。」在具體的作家批評上，我們常可以看到，葉燮的論斷與詩家一般的評價不太一致，往往有不得要領的地方。不過，他比王夫之還是要强很多，没有太出格的或不着邊際的大言。

七之一　沈約云：「好詩圓轉如彈丸。」斯言雖未盡然，然亦有所得處。約能言之，及觀其詩，竟無一首能踐斯言者。何也？約詩惟「勿言一尊酒，明日難重持」二語稍佳，（一）餘俱無可取。又約《郊居賦》初無長處，而自矜其「雌霓連蜷」數語，謂王筠曰：「知音者稀，真賞殆絕。僕所相邀，在此數語。」（二）數語有何意味，而自矜若此，約之才思，於此可推。乃爲音韻之宗，以四聲八病、疊韻雙聲等法，約束千秋風雅，亦何爲也！（三）

【箋】

（一）「勿言」兩句，出沈約《別范安成》詩：「生平少年日，分手易前期。及爾同衰暮，非復別離時。勿言一樽酒，明日難重持。夢中不識路，何以慰相思。」

（二）《梁書・王筠傳》：「約製《郊居賦》，構思積時，猶未都畢，乃要筠示其草。筠讀至『雌霓（五激反）連蜷』，約撫掌欣抃，曰：『僕嘗恐人呼爲霓（五雞反）。』次至『墜石磓星』及『冰懸坎而帶坻』，筠皆擊節稱贊。約曰：『知音者希，真賞殆絶。所以相要，政在此數句耳！』」

（三）《梁書・沈約傳》：「約撰《四聲譜》，以爲在昔詞人，累千載而不寤，而獨得胸衿，窮其妙旨，自謂入神之作。」沈約《宋書・謝靈運傳論》：「夫五色相宣，八音協暢，由乎玄黄律吕，各適物宜。欲使宫羽相變，低昂互節，若前有浮聲，則後須切響。一簡之内，音韻盡殊；兩句之中，輕重悉異。妙達此旨，始可言文。至於先士茂製，諷高歷賞，子建『函京』之作，仲宣『灞岸』之篇，子荆『零雨』之章，正長『朔風』之句，并直舉胸情，非傍詩史，正以音律調韻，取高前式。自靈均以來，多歷年代，雖文體稍精，而此秘未睹。至於高言妙句，音韻天成，皆暗與理合，匪由思至。」皎然《詩式・明四聲》：「樂章有宫商五音之説，不聞四聲。近自周顒、劉繪流出，宫商暢於詩體，輕重低昂之節，韻合情高，此未損文格。沈休文酷裁八病，碎用四聲，故風雅殆盡。後之才子，天機不高，爲沈生弊法所媚，懵然隨流，溺而不返。」八病見於日僧空海編《文鏡秘府論》，其含義及得失後人多有争議。王世貞《藝苑卮言》卷三：「沈休文所載八病，如平頭、上尾、蜂腰、鶴膝、大韻、小韻、旁紐、正紐，以上尾、鶴膝爲最忌。休文之拘滯，正與古體相反，唯近律差有關耳，然亦不免商君之酷。今按：平頭，謂第一字不得與第六字同平聲，律詩如『風勁角弓鳴，將軍獵渭城』，『風』之與『將』，何損其美？上尾，謂第五字不得與第十字同聲，如古詩『西北有高樓，上與浮雲齊』，雖隔韻，何害？律固無是矣。使同韻如前詩『鳴』之與『城』，又何妨也？『蜂腰』，謂第二字與第四字同上去入韻，如老杜『望盡似猶見』，江淹『遠與君別者』之類，近體宜少避之，亦無妨。『鶴膝』，第五字不得與第十五字同，如老杜『水色含群動』，『朝光接太虛』，『年侵頻悵望』之類，八句俱如是則不宜，一字犯亦無妨。五大韻，謂重疊相犯，如『胡姬年十五，春日獨當爐』，又『端坐苦愁思，攬衣起西游』，『胡』與『爐』，『愁』與『游』犯。六『小韻』，十字中自有韻，如『薄帷鑒明月，清風吹我襟』，『明』與『清』犯。七『傍紐』，十字中已有『田』字，不得著『宣』、『延』字。八『正紐』，十字中已有『壬』字，不得著『衽』、『任』。後四病尤無謂，不足道也。」牟願相《小澥草堂雜論詩》：「沈約四聲八病，最害詩，其自運亦促促不能暢人。」

【評】

平心而論，沈約無論學問、才華在當時都是一流人物，但很遺憾的是，他的詩屬於不太能激發人研究興趣的那一類，長久以來一直被歲月所埋没。一如他的四聲八病之説，時過境遷，便被近體格律所吸收，無人再去理會。但反過來説，這種認爲它應該被遺忘的言説本身，實在已證實了它仍是没有被遺忘的一個存在。

八之一　李白天才自然，出類拔萃〔一〕，然千古與杜甫齊名，則猶有間〔二〕。（一）蓋白之得此者，非以才得之，乃以氣得之也。（二）從來節義、勳業、文章，皆得於天而足於己，然其間亦豈能無分劑〔三〕？雖所得或未至十分，苟有氣以鼓之，如弓之括力至引滿〔四〕，自可無堅不摧〔五〕，此在彀率之外者也〔六〕。　如白《清平調》三首，亦平平宮艷體耳。（三）然貴妃捧硯，力士脱靴，無論懦夫於此，戰慄趦趄萬狀〔七〕；秦舞陽壯士，不能不色變於秦皇殿上〔八〕，則氣未有不先餒者，寧暇見其才乎〔九〕？觀白揮灑萬乘之前〔一〇〕，無異長安市上醉眠時〔一一〕，此何如氣也！（四）大之即舜、禹之巍巍不與〔一二〕，立勳業可以鷹揚牧野〔一三〕，盡節義能爲逢、比碎首〔一四〕。立言而爲文章，韓愈所言「光焰萬丈」，（五）此正言文章之氣也。氣之所用不同，用於一事，則一事立極；推之萬事，無不可以立極。故白得與甫齊名者，非才爲之，而氣爲之也。歷觀千古詩人有大名者，舍白之外，孰能有是氣者乎？

【注】

〔一〕出類拔萃：《孟子·公孫丑上》：「出乎其類，拔乎其萃。」《三國志·蜀書·蔣琬傳》：「琬出類拔萃，處群僚之右。」

〔二〕有間：有距離。

〔三〕分劑：此指分量輕重。參《外篇下》「二之二」注〔二〕。

〔四〕括：原指箭的尾部粘羽毛處，此指扣弦張弓。

〔五〕無堅不摧：《舊唐書·孔巢父傳》：「若蒙見用，無堅不摧。」

〔六〕彀率：音够律，根據射靶距離的需要把弓拉開的程度。《孟子·盡心下》：「羿不爲拙射而變其彀率。」

〔七〕趦趄：踟躇不前。

〔八〕秦舞陽：《史記·刺客列傳》：荆軻入秦行刺秦王，「燕國有勇士秦舞陽，年十三，殺人，人不敢忤視。乃令秦舞陽爲副。」秦王見燕使者咸陽宫，「荆軻奉樊於期頭函，而秦舞陽奉地圖柙，以次進。至陛，秦舞陽色變振恐，群臣怪之。荆軻顧笑舞陽，前謝曰：『北蕃蠻夷之鄙人，未嘗見天子，故振慴。願大王少假借之，使得畢使於前。』」

〔九〕寧暇：即豈暇，哪裏還有功夫。

〔一〇〕萬乘：皇帝。周制，王畿方千里，能出兵車萬乘，後因以萬乘代指帝位。

〔一一〕長安市上醉眠：杜甫《飲中八仙歌》：「李白斗酒詩百篇，長安市上酒家眠。天子呼來不上船，自稱臣是酒中仙。」

〔一二〕舜、禹之巍巍不與：《論語·泰伯》：「巍巍乎，舜、禹之有天下也，而不與焉。」與，占據，居其間。

〔一三〕鷹揚牧野：《詩·大雅·大明》：「牧野洋洋，檀車煌煌，駟騵彭彭。維師尚父，時維鷹揚。」此頌姜尚之功。牧野，在今河南淇縣南，周武王敗商紂王於此。

〔一四〕逢、比碎首：指龍逢、比干直諫被戮事，見《外篇上》「二之一」注〔二〕。

【箋】

（一）元稹作《唐檢校工部員外郎杜君墓係銘并序》：「是時山東人李白，亦以奇文取稱，時人謂之『李杜』。余觀其壯浪縱恣，擺去拘束，模寫物象及樂府歌詩，誠亦差肩於子美矣。至若鋪陳終始，排比聲韻，大或千言，次猶數百，詞氣豪邁而風調清深，屬對律切而脱棄凡近，則李尚不能歷其藩翰，况堂奥乎！」然青葉燮此説也爲門人所承，薛雪《一瓢詩話》第十一則云：「杜少陵、李青蓮，雙峰并峙，不可軒輊。然青蓮畢竟有一點不及少陵處，學者當自悟入。」

（二）王世貞《藝苑巵言》卷四：「五言古、《選》體及七言歌行，太白以氣爲主，以自然爲宗，以俊逸高暢爲貴；子美以意爲主，以獨造爲宗，以奇拔沈雄爲貴。其歌行之妙，咏之使人飄揚欲仙者，太白也；使人慷慨激烈，歔欷欲絶者，子美也。」毛奇齡《西河詩話》卷七：「詩最忌卑茶，揚子雲以雄詞爲賦，然其自言猶曰：『雕蟲小技，壯夫不爲。』蓋文有士氣，有丈夫氣，舊人論詩極忌庸俗，以其無士氣也；且又惡纖弱，以其無丈夫氣也。故凡言格言律，言氣言調，當以氣爲主。李白無律，然氣足張之，使無氣，則格律與調俱不可問矣。」

（三）李白《清平調詞》：「雲想衣裳花想容，春風拂檻露華濃。若非群玉山頭見，會向瑶臺月下逢。」「一枝紅艷露凝香，雲雨巫山枉斷腸。借問漢宫誰得似，可憐飛燕倚新妝。」「名花傾國兩相歡，長得君王帶笑看。解釋春風無限恨，沉香亭北倚闌干。」

（四）杜甫《飲中八仙歌》：「李白一斗詩百篇，長安市上酒家眠，天子呼來不上船，自稱臣是酒中仙。」孟棨《本事詩・高逸第三》：「李太白初自蜀至京師，舍於逆旅。賀監知章聞其名，首訪之。既奇其姿，復請所爲文。出《蜀道難》以示之，讀未竟，稱嘆者數四，號爲『謫仙』。解金龜换酒，與傾盡醉，期不間日，由是稱譽光赫。賀又見其《烏栖曲》，嘆賞苦吟，曰：『此詩可以泣鬼神矣。』（中略）玄宗聞之，召入翰林。以其才藻絶人，器識兼茂，欲以上位處之，故未命以官。嘗因宫人行樂，謂高力士曰：『對此良辰美景，豈可獨以聲伎爲娱？倘時得逸才詞人吟咏之，可以誇耀於後。』遂命召白。時寧王邀白飲酒，已醉；既至，拜舞頹然。上知其薄聲律，謂非所長，命爲《宫中行樂》五言律詩十首。白頓首曰：『寧王賜臣酒，今已醉。倘陛下賜臣無畏，始可盡臣薄技。』上曰可，即遣二内臣掖扶之，命研墨濡筆以授之，又令二人張朱絲欄於其前。白取筆抒思，略不停綴，十篇立就，更無加點。筆迹遒利，鳳跱龍拏。律度對屬，無不精絶。其首篇曰：『柳色黄金嫩，梨花白雪香。玉樓巢翡翠，珠殿宿鴛鴦。選妓隨雕輦，徵歌出洞房。宫中誰第一？飛燕在昭陽。』文不盡録。常出入宫中，恩禮殊厚；竟以疏縱乞歸。上亦以非廊廟器，優詔罷遣之。」蘇軾《李太白碑陰記》：「士以氣爲主。方高力士用事，公卿大夫争事之，而太白使脱靴殿上，固已氣蓋天下矣。使之得志，必不肯附權幸以取容，其肯從君於昏乎？夏侯湛贊東方生云：『開濟明豁，包含弘大。陵轢卿相，嘲哂豪傑。籠罩靡前，跆藉貴勢。出不休顯，賤不憂戚。戲萬乘若僚友，視儔列如草芥。雄節邁倫，高氣蓋世。可謂拔乎其萃，游方之外者也。』吾於太白亦云。」（《東坡全集》卷三七）

（五）韓愈《調張籍》：「李杜文章在，光焰萬丈長。不知群兒愚，那用故謗傷！蚍蜉撼大樹，可笑不自量。伊我生其後，舉頸遥相望。夜夢多見之，晝思反微茫。徒觀斧鑿痕，不矚治水航。想當施手時，巨刃磨天揚。垠崖劃崩豁，乾坤擺雷硠。惟此兩夫子，家居率荒涼。帝欲長吟哦，故遣起且僵。剪翎送籠中，使看百鳥翔。平生千萬篇，金薤垂琳琅。仙官敕六丁，雷電下取將。流落人間者，太山一毫芒。我願生兩翅，捕逐出八荒。精誠忽交通，百怪入我腸。刺手拔鯨牙，舉瓢酌天漿。騰身跨汗漫，不著織女襄。顧語地上友，經營無太忙！乞君飛霞佩，與我高頡頏！」（《韓昌黎詩繫年集釋》卷九）

【評】

這一節論李、杜之優劣，説李白以氣勝，言下之意是氣勝於才。但通常批評家都認爲李白以天才勝，杜甫以人力勝。如謝榛《四溟詩話》卷三云：「若太白、子美，行皆大步，其飄逸沉重之不同，子美可法，而太白未易法也。」至於衡論兩家明顯有軒輊，也不能説是平心之論。潘德輿説得好：「荆公云：『李白歌詩，豪放飄逸，人固莫及，然其格止於此而已。至於杜甫，則發斂抑揚，疾徐縱横，無施不可，斯其所以光掩前人，後來無繼。』歐公云：『甫之於白，得其一節，而精强過之。』王若虚曰：『荆公、歐公之言適相反。荆公之言，天下之言也。』愚按：前賢抑揚李、杜，議論不同，累幅難盡，歐公、荆公特其一端耳。要之，論李、杜不當論優劣也。尊杜抑李，已非解人；尊李抑杜，尤乖風教。自昌黎不能不并尊李、杜，而永叔、介甫欲作翻案，殆亦不自量邪？後此紛紛，益無足計。」（《養一齋詩話》卷二）

九之一 盛唐大家，稱高、岑、王、孟。〔一〕高、岑相似，而高爲稍優，〔二〕孟則大不如王矣。〔三〕高七古爲勝，時見沉雄，時見沖澹，不一色；其沉雄直不減杜甫。岑七古間有傑句，苦無全篇。且起結意調，往往相同，不見手筆。〔四〕高、岑五、七律相似，遂爲後人應酬活套作俑〔一〕。〔五〕如高七律一首中，疊用「巫峽啼猿」、「衡陽歸雁」、「青楓江」、「白帝城」；〔六〕岑一首中疊用「雲隨馬」、「雨洗兵」、「花迎蓋」、「柳拂旌」，四語一意。〔七〕高、岑五律，如此尤多。後人行笈中攜《廣輿記》一部〔二〕，遂可吟咏遍九州，實高、岑啓之也。總之以月白風清、鳥啼花落等字，裝上地頭一名目，則一首詩成，可以活板印就也〔三〕。〔八〕王維五律最出色，七古最無味。〔九〕孟浩然諸體，似乎澹遠，然無縹緲幽深思致，如畫家寫意，墨氣都無。蘇軾謂「浩然韻高而才短，如造内法酒手，而無材料」，誠爲知言。〔一〇〕後人胸無才思，易於衝口而出，孟開其端也。總而論之，高七古、王五律，可無遺議矣。

【注】

〔一〕作俑：創始，含有貶義。《孟子·梁惠王上》：「仲尼曰：始作俑者，其無後乎！爲其象人而用之也。」

〔二〕《廣輿記》：明陸應陽撰，後清代蔡方炳又加增訂，爲《增訂廣輿記》。全書二十四卷，體例仿《大明一統志》，參取古今史籍、方志，分省、州、府述各地山川形勝、建置沿革、人物古迹、風俗物産。

〔三〕活板：活字印刷，比喻這類作品排列熟語如活板植字。

【箋】

〔一〕陳沂《拘虚詩談》：「唐稱高、岑、王、孟，王若過之。高、岑七言長詩似勝，孟之雅致亦不可及。」

〔二〕王士禛《居易録》卷二一：「鍾退谷惺論高岑云：『唐人如沈宋、王孟、李杜、錢劉，雖兩人并稱，皆有不能强同處。唯高、岑心手如出一人。』此語謬矣。所舉數家，唯李、杜門庭判然，其他皆不甚相遠。推而至於元白、張王、温李、皮陸之流，莫不皆然。獨高、岑迥不相似，五言古則高古樸，岑靈秀；七言古則高雄渾，多正調；岑奇峭，多變調。强而同之，不已疏乎？」

〔三〕王世貞《藝苑卮言》卷四：「摩詰才勝孟襄陽，由工入微，不犯痕迹，所以爲佳。」劉大勤問：「王、孟詩假天籟爲宫商，寄至味於平淡，格調諧暢，意興自然，真有無迹可尋之妙。二家亦有互異處否？」王士禎答：「譬之釋氏，王是佛語，孟是菩薩語。孟詩有寒儉之態，不及王詩天然而工。惟五古不可優劣。」（《師友詩傳續録》）秦朝釪《消寒詩話》云：「昔王阮亭與汪苕文論詩，汪問王摩詰、孟襄陽同一時，何以人稱『王孟』，豈有低昂耶？阮亭曰：孟詩細味之似不免俗。此論亦微矣。」紀昀云：「王、孟詩大段相近，而微不同。王清而遠，體格高渾；孟清而切，體格俊逸。王能厚，而孟則未免淺俗，所以不及王也。」（朱庭珍《筱園詩話》卷一引）

（四）王世貞《藝苑卮言》卷四：「高、岑一時，不易上下。岑氣骨不如達夫遒上，而婉縟過之。《選》體時時入古，岑尤陟健。歌行磊落奇俊，高一起一伏，取是而已，尤爲正宗。」朱庭珍《筱園詩話》卷三：「唐人七古，高、岑、王、李諸公規格最正，筆最雅煉。散行中時作對偶警拔之句，以爲上下關鍵，非惟於散漫中求整齊，平正中求警策，而一篇之骨，即樹於此。兼以句不欲盡，故意境寬然有餘；氣不欲放，故筆力鋭而時斂，最爲詞壇節制之師。」

（五）薛雪《一瓢詩話》：「前輩論詩，往往有作踐古人處。如以高達夫、岑嘉州五、七律相似，遂爲後人應酬活套，是作踐高、岑語也。後人苟能師法高、岑，其應酬活套，必不致如近日之惡矣。又謂孟浩然似乎澹遠，無縹緲幽深思致。東坡謂浩然韻高而才短，如造内法酒手，而無材料，誠爲知言。後人胸無才思，易於衝口而出，孟開其端也。此是過信眉山之説，作踐襄陽語也。假如『氣蒸雲夢澤，波撼岳陽城』，亦衝口而出者所能哉？」於此足見葉燮論詩主才、膽、識、力，薛雪實能得其真傳，雖是師説，也不盲目尊信，師云亦云。方世泰《輟鍛録》認爲：「高適、李頎不獨七古見長，大段氣體高厚，即今體亦復見骨格堅老，氣韻沉雄。」這可以説是詩壇普遍的看法。

（六）高適《送李少府貶峽中王少府貶長沙》：「嗟君此別意如何，駐馬銜杯問謫居。巫峽啼猿數行淚，衡陽歸雁幾封書。青楓江上秋帆遠，白帝城邊古木疏。聖代即今多雨露，暫時分手莫躊躇。」（《高適詩集編年箋注》）

（七）岑參《奉和相公發益昌》：「相公臨戎別帝京，擁麾持節遠横行。朝登劍閣雲隨馬，夜渡巴江雨洗兵。山花萬朵迎征蓋，川柳千條拂去旌。暫到蜀城應計日，須知明主待持衡。」（《岑參集校注》卷四）

（八）王世貞《藝苑卮言》卷四：「五言近體，高、岑俱不能佳。」王夫之《夕堂永日緒論内編》：「所以門庭一立，舉世稱爲才子、爲名家者，有故：如欲作李、何、王、李門下厮養，但買得《韻府群玉》、《詩學大成》、《萬姓統宗》、《廣輿記》四書置案頭，遇題查湊，即無不足。若欲吮竟陵之唾液，則更不須爾，但就措大家所誦時文『之』、『於』、『其』、『以』、『静』、『澹』、『歸』、『懷』，熟活字句，湊泊將去，即已居然詞客。（中略）舉世悠悠，才不敏，學不充，思不精，情不屬者，十姓百家而皆是。有此開方便門大功德主，誰能舍之而去？」

（九）王維五律夙爲論者所推，世無異辭。如李重華《貞一齋詩説》：「五言律老杜固屬聖境，而王、孟確是正鋒。向後諸名家，竭盡心力，不能外此三家，前此則陳子昂、李太白亦佳。餘俱旁門小竅爾。」七古則論者不無進退。宋徵璧《抱真堂詩話》：「何大復惜王摩詰七言古未爲深造，然《洛陽女兒行》一首，殊是當家。高選失之太詳，李選失之太略，未爲中道也。」毛先舒《詩辯坻》卷三：「七言古至右丞，氣骨頓弱，已逗中唐。如『衛霍才堪一騎將，朝廷不數貳師功』，『願得燕弓射天將，耻令越甲鳴吾君』，極欲作健，而風格已衰，即曲借對仗，無復渾勁之致。須溪評王嫩復勝老，愛忘其醜矣。」王士禛《香祖筆記》卷六謂高棅《唐詩品彙》「獨七言古詩以李太白爲正宗，杜子美爲大家，王摩詰、高達夫、李東川爲名家，則非是。三家者皆當爲正宗，李、杜均之爲大家，岑嘉州而下爲名家，則確然不可易矣」。厲志《白華山人詩説》卷一：「漢魏七古皆諧適條暢，至明遠獨爲亢音亮節，其間又迴闢一途。唐王、楊、盧、駱尤承奉初軌，及李、杜天才豪邁，自出機杼，然往往取法明遠，因此又變一格。李、杜外，高、岑、王、李亦擅盛名，惟右丞頗多弱調，常爲後人所議。吾謂其尚有初唐風味，於聲調似較近古耳。」

（一〇）陳師道《後山詩話》云：「子瞻謂孟浩然之詩，韻高而才短，如造內法酒手而無材料爾。」李東陽《麓堂詩話》載：「京師人造酒，類用灰，觸鼻蜇舌，千方一味，南人嗤之。張汝弼謂之『燕京琥珀』。惟內法酒脱去此味，風致自別，人得其方者，亦不能似也。予嘗譬今之爲詩者，一等俗句俗字，類有『燕京琥珀』之味，而不能自脱，安得盛唐內法手爲之點化哉？」這裏「內法」既與京師人對舉，自然指內廷之法。葉燮贊同東坡之説，認爲孟浩然才短，乃是出自宋詩派立場的判斷，唐詩派是不這麼看的。李東陽《麓堂詩話》又説：「唐詩李、杜之外，孟浩然、王摩詰足稱大家。王詩豐縟而不華靡，孟却專心古淡，而悠遠深厚，自無寒儉枯瘠之病。由此言之，則孟爲尤勝。」田雯《丙臣詩序》云：「古人之詩，學爲之乎，抑其才爲之也？間嘗僂指數人，論其大致。如初唐之盧、駱、王、楊，蓋以學勝矣。高、岑、王、孟，爲盛唐詩人之冠，果亦以其學勝與？夫高、岑摩壘堂堂，各成一家，而讀之數過，尚存組織鍛煉之迹。獨至王、孟，則尤擅其妙。余每讀王、孟之詩，謂如天女散花，幽香萬片，落人巾幘間，境靜神怡，不可思議，所以爲詩之至者。又竊臆測其所從來，似其胸中腕底，生平得力亦不過數卷之書，非若中壘之廣覽、茂先之博聞，特其落筆異耳。此正所謂才也。才非十倍曹丕之謂，而天姿之高、領悟之奇之謂也。學王、孟而不得其什一，猶越雞之不能爲鵠，才不足故也。」(《古歡堂集》卷二五)此所謂才，其實是對詩歌本質的把握，與嚴羽對詩歌藝術特徵的尊重一致。嚴羽《滄浪詩話》曾説：「孟襄陽學力下韓退之遠甚，而其詩獨出退之之上者，一味妙悟而已。唯悟乃爲當行，乃爲本色。」這一評價即基於他對詩歌特有的藝術表現方式的重視，由此可以看出唐詩派和宋詩派藝術觀念的差異。

【評】

衡以前後詩家的議論，葉燮對盛唐名家的評價明顯偏低，甚至與詩家通行的見解相左。這除了審美判斷力的問題外，應與他宋詩派的立場有關。他於唐代詩人最推崇杜甫、韓愈兩家，也正因爲他們是宋詩的源頭。要之，康熙間的詩論家很少能破除這種非宋即唐、非唐即宋的壁壘，他們對前代作家的評價每爲其立場所左右。一直要到乾隆間，詩壇形成融合唐、宋的潮流，唐、宋作家的特色和成就纔得到合理而中肯的評價。

十之一 王世貞曰：「十首以前，少陵較難入；百首以後，青蓮較易厭。」(一)斯言以蔽李、杜〔一〕，而軒輊自見矣。以此推之，世有閱至終卷皆難入，纔讀一篇即厭者，其過惟均〔二〕。究之難入者可加工，而即厭者終難藥也。

【注】

〔一〕蔽：概括論之。《論語·爲政》：「詩三百，一言以蔽之，曰思無邪。」

〔二〕其過惟均：兩方面的缺陷相等。

【箋】

〔一〕王世貞《藝苑卮言》卷四：「十首以前，少陵較難入；百首以後，青蓮較易厭。揚之則高華，抑之則沉實。有色有聲，有氣有骨，有味有態，濃淡深淺，奇正開闔，各極其則，吾不能不伏膺少陵。」

【評】

王世貞這一論斷不失爲名言，閱讀兩家詩集往往就是這種感覺。但這絶不足以成爲軒輊兩家的理由。李白四處漫游，斗酒百篇，可能寫得比較率易，也不像杜甫有那麽多時間從容修改，意思、字句的重複是難免的，較易厭主要就是這個緣故。但正如嚴羽所説：「觀太白詩者，要識真太白處。太白天才豪逸，語多卒然而成者。學者於每篇中，要識其安身立命處可也。」（《滄浪詩話·詩評》）其實李白不僅如前文所指出的，比杜甫才能更全面，而且作品中除少數字句相似重出外，基本挑不出什麼毛病;不像杜甫,誰都能摘出一籮筐拙詞累句。事實上,就連王世貞也不能不承認:「太白不成語者少,老杜不成語者多。」(《藝苑卮言》卷四)葉燮推尊杜甫,故有「難入者可加工」、「厭者終難藥」之語。

一一之一　白居易詩〔一〕,傳爲老嫗可曉。〔一〕余謂此言亦未盡然。今觀其集,矢口而出者固多,蘇軾謂其「局於淺切,又不能變風操,故讀之易厭」。〔二〕夫白之易厭,更甚於李;然有作意處〔二〕,寄托深遠。如《重賦》、《致仕》、《傷友》、《傷宅》等篇,〔三〕言淺而深,意微而顯,此風人之能事也。至五言排律,屬對精緊,使事嚴切,章法變化中,條理井然,讀之使人惟恐其竟,杜甫後不多得者。〔四〕人每易視白,則失之矣。〔五〕元稹作意勝於白〔三〕,不及白舂容暇豫〔四〕。〔六〕白俚俗處而雅亦在其中,終非庸近可擬。二人同時得盛名,必有其實,俱未可輕議也。〔七〕

【注】

〔一〕白居易(七七二—八四六):字樂天,晚號香山居士。祖籍太原(今屬山西),後移居下邽(今陝西渭南北)。貞元進士,由校書郎累官至太子賓客、太子少傅。與元稹友甚篤,多有唱和,世稱「元白」。有

《白氏長慶集》。

〔二〕作意：着意，用心。

〔三〕元稹（七七九—八三一）：字微之，别字威明。河南（今屬河南洛陽）人。貞元間明經科及第，由校書郎累官至工部侍郎，同中書門下平章事，終於武昌軍節度使。有《元氏長慶集》。

〔四〕春容暇豫：春容，本指鐘撞擊後，鐘聲回蕩，洪亮綿長，引申爲雍容暢達。《禮記・學記》：「善待問者如撞鐘，叩之以小者則小鳴，叩之大者則大鳴，待其從容，然後盡其聲。」鄭玄注：「從，讀如富父春戈之春。春容，謂撞擊也。」暇豫，從容悠閑。《國語・晉語二》優施謂里克妻曰：「主孟啗我，我教兹暇豫事君。」韋昭注：「暇，閑也；豫，樂也。」

【箋】

〔一〕惠洪《冷齋夜話》卷一：「白樂天每作詩，令一老嫗解之，問曰：『解否？』嫗曰解，則録之；不解，則易之。故唐末之詩近於鄙俚也。」

〔二〕胡震亨《唐音癸籤》卷七引蘇軾曰：「樂天善長篇，但格製不高，局切淺近，又不能變風操，故讀而易厭。」東坡評白居易詩，更有名的論斷是「元輕白俗」。許顗《彦周詩話》：「東坡祭柳子玉文：『郊寒島瘦，元輕白俗。』此語具眼。客見詰曰：『子盛稱白樂天、孟東野詩，又愛元微之詩，而取此語，何也？』僕曰：『論道當嚴，取人當恕，此八字，東坡論道之語也。』」張戒《歲寒堂詩話》卷上也説：「梅聖俞云：『狀難寫之景，如在目前。』元微之云：『道得人心中事。』此固樂天長處，然情意失於太詳，景物失於太露，遂成淺近，略無餘藴，此其所短處。」

（三）白居易《重賦》：「厚地植桑麻，所要濟生民。生民理布帛，所求活一身。身外充征賦，上以奉君親。國家定兩税，本意在愛人。厥初防其淫，明敕内外臣：税外加一物，皆以枉法論。奈何歲月久，貪吏得因循。浚我以求寵，斂索無冬春。織絹未成匹，繅絲未盈斤。里胥迫我納，不許暫逡巡。歲暮天地閉，陰風生破村。夜深烟火盡，霰雪白紛紛。幼者形不蔽，老者體無温。悲喘與寒氣，并入鼻中辛。昨日輸殘税，因窺官庫門。繒帛如山積，絲絮如雲屯。號爲羨餘物，隨月獻至尊。奪我身上暖，買爾眼前恩。進入瓊林庫，歲久化爲塵。」（《白氏長慶集》卷二）《不致仕》：「七十而致仕，禮法有明文。何乃貪榮者，斯言如不聞。可憐八九十，齒墮雙眸昏。朝露貪名利，夕陽憂子孫。挂冠顧翠緌，懸車惜朱輪。金章腰不勝，傴僂入君門。誰不愛富貴，誰不戀君恩？年高須告老，名遂合退身。少時共嗤誚，晚歲多因循。賢哉漢二疏，彼獨是何人。寂寞東門路，無人繼去塵。」（《白氏長慶集》卷二）《傷友》：「陋巷孤寒士，出門苦栖栖。雖云志氣在，豈免顔色低。平生同門友，通籍在金閨。曩者膠漆契，邇來雲雨暌。正逢下朝歸，軒騎五門西。是時天久陰，三日雨凄凄。蹇驢避路立，肥馬當風嘶。回頭忘相識，占道上沙堤。昔年洛陽社，貧賤相提攜。今日長安道，對面隔雲泥。近日多如此，非君獨慘悽。死生不變者，唯聞任與黎。」（《白氏長慶集》卷二）《傷宅》：「誰家起甲第，朱門大道邊。豐屋中櫛比，高墻外回環。累累六七堂，棟宇相連延。一堂費百萬，鬱鬱起青烟。洞房温且清，寒暑不能干。高堂虚且迥，坐卧見南山。繞廊紫藤架，夾砌紅藥欄。攀枝摘櫻桃，帶花移牡丹。主人此中坐，十載爲大官。廚有臭敗肉，庫有貫朽錢。誰能將我語，問爾骨肉間。豈無窮賤者，忍不救飢寒？如何奉一身，直欲保千年。不見馬家宅，今作奉誠園。」(《白氏長慶集》卷二)

（四）這段議論爲門人所發揮。沈德潛《説詩晬語》卷上：「白樂天詩，能道盡古今道理，人以率易少之。然諷諭一卷，使言者無罪，聞者足戒，亦風人之遺意也。惟張文昌、王仲初樂府，專以口齒利便勝人，雅非貴品。」《唐詩别裁集·凡例》：「元、白長律，滔滔百韻，使事亦復工穩；但流易有餘，變化不足，故寧舍旃。」薛雪《一瓢詩話》第五十九則：「元、白詩言淺而思深，意微而詞顯，風人之能事也。至於屬對精警，使事嚴切，章法變化，條理井然。其俚俗處而雅亦在其中。杜浣花之後，不可多得者也。蓋因元和、長慶間與開元、天寶時，詩之運會，又當一變，故知之者少。」

（五）吴聿《觀林詩話》：「樂天云：『近世韋蘇州歌行，才麗之外，頗近興諷。其五言詩文，又高雅閑淡，自成一家之體，今之秉筆者，誰能及之？』故東坡有『樂天長短三千首，却愛韋郎五字詩』之句。然樂天既知韋應物之詩，而乃自甘心於淺俗，何耶？豈才有所限乎？」王若虛《滹南詩話》卷一：「樂天之詩，情致曲盡，入人肝脾，隨物賦形，所在充滿，殆與元氣相侔。至長韻大篇，動數百千言，而順適愜當，句句如一，無争張牽强之態。此豈拈斷吟須、悲鳴口吻者之所能至哉？而世或以淺易輕之，蓋不足與言矣。」王世貞《藝苑卮言》卷四：「張爲稱白樂天廣大教化主，用語流便，使事平妥，固其所長。極有冗易可厭者，少年與元稹角靡逞博，意在警策痛快，晚更作知足語，千篇一律。詩道未成，慎勿輕看，最能易人心手。」陸時雍《詩鏡總論》：「元、白之韻平以和，張、王之韻庳以急。其好盡則同，而元、白獨未傷雅也。雖然，元、白好盡言耳，張、王好盡意也。盡言特煩，盡意則褻矣。」趙執信《談龍録》：「（王士禛）又薄樂天而深惡羅昭諫。余謂昭諫無論已，樂天《秦中吟》、《新樂府》而可薄，是絶《小雅》也。」

（六）俞弁《逸老堂詩話》卷下云：「白樂天詩，善用俚語，近乎人情物理。元微之雖同稱，差不及也。李西涯《詩話》云：『樂天賦詩，用老嫗解，故失之粗俗。』此語蓋出於宋僧洪覺范之妄談，殆無是理也。近世學者往往因此而蔑裂弗視。吴文定公《讀白氏長慶集》有云：『蘇州刺史十編成，句近人情得俗名。垂老讀來尤有味，文人從此莫相輕。』」沈德潛《唐詩別裁集》卷八評元稹：「白樂天與同對策，同倡和，詩稱『元白體』，其實遠不逮白。白修直中皆雅音，元意拙語纖，又流於澀。東坡品爲『元輕白俗』，非定論也。」

（七）翁方綱《石洲詩話》卷一：「元相作《杜公墓係》有鋪陳、排比，藩翰、堂奥之説，蓋以鋪陳終始，排比聲韻之中，有藩籬焉，有堂奥焉，語本極明。至元遺山作《論詩絶句》，乃曰：『排比鋪張特一途，藩籬如此亦區區。少陵自有連城璧，争奈微之識碔砆！』則以爲非特堂奥，即藩翰亦不止此。所謂連城璧者，蓋即《杜詩學》所謂參苓、桂朮、君臣、佐使之説。是固然矣，然而微之之論，有未可厚非者。詩家之難，轉不難於妙悟，而實難於鋪陳終始，排比聲律，此非有兼人之力、萬夫之勇者，弗能當也。但元、白以下，何嘗非鋪陳排比！而杜公所以爲高曾規矩者，又別有在耳。此仍是妙悟之説也。遺山之妙悟，不減杜、蘇，而所作或轉未能肩視元、白，則鋪陳排比之論，未易輕視矣。即如白之《和夢游春》五言長篇以及《游悟真寺》等作，皆尺土寸木，經營締構而爲之，初不學開、寶諸公之妙悟也。看之似平易，而爲之實艱難。元、白之鋪陳排比，尚不可躋攀若此，而況杜之鋪陳排比乎？微之之語，乃真閱歷之言也。自司空表聖造《二十四品》，抉盡秘妙，直以元、白爲屠沽之輩。漁洋先生韙之，每戒後賢勿輕看《長慶集》。蓋漁洋之教人，以妙悟爲主者，故其言如此。當時宣城施氏已有頓、漸二義之論，韓文公所謂『及之而後知，履之而後難』耳！」

【評】

「詩到元和體變新」，元、白和韓、孟代表着這一大趨勢的兩個截然不同的發展方向。大力推崇韓愈的葉燮，竟然能給予元、白如此優厚的評價，有點出人意外。這恰好説明他有着傑出批評家所必需的闊大襟懷。衹要是認真鑽研過元、白詩的人，就會承認元、白的藝術表現力絶不是輕易可及的。在爲亡妻寫作三十六首悼亡詩的兩年後，王士禛有《題元氏長慶集後》一絶，云：「少年嗤點元和體，不溯波瀾未易知。試看婁江窮筆力，較量才似望雲騅。」這與其説是評論吴梅村學元白體的得失，還不如説是他自己與元稹較量筆力的感受和體會。此前他即便沒讀過《元氏長慶集》，也不會不知道《三遺悲懷》，但衹有經歷髮妻的殞逝，經過賦悼亡三十六首絶句，他纔真正明白，元稹那種寓深沉體驗於質樸言語的藝術功力，絶不是輕易可到的境界。

一二之一　李賀鬼才，〔一〕其造語入險，〔二〕正如蒼頡造字，可使鬼夜哭〔一〕。王世貞曰：「長吉師心，故爾作怪，有出人意表；然奇過則凡，老過則穉，所謂不可無一，不可有二〔二〕。」〔三〕余嘗謂世貞評詩，有極切當者，非同時諸家可比。「奇過則凡」一語，尤爲學李賀者下一痛砭也。〔四〕

【注】

〔一〕蒼頡造字二句：蒼頡，又作「倉頡」。《淮南子·本經訓》：「蒼頡作書，而天雨粟，鬼夜哭；伯益作井，而龍登高雲，神棲昆侖。」

〔二〕所謂不可無一二句：語出《南齊書·張融傳》：「（太祖）見融常笑，曰：『此人不可無一，不可有二。』」仇兆鰲《杜詩詳注》卷五《北征》注引王嗣奭評韓愈《南山》曰：「琢鏤湊砌，詰屈奇怪，創體傑出，不可無一，不可有二，不易學，亦不必學，總不脱文人習氣。」

【箋】

〔一〕阮閲《詩話總龜》引宋祁曰：「太白仙才，長吉鬼才。」亦見《永樂大典》卷八二三引《朝野遺事》。嚴羽《滄浪詩話·詩評》：「人言太白仙才，長吉鬼才。不然，太白天仙之詞，長吉鬼仙之詞耳。」陸時雍《詩鏡總論》：「妖怪惑人，藏其本相，異聲異色，極伎倆以爲之，照入法眼，自立破耳。然則李賀其妖乎？非妖何以惑人？故鬼之有才者能妖，物之有靈者能妖。賀有異才，而不入於大道，惜乎其所之之迷也。」施補華《峴傭説詩》：「李長吉七古，雖幽僻多鬼氣，其源實自《離騷》來。哀艷荒怪之語，殊不可廢，惜成章者少耳。」

（二）吳聿《觀林詩話》引佚名《樹萱録》載唐人謂「李賀文體，如崇巖峭壁，萬仞崛起」。范晞文《對床夜語》卷二：「或問放翁曰：『李賀樂府極今古之工，巨眼或未許之，何也？』翁云：『賀詞如百家錦衲，五色炫耀，光奪眼目，使人不敢熟視，求其補於用，無有也。杜牧之謂稍加以理，奴僕命騷可也。豈亦惜其詞勝！若《金銅仙人辭漢》一歌，亦傑作也。然以賀視温庭筠輩，則不侔矣。」李東陽《麓堂詩話》：「李長吉詩，字字句句欲傳世，顧過於劌鉥，無天真自然之趣。通篇讀之，有山節藻棁而無梁棟，知其非大道也。」管世銘《讀雪山房唐詩鈔·序例》：「李長吉不屑作一常語，奇處直欲突過昌黎。不善學之，得其晦昧格塞，則墮入惡道矣。」

（三）語見王世貞《藝苑卮言》卷四。這正是嚴羽《滄浪詩話·詩法》所説的：「玉川之怪，長吉之瑰詭，天地間自欠此體不得。」陳沂《拘虚詩談》：「李長吉詩，真有鬼才，非學問所及，如『筆補造化天無功』，豈尋常畦徑者可到也？」施補華《峴傭説詩》亦云：「長吉七古，不可以理求，不可以氣求。譬之山妖木怪，怨月啼花，天壤間宜有此事耳。」師心，謂從心所欲，不拘成法。語本《莊子·齊物論》：「夫隨其成心而師之，誰獨且無師乎？奚必知代而心自取者有之？愚者與有焉。」《關尹子·五鑒》：「善弓者師弓不師羿，善舟者師舟不師奡，善心者師心不師聖。」《太玄經·窮》：「師在心也。」注：「師，循也。」《文心雕龍·體性》：「各師成心，其異如面。」《才略》：「嵇康師心以遣論。」又《論説》：「叔夜之辨聲，太初之《本玄》，輔嗣之兩《例》，平叔之二《論》，并師心獨見，鋒穎精密，蓋人倫之英也。」顔之推《顔氏家訓·文章》：「學爲文章，先謀親友，得其評論者，然後出手，慎勿師心自任，取笑傍人也。」晁補之《跋董元畫》：「乃知自昔學者，皆師心而不蹈迹。」（《鷄肋集》卷三〇）

（四）這個説法後爲門人所發揮。沈德潛《説詩晬語》卷上：「王元美云『奇過則凡』，學長吉者宜知之。」薛雪《一瓢詩話》：「王鳳洲評李奉禮詩云：『奇過則凡，老過則稚。不可無一，不能有二。』此四句是赤文緑字，亦可謂微妙法音。」李重華《貞一齋詩説》亦云：「昌谷七言，須另置一格存之。自有韻語，此種不可無一，亦不可有二也。」

【評】

王世貞説「長吉師心，故爾作怪」，確實道出李賀創作的根本特徵。所謂「師心」，是與「師造化」相對的，李賀筆下雖也絡繹不絶地雜出各種自然物象，但實際上他根本就没有認真地觀察過它們，細緻地描摹過它們，以期傳達萬物那天然的意態神韻。他永遠都在描摹他的幻想和奇特的心理感受，所以他筆下的萬物都帶有强烈的主觀色彩和極度的變形，事物的個性和細緻的感官特徵全被抹殺，祇留下最原始的、最表面的色彩印象和對觸覺的聯想。葉燮顯然較看重王世貞的詩論，一再引用他的説法。在明代詩話中，《藝苑巵言》的確是較有見識的一種，葉燮引用的幾則也都很有見地。

一三之一　論者謂「晚唐之詩，其音衰颯」。〔一〕然衰颯之論，晚唐不辭；若以衰颯爲貶，晚唐不受也。〔二〕夫天有四時，四時有春秋。春氣滋生，秋氣肅殺。滋生則敷榮，肅殺則衰颯。氣之候不同，非氣有優劣也。使氣有優劣，春與秋亦有優劣乎？故衰颯以爲氣，秋氣也；衰颯以爲聲，商聲也〔一〕。俱天地之出於自然者，不可以爲貶也。〔三〕又盛唐之詩，春花也。桃李之穠華，牡丹、芍藥之妍艷，其品華美貴重，略無寒瘦儉薄之態，固足美也。〔四〕晚唐之詩，秋花也。江上之芙蓉、籬邊之叢菊，極幽艷晚香之韻，可不爲美乎？〔五〕夫一字之褒貶以定其評〔二〕，固當詳其本末，奈何不察而以辭加人，又從而爲之貶乎？則執「盛」與「晚」之見者，即其論以剖明之，當亦無煩辭説之紛紛也已。〔六〕

【注】

〔一〕商聲：秋於五行當金，於音爲商，故稱商聲，其音凄厲。《文選》何晏《景福殿賦》：「結實商秋，敷華青春。」李善注：「《禮記》：『孟秋之月，其音商。』」

〔二〕一字之褒貶：語出杜預《春秋經傳集解序》：「《春秋》雖以一字爲褒貶，然皆須數句以成言。」范甯《春秋穀梁傳序》：「一字之褒，寵逾華衮之贈；片言之貶，辱過市朝之撻。」

【箋】

（一）李沂《秋星閣詩話·審趨向》：「初唐乍興，正始之音，然尚帶六朝餘習。盛唐始盡善，中、晚如强弩之末，氣骨日卑矣。」

（二）吴可《藏海詩話》：「唐末人詩，雖格不高而有衰陋之氣，然造語成就。今人詩多造語不成。」又云：「老杜句語穩順而奇特，至唐末人，雖穩順，而奇特處甚少，蓋有衰陋之氣。」郝敬《藝圃傖談》卷三：「説者取唐詩分初、盛、中、晚，晚不如中，中不如初，隨世運爲汚隆，其實不然。蓋性情之理，不緼鬱則不厚，不磨練則不柔。是以富貴者少幽貞，困頓者多委蛇。昔人謂詩窮始工，《三百篇》大抵遭亂憤時而作。以世運初、盛、中、晚分詩高下，倒見矣。唐詩晚工於中，中妙於盛，盛邑於初。初唐莊整而板，盛唐博大而放，中唐平雅清粹，有順成和動之意焉。晚唐纖麗，雕極還樸，無以復加。今謂唐不如古則可，謂中、晚不如初、盛，論氣格，較骨力，豈温柔敦厚之本義乎？」陸世儀《思辨録輯要》卷三五：「嚴滄浪、高廷禮輩，分唐詩爲初、中、盛、晚，以爲晚不如中，中不如初盛，此非篤論也。凡詩只是隨其人爲盛衰耳，有其人則有其詩，無其人則無其詩。如初唐推沈、宋，沈、宋之爲人何如者，其詩亦殊無氣骨。中唐如韓愈、白居易、韋應物，詩皆有識而藴藉，得《三百篇》意旨，豈反出沈、宋下？盛唐之妙，全在李、杜。晚唐自是無人物稱雄，如李義山輩皆風流浪子耳。趙嘏、韓偓稍勝，然憂讒畏譏，氣已先怯，何能爲詩？賢者如聶夷中、張道古，又困於下位，即有詩何由傳？故不論人論世而論詩，論詩又不論志而論辭，總之不知詩者也。」

（三）葉燮前文曾引皮日休《松陵集序》的一段話：「夫才之備者，猶天地之氣乎？氣者止乎一也，分而爲四時。其爲春，則煦枯發枿，如育如護，百物融洽，酣人肌骨。其爲夏，則赫曦朝升，天地如窑，草焦木暍，若燎毛髮。其爲秋，則涼飋高瞥，若露天骨，景爽夕清，神不蔽形。其爲冬，則霜陣一凄，萬物皆瘁，雲沮日慘，若憚天責。夫如是，豈拘於一哉！亦變之而已。人之有才者，不變則已；苟變之，豈異於是乎？」這裏以氣候有四季來申論詩有異體，與皮日休以四時論人才之變異有異曲同工之妙，很可能曾受皮日休的啓發。

（四）清初詩人鑒於明人獨尊盛唐的狹隘，多給予中晚唐詩一定的好評。如宋犖《漫堂説詩》云：「初唐如花始苞，英華未鬯；盛唐王維、李頎、岑參諸公，聲調氣格，種種超越，允爲正宗。中、晚之錢、劉、李（義山）、劉（滄），亦悠揚婉麗，渢渢乎雅人之致，義山造意幽邃，感人尤深，學者皆宜尋味。」葉燮雖承認晚唐自有其風致，但稱盛唐「略無寒瘦儉薄之態」，實暗含蘇東坡批評孟郊、賈島的「郊寒島瘦」在其中，仍顯出不喜歡孟、賈一路的個人趣味。

（五）以植物比擬晚唐詩，已見於陸時雍《詩鏡總論》：「李商隱七言律，氣韻香甘，唐季得此，所謂枇杷晚翠。」

（六）薛雪《一瓢詩話》云：「論詩略分體派可也，必曰某體、某派當學，某體、某派不當學；某人、某篇、某句爲佳，某人、某篇、某句爲不佳，此最不心服者也。人之詩猶物之鳴。鶯鳴於春，蛩鳴於秋。必曰鶯聲佳可學，使四季萬物皆作鶯聲；又曰蛩聲佳當學，使四季萬物皆作蛩聲：是因人之偏嗜，而使天地四時皆廢，豈不大怪乎？」這也是發揮葉燮的意思，祇不過變換了比喻。

【評】

這一節論詩歌風格，主張有時代之異，而無高下之分。自嚴羽《滄浪詩話·詩辯》倡言：「夫學詩者以識爲主：入門須正，立志須高；以漢魏、晉、盛唐爲師，不作開元、天寶以下人物。」又曰：「禪家者流，乘有小大，宗有南北，道有邪正。學者須從最上乘，具正法眼，悟第一義，若小乘禪，聲聞辟支果，皆非正也。論詩如論禪，漢魏、晉與盛唐之詩，則第一義也。大曆以還之詩，則小乘禪也，已落第二義矣；晚唐之詩，則聲聞辟支果也。學漢魏、晉與盛唐詩者，臨濟下也。學大曆以還之詩者，曹洞下也。」明七子輩奉爲圭臬，獨宗盛唐，波瀾所及，舉世鄙棄中晚唐詩。直到清初虞山派興起，馮舒、馮班兄弟提倡晚唐、西崑之體，晚唐詩纔重新被納入詩歌傳統的視野中。然而照馮班的説法：「圖騕裊之形，極其神駿，若求伏轅，不免駕款段之駟；寫西施之貌，極其美麗，若須薦枕，不如求里門之嫗。萬曆間王、李主學漢魏、盛唐之詩，只求之聲貌之間，所謂圖騕裊、寫西施者也。牧齋謂詩人如有悟解處，即看宋人亦好，所謂款段之駟、里門之嫗也，遂謂里門之嫗勝於西施，款段之駟勝於騕裊，豈其然乎？」(《二馮批才調集》凡例引)這乃是不得已退而求其次的説法，是從師法策略的角度立論的，并不是真正認爲晚唐有什麽過人之處。而葉燮則不同，他是平等地對待詩歌史上所有朝代的，承認盛唐、晚唐之詩各具異質的美感，其間并無高下之分。葉燮不僅對晚唐詩遭受的不公正評價加以撥亂反正，在文學史的批評尺度問題上也提出了新的見解。後來薛雪在《一瓢詩話》中説：「論唐人切不可分初、盛、中、晚，論宋人切不可分南、北。」直接繼承了老師的思想，對乾隆以後的折衷唐、宋應該有所啓發。

一四之一　開宋詩一代之面目者，始於梅堯臣、蘇舜欽二人。自漢魏至晚唐，詩雖遞變，皆遞留不盡之意。即晚唐猶存餘地，讀罷掩卷，猶令人屬思久之。自梅、蘇變盡崑體，〔一〕獨創生新，必辭盡於言，言盡於意，發揮鋪寫，曲折層累以赴之，竭盡乃止。才人伎倆，騰踔六合之内〔一〕，縱其所如，無不可者；然含蓄渟泓之意，亦少衰矣。歐陽修極伏膺二子之詩，然歐詩頗異於是。〔二〕以二子視歐陽，其有狂與狷之分乎〔二〕？〔三〕

【注】

〔一〕騰踔：跳越，騰空。

〔二〕狂與狷：《論語·子路》：「狂者進取，狷者有所不爲也。」包咸注：「狷者守節無爲。」狂，鋭意進取，放縱不羈；狷，潔身自好，不肯隨俗。

【箋】

（一）歐陽修《六一詩話》：「蓋自楊、劉唱和，《西崑集》行，後進學者争效之，風雅一變，謂西崑體。」劉攽《中山詩話》：「祥符、天禧中，楊大年、錢文僖、晏元獻、劉子儀以文章立朝，爲詩皆宗尚李義山，號『西崑體』，後進多竊義山語句。賜宴，優人有爲義山者，衣服敗敝，告人曰：『我爲諸館職撏扯至此。』聞者歡笑。大年《漢武詩》曰：『力通青海求龍種，死諱文成食馬肝。待詔先生齒編貝，忍令索米向長安。』義山不能過也。元獻《王文通詩》曰：『甘泉柳苑秋風急，却爲流螢下詔書。』子儀畫義山像，寫其詩句列左右，貴重之如此。」

（二）沈德潛《説詩晬語》卷下：「宋初臺閣倡和，多宗義山，名西崑體，以義山爲崑體者非是。梅聖俞、蘇子美起而矯之，盡翻科臼，蹈厲發揚，才力體製，非不高於前人，而淵涵渟滀之趣，無復存矣。歐陽七言古，專學昌黎，然意言之外，猶存餘地。」

（三）狂爲蘇舜欽，豪邁不羈；狷爲梅堯臣，古淡自異，不與世諧。歐陽修《六一詩話》：「聖俞、子美齊名於一時，而二家詩體特異。子美筆力豪雋，以超邁横絶爲奇；聖俞覃思精微，以深遠閑淡爲意。各極其長，雖善論者不能優劣也。余嘗於《水谷夜行詩》略道其一二，云：『子美氣尤雄，萬竅號一噫。有時肆顛狂，醉墨灑滂霈。譬如千里馬，已發不可殺。盈前盡珠璣，一一難揀汰。梅翁事清切，石齒漱寒瀨。作詩三十年，視我猶後輩。文詞愈精新，心意雖老大。有如妖韶女，老自有餘態。近詩尤古硬，咀嚼苦難嘬。又如食橄欖，真味久愈在。蘇豪以氣轢，舉世徒驚駭。梅窮獨我知，古貨今難賣。』語雖非工，謂粗得其仿佛，然不能優劣之也。」

【評】

以梅堯臣、蘇舜欽爲開宋詩一代面目的詩人，到今天已成爲文學史定論。但在葉燮的時代還很少見到這樣的論斷，因爲當時讀宋詩的人原本不多，流傳於世的宋人詩集也很少，宋詩的歷史對很多詩人來説還是很陌生的，遠不像對唐詩這麽稔熟。葉燮見識過人之處在於：他不衹看到梅、蘇二人開創了一種新的風格，而且在藝術表現上出現一個根本性的轉變，即迄止晚唐，詩歌無論怎麽嬗變，總還以「留不盡之意」的含蓄相尚，而到梅、蘇兩家，則竭盡發揮鋪寫之能事，「必辭盡於言，言盡於意」，古典詩歌渾融含蓄的美學特徵由此開始褪色。當然，葉燮也注意到，大力推崇兩家之詩的歐陽修，本人詩歌的取徑却絶不同於兩人，似有狂與狷、過與不及之别。這些判斷無疑都是很準確的，足見葉燮的博學通識。

一五之一　古今詩集，多者或數千首，少者或千首，或數百首。若一集中首首俱佳，并無優劣，其詩必不傳。又除律詩外，若五、七言古風長篇，句句俱佳，并無優劣，其詩亦必不傳。〔一〕即如杜集中，其率意之作，傷於俚俗率直者頗有。開卷數首中，如《爲南曹小司寇作》，「惟南將獻壽，佳氣日氤氲」等句，〔二〕豈非累作乎？又如《丹青引》，真絶作矣，其中「學書須學衛夫人，但恨無過王右軍」，豈非累句乎？〔三〕譬之於水，一泓澄然，無纖翳微塵，瑩浄徹底，清則清矣，此不過澗沚潭沼之積耳〔一〕。〔四〕非易竭即易腐敗，不可久也。若大海之水，長風鼓浪，揚泥沙而舞怪物，靈蠢畢彙，終古如斯，此海之大也。百川欲不朝宗，得乎？〔五〕

【注】

〔一〕澗沚潭沼：都是面積較小的水域。

【箋】

〔一〕范温云：「老杜詩凡一篇皆工拙相半，古人文章類如此。皆拙固無取，使其皆工，則峭急而無古氣，如李賀之流是也。然後世學者，當先學其工者，精神氣骨皆在於此。如《望嶽》詩云：『齊魯青未了。』《登岳陽樓》云：『吴楚東南坼，乾坤日夜浮。』語既高妙有力，而言東嶽與洞庭之大，無過於此。後來文士極力道之，終有限量，益知其不可及。《望嶽》第二句如此，故先云：『岱宗夫如何。』《登岳陽樓》先如此，後乃云：『親朋無一字，老病有孤舟。』使《登岳陽樓》詩無前兩句，而皆如後二句，語雖健，終不工。《望嶽》詩無第二句，而云『岱宗夫如何』，雖曰亂道可也。今人學詩先得老杜平漫處，乃鄰女之效顰者耳。」（《古今詩話》）這就是没有高山，不顯平地的道理。一集首首俱佳，一篇句句皆工，從另一個意義上説就是没有一首突出，没有一句突出。

（二）杜甫《假山》：「一匱功盈尺，三峰意出群。望中疑在野，幽處欲生雲。慈竹春陰覆，香爐曉勢分。惟南將獻壽，佳氣日氤氲。」（《杜詩詳注》卷一）此詩前有小序：「天寶初，南曹小司寇舅於我太夫人堂下壘土爲山，一匱盈尺，以代彼朽木，承諸焚香瓷甌，甌甚安矣。旁植慈竹，蓋兹數峰，嶔岑嬋娟，宛有塵外格致，乃不知興之所至，而作是詩。」舊本以此爲題，黄鶴注：「此當題曰《假山》，舊題乃詩之序。」葉燮這裏即從舊本。

（三）杜甫《丹青引贈曹將軍霸》原詩詳後。

（四）王士禛《古夫于亭雜録》卷四：「許顗彦周云：『東坡詩如長江大河，飄沙卷沫，枯槎束薪，蘭舟綉鷁，皆隨流矣。珍泉幽澗，澄澤靈沼，可愛可喜，無一點塵滓，只是體不似江河耳。』余謂由上所云，惟杜子美與子瞻足以當之。由後所云，則宣城、水部、右丞、襄陽、蘇州諸公皆是也。大家、名家之别在此。」

（五）何世璂《然燈紀聞》記王漁洋語云：「七言律宜讀王右丞、李東川，尤宜熟玩劉文房諸作。宋人則陸務觀，若歐、蘇、黄三大家，只當讀其古詩、歌行、絶句，至於七律必不可學。讀前諸家七律，久而有得，然後取杜讀之，譬如百川學海而至於海也。此是究竟歸宿處。」

【評】

這一節談了兩個屬於美學原理的問題，一是没有局部差異的完整就等於平庸；一是純然的雅潔必不離小家數，也就是説大家波瀾壯闊，往往挾泥沙俱下，細節反不如小家精緻，這一點可與王漁洋《古夫于亭雜論》所説參照。葉燮這種觀念，可與他從熔鑄古今、兼收并蓄的角度推崇杜甫、韓愈、蘇東坡的見解相印證，都是出於宋詩派或者帶有近代傾向的立場，與唐人崇尚完美、均衡、純粹的古典美學理想截然不同。

一六之一　詩文集務多者，必不佳。古人不朽可傳之作，正不在多。〔一〕蘇、李數篇，自可千古。後人漸以多爲貴，元、白《長慶集》實始濫觴。其中頹唐俚俗，十居六七。若去其六七，所存二三，皆卓然名作也。〔二〕宋人富於詩者，莫過於楊萬里、周必大〔一〕。此兩人作，幾無一首一句可采。〔三〕陸游集佳處固多，而率意無味者更倍。由此以觀，亦安用多也？〔四〕王世貞亦務多者，覓其佳處，昔人云「排沙簡金，尚有寶可見」〔二〕。〔五〕至李維楨、文翔鳳諸集〔三〕，動百卷外，益「彼哉」不足言矣〔四〕。〔六〕

【注】

〔一〕楊萬里（一一二七—一二〇六）：字廷秀，室名誠齋，世稱誠齋先生。吉州吉水（今屬江西）人。紹興進士。由太常博士累官至秘書監等。因詩與尤袤、范成大、陸游齊名，并稱「中興四大家」。有《誠齋集》。周必大（一一二六—一二〇四），字子充，一字洪道，晚自號平園老叟。廬陵（今江西吉安）人。紹興進士，歷官給事中、中書舍人，後任樞密使。後人編有《益國周文忠公集》。

〔二〕排沙簡金，尚有寶可見：劉義慶《世説新語·文學》：孫興公云：「潘文爛若披錦，無處不善；陸文若排沙簡金，往往見寶。」

〔三〕李維楨（一五四七—一六二六）：字本寧。京山（今屬湖北）人。隆慶進士，由庶吉士授編修，累官至禮部尚書。詩文均有盛名，而後世不甚重視。有《大泌山房集》。文翔鳳，字天瑞，號太青。陝西三水（今屬陝西旬邑）人。萬曆進士，官終太僕寺少卿。才高學博，小品文盛行於世。而醉心理學，鑽研邵雍《皇極經世》，著《九極篇》、《太微經》等，喜言聖人所不言，故《四庫全書總目》謂之誤用其心者。有《文太青文集》。

〔四〕彼哉：意謂不足道。《論語・憲問》：「或問子產，子曰：『惠人也。』問子西，曰：『彼哉，彼哉！』」

【箋】

〔一〕顧炎武《日知録》卷一九：「今人著作則以多爲富。夫多則必不能工，即工亦必不皆有用於世，其不傳宜矣。」申涵光《王胥庭詩序》：「古詩之傳，或數篇，或數十篇，陶至多亦不過百餘篇耳。李、杜照耀千古，非以多故。多莫若元、白，今有取其全集誦之者乎？」（《聰山集》卷一）

〔二〕白居易《序洛詩》：「予不佞，喜文嗜詩，自幼及老，著詩數千首，以其多矣，故章句在人口，姓字落詩流。雖才不逮古人，然所作不啻數千首。以其多矣，作一數奇命薄之士亦有餘矣。」（《白氏長慶集》卷七〇）李重華《貞一齋詩説》：「唐賢詩集惟白香山最多，宋則放翁尤甚，大約伸紙便得數首或更至數十首，以故流滑淺易居多，筆力去少陵輩絶遠。可知詩必有爲而作，作必凝重出之；不爾，不如輟筆。」

〔三〕沈德潛《説詩晬語》卷下：「蘇、李數篇，老杜奉爲『吾師』。不朽之作，不必務多也。楊誠齋積至二萬餘，周益公如之。以多爲貴，無如此二公者。然排沙簡金，幾於無金可簡，亦安用多爲哉？」楊萬里平生作詩據説多至二萬餘首，《誠齋集》今存詩集九種，四十二卷，收詩四千餘篇。周必大著書八十一種，有《平園集》二百卷，另有《玉堂雜志》、《二老堂詩話》等。

（四）尤珍《介峰札記》卷三記吳虞升述汪琬之言曰：「放翁如山澗水瀉來，令人抵當不住。非無本之水，亦非有涯之泉也。看來詩集之富，未有如放翁者，少陵後斷推大宗。蘇以古文策論名世，不專以詩，今人漫慕坡仙，故推尊之而不及陸。其實北宋蘇、南宋陸，兩公并美，而陸則更開生面，性情學問，非流俗人所能窺也，豈得僅以詩人目之？」葉燮這裏有可能是針對汪琬稱贊陸游詩集之富而言。陸游自稱「六十年間萬首詩」（《小飲梅花下作》，自注：「予自年十七八學作詩，今六十年，得萬篇。」）其取意造語之重見疊出，歷來頗爲詩家詬病。朱彝尊《曝書亭集》卷五二《書劍南集後》云：「詩家比喻，六義之一，偶然爲之可爾。陸務觀《劍南集》句法稠疊，讀之終卷，令人生憎。若『身似老僧猶有髮，門如村舍强名官』，『迹似春萍本無柢，心如秋燕不安巢』，『身似在家狂道士，心如退院病禪師』，『心似春鴻寧久住，身如秋扇合長捐』，『身似敗棋難復振，心如病木已中空』，『心似枯葵空向日，身如病櫟孰知年』，『家似江淮歸業户，身如湖嶺罷參僧』，『心似游僧思遠道，身如敗將陷重圍』，『居似窮邊荒馬驛，身如深谷老桑門』，『人似登仙惟火食，俗如太古欠巢居』，『閑似苔磯垂釣叟，淡如村院罷參僧』，『懶似老雞頻失旦，衰如蠹葉早知秋』，『喜似繫囚聞縱掉，快如疥癢得爬搔』，『閑似白鷗雖自足，健如黄犢已無緣』，『酒似粥濃知社到，餅如盤大喜秋成』，『難似車登蛇退嶺，險如舟過馬當時』，『月似有情迎馬見，鶯如相識向人鳴」，『心如澤國春歸雁，身似雲堂旦過僧』，『身如巢燕臨歸日，心似堂僧欲動時』，『身如病木驚秋早，心似鰥魚怯夜長』，『心如老驥長千里，身似春蠶已再眠』，『身如海燕不逢社，家似瓜牛僅有廬』，『心如老馬雖知路，身似鳴蛙不屬官』，『身如病鶴長停料，心似山僧已棄家』，『心如頑石忘榮辱，身似孤雲任去留』，『心如脱阱奔林鹿，迹似還山不雨雲』，『恩如長假容居里，官似分司不限年』，『瘦如飯顆吟詩面，飢似柴桑乞食身』，『勇如持虎但堪笑，學似累棋那易成』，『爽如瑞露零仙掌，清似寒冰貯玉壺』，『衰如蠹葉秋先覺，愁似鰥魚夜不眠』，『樂如逐兔牽黄犬，快似麾兵卷白波』，『壁如龜策難占卜，瓦似魚鱗不接連』，『路如劍閣逢秋雨，山似爐峰鎖暮雲』，『雲如山壞長空黑，風似潮回萬木傾』，『雨如梅子初黄日，水似桃花欲動時』，『花如上苑長成市，酒似新豐不直錢』，『雁如著意頻驚枕，月似知愁故入門』，『蠶如黑蟻桑生後，秧似青針水滿時』。餘詩腰膝用『如』、『似』字作對，難以悉數。就中非無佳句，此陸平原所云『離之雙美，合之兩傷』者也」。洪亮吉《北江詩話》卷四：「詩可以作可以不作，則不作可也。陸劍南六十年間萬首詩，以爲貽誤後人不少。」

（五）王世貞應該算明代最博學的文人之一，葉燮常引他的説法，所以還認爲可以披沙揀金。錢謙益《書瞿有仲詩卷》則徑稱「如《弇州四部》之書，充棟宇而汗牛馬，即而視之，枵然無所有也，則謂之無物而已矣」。《四庫全書總目》卷一七二別集類二十五：「《弇州山人四部稿》一百七十四卷，《續稿》二百七卷，明王世貞撰。世貞有《弇山堂別集》，已著録。此乃所著別集，其曰四部者，賦部、詩部、文部、説部也。正稿説部凡七種，曰《札記内篇》，曰《札記外篇》，曰《左逸》，曰《短長》，曰《藝苑卮言》，曰《卮言附録》，曰《宛委餘篇》，皆世貞爲鄖陽巡撫時所自刊。續稿但有賦、詩、文三部，而無説部，則世貞致仕之後，手哀晚歲之作以授其少子士駿，至崇禎中其孫始刊之。考自古文集之富，未有過於世貞者。其摹秦仿漢，與七子門徑相同，而博綜典籍，諳習掌故，則後七子不及，前七子亦不及，無論廣、續諸子也。惟其早年自命太高，求名太急，虚憍恃氣，持論遂至一偏。又負其淵博，或不暇檢點，貽議者口實。故其盛也，特尊之者遍天下，及其衰也，攻擊之者亦遍天下。平心而論，自李夢陽之説出，而學者剽竊班、馬、李、杜，自世貞之集出，學者遂剽竊世貞。故艾南英《天傭子集》有曰：『後生小子不必讀書，不必作文，但架上有前後《四部稿》，每遇應酬，頃刻裁割，便可成篇。驟讀之無不濃麗鮮華，絢爛奪目，細案之，一腐套耳』云云，其指陳流弊，可謂切矣。然世貞才學富贍，規模終大，譬諸五都列肆，百貨具陳，真僞駢羅，良楛淆雜，而名材瑰寶，亦未嘗不錯出其中。知末流之失，可矣；以末流之失，而盡廢世貞之集，則非通論也。」

（六）《四庫全書總目》卷一七九別集類存目六：「《大泌山房集》，一百三十四卷，明李維楨撰。維楨有《史通評釋》，已著録。是集詩六卷，雜文一百二十八卷。而一百二十八卷之中，世家、傳志、碑表、行狀、金石之文獨居六十卷，記載之富，無逾於是。然率率之作過多，不特文格卑冗，并事實亦未可徵信。《明史·文苑傳》稱『維楨爲人樂易闊達，賓客雜進。其文章宏肆有才氣，海内請求者無虚日，能屈曲以副所望。碑版之文，照耀四裔。門下士招富人大賈，受取金錢，代爲請乞，亦應之無倦』。然文多率意應酬，品格不能高也。朱彝尊《明詩綜》亦謂『本寧著作如官厨宿饌，粗鹿肥麋，雖腒鱐具陳，鮮蕘雜進，無當於味』。今核是集，知非故爲詆毁矣。」又卷一八〇別集類存目七：「《東極篇》，無卷數，明文翔鳳撰。翔鳳有《太微經》，已著録。是集皆官萊陽令時所作。嘗自製五嶽冠，并以五嶽爲號，東極亦其號也，故以之名篇。是集不分卷數，詩總目曰《海雲集》，文總目曰《日門稿》。其中子目有所謂『蓬萊詩』者，以登州之蓬萊閣也；『日華詩』者，以聽訟之日華堂也；『九青詩』者，以游大澤山，遂易大澤爲九青也；『入院詩』者，奉檄入棘闈前後題咏也。詩文率多怪僻。紀夢詩無非自爲誇詡，尤狂而近於誕矣。」又「《文太青文集》，二卷，明文翔鳳撰。此本爲其七代孫三捷所手鈔。上卷爲講章，下卷爲詩賦雜作，乃偶然選録之本，非完帙也。」

【評】

這一節批評文學史上所存作品多而濫的幾個作家，其結論當否姑且不論，有一個事實不能不注意到，這些作家都很高壽。高壽則創作經歷漫長，所存作品必然多於他人。洪亮吉《北江詩話》卷四曾提到：「唐、宋詩人永年者殊少，杜甫年五十九，李白年六十餘，王維年六十一，韓愈年五十七。《孟浩然傳》云『年四十始游京師，張九齡、王維雅稱道之』，今考張九齡以開元二十一年十二月作相，王維始從濟州參軍擢右拾遺，是浩然游京師當在開元二十二年以後，至開元末浩然已卒，是年亦不出五十。《高適傳》言五十始爲詩，其卒在永泰元年，年當在七十左右。白居易年七十五，宋歐陽修、王安石、蘇軾皆六十六。至南宋則詩人老壽者多，陸務觀年八十六，楊廷秀年八十三（按：應作八十），范成大年七十（按：原爲六十八，此取成數），尤袤年七十（按：原爲六十八，此取成數）。」葉燮批評的這幾位作家裏，周必大享年七十九，李維楨享年八十，都年至耄耋，文翔鳳生卒年雖不詳，但仕宦履歷頗繁，想來年壽也不會太短。要談這個問題，年壽與作品數量的關係是首先應該考慮的。

一七之一　作詩文有意逞博，便非佳處。（一）猶主人勉强遍處請生客，客雖滿坐，主人無自在受用處。多讀古人書，多見古人，猶主人啓户，客自到門，自然賓主水乳，究不知誰主誰賓，此是真讀書人，真作手。若有意逞博，搦管時翻書抽帙〔一〕，搜求新事新字句，以此炫長。此貧兒稱貸營生〔二〕，終非己物，徒見蹴踖耳〔三〕。（二）

【注】

〔一〕搦管：操筆寫作。搦，音諾，握持。

〔二〕稱貸營生：靠借貸度日。《孟子·滕文公上》：「將終歲勤動，不得以養其父母，又稱貸以益之。」

〔三〕蹴踖：音促及，本義爲踐踏，薛雪《一瓢詩話》轉引作「局踖」，應指局促、捉襟見肘之義。

【箋】

（一）錢謙益《族孫遵王詩序》：「今之名能詩者，庀材唯恐其不博。」（《有學集》卷一九）薛雪《一瓢詩話》：「作詩能不隸事而渾厚老到，方是實學。若捃摭故實，翻騰舊句，或故尋僻奥，以炫醜博，乍可潛形牛渚，終遭温嶠燃犀。」黄子雲《野鴻詩的》：「自漢以迄中唐，詩家引用典故，多本之於經、傳、《史》、《漢》，事事灼然易曉；下逮温、李，力不能運清真之氣，又度無以取勝，專搜漢、魏諸秘書，括其事之冷寂而罕見者，不論其義之當與否，擒剥填綴於詩中，以誇耀己之學問淵博。俗眼被其炫惑，皆爲之捲舌伸眉，咄咄嗟賞，師承唯恐或後。」《隨園詩話》卷七：「今人作詩，有意要人知有學問，有章法，有師承，於是直意少而繁文多。」

（二）薛雪《一瓢詩話》第六十四則發揮老師此意道：「有意逞博，翻書抽帙，活剥生吞，搜新炫奇。猶夫生客滿座，高貴接席，爲主人者，虚躬浹洽，有何受用處？不若知己數人，賓主相忘，談經論史，其樂何如耶！又如借本經營，原非己物，終歲紜紜，徒見局蹐。不若四弓之田，一畝之宫，採山釣水，嘯歌閑閑，即腰金衣紫，亦不肯與之相易也。」李重華《貞一齋詩説》：「本無書籍，反欲以富麗惑人，如貧兒請客，湊集無數器物，具眼者徒增其醜。」與葉燮的比喻異曲同工。

【評】

説完貪多，接着説逞博，這本是相關的問題。貪多往往是要逞博，逞博又每每源於貪多。趙執信《談龍録》曾批評朱彝尊「貪多」，即指朱彝尊有逞博的傾向。葉燮説逞博容易導致一個難堪的局面，好比請客，來的都是熟人，自然賓主歡洽；若爲湊數，强邀一些生人，場面一定尷尬。主客乃是古代詩論中常用的譬喻。元代王構《修辭鑑衡》引蒲瀛《漫齋語録》云：「凡爲文須有主客，先識主客，然後成文字。」一般常用主客比喻表達意圖和表達手段，以見主從之别，葉燮這裏作了一點引申，形象生動地説明了用事的原則。

一八之一　應酬詩有時亦不得不作。雖是客料生活，〔一〕然須見是我去應酬他，不是人人可將去應酬他者，如此便於客中見主，不失自家體段，〔二〕自然有性有情，非幕下客及捉刀人所得代爲也〔一〕。〔三〕每見時人一部集中，應酬居什九有餘，他作居什一不足。以題張集，以詩張題〔二〕，而我喪我久矣〔三〕。不知是其人之詩乎？抑他人之詩乎？〔四〕若懲噎而廢食〔四〕，盡去應酬詩不作，而卒不可去也。須知題是應酬，詩自我作，思過半矣〔五〕。（五）

【注】

〔一〕幕下客：掌文書的幕僚。　捉刀人：代筆者。《世説新語·容止》：「魏武將見匈奴使。自以形陋，不足雄遠國，使崔季珪代，帝自捉刀立床頭。既畢，令間諜問曰：『魏王何如？』匈奴使答曰：『魏王雅望非常，然床頭捉刀人，此乃英雄也。』魏武聞之，追殺此使。」後世習以捉刀代筆爲成語，稱代筆作文者爲捉刀人。《聊齋志異·張鴻漸》：「趙以巨金納大僚，諸生坐結黨被收，又追捉刀人。」

〔二〕以題張集二句：憑藉那些應酬題目來支撑詩集，以那些客套語句支撑詩作。張，支撑門面之義。

〔三〕我喪我：暗用《莊子·齊物論》南郭子綦「今者吾喪我」之語。

〔四〕懲噎而廢食：語本自《呂氏春秋·蕩兵》：「有以噎死者，欲禁天下之食，悖。」

〔五〕思過半矣：語本《易·繫辭下》：「知者觀其彖辭，則思過半矣。」

【箋】

〔一〕毛際可《陳山堂詩序》曾就當時論者「古有詩而今則無詩」的激憤之辭加以申發道：「非無詩也，僞也。其病一在於模擬，一在於應酬。模擬者，取昔人之體貌以爲詩，而己不與；應酬者，取他人之爵服名譽以爲詩，而己不與。」(《會侯先生文鈔》卷八)己不與即無關乎自己的性情，亦即「客料生活」。

〔二〕洪邁《容齋隨筆》卷一六：「古人酬和詩，必答其來意，非若今人爲次韻所局也。觀《文選》所編何劭、張華、盧諶、劉琨、二陸、三謝諸人贈答可知已。唐人尤多，不可具載，姑取杜集數篇，略紀於此。高適寄杜公云：『愧爾東南西北人。』杜則云：『東西南北更堪論。』高又有詩云：『草《玄》今已畢，此外更何言？』杜則云：『草《玄》吾豈敢，賦或似相如。』嚴武寄杜云：『興發會能馳駿馬，終須重到使君灘。』杜則云：『枉沐旌麾出城府，草茅無徑欲教鋤。』杜公寄嚴詩云：『何路出巴山，重巖細菊斑。遥知簇鞍馬，回首白雲間。』嚴答云：『卧向巴山落月時，籬外黄花菊對誰。跋馬望君非一度，冷猿秋雁不勝悲。』杜送韋迢云：『洞庭無過雁，書疏莫相忘。』迢云：『相憶無南雁，何時有報章。』杜又云：『雖無南過雁，看取北來魚。』郭受寄杜云：『春興不知凡幾首。』杜答云：『藥裹關心詩總廢。』皆如鐘磬在簴，扣之則應，往來反復，於是乎有餘味矣。」來往必答其來意，便是客中見主、不失自家體段的一個保證。黄子雲《野鴻詩的》也説：「凡題贈、送别、賀慶、哀挽之題，無一非詩，人皆目爲應酬，不過捃摭套語以塞責。試問有唐各家集中，此等題十有七八，而偏有拔類絶群之什者，何也？其法要如昌黎作文，尋題之間隙而入於中，自有至理存焉。」

（三）程康莊《酬林茂之將同貽上刻其詩集》黄傳祖評：「酬贈詩入先生手，定有一片孤情至性繚繞於前後左右而後下筆。世人作詩，但從題下筆。從題下筆者末也，先有繚繞於前後左右者本也，不争末而争本。當代作者林立，孰能窺先生之涯涘哉？」（《程昆侖詩選》卷一）沈德潛《説詩晬語》卷下：「錢、郎贈送之作，當時引以爲重。應酬詩，前人亦不盡廢也。然必所贈之人何人，所往之地何地，一一按切，而復以己之情性流露於中，自然可咏可歌，非幕下張君房輩所能代作。」這也是暗取葉燮之説而加以發揮，但專就送别詩而言。

（四）吴喬《圍爐詩話》卷四：「詩壞於明，明詩又壞於應酬。朋友爲五倫之一，既爲詩人，安可無贈言？而交道古今不同，古人朋友不多，情誼真摯，世愈下則交愈泛，詩亦因此而流失焉。《三百篇》中，如仲山甫者不再見。蘇、李别詩，未必是真。唐人贈詩已多。明朝之詩，惟此爲事。唐人專心於詩，故應酬之外，自有好詩。明人之詩，乃時文之尸居餘氣，專爲應酬而學詩，學成亦不過爲人事之用，舍二李何適矣！」王夫之《夕堂永日緒論内編》：「詩傭者，衰腐廣文，應上官之徵索；望門幕客，受主人雇托也。彼皆不得已而爲之。而宗子相一流，得已不已，閑則翻書以求之，迫則傾腹以出之，攢眉叉手，自苦何爲？其法：姓氏、官爵、邑里、山川、寒暄、慶吊，各以類從；移易故實，就其腔殼；千篇一律，代人悲歡；迎頭便喝，結煞無餘；一起一伏，一虚一實，自詫全體無瑕，不知透心全死。」

（五）袁枚《隨園詩話》卷三：「予在轉運盧雅雨席上，見有上詩者，盧不喜。余爲解曰：『此應酬詩，故不能佳。』盧曰：『君誤矣！古大家韓、杜、歐、蘇集中，强半應酬詩也。誰謂應酬詩不能工耶？』予深然其説。後見粵西學使許竹人先生自序其《越吟》云：『詩家以不登應酬作爲高。余曰不然。《三百篇》行役之外，贈答半焉。逮自河梁，洎李、杜、王、孟，無集無之。已實不工，體於何有？萬里之外，交生情，情生文；存其文，思其事，見其人，又可棄乎？今而可棄，昔可無贈；毋寧以不工規我！』」朱庭珍《筱園詩話》卷四：「詩家以不登應酬作爲妙，此是正論。而袁枚非之，謂李、杜、蘇、韓集中，强半應酬詩也。萬里之外，情文相生，又可廢乎？今若可删，昔可無贈。誰謂應酬詩不能工耶？噫！此藉以文己過，强詞奪理之言也。夫朋友列五倫之一，『同心之言，其臭如蘭』，《周易》亦有取焉。勿論贈答唱和之作，但有深意，有至情，即是真詩，自應存以傳世，不得謂之應酬。即投贈名公巨卿，或感其知，或頌其德，或紀其功，或述其義，但使言由衷發，無溢美逾分之詞，則我係稱情而施，彼亦實足當之，有情有文，仍是真詩。即其人無功德可傳，而實能略分忘位，愛士憐才，於我果有深交厚誼，則知己之感，自有不容已於言者。意既真摯，情自纏綿，本非違心之詞，亦是真詩，均不得以應酬論。所謂應酬者，或上高位，或投泛交，既無功德可頌，又無交情可言，徒以慕勢希榮，逐利求知，屈意頌揚，違心諛媚，有文無情，多詞少意，心浮而僞，志躁以卑。以及祝壽賀喜，述德感恩，謝饋贈，叙寒暄，徵逐酒食，流連宴游，題圖贊像，和韻疊章。諸如此類，豈非詞壇干進之媒，雅道趨炎之徑？清夜捫心，良知如動，應自忸怩，不待非議及矣。是皆誤於應酬二字者也。則不登應酬之作，所以嚴詩教之防；不濫作應酬之篇，所以立詩人之品，何可少也。考袁枚一生，最工獻諛時貴，其集具可覆按，直藉詩以漁利耳，乃故作昧心之語，以飾己過，亦可醜也。後生勿受其愚。」

【評】

應酬詩即用於交際場合的贈答之作，它與一般贈答詩的分界在有無真情實感。出於客套的應酬都屬於劉勰所謂「爲文造情」，所以吴喬説：「凡贈契友佳作，移之泛交，即應酬詩。」（《圍爐詩話》卷四）應酬與復古模擬、門户之争并爲清初詩論家猛烈抨擊的明代詩學三大惡習之一，被貼上庸俗卑瑣的標簽，有骨氣的作家都拒而不爲。黄宗羲因自慚「學文而不能廢夫應酬」（《留别海昌同學序》），遂誡李鄴嗣勿作應酬文字。而鄴嗣也作《三戒》（《杲堂文續鈔》卷四），舉自己做應酬文字使人愠、使人慚、使人笑的三個笑話，以見應酬文字宜戒。吕留良《客坐私告》自稱平生最畏者三，所不能者九，九不能的第三點即應酬詩文：「少孤失業，又無師授，不知行文之法，每苦有情不能自達，況應酬無情之言乎？」（《呂晚村先生文集》卷八）方象瑛《艮堂十戒》「作文」一條則戒有求必應，說：「詩文之樂，有求必應。鏤腎鉥肝，心乃益病。戒之戒之，毋以身殉。」（《健松齋續集》卷五）然而人生活在世俗社會中，終不能不食人間烟火，也免不了應酬。葉燮於是從務實的角度提出一個應酬的原則，「須見是我去應酬他，不是人人可將去應酬他者」，這樣便能客中見主，有性有情，避免千人一面、流於俗套。這的確是有益的建議，不過問題是，客套終究是客套，臨到應酬時常常容不得作者客中見主。

一九之一　游覽詩切不可作應酬山水語。如一幅畫圖，名手各各自有筆法，不可錯雜；又名山五嶽，亦各各自有性情氣象，不可移換。（一）作詩者以此二種心法（二），默契神會，又須步步不可忘我是游山人，然後山水之性情氣象，種種狀貌，變態影響，皆從我目所見、耳所聽、足所履而出，是之謂游覽。（二）且天地之生是山水也，其幽遠奇險，天地亦不能一一自剖其妙，自有此人之耳目手足一歷之，而山水之妙始泄。（三）如此方無愧於游覽，方無愧乎游覽之詩。（四）

【注】

〔一〕心法：佛學術語，以心相印證。此處指作詩的心得和方法。

【箋】

〔一〕沈德潛《説詩晬語》卷下：「游山詩，永嘉山水主靈秀，謝康樂稱之；蜀中山水主險隘，杜工部稱之；永州山水主幽峭，柳儀曹稱之。略一轉移，失却山川真面。」陳廷敬《重游西山詩序》：「作游覽詩，譬畫山水，必其人有山水性情，而又嘗有登臨覽觀之樂，夫然後心目相遇而畫出焉。惟詩亦然。詩在心，游覽其助焉爾。然二者又各以遠體遠神爲勝，不則摹寫雖工，終不能超然蹊徑之外。」（李天馥《重游西山詩》卷首）

〔二〕陳祚明《采菽堂古詩選》評謝靈運《從斤竹澗越嶺溪行》云：「夫真賞者惟日不足，聞猿警曙，睇谷待晨，稍能辨色，便復策杖。宿雲未收，零霧方滴，人方夢中，吾已巖際。具此情者，卧應惜夜之擲賞，起必攀晨而欣覯。匪云無厭，情不可已也。夫勝景以清幽爲最，佳致以獨賞爲遥。清幽取其初，獨賞愛其静。始曉宇開，群動未作，晨星猶在，曙色漸來。獨樹之前，一窗之望，徒倚静觀，猶足自得。況有谷有巖，拂雲披露，噭猿聲裏，香氣花中，孤高幽尋，惟有一我，樂也奈何！隈愛逶迤，峴探迢遰，澗吾知其厲急，棧吾知其陵緬。以至苹覺深沉，菰臨清淺，泉取其飛，葉耽其卷。蓋隨境所接，匪直見曲，匪滯見動，豈境獨異哉？常人胸無深致，曠觀魯莽；幽人情深相尋，寓目必細。故洲渚以回復爲佳，川流以瀠轉見態。吾所得之景，别有異景。游乎動静之間，審乎往來之介。康樂寫景必寫虚，得斯旨也。超世之識，所領既邃，孰能同之？」這段話最得葉燮所說的游覽之趣。

（三）宋許永《顔元祠堂記》：「大抵江山之勝，必托諸偉人，然後名顯，而人樂之。」（王士禛《浯溪考》卷下）明盧瑛《平望鎮志序》：「天下名勝不能自傳，必因人而後傳，必托諸文，以永其傳。」金堡《吳門游草序》：「山水欲自發其奇，必假手於才人。才人欲自宣其鬱，復游目於山水。才人顯用山水，山水隱用才人。則以才人之不幸，成山水之幸。」（《遍行堂集》卷三）沈德潛《唐詩別裁集》卷二評杜甫《劍門》：「自秦州至成都諸詩，奥險清削，雄奇荒幻，無所不備。山川詩人，兩相觸發，所以獨絶古今也。」

（四）朱庭珍《筱園詩話》卷一有一段長篇議論，本是針對上引沈德潛《説詩晬語》之説而發，但適可爲本節的詮疏：「夫詩貴相題，尤貴切題，人人知之。作山水詩，何獨不然？相山水雄險，則詩亦出以雄險；山水奇麗，則詩亦還以奇麗；山水幽峭，則詩亦與爲幽峭；山水清遠，則詩亦肖其清遠。凡詩家莫不能之，猶是外面工夫，非内心也。即於寫山水中，由景生情立意，以求造語合符理境，又由情起一波瀾，以求語有風趣，亦非難事。詩家有工候才力者，皆所優爲，係由外達裏，上階工夫，尚未登堂，遑問入室，亦非内心也。夫文貴有内心，詩家亦然，而於山水詩尤要。蓋有内心，則不惟寫山水之形勝，并傳山水之性情，兼得山水之精神，探天根而入月窟，冥契真詮，立躋聖域矣。夫山容水色，丘壑林泉，天下山水同有之景也。琳宫梵宇，月榭風亭，人工點綴，以助名勝，亦天下山水同有之景也。而或雄奇，或深險，或高厚，或平遠，或濃秀，或淡雅，氣象各殊，得失不一，則同之中又有異焉。況山者天地之筋骨，水者天地之血脉，而結構山水，則天地之靈心秀氣，造物之智慧神巧也。山水秉五行之精，合兩儀之撰以成形。其山情水意，天所以結構之理，與山水所得於天，以獨成其奇勝者，則絶無相同重複之處。歷一山水，見一山水之妙，矧陰晴朝暮，春秋寒暑，變態百出。游者領悟當前，會心不遠，或心曠神怡而志爲之超，或心静神肅而氣爲之斂，或探奇選勝而神契物外，或目擊道存而心與天游。是游山水之情，與心所得於山水者，又各不同矣。作山水詩者，以人所心得，與山水所得於天者互證，而潛會默悟，凝神於無朕之宇，研慮於非想之天，以心體天地之心，以變窮造化之變。揚其異而表其奇，略其同而取其獨，造其奥以泄其秘，披其根以證其理，深入顯出以盡其神，肖陰相陽以全其天。必使山情水性，因繪聲繪色而曲得其真；務期天巧地靈，借人工人籟而畢傳其妙，則以人之性情通山水之性情，以人之精神合山水之精神，并與天地之性情、精神相通相合矣。以其靈思，結爲純意，撰爲名理，發爲精詞，自然異香繽紛，奇彩光艷，雖寫景而情生於文，理溢成趣也。使讀者因吾詩而如接山水之精神，恍得山水之情性，不惟勝畫真形之圖，直可移情卧游，若目睹焉。造詣至此，是謂人與天合，技也進於道矣。此之謂詩有内心也。」

【評】

葉燮性好游覽，天下名山登歷皆遍，論山水詩最有心得。他强調山水詩不可輕易寫作，須存三層心思：一是景觀的個性，二是描寫的家數，三是游者的性情，三者妙合無垠，方能發山水之勝藴，體會游覽之怡情。隨後話題一轉，闡發山水與人之相期，巴蜀山水待李白而發其雄奇，柳州山水待柳宗元而泄其幽美，不知是山水成就了詩人，還是詩人點化了山水。世間萬物之靈奇與世間天才的相待，每每如是吧？

二〇之一　何景明與李夢陽書，縱論歷代之詩而上下是非之。〔一〕其規夢陽也，則曰：「近詩以盛唐爲尚。宋人似蒼老而實疏鹵〔一〕，〔二〕元人似秀俊而實淺俗。〔三〕今僕詩不免元習，而空同近作，間入於宋。」夫尊初、盛唐而嚴斥宋、元者，何、李之壇坫也，自當無一字一句入宋、元界分上；乃景明之言如此，豈陽斥之而陰竊之，陽尊之而陰離之耶？〔四〕且李不讀唐以後書，何得有宋詩入其目中而似之耶？將未嘗寓目，自爲遥契吻合，則此心此理之同，其又可盡非耶？既已似宋，則自知之明且不有，何妄進退前人耶？〔五〕其故不可解也。竊以爲李之斥唐以後之作者，非能深入其人之心，而洞伐其髓也；亦僅髣髴皮毛形似之間，但欲高自位置，以立門户，壓倒唐以後作者，而不知已飲食之而役隸於其家矣。〔六〕李與何彼唱予和〔二〕，互相標榜，而其言如此，亦見誠之不可揜也。〔七〕由是言之，則凡好爲高論大言，故作欺人之語，而終不可以自欺也夫。

【注】

〔一〕疏鹵：粗疏輕率。鹵，鹵莽。

〔二〕彼唱予和：《詩經·鄭風·萚兮》：「叔兮伯兮，唱予和女。」

【箋】

（一）此言見《何大復先生全集》卷三二《與李空同論詩書》，原文曰：「追昔爲詩，空同子刻意古範，鑄形宿鏌，而獨守尺寸。僕則欲富於材積，領會神情，臨景結構，不仿形迹。《詩》曰：『惟其有之，是以似之。』以有求似，僕之愚也。近詩以盛唐爲尚。宋人似蒼老而實疏鹵，元人似秀峻而實淺俗。今僕詩不免元習，而空同近作間入於宋。僕固蹇拙薄劣，何敢自列於古人？空同方雄視數代，立振古之作，乃亦至此，何也？凡物有，則弗及者、及而退者與過焉者，均謂之不至。譬之爲詩，僕則可謂弗及者，若空同，求之則過矣。」世以何、李并稱，同目爲復古觀念的代表，而兩人取徑實有差異，由此書也可見一斑。

（二）何景明説宋人似蒼老而實疏鹵，代表着格調派對宋詩尚老境的一種評價。龐塏《叢碧山房詩集》王澤弘序：「若今之爲詩者，余惑焉。厭薄漢、唐，崇奉蘇、陸，一則曰吾學子瞻，一則曰吾學放翁，鄙瑣以爲真，淺率以爲老，自謂直接《風》《雅》之傳，而《風》《雅》道消久矣。」

（三）李東陽《麓堂詩話》：「宋詩深，却去唐遠；元詩淺，去唐却近。顧元不可爲法，所謂取法乎中，僅得其下耳。」

（四）楊慎《升庵詩話》卷一二：「亡友何仲默嘗言宋人書不必收，宋人詩不必觀。余一日書此四詩（按指張耒《蓮花》、杜衍《雨中荷花》、劉美中《夜度娘歌》、寇準《江南曲》）訊之曰：『此何人詩？』答曰：『唐詩也。』余笑曰：『此乃吾子所不觀宋人之詩也。』仲默沉吟久之，曰：『細看亦不佳。』可謂倔强矣。」

（五）錢鍾書《談藝録》：「（此）即謂詩分唐、宋，亦本乎氣質之殊，非僅出於時代之判，故曠世而可同調。」

（六）黄宗羲《杲堂文鈔序》在論及當時文人的門户習氣時也有類似的説法：「其間一二黠者，緣飾應酬，爲古文辭則又高自標致，分門别户，才學把筆，不曰吾由何、李以溯秦漢者也，則曰吾由二川以法歐、曾者也。黨朱、陸，争王、薛，紛紜狡獪，有巨子以爲之宗主，吾其可以與於斯文矣。此如奴僕挂名於高門巨室之尺籍，其錢刀阡陌之數，府藏筐篋所在，一切未曾經目，但虚張其喜怒，以恫喝夫田騶織子，耳目口鼻皆非我有。」

（七）其實據王世貞《藝苑卮言》卷六所載，二人論文也多相持不下：「何仲默謂獻吉振大雅，超百世，書薄子雲，賦追屈原。王子衡云：『執符於《雅》《謨》，游精於漢魏，以雄渾爲堂奥，以藴藉爲神樞，思入玄而調寡和。如鳳矯龍變，人罔不知其爲祥，亦罔不駭其異。』黄勉之云：『興起學士，挽回古文，五色錯以彪章，八音和而協美。如玄造包乎品物，海渤匯夫波流。』又云：『江西以後，愈妙而化，如玄造範物，鴻鈞播氣，種種殊别，新新無已。』其推尊之可謂至矣。然王敬夫、薛君采各有《漫興》詩，王咏何云：『若使老夫須下拜，便教獻吉也低頭。』薛云：『俊逸終憐何大復，粗豪不解李空同。』則似有不盡然者。及觀何之駁李詩，有云：『詩意象應曰合，意象乖曰離。空同丙寅間詩爲合，江西以後詩爲離。

試取丙寅作，叩其音，尚中金石，而江西以後之作，辭艱者意反近，意苦者辭反常，色黯淡而中理，披慢讀之，若摇鞞鐸耳。』李之駁何則曰：『如摶沙弄泥，散而不瑩，闊大者鮮把持，文又無針綫。』又云：『如仲默《神女賦》、《帝京篇》、南游日、北上年，四句接用，古有此法乎？蓋彼知神情會處下筆成章爲高，而不知高而不法，其勢如摶巨蛇，駕風螭，步驟雖奇，不足訓也。君詩結語太咄易，七言律與絶句等，更不成篇，亦寡音節，「百年」、「萬里」，何其層見疊出也。七言若剪得上二字，言何必七也。』二子之言，雖中若戈矛，而功等藥石，特何謂李江西以後爲離，與勉之言背馳，此未識李耳。李自有二病，曰模仿多則牽合而傷迹，結構易則粗縱而弗工。」又云：「何仲默與李獻吉交誼良厚，李爲逆瑾所惡，仲默上書李長沙相救之，又畫策令康修撰居間，乃免。以後論文相掊擊，遂致小間。蓋何晚出，名遽抗李，李漸不能平耳。何病革，屬後事，謂墓文必出李手，時張以言、孟望之在側，私曰：『何君没，恐不能得李文，李文恐不得何意，吾曹與戴仲鶡、樊少南共成之可也。』今望之銘，亦寥落不甚稱。」

【評】

這一節通過指出何景明與李夢陽口號與創作實際的差異，諷刺其毫無自知之明、自欺欺人的譾陋。這其實也不足爲奇，口號或創作觀念歷來就是與創作實際有差距的。口號或出於冠冕堂皇的理由，觀念也可能出於朝向「理想作者」的自期，都可能有某種程度的矯飾或理想色彩，實際願不願踐行，能否實現理想目標，都要打個問號。唐初朝野通斥六朝，抨擊南朝浮靡輕艷之風，但具體創作却仍步趨六朝，沿其故習；有明一代獨宗盛唐，鄙棄中晚，可是許多詩人都從中唐入手；王漁洋選《唐賢三昧集》專主盛唐，而指示門人學詩，七律却囑其熟玩中唐劉長卿、劉禹錫兩家。作爲觀念、口號提出來的理想，經常是不可企及的目標，實際創作却唯有選擇力能所及、方便踐行的路徑。這在文學史上有許多例子可以證明。

二一之一 從來論詩者，大約伸唐而絀宋。有謂：「唐人以詩爲詩，主性情，於《三百篇》爲近；宋人以文爲詩，主議論，於《三百篇》爲遠。」〔一〕何言之謬也！唐人詩有議論者，杜甫是也。杜五言古，議論尤多，長篇如《赴奉先縣咏懷》、〔二〕《北征》及《八哀》等作，〔三〕何首無議論？而獨以議論歸宋人，何歟？〔四〕彼先不知何者是議論，何者爲非議論，而妄分時代耶？且《三百篇》中，二《雅》爲議論者，正自不少。彼先不知《三百篇》，安能知後人之詩也？〔五〕如言宋人以文爲詩，則李白樂府長短句，何嘗非文？杜甫前後《出塞》及《潼關吏》等篇〔六〕，其中豈無似文之句？爲此言者，不但未見宋詩，并未見唐詩。村學究道聽耳食〔七〕，竊一言以詫新奇，此等之論是也。

【注】

〔一〕道聽耳食：道聽途説，輕信傳聞。《史記·六國年表序》：「學者牽於所聞，見秦在帝位日淺，不察其始終，因舉而笑之，不敢道。此與以耳食無異。」

【箋】

〔一〕此言出元傅與礪《詩法源流》：「宋詩比唐，氣象敻別。今以唐、宋詩雜而觀之，雖平生所未讀者，亦可辨其孰爲唐、孰爲宋也。蓋唐人以詩爲詩，宋人以文爲詩。唐詩主於達性情，故於《三百篇》爲近；宋詩主於立議論，故於《三百篇》爲遠。」蓋本自嚴羽《滄浪詩話·詩辯》：「近代諸公乃作奇特解會，遂以文字爲詩，以才學爲詩，以議論爲詩，夫豈不工？終非古人之詩也。」宋詩主議論，顯然與主理趣有關。李夢陽《缶音序》云：「宋人主理，作理語。詩何嘗無理？若專作理語，何不作文而詩爲耶？」後楊慎《升庵詩話》卷八曰：「唐人詩主情，去《三百篇》近；宋人詩主理，去《三百篇》却遠矣。」屠隆《文論》曰：「古詩多在興趣，微辭隱義，有足感人。而宋人多好以詩議論，夫以詩議論，即奚不爲文，而爲詩哉？《詩》三百篇，多出於忠臣孝子之什，及閭閻匹夫匹婦童子之歌謡，大意主吟咏，抒性情，以風也；固非傳綜詮次以爲篇章者也，是詩之教也。」（《由拳集》卷二三）到清初，吴喬《圍爐詩話》卷二引《詩法源流》曰：「唐人以詩爲詩，宋人以文爲詩。唐詩主於達性情，故於《三百篇》近；宋詩主於議論，故於《三百篇》遠。」施閏章《蠖齋詩話》曰：「太白、龍標外，人各擅能，有一口直述，絶無含蓄轉折，自然入妙。（中略）此等著不得氣力學問，所謂詩家三昧，直讓唐人獨步。宋賢要入議論，著見解，力可拔山，去之彌遠。」知此等議論在清初詩壇相當流行。

（二）杜甫《自京赴奉先縣咏懷五百字》：「杜陵有布衣，老大意轉拙。許身一何愚？竊比稷與契。居然成濩落，白首甘契闊。蓋棺事則已，此志常覬豁。窮年憂黎元，嘆息腸内熱。取笑同學翁，浩歌彌激烈。非無江海志，蕭灑送日月。生逢堯舜君，不忍便永訣。當今廊廟具，構厦豈云缺？葵藿傾太陽，物性固莫奪。顧惟螻蟻輩，但自求其穴。胡爲慕大鯨，輒擬偃溟渤？以兹誤生理，獨恥事干謁。兀兀遂至今，忍爲塵埃没。終愧巢與由，未能易其節。沉飲聊自遣，放歌破愁絶。歲暮百草零，疾風高岡裂。天衢陰崢嶸，客子中夜發。霜嚴衣帶斷，指直不得結。凌晨過驪山，御榻在嵽嵲。蚩尤塞寒空，蹴踏崖谷滑。瑶池氣鬱律，羽林相摩戛。君臣留歡娱，樂動殷膠葛。賜浴皆長纓，與宴非短褐。彤庭所分帛，本自寒女出。鞭撻其夫家，聚斂貢城闕。聖人筐篚恩，實欲邦國活。臣如忽至理，君豈棄此物？多士盈朝廷，仁者宜戰栗。况聞内金盤，盡在衛霍室。中堂有神仙，烟霧蒙玉質。暖客貂鼠裘，悲管逐清瑟。勸客駝蹄羹，霜橙壓香橘。朱門酒肉臭，路有凍死骨。榮枯咫尺異，惆悵難再述。北轅就涇渭，官渡又改轍。群水從西下，極目高崒兀。疑是崆峒來，恐觸天柱折。河梁幸未坼，枝撑聲窸窣。行旅相攀援，川廣不可越。老妻寄異縣，十口隔風雪。誰能久不顧？庶往共飢渴。入門聞號咷，幼子餓已卒。吾寧舍一哀？里巷亦嗚咽。所愧爲人父，無食致夭折。豈知秋禾登，貧窶有倉卒。生常免租税，名不隸征伐。撫迹猶酸辛，平人固騷屑。默思失業徒，因念遠戍卒。憂端齊終南，澒洞不可掇。」（《杜詩詳注》卷五）

（三）杜甫《八哀詩・贈司空王公思禮》：「司空出東夷，童稚刷勁翮。追隨燕薊兒，穎鋭物不隔。服事哥舒翰，意無流沙磧。未甚拔行間，犬戎大充斥。短小精悍姿，屹然强寇敵。貫穿百萬衆，出入由咫尺。馬鞍懸將首，甲外控鳴鏑。洗劍青海水，刻銘天山石。九曲非外蕃，其王轉深壁。飛兔不近駕，鷙鳥資遠擊。曉達兵家流，飽聞《春秋》癖。胸襟日沉静，肅肅自有適。潼關初潰散，萬乘猶辟易。偏裨無所施，元帥見手格。太子入朔方，至尊狩梁益。胡馬纏伊洛，中原氣甚逆。肅宗登寶位，塞望勢敦迫。公時徒步至，請罪將厚責。際會清河公，間道傳玉册。天王拜跪畢，讜議果冰釋。翠華卷飛雪，熊虎亘阡陌。屯兵鳳凰山，帳殿涇渭闢。金城賊咽喉，詔鎮雄所搤。禁暴清無雙，爽氣春淅瀝。巷有從公歌，野多青青麥。及夫哭廟後，復領太原役。恐懼禄位高，悵望王土窄。不得見清時，嗚呼就窀穸。永繫五湖舟，悲甚田横客。千秋汾晉間，事與雲水白。昔觀文苑傳，豈述廉藺績。嗟嗟鄧大夫，士卒終倒戟。」《故司徒李公光弼》：「司徒天寶末，北收晉陽甲。胡騎攻吾城，愁寂意不愜。人安若泰山，薊北斷右脅。朔方氣乃蘇，黎首見帝業。二宫泣西郊，九廟起頹壓。未散河陽卒，思明僞臣妾。復自碣石來，火焚乾坤獵。高視笑禄山，公又大獻捷。異王策崇勛，小敵信所怯。擁兵鎮汴河，千里初妥帖。青蠅紛營營，風雨秋一葉。内省未入朝，死淚終映睫。大屋去高棟，長城掃遺堞。平生白羽扇，零落蛟龍匣。雅望與英姿，惻愴槐里接。三軍晦光彩，烈士痛稠疊。直筆在史臣，將來洗箱篋。吾思哭孤冢，南紀阻歸楫。扶顛永蕭條，未濟失利涉。疲苶竟何人，灑淚巴東峽。」《贈左僕射鄭國公嚴公武》：「鄭公瑚璉器，華岳金天晶。昔在童子日，已聞老成名。嶷然大賢後，復見秀骨清。開口取將相，小心事友生。閲書百紙盡，落筆四座驚。歷職匪父任，疾邪常力争。漢儀尚整肅，胡騎忽縱横。飛傳自河隴，逢人問公卿。不知萬乘出，雪涕風悲鳴。受辭劍閣道，謁帝蕭關城。寂寞雲臺仗，飄颻沙塞旌。江山少使者，笳鼓凝皇情。壯士血相視，忠臣氣不平。密論貞觀體，揮發岐陽征。感激動四極，聯翩收二京。西郊牛酒再，原廟丹青明。匡汲俄寵辱，衛霍竟哀榮。四登會府地，三掌華陽兵。京兆空柳色，尚書無履聲。群烏自朝夕，白馬休横行。諸葛蜀人愛，文翁儒化成。公來雪山重，公去雪山輕。記室得何遜，韜鈐延子荆。四郊失壁壘，虚館開逢迎。堂上指圖畫，軍中吹玉笙。豈無成都酒，憂國只細傾。時觀錦水釣，問俗終相并。意待犬戎滅，人藏紅粟盈。以兹報主願，庶或裨世程。炯炯一心在，沉沉二豎嬰。顔回竟短折，賈誼徒忠貞。飛旐出江漢，孤舟轉荆衡。虚無馬融笛，悵望龍驤塋。空餘老賓客，身上愧簪纓。」《贈太子太師汝陽郡王進》：「汝陽讓帝子，眉宇真天人。虬髯似太宗，色映塞外春。往者開元中，主恩視遇頻。出入獨非時，禮異見群臣。愛其謹潔極，倍此骨肉親。從容聽朝後，或在風雪晨。忽思格猛獸，苑囿騰清塵。羽旗動若一，萬馬肅駪駪。詔王來射雁，拜命已挺身。箭出飛箜内，上又回翠麟。翻然紫塞翮，下拂明月輪。胡人雖獲多，天笑不爲新。王每中一物，手自與金銀。袖中諫獵書，扣馬久上陳。竟無銜橛虞，聖聰矧多仁。官免供給費，水有在藻鱗。匪惟帝老大，皆是王忠勤。晚年務置醴，門引申白賓。道大容無能，永懷侍芳茵。好學尚貞烈，義形必沾巾。揮翰綺繡揚，篇什若有神。川廣不可泝，墓久狐兔鄰。宛彼漢中郡，文雅見天倫。何以開我悲，泛舟俱遠津。温温昔風味，少壯已書紳。舊游易磨滅，衰謝多酸辛。」《贈秘書監江夏李公邕》：

「長嘯宇宙間，高才日陵替。古人不可見，前輩復誰繼。憶昔李公存，詞林有根柢。聲華當健筆，灑落富清製。風流散金石，追琢山岳鋭。情窮造化理，學貫天人際。干謁走其門，碑板照四裔。各滿深望還，森然起凡例。蕭蕭白楊路，洞徹寶珠惠。龍宮塔廟涌，浩劫浮雲衛。宗儒俎豆事，故吏去思計。眄睞已皆虛，跋涉曾不泥。向來映當時，豈獨勸後世。豐屋珊瑚鉤，麒麟織成罽。紫騮隨劍几，義取無虛歲。分宅脱驂間，感激懷未濟。衆歸賙給美，擺落多藏穢。獨步四十年，風聽九皋唳。嗚呼江夏姿，竟掩宣尼袂。往者武后朝，引用多寵嬖。否臧太常議，面折二張勢。衰俗凜生風，排蕩秋旻霽。忠貞負冤恨，宮闕深旒綴。放逐早聯翩，低垂困炎厲。日斜鵩鳥入，魂斷蒼梧帝。榮枯走不暇，星駕無安稅。幾分漢廷竹，夙擁文侯篲。終悲洛陽獄，事近小臣斁。禍階初負謗，易力何深嚌。伊昔臨淄亭，酒酣托末契。重叙東都别，朝陰改軒砌。論文到崔蘇，指盡流水逝。近伏盈川雄，未甘特進麗。是非張相國，相扼一危脆。争名古豈然，關鍵欻不閉。例及吾家詩，曠懷掃氛翳。慷慨嗣真作，諮嗟玉山桂。鐘律儼高懸，鯤鯨噴迢遞。坡陁青州血，蕪没汶陽瘞。哀贈竟蕭條，恩波延揭厲。子孫存如綫，舊客舟凝滯。君臣尚論兵，將帥接燕薊。朗咏《六公篇》，憂來豁蒙蔽。」《故秘書少監武功蘇公源明》：「武功少也孤，徒步客徐兖。讀書東岳中，十載考墳典。時下萊蕪郭，忍飢浮雲巘。負米晚爲身，每食臉必泫。夜字照爇薪，垢衣生碧蘚。庶以勤苦志，報兹劬勞顯。學蔚醇儒姿，文包舊史善。灑落辭幽人，歸來潛京輦。射君東堂策，宗匠集精選。制可題未乾，乙科已大闡。文章日自負，掾吏亦累踐。晨趨閶闔内，足踏宿昔趼。一麾出守還，黄屋朔風卷。不暇陪八駿，虜庭悲所遣。平生滿樽酒，斷此朋知展。憂憤病二秋，有恨石可轉。肅宗復社稷，得無順逆辨。范曄顧其兒，李斯憶黃犬。秘書茂松意，載從祠壇簟。前後百卷文，枕藉皆禁臠。篆刻揚雄流，溟漲本末淺。青熒芙蓉劍，犀兕豈獨劓。反爲後輩褻，予實苦懷緬。煌煌齋房芝，事絶萬手搴。垂之俟來者，正始徵勸勉。不要懸黃金，胡爲投乳贙。結交三十載，吾與誰游衍。滎陽復冥寞，罪罟以橫罥。嗚呼子逝日，始泰則終蹇。長安米萬錢，凋喪盡餘喘。戰伐何當解，歸帆阻清沔。尚纏漳水疾，永負《蒿里》餞。」《故著作郎貶台州司户滎陽鄭公虔》：「鶢鶋至魯門，不識鐘鼓饗。孔翠望赤霄，愁思雕籠養。滎陽冠衆儒，早聞名公賞。地崇士大夫，況乃氣清爽。天然生知姿，學立游夏上。神農或闕漏，黃石愧師長。藥纂西極名，兵流指諸掌。貫穿無遺恨，薈蕞何技癢。圭臬星經奥，蟲篆丹青廣。子雲窺未遍，方朔諧太枉。神翰顧不一，體變鍾兼兩。文傳天下口，大字猶在榜。昔獻書畫圖，新詩亦俱往。滄洲動玉陛，寡鶴誤一響。三絶自御題，四方尤所仰。嗜酒益疏放，彈琴視天壤。形骸實土木，親近惟几杖。未曾寄官曹，突兀倚書幌。晚就芸香閣，胡塵昏坱莽。反復歸聖朝，點染無滌蕩。老蒙台州掾，泛泛浙江槳。履穿四明雪，飢食楢溪橡。空聞《紫芝》歌，不見杏壇丈。天長眺東南，秋色餘魍魎。別離慘至今，斑白徒懷曩。春深秦山秀，葉墜清渭朗。劇談王侯門，野税林下鞅。操紙終夕酣，時物集遐想。詞場竟疏闊，平昔濫吹獎。百年見存殁，牢落吾安放。蕭條阮咸在，出處同世網。他日訪江樓，含悽述飄蕩。」《故右僕射相國張公九齡》：「相國生南紀，金璞無留礦。仙鶴下人間，獨立霜毛整。矯然江海思，復與雲路永。寂寞想土階，未遑等箕潁。上君白玉堂，倚君金華省。碣石歲崢嶸，天地日蛙黽。退食吟大庭，何心記榛梗。骨驚畏曩哲，鬢變負人境。雖蒙换蟬冠，右地恧多幸。敢忘二疏歸，痛迫蘇耽井。紫綬映暮年，荆州謝所領。庾公興不淺，黄霸鎮每静。賓客引調同，諷咏在務屏。詩罷地有餘，篇終語清省。一陽發陰管，淑氣含公鼎。乃知君子心，用才文章境。散帙起翠螭，倚薄巫廬并。綺麗玄輝擁，箋誄任昉騁。自成一家則，未闕隻字警。千秋滄海南，名繫朱鳥影。歸老守故林，戀闕悄延頸。波濤良史筆，蕪絶大庾嶺。向時禮數隔，制作難上請。再讀徐孺碑，猶思理烟艇。」（《杜詩詳注》卷一六）

（四）仇兆鰲《杜詩詳注》卷四引胡夏客評《自京赴奉先縣咏懷五百字》曰：「詩凡五百字，而篇中叙發京師，過驪山，就涇渭，抵奉先，不過數十字耳。餘皆議論感慨成文，此最得變雅之法而成章者也。」又曰：「《赴奉先咏懷》，全篇議論，雜以叙事；《北征》則全篇叙事，雜以議論。蓋曰咏懷，自應以議論爲主；曰北征，自應以叙事爲主也。」葉燮此論爲門人沈德潛所發揮，《説詩晬語》卷下云：「杜老古詩中《奉先咏懷》、《北征》、《八哀》諸作，近體中《蜀相》、《咏懷》、《諸葛》諸作，純乎議論。但議論須帶情韻以行，勿近傖父面目耳。戎昱《和蕃》云：『社稷依明主，安危托婦人。』亦議論之佳者。」其《唐詩别裁集》卷一四評杜甫《咏懷古迹五首》也説：「『雲霄』、『羽毛』猶鸞鳳高翔，狀其才品之不可及也。文中子謂諸葛武侯不死，禮樂其有興乎？即『失蕭曹』之旨。此議論最高者。後人謂詩不必著議論，非通言也。」

（五）郝敬《藝圃傖談》卷一：「近代人謂詩不主理，一落議論，便成惡道。按二《雅》獻納，三《頌》揚功德，其誰不根道理、涉議論者乎？今俗士學詩，疾理如仇，惟嘲弄風月，流連光景，即使鏗金戛玉，無關性情，無補風教，詩道之贅疣耳。」陸時雍《詩鏡總論》：「叙事議論，絶非詩家所需，以叙事則傷體，議論則費詞也。然總貴不煩而至，如《棠棣》不廢議論，《公劉》不無叙事。如後人以文體行之，則非也。戎昱『社稷依明主，安危托婦人』，『過因讒後重，恩合死前酬』，此亦議論之佳者矣。」

（六）杜甫《前出塞九首》：「戚戚去故里，悠悠赴交河。公家有程期，亡命嬰禍羅。君已富土境，開邊一何多？棄絶父母恩，吞聲行負戈。」「出門日已遠，不受徒旅欺。骨肉恩豈斷？男兒死無時。走馬脱轡頭，手中挑青絲。捷下萬仞岡，俯身試搴旗。」「磨刀嗚咽水，水赤刃傷手。欲輕腸斷聲，心緒亂已久。丈夫誓許國，憤惋復何有？功名圖麒麟，戰骨當速朽。」「送徒既有長，遠戍亦有身。生死向前去，不勞吏怒嗔。路逢相識人，附書與六親。哀哉兩決絶，不復同苦辛！」「迢迢萬里餘，領我赴三軍。軍中異苦樂，主將寧盡聞？隔河見胡騎，倏忽數百群。我始爲奴僕，幾時樹功勛？」「挽弓當挽强，用箭當用長。射人先射馬，擒賊先擒王。殺人亦有限，列國自有疆。苟能制侵陵，豈在多殺傷？」「驅馬天雨雪，軍行入高山。逕危抱寒石，指落曾冰間。已去漢月遠，何時築城還？浮雲暮南征，可望不可攀。」「單于寇我壘，百里風塵昏。雄劍四五動，彼軍爲我奔。虜其名王歸，繫頸授轅門。潛身備行列，一勝何足論？」「從軍十年餘，能無分寸功？衆人貴苟得，欲語羞雷同。中原有鬭爭，況在狄與戎？丈夫四方志，安可辭固窮？」（《杜詩詳注》卷二）《後出塞五首》：「男兒生世間，及壯當封侯。戰伐有功業，焉能守舊丘？召募赴薊門，軍動不可留。千金買馬鞍，百金裝刀頭。閭里送我行，親戚擁道周。斑白居上列，酒酣進庶羞。少年别有贈，含笑看吴鈎。」「朝進東門營，暮上河陽橋。落日照大旗，馬鳴風蕭蕭。平沙列萬幕，部伍各見招。中天懸明月，令嚴夜寂寥。悲笳數聲動，壯士慘不驕。借問大將誰，恐是霍嫖姚。」「古人重守邊，今人重高勛。豈知英雄主，出師亘長雲。六合已一家，四夷且孤軍。遂使貔虎士，奮身勇所聞。拔劍擊大荒，日收胡馬群。誓開玄冥北，持以奉吾君。」「獻凱日繼踵，兩蕃静無虞。漁陽豪俠地，擊鼓吹笙竽。雲帆轉遼海，粳稻來東吴。越羅與楚練，照耀輿臺軀。主將位益崇，氣驕凌上都。邊人不敢議，議者死路衢。」「我本良家子，出師亦多門。將驕益愁思，身貴不足論。躍馬二十年，恐孤明主恩。坐見幽州騎，長驅河洛昏。中夜問道歸，故里但空村。惡名幸脱免，窮老無兒孫。」(同上卷四)《潼關吏》：「士卒何草草，築城潼關道。大城鐵不如，小城萬丈餘。借問潼關吏，修關還備胡。要我下馬行，爲我指山隅。連雲列戰格，飛鳥不能逾。胡來但自守，豈復憂西都？丈人視要處，窄狹容單車。艱難奮長戟，千古用一夫。哀哉桃林戰，百萬化爲魚！請囑防關將，慎勿學哥舒！」(同上卷七)

【評】

詩可不可以議論，要不要議論，向來就是有争議的問題。葉燮針對元代以來唐宋詩比較論中提出的宋詩專主議論的説法，舉出從《三百篇》直到杜詩都有議論的事實，説明議論歷來就活躍於古典詩歌中，并非宋詩所獨有。這麽説固然是不錯的，衹是有點就事論事，未進一步闡明議論在詩歌中的作用及獨特性，比起朱庭珍《筱園詩話》談同樣的問題，理論價值就遜色多了。朱庭珍是這麽説的：「自宋人好以議論爲詩，發泄無餘，神味索然，遂招後人史論之譏，謂其以文爲詩，乃有韻之文，非詩體也。此論誠然。然竟以議論爲戒，欲盡捐之，則因噎廢食，膠固不通矣。大篇長章，必不可少叙事議論，即短篇小詩，亦有不可無議論者。但長篇須盡而不盡，短章須不盡而盡耳。叙事即伏議論之根，論議必顧叙事之母。或叙事而含議論，議論而兼叙事。或以議論爲叙事，叙事爲議論。綜錯變幻，使奇正相生，疏密相間，開闔抑揚，各極其妙，斯能事矣。人但知叙事中之叙事，議論中之議論，與夾叙夾議之妙，而抑知叙事外之叙事，議論外之議論，與夫不叙之叙，不議之議，其筆外有筆，味外有味，尤爲玄之又玄，更臻微妙乎！」這正是顧炎武所謂「前修未密，後出轉精」的一個例子。

二二之一　五古，漢魏無轉韻者，至晉以後漸多。（一）唐時五古長篇，大都轉韻矣，惟杜甫五古，終集無轉韻者。畢竟以不轉韻者爲得。韓愈亦然。（二）如杜《北征》等篇，（三）若一轉韻，首尾便覺索然無味。且轉韻便似另爲一首，而氣不屬矣〔一〕。五言樂府，或數句一轉韻，或四句一轉韻，此又不可泥。樂府被管弦，自有音節，於轉韻見宛轉相生層次之妙。（四）若寫懷投贈之作，自宜一韻，方見首尾聯屬。宋人五古，不轉韻者多，爲

得之。〔五〕

【注】

〔一〕屬：連貫。

【箋】

（一）范晞文《對床夜語》：「魏文帝：『西北有浮雲，亭亭如車蓋。惜哉時不遇，適與飄風會。吹我東南行，行行至吴會。吴會非我鄉，安能久留滯。棄置勿復陳，客子常畏人。』又子建：『轉蓬離本根，飄摇隨長風。何意回飈舉，吹我入雲中。高高上無極，天路安可窮。類此游客子，捐軀遠從戎。毛褐不掩形，薇藿常不充。去去莫復道，沉憂令人老。』此結句换韻之始。」郎廷槐問：「五古亦可轉韻否？如可换韻，其法如何？」王士禛答：「五言古亦可换韻，如《古西洲曲》之類。唐李太白頗有之。」張實居答：「《十九首》『行行重行行』、『冉冉孤生竹』、『生年不滿百』，皆换韻。魏文帝《雜詩》『棄置勿復陳，客子常畏人』，曹子建『去去勿復道，沉憂令人老』，皆末二句换韻，不勝屈指。一韻氣雖矯健，换韻意方委曲。有轉句即换者，有承句方换者，水到渠成，無定法也。」（《師友詩傳録》）沈德潛《説詩晬語》卷上：「漢五言一韻到底者多，而『青青河邊草』一章，一路换韻，聯折而下，節拍甚急。而『枯桑知天風』二語，忽用排偶承接，急者緩之，是神化不可到境界。」

（二）薛雪《一瓢詩話》：「轉韻最難，音節之間，有一定當轉入某韻而不可强者。若五古，漢魏無轉韻之體，至唐漸多。而杜浣花、韓昌黎竟亦不然，究屬老手。」王昶《詩説》：「五言長古詩，至杜、韓兩家，鋪陳排比，自鑄偉詞，一變漢魏、六朝、唐初之格，其起伏接應，幾與《史記》、《漢書》古文同體，惟縱橫一萬里，上下五千年，才氣無雙者差堪津逮。」（朱桂《巖客吟草》卷首）

（三）杜甫《北征》：「皇帝二載秋，閏八月初吉。杜子將北征，蒼茫問家室。維時遭艱虞，朝野少暇日。顧慚恩私被，詔許歸蓬蓽。拜辭詣闕下，怵惕久未出。雖乏諫諍姿，恐君有遺失。君誠中興主，經緯固密勿。東胡反未已，臣甫憤所切。揮涕戀行在，道途猶恍惚。乾坤含瘡痍，憂虞何時畢。靡靡逾阡陌，人烟眇蕭瑟。所遇多被傷，呻吟更流血。回首鳳翔縣，旌旗晚明滅。前登寒山重，屢得飲馬窟。邠郊入地底，涇水中蕩潏。猛虎立我前，蒼崖吼時裂。菊垂今秋花，石戴古車轍。青雲動高興，幽事亦可悦。山果多瑣細，羅生雜橡栗。或紅如丹砂，或黑於點漆。雨露之所濡，甘苦齊結實。緬思桃源内，益嘆身世拙。坡陁望鄜畤，谷巖互出没。我行已水濱，我僕猶木末。鴟鳥鳴黄桑，野鼠拱亂穴。夜深經戰場，寒月照白骨。潼關百萬師，往者散何卒。遂令半秦民，殘害爲異物。況我墮胡塵，及歸盡華髮。經年至茅屋，妻子衣百結。慟哭松聲回，悲泉共幽咽。平生所驕兒，顔色勝白雪。見耶背面啼，垢膩脚不襪。牀前兩小女，補綻纔過膝。海圖拆波濤，舊綉移曲折。天吴及紫鳳，顛倒在裋褐。老夫情懷惡，嘔吐卧數日。那無囊中帛，救汝寒凛冽。粉黛亦解苞，衾裯稍羅列。瘦妻面復光，痴女頭自櫛。學母無不爲，曉粧隨手抹。移時施朱鉛，狼藉畫眉闊。生還對童稚，似欲忘飢渴。問事競挽鬚，誰能即嗔喝。翻思在賊愁，甘受雜亂聒。新歸即慰意，生理焉能説。至尊尚蒙塵，幾日休練卒。

仰看天色改，旁覺妖氣豁。陰風西北來，慘淡隨回鶻。其王願助順，其俗喜馳突。送兵五千人，驅馬一萬匹。此輩少爲貴，四方服勇決。所用皆鷹騰，破敵如箭疾。聖心頗虚佇，時議氣欲奪。伊洛指掌收，西京不足拔。官軍請深入，蓄鋭伺俱發。此舉開青徐，旋瞻略恒碣。昊天積霜露，正氣有肅殺。禍轉亡胡歲，勢成擒胡月。胡命其能久，皇綱未宜絶。憶昨狼狽初，事與古先别。奸臣竟葅醢，同惡隨蕩析。不聞夏殷衰，中自誅褒妲。周漢獲再興，宣光果明哲。桓桓陳將軍，仗鉞奮忠烈。微爾人盡非，於今國猶活。凄涼大同殿，寂寞白獸闥。都人望翠華，佳氣向金闕。園陵固有神，掃灑數不缺。煌煌太宗業，樹立甚宏達。」（《杜詩詳注》卷五）

（四）李東陽《麓堂詩話》：「古律詩各有音節，然皆限於字數，求之不難。惟樂府長短句，初無定數，最難調疊。然亦有自然之聲，古所謂聲依永者，謂有長短之節，非徒永也。故隨其長短，皆可以播之律吕，而其太長太短之無節者，則不足以爲樂。今泥古詩之成聲，平側短長，句句字字，摹仿而不敢失，非惟格調有限，亦無以發人之情性。若往復諷咏，久而自有所得，得於心而發之乎聲，則雖千變萬化，如珠之走盤，自不越乎法度之外矣。如李太白《遠别離》，杜子美《桃竹杖》，皆極其操縱，曷嘗按古人聲調？而和順委曲乃如此，固初學所未到。然學而未至乎是，亦未可與言詩也。」薛雪《一瓢詩話》第六十五則節取此意：「樂府宜被管弦，或數句或四句一轉，始覺宛轉有致。」沈銘彝《竹岑詩話》：「五言古轉韻音節最難，梁武帝《西洲曲》後，惟李太白《長干行》一篇可以嗣響。」

（五）宋人古詩多學杜、韓，吴可《藏海詩話》引蘇叔黨語云：「東坡嘗語後輩，作古詩當以老杜《北征》

爲法。」

【評】

葉燮論詩，學力、見識兼至，即便是這樣高屋建瓴的議論，寥寥數語，便道盡古今五言古體用韻流變。當然，他也忽略了體格方面的問題。照楊載《詩法家數》說：「五言古詩，或興起，或比起，或賦起。須要寓意深遠，托詞温厚，反復優游，雍容不迫。或感古懷今，或懷人傷己，或瀟灑閑適，寫景要雅淡，推人心之至情，寫感慨之微意，悲歡含蓄而不傷，美刺婉曲而不露，要有《三百篇》之遺意方是。觀魏、漢古詩，藹然有感動人處，如《古詩十九首》，皆當熟讀玩味，自見其趣。」這在清初早已是老生常談，所以葉燮祇談了用韻的問題，而這恰恰是古來詩家未注意到的。祇要留意一下清初音韻學的復興、音韻學著述的豐富和學者間流行探討音韻學問題的風氣，就不難理解，葉燮對五古用韻方式的重視，與王漁洋用心揣摩古詩聲調一樣，都是當時詩學大背景中的一個普遍現象。最後他提到樂府不可與古詩相提并論，足見有着清楚的體製意識。

二三之一　七古終篇一韻，唐初絕少；盛唐間有之。杜則十有二三，韓則十居八九。逮於宋，七古不轉韻者益多。〔一〕初唐四句一轉韻，轉必蟬聯雙承而下〔一〕，此猶是古樂府體。〔二〕何景明稱其「音節可歌」，此言得之而實非。〔三〕七古即景即物，正格也。盛唐七古，始能變化錯綜〔二〕。〔四〕蓋七古直叙則無生動波瀾，如平蕪一望；縱横則錯亂無條貫，如一屋散錢。〔五〕有意作起伏照應，仍失之板；無意信手出之，又苦無章法矣。〔六〕此七古之難，難尤在轉韻也。〔七〕若終篇一韻，全在筆力能舉之，藏直叙於縱横中，既不患錯亂，又不覺其平蕪，似較轉韻差易。韓之才無所不可，而爲此者，避虚而走實，任力而不任巧，實啓其易也。至如杜之《哀王孫》，〔八〕終篇一韻，變化波瀾，層層掉换，竟似逐段换韻者。七古能事，至斯已極，非學者所易步趨耳。〔九〕

【注】

〔一〕雙承：疑指轉韻時連續兩句押韻。

〔二〕變化錯綜：《易·繫辭上》：「參伍以變，錯綜其數，通其變，遂成天地之文。」王夫之《周易稗疏》卷三：「錯者，𨱎金之械器，汰去其外而發見其中者也；綜者，繫經之綫，以機動之，一上而一下也。」

【箋】

〔一〕沈德潛《説詩晬語》卷上：「歌行轉韻者，可以雜入律句，借轉韻以運動之，純綿裹針，軟中自有力也。一韻到底者，必須鏗金鏘石，一片宫商，稍混律句，便成弱調也。不轉韻者，李、杜十之一二（李如《粉圖山水歌》，杜如《哀王孫》、《瘦馬行》類），韓昌黎十之八九，後歐、蘇諸公，皆以韓爲宗。」這明顯是承老師之説，而又吸取了王漁洋論古詩聲調的見解。

（二）沈德潛《説詩晬語》卷上：「七言古或雜以兩言、三言、四言、五六言，皆七言之短句也。或雜以八九言、十餘言，皆伸以長句，而故欲振蕩其勢，回旋其姿也。其間忽疾忽徐，忽翕忽張，忽渟瀠，忽轉掣，乍陰乍陽，屢遷光景，莫不有浩氣鼓蕩其機，如吹萬之不窮，如江河之滔漭而奔放，斯長篇之能事極矣。四語一轉，蟬聯而下，特初唐人一法，所謂『王楊盧駱當時體』也。」初唐這類作品後世一般稱爲歌行，它與七古的區别在於體製淵源不同。劉熙載《藝概·詩概》講得最清楚：「七古可命爲古、近二體，近體曰駢，曰諧，曰麗，曰綿，古體曰單，曰拗，曰瘦，曰勁。一尚風容，一尚筋骨。此齊梁、漢魏之分，即初、盛唐所以别也。」

（三）何景明語見《明月篇序》：「僕始讀子美七言詩歌，愛其陳事切實，布辭沉著，鄙心竊效之，以爲長篇聖於子美矣。既而讀漢魏以來諸詩，及唐初四子者之所爲，而反復之，則知漢魏固承《三百篇》之後，流風猶可徵焉。而四子者雖工富麗，去古遠甚，至其音節，往往可歌。乃知子美辭固沉著，而調失流轉，雖成一家語，實則詩歌之變體也。夫詩本性情之發者也，其切而易見者，莫如夫婦之間。是以《三百篇》首乎《雎鳩》，六藝首乎風。而漢魏作者，義關君臣、朋友，辭必托諸夫婦，以宣鬱而達情焉。其旨遠矣！由是觀之，子美之詩，博涉世故，出於夫婦者常少，致兼《雅》、《頌》，而風人之義或缺，此其調反在四子之下與？」（《何大復集》卷一四）宋犖《漫堂説詩》：「何大復序《明月篇》，謂初唐四子之作，往往可歌，反在少陵之上。此未嘗概七言之正變而言之，不足爲典要也。」沈德潛《説詩晬語》卷下：「何景明《明月篇序》，大意謂子美七言詩詞固沉著，而調失流轉，不如唐初四子音節可歌。蓋以子美爲歌詩之變體，而四子猶《三百》之遺風也。然子美詩每從《風》、《雅》中出，未可執詞調一節以議之。王阮亭論詩云：『接迹風人《明月篇》，何郎妙悟本從天。王楊盧駱當時體，莫逐刀圭誤後賢。』能不被前人瞞過。」張調元《京澳纂聞》卷一〇之下：「何子此序卓識宗議，自明代以來，諸家莫不俯首。王漁洋詩云（詩略）見《精華録》。」按：兩家引王漁洋詩理解不同，要以沈德潛之説近是。

（四）許學夷《詩源辯體》卷一八：「開元、天寶間，高、岑二公五、七言古，再進而爲李、杜二公。李、杜才力甚大，而造詣極高，意興極遠（李主興，杜主意），故其五、七言古（兼歌行、雜言言之），體多變化，語多奇偉，而氣象、風格大備，多入神矣。」

（五）洪邁《容齋四筆》卷一一：「江陰葛延之，元符間自鄉縣不遠萬里，省蘇公於儋耳。公留之一月，葛請作文之法，誨之曰：『儋州雖數百家之聚，而州人之所須，取之市而足。然不可徒得也，必有一物以攝之，然後爲己用。所謂一物者，錢是也。作文亦然，天下之事，散在經、子、史中，不可徒使，必得一物以攝之，然後爲己用。所謂一物者，意是也。不得錢，不可以取物；不得意，不可以用事。此作文之要也。』葛拜其言而書諸紳。」東坡以錢比喻統攝言的「意」，而葉燮則以錢比喻被意統攝的「言」，其精神恰有内在相通之處。要之，古詩較律詩意脉尤易散亂，故吴可《藏海詩話》云：「凡作古詩，體格、句法俱要蒼古，且先立大意。鋪叙既定，然後下筆，則文脉貫通，意無斷續，整然可觀。」一屋散錢的比喻，已見於明陸深《春風堂隨筆》：「丘文莊公仲深濬，近世最號博學强記。洛陽劉少師希賢健嘗戲之曰：『丘先生是有一屋散錢，却少一條索子。』文莊聞之曰：『劉先生有一屋索子，却少散錢。』蓋報之也。吾聞崔同年子鍾銑云，《納齋嘉話》云：貫如散錢，一是索子。」馮夢龍《情史類略序》亦云：「萬物如散錢，一情爲綫索。散錢就索穿，天涯成眷屬。」後人屢用之。如劉獻廷《廣陽雜記》卷四：「歷代史册，浩繁極矣，苟不提挈其綱領，便如一屋散錢，無從着手。」袁枚《續詩品·崇意》：「意似主人，辭如奴婢。主弱奴强，呼之不至。穿貫無繩，散錢委地。」劉熙載《藝概·詞曲概》：「詞以煉章法爲隱，煉字句爲秀。秀而不隱，是猶百琲明珠，而無一綫穿也。」這裏將錢換成明珠，意思一樣。

（六）楊載《詩法家數》論七古作法：「七言古詩，要鋪叙，要有開合，有風度，要迢遞險怪，雄俊鏗鏘，忌庸俗軟腐。須是波瀾開合，如江海之波，一波未平，一波復起。又如兵家之陣，方以爲正，又復爲奇，方以爲奇，忽復是正。出入變化，不可紀極。備此法者，惟李、杜也。」葉燮雖未正面立論，但已包含了這些内容，問題就在於這些要求恰恰是很難達到的，所以他從反面説明了直叙、縱横、有章法及無章法分別易導致的結果。

（七）沈德潛《説詩晬語》卷上：「轉韻初無定式，或二語一轉，或四語一轉，或連轉幾韻，或一韻迭下幾語。大約前則舒徐，後則一滚而出，欲急其節拍以爲也。此亦天機自到，人工不能勉强。」

（八）杜甫《哀王孫》：「長安城頭頭白烏，夜飛延秋門上呼。又向人家啄大屋，屋底達官走避胡。金鞭斷折九馬死，骨肉不待同馳驅。腰下寶玦青珊瑚，可憐王孫泣路隅。問之不肯道姓名，但道困苦乞爲奴。已經百日竄荆棘，身上無有完肌膚。高帝子孫盡隆準，龍種自與常人殊。豺狼在邑龍在野，王孫善保千金軀。不敢長語臨交衢，且爲王孫立斯須。昨夜東風吹血腥，東來橐駝滿舊都。朔方健兒好身手，昔何勇鋭今何愚。竊聞太子已傳位，聖德北服南單于。花門剺面請雪耻，慎勿出口他人狙。哀哉王孫慎勿疏，五陵佳氣無時無。」(《杜詩詳注》卷四)

(九) 陸時雍《詩鏡總論》：「少陵《哀江頭》、《哀王孫》作法最古，然琢削磨礱，力盡此矣。」沈德潛《唐詩别裁集》卷六評杜甫《哀王孫》：「一韻到底，詩易平直。此獨波瀾變化，層出不窮，似逐段轉韻者，七古能事已極。」薛雪《一瓢詩話》第六十五則云：「若七古則一韻爲難，苟非筆力扛鼎，無不失之板腐；要其波瀾層疊，變幻縱横，通篇一韻，儼若跌换，亦惟杜、韓二公能之。」都是發揮老師的論説。

【評】

這裏討論七古寫作仍像論五古一樣，越過傳統的體製之説，直接切入七古寫作面臨的最大困難，即如何恰到好處地把握變化錯綜的問題。葉燮認爲終篇一韻還較容易處理，轉韻之體就不是一般作者所能把握的了，言下之意還是勸人少嘗試轉韻之作。值得注意的是，他所謂的七古，雖含歌行而言，但兩者的體製是有區别的。所以他説初唐終篇一韻絶少，多爲四句一轉韻的樂府體，不同意何景明將這類作品視爲七古發展中的一環，這樣當然也就否定了何景明的杜甫「變體」之説。今按：四傑輩七言古詩，後世一般視爲歌行，清初學者則多稱爲齊梁體或初唐體，實際上是一種仿樂府風格的七言詩，故有劉熙載所説的駢、諧、麗、綿的特徵。應該説，葉燮和何景明都看到了七古和歌行在體製、風格和用韻方式上的不同，衹不過他們判斷杜甫七古創作的視角有所不同，就形成了不同的評價。何景明乃至後來的王士禛、趙執信都將杜甫七古理解爲七言古詩的變調，而葉燮則認爲初唐七古本來就不是七古正調，而是樂府體，杜甫七古纔是七古正調。從詩史演進的角度說，古詩的體制意識是在近體格律定型後纔形成的。從近體定型以前的詩歌來談論七古和歌行的區別，衹能是一種後設批評。從六朝以降的詩歌史來看，杜甫七古是變調；而從七古的體製意識來看，則杜甫七古的確是正調，也就是正宗。

二四之一　《燕歌行》學柏梁體，〔一〕七言句句叶韻不轉，此樂府體則可耳。〔二〕後人作七古，亦間用此體，節促而意短，通篇竟似湊句，毫無意味，可勿效也。二句一轉韻，亦覺局促。大約七古轉韻，多寡長短，須行所不得不行，轉所不得不轉〔一〕，方是匠心經營處。若曰柏梁體并非樂府，何不可效爲之？柏梁體是衆手攢爲之耳，出於一手，豈亦如各人之自寫一句乎？〔三〕必以爲古而效之，是以虞廷「喜」「起」之歌律今日詩也〔二〕。

【注】

〔一〕須行所不得不行二句：脱胎於蘇東坡《答謝民師書》：「常行於所當行，常止於不可不止。」

〔二〕「喜」「起」：《書·益稷》載虞舜歌曰：「股肱喜哉，元首起哉，百工熙哉。」孔穎達《正義》：「言君之善政由臣也。」

【箋】

（一）曹丕《燕歌行》：「秋風蕭瑟天氣涼，草木摇落露爲霜。群燕辭歸鵠南翔，念君客游多思腸。慊慊思歸戀故鄉，君爲淹留寄他方？賤妾煢煢守空房，憂來思君不敢忘，不覺淚下沾衣裳。援琴鳴弦發清商，短歌微吟不能長。明月皎皎照我床，星漢西流夜未央。牽牛織女遥相望，爾獨何辜限河梁。」（《文選》卷二七）

（二）漢武帝元鼎二年（前一一五）春在長安城北門内，以香柏爲梁建臺。嘗置酒其上，與群臣能爲七言詩者，同賦七言詩聯句，人各一句，句句押韻，并一韻到底，後世因稱這種句句押韻的七言詩爲柏梁體。古傳此詩作於元封三年（前一〇八），清代以來學者多疑爲僞托。顧炎武《日知録》卷二一考：「漢武《柏梁臺詩》出《三秦記》，云是元封三年作，而考之於史，則多不符。（中略）反覆考證，無一合者。蓋是後人擬作，剽取武帝以來官名及《梁孝王世家》乘輿駟馬之事以合之，而不悟時代之乖舛也。」沈德潛《古詩源》亦云：「《三秦記》謂《柏梁臺詩》是元封三年作，然梁孝王薨於孝景之世，又光禄勛、大鴻臚、大司農、執金吾、京兆尹、左馮翊、右扶風，皆武帝太初元年所更名，不應預書於元封之時，其爲後人擬作無疑也。不然，郭舍人敢狂蕩無禮，而東方朔乃以滑稽語爲戲耶？」今人逯欽立《漢詩别録》（《中央研究院歷史語言研究所集刊》第十三本）卷二《柏梁臺詩》，考證《柏梁臺詩》最早見於西漢舊記

《東方朔别傳》及《漢武帝集》，而非《三秦記》。現在一般都認爲其詩用韻措辭近於西漢之作。

（三）都穆《南濠詩話》：「漢《柏梁臺詩》，武帝與群臣各咏其職爲句，同出一韻，句僅二十有六，而韻之重複者十有四。如武帝云『日月星辰和四時』，衛尉則云『周衛交戟禁不時』；梁孝王云『驂駕駟馬從梁來』，太僕則云『修飾輿馬待駕來』；大司馬云『郡國士馬羽林材』，詹事則云『椒房率更領其材』；丞相云『總領天下誠難治』，執金吾則云『傜道宫下隨討治』，京兆尹則云『外家公主不可治』；大將軍云『和撫四夷不易哉』，東方朔則云『迫窘詰屈幾窮哉』；御史大夫云『刀筆之吏臣執之』，大鴻臚則云『郡國吏功差次之』，少府則云『乘輿御物主治之』。其間不重複者惟十二句，然通篇質直雄健，真可爲七言詩祖。後齊、梁詩人多效其體，而氣骨遠不能及。方朔乃云『迫窘詰屈』，直戲語耳。」

【評】

自曹丕之後，句句押韻的《燕歌行》歷來是詩人們喜歡效法的體式。但葉燮認爲這種體式雖出於柏梁體，來歷有自，却實在不足學。因爲原詩成於衆手，人各一句，如今一人之作，句句押韻，未免節促而意短。

二五之一　杜甫七言長篇，變化神妙，極慘淡經營之奇〔一〕。就《贈曹將軍丹青引》一篇論之：〔二〕起手「將軍魏武之子孫」四句，如天半奇峰，拔地陡起。他人於此下便欲接

「丹青」等語，用轉韻矣。忽接「學書」二句，又接「老至」、「浮雲」二句，却不轉韻，誦之殊覺緩而無謂。然一起奇峰高插，使又連一峰，將來如何撒手？故即跌下陂陀〔二〕，沙濼石確，使人褰裳委步〔三〕，無可盤桓。故作畫蛇添足，拖沓迤邐，是遥望中峰地步。接「開元引見」二句，方轉入曹將軍正面〔四〕。〔二〕他人於此下，又便寫御馬「玉花驄」矣。接「凌烟」、「下筆」二句，蓋將軍、丹青是主，先以學書作賓；轉韻畫馬是主，又先以畫功臣作賓。章法經營，極奇而整。此下似宜急轉韻入畫馬，又不轉韻，接「良相」、「猛士」四句，賓中之賓，益覺無謂。不知其層次養局〔五〕，故紆折其途，以漸升極高極峻處，令人目前忽劃然天開也。至此方入畫馬正面，一韻八句，連峰互映，萬笏凌霄，是中峰絶頂處，轉韻接「玉花」、「御榻」四句，峰勢稍平，蛇蟺游衍出之〔六〕。忽接「弟子韓幹」四句〔七〕。他人於此必轉韻，更將韓幹作排場，仍不轉韻，以韓幹作找足語〔八〕。蓋此處不當更以賓作排場；重複掩主，便失體段。然後永嘆將軍善畫，包羅收拾，以感慨係之篇終焉〔九〕。章法如此，極森嚴，極整暇〔一〇〕。余論作詩者不必言法，而言此篇之法如是，何也？不知杜此等篇，得之於心，應之於手〔一一〕，有化工而無人力，如夫子從心不逾之矩〔一二〕，可得以教人否乎？·〔三〕使學者首首印此篇以操觚〔一三〕，則窒板拘牽，不成章矣。

決非章句之儒人功所能授受也〔一四〕。（四）

【注】

〔一〕慘淡經營：這個成語就出自杜甫《丹青引贈曹將軍霸》「意匠慘淡經營中」一句。謝赫《古畫品録》論畫之六法，其五曰：「經營，位置是也。」

〔二〕陂陀：順勢而下的斜坡。

〔三〕褰裳：撩其下裳。《詩·鄭風·褰裳》：「子惠思我，褰裳涉秦。」

〔四〕曹將軍：唐代名畫家曹霸。曹霸，譙縣（今安徽亳州）人。三國魏高貴鄉公曹髦後人，唐玄宗時官左武衛將軍。能文善畫，有「文如植，武如操，字畫抵丕風流」的美譽。擅長畫馬，天寶間曾畫御馬。亦工肖像，曾修補《凌烟閣功臣像》。晚年免官，流落四川。今畫迹已不傳。

〔五〕養局：爲造成從容的結構布局，先留下地步。

〔六〕蛇蟺：蟺即鱔魚。《荀子·勸學》：「蟹六跪而二螯，非蛇蟺之穴無可寄托者，用心躁也。」

〔七〕韓幹：唐代名畫家。長安（今陝西西安）人，一説藍田（今屬陝西）人，又説大梁（今河南開封）人。曾從王維十餘年，又師曹霸，工畫肖像、人物、鬼神、花竹，最擅長畫馬。唐玄宗天寶初召入供奉，歷官太府寺丞、壽王主簿。北宋御府藏其作品五十二幅，題材多爲御馬，亦有皇帝貴族射獵、游樂等内容，如《明皇觀馬圖》、《明皇射鹿圖》、《五王出游圖》、《寧王調馬圖》等。

〔八〕找足語：補足、補充前文的話。

〔九〕感慨係之：王羲之《蘭亭詩序》：「及其所之既倦，情隨事遷，感慨係之矣。」

〔一〇〕整暇：既嚴整又從容。語出《左傳·成公十六年》：「日臣之使於楚也，子重問晉國之勇，臣對曰：『好以衆整。』曰：『又何如？』臣對曰：『好以暇。』」

〔一一〕得之於心二句：本《莊子·天道》：「不徐不疾，得之於手而應於心。」蘇軾《贈南屏謙師詩序》：「南屏謙師，妙於茶事，自云得之於心，應之於手，非可以言傳學到者。」韓拙《山水純全集》：「凡未操筆，當凝神著思，豫在目前。所以意在筆先，然後以格法推之，所謂得之於心，應之於手也。」

〔一二〕夫子從心不逾之矩：《論語·爲政》：「子曰：吾十有五而志於學，三十而立，四十而不惑，五十而知天命，六十而耳順，七十而從心所欲，不逾矩。」

〔一三〕印：模印，謂原樣照搬。

〔一四〕章句之儒：漢代經師傳授經義，往往備集諸説，極爲繁瑣。如《左傳·宣公二年傳》服虔載賈逵、鄭衆、或人三説，解「叔牂曰子之馬然也」，即章句之體。《論衡·效力》篇：「王莽之時，省《五經》章句，皆爲二十萬。博士弟子郭路，夜定舊説，死於燭下。精思不任，絶脉氣滅也。」劉勰《文心雕龍·論説》：「若秦延君之注《堯典》，十餘萬字；朱普之解《尚書》，三十萬言。所以通人惡煩，羞學章句。」以《後漢書》所載，如《班固傳》云「不爲章句，舉大義而已」，《桓譚傳》云「博學多通，遍習五經，皆詁訓大義，不爲章句」，《王充傳》云「好博覽而不守章句」，《荀淑傳》云「博學而不好章句」，《盧植傳》云「能通古今學，好研精而不守章句」，《梁鴻傳》云「博覽無不通，而不爲章句」，不一而足。

【箋】

（一）杜甫《丹青引贈曹將軍霸》：「將軍魏武之子孫，於今爲庶爲清門。英雄割據雖已矣，文采風流猶尚存。學書初學衛夫人，但恨無過王右軍。丹青不知老將至，富貴於我如浮雲。開元之中常引見，承恩數上南薰殿。凌烟功臣少顔色，將軍下筆開生面。良相頭上進賢冠，猛將腰間大羽箭。褒公鄂公毛髮動，英姿颯爽來酣戰。先帝天馬玉花驄，畫工如山貌不同。是日牽來赤墀下，迥立閶闔生長風。詔謂將軍拂絹素，意匠慘淡經營中。斯須九重真龍出，一洗萬古凡馬空。玉花却在御榻上，榻上庭前屹相向。至尊含笑催賜金，圉人太僕皆惆悵。弟子韓幹早入室，亦能畫馬窮殊相。幹惟畫肉不畫骨，忍使驊騮氣凋喪！將軍畫善蓋有神，必逢佳士亦寫真。即今飄泊干戈際，屢貌尋常行路人。途窮反遭俗眼白，世上未有如公貧。但看古來盛名下，終日坎壈纏其身。」（《杜詩詳注》卷一三）

（二）正面，即正面描寫，後來在乾隆詩學中成爲重要概念。江巨川《長吟閣詩集序》：「歷來咏物，六朝以下亦推杜老。徐、庾諸公，雖有一二語工刻，全首穩稱者絶少。集中賦物，十居其一，無不極情盡態，究其旨能從正面洗發，又以己意融貫其中，所以爲佳。盛、中、晚作者林立，率皆比擬傍寫及剽綴故實，甚有粗形其體質如猜謎者，可哂也。」翁方綱《石洲詩話》卷四云：「才力到正面，最難出神彩。」翁方綱《復初齋文集》卷一一《與友論太白詩》：「大約古今詩家，皆不敢直擂鼓心，惟李、杜二家，能從題之正面實作。」又《石洲詩話》卷三評蘇軾《鳳翔八觀》之《石鼓歌》一篇，曰：「蘇詩此歌，魄力雄大，不讓韓公，然至描寫正面處，以古器、衆星、缺月、嘉禾錯列於後，以『鬱律蛟蛇』、『指肚』、『箝口』渾舉於前，尤較韓爲斟酌動宕矣。而韓則快劍斫蛟，一連五句，撐空而出，其氣魄橫絶萬古，固非蘇所能及。方信鋪張實際，非易事也。」洪亮吉《北江詩話》卷一：「古今咏雪月詩高超者多，咏正面者殊少。王右丞『灑空深巷静，積素廣庭閑』，可云咏正面矣。吾友孫兵備星衍《終南山館看月》詩『空裏流輝不定明，烟中影接多時緑』，亦庶幾近之。」

（三）翁方綱《七言詩三昧舉隅》於杜甫《丹青引》按云：「今由漁洋所講三昧之理，澄定觀之，原不使人稍存模擬之見，而既經拈取，又誠恐學者執迹而尋也，故爲極言臨摹之不易，庶幾其深造而自得之乎。然則千古以來，此段神理，竟無繼踵者耶？曰：太史遷叙鉅鹿之戰，至『當是時楚兵冠諸侯』一段，後來實無第二，則或以『昆陽瓦屋皆震』一段，略可仿之。此篇中間一段是斷不能仿者，則或如東坡《鳳翔八觀》内《王維吴道子畫》一篇略可仿佛乎？此亦不求合而自合之一驗也。漁洋先生述其與友人論詩，似亦即是此理。但於此篇專取『一洗萬古凡馬空』一句，於坡詩專取『筆所未到氣已吞』一句，則似欲於此二處各挈其渾括一語，以爲居要，蓋猶是時文家言也。」《石洲詩話》卷三亦云：「即如『亭亭雙林間』直到『頭如黿』一氣六句，方是個『筆所未到氣已吞』也。其神彩，固非一字一句之所能蓋。而後人但舉其總挈一句，以爲得神，以下則以平叙視之，此固是作時文語，然亦不知其所謂得神者安在矣。」

（四）魏慶之《詩人玉屑》卷一二引楊萬里云：「七言長韻古詩，如杜少陵《丹青引》、《曹將軍畫馬》、《奉先縣劉少府山水障歌》等篇，皆雄偉宏放，不可捕捉。學詩者於李、杜、蘇、黄詩中求此等類，誦讀沉酣，深得其意味，則落筆自絶矣。」翁方綱《七言詩三昧舉隅》按語云：「此篇古今膾炙人口，其臨摹翻本，則李獻吉《送劉大夏》云：『九重移榻數召見，夾城日高未下殿。英謀秘語人不知，左右惟聞至尊羨。』此僅以貌非以神，不待辨矣。近日朱竹垞《贈鄭簠》云：『平山堂成蜀岡涌，百里照耀連雲榱。工師斫扁一丈六，觀者嘆息相瞠眙。斯須望見簠來至，井水一斗研隃麋。由來能事在獨得，筆縱字大隨手爲。觀者但妒不敢訾，五加皮酒浮千鴟。』此段亦臨摹此篇而不襲貌者矣。然『由來』句既滑弱似時文語，『井水一斗』句最好，『五加皮酒』亦但旁襯而已，只剩得『斯須』二字有臨摹之迹，而相較何啻萬千也？又近日查初白《廬山五老峰海綿歌》云：『背負碧落蓋地圓，尺吴寸楚飛鳥邊。初看白縷生棲賢，樹杪薄罥兜羅綿。移時騰涌覆八埏，四旁六幕一氣連。滔滔滚滚浩浩然，混沌何處分坤乾？』此段并不仿此篇，而『移時』二字，可以仿佛『斯須』二字之勢矣。然又苦『六幕』與『八埏』究竟犯複而出之《柏梁》體，以捷急取勢，亦非可與此篇并論者也。甚矣，此事不得存一毫摹擬之見也。」

【評】

對杜甫這首詩的評價是批評史上一樁有名的公案。晚唐張彦遠《歷代名畫記》卷九稱：「杜甫豈知畫者！徒以幹馬肥大，遂有畫肉之誚。」顧雲《蘇君廳觀韓幹馬障歌》亦云：「杜甫歌詩吟不足，可憐曹霸丹青曲。直言弟子韓幹馬，畫馬無骨但有肉。今日披圖見筆迹，始知甫也真凡目。」（《全唐詩》卷六三七）都鄙夷杜甫不知畫，在後世引起不少論争（詳簡恩定《杜甫〈丹青引〉論韓幹畫馬爭議述評》，《古典文學》第十一集）。到宋代，詩論家始着眼於詩作的藝術表現，或稱其氣勢奔放，如《彦周詩話》稱「一洗萬古凡馬空」可概其詩的氣勢，楊萬里《誠齋詩話》稱其「雄偉宏放，不可捕捉」；或賞其修辭之微，如《彦周詩話》謂「至尊含笑催賜金，圉人太僕皆惆悵」兩句「微而顯，《春秋》法也」；或賞其善用經語之妙，如吕本中《吕氏童蒙訓》曰：「謝無逸語汪信民云，老杜有自然不做底語到極至處者，有雕琢語到極至處者。如『丹青不知老將至，富貴於我如浮雲』，此自然不做底語到極至處者也；如『金鐘大鏞在東序，冰壺玉衡懸清秋』，此雕琢語到極至處者也。」（《苕溪漁隱叢話》前集卷六引）劉大勤問：「少陵詩以經中全句爲詩。如《病橘》云『雖多亦奚爲』，《遺悶》云『致遠思恐泥』，又云『丹青不知老將至，富貴於我如浮雲』之句，在少陵無可無不可，或且嘆爲妙絶，苦效不休，恐易流於腐，何如？」王漁洋答：「以《莊》、《易》等語入詩，始謝康樂。昔東坡先生寫杜詩至『致遠思恐泥』句，停筆語人曰：『此不足學。』故前輩謂詩用史語易，用經語難，若『丹青』二句，筆勢排宕，自不覺耳。」（《師友詩傳續録》）或許之爲古今第一題畫詩，如申涵光《説杜》謂：「『起得蒼茫，大家。昔人謂老杜於昭烈、武侯皆極尊崇，魏武但云『割據』，凜然已分正朔。『丹青不知老將至，富貴於我如浮雲』，畫雖小技，然非沉酣其中不得。可見古人成名，無一事草草。『浮雲』句更説得有成分，有絶技人真真具此等胸襟。無此等胸襟，技亦不得絶也。『意匠慘淡經營中』，畫出神情氣象，是作詩文光景。『玉花却在御榻上』，此與『堂上不合生楓樹』同一想頭。『榻上庭前屹相向』更奇，照顧『牽來赤墀下』句。『圉人太僕皆惆悵』，訝其畫之似真也。注作妒賞，可笑。此首首尾振蕩，句句著意，是古今題畫第一首。」本節是《原詩》中唯一細緻分析作品的例子，從中可見葉燮講詩的路數。英國新批評派倡導的細讀法，原是中國古代講詩的常套，祇不過通常都不會記録下來，記録下來的祇是心得要義，於是就給人零碎、不成系統的印象。透過這一節文字，我們不難想象葉燮平日講學的常態，進而理解其詩學理論與批評的關係。

二六之一　蘇轍云：「《大雅·綿》之八九章，事文不相屬，而脉絡自一，最得爲文高致。」(一)轍此言譏白居易長篇拙於叙事，寸步不遺，不得詩人法。然此不獨切於白也。(二)大凡七古，必須事文不相屬，而脉絡自一。唐人合此者，亦未能概得。惟杜則無所不可，亦有事文相屬，而變化縱横，略無痕跡，竟似不相屬者，非高、岑、王所能幾及也。

【箋】

(一)蘇轍《詩病五事》：「《大雅·綿》九章，初誦太王遷豳，建都邑，營宫室而已。至其八章，乃曰『肆不殄厥愠，亦不隕厥問』，始及昆夷之怨，尚可也。至其九章，乃曰：『虞芮質厥成，文王蹶厥生。』予曰有疏附，予曰有先後；予曰有奔奏，予曰有禦侮。』事不接，文不屬，如連山斷嶺，雖相去絶遠，而氣象聯絡，觀者知其脉理之爲一也。概附離不爲鑿枘，此最爲文之高致耳。（中略）如白樂天，詩詞甚工，然拙於紀事，寸步不遺，猶恐失之，此所以望老杜之藩垣而不及也。」（《欒城集》三集卷八）

（二）宋徵璧《抱真堂詩話》：「七言初唐、盛唐雖各一體，然極七言之變，則元、白、温、李皆在所不廢。元、白體至卑，乃《琵琶行》、《連昌宮詞》、《長恨歌》未嘗不可讀。但子由所云『元、白紀事，尺寸不遺』，所以拙耳。」但劉熙載《藝概·詩概》所見不同：「尊老杜者病香山，謂其『拙於紀事，寸步不遺，猶恐失之』，不及杜之『注坡驀澗』，似也。至《唐書·白居易傳贊》引杜牧語，謂其詩『纖艷不逞，非莊士雅人所爲。流傳人間，交口教授，入人肌骨不可去』，此文人相輕之言，未免失實。」

【評】

葉燮論七古主跳躍騰挪，意散神完，因而不喜歡白居易那種叙事周詳的七言歌行。本節引稱蘇轍論白居易叙事過切的説法，更推及於唐代其他作家，以襯托杜甫獨步一時的卓絶之處。不過這衹能説明杜甫自外於時代風氣，尚不足以言杜詩盡得體裁之宜、叙事之美。姑且視作葉氏的一家之言好了。

二七之一　七言絶句，古今推李白、王昌齡。（一）李俊爽，王含蓄，兩人辭、調、意俱不同，各有至處。〔二〕李商隱七絶，寄托深而措辭婉，實可空百代無其匹也。〔三〕王世貞曰：「七言絶句，盛唐主氣，氣完而意不盡；中、晚唐主意，意工而氣不甚完，然各有至者。」〔四〕斯言爲能持平。然盛唐主氣之説，謂李則可耳，他人不盡然也。宋人七絶，種族各别〔一〕，然出奇入幽，不可端倪處，竟有軼駕唐人者，若必曰唐、曰供奉、曰龍標以律之〔二〕，則失之矣。

【注】

〔一〕種族：即種類、家數。

〔二〕供奉：指李白。李白曾爲翰林供奉。龍標：指王昌齡（？—約七五六），字少伯。京兆長安（今陝西西安）人。開元進士，官江寧丞，貶龍標尉卒。後人輯有《王昌齡集》。

【箋】

〔一〕李白、王昌齡兩家七絶，高棅《唐詩品彙》俱列爲正宗，正宗亦僅此兩家。王世貞《藝苑卮言》卷四引李攀龍《選唐詩序》曰：「太白五、七言絶句，實唐三百年一人。蓋以不用意得之，即太白亦不自知其所至，而工者顧失焉。」又云：「余謂七言絶句，王江陵（寧）與太白争勝毫厘，俱是神品，而于鱗不及之。」林昌彜《射鷹樓詩話》卷二：「唐人絶句以李青蓮、王龍標爲最，蓋能不著一字，盡得風流也。」

（二）胡應麟《詩藪》内編卷六：「太白諸絶句，信口而成，所謂無意於工而無不工者。少伯深厚有餘，優柔不迫，怨而不怒，麗而不淫。余嘗謂古詩樂府後，惟太白諸絶近之。《國風》、《離騷》後，惟少伯諸絶近之。體若相懸，調可默會。」申涵光《説杜》評《絶句漫興九首》：「絶句以渾圓一氣、言外悠然爲正，王龍標其當行也。太白亦有失之輕者，然超逸絶塵，千古獨步。」牟願相《小澥草堂雜論詩》：「李太白、王龍標七絶，爲有唐之冠。其實龍標第一，蓋太白熟，龍標生。」沈德潛《唐詩别裁集·例言》：「七言絶句，貴言微旨遠，語淺情深，如清廟之瑟，一倡而三嘆，有遺音者矣。開元之時，龍標、供奉，允稱神品。」卷一九評王昌齡：「龍標絶句，深情幽怨，意旨微茫，令人測之無端，玩之無盡，謂之唐人騷語可。」又卷二〇評李白：「七言絶句，以語近情遥，含吐不露爲貴。只眼前景，口頭語，而有弦外音，使人神遠，太白有焉。」

（三）陳模《懷古録》卷上：「李商隱絶句之好者，不可一律求之。（中略）雖其體不一，而句與字皆華潤，意味皆可咀嚼者，此其所以足爲唐絶句之冠冕。」管世銘《讀雪山房唐詩·序例》：「李義山用意深微，使事穩愜，直欲於前賢之外，另闢一奇。絶句秘藏，至是盡泄，後人更無可以拓展處也。」施補華《峴傭説詩》：「義山七絶以議論驅駕書卷，而神韻不乏，卓然有以自立，此體於咏史最宜。」

（四）這段話見王世貞《藝苑卮言》卷四，葉燮所引於「氣完而意不盡」後脱一「工」字。王世懋《藝圃擷餘》：「晚唐詩，萎苶無足言。獨七言絶句，膾炙人口，其妙至欲勝盛唐。愚謂絶句覺妙，正是晚唐未妙處。其勝盛唐，乃其所以不及盛唐也。絶句之源，出於樂府，貴有風人之致。其聲可歌，其趣在有意無意之間，使人莫可捉著。盛唐惟青蓮、龍標二家詣極，李更自然，故居王上。晚唐快心露骨，便非本色。議論高處，逗宋詩之徑；聲調卑處，開大石之門。」

【評】

本節論唐代七絕的代表作家，祇舉出李白、王昌齡和李商隱三人，但并不以三家範圍後人。他引述王世貞之說，表示贊同，同時也將「盛唐主氣」的論斷作了外延的限定。見解甚是持平而又通達。

二八之一 杜七絕輪囷奇矯〔一〕，不可名狀〔二〕。在杜集中，另是一格。〔一〕宋人大概學之。宋人七絕，大約學杜者什六七，〔二〕學李商隱者什三四。

【注】

〔一〕輪囷奇矯：屈折奇異。輪囷，有屈曲、高大二義，此言屈曲貌。《史記・魯仲連鄒陽列傳》：「蟠木根柢，輪囷離詭。」

〔二〕名狀：形容，描述。葛洪《神仙傳・王遠》：「衣有文采，又非錦綺，光彩耀目，不可名狀。」

【箋】

（一）吳可《藏海詩話》：「有大才，作小詩輒不工，退之是也。子蒼然之。劉禹錫、柳子厚小詩極妙，子美不甚留意絶句。」李東陽《麓堂詩話》：「杜子美《漫興》諸絶句，有古《竹枝》意，跌宕奇古，超出詩人蹊徑。韓退之亦有之。楊廉夫十二首，非近代作也。蓋廉夫深於樂府，當所得意，若有神助，但恃才縱筆，多率易而作，不能一一合度。今所刻本，容有擇而不精之處，讀者必慎取之可也。」王世貞《藝苑卮言》卷四：「太白之七言律，子美之七言絶，皆變體，間爲之可耳，不足多法也。」申涵光《説杜》評《絶句漫興九首》：「惟杜詩別是一種，能重而不能輕，有鄙俚者，有板澀者，有散漫潦倒者，雖老放不可一世，終是別派，不可效也。」陶元藻《鳧亭詩話》：「少陵不能爲五、七絶。蓋絶句不宜用對偶，所貴搖曳有神。少陵慣爲律詩，故動筆便用對偶。『錦城絲管』、『虢國夫人』二絶，雖能化偶爲散，亦尚覺直致。後人必謂其絶句另有體裁，別成風調，作此周旋語，恐反爲少陵所笑耳。」

（二）李重華《貞一齋詩説》：「杜老七絶欲與諸家分道揚鑣，故爾別開異徑。獨其情懷，最得詩人雅趣，黄山谷專學此種，遂獨成一家，此正得杜之一體。西江人取配杜老，亦僻見也。」

【評】

多數批評家都認爲杜甫七絶不同常格，雖不至於一筆抹殺，但很少有人給予正面的肯定。葉燮既以大力大變來評判詩人的地位，自然對杜甫七絶也有不同評價。就七絶而言，杜甫可以説是帶來大變的作者。最突出的傾向是放棄了盛唐人講究構思和重視轉折的特點，一路直寫，甚至以對仗收結，改變了七絕回旋曲折的美學性格。後來宋人七絕多學杜甫，這的確是葉燮獨具隻眼的論斷。

二九之一　七言律詩，是第一棘手難入法門。(一)融各體之法、各種之意，括而包之於八句。(二)是八句者，詩家總持三昧之門也。乃初學者往往以之爲入門，而不知其難。(三)三家村中稱詩人，出其稿，必有律詩數十首(四)。故近來詩之亡也，先亡乎律；律之亡也，在易視之而不知其難。難易不知，安知是與非乎？故於一部大集中，信手拈其七言八句一首觀之，便可以知其詩之存與亡矣。

【箋】

(一)詩中各體之難易，詩家之説，言人人殊。程康莊《王端士七言絶句詩跋》：「世謂律難於古，絶句又難於律。夫絶句之爲辭也簡，其騁思齊章，固不難於古與律也。然古之爲體，汪洋灝漾，足以恣其俊烈。律言稍充，利華贍，工屬偶，意思芊眠，於以孚甲幽蔚，變幻百出，律之去古亦尚有間哉。至絶句則迫於易盡，儻蕩之材，不能羈束，而情致刊落，又若索莫，弗能爲之振拔，非古與律之所可儷也。」然七律之難作，前人多言之。吳可《藏海詩話》：「七言律詩極難做，蓋易得俗，是以山谷別爲一體。」范晞文《對床夜語》卷二：「七言律詩極不易，唐人以詩名家者，集中十僅一二，且未見其可傳。蓋語長氣短者易流於卑，而事實意虛者又幾乎塞。用物而不爲物所贅，寫情而不爲情所牽，李杜之後，當學者許渾而已。」後喬億《劍溪説詩》卷下亦云：「七言律古人所難，試觀大曆前，唯老杜下筆五首八首，餘子率皆矜貴。」

（二）七律是否爲第一難入詩體，容有争議，但自近代以來，視七律爲古典詩歌最具代表性的詩體則爲學者所公認。一九二四年唐鉞撰《中國文體的分析》一文，以整（上下句長度相等）、儷（上下兩句意思對偶）、叶（上下句聲調相對）、韻（押韻）、諧（全篇字音有定格）、度（各句字數相同）六要素衡量古代文體，最後得出結論：散文與自由詩六要素俱缺，偈及部分佛經、公牘文有整，押韻自由詩、部分古詩、箴銘有韻，駢文有整、儷，大部分古詩、前期古賦有整、韻。四六（律駢文）有整、儷、叶，後期古賦有整、儷、韻，詞曲有韻、諧、度，律賦有整、儷、叶、韻，絶句有整、叶、韻、諧、度，惟律詩六要素俱全。是故律詩堪稱是集古代文體全部特徵的文學體裁。

（三）喬億《劍溪説詩》卷下引薛同語云：「七言律法度貴嚴，對偶貴整，音節貴響，不易作也。今初學後生，無不爲七律，似反以此爲入門之路，其終身不得窺此道藩籬，無怪也。」

（四）喬億《劍溪説詩》卷下引薛同語云：「近日之弊，無人不詩，無詩不律，無律不七言。」又引陶澂曰：「近人作詩，不拘何題，落筆便是七律。」

【評】

七律是否爲最難作的詩體，詩家容有異説，但初盛唐人很少寫作七律，却是不争的事實。直到中晚唐，七律纔成爲詩人競相寫作的詩體，有些專攻七律的詩人如許渾之類，竟至於不寫古體，顯示出詩壇在詩體興趣和技巧方面出現的專門化趨勢。宋代以後，詩家多以杜甫爲宗，日益趨向於視七律爲最見功力的代表性體裁，投入更多的工夫。明清以降，七律經常是一部詩集中數量最大的體裁，唱和、咏物、組詩的次韻和疊用前韻，主要見於七律一體。這就難怪葉燮要視七律爲最庸濫的體裁，是詩道墮落的表現了。

三〇之一　五言律句，裝上兩字即七言；七言律句，或截去頭上兩字，或抉去中間兩字，即五言：此近來詩人通行之妙法也。〔一〕又七言一句，其辭意算來只得六字。六字不可以句也，不拘於上下中間嵌入一字，而句成矣。〔二〕句成而詩成，居然膾炙人口矣。又凡詩中活套，〔三〕如剩有、無那、試看、莫教、空使、還令等救急字眼，不可屈指數，無處不可扯來，安頭找脚。無怪乎七言律詩漫天遍地也。〔四〕夫剩有、無那等字眼，古人用之，未嘗不是玉尺金針〔一〕。無如點金成鐵手用之，〔五〕反不如牛溲馬浡之可奏效〔二〕。噫，亦可嘆已。

【注】

〔一〕玉尺金針：指剪裁得當，安排妥帖。齊己《因覽支使孫中丞看可準大師詩序有寄》：「玉尺新量出，金刀舊剪成。」

〔二〕牛溲馬浡：浡，一作「勃」。韓愈《進學解》：「玉札丹砂，赤箭青芝，牛溲馬勃，敗鼓之皮，俱收并蓄，待用無遺者，醫師之良也。」王世懋《藝圃擷餘》：「杜子美出，而百家稗官都作雅音，馬浡牛溲咸成鬱致，於是詩之變極矣。」薛雪《一瓢詩話》云：「綺而有質，艷而有骨，清而不薄，新而弗尖。稗官野史，盡作雅音；馬勃牛溲，盡收藥籠。」

【箋】

〔一〕五言加二字爲七言，王維已開其例。宋徵璧《抱真堂詩話》：「『水田飛白鷺，夏木囀黃鸝』，前人語也。摩詰加以『漠漠』、『陰陰』四字，情景俱妙，固知摩詰善畫也。」按：五言爲李嘉祐句，事見李肇《唐國史補》卷上：「王維好釋氏，故字摩詰。立性高致，得宋之問輞川別業，山水勝絶，今清源寺是也。維有詩名，然好取人文章嘉句。『行到水窮處，坐看雲起時。』《英華集》中詩也。『漠漠水田飛白鷺，陰陰夏木囀黃鸝。』李嘉祐詩也。」然李嘉祐年輩較王維爲晚，其事果屬實否尚可存疑。予謂庾信《同州還》「河橋争渡喧」句，孟浩然《夜歸鹿門歌》敷衍爲七言「漁梁渡頭争渡喧」，則確然之例也。陳師道《後山詩話》謂杜甫《懷薛據》詩「獨當省署開文苑，兼泛滄浪作釣舟」，而「省署開文苑，滄浪作釣舟」十字乃薛句。按：此係酬贈詩引對方詩句，非通常增字之比。七言截二字爲五言，據陳師道《後山詩話》，則老杜爲始作俑者，其語云：「王摩詰云：『九天閶闔開宮殿，萬國衣冠拜冕旒。』子美取作五字云：『閶闔開黄道，衣冠拜紫宸』，而語益工。」宋人取唐人五言敷爲七字之例，如吳幵《優古堂詩話》云：「韓子蒼《送王棁》詩末章云：『虚作西清老從臣，知禰才華不能舉。』王摩詰《送丘爲》詩云：『知禰不能薦，羞稱獻納臣。』」又云：「東坡詩：『白水滿時雙鷺下，午陰清處一蟬鳴。』唐李端《茂陵山行陪韋金部》詩云：『盤雲雙鶴下，隔水一蟬鳴。』東坡本此。」又，宋人取前人七言截爲五字之例，如周必大《二老堂詩話》：「唐薛能詩云：『莫欺闕落殘牙齒，曾吃紅綾餅餤來。』記新進士時事也。王禹偁《賀人及第詩》云：『利市襴衫抛白紵，風流名紙寫紅箋。』余嘗以二事爲一聯云：『襴衫抛白苧，餅餤吃紅綾。』似是的對。」韋居安《梅磵詩話》云：「王性之詩云：『雲氣與山爲態度，月華借水作精神。』式之《舟中》詩云：『雲爲山態度，水借月精神。』如此下語，則成蹈襲。」曾幾《茶山集》卷四《寓廣教僧寺》「野外無供給，城中斷往還」，亦係截杜甫《賓至》「不嫌野外無供給」句。而明人截唐七言而爲五字之例，如謝榛《四溟詩話》卷一云：「杜牧之《清明》詩曰：『借問酒家何處有，牧童遥指杏花村。』此作宛然入畫，但氣格不高。或易之曰：『酒家何處是，江上杏花村。』此有盛唐調，予擬之曰：『日斜人策馬，酒肆杏花西。』不用問答，情景自見。」又云：「劉禹錫《懷古》詩曰：『舊時王謝堂前燕，飛入尋常百姓家。』或易之曰：『王謝堂前燕，今飛百姓家。』此作不傷氣格。予擬之曰：『王謝豪華春草裏，堂前燕子落誰家？』此非奇語，只是講得不細。」又卷三：「嘉靖戊午歲夏日，余偕浙東莫子明游嵩山少林，及至蘆巖，觀泉奔流界壁，泠然灑心，因得『飛泉漏河漢』之句。子明曰：此全襲太白『飛流直下三千尺，疑是銀河落九天』，略無點化。予曰：『約繁爲簡，乃方士縮銀法也。』」清人截唐人七言爲五字之例，如蔣學堅《懷亭詩話》卷四云：「桑葉非白也，柳花無香也。然古語云：『杏花盛，桑葉白。』李太白詩云『風吹柳花滿店香』，偏説白説香。柴虎臣『春陰桑葉白，日暖柳花香』，即本此。」胡應麟《詩藪》内編卷五亦嘗論及此而其説最通達：「李（夢陽）駁何（景明）云：『七言律若可翦二字，言何必七也？』此論不起於李，前人三令五申久矣。顧詩家肯綮，全不係此。作詩大法，惟在格律精嚴，詞調穩愜。使句意高遠，縱字字可翦，何害其工？骨體卑陋，雖一字莫移，何補其拙？如老杜『風急天高』，乃唐七言律第一首。今以此例之，即八句無不可翦作五言者。又如『江間波浪兼天涌，塞上風雲接地陰』、『五更鼓角聲悲壯，三峽星河影動摇』等句，上二字皆可翦。亦皆杜句最高者，曷嘗坐此減價？又如王維『漠漠水田飛白鷺，陰陰夏木囀黄鸝』，李嘉祐翦爲『水田飛白鷺，夏木囀黄鸝』；『九天閶闔開宫殿，萬國衣冠拜冕旒』，老杜翦爲『閶闔開黄道，衣冠拜紫宸』，何害王句之工？即如宋人『爲看竹因來野寺，獨行春偶過溪橋』，上下粘帶，不可動摇，而醜拙愈盛。自詩家有此論，舉世無不謂然，甚矣獨見之寡也。」

（二）蔣寅《金陵生小言續編・詩史發微》：「唐劉昭禹云：『五言如四十個賢人，著一字如屠沽不得。』而唐人詩中每有虚字襯貼，以湊字數者。吴喬《圍爐詩話》卷二嘗云：句中不得有可去之字，如李端之『開簾見新月，即便下階拜』，即便有一字可去；『千尋鐵鎖沉江底，一片降幡出石頭』，上四字可去。予謂五律如李商隱《訪秋》末聯：『殷勤報秋意，只是有丹楓』。按『只有丹楓』意已足，『是』字襯貼。類似之例爲《同崔八詣藥山訪融禪師》『共受征南不次恩，報恩惟是有忘言』，《梓潼望長卿山至巴西復懷譙秀》『行到巴西覓譙秀，巴西惟是有寒蕪』。七律如雍陶《贈玉芝觀王尊師》：『時流見説無人在，年紀惟應有鶴知。』『惟』、『有』二字取其一則意已足，『應』字更爲贅疣，此五言而强抻爲七言者也。清胡天游《揚州食櫻桃鰣魚》：『帶將翠葉溜明珠，未吃先應口自腴。』應、自二字亦皆湊。」

（三）吕留良《古處齋集序》：「今爲舉業者皆有俗格以限之，循是者曰中墨，稍異則否。雖有異人之性，必折之使就格。而其爲法則一之曰套，取貴人已售之文，句抄而篇襲焉，無隻字之非套也。以是而往試輒售，其爲力省，其見效速。父以是傳，師以是教，則靡然從矣。（中略）夫人之知識，必有所緣而生，而手筆隨之，生久益熟，熟乃成性，則不可復易也。唐康昆侖琵琶爲長安聲樂第一，而屈於段師善本，德宗令段師授康，段曰：『遣昆侖不近樂器十餘年，使忘其本領，然後可教耳。』套也者，三百年來文人之本領也，以此掇科目，獵榮譽，爲仕途捷徑，蓋平生得力之處，雖魂夢間不能自忘也。且身既貴顯，職在清華，或素有文字名，諛客日進，輦金帛乞數言爲光寵，幸載名字，彼方哆然談文章，論得失，義不可辭曰未嘗學也，又不可下問，則悍然爲之，於是始作詩古文辭，則又不知古人爲學之法，即有告之曰：『是當多讀書，深養氣，如柳子厚所謂取道之原，旁推交通以爲之者。』彼將曰：『是老死具也。爲力省，見效速，吾故用吾法耳。』試以爲古文，則儼然周秦、兩漢、六朝、唐宋矣；以爲詩，則儼然漢魏、晉宋、齊梁、全唐矣。凡此皆可以套得之，則又就其中擇其名之最盛而易飾者套焉。文則必周秦漢也，詩則必漢魏、盛唐也。立説既高，附和尤捷，流至今日，其焰益張，雖高人名士，禪客女子，無不翕然論體格，擬聲調，作烟火臺閣塵土酒肉語，云是正宗，遂牢不可破。此無他，天下庸夫多，而有志於學者寡，惟此可不讀書而能也。若曹固不足道，弘、正、嘉、隆之間，名公迭起，得斯道之正者凡數大家，幾入韓、歐之室矣，然以語神明變化，爲難言者，則猶本領之未忘，舉業之累，於斯乃見耳。」

（四）薛雪《一瓢詩話》第六十七則取此語：「將現成救急字眼，湊上幾字，遂成一句，通首拖泥帶水，粘成八句，謂之律詩。近來漫天塞地，皆是此輩。」

（五）點金成鐵是古代文學批評中的一個著名比喻。禪家有點鐵成金之喻，宋釋克勤《碧巖録》卷九垂示云：「把定世界不露纖毫，盡大地人亡鋒結舌，是衲僧正令。頂門放光，照破四天下，是衲僧金剛眼睛。點鐵成金，點金成鐵，忽擒忽縱，是衲僧拄杖子。」宋龔聖任論詩詩襲之，云：「學詩渾似學參禪，悟了方知歲是年。點鐵成金學是妄，高山流水自依然。」後人反其語，喻弄巧成拙，改壞前人詩文。王世貞《藝苑卮言》卷四：「唐人詩云：『海色晴看雨，鐘聲夜聽潮。』至周以言，則云：『海色晴看近，鐘聲夜聽長。』唐僧詩云：『經來白馬寺，僧到赤烏年。』至皇甫子循，則云：『地是赤烏分教後，僧同白馬賜經時。』雖以剽語得名，然猶未見大決撒。獨李太白有『人烟寒橘柚，秋色老梧桐』句，而黄魯直更之曰『人家圍橘柚，秋色老梧桐』，晁無咎極稱之，何也？余謂中只改兩字，而醜態畢具，真點金作鐵手耳。」又云：「又有點金成鐵者，少陵有句云：『昨夜月同行。』陳無己則云：『勤勤有月與同歸。』少陵云：『暗飛螢自照。』陳則曰：『飛螢元失照。』少陵云：『文章千古事。』陳則云：『文章平日事。』少陵云：『乾坤一腐儒。』陳則云：『乾坤著腐儒。』少陵云：『寒花只暫香。』陳則云『寒花只自香。』一覽可見。」袁枚《隨園詩話》卷一：「昔人言白香山詩無一句不自在，故其爲人和平樂易；王荆公詩無一句自在，故其爲人拗强乖張。愚謂荆公古文，直逼昌黎，宋人不敢望其肩項；若論詩，則終身在門外。尤可笑者，改杜少陵『天闕象緯逼』爲『天閲象緯逼』，改王摩詰『山中一夜雨』爲『一半雨』，改『把君詩過日』爲『過目』，『關山同一照』爲『同一點』：皆是點金成鐵手段。大抵宋人好矜博雅，又好穿鑿，故此種剜肉生瘡之説，不一而足。杜詩『天子呼來不上船』，此指明皇白龍池召李白而言。船，舟也。《明道雜記》以爲：『船，衣領也。蜀人以衣領爲船。謂李白不整衣而見天子也。』青蓮雖狂，不應若是之妄。東坡《赤壁賦》：『而吾與子之所共適。』適，閑適也。羅氏《拾遺》以爲當是『食』字，引佛書以睡爲食，則與上文文義平險不倫。東坡雖佞佛，必不自亂其例。杜詩：『王母晝下雲旗翻。』此王母，西王母也。《清波雜志》以王母爲鳥名，則與雲旗杳無干涉。王勃《滕王閣序》：『落霞與孤鶩齊飛。』此落霞，雲霞也。與孤鶩不類而類，故見妍妙。吴獬《事始》以落霞爲飛蛾，則蟲鳥并飛，味同嚼蠟。杜牧《阿房宫賦》『未雲何龍』，用《易經》『雲從龍』也。《是齋日記》以爲用《左氏》『龍見而雩』。宫中，非雩祭地也。《文選》詩『挂席拾海月』，妙在海月之不可拾也。注《選》者，必以「海月」爲蚌蟠之類，則作此詩者，不過一摸蚌翁耳。少陵詩『無風雲出塞，不夜月臨關』，其妙處在無風而雲，不夜而月故也。注杜者以不夜、無風爲地名，則何地無雲，何地無月，何必此二處纔有風、月耶？『三峽星河影動摇』，即景語也。注杜者必引《天官書》『星動爲用兵之象』，未必太平時星光不動也；宋子京手抄杜詩，改『握節漢臣歸』爲『秃節』。『秃』字不如『握』字之有神也。劉禹錫《瀼西》詩『春水縠紋生』，明是春水方生之義，而晏元獻以『生』爲生熟之生。豈織綺縠者，定用生絲，不用熟絲耶？東坡《雪》詩，用『銀海』、

『玉樓』，不過言雪色之白，以銀玉字樣襯托之，亦詩家常事。注蘇者必以爲道家肩目之稱，則當下雪時，專飛道士家，不到別人家耶？《明道雜志》云坡詩『客行萬里半天下，僧卧一庵初白頭』，黄元以爲『白』字不可對『天』字，遂妄改爲『日』字。對則工矣，其如『初日頭』三字文理不通？袁瓘《秋日》詩：『芳草不復緑，王孫今又歸。』此王孫，公子王孫之稱也。宋人云：『王孫，蟋蟀也。』引《詩緯》云：『楚人名蟋蟀爲王孫。』又以爲猿，引柳子厚《憎王孫》爲證。博則博矣，意味索然。《冷齋夜話》云：太白詩：『昔作夫容花，今爲斷腸草。』本陶弘景《仙方》注斷腸草一名夫容故也。乃知詩人無一字閑話。方密之笑曰：『太白冤哉！草不妨同名，詩人何心作藥師父耶？』凡此種種，其病皆始於鄭康成。康成注《毛詩》『美目清兮』：『目上爲明，目下爲清。』然則『美目盼兮』，『盼』又是何物？注『亦既覯止』，爲男女交媾之媾。注『五日爲期』，爲『妾年未五十，必與五日之御。五日不御，故思其夫』。注『胡然而天，胡然而帝』，便是『靈威仰，赤熛怒』。注『言從之邁』，言『將自殺以從之』，其迂謬已作俑矣。」洪亮吉《北江詩話》卷四：「用前人名句入詩，昉於元遺山，而成於王文簡，然必不得已，則用其全句可也；若王文簡用杜詩『意象慘淡經營中』，而必改末一字爲成字，非湊韻則直欲掩其迹耳。點金成鐵，其能爲文簡解乎？」

【評】

五、七言律由於篇幅適中，兩聯對仗提供了發揮藻儷之長的空間，成爲古典詩歌體裁中較能表現藝術功力的體式，爲詩家所習用。時代越往後，詩人集中五、七律詩的比例就越大，而浮濫之作也就越多起來。本來，理想的寫作應該是先有題旨、素材，然後根據内容表達的需要選取體式。但實際上，寫作動機的形成，情況很複雜，有可能是先有一個意象，先得一個妙句，然後再考慮整篇的内容和結構，決定采用什麽體式。在先得某些片斷的情況下，詩思的發展和體裁的選擇，常與初得的片斷有不小的距離，於是出現五言抻成七言，或七言截爲五言的情形。元代楊載《詩法家數》述「律詩要法」，即已告誡學詩者：「七言律難於五言律，七言下字較粗實，五言下字較細嫩。七言若可截作五言，便不成詩，須字字去不得方是。」清初賀貽孫《詩筏》也説：「唐人五言律之妙，或有近於五言古者。然欲增二字作七言則不可。七言律之奇，或有近於七言古者，但欲減二字作五言律則不能。其近古者，神與氣也。作詩文者，以氣以神，一涉增減，神與氣索然矣。」然而俗手爲之，類似襯字和活套的使用往往是補拙救急的方便法門。此節所論明顯流露出葉燮對明清以來近體詩寫作的失望和針砭之意。

三一之一　五言排律，近時作者動必數十韻，(一)大約用之稱功頌德者居多。其稱頌處，必極冠冕闊大，多取之當事公卿大人先生高閥扁額上四字句(二)，不拘上下中間，添足一字，便是五言彈丸佳句矣。排律如前半頌揚，後半自謙，杜集中亦有一二，(三)今人守此法而決不敢變。善於學杜者，其在斯乎？

【注】

〔一〕高閥：古代官宦之家大門外用來榜貼功狀的柱子，左稱閥，右稱閱。

【箋】

〔一〕作五言排律貪多鬥富，乃是當時風氣。施閏章《蠖齋詩話》亦云：「近見才人不百韻則以爲儉腹短才，不知沈、宋、王、孟，大抵皆貴精不貴多也。吾讀方密之《抒懷》二百韻，嘆爲奇觀，已如讀《三都賦》；至關中李大青有三百韻詩，便當盡焚古今經史子集，單看此一篇排律矣。」

〔二〕杜甫集中如《陪章留後惠義寺餞嘉州崔都督赴州》、《贈韋左丞丈濟》、《投贈哥舒開府翰二十韻》、《上韋左相二十韻》、《奉贈太常張卿二十韻》、《敬贈鄭諫議十韻》、《奉贈鮮于京兆二十韻》、《贈特進汝陽王二十韻》、《贈翰林張四學士》、《承沈八丈東美除膳部員外阻雨未遂馳賀奉寄此詩》、《寄岳州賈司馬六丈巴州嚴八使君兩閣老五十韻》、《奉贈蕭二十使君》等，都是前半頌揚，後半自謙的例子。

【評】

排律一體最宜鋪排藻麗，揄揚鴻業，夙用於試帖、館閣。唐人不過六韻、八韻，後人多馳騁篇幅，動輒數十百韻，乃至竟一韻之字；且效杜甫前半頌揚、後半自謙之格，而不敢變，葉燮以爲善學杜者不在此。但究竟該怎麼變，他也没説。大概葉燮論詩主一破字，破除一切規範和預設目標，鼓勵人大膽去寫，就像下節説的：「昔人可創之於前，我獨不可創於後乎？」「自我作古，何不可之有？」

三二之一 學詩者，不可忽略古人，亦不可附會古人。忽略古人，粗心浮氣，僅獵古人皮毛。要知古人之意，有不在言者；古人之言，有藏於不見者；古人之字句，有側見者，有反見者。此可以忽略涉之者乎？不可附會古人：如古人用字句，亦有不可學者，亦有不妨自我爲之者。不可學者，即《三百篇》中極奥僻字，與《尚書》殷《盤》、周《誥》中字義〔一〕，豈必盡可入後人之詩？〔一〕古人或偶用一字，未必盡有精義，而吠聲之徒遂有無窮訓詁以附會之〔二〕，反非古人之心矣。不妨自我爲之者，如漢魏詩之字句，未必一一盡出於《三百篇》；六朝詩之字句〔三〕，未必盡出於漢魏；而唐及宋、元，等而下之〔四〕，又可知矣。今人偶用一字，必曰本之昔人，昔人又推而上之，必有作始之人。彼作始之人，復何所本乎？不過揆之理、事、情，切而可，通而無礙，斯用之矣。昔人可創之於前，我獨不可創於後乎？〔二〕古之人有行之者，文則司馬遷，詩則韓愈是也。〔三〕苟乖於理、事、情，是謂不通。不通則杜撰，杜撰則斷然不可。苟不然者，自我作古，何不可之有？若腐儒區區之見，句束而字縛之，援引以附會古人，反失古人之真矣。

【注】

〔一〕殷《盤》、周《誥》：即《尚書》中的《商書·盤庚》篇及《周書》中的《大誥》、《康誥》、《酒誥》、《召誥》、《洛誥》、《康王之誥》等篇，文字古奥艱深，韓愈《進學解》謂「周《誥》、《盤庚》」難懂。

〔二〕吠聲：指胸無見識，隨聲附和别人。王符《潛夫論·賢難》：「諺云：『一犬吠形，百犬吠聲。』世之疾此，固久矣哉。」

〔三〕未必二句：此十六字，《昭代叢書》本、《清詩話》本均脱。

〔四〕等而下之：依此例往下推。

【箋】

〔一〕王世貞《藝苑卮言》卷一：「《尚書》稱聖經，然而吾斷不敢以爲法而擬之者，《盤庚》諸篇是也。」葉燮説「余嘗謂世貞評詩，有極切當者，非同時諸家可比」，書中多引其説，這裏也可能是受其影響。《已畦文集》自序論時人作文種種習氣：「一在拾異字以逞奥古。明嘉、隆間前輩，有采掇《左》、《國》、《史》、《漢》剩語以爲句法、字法者。既群然嗤斥其唾餘而訾之，近忽别尚先秦諸子及稗官、二氏中之異字、難字，駢累疊出，以爲襯帶，集堅深之辭，文淺異之説。近時一二鉅手開之，黠者遂習而秘之，以爲異寶，不可解也。」

〔二〕《詩人玉屑》卷一引嚴羽《詩法》云「押韻不必有出處，用字不必拘來歷」，正是這個意思。上句指劉禹錫不敢用糕字韻之類，下句即謂用字不必皆有所本。取意本極明顯，通行本「字」訛爲「事」，遂致後人呶呶非議。如馮班《鈍吟雜録》卷五斥嚴羽言「用事不必拘來歷」，謂「此語全不可解，安有用事而無來歷者？」

（三）韓愈用字每多生造，已見前文所引袁枚《隨園詩話》之説。程學恂《韓詩臆説》評《射訓狐》云：「『矜凶挾狡』、『聚鬼徵妖』，語皆獨造，不相沿襲，而無害爲無一字無來歷者，其義則本之古也。」（《韓昌黎詩繫年集釋》卷二引）方東樹《昭昧詹言》卷九則説：「韓公去陳言之法，真是百世師。但其義精微，學者不易知。如云公詩無一字無來歷，夫有來歷，皆陳言也，而何謂務去之也？則全在反用翻用，故著手成新，化腐朽爲神奇也。非如小才淺學，剽剥餖飣，换用生僻之可厭，適見其内不足而求助於外，客兵又不服用，但覺齟齬不安而已。」

【評】

此節總結學習古人的兩種態度，一不可輕視古人，二不可附會古人。輕視古人，難得古人真髓；附會古人，易致盲目摹擬。古人既可獨創，今人也可獨創。古人獨創不外乎揆之理、事、情，文中司馬遷，詩中韓愈，既已爲先例，則後人何獨不可？祇不過從符號學的觀點來看，過於個人化的、新異的符號會導致理解困難，使讀者與作者無法溝通。明代謝榛曾説：「自我作古，不求根據，過於生澀，則爲杜撰矣。」（《四溟詩話》卷一）純粹的杜撰自然讓人無法理解，不過又如何確定杜撰的標準，或者説如何便是過於生澀呢？這顯然是個問題。葉燮提出以不乖於理、事、情爲限度，過此即爲不通，不通便是杜撰，明顯比謝榛之説簡明可取。對一般作者來説，這個道理不難理解，倒是古人字句有不可學者，却是行家老手的經驗之談。《詩》、《書》中字句多不可入詩，古人偶然摹擬，也未必可取，後人盲目崇拜者，曲爲之説，乃失古人本旨。作爲全書的最末一節，討論的主旨雖是用字問題，但「自我作古，何不可之有？」却也不妨看是全書總結性的宣言。

附録一　傳記、題跋、評論

傳記

葉先生傳

先生姓葉，諱燮，字星期，號已畦。寓居横山，學者稱横山先生。葉氏代居分湖，七葉成進士。考虞部公諱紹袁，革命後隱於浮屠。先生四歲，虞部公授以《楚辭》，即成誦。稍長，通《楞伽》，老尊宿儒莫能難。貫浙之嘉善籍，補弟子員。亂後不與試，去籍，復補嘉興府學弟子員。康熙丙午舉於鄉，庚戌成進士，乙卯謁選，得揚州之寶應。寶應當南北往來之衝，又時值天灾流行，軍行紛沓，左右枝梧，難於補苴。而先生性伉直，不能諂屈事大官；大官又吹毛求瘢，務去其守。已守官者不二歲，落職。先生欣然曰：「吾與廉吏同列白簡，榮於遷除矣。」時嘉定令陸先生隴其同被參覈，故云。既罷歸，游歷四方。久之，築室吴縣之横山下，顔其居曰「二棄」，取鮑明遠「君平獨寂寞，身世兩相棄」意。遠近從學者衆，先生談討不倦。論文謂議論不襲蹈前人，卓然自我立，方爲立言。論詩以少陵、昌黎、眉山爲宗，成《原詩》内外篇，掃除陳見俗諦。嘗爲弟子言：「我詩於酬答往還，或小小賦物，了無異人；若登臨憑吊，包納古今，遭譏遇變，哀怨幽噫，一吐其胸中所欲言，與衆人所不能言、不敢言，雖前賢在側，未肯多讓。」其矜重如此。然於他人片言單辭，每津津賞之。時汪編修鈍翁琬居堯峰教授，學者門徒數百人，比於鄭衆、摯恂。汪説經硜硜，素不下人，與先生持論鑿枘，互相詆諆。兩家門下士，亦各持師説不相下。後鈍翁没，先生謂：「吾向不滿汪氏文，亦爲其名太高，意氣太盛，故麻列其失，俾平心静氣，以歸於中正之道，非爲汪氏學竟謬盩聖人也。且汪没，誰譏彈吾文者？吾失一諍友矣！」因取向時所摘汪文短處悉焚之。晚歲時寓蕭寺中，藜羹不糁，不識者幾目爲老僧。有治具蔬食招往論文者，輒往，而富家豪族欲邀一至不可得，曰：「吾忍飢誦經，豈不知屠沽兒有酒食耶？」暇日常持一笻，行荒墟廢冢間，顧冢中人語曰：「此吾老友，所謂無四時之事，從然以天地爲春秋者也。子樂矣，少待，吾將同子樂。」歲壬午，七十有六，慕會稽五泄之勝，欲往游焉。先是游泰山、嵩山、黄山、匡廬、羅浮、天台、雁蕩諸山，而五泄近在六百里内，游屐未到。裹三月糧，窮山之勝乃歸。歸已得疾矣，越一年卒。未卒前數日，命以所居「獨立蒼茫處」奉虞部公主，而以己配食，曰：「吾魂魄應戀此也。」所著《已畦文集》二十卷、《詩集》十卷，《原詩》四卷，《殘餘》一卷。修吴江、寶應、陳留、儀封等縣志。先生既卒，新城王尚書阮亭寓書，謂先生詩古文熔鑄古昔，而自成一家之言。每怪近人稗販他人語言以傭賃作活計者，譬之水母以蝦爲目，蟨不能行，得狚獹負之乃行。

夫人而無足無目則已矣，用必藉他人之目爲目，假他人之足爲足，安用此碌碌者爲？先生卓爾孤立，不隨時世爲轉移，然後可語斯言之立，云云。斯能定先生詩文者。方先生宰寶應也，適三逆倡亂，軍興旁午，驛馬驛夫增加過倍，而部議於原額應站銀兩裁四留六，計歲所入，不足當所出之半。邑境運河東西百二十里，黄淮交漲，堤岸衝決，千金埽料，時付濁流。先生毁家紓難，一身捍禦，卒之軍需無缺，民不爲魚，堪厥職矣。他如免税之無名者，出誣服殺人者，直仇陷附逆而欲没其田廬者，皆重民命，守國法，不顧嫌怨而毅然行之。以是知功名不終，繇直道而行，不見容於大官，而非有體無用之咎也。柄國是者，疑經術不足潤飾吏治，而欲寄民社於刀筆筐篋之徒，豈通論哉。先生卒，兄子舒崇先卒，葉氏至今無成進士者。孫啓祥，吴縣學生，以能古文名。

《歸愚文鈔》卷一〇

葉燮傳

葉燮，字星期，浙江嘉興人。父紹袁，明天啓中進士。燮幼穎悟，年四歲，紹袁授以楚辭，即能成誦。及長，工文，喜吟咏。康熙九年成進士，十四年選江蘇寶應縣知縣。旋罷歸，遍游四方。晚年乃定居吴縣之横山，人因以「横山」目之。

始燮之官寶應也，適三逆煽亂，軍事旁午，地當南北往來之衝，接應靡暇日。縣境濱臨運河，東西延袤二百里，時虞潰決。又值歲穀不登，民乏食。燮極意經畫，境賴以安。以伉直不附上官意，用細故落職。而嘉定知縣陸隴其亦同時登白簡。燮聞之，不以去官爲憂，以與隴其同劾爲幸也。於是縱游泰岱、嵩高、黄嶽、匡廬、羅浮、天台、雁蕩諸山，海内名勝略遍。年七十有六，猶以會稽五泄近在數百里内，未游爲憾。復裹三月糧，窮其奥而歸。歸遂疾，越一年，卒。

燮言詩以杜甫、韓愈爲宗，陳見俗障，掃而空之。其論文與長洲汪琬不合，往復詆諆。及琬殁，慨然曰：「吾失一諍友，今誰復彈吾文者？」取向所短汪者悉焚之。寓吴時，以吴中稱詩多獵范、陸之皮毛而遺其實，遂著《原詩》内外篇，力破其非。吴人士始而訾謷，久乃更從其説。新城王士禛稱燮詩古文熔鑄古昔，能自成一家言。所著有《已畦文集》十卷，《詩集》十卷，《原詩》四卷，《殘餘》一卷。

《清史列傳》卷七〇

題跋

原詩跋

沈楙德

自有詩以來，求其盡一代之人，取古人之詩之氣體聲辭篇章字句，節節摹仿而不容纖毫自致其性情，蓋未有如前明者。國初諸老，尚多沿襲，獨横山起而力破之，作《原詩》内外篇，盡掃古今盛衰正變之膚説，而極論不可明言之理與不可明言之情與事，必欲自具胸襟，不徒求諸詩之中而止。然其所謂不可明言者，亦卒歸於不可言；其言者，皆可言者也。後之學詩者，返求諸性情學術，毋執其可言者，以爲不可言者即在於是，庶上可與古人冥合，而下無負作者之盛心歟？癸卯冬日吴江沈楙德識。

《昭代叢書》己集廣編補

《原詩》四卷（江蘇巡撫采進本）

國朝葉燮撰。燮有《江南星野辨》，已著録。是編乃其論詩之語，分内篇、外篇，又各分上下。其大旨在排斥有明七子之摹擬，及糾彈近人之剽竊，其言皆深中癥結。而詞勝於意，雖極縱横博辨之致，是作論之體，非評詩之體也。亦多英雄欺人之語，如曰宋詩在工拙之外，其工處固有意求工，拙處亦有意爲拙，若以工拙上下之，宋人不受也。此論蘇、黄數家猶可，概曰宋人，豈其然乎？至謂謝靈運勝曹植，亦故爲高論耳。

《四庫全書總目》卷一九七集部詩文評類存目

評論

讀葉己畦《原詩》一編用昌黎《醉贈張秘書》韻有贈

汪　森

卓識恣評騭，一編驚衆聞。《原詩》稱百代，進退乃在君。所貴胸膽壯，于焉擅清文。或奇非一狀，變换成岱雲。或爛發千葩，枝條競芳芬。由來孤鶴質，矯矯羞雞群。漢魏既殊派，宋唐亦奚分。要令意匠苦，自足張一軍。已畦屢過訪，勸飲成微醺。雄談邁倫輩，浩氣流氛氲。我言君或許，君論我亦云。嗟哉兔園穸，詬聲徒紛紛。文章各有道，譬彼蔬異葷。體製既應别，秩然若冠群。洪聲振鐘鼓，緻響嗤蠅蚊。蘭蘅與蕭艾，取捨分蕕薰。所以破萬卷，溯源及三墳。斟經而酌史，昕夕從耕耘。高言一以出，應策風雅勛。庶幾陰霾中，豁達披朝曛。

《小方壺存稿》卷三

閲葉丈星期《原詩》内外篇有感

儲雄文

中原壁壘未全移，信美溪山屬阿誰。事外閑情消不盡，好晴恰傍短檐時。豈有仙才不自知，夢中時被古人欺。拈來小句柤梨味，偶合涪翁亦一奇。

《浮青水榭詩》卷一

附録二 《汪文摘謬》及相關資料

汪文摘謬

葉 燮

汪文摘謬引

六經而後，先秦百家諸子之文，其體遞降，而變爲唐、宋大家之文。自是以至元、明，作者大約多本於前人，所就雖各不同，然不能創造而别有所謂變體也。大家之文，要在才高而識明，理足而辭達，方不愧大家之目。近者吾郡汪君苕文，其所爲文居然自稱爲大家，僉謂其祖述歐陽子，而近法震川歸氏。迨閲其全集，無處不令人啞然失笑者。余嘗評其文有四語，謂：「行文無才，持論無膽，見理不明，讀書無識。」汪君摹仿古人之文，無異小兒學字，隔紙畫印，尋一話頭發端，起承轉合，自以爲得古人之法，其實舛錯荒謬，一篇之中自相矛盾，至其虚字轉折，文理俱悖。乃侈然以作者自命，耳食之徒群然奉之，以爲韓、蘇復出，此真傀儡登場，堪爲大噱者也。其集中之文盡然，不能一一悉摘，姑拈數首，摘其謬戾，逐段注明。并非好爲排擊，蹈輕薄習氣，其謬戾之處，真款實證，爲天下有目者共之，亦可以知其概矣。若以余摘爲非，祈當世高明君子更賜摘余之所摘，此又予之樂得而受教者也。横山葉燮題。

陳文莊公祠堂廟碑記

前明南京國子祭酒贈詹事陳文莊公之歿也，是爲崇禎七年。閲九年，其長君濟生上公遺書於朝，予贈蔭。又二年，始得補公謚，且許建專祠以祀。於是偕其弟濟楨卜地，建祠於府治卧龍街闕壯繆廟之右。歲月且久，有司時節往祀，輒嘆其密邇市闤，湫隘不足以稱也，乃謀遷於虎丘。得民居若干楹間而更新之，門廡壯麗，堂寢崇閎。其旁則餕食有所，庖湢有廬，又其旁則有廩有倉，凡文莊公所置贍族義田若干頃，及祭田若干畝，其所得歲租，悉出納於此。蓋其地山川之雄秀，林陸之亢爽，雲煙竹木之靚深，實稱神明所居，非故祠比。

摘曰：鋪叙不切虎丘，且拾歐公唾餘。

工已告成，次君濟楨復聚族謀曰：「維兹麗牲之碑，闕焉無辭以刻，非所以妥先靈而示子姓也。」乃來謁某爲文。某自惟鄉曲晚進，未及登公之堂而受其學，顧少而嘗從兩公子游，儻或挂名碑尾，附公以不朽，固素願，遂不敢禮辭。

摘曰：以上行文，冗還而無味。捃拾歐、曾兩公剩語，毫無生氣。

謹按：劉念臺、黃石齋兩先生所撰《文莊公家傳》，備言公之在熹宗末也，以講官負重望。會逆璫魏忠賢父子冒功求給鐵券，公當草誥詞，忠賢屢遣使促公。公奮曰：「首可斷，誥不可草。」由是觸忠賢怒，興妖人孫文豸獄，牽連及公，竟削籍以歸，數揚言欲殺公，僅而得免。

摘曰：此段多閒句可省，亦叙得無生氣。

嗟乎！閒觀史所載宦官之禍，無世蔑有，未有如漢、唐及前明之甚者也。

摘曰：宦官在三代之時，未有可顯指名者，此後如南北朝俱不足論。歷數宦官之禍，惟秦、漢、唐、明四代而已。今曰未有如漢、唐及明之甚，是此外宦官之禍，不知尚有幾許朝代可指數也。且宦官之禍，最烈於秦之趙高。高弒其君而斬千年之嬴祀，豈尚以爲未甚耶？今置趙高在未甚之列，於漢、唐、明則曰未有之甚，其亦失尚論輕重賓主之例矣。胸中既無上下千古之成見，隨手拈來，宜其混混。

然而漢之亡也，以十常侍；唐之亡也，以北司，是直宦官與士大夫爲難耳。

摘曰：上文既以宦官之禍，歸重於漢、唐、明，此段似將漢、唐宦官之禍爲賓，復側重於明爲主，故以「然而」一轉，將寬漢、唐而側重於明也。

前明則不然。

摘曰：此一轉，讀者無不以爲歸重於明宦官之禍之甚，此行文之從重歸結也。

君子、小人并立於朝，日夜以門户相傾軋，而小人遂借刃於宦官以戕君子，此其過在士大夫，非專屬諸宦官也。

摘曰：讀「前明則不然」一句，下試掩卷而思，必以爲申言明宦官之禍之甚有出於漢十常侍、唐北司之上者，當另有定斷。忽然一轉，云「此其過在士大夫，非專屬之宦官」，將前此重重翻擊盡行抹倒，此文酷似爲昭雪魏忠賢而設奇文幻筆。或者天地間有此一種文字，不然，豈顛倒舛錯至此。○味言外之意，則昭雪秦之趙高；察言内之指，則昭雪明之魏瑺，乃是爲兩逆頌冤文耳。○責明末之士大夫，此論亦未嘗不是，但上文立論之始，須有賓主輕重低昂，使立言之指疆界分明，方得尚論史斷之體。當云：「宦官之禍，無世蔑有，間有弑君亡國，其禍皆始終於宦官。世異而事相類，未有如前明之局之變者，始於宦官者，而成於在朝之小人。」如此轉入於士大夫，則逆賢之罪自不逭，而士大夫助成宦官之逆焰者，其罪均莫逭也。且其時之士大夫，大約如唐之六臣一輩人耳，豈可云罪在六臣，而遂末减朱温之罪，不專屬之耶？如此立論，便得體得情，銖兩相稱，不至於雜亂無章矣。

當是之時，吾郡被禍最酷，不幸而死，則有周忠介、忠毅兩公；幸而生，則有公與文文肅、姚文毅三公。

摘曰：此際之生死，説不得幸不幸。若説幸不幸，則死者未嘗不幸生，生者自幸終不死也。成仁取義之心同，而死生會遇之偶異耳。若有幸不幸之心，豈居易俟命之君子歟？

夫兩周公之死，非輕死也；公與文、姚之生，非避死也，皆天也。

摘曰：寬套語，有何喫緊？有何意味？

天之死兩周公，所以伸忠臣之節也；其生公與文、姚諸公者，所以養直臣之氣也。假令諸賢悉畢命於鋃鐺桁楊之下，則國無人焉。吾見夫靦顔蒙面，絶無顧恤，呼九千歲之不已，必至於九錫；策九錫不已，必至於勸進，亦何所顧忌而弗敢爲耶？此公與諸賢之幸存，於前明宗社非小也，某故曰天也。

摘曰：使當時熹宗未即晏駕，懷烈帝未即入繼，更一兩年，則逆閹之九錫勸進，可翹足而待矣，豈文、姚、陳三賢遯荒之臣所能持乎？使在朝之群小，猶以三賢爲顧忌，遏其篡逆之心，則群小尚有良心，而天理未盡滅也。其不然也明矣。賴天尚祚明，昏明易改，故罪人斯得，此乃天也。爲三賢者，同於微、箕之生，各全其仁，所謂死者可生，生不愧死。如此立論，何等正大，乃欲周全於諸賢生死之間，無處置辭，信筆塗去，毫無識見，毫無證據，滿紙浮談，何異囈語也！

由今思之，向之號爲義子、義孫者，其威福勢焰非不盛且熾，曾幾何時，而俱歸於冰解煙滅矣。雖下而訖婦人豎子，往往戟手詬口，指溯其姓氏，以爲詬厲。而公與諸賢獨名在天壤，使言之者太息，聞之者興起。然則君子、小人其獲報於天者，又孰爲愈哉？

摘曰：「由今思之」，一轉筆竟似小兒學語，可以噴飯。〇一段絶好街頭勸世文。世間乃有如此俗筆！

今且距公之歿逾五十年矣，四方士庶往來虎丘者，登其祠而拜瞻其祏主，有不欷歔俯仰，想見公之風聲氣烈，徬徨不忍去者，吾知其必無是也。祠成於某年月日云云。（後文不録）

摘曰：没得收拾結煞下場，扯淡得無謂。凡屬祠宇，此等語何處去不得？即作此語，亦須略有些生發，何至可憐至此！

送屈介子序

摘曰：當云「送屈介子歸南海序」，文專以南海立論，非如魏光禄之蔚州比也，何送魏題中標出蔚州，而此題翻抹去南海？此理與法之昭然者，絶不照顧，何也？

人與物，相盛衰者也。嶺南地僻而饒樂，自前代多象犀珠璣、翡翠瑇瑁之物。而柳子厚獨謂其陽德之炳耀者罕鍾於人，故士大夫每以荒僥詘之。今國家南平五嶺逾十年矣，天子方益嚴航海之禁，番舶貿易之貨不以時至，而粵士亦日益貧困，邊海遷徙之氓以飢寒踣死道路者累千萬户，至於平海、楊梅、青嬰、珠池之中，亦徑不復産珠，蓋已非前代饒樂之比矣。

摘曰：極言粵中凋弊，小民遷徙流離、饑寒死亡，至於此極，恐有乖頌颺休美之意。且昌言天子益嚴航海之禁，以致地方凋弊如此，似乎以過歸君，恐古人臣立言之旨未必如是。

顧天地炳燿之德，鬱而不舒，其勢必有時而發。今且鍾爲雄放瑰絶非常之士，同時知名者，指不可勝屈，雖中州亦推讓焉。夫然後知人物盛衰之數若循環然，未有既久而不變遷者也。凡予見聞所不及者，固不暇論，諸如程子周量、鄺子湛若、梁子芝五，悉予見聞所及，蓋皆所謂非常之士也。而最後復得介子，其爲人雄放自喜，嘗遠走吴越、燕趙、秦晉之鄉，結納其豪傑，輒乘閒作爲詩歌。

摘曰：「乘閒」二字無謂。屈君亦有何忙，遂「無閒」耶？易「時時」二字稍妥。

相倡和，其詞深沈跌宕，有風人之旨。予始喟然太息，以爲陽德之鍾諸人者，抑何閟於古而發於今，如是其盛耶！雖欲詘爲荒僥之區，不可得矣。（後文不録）

摘曰：上文言嶺南之民貧困凋殘死亡，故陽德移而鍾於人士，然文中言饒樂之時，不知所指何時？如前明之時，固饒樂之時矣。其時先後産諸名賢甚衆，其大者如陳白沙、丘瓊山、海剛峰、湛甘泉諸先生輩，皆當世大賢，炳燿古今。吾不知斯時嶺南之民，亦日益貧困耶？亦饑寒踣死道路累千萬户耶？珠池亦竟不復産珠耶？若爾，則前代之不可謂爲饒樂矣；若不爾，又何以産諸賢耶？今之若程、若鄺、若梁、若屈諸子，其賢有能如白沙等諸先生否耶？然則陽德之盛，閟於古而發於今如是，豈作文者胸中未嘗知有白沙等諸先生耶？抑知之而故抹之耶？若曰吾所謂閟於古，徒欲照應柳子厚之言耳，故爲支離遷就，是以古人一辭而害一篇之意，直是胸無主宰，隨手敷衍，爲此不根之論也。

送姚六康之任石埭序

世之儒者，往往訾老釋爲異端，而習其説者，又多好言空虚寂滅無用之學，此皆非真知老釋者也。

摘曰：首段并提老釋，賓主未分。◯從來老不先釋。

予嘗讀兩家之書，凡老子與佛，異流而同源。

摘曰：「凡」字、「與」字俱無謂，「與」字尤甚。何不云蓋佛老異流而同源，兩平方是，若添入儒家，方得稱儒與佛老云云也。◯據此文大旨，以姚之奉釋立論，則布局須以儒爲主，釋爲賓。即欲引老子入篇中，又當以釋爲主，老爲賓，從老説入釋，則當軒釋而輊老；從釋以較儒，方得結釋以歸儒，則賓主層層，無不秩然矣。今篇首雙提老釋，既無賓主，而叙老在釋先，又添入一「與」字，似老爲主，而釋爲賓。及觀下文，一段老，一段釋，一段説釋不異老，一段説釋可通儒，而總曰比肩老子不難，總三教而結穴於老子，其側重偏提，意在何處着落？頭緒紛然，結束何屬？

誠能研極其旨趣，微獨治繕身心而已，雖用之官政，無不可者。

摘曰：此段雙提二氏影照，以通於儒，無法。

《老子》五千餘言，率時時寄意於治國愛民、行師蒞事之間。及其末章，益不勝自喜之心，乃思得小國寡民而試之，而佛固未嘗有是語也。

摘曰：此段專伸道而絀釋，尤無法，且無謂。〇「時時」二字未妥。

然至於利濟天下，使物物各得其所，則佛之視老子，豈有異哉？

摘曰：此段挽釋以附道，益無謂，有何着落？

蓋公言黄老，曹相國師之，而齊以大治；漢文帝師河上公，而天下幾至刑措。此亦儒者所不能訾也。

摘曰：此段援老以入儒，讀至此，必以爲全篇專主老而言，必姚君乃儒而奉老者流。以此段爲一篇關鍵，故不惜爲老氏千峰萬壑，起伏盤旋，跌入儒家正面。及閲下文至篇終，竟將老氏抛荒，略不復顧，全是説釋，則前半何苦爲老氏用如許心力耶？

不幸而從佛之説者，率皆剃髮緇衣，自詭以爲出世間耳。借令今之仕宦有人焉，通於佛之旨趣，而潛入於南嶽、黄檗、雲門、臨濟之宗者，得出而應用，其功效雖比肩老子不難。

摘曰：剃髮衣緇，佛之本教，而曰不幸，然則爲佛之教而幸者又何如？南嶽、黄檗諸人，皆不幸而剃髮衣緇者也，何必又推重之？〇此段又從儒以援釋，合儒釋而雙歸重於老氏，真爲老氏大功臣，但嫌與本題毫無涉耳。前段是佛比肩老子不難，此段是合儒釋以比肩老子不難。自有三教以來，老子未嘗有此大知己。〇「不幸」二字，轉不下，接不上。〇「仕宦有人焉」句，何不曰今吾儒有人焉？

文是説理，不是説位也。

吾未見其人，而世亦莫之信也。

摘曰：讀至此句，必以爲將引入姚君而設也，必接下曰：今吾見其人矣。而下文不然，著此句何也？

潁濱蘇氏曰：入山林而存至道，爲天下師可也，而以之治世則亂。予不謂其言然。

摘曰：此段與上文不接，且此段當於末後爲結束波瀾，入此殊無着落。

嶺南姚子六康，固儒者也。

摘曰：此當緊接「未見其人」下，上文夾入蘇氏一段，何也？〇此言儒者，方見前言仕宦之非。〇此方見儒字正面，看他如何將上文老釋發放？

而平居留意諸禪宗，無不叩擊而研極之。

摘曰：禪宗之「諸」，何「諸」也？〇此是姚君奉釋正面，只是前文爲老氏如許效力，今將他撇在何處？

茹蔬衣粗，奉其戒律尤嚴。

摘曰：然則姚君律教也。前文云留意禪宗，禪律不分，每自詡通釋典，何也？

今夏謁選，得江南之石埭。石埭山水清麗，士庶淳樸，而接壤九華，有古道場在焉。姚子得之，殊欣然色喜也。

摘曰：此段無疵，只是與下文不接。

佛法主於見性，雖一起居，一語默，莫不有作用者存，而況莅官行政之大者乎？

摘曰：此段文義不聯屬，當云佛法雖主於見性，然一起居，一語默，莫不有作用者存云云，文理便順。只首句增一「雖」字，次句以「然」字易「雖」字耳，不然便文理不通。○此段又推重釋氏與吾儒并。○「而況」句，上文截斷，接不下。

姚子既研極禪宗，而通佛之旨趣，則予知其視一邑也，皆祇園兜率也；其視奔走簿書也，皆參學記莂也；其視邑中士大夫與其人民也，皆化身之百千萬億也。

摘曰：此段純是爛時文油腔，并不是野狐禪也。

今而後能使吾儒知佛之爲法，不專出於空虚寂滅者，庶幾惟姚子是賴。

摘曰：上文「祇園兜率」數句，明將現前真實人境，悉攝入於渺茫無有之鄉，是深證其空虚寂滅之説矣。忽接「今而後」，知佛法非空虚寂滅，是猶辨其人之不爲盗，而執其贓以證之也，有是理乎？當云：姚君向之凡作祇園兜率諸相者，即今所治之一邑也；凡作參學記莂諸相者，即今奔走簿書也；凡作化身百千萬億諸相者，即今所見邑中之士大夫與其人民也。如此從虚而證實，即理以得事，而後方可挽救佛法非虚無寂滅，以轉入於吾儒，即理未必然，而爲説可得伸也。今語意俱反背，而尚欲騁其辨，想其下筆時，作何酌量經營乎？

姚子將行，諸君悉賦詩爲别，而予序之如此。有罪吾以儒者而附會老釋者，非吾徒也。

摘曰：「非吾徒」句，没着落。〇罪足下者，并不在此。〇至此又將老釋雙提作結，蓋自姚君入文以來，老子久不登場矣，此又請來作結，只爲要照應篇首一句，故有此雜沓也。〇此文專爲姚君奉釋立論，於老子實風馬牛，無路可攛入。既欲攛入，以二氏雙提，已是顧賓失主。今文前半專歸重老子，以致偏重難返，故自入題後，只好料理姚子奉釋正面，不得不將老子擱起，於是老子來有踪而去無迹矣。方知前半嘵嘵説老子，何異説夢？忽然自覺無謂，只得於篇末雙提釋老一句救之，可謂苦矣！〇此作三教紛然，不知本意歸重何教？若曰歸重吾儒，則夫人能言之矣。此文實以姚君通乎釋，而釋氏之理通於儒，儒釋兩兩相較，頭緒始清。老子原無坐位處，今文純以老子作波瀾，更推他作主宰，釋與儒俱退而避之，其大謬處，總在「比肩老子不難」一句，後遂不可收拾，亦竟不復收拾矣。文無結搆，意無主宰，論無成説，信手拈來，可謂頭頭不是道矣。

送魏光禄歸蔚州序

摘曰：當云「送魏光禄乞允歸終養序」，則題與文一貫，題目何等正大！今曰「歸蔚州」，光禄，州人也，篇中言其歸養，并無一字涉及蔚州，則題標其歸，不必標其所歸之地。今乃與《送歸盤谷》一例，則不合，此題之謬也。

宋鄒志完之在朝也，嘗恐憂其母。其母告之曰：「兒能報國，吾復何憂？」其友王回者亦曰：「子雖有親，然移孝爲忠，亦太夫人素志也。」予讀史至此，未嘗不嘆古之爲人臣者，其家庭之所勸誡，與朋友之所底厲，抑何嚴切如此也！

摘曰：吾觀鄒母之言，謂爲勸慰則可，謂爲勸誡則不可。使志完而不知報國，則不忠當誡；知報國而不恐其母之憂，則不孝當誡。今志完恐憂其母，孝也。其所以恐憂也，正欲爲忠也。志完忠孝備矣，特恐其母未察此心，而未有慰也。乃其母告之以忠孝一貫之道以慰之，在母既自表其心，而因以開豁解慰孝子之心，於誡之義也何有？吾又觀王回之言，意在白其母之心，以開釋發明志完之心，與其母之言一也。豈志完尚不知孝，不知忠，而俟回之底厲乎？今雙提而總結之曰：「抑何嚴切如此！」嚴切之言，又甚於勸誡、底厲矣。必如孔子之責原壤，孟子稱世俗之不孝，方可爲嚴切。今加之孝且忠之志完，不亦非其倫乎？當云「古之爲人臣者，賢母之相成，良友之善道，而使無遺憾於忠孝也如此」，則得矣。

今光禄丞魏環極先生，固士大夫所稱有道者也。一旦上書於朝，乞歸終養，若以愧當世之嗜仕不止者。

摘曰：「乞歸終養」句下，緊接「愧當世」句，翻似乞終養是旁意，愧當世是正意，然則魏先生之歸也，徒出於矯世激俗者之所爲，與陳情乞恩之旨，判然爲二。奈何篇首提「忠孝」爲綱領，入題翻先提題外之意，夾雜錯亂。「愧當世」句後，無一句照應。作文有法，果如是乎？

爲先生計則得矣。

摘曰：魏先生之歸也，爲孝養起見，則可接一言曰：爲先生計則得矣。今緊接「愧嗜仕」一句下，然則魏先生之計衹愧嗜仕者耳，胸中純是矯情拂世，又何計之可得乎？此句與上句不連，與下句亦不接。

然豈太夫人所望於先生者乎？又豈士大夫所望於先生母子間者乎？而竟毅然去不回，何也？

摘曰：據上文，魏先生名爲養親，而實則愧世，宜乎非其太夫人之所望，非士大夫之所望也。

○此段純是爛時文滑調，古文作手有是否？

予考先生立朝始末，蓋嘗由翰林出爲諫官矣。

摘曰：「嘗」字可省。

是時海内初定，居職者未諳國體，率皆唯唯，持禄以幸無事。

摘曰：「未諳國體」句可去，且非體。

而先生獨抗論國家大計，時時見諸施用，其疏藁具傳於世，士大夫家皆有之。

摘曰：「傳於世」盡矣，復添「士大夫家皆有」句，豈士大夫又在世外者乎？甚矣！汪君之沾沾於士大夫也，宜其與崑山歸元恭書，詘「區區之布衣」，而以士大夫自銜。然則所稱世者，皆元恭之流也。士大夫者，汪君自道也，若曰吾家亦有之耳。◯篇中言士大夫凡三見，一則曰「固士大夫所稱有道者也」，再則曰「豈士大夫所望於先生者」，三則曰「士大夫家皆有之」，所以推重士大夫，而借士大夫以引重魏先生者至矣。殊不知當世之嗜仕不止者，即此士大夫也。同一士大夫也，倏崇之，倏斥之，不可解也。

既而名日益盛，忌者日益衆，辟諸含沙伏弩，乘間竊發，先生幾蹈不測之禍，顧與太夫人怡然安之若命。噫，何其難也！

摘曰：既述魏先生之直節履危，下文當先表爲能居易俟命，而徐以「怡然安之」一語，專歸美於太夫人，則「何其難也」句，正以見太夫人之爲難能也，更得善則歸親之旨，與鄒母命子之意，關合有情，而文之層次開闔亦出。今合作一語總結，何於太夫人甚略也？章法賓主，懵然不知。觀其入題以來，從無隻字表太夫人者，照應之法既漏，徒牽强補湊帶及之，亦可謂苦心笨伯矣。

蓋其家庭之間，能不愧志完母子者久矣。

摘曰：此是汪君極得意回龍顧祖照應法，殊不知却是硬插入去，與文情毫無關涉，且中間有漏處，有背處，有失賓主處，有偏輕重處。草草只一句照應收拾之，死句爛套。文既無情，氣亦薾薾，有何意味乎！

由是言之。

摘曰：上文詞意俱已煞板，更難作轉筆處，忽以活套四字作轉，苦哉！

使人主所以倚杖先生者。

摘曰：就魏先生而論，則非泛論君臣，「人主」何人？出語不恭。〇何不於「何其難也」句下，竟接此句，豈不直截？只爲貪照應鄒志完母子一句，生擠出「家庭之間」十六字來。「由是言之」四字，承得下，接得上否？

常如諫垣之時，則先生方納忠陳力之不暇，而何暇於歸？先生雖欲歸，太夫人亦不聽之歸也。

摘曰：「太夫人亦不聽之歸」，當增一「必」字，云「亦必不聽之歸」，纔是旁人測量語。若竟云「亦不聽之歸」，是實事矣。此雖小疵，不可不明也。

今不幸回翔於閑署，名爲稍稍通顯，而實棄諸所設施之地，則其從容陳乞於天子之前者，豈得已哉？

摘曰：吾聞君子之事其君也，無一官之不可居，無一職之不可盡。孔子爲委吏，爲乘田，爲司寇，官之尊卑大小不同，而盡乃心以盡厥職則同也。若鄙夫之持禄固寵則不然，但知從一身起見，則有官之尊卑大小，若者爲顯要，若者爲閑散，於是有幸不幸之見存於中，而患得患失之態形於外。若君子者，豈於此有幸不幸之心哉？使必以諫官居要爲幸，光禄丞閑散爲不幸，則虞廷九官，唯司空、司徒納言之官爲幸，而典胄教稼若草木鳥獸之官，俱爲不幸；且十二牧之爲外吏，益不幸矣。夫京朝之官，如光禄丞比者，不可一二計，則不幸者甚多。朝廷亦何苦多設此不幸之官，以待天下不幸之賢才哉？爲此論者，亦乖於君子之心、人臣之道矣！且今之光禄丞，位亦清卿之貳也。所司者晏享飲食之事，此《周官》、《周禮》之所研詳而有事者也。何處不可以節侈靡而抑浮費，盡心力以勖乃職乎？如下文所云「財匱而民佻」，光禄丞亦未始不可寓理財厚俗之一端，較之乘田委吏，其所設施也大矣。即使魏先生隨處欲行其抗疏危言之志，何不於從容陳乞之時，引汲黯願拾遺補過之言？使言之而允，則魏先生之幸；言之而不允，蹈不測之禍，則篇中言先生母子如鄒志完母子久矣，怡然安之若命，固其所也，又何有不得已哉？搦管行文，胸無主宰，勉爲支撑，而不自知其言之矛盾也。○此處云陳於「天子」，則知前此稱「人主」非是。

今天下不可謂無事矣，法嚴而吏蠹，財匱而民佻，度亦先生所日夜太息者也。

摘曰：既度其日夜太息，何不請先生於從容陳乞之時一奏之？

萬一人主思得老成耆碩之儒，與之共濟。

摘曰：再稱「人主」失體。○此冀天子轉悟也，爲魏先生地則善矣，獨不爲在上者地乎？「萬一」二字，改爲「異日」尚可。萬一者，萬分之一，事之必不然而姑爲之辭者也。以蹇叔待先生，并不以秦穆公待上矣。語無倫次，斯其極乎！

必且尺書束帛，招致先生於里居。

摘曰：當云必手詔召先生，今曰「尺書束帛」，本朝未聞有此。

吾不知爲先生者，其遂采朮酌水奉太夫人以終其身乎？抑承太夫人素志幡然還車而即路乎？

摘曰：「尺書」至此一段，是祝壽、升遷、送行等文套語。

古之君子，進非軒冕之爲榮，而退非山林之爲達也。從容去就，惟道之安耳。

摘曰：此是通行套語，於全文無交涉。

世之論者，咸謂先生是行也，將有往而不返之思。而余獨推先生之未然，以爲先生固有道者，必不如是之偏且矯也。

摘曰：自「古之君子」至此二段，專爲照應前文「士大夫所稱有道」句，却費如許氣力，而實與前文無涉，只是没得收拾，聊復爾爾。

予不敏，辱與先生爲友，竊自附於王回之後，故引志完故事而復爲之説，以期望先生者如此。

摘曰：此將志完第二重拈出，即欲照應，何必兩見？〇王回於鄒志完篇中謂爲「底厲嚴切」之友也，今於魏先生極其諛頌贊嘆，尚得附於「底厲嚴切」乎？何言於前而忘於後也？

金孝章墓誌銘（照金氏墓版汪君親筆録文）

吾郡故多潔修好古獨行之君子，近世如杜東原、邢用理、沈石田先生。

摘曰：承上杜、邢及沈，則當總稱三先生，或稱諸先生。若以先生專歸沈，而杜、邢兩人不得稱先生，則上文云潔修獨行，杜、邢既得蒙之，則亦可與先生之列矣。間架不明，序次無法。

降而迄於趙凡夫、文彦可之屬。

摘曰：高士有何升降？若高而降矣，又何足稱述？「降而迄於」四字，是時藝熟爛調，古文中無此弱句。「之屬」者，趙、文之下，將更有人矣，此又趙、文之降而下者，益不足言，何必更拖「之屬」二字？

率皆遺榮弗仕，或以詩文，或以字畫，或雜出於醫卜。

摘曰：「遺榮弗仕」，高尚其志也。此段將興起金先生也。詩文字畫，猶是賓中之主，若醫卜則卑矣。下文説金先生樂天知命，何等鄭重閎大，何必援引醫卜襯貼？輕重失倫。◯醫卜在古人如嚴君平、韓康伯，何嘗不是第一輩人？但近今吴中實無其人可數矣。援引無謂，但見其錯雜耳。◯「遺榮弗仕」，必如嚴光輩方可當之，以上諸公本無可榮，安用「遺」？本無仕理，安用「弗」？謂之逸民則可，謂之「遺榮弗仕」則未當。

卓然有名於時，其遺風餘韻，至今猶傳述卿士大夫之口。

摘曰：稱述必借重卿士大夫之口，則恒言公論起於學校，是非出於鄉評，必軒冕方可有口乎？夫子曰：「斯民也，三代之所以直道而行也。」若汪君，則必曰：「斯公卿大夫也，三代之所以直道而行也。」抹倒斯民，而以直道是非歸之卿士大夫之口，汪君之陋而無識，一至於此！

自有明既亡。

摘曰：當云當明之亡也，辭氣便得。「自」字、「既」字，文理不順。

吴中好事者，亦皆棄去巾服，以隱者自命。

摘曰：既歸重高隱，而加以好事，然則「逸民」一章，皆好事者耶？

當其初流離患難之中，希風慕義，儼然前代之逸民遺老也。既而天下蕩平，苦其饑寒頓踣，有能初終一節，老且死牖下不恨者，蓋實無幾人。若孝章金先生，庶幾《大易》所謂「樂天知命」者歟！

摘曰：「樂天知命」四字，是此文一篇綱領眼目，看後如何照應。

先生諱俊明，字孝章，吴縣人。少從其父宦寧夏，往來燕趙間，馳騁游獵，頗任俠自喜。方遼左多事，爲詩歌多憤懑激烈。

摘曰：此處先提爲詩歌，看後作何層次。

聞於諸邊帥，争欲延致幕府，先生意不屑也。既歸里，始折節讀書，受經於孝介朱先生之門。

摘曰：「之門」二字可省。

朱先生數嘆異之。補縣學生，名隱隱起。數試於鄉，不見收。最後復赴試，以《焦氏易》筮之，得《蠱》之《艮》，其繇辭云云。

摘曰：古人用占，必述繇辭以解釋，從無「云云」之文。

先生愀然太息曰：「天豈欲我高尚其事乎！吾將從此逝矣。」遂不終試而歸，歸即（李聖華按：脱一「謝」字）諸生，杜門以傭書自給，是時明猶未亡也。

摘曰：全先生非關繫明之亡與不亡之人，提此句無謂。當云是時明季多故云云，接下文便順。

踰年，流賊陷北京。又踰年，王師渡江。吴人始深詫先生知幾云。

摘曰：「深詫」，何不云「深歎」？

先生幼嗜學書，小楷師《曹娥碑》，行書師《聖教序》，悉有法度。

摘曰：既一一師前人矣，又云悉有法度，意重語贅。

晚益自名一家，兼工詩古文詞。

摘曰：前段已提出爲詩歌，此處又云兼工詩古文詞，一事兩見，略無章法叙次。且較量而論，詩古文爲重，書法爲輕，當從詩古文出兼書法，不當從書法兼詩古文，輕重失衡。

四方士大夫聞先生名，以書若文來詣者，相次不絶。里中窶人子，手不持一錢，亦日夕踵門求先生書，先生欣然應之，不少厭也。以是人間碑版，旁及僧坊酒肆、頹垣壞壁之間，率多先生筆。

摘曰：「僧坊酒肆、頹垣壞壁」，皆有金先生筆墨，可謂辱矣，何足以爲誇詡乎？

得之者争相誇示以爲幸。間喜畫樹石，皆蕭疏有致，其墨梅最善，吴人尤傳寶之。

摘曰：倏叙書法，倏叙詩古文詞，倏叙畫，錯亂絶無章法，絶無筆力。○從善書兼詩古文詞，合叙詩古文書法，又叙善畫，如一「間」字，又加一「尤」字，虚字俱下得無謂之極。

先生既嗜書，平居繕録經籍秘本，及交游文稿，凡數百種，皆裝潢成帙，庋置縢鐍惟謹。

摘曰：「凡數百種」下，只云「收藏惟謹」足矣，何必連用「裝潢」下八字，直是坌伯。

予嘗走詣先生，老屋數間，塵埃滿案，與客清坐相對，久之自起焚香瀹茗，出其書畫與所録本娱客而已。

摘曰：「清坐」二字俗，且似小説。此段總是爲吴下一清客寫照，豈起手「樂天知命」注脚乎？

余嘗論之。

摘曰：下此四字在篇中間，是何章法？是何波瀾？

以爲先生非忘世者也。既已遭逢不偶，浮沉流俗，凡其邁往之性，磊落軒昂、峥嶸突兀之氣，未及剗洗，方抑抑無所發舒，不得已寓之書畫間。吴中後生晚進，高談賞鑒，徒知先生書畫之工，且竟欲求之筆墨蹊徑之外，俱未爲知先生者也。

摘曰：此段是拓開進一步説，故云「未爲知先生者」，看他下文如何是知先生處。

其知先生者，則謂先生所學邃於古人，而又超然有自得之致，可謂知之矣，而迄未盡也。

摘曰：此段仍是未知先生，然則知先生正面在何處，再看下文。○總是支離，全無筋節，而「迄未盡」一語，尤爲混混。○慣用「迄」字，何也？

先生性好山水，暇即命友泛舟，嬉游虎丘、靈巖間。遇一二方外士，與之談笑竟日，視日稍晏，輒襆被宿其廬以爲常。年踰七十，數乞知交賦《生輓詩》，引陶淵明《自祭文》爲喻，蓋其風流雅趣如此。

摘曰：此段是知先生正面。上文兩段，翻駁而下，當一層進一層，翻出正面，筆力見長，全在於此。及至此段，全是一清客身分，是一層下一層矣，隨手擲出，毫無文理。汪君之意，不過以「風流雅趣」四字，爲知先生盡頭處正面語。然此四字，乃是吴下坊間淫詞褻像封面招牌語也，可醜極矣。此篇入手以《大易》「樂天知命」歸重先生，乃全篇終始無一字申「樂天知命」語意，總結以風流雅趣、市井小説之談爲全文結穴，想其搦管時，是何肺肝？

嘗有學使者慕先生，欲招致之，不可得，因嘆曰：「清真絶俗，雖古之沉冥不過也。」（壽及卒葬日月、子女云云不録）先生篤於孝友，居喪手書《孝經》數百本，以乞人，撫愛仲叔兩弟。晚而自號耿庵，又嘗額堂名曰「孺宜」以志之。

摘曰：此文中間一曰幼嗜學，又曰喜畫樹石，又曰既嗜書繕録經籍，又曰先生性好山水，直至末方云先生篤於孝友。敘先生性情，毫無局構，錯亂前後，位置不倫，尚得詡文有法耶？

嗣後先生次子侃，亦善承先生意。

摘曰：「亦」字是何文理？豈文中先有一人善承耶？

吴中數相稱述，以爲先生積善之報也。

摘曰：篇中并無一字敘述善如何積，如人世造福等事，篇終入「積善之報」四字作大結，真堪噴飯，醜極矣。○篇不成篇，句不成句，字不成字，段落不成段落。汪君平時開口便言作古文有法，想彼法應爾爾耶！予甚哀之，爲之太息。

吴公紳芙蓉江唱和詩序

吾吴有隱君子，曰吴子公紳，能以五運、六氣之術，君臣佐使、温補寒下之物，拯人危疾。

摘曰：「五運、六氣」，理也，非術也。何不曰能明五運、六氣之理？「君臣佐使」，不足以該八百八味之藥；「温補寒下」，不足以該四百四病之症。此又下語不該括，何不云「公紳精通於醫，能拯人危疾，其術冠吾吴」，何等簡括！

而又能即其暇，與友人周子覲俟，日夜援筆作詩歌相高。

摘曰：「援筆」二字無謂，天下有作詩而不援筆者乎？必瞽者作詩，乃口授而不援筆也。

上自漢魏，下訖王、孟、錢、劉。

摘曰：詩人自錢、劉而下，迄今將千年，中間詩人盡行抹殺，何也？且汪君向摹唐詩，近極摹宋、元詩，而曰下訖王、孟、錢、劉而止，豈汪君所摹，自居下之下者耶？

無所不規擬。

摘曰：學詩而宗古詩人，須著研精淹究等語。而曰「規擬」，是但摹其皮毛，而與自己性靈無與也。汪君生平作古文，以「規擬」二字爲獨得之祕，不覺透漏寫照也。

既成，則兩君子又慇懃惟予爲前導，予不自揣，往往竭鄙力以相琢磨。

摘曰：「既成」，謂詩成乎？學成乎？刻集成乎？上下俱不接。何不於「無所不規擬」下，竟接「兩君子又殷勤」云云，便文理一串。

兩君子聽之未嘗有倦色也。於是刻其《倡和詩》一卷，命予序之。

摘曰：此處云「刻其《唱和詩》一卷」，方知前段「既成」二字之無着落。

予告之曰：雖有肥毳，無鹽醯和劑之法，不可食也；雖有綺羅，無刀尺裁製之法，不可無（李聖華校應作「舞」）也；雖有管弦鐘鼓，苟無吹彈考擊均調之法，不可悦心而娱耳也。

摘曰：此段借三種工人，以喻詩之法，似是已。然以取譬於詩，若者爲詩之肥毳？若者爲詩之綺羅？若者爲詩之管弦鐘鼓？是三者在物而爲質，而於詩何者爲詩之質也？吾知其不能應也。又法爲和劑，法爲尺寸裁製，法爲吹彈考擊，是三者所各有事而爲法，而於詩何者爲詩所有事而爲法也？吾又知其不能應也。且詩之法，僅如飲食之和劑，衣服之尺刀，聲音之考擊云爾乎？是三者，即窮陬僻壤最下之賤工，無不知而能之，舍此則無有所爲事者。此則猶作詩者之叶韻平仄也，以叶韻平仄爲法，何待發明告誡之諄諄乎？使法如是之淺，則不必言。若更有深焉者，而以此三者之法擬之，非其倫矣。○全篇以「法」字作主，開口却説得庸陋猥屑，無着落，無關會。○「雖有肥毳，無鹽醯和劑之法，不可食」，當云雖有肥毳鹽醯云云。「鹽醯」二字，當從上句，不可入下句之法内，落筆亦須檢點。○第三段增一「苟」字，何也？

推而極之，大則蕭何之治民，韓信之治兵，張蒼之治曆，降而至於彈棋、蹴踘、承蜩、弄丸之伎，蓋皆有法存焉。使蕭何、韓信、張蒼而無法，則天道之遼遠，人事之舛互，而欲藉私智以行之，未有不敗者也。使彈棋、蹴踘、承蜩、弄丸而無法，則其伎必不工且巧，雖自衒於通都大邑，其不爲有識笑者幾希。

摘曰：此段極力發揮法之義也，抑何其舛謬之甚歟！夫以治民歸蕭何，治兵歸韓信，治曆歸張蒼，固已不盡然，而總歸之於法，則益不然也。夫蕭何兼將相，爲漢宗臣，高祖稱爲諸將發縱之首，其任文武無所不兼，而僅以治民概之，此龔、黄循吏之事也，而以專稱何，可乎？且治民豈有定法哉？堯、舜以恭己無爲爲治，三代以誓誥文爲爲治，下至齊管仲，最下如秦商鞅，無不各有其術以爲治者。

即如漢初入關，蕭何去秦苛政，約法三章，法固隨時變遷，所云世輕世重者，治民不可汲於法也。今言何專治民，非也；治民必於法，抑又非矣。韓信固專於治兵矣，夫古固有《六韜》、《司馬》等法矣，然信能驅市人而戰，妙在不用古法。後世名將如岳飛，亦妙於不用古法。爲將之道，臨機應變，運用在乎一心，必泥於法，吾知其敗不旋踵也。至於張蒼之治曆，則又大異於是。兵與民用法而治，不盡用法而亦治。若夫曆，苟有分杪之離於法，則千歲之日至，俱茫無可考。故曆有一定之成法，不可有毫髮之舛錯也。治兵與民，巧與法可互用，曆則依成法，而無一毫之巧可用也。而與治民、治兵同語，不亦謬戾乎？且初以三賤工之法，推而大至於將相兵民，亦既盡兩端之極致，而中間無所不包矣。忽又下引彈棋、蹴踘、承蜩、弄丸四者之微且賤，則又何也？欲發明法之義，以三賤工始之，以將相中之，又以四賤伎終之，合十者之人之事，總欲發明詩之法，詩之法究無幾微之相發明處，何邀賓之多，而終不見主人之面目也！即彈棋等四賤伎又各不同。彈棋、蹴踘，法與巧相半者也；承蜩、弄丸，有巧而無法。此又與治曆相反者也，豈可同類以相引哉？且篇首以吴君之爲醫發端，通篇何不即以醫立論，亦可發明法之義，何必多爲旁引而爲之説哉？乃通篇無一語與篇首照應，雜引百工賤伎，推極侯王將相，賓既紛然，曾不顧主，章法照應，毫無成局。一言以蔽之，曰亂而已矣。

是故凡物細大，莫不有法，而況詩乎？

摘曰：此總結上數段也。「況」字奇絶。大凡用「況」字，或舉大以況細，或舉細以況大，未有大與細合舉而總以「況」字承之者。豈細與大之外，另有更大更細乎？或非細非大乎？以「況」字作雙承，從未之見。

善學詩者，必先以法爲主。兩君子於此，亦既揣摩規擬之有日矣，益加勉焉可也。

摘曰：言詩之法正面，只此而止，亦可謂苦矣。

有獻疑者曰：法太密，則神韻不流矣；太苛，則才情不騁矣。如之何？

摘曰：正面只一語，即作餘波翻騰，此豈法耶？

予曰：子姑無憂是也，亦憂夫學之不力，思之不深耳。如其好學深思，而不懈以中止，則其學有不益富者乎？其氣有不益雄，其心有不益細，而其托興有不益高以遠者乎？

摘曰：極惡爛時文調，令人欲嘔。

審如是也，寬嚴疏密，從容操縱於心手之間，能御法而不爲法之所拘牽纏束。譬如匠石之斫堊，梓人之削鐻，夫固已神而明之矣。

摘曰：上文連請十客，一客不曾發放，亦可以止矣。又請石匠、梓人兩客來，何僕僕不憚煩也？

雖以之自名一家不難。

摘曰：上文云規擬古人，又云揣摩規擬之有日，謂爲善學古人則可，謂爲自名一家則不可也。

自名一家者，不用揣摩規擬，自出手眼機杼者也。

不然，苟且剽竊，碌碌妄庸人之中。

摘曰：作此文者，自寫照乎？

而樂於捨法以自便，尚未能望見錢、劉藩籬，顧敢言漢魏哉？此亦兩君子唾棄不屑者也，予故并及之。

摘曰：一路說來，并未嘗更端而言，而忽云「并及之」者，何也？將漢魏、錢劉，如此照應收拾，亦可哀其計之窮而思之窘矣。

以告凡學詩者云。

摘曰：如許一篇提唱詩之法，却不曾有一字明告詩之法若何，凡學詩者無從領教也。

贈王貽上序

新城王子居京師，與其友倡和爲詩，甚樂也。已就吏部選人爲推官有日矣，王子愀然有憂色。客或謂予曰：「王子之憂也，憂夫以吏治之故而廢其詩也。」予曰：「是何言與？古者刑官之始，蓋在有虞之世。皋陶爲士師，士師平天下之刑，即《周禮》之大司寇也。」

摘曰：何必引大司寇爲證？倘又有不知大司寇爲何官者，又必須曰即漢之廷尉，又即今之刑部尚書、大理卿也。此等總非文之筋節，亦只是自詡讀《周禮》處。

擬諸今世郡吏，其職任之大小，可謂懸絕矣，然所以用刑者則同。予嘗讀史遷《有虞氏本紀》云：「欽哉，欽哉，惟刑之静哉！」説者以爲清静無事之意。嗟乎！以皋陶平天下之刑，大而蠻夷，小而寇賊奸宄，無所不當治。由後人視之，其訟牒之繁，簿書文移之下上，幾於寢食之不遑，而休沐之不給矣。然皋陶惟清静無事，故出其暇力，又能與虞舜相拜手爲歌詩，在《尚書·益稷篇》中，後世四言詩所昉也。然則居刑官之職，何嘗至於廢詩而不暇以爲哉？（後文不録）

摘曰：引《虞書》「欽哉」之言，不從經而從史，已屬顛倒。即就「静」字作解，亦非清静無事之解也。夫帝舜恭己無爲，後之儒者以爲舜紹堯致治，有五人、十六族以分理其事，故舜可無爲而治也。使五人者亦皆清静無爲，效舜之恭己，而欲天下於治，又誰爲之哉？孟子歷叙舜、禹諸人之勞心，無一刻遑處，何獨皋陶清静無事，以其暇爲詩歌乎？此乃末世文人戲論，而以尚論古聖乎？孟子言虞廷諸臣，耕且不暇，何獨皋陶有暇爲歌詩乎？此真癡人説夢矣。總之，清静者，言治之體也。即蓋公無擾之言，非竟無事也。若執無事以爲刑官之本，則五流三宅之制，何人之事哉？蓋其意以貽上爲刑官，刑官與作詩不類，想出一閑暇無事話頭來，遂硬派皋陶閑暇無事，撰出《賡歌》，爲倡和歌詩，爲四言詩祖。夫皋陶果以其暇爲詩，吾不知皋陶之詩稿有若干卷乎？與益稷諸人倡和有若干首乎？抑有之而火於秦乎？若僅如《賡歌》數句，雖極忙之人，亦無不可立就。豈皋陶一生暇力，發爲著作，僅僅得此數句乎？吾不知其賡歌時，亦如今詩人咿唔錘鍊，斟酌於上古、中古之世之人，如漢魏、三唐，費多少經營刻畫而出之者乎？又必待平居讀書積學，久用力於暇日者乎？不然者，又何必待暇力而後得之也？蓋《賡歌》亦不過堂陛之都俞，聊近於韻語耳。而强判爲四言詩之始，可乎？且古之聖君賢相，何嘗有清静無事之時哉？文王自朝至於日中昃，不遑暇食；周公之吐哺握髮，所其無逸，豈清静無事者乎？文王雖無詩句傳流，而演卦爲六十四，較之《賡歌》，豈不百倍？若必待暇力爲之，吾恐後天之卦斷不能續矣。周公作《易·象》，而《豳風》《七月》、《東征》之詩，多於皋之《賡歌》無算，何從得暇力而爲之乎？後世賢者如孔明，食少事繁，而能爲《出師表》，寧必待清静無事，方能爲之？必以暇力，方能賡歌，則典樂之夔，詩言志，其專職也，何以明良之廷，夔始終無一韻語？豈夔終日搏拊，略無暇力耶？而漢之柏梁體，豈合在廷之臣皆一一清静無事，有暇力而作詩者耶？大凡立論説以垂世，須要切事切理。如此懸虛之論，毫無根本，竟同演劇排場，取給一時。不過以貽上爲刑官，又要周旋其作詩，漫爲無稽之談，真足笑破旁人口也。

泛雪詩序

常熟蔣子文從所葺《泛雪詩》若干首，并繫之以圖爲一卷。泛雪韻事也，泛雪而賦詩繪圖，尤事之最韻者也。雖然，蔣子知雪之可喜，而未知其可畏也。

摘曰：於雪加「可畏」二字，有何意味？如下文所云尤可醜。

予在郎署十餘歲，每雨雪，則京師道上馬牛車驢相蹂踐，中間泥濘踰數尺不止，兩旁積冰如山陵。晨入署，輒有顛仆之恐。已又奏事行殿，夜半抵南海子，雪花如掌大，聲發林木間，儼然猿啼鬼嘯，鐙火撲滅幾盡，迷不知南北，徬徨良久，遇騎者援之，始得免。及請告歸里，冬杪過盱眙，寒雲四集，彌望無人烟。予方乘肩輿，輿上雪厚盈寸，輿人力盡不能荷，衣裝皆濕，手足至僵凍欲裂，上下齒搏擊矻矻有聲，色悉沮喪。幸而前達逆旅，則僮僕無不置酒相賀，以爲更生。甚矣予之畏雪也！至今偶一追維，猶不寒而慄。

摘曰：言雪可畏，即有實事，已屬無味。乃叙述宦途所歷以爲証據，假使宦途果有極奇特、極得意事，足以聳人聽聞者，一爲舉述，能令舉座皆引滿擊節以爲快，如此以自誇詡，猶可言也。據此所述，不過宦都中爲郎官耳。在都署十餘歲，古人爲郎十年不調，爲極淹蹇不得意事，而沾沾齒牙間者，何也？况中無實事，止述道上艱難狀。此上自宰相，下至庫管一命暨役夫賤隸皆然，不特郎官爲然也。即使偶一述之，一兩言足矣，何至嘵嘵不休？始言在郎署，又言晨入署，又言奏事行殿，又言夜半抵南海子，又言請告歸里，又言予方乘肩輿。夫在都中之畏雪，爲在郎署也。途中之畏雪，前此公車謁選，策蹇長途，當亦畏之熟矣，何必待請告歸里乘輿，輿上雪盈寸而始畏之也。總之，在寒士之前，矜我所有而驕其所無，娓娓二百有餘言，描寫極艱辛處，正是極得意處，亦可哂矣。若論文筆，則鋪敘形容處，無一非俗筆。章法、句法、字法，極似小説，又似爛惡尺牘。試問大家有此文筆乎？殊欲令人掩目掩鼻也。○此公生平，每以進士仕宦沾沾自衒，時時於文中見之，一則曰「予未第時」云云，再則曰「余成進士歸」云云。即如渠集中《史兆斗傳》，云：「余舉進士歸，兆斗數來訪余。余因報謁至其家，家在委巷中，予屏車從，徒步而入。」讀至此，不覺失笑。古者諸侯造士之廬，其下賢之誠，方有屏車從徒步等語，史册以爲美談。汪君此時不過一進士耳，何至於鄉井之間，作如許面目態度乎？此等語，十篇之中不啻再三見，如窮子暴富，不自禁其足高氣揚也。

蔣子以高才生從容谿壑之間，青簾畫舫，與諸賓客縱觀山雪，舉酒吟賞。且能見諸翰墨，争奇角勝，刻畫盡致，蓋其喜之也如此。夫蔣子不知雪之可畏，猶予之不知雪之可喜也。

摘曰：「不知雪之可喜」，豈汪君生而即在郎署者乎？獨不知乙未以前，亦嘗爲寒士矣！猶記計甫草嘗謂余曰：「茗文嘗與我言：『少時貧苦，居陋巷一廛中，上雨旁風。嘗言閉户有雪，開户無風。』」不知茗老此時，喜雪乎？畏雪乎？必如所言，公侯戚里之子方可道此二語也。

豈畏雪有異哉？亦所遭之會不同耳。

摘曰：貧賤寒士，與五品部曹，所遭本隔天淵，但以此驕寒士，使人傷心。

假令予前此脱去塵網，輕裘席帽，得往從蔣子觀雪於虞山，厠名諸賓客之末，雖風流蘊藉，或不足以比肩群賢，而雪亦何可畏之有？

摘曰：三十年前閉户有雪之時，此時塵網豈即嬰身，從未曾一與賞雪之會乎？直至嬰塵網後，方纔見雪，便爾可畏乎？

故予自歎其遭，而又羡蔣子之擅此最韻也。

摘曰：炫耀郎官，奚落寒士，前已極矣，至此總結上文。◯如必欲以可喜、可畏二義闡發，不妨於可畏處兩路夾發，云：「少年貧賤未遇時，極寒無氈，短衣不掩，此時欲學袁安高卧，且不可得，安能與友人從容文酒之間？見雪那得不畏？」「及至」一段後，則如上文云云。如此説來，亦屬俗筆，然尚爲情理之所有。若但如此叙述，始終自居於畏雪，無論無此一種文筆，亦無此一種人矣。

唐詩正序

《詩》、《風》、《雅》之有正變也，蓋自毛、鄭之學始。成周之初，雖以途歌巷謡，而皆得列於正。幽、厲以還，舉凡諸侯夫人、公卿大夫閔世病俗之所爲，而莫不以變名之。正變之云，以其時，非以其人也。

摘曰：昔夫子删《詩》，未聞有正變之分。自漢儒紛紜之説起，而《詩》始分正變。宋儒往往有非其説者。今篇首曰「蓋自毛、鄭之學始」，似有不足爲憑之意，固無害也。又言「正變之云，以其時，非以其人」，是似也。然斯言也，就時以言詩，而言周之時之詩則可；自周以後，則「以其時」之一言，有斷斷不然者。何也？《三百篇》之後，群然推爲五言之祖，而奉以爲正者，必曰漢之建安。彼其時何時也？權奸竊國，賊弒帝后。蘇氏有云：「鬼亦欲唾其面。」而詩家稱曹氏父子爲詩典型。同時王粲等七子，又皆僞朝之私人，稱功頌德，不遺餘力。其時正耶？變耶？其詩正耶？變耶？自是以降，六朝淫靡不足論。有唐三百年詩，有初、盛、中、晚之分，論者皆以初、盛爲詩之正，中、晚爲詩之變，所謂「以時」云云也。然就初而論，在貞觀則時之正，而詩不能反陳、隋之變。永徽以後，武氏纂唐，爲開闢以來未有之奇變。其時作者如沈、宋、陳、杜，諸人之詩爲正耶？爲變耶？盛唐則開元之時正矣，而天寶之時爲極變。其時李、杜、王、孟、高、岑諸人，生於開、寶之間，其詩將前半爲正，後半爲變耶？至於宋仁宗慶曆之時，其君明臣良，可追美三代，而其時之作詩者不乏，後世庸妄男子、耳食之徒，至屏斥其詩，并不入正變之論，則何以説哉？正變之説，加之於《三百篇》，已非吾夫子本旨；而欲踵其説於《三百篇》之後，妄爲配合支離，論時論詩，習爲陳腐之談，何異聾者審音，瞽者辨色，徒自爲囈語也？或曰：「果若所言，盡去正變、時與人之説，彼將曰今此之文，蓋叙夫選唐詩者也。人既以正名其選，則不能不就其所謂正者而序而論之。若盡抹正變之説，則與選者之意相戾，與所以序之之意亦相戾，何爲乎？」予應之曰：「是不然。夫正之義，寧必與變相待爲義乎？獨不曰正者正也，與邪對待爲義乎？以正變爲義，何不以邪正爲義乎？夫子曰：『《詩三百》，一言以蔽之，曰思無邪。』夫夫子言正變無明文，而言無邪有定斷。選詩者存正而黜邪，何其義大而旨遠，奈何舍夫子之言，而更宗無憑正變之論乎？就正變以爲言，今合《風》、《雅》而觀，變之數多於正之數，然則夫子何嘗存正而黜變也？後之人翻欲盡變而黜之，其不然也明矣。原其故，胸中既無明見，依違於漢儒之膚説，既又遷易其辭，以正變歸之時運。迨執時運之説，則又窮於論詩，於是又遷就以附會之，掣肘支離，終無一定之衡。此詩與文兩家，俱汩没於無本之論也已。

故曰：志微噍殺之音作而民憂思，嘽諧慢易之音作而民康樂，順成和動之音作而民慈愛，流僻邪散、狄成滌濫之音作而民淫亂。夫詩固樂之權輿也。

摘曰：「故曰」二字，與上文不接。上文以正變立論，且曰正變云者，以其時，非以其人，接下便當發揮時與人之義，便文理相生。今忽「故曰」一轉，攛入《樂記》一段，又將經文中間或刪去一句，或刪去半句，引經既已失體，而總結之曰：「夫詩固樂之權輿也。」文纔論詩，忽引《樂記》攛入，須知此文不是論樂，即詩與樂相關，此處尚未暇及，忽爾拈來，賓主混雜，憒憒極矣。

觀夫詩之正變，而其時之興廢治亂、污隆得喪之數，可得而鑒也。

摘曰：承上文「以其時，不以其人」句，即接此段可矣，《樂記》一段不可省耶？讀此段，方知以時不以人句直當曰以時不以詩也。

史家志五行，恒取其變之甚者，以爲詩妖、詩孽，言之不從之徵。故聖人必用温柔敦厚爲教，豈偶然哉！

摘曰：若以詩之正爲温柔敦厚，而變者不然，則聖人刪詩，盡去其變者而可矣。聖人以變者，仍無害其温柔敦厚而并存之。即詩分正變之名，未嘗分正變之實。温柔敦厚者，正變之實也。以正變之名歸之時，以温柔敦厚之實歸之詩，則今日亦論詩已耳，何必又時與人之紛紛哉？離合反覆，愈説愈棼也。〇「史家志五行」一段，尤無關合。「豈偶然哉」句，作何着落？

由是以説，以讀唐詩，有唐三百年間，能者相繼，貞觀、永徽之詩，正之始也，然而雕刻組繢，不免陳、隋之遺焉。

摘曰：「由是以説」句，上下不連。「陳、隋之遺」，正乎？變乎？此等行文，無異小兒學語。

開元、天寶諸詩，正之盛也，然而李、杜兩家并起角立，或出於豪俊不羈，或趨於沉著感憤，正矣有變者存。

摘曰：「角立」二字不可解。「出於」、「趨於」字可省。「有變存」，褒之乎？抑之乎？餘摘見上文。

降而大曆以迄元和、貞元之際，典型具在。

摘曰：「典型具在」，謂詩乎？謂時乎？

猶不失承平故風，庶幾乎變而不失正者與！

摘曰：純是膚殼膈膜語。篇首言正變以時不以人，所謂人者，即作詩之人也。初猶歧時與人而二之，此後段段將時與詩牽合，與「非以其人」句相左，究無一語切貼。

自是之後，其辭漸繁，其聲漸細，而唐遂陵夷以亡。

摘曰：《三百篇》之變，以時變，而作詩者因時而變也。觀此段，是詩先變，而時乃因之以變者也。

説者比之鄶、曹無譏焉，凡此皆時爲之也。

摘曰：收束得無一絲氣力。

當其盛也，人主勵精於上，宰臣百執職事盡言於下，政清刑簡，人氣和平，故其發之於詩，率皆沖和而爾雅。讀者以爲正，作者不自知其正也。及其既衰，在朝則朋黨之相訐，在野則戎馬之交訌。政煩刑苛，人氣愁苦，故其所發，又皆哀思促節爲多，最下則浮且靡矣。中間雖有賢者，亦嘗博大其學，掀決其氣，以求篇什之昌，而迄不能驟復乎古。讀者以爲變，作者亦不自知其變也。

摘曰：兩段均腐爛，不堪寓目。

是故正變之所形，國家之治亂係焉。

摘曰：《三百篇》由時變而形爲詩，今則由詩變而形爲時，辭意俱顛倒矣。○論益臭腐，不堪掛齒。

人才之消長，風俗之隆污繫焉。

摘曰：又疊二語，益可哂。

後之言詩者，顧惟取一字一句之工，以相誇尚，豈足以語此？

摘曰：言詩者何嘗如是，將無即是乃公耶？

吾友俞子無殊，偕吾宗人周士、晉賢，用善詩鳴吴下。其於唐也，含英咀華，窮搜遐覽，殆不知其幾矣。既又差擇其尤者，得若干卷，統名曰正。然則變者，固在所不録歟？三君子曰：「非也。正者吾取之，變而不失正者吾又取之，其他不足以感人心，端世教，則皆吾所略也。匣其人矣，復審其音；審其音矣，復區其時，期不失古風雅之旨而已。」

摘曰：此段雖代選家言，然即作序者之言也。篇首言正變不以人，此言匣其人，一悖也；通篇言詩不言音，音在六義之外，今不曰審詩而曰審音，徒欲照應《樂記》一段，而不知照應全域，二悖也；前言正變以其時也，今曰復區其時，則時反在人與詩之後，三悖也。總是無從收煞，一齊亂來。

予聞而善之。三君子雖不得生周之世，及見太史采風與夫仲尼所以存《三百篇》之故。

摘曰：見吾夫子刪《詩》，正變皆存，則三君子亦不必徒揭正之名矣。◯至聖先師，亦何敢斥言字，妄人也。

然而毛、鄭正變之學，猶可藉是選以不亡，則三君子力也。

摘曰：以應酬奉承語作結，可笑。

送徐原一歸崑山序

全文(不録)

摘曰：通篇以崑山爲玉峰，以玉比德君子，極揄揚原一，至比成周琬琰、赤刀，魯之寶玉，楚之和璧。汪君自以爲古色繽紛矣，殊不知乃專諸巷中錦屏錦軸，現成應酬文字，不意汪君竟蹈此乎！

汪文摘謬校記

葉德輝

此書世鮮傳本。余辛亥在滬纂修家譜，分湖派印蓮宗人携先世祖輩所抄一帙見示，其中圈點塗抹，手澤如新，展讀之餘，益加珍襲。壬子，赴洞庭展墓，重經滬瀆。適繆藝風先生荃孫爲人校刻吾家天寥公年譜，談及是書，出一抄本，係新録出者，圈點與家本相同，惟直抹頗有彼此互異之處，又字句亦小有參差，因以家本付刊，而綴校記於後。昔湯玉茗塗抹王弇州之文，弇州見之曰：「後世安知不有塗抹湯生之文者？」文人相輕，自古已然。然以文法論，則此《摘謬》不獨茗翁諍友，亦爲後學指南。此塗抹異同，所以不能不標出也。癸丑仲冬日長至，茅園派裔孫德輝識。

陳文莊公祠堂廟碑記

以講官負重望（繆鈔不抹）。忠賢屢遣使促公（繆鈔不抹）。由是觸（繆鈔不抹）。揚言（繆鈔不抹）。前明則不然（繆鈔不抹。惟於「前明」二字傍×，全書例不如此）。此其過在士大夫，非專屬之宦官也（繆鈔不抹，又，「過」作「故」）。不幸而死（繆鈔并「而死」二字抹）。幸而生（繆鈔并「而生」二字抹）。所以伸忠臣之節也（繆鈔抹）。所以養直臣之氣也（繆鈔抹）。此公與諸賢之幸存於前朝宗社非小也，某故曰天也（繆鈔抹）。由今思之（繆鈔不抹）。而俱歸於冰解煙滅矣（繆鈔抹）。有不欷歔俯仰（繆鈔抹）。吾知其必無是也（繆鈔不抹）。

送屈介子序（繆鈔不抹）

天子方益嚴航海之禁（繆鈔不抹）。日益貧困（繆鈔不抹，「貧」誤作「須」）。遷徙（繆鈔不抹）。以饑寒踣死道路者，累千萬户（繆鈔不抹）。蓋已非前代饒樂之比矣（繆鈔不抹）。抑何閟於古而發於今，如是其盛耶（繆鈔不抹）。

摘曰：諸先生輩（繆鈔無「生」字）。

送姚六康之任石埭序

此皆非真知老釋者也（繆鈔「老釋」二字不抹）。

摘曰：則當軒釋而輊老（繆鈔「輊」作「輕」）。方得結釋以歸儒（繆鈔「結」作「絀」），則賓主層層（繆鈔下「層」字作「次」）。微獨治繕身心而已（繆鈔「治」下有「其」字）。

率時時（繆鈔不抹）。

摘曰：此段專伸道而絀釋（繆鈔「道」作「老」）。此段挽釋以附道（繆鈔「道」作「老」）。不幸（繆鈔不抹）。仕宦（繆鈔不抹）。雖比肩老子不難（繆鈔不抹）。入山林而存至道（繆鈔「存」作「在」）。

摘曰：看他如何將上文老釋發放（繆鈔「看」下無「他」字）。今將他撇在何處（繆鈔「撇」作「抛」）。

惟姚子是賴（繆鈔「惟」字不抹）。有罪吾以儒者而附會老釋者，非吾徒也（繆鈔上「吾」字作「我」。又，只抹「老釋」二字，全句不抹）。

送魏光禄歸蔚州序（繆鈔「歸蔚州」三字不抹）

固士大夫（繆鈔不抹）。未諳國體（繆鈔不抹）。具傳於世，士大夫家皆有之（繆鈔不抹，又，「夫」下無「家」字）。

摘曰：復添「士大夫家皆有」句（繆鈔「夫」下無「家」字）。徒牽强補助帶及之（繆鈔無「帶」字）。太夫人亦不聽之歸也（繆鈔「亦」字不抹）。今不幸迴翔於閑署（繆鈔只抹「不幸」二字，全句不抹）。而實棄諸無所設施之地（繆鈔不抹）。必且尺書束帛（繆鈔不抹）。竊自附（繆鈔不抹）。

金孝章墓誌銘

先生（繆鈔不抹）。降而迄於（繆鈔四字全抹）。之屬（繆鈔不抹）。遺榮弗仕（繆鈔不抹）。或雜出於醫卜（繆鈔不抹）。悉有法度（繆鈔不抹）。率多先生筆（繆鈔抹）。間喜畫樹石（繆鈔「間喜」二字并抹）。與客清坐（繆鈔「清坐」二字抹）。焚香瀹茗（繆鈔不抹）。

摘曰：「清坐」二字俗，且似小説（繆鈔無此九字）。

且徑欲求之筆墨蹊徑之外（繆鈔抹）。其知先生者（繆鈔抹）。可謂知之矣（繆鈔抹）。

摘曰：是何肺肝（繆鈔「肝」作「腑」）。

吴公紳芙蓉江唱和詩序

能以五運、六氣之術（繆鈔「以」字不抹，「之術」二字并抹）。之物（繆鈔抹）。下迄王、孟、錢、劉（繆鈔不抹）。無所不規擬（繆鈔全句抹）。竭鄙力（繆鈔抹）。苟無吹彈考擊之法（繆鈔「苟」傍不抹）。大則蕭何之治民（繆鈔「大則」二字抹）。降而至於（繆鈔「降而」二字抹）。必先以法爲主。兩君子於此，亦既揣摩規擬之有日矣，益加勉焉可也（繆鈔四句并抹）。有獻疑者曰（繆鈔抹）。予姑無憂是也（繆鈔抹）。則其學有不益富者乎？其氣有不益雄，其心有不益細，而其托興有不益高以遠者乎（繆鈔全抹。又，「其」上無「而」字）。譬如匠石之斲堊，梓人之削鐻，夫固已神而明之矣（繆鈔全抹）。雖以之自名一家不難（繆鈔抹）。尚未能望見錢劉藩籬，顧敢言漢魏哉（繆鈔抹）。予故并及之（繆鈔「并」字不抹）。以告凡學詩者云（繆鈔抹）。

贈王貽上序

即周禮之大司寇也（繆鈔不抹）。説者以爲清静無事之意（繆鈔抹）。然臯陶惟清静無事，故出其暇力，又能與虞舜相拜手爲歌詩（繆鈔不抹）。然則居刑官之職，何嘗至於廢詩而不暇以爲哉（繆鈔抹）。

泛雪詩序

蔣子知雪之可喜（繆鈔抹）。猿啼鬼嘯（繆鈔抹）。予方乘肩輿（繆鈔抹）。衣裝皆濕（繆鈔「装」誤「莊」）。至今偶一追維，猶不寒而慄（繆鈔抹）。夫蔣子不知雪之可畏（繆鈔「夫蔣子」三字并抹）。

摘曰：方可道此二語也（繆鈔無「二」字）。

豈畏雪有異哉（繆鈔抹）。假令予前此（繆鈔抹）。輕裘席帽，得往從蔣子觀雪於虞山（繆鈔抹）。而又羡蔣子之擅此最韻也（繆鈔抹）。

唐詩正序

觀夫詩之正變，而其時之興廢治亂、隆污得喪之數可得而鑒也（繆鈔全抹）。

摘曰：直當曰（繆鈔「直」作「宜」）。

豈偶然哉（繆鈔不抹）。正矣有變者存（繆鈔抹）。降而（繆鈔抹）。迄於（繆鈔抹）。典型具在（繆鈔抹）。猶不失（繆鈔抹）。庶幾乎變而不失正者與（繆鈔抹）。自是之後（繆鈔抹）。而唐遂陵夷以亡（繆鈔抹）。說者（繆鈔抹）。讀者以爲正，作者不自知其正也（繆鈔抹）。讀者以爲變，作者亦不自知其變也（繆鈔抹）。

摘曰：兩段均腐爛，不堪寓目（繆鈔分兩段摘，前段摘曰：腐爛不堪寓目。後段摘曰：腐爛不堪）。是故正變之所形（繆鈔「之所形」三字不抹）。人才之消長，風俗之隆污繫焉（繆鈔抹）。後之言詩者，顧惟取一字一句之工，以相誇尚，豈足以語此（繆鈔抹）。用善詩（繆鈔抹）。及見太史（繆鈔抹）。與夫仲尼（繆鈔抹）。然而毛、鄭正變之學，猶可藉是選以不亡，則三君子力也（繆鈔抹）。

跋

葉振宗

吾九世伯祖横山公之著是編也，《先正事略》稱其向不滿汪氏文，謂其聲名太高，意氣太甚，故列著其失，以規正之。及汪没，乃取向所摘汪文短處，悉燔之。是知此編已爲燼餘，乃數百年來，仍爲余家保守勿失，豈當時祖輩有録副而藏之者耶？國初文學三大家，壯悔磊落英多，其病也踳駁；冰叔精堅錘鑄，其病也摹擬；惟鈍翁盤紆清縝，號爲無疵，而力弱不能健舉，雖湛深經術，而托體不尊，上不能攀習之、廬陵，近不能與熙甫争東南之鹿。然非公之巨眼，亦安能并世而議其短長？昔隨園先生以文章聲氣奔走天下士，士無敢與抗顔行。一朝屬纊，昔之受其拂拭者，乃群起而呰謷之。導諛於生前，而刺譏於死後，爲其朽骨之不能言耶！然則公之於汪氏，不猶古之直諒歟？宗生也晚，少承家學，有志誦芬，幸抱爐餘之殘編，以爲汪文具在，此書有箴膏肓、起廢疾之功，當與之并傳於世。宗人焕彬吏部，嗜古搜奇，尤留心於家乘，因録副付刊，并取繆氏藝風堂抄本，校其異同。是固海内文章家所亟欲先睹者也，因不辭譾陋而爲之跋云。宣統三年辛亥春王正月，九世從孫振宗謹跋。

汪文摘謬跋

葉爾愷

嘉善葉已畦先生，康熙時由進士知寶應縣，以伉直不容於上官，與平湖陸清獻公同被劾。遂築室横山下，學者稱横山先生。生平論文，向與汪堯峰氏不合，門下士亦互相詆諆。逮堯峰殁，先生曰：「吾向不滿於汪氏文，以其名太高，志氣太盛，故麻列其失以規之，非謂其繆論於聖人也。且汪殁，誰譏彈吾文者？」乃取向所摘汪文短處，悉焚之。前輩之篤於風義如此。曩予官京師，於廠肆得《汪文摘謬》一册，文衹十篇，殆其門人所私録者。攜之滇，燬於爨。辛亥後，僑居滬瀆，與丁君仲祜談及，以不可復得爲憾。今年春，仲祜竟物色得之，與余本評點字句，略無差異，輒爲驚喜。古文義法至今日而究心者鮮，況《已畦文集》二十卷及其他著作久佚不傳，今得是編，匪獨存先生緒論於萬一，而文律之謹嚴，尤足以津逮後學。爰偕同志醵資印行，而識其緣起如此。乙丑春，仁和葉爾愷。

葉燮簡譜

明天啓七年（一六二七）丁卯　一歲

九月二十九日，葉燮生於南京，名世倌。時父紹袁三十九歲，任南京武學教授。母沈宜修三十八歲。

《已畦詩集》卷五《中秋後三日同人集孟舉橙齋次東坡松江風字韻》其一「貞下逢元老未窮」句自注：「余丁卯生，又值丁卯。」又據沈德潛《歸愚文鈔》卷一〇《葉先生傳》載，葉燮卒於康熙四十二年（一七〇三）癸未，享年七十七歲，推其生年亦爲本年。葉氏族譜可上溯至宋代，六世祖夢得（一〇七七—一一四八），號石林居士，著名學者、詩人，官至翰林學士，退職後居烏程（今浙江湖州）。有《石林詩話》、《石林燕語》等著作傳世。其後裔占籍江南吴江縣，居今蘇州吴江區汾湖經濟開發區葉家埭村。據美國國會圖書館藏《吴中葉氏族譜》（見鄧長風《關於葉紹袁家世史料的幾點補正》介紹，載《明清戲曲家考略》，上海古籍出版社一九九四年版），葉燮高祖名可畏（一五三六—一五八六），進士出身。祖名重第（一五五八—一五九九），萬曆十四年（一五八六）會元，官貴州提學僉事。父紹袁（一五八九—一六四八），字仲韶，號粟庵，又號天寥道人。

天啓五年(一六二五)進士,官至工部虞衡司主事,以母年高棄官歸養。著書十餘種,多亡佚,傳世有《葉天寥四種》。母沈宜修(一五九〇—一六三五),字宛君,江南吴江縣人。副都御史沈珫女,劇作家沈璟侄女,兄弟輩自繼、自徵、自炳、自然、自駉、自南、自東皆有文名。萬曆三十三年(一六〇五)歸葉氏,育有五女八男。著有《鸝吹集》。長女紈紈(一六一〇—一六三二),字昭齊,歸乃父同年袁儼之子。有《愁言集》。次女小紈(一六一三—一六五七),字蕙綢,歸沈璟孫永楨。有《存餘草》、《鴛鴦夢傳奇》。長子世佺(一六一四—一六五八),字雲期,郡庠生。三女小鸞(一六一六—一六三二),字瓊章,又字瑶期。幼慧,字崑山張立平,未及嫁而卒。有《返生香集》。次男世偁(一六一八—一六三五),字聲期,早逝。有《百旻草》。三男世傛(一六一九—一六四〇),字威期,諸生,早逝。有《靈護集》。四男世侗(一六二〇—一六五六),字開期,隨父出家。四女,名未詳。五男世儋(一六二四—一六四三),字遐期,又字書期,早逝。五女小繁(一六二六—?),字千瓔,又字香期,歸王復烈。六男,即葉燮。七男世倕(一六二九—一六五六),字工期,又字弓期,讀書皋亭山,與四兄同以誤食毒菌而殞。八男世儴(一六三一—一六三五),早逝。葉燮下尚有女三人,非宜修所出,名不詳。《吴中葉氏族譜》載紹袁有一女歸同里吴栗,守節六十一年,未詳其名。一門閨中相唱和,合刊爲《午夢堂詩鈔》。十一月,父晉職北京國子監助教。二十四日,舉家返吴江。

按：冀勤編《午夢堂集》附録《葉天寥自撰年譜》，中華書局一九九八年版。後引《午夢堂集》均據此本。

崇禎元年（一六二八）戊辰　二歲

十二月十八日，父領江南催取胖衣差，順道回家省親。

參《午夢堂集》附録《葉天寥自撰年譜》。

崇禎二年（一六二九）己巳　三歲

三月十一日，祖母七十大壽，親朋畢集，知縣熊開元登堂祝賀，父同年也。

參《午夢堂集》附録《葉天寥自撰年譜》。

十月，父歸朝。十一月九日，七弟世倕生。

參《午夢堂集》附録《葉天寥自撰年譜》。

崇禎三年（一六三〇）庚午　四歲

十一月，父辭官歸養。十二月二十八日抵里。

參《午夢堂集》附録《葉天寥自撰年譜》。

崇禎四年(一六三一)辛未　五歲

父授以《楚辭》,即能成誦。

沈德潛《歸愚文鈔》卷一〇《葉先生傳》:「先生四歲,虞部公授以《楚辭》,即成誦。」

十一月,八弟世儴生。

參《午夢堂集》附録《葉天寥自撰年譜》。

崇禎五年(一六三二)壬申　六歲

九月十五日,三姊小鸞教讀《楚辭》,是日小鸞病。

參《午夢堂集·鸝吹集·季女瓊章傳》。

十月十六日,三姊小鸞將歸張立平,忽於十一日病卒,年十七歲。

參《午夢堂集·鸝吹集·季女瓊章傳》。

十二月二十二日,長姊紈紈卒,年二十七歲。

參《午夢堂集·愁言集》附録葉紹袁《祭長女昭齊文》:「維崇禎五年十二月二十二日,余長女紈紈哭妹來歸,卒於母寢。」

崇禎八年(一六三五)乙亥　九歲

二月二十四日,仲兄世偁卒,享年十八歲。

三月十七日，祖母下世。

參《午夢堂集·百旻草》附録葉紹袁祭文。

四月十六日，八弟世儴夭，年五歲。

參《午夢堂集》附録《葉天寥自撰年譜》。

五月五日，陪父與塾師族兄少春飯，菜肴甚簡。縣令章敬明聞其貧況，食爲減膳。

參《午夢堂集·百旻草》附録葉紹袁祭文。

參《午夢堂集》附録《天寥年譜别記》。

九月四日，母沈氏卒，享年四十六歲。

參《已畦文集》卷一四《西華阡表》、《午夢堂集·鸝吹集》附録葉紹袁《亡室沈安人傳》。

按：《葉天寥自撰年譜》作五日卒。

崇禎九年（一六三六）丙子　十歲

三月，父紹袁編妻女之作爲《午夢堂詩鈔》，自序之。

《午夢堂詩鈔》卷首載葉紹袁自序署日期爲崇禎九年丙子春王三月。

崇禎十一年（一六三八）戊寅　十二歲

五月十五日，父紹袁自撰年譜。

《午夢堂集》附録《葉天寥自撰年譜》署年月爲崇禎戊寅五月之望。

崇禎十三年(一六四〇)庚辰　十四歲

閏正月二十四日,三兄世偁卒,享年二十二歲,有詩哭之。

參《午夢堂集·靈護集》附録葉燮《哭亡兄威期》八律,十四歲作。

七月二十日,世侗子崇舒生。

參《午夢堂集》附録《葉天寥自撰年譜·續纂》。

崇禎十四年(一六四一)辛巳　十五歲

十一月八日,五姊小繁歸王復烈。

參《午夢堂集》附録《葉天寥自撰年譜·續纂》。

崇禎十五年(一六四二)壬午　十六歲

諸兄應試皆落,益發憤下帷,讀書於圓通庵中。

參《午夢堂集》附録《葉天寥自撰年譜·續纂》。

崇禎十六年(一六四三)癸未　十七歲

五月十四日,五兄世儋以病不治而卒。

參《午夢堂集》附録《葉天寥自撰年譜·續纂》。

八月，至崑山應童子試報罷。

參《午夢堂集》附録《葉天寥自撰年譜·續纂》。

清順治元年（一六四四）甲申　十八歲

三月二十日，長兄世佺發起結社，聚族會文，父名之曰蔚社。

參《午夢堂集》附録《葉天寥自撰年譜·續纂》。

順治二年（一六四五）乙酉　十九歲

二月，於嘉善應童子試，名列第一，補縣學生。

《午夢堂集》附録《葉天寥自撰年譜·續纂》：「會嘉善有芄支之試，倌遂應之。三月案發，名第一。學使閩中李介止（名于堅，夙著才名）甚賞倌文，評云辭鋒鬱壯，妙辯縱横，至慧心靈悟，雷霆發聲，萬國春曉，豈小乘家可望。錢閣學塞庵先生更爲擊節，有以《南華》之汪洋，闡《楞嚴》之了義之語，比之吴因之焉。」

閏六月，宋琬兄弟、王崇簡等避兵，携家來投，父分宅居之，公得接宋琬談論。

《午夢堂集》附録《葉天寥自撰年譜·續纂》。《王文貞公年譜》：「乙酉四十四歲，避亂至蘇州；五月携兒女，依萊陽宋璜、琬伯仲趨浙江；七月至汾湖（又作「分湖」），寓葉工部紹袁宗人舍中；八月出汾湖，抵蘇州。」宋琬《安雅堂文集》卷二《題葉元禮詩刻後》：「乙酉夏，余避兵汾湖，葉仲韶年伯實主之。時瓊章諸媛各仙去，而星期兄弟肩隨競爽。」宋琬父應亨與紹袁爲天啓五年同科進士，有世交。

七月，方文、潘陸、錢邦寅來訪宋琬兄弟。

宋琬《安雅堂未刻稿》卷三《初至汾湖喜方爾止潘江如錢馭少過訪》。

周子潔避地來分湖，常與方以智、錢開少同訪葉燮，爲忘年交。

《已畦文集》卷二〇《祭周子潔文》：「追憶先生於明季避地，余家分湖之濱。時余年十九，視先生爲十年以長，先生時時過敝廬，所與偕來者爲桐城方密之、京口錢開少兩先生。予不敢雁行，先生不我棄，訂交焉。」

八月，清兵至。二十五日，父紹袁率諸子往圓通庵，庵主達元留之，且觀去就。

參《午夢堂集》附録葉紹袁《甲行日注》卷一。

二十七日，父紹袁出家於栖真寺。

參《午夢堂集》附録葉紹袁《甲行日注》卷一。

九月十二日，隨父居於皋亭山華桐塢安廬。父遂自號桐流衲、木拂。

《已畦文集》卷一八《馮孝廉兼山傳》：「歲乙酉，先虞部爲浮屠於行皋亭山之僧舍。」《午夢堂集》附録葉紹袁《甲行日注》卷一。

十二月八日，隨父移居普明庵。

參《午夢堂集》附録葉紹袁《甲行日注》卷一。

順治三年(一六四六)丙戌　二十歲

三月十八日，往武水與王子亮女完婚。

《午夢堂集》附録《葉天寥自撰年譜·續纂》：「二月望，往杭。適有采選淑女之舉，内璫横行浙中。漸至嘉善，王子亮遣人相問，余未歸也。佺率倌至子亮家稍緩，故未及成婚。婚成於丙戌三月十八日。」《午夢堂集》附録葉紹袁《甲行日注》卷二：三月，「十八日乙丑，晴。倌往武水。」

七月三十日，叔家罹兵禍，叔雲林與從兄中密俱死難。時家室播遷，累歲無寧所，遂致去嘉善縣學生籍。

《已畦文集》自序：「予年始冠，遭世多故，家室播遷，累歲無寧所，遂致失學。」沈德潛《歸愚文鈔》卷一〇《葉先生傳》：「貫浙之嘉善，籍補弟子員。亂後不與試，去籍。」

八月二十五日，與七弟倕陪父居天井。

參《午夢堂集》附録葉紹袁《甲行日注》卷二。

十月，仲姊小紈夫沈永楨卒，享年三十六歲。

參《午夢堂集》附録葉紹袁《甲行日注》卷二所載十月十四日日記。

十一月二十四日，父五十八歲誕辰，自賦二詩，與兄弟輩俱和。

二詩載《午夢堂集》附録葉紹袁《甲行日注》卷四。

十二月二十日，父覽諸和作，更作數首，與兄弟輩續和之，有詩八首。

八詩載《午夢堂集》附録葉紹袁《甲行日注》卷四。

順治四年（一六四七）丁亥　二十一歲

二月，與七弟倕同往太湖訪蔣仲芳。

參《午夢堂集》附録葉紹袁《甲行日注》卷五。

四月，隨父遷居茅塢徐墓秀蓉堂。

參《午夢堂集》附録葉紹袁《甲行日注》卷五。

二十七日，與四兄倜出山遇清兵，幸得脱。

參《午夢堂集》附録葉紹袁《甲行日注》卷五。

五月五日，隨父遷居武水。

參《午夢堂集》附録葉紹袁《甲行日注》卷六。

十二日，復隨父往嘉興。

參《午夢堂集》附録葉紹袁《甲行日注》卷六。

六月十一日，與長兄佺隨父至平湖，留住從舅馮洪業之别墅耘廬。復補嘉興府學生員。

《已畦文集》卷一八《馮孝廉兼山傳》：「孝廉君以爲念，迎先虞部住耘廬，衣食之。」馮洪業字茂遠，號兼山。平湖人。爲葉燮祖母之侄。萬曆四十三年（一六一五）舉人。沈德潛《歸愚文鈔》卷一〇《葉先生傳》：「復補嘉興府學弟子員。」

順治五年（一六四八）戊子　二十二歲

九月二十七日，父紹袁殁於馮洪業之别墅耘廬，享年六十。以世亂未遑卜吉，馮洪業權爲淺葬於祖父墓旁。

參《已畦文集》卷一四《西華阡表》、美國國會圖書館藏《吴中葉氏族譜》。《已畦文集》卷一八《馮孝廉兼山傳》：「兩歲，先虞部卒於耘廬，凡含殮之事纖悉皆孝廉君力也。」

順治八年（一六五一）辛卯　二十五歲

館於從舅馮洪業家，遷家平湖，交其里中賢者過銘簠。

《已畦文集》卷一五有《平湖過叔寅處士墓志銘》。《已畦文集》卷一八《馮孝廉兼山傳》：「越兩年，余館於孝廉君家，携家往焉。既余兄弟先後死，遺寡孤男女十餘人，孤妹三人，長者未十歲，幼在繈褓，迫飢寒。孝廉君計口而授之食，人歲銀四兩米四石，合銀米歲計百，孝廉君卒乃已。」

順治十三年（一六五六）丙申　三十歲

四兄世侗與七弟世倕在杭州皋亭山誤食毒菌同殞。

參美國國會圖書館藏《吴中葉氏族譜》卷五二收葉燮所撰《謝齋諸兄弟傳》。

順治十四年（一六五七）丁酉　三十一歲

館於石門鍾定家，交曹度。

《已畦文集》卷五《帶存堂記》：「余三十年前館於石門之居，得交曹君叔則。」末署日期爲康熙壬戌春王二月。又卷一七《鍾母朱太孺人墓志銘》：「余少時授講習於石門鍾子静遠之居。」方象瑛《健松齋續集》卷二《鍾陳留詞序》：「曩在京師，朱錫鬯、徐勝力論禾中名士，輒稱語溪鍾子静遠。是時静遠方爲江山學博，尋遷陳留令，未得識其人也。今春客汴梁，始見静遠於相國寺，握手如平生歡。静遠贈予詩及手訂《陳留志》、《蔡中郎集》，予心喜之，想見名人高致。已赴宋中，道經陳留，静遠訪予旅次，出所爲詞屬序。凡登臨宴賞與夫懷思贈答，悉見於填詞。豪健森秀，兼蘇辛周柳之長，名士風流，固如是其不可量耶？」鍾定，字静遠，爲吕留良仲兄茂良婿。見吕留良《吕晚村先生文集》補遺卷五《仲兄仲音墓志銘》。曹度字叔則，一作正則。石門人，明諸生，入清隱居不出。吴騫《拜經樓詩話》卷三：「曹正則號越北退夫，亦曰罍恥民，嘗自作《罍恥民傳》。僑居語水，少從禹航俞嘉言游，學詩古文，有南村、栗里之風。五言風骨尤高。（中略）正則所著《帶存堂詩文集》若干卷，横山葉燮爲之序。」吉林大學圖書館藏《帶存堂詩文集》有吴騫跋。

夏，與吴廷發同舟赴桐溪宴集。

《已畦詩集》卷一《疊韻答吴廷發》自注：「丁酉夏與廷發及令弟右弨給諫同舟赴桐溪宴集，已廿六年矣。」又云：「是年予館於石邑鍾靖静遠家，冬間别去。」

冬，辭鍾静遠家。

見上引《已畦詩集》卷一《疊韻答吴廷發》自注。

十一月五日，仲姊小紈卒，享年四十五歲。

參《午夢堂集》附録《吴江沈氏家譜》。

順治十五年（一六五八）戊戌　三十二歲

三月三日，與徐方虎、張步青、趙湛卿同登永嘉江心寺，有詩。

《已畦詩集》「殘餘」《同德清徐方虎錢塘張步青東陽趙湛卿登永嘉江心寺浮屠》自注是日戊戌上巳。

順治十七年（一六六〇）庚子　三十四歲

宋琬官寧紹台道參政，與屈大均、朱彝尊等往紹興會晤，留幕中。十一月初，與朱彝尊、宋實穎於宋琬衙齋觀所藏黄公望《浮嵐暖翠圖》。

參張慧劍《明清江蘇文人年表》。朱彝尊《曝書亭書畫跋》：「順治十有七年冬十一月朔，寓山陰之簟醪河，飲於萊陽宋公之廨，（中略）公出黄子久《浮嵐暖翠圖》示客以解酲。圖高六尺，廣三尺。樹木之秀挺，山石之詭異，恍如坐我富春江上，渾忘身之在官舍也。畫額題識，子久時年八十有三，而局法嚴整，神韻深厚，反勝少壯時。此全乎天者已。」《已畦詩集》「殘餘」所收《陪宋荔裳大參游會稽寓山園簡祈奕慶兄弟》，當爲此時所作。

順治十八年（一六六一）辛丑　三十五歲

與王嗣槐同在宋琬幕中，有論鬼書往復辯論。

王嗣槐《桂山堂文選》卷一《葉星期文序》：「比年與星期同客萊陽宋觀察幕中，晨夕論難，忘廢寢食。上溯黄農，下討百氏，旁及五行鬼神之情狀。同時杜子莫子輩皆雋才，分左右袒，各出偏師，旗鼓相當。折辨縱横，紙墨堆積，擲麈奮袖，憤樂相生。時同官廨署，比屋鱗次，夜漏數下，群動皆息。邏卒愕，伏堵竊聽，竟夜鈴柝莫敢發聲。觀察聞而奇之，余兩人亦浮湛此中，一切世味置度外。」卷三《與葉星期論鬼書》云：「寒夜劇談，因及鬼神憂樂情狀，亦復就理推之耳。

來書但云：鬼處陰幽，有何足樂。反復詞旨，不能已於一言，願吾子察之。」同卷《再與葉星期論鬼書》云：「僕與足下，偶論人鬼之情，以陰陽之理推之，爲安乎其常，而驚乎其變者莫不有之。況於人鬼之間、死生之大，其情有不能已者乎？來書極言人之惡死，鬼之樂生，反復披誦，詞旨斐然。僕伏而讀之，自覺其陋，然私心有所未盡，故聊復相白耳。」皆爲當時所作。王嗣槐，字仲昭，號桂山。浙江仁和人。諸生，康熙十八年舉博學宏詞，以年老不與試，授内閣中書。有《桂山堂詩文選》。

春，宋琬赴杭州任浙江按察使，燮携家眷復歸分湖舊居。

《已畦文集》卷一八《平湖孫郭過趙傳》：「余於順治辛卯假館於平湖馮氏，因携家往。辛丑復歸分湖舊居，居平湖十年。」

康熙二年（一六六三）癸卯　三十七歲

秋，因朝廷改革科舉規程，有書與王嗣槐共勉。

王嗣槐《桂山堂文選》卷一《葉星期文序》：「會癸卯之秋，天子赫然罷黜八股，追漢唐遺制，以策論試士。星期居松陵，以書相勉，曰：『吾兩人所欲爲賈太傅、諸葛武侯，諸書可以不負矣。』」據《清史稿·選舉志》，是年朝廷以八股制義始於宋王安石，詔廢不用。科舉改三場爲二場，首場策五道，二場《四書》、五經各論一首，表一道，判語五條。

冬，與陳西美、計東、趙山子同北行。

《已畦詩集》卷五《答陳穎長》自注：「癸卯予同尊公西美與山子、甫草四人同策蹇北行。」卷二《與趙書年話舊追憶尊人山子》自注：「癸卯冬，予與山子、計甫草北行。」又《贈計希深北游》：「惻惻癸卯冬，襆被偕帝城。」計東（一六二一—一六七五），字甫草，號改亭。江南吴江人。順治十四年順天鄉試舉人，坐奏銷案除名。客游不遇而卒。從汪琬學古文，有名于時。有《改亭文集》。趙沄（一六二一—一六七五），字山子，號玉沙，江蘇吴江人。少負才，擅詩。順治八年（一六五一）舉人，謁選得江陰教諭，不足半年即幽憤成疾而卒。有《雅言堂詩稿》、《客瞟詩草》，曾與顧有孝同編《江左三大家詩鈔》。

康熙三年（一六六四）甲辰　三十八歲

三月，在京與宋琬話舊。

宋琬《安雅堂未刻稿》卷四《葉星期話舊》：「南冠泣罷渺天涯，燕邸逢君感歲華。羈客餘生悲楚獄，故人高義頌彭衙。蒯緱誰識張公子，彤管猶傳班大家。驢背銜泥山色好，雙柑同醉杜陵花。」按：此詩次於《三月既望同米吉士小飲翟園逾日雨雪漫成一首》與《三月上旬酷熱如暑望後忽寒雨雪不止河泮復冰卧病感異賦呈吉士》間，當爲三月所作。宋琬自順治十八年冬被誣繫獄，至去年十一月始脱，故詩言「南冠泣罷渺天涯」之句。

撰《古永定講寺微密詮法師塔志銘》。

文見《已畦文集》卷一六，言康熙三年昱公奉師全身建塔於鄧尉山妙高峰。

康熙五年（一六六六）丙午　四十歲

秋，中浙江鄉試舉人，出慶元知縣程雪壇之門。試畢曾與王嗣槐各出其文相質。

沈德潛《歸愚文鈔》卷一〇《葉先生傳》：「康熙丙午舉於鄉。」《已畦文集》卷九《蘄水程氏世譜序》：「康熙丙午之役，燮出慶元令蘄水雪壇程先生之門。是秋謁先生於江上，見先生之德容，聆先生之德言，竊自幸出於當世儒者之門，而得所歸也。」王嗣槐《桂山堂文選》卷一《葉星期文序》：「丙午秋闈畢，各出其文相質。余方自笑其迂，而星期已脱穎去。」

康熙六年（一六六七）丁未　四十一歲

入京應會試，不第。嘗應沈荃之招與其雅集，座客共閻爾梅、紀映鍾、錢肅潤等十二人，席上計東作贈座客詩十二首，陳祚明和之。

陳祚明《稽留山人集》卷一三《丁未三月沈臬副繹堂招同諸子雅集漫賦》。同卷《和甫草贈繹堂座上客十二首·汾湖葉星期》：「盡道慈明冠八龍，金臺挾册喜重逢。竹林當日黄壚酒，宿草餘杭哭嗣宗。」自注：「故友來甫從子。」

康熙九年（一六七〇）庚戌　四十四歲

二月，應會試、殿試，與徐乾學、李光地、王士祐同榜中進士，出張玉書門下。

沈德潛《歸愚文鈔》卷一〇《葉先生傳》：「庚戌成進士。」《已畦文集》卷一八《何都諫傳》、《明清進士題名碑録》。

春暮，郭襄圖入京，徐嘉炎有詩送行，時聞葉燮捷音，詩及之。

徐嘉炎《抱經齋詩集》卷五《帝京篇送郭皋旭廷試》：「多君壯歲壯游時，不敢當筵惜別離。況逢同調放得意，上苑新攀桃杏枝。」題下注：「時聞星期捷音。」郭襄圖字皋旭，號匡山。浙江平湖人。有《更生集》，《檇李詩繫》選其詩。

六月，吴江大水淹没民居，有竹枝詞紀事。

《已畦詩集》「殘餘」《庚戌六月吴江一夕水發淹没民居戲作竹枝體》。

康熙十年（一六七一）辛亥　四十五歲

在慶元謁知縣程雪壇，程以族譜出示，爲撰《蘄水程氏世譜序》。

《已畦文集》卷九《蘄水程氏世譜序》：「又五年謁先生於慶元，（中略）先生以其族譜示燮。」

按：葉燮初謁程在康熙五年中舉人時。

康熙十一年（一六七二）壬子　四十六歲

四月，游黄山，前後十三日。

《已畦文集》卷六《追記黄山廬山兩游》：「康熙壬子首夏，予游歙之黄山，寢食於山者旬有三日，足之所歷僅得山之十三，目之所及得山之十四五。」

康熙十二年（一六七三）癸丑　四十七歲

游杭，與陸圻晤。

參張慧劍《明清江蘇文人年表》。

康熙十四年（一六七五）乙卯　四十九歲

謁選，授揚州府寶應縣知縣，六月上任。

《已畦文集》卷一三《與吴漢槎書》：「弟於乙卯謁選，得寶應，六月受事。」又見沈德潛《歸愚文鈔》卷一〇《葉先生傳》。

初抵寶應，有酬兄學亭之作。

《已畦詩集》「殘餘」《次韻酬學亭二兄見貽之作却寄》自注：「兄時官濟寧。余初到寶應作。」

約七、八月間，有書致南庵和尚。

黃容輯《尺牘蘭言》卷六載葉燮《答南庵和尚》：「入署五旬，襟肘百端。無米爲炊，戴星出入。自惟沉淪苦海，彼岸茫茫；雖寶筏現前，而迷津莫問。」

與從侄藩初晤於邗上，詩人杜濬婿也，備述二十年來情事，出詩集相示。

《已畦文集》卷八《桐初詩集序》：「康熙乙卯，余始值桐初於邗上，問之則雲林叔之孫、中密兄之子也。方知其幼遭家難，避迹田間，黃岡杜茶村過婁東見之，愛其幼慧即工爲詩文，以愛女許之，遂就婚白下，因僑寓焉。」葉藩字桐初，號南屏。有《惜樹齋稿》。

處士金俊明卒，爲撰墓表。

《已畦文集》卷一四有《處士金孝章先生墓表》。

歲末，招邑處士王巖，以疾辭，約明年正月來訪。

王巖《白田文集》卷二《候葉明府》：「承諭召與講席之末，同諸生得荷陶冶，實爲厚幸。（中略）因念人生學道，亦有命焉，而寡劣如巖，實命不猶。今已七十，遥望道岸，茫在天際，終爲不著不察之凡民而已。不圖執事持大儒宗之鐸，嘉惠江淮，振興聾聵，俾有知覺，而巖得與其間，非厚幸歟？而老病危苦，艱於趨走，又實命不猶矣，然中心未嘗一刻自外也。擬躬詣庭階拜謝，以申部民之禮。歲杪未能力疾而來。正月獻歲初旬歸來，一炙台光，退而私淑，或無負高義作成也。」

康熙十五年（一六七六）丙辰　五十歲

三月，侄崇舒中進士。

《已畦文集》卷一四《西華阡表》。葉崇舒（一六四〇—一六七八），字元禮，號宗山。四兄世侗長子。康熙十五年（一六七六）年進士，官中書舍人。有雋才，曾注庾信《哀江南賦》，爲時所稱。著有《宗山集》、《謝齋詞》。

五十歲生日，有次侄舒胤韻之作。

《已畦詩集》「殘餘」《丙辰初度次學山侄韻》其一：「誰言秋盡轉陽和，緣領霜華觸境多。」知其生辰在十月。葉舒胤（一六三一—？），字順山；一作舒潁，字學山。據鄧長風《關於葉紹袁家世史料的幾點補正》一文引《吴中葉氏族譜》，爲葉紹袁從弟紹鼎孫、世儼子，於葉燮爲從侄。順治十四年（一六五七）副貢生。娶葉小紈女沈樹榮。有《葉學山詩集》。

十一月，以不附上官，遂因細故罷，歸吴江舊居。

《已畦文集》卷一三《與吴漢槎書》：「明年十一月被黜，在事僅一歲有半，而罪過叢生，怨尤交作。自上官以及親交咸思釀禍而趣其敗，皆以爲縣令者，官私之外府也，有令若此，不如無有。」沈德潛《歸愚文鈔》卷一〇《葉先生傳》：「乙卯謁選，得揚州之寶應。寶應當南北往來之衝，又時值天灾流行，軍行紛沓，左右枝梧，難於補苴。而先生性伉直，不能諂屈事大官。大官又吹毛索瘢，務去其守己守官者，不二歲落職。先生欣然曰：『吾與廉吏同列白簡，榮於遷除矣。』時嘉定令陸先生隴其同被參劾，故云。」又云：「方先生之宰寶應也，適三逆倡亂，軍興旁午，驛馬驛夫增加過倍。而部議於原額應站銀兩裁四留六，計歲所入，不足當所出之半。邑境運河東西百二十里，黄淮交漲，堤岸衝決，千金埽料，時付濁流。先生毁家紓難，一身捍禦，卒之軍需無缺，民不爲魚，堪厥職矣。他如免税之無名者，出誣服殺人者，直仇陷附逆而欲没其田廬者，皆重民命，守國法，不顧嫌怨而毅然行之。以是知功名不終，繇直道而行，不見容於大官，而非有體無用之咎也。」按：葉燮之去官，蓋李振裕之所陷也。鄧之誠《清詩紀事初編》卷七李振裕條：「李振裕字維饒，號醒齋，元鼎子。康熙九年進士。……振裕當官無政績可言，嚮用頗專。喜從文士唱酬，而物情不附。與王士禛齟齬，未得其故，度必同官傾軋。葉燮自謂因棼索夫馬，供應未遂，爲其所螫罷官。振裕居憂時，流寓白田三年。與燮失歡，必不止夫馬一事。或由文字相輕之故歟。」振裕，江西吉水人，官至兵部尚書。有《白石山房稿》、《白石山房集》。

除夕，有疊初度詩韻六首。

《已畦詩集》「殘餘」《被黜後疊前韻六首》自注：「丙辰除夕。」

康熙十六年（一六七七）丁巳　五十一歲

春，訪王嗣槐。

王嗣槐《桂山堂文選》卷一〇《與葉星期飲》：「君纔挂冠歸，來呢巢居叟。投足遘風波，諮嗟肝膈剖。玉碗盛凍漿，金盤雜春韭。讀我新詩篇，蒼松間柔柳。小道何足多，焉能樹不朽。寒塢梅作花，且復醉溪口。」詩言葉燮纔挂冠歸，當是今年春間事。

游歷四方，寓泰山下半年。

《原詩·內篇上》：「吾嘗居泰山之下者半載，熟悉雲之情狀。」吴宏一《葉燮〈原詩〉研究》引《清史列傳·葉燮傳》「以伉直不附上官意，因細故落職，（中略）於是縱游泰岱、嵩高、黄嶽、匡廬、羅浮、天台、雁蕩諸山」，以爲寓泰山半載即在此時。按：沈德潛《歸愚文鈔》卷一〇《葉先生傳》：「既罷歸，游歷四方。久之，築室吴縣之横山下，顔其居曰二棄。（中略）先是游泰山、嵩山、黄山、匡廬、羅浮、天台、雁蕩諸山，而五泄近在六百里内，游屐未到。」然則泰山其初游者，寓居半載應在本年内。

康熙十七年（一六七八）戊午　五十二歲

秋，侄崇舒應博學宏詞舉至京，未幾病卒，京師名士哀之。

事見王士禛《古夫于亭雜録》卷三。徐釚《南州草堂集》卷六有《哭葉元禮舍人和棠村公韻二首》，次於《九日同晉江黄俞邰會稽羅弘載牂牁江辰六黄山江夢得黑窑廠登高歸飲夢得寓齋同賦》之前，當作於七、八月間。尤侗有《挽葉元禮舍人三首》，見《西堂全集·於京集》卷一。

冬，得廢圃於蘇州城西南横山之西麓，築草堂，名曰二棄，自作記記之。遠近從學者甚衆。

《已畦文集》卷六《二棄草堂記》：「戊午之冬，葉子得廢圃於西山之麓，面九龍、堯峰、楞伽諸山，背負横山之陽，築草堂焉，名曰二棄。」林雲銘《挹奎樓選稿》卷六《二棄草堂記》：「嘉善葉子星期宰寶應甫一稔，即棄官隱於吴門之跨塘。築草堂，内外各三間，采椽不斫，前鑿方池，蓄金魚數十尾，畦圃籬落，雜蒔花竹桃柳，遠望門外，列峰如幛，烟雲變幻，意態不一。其堂後則疊石爲假山，曲徑蟉蚪，登闞闤闠，雕甍綉錯，如置身千仞岡。别構一小軒於上，約可坐數人，每當花晨月夕，手一編箕踞哦誦，或與二三良友，煮魚菽，燒笋蕨，佐飲賦詩，陶然樂也。額其榜曰二棄草堂。余諏二棄之旨，乃用李青蓮『君平棄世，世亦棄君平』之語。」沈德潛《歸愚文鈔》卷一〇《葉先生傳》：「既罷歸，游歷四方。久之，築室吴縣之横山下，顔其居曰二棄。取鮑明遠『君平獨寂寞，身世兩相棄』意。遠近從學者衆。」據《歸愚文續》卷九《二棄草堂宴集序》，至乾隆十二年丁卯（一七四七），門人存者尚有九人：葉長揚、顧嘉譽、張鈇、沈德潛、謝淞洲、沈巖、李果、薛雪、周之奇。袁景輅《國朝松陵詩徵》張世煒小傳載：「雪窗之友陳殿升，名康世，少游皇甫堯臣、葉横山之門，頗有詩名。」則陳康世亦横山門人也。并後康熙二十五年所載之汝承汪，三十六年所載之張景崧，此横山門下可考者也。

康熙十九年(一六八〇)庚申　五十四歲

五月,訪曹溶采山亭,各賦詩五十韻限東字。

《已畦詩集》卷一《雨中過曹秋岳先生采山亭坐次各賦五言長句五十韻限東字》:「俗記黄梅候,天閑緑野翁。」時當爲五月。曹溶《静惕堂詩集》卷二八《雨中星期再過采山亭五十韻仍限東字》:「大火昭新令,深耕紹古風。」詩次《庚申五月苦雨三十韻》後,當在本年。按:《静惕堂詩集》卷二八此詩與後詩編次互乙,當據《已畦詩集》是正。

翌日再過采山亭,同賦四十韻。

《已畦詩集》卷一有《翌日雨中再過采山亭復各賦四十韻仍限東字》。曹溶《静惕堂詩集》卷二八《采山亭雨坐同星期賦四十韻》爲同日所作。

康熙二十年(一六八一)辛酉　五十五歲

六月,游嘉興,與曹溶、陳子莊等飲陳用亶齋,限韻賦詩。時有欲開館授徒之打算。

曹溶《静惕堂詩集》卷三七《同葉星期陳子莊飲陳用亶齋限微字四首》:「三夏酒星方錯落,中宵花氣總菲微。」同卷《用亶同星期見枉山亭將留小飲用亶先去次日索評所著詩依韻爲答四首》之三自注:「星期有開館授徒之語。」後有哀顧亭林詩,亭林卒於明年,葉燮與曹溶等飲宴詩當爲今年夏作。陳用亶,名忱,浙江秀水人。著有《誠齋詩集》、《不出户庭録》、《讀史隨筆》、《同姓名録》諸書，見《兩浙輶軒録・補遺》卷一。陳子莊，太倉著名理學家陳瑚子。

七月，同曾燦、周青士等集雅涵堂，分韻賦詩填詞。

曾燦《六松堂詩集》卷七《七月同葉星期周青士張繩其俞犀月集汪周士晉賢雅涵堂得翁字》，次《辛酉送春日山塘送吕御青之燕分得儒字》後，又有《百字令・辛酉七月同葉星期周青士張繩其俞犀月集汪周士晉賢雅涵堂得醉字》，當爲是年七月作。曾燦（一六二〇—？），字青藜，一字止山。江西寧都人。處士，爲「易堂九子」之一。明亡後一度爲僧。有《六松堂集》，輯有《過日集》。

冬，復過石門，訪曹叔則，與縱談古今天下事，有《疊韻答曹叔則》詩。又與故人吴友鯤、吴之振、吴廷發、沈平遠、吴湜王等唱酬。

《已畦文集》卷五《帶存堂記》：「辛酉冬，復過石門，訪曹君於其故居。見其環堵益蕭然，復與縱談古今天下事。曹君髪蒼然白，而議論風采猶不少衰。」詩見《已畦詩集》卷一，同卷《石門吴友鯤投詩次南湖倡和韻即疊韻答之》、《聞吴孟舉連日閉關謝客詩以訊之仍次前韻》、《孟舉詩來云抱疾閉户用樓子句相勘復疊韻往訊竟體作禪語當文殊問疾説不二法門也》、《疊韻再答友鯤》、《疊韻重答孟舉》、《疊韻三答友鯤》、《疊韻答吴廷發》、《疊韻答同年沈平遠》、《疊韻答吴湜王》諸詩，據自注皆在石門所作。吴之振《黄葉村莊詩集》卷四《次韻答葉星期》、《連日感寒疾閉户治刀圭葉星期以二律問訊次韻奉答并寄吴友鯤》、《星期以禪語疊韻見示覆和二首連日濃霜如雪石頭路滑奈何奈何》、《疊韻重贈星期》、《疊韻送星期歲暮歸山》爲酬和之作。

歲末將歸，吴之振以詩送別，兼饋度歲之資。

《巳畦詩集》卷一有《孟舉以詩送别兼贈度歲之資疊韻謝之》。吴之振（一六四〇——一七一七），字孟舉，號橙齋，又號黄葉村農。浙江石門人。貢生，官中書。富藏書，與吕留良同倡宋詩，編《宋詩鈔》。著有《黄葉村莊詩集》。

康熙二十一年（一六八二）壬戌　五十六歲

二月，爲曹叔則作《帶存堂記》，記二人交往始末。

文見《巳畦文集》卷五，末署日期爲康熙壬戌春王二月。

四月初七日，禮部題遣往册封琉球國王，翰林院檢討汪楫爲正使，同年中書舍人林麟焻爲副使。葉燮聞之，有詩贈行。

《巳畦詩集》卷一《贈同年莆田林石來奉使琉球》。據《康熙起居注》，汪、林出使在本年。王士禛《漁洋續集》卷一五《送汪舟次太史林石來舍人奉使琉球六首》、尤侗《西堂全集》《於京集》卷三《送汪舟次檢討使琉球四十韻》、陳廷敬《午亭集》卷二四《送汪舟次檢討使琉球二首》、龐塏《叢碧山房詩集·翰苑稿》卷七《送汪舟次太史奉命册封琉球世子》均爲當時作。

毛先舒、王仲昭來訪客舍，有詩紀事。

《已畦詩集》卷一有《予自癸丑春過明聖湖辛酉冬重至湖上訪昔年同學故人大半爲異物孤山六橋一帶亦蒼涼非昔日毛稚黄王仲昭訪予客舍爲談往事慨然賦長歌貽二子》。

夏，有《賦得一院桐陰長緑苔》四首，友人曹溶等和之再三。

詩見《已畦詩集》卷一，《桐陰緑苔之咏諸公和章盈帙余懷未已再賦四首》、《秋岳先生惠和桐陰之咏前後共十二章依數再賦四首》亦同時所作。曹溶《静惕堂詩集》卷三八《星期賦一院桐陰長緑苔四詩如數和之用西崑體》，後次《壽朱範臣七十》，自注：「余與範臣俱癸丑生。」則詩作於本年。《星期再賦桐陰緑苔之句用韻又和四首》、《苔長桐陰餘興未已三賦索星期和四首》亦爲同時所賦。

九月十六日，吴之振集同人於鑒古堂，葉燮有詩紀事。

《已畦詩集》卷二有《壬戌九月十六日吴孟舉集同人鑒古堂限昌黎酬盧司門望秋作韻》。

今年，幼女姜生。

《已畦文集》卷一七《女姜壙銘》。

康熙二十二年（一六八三）癸亥　五十七歲

正月七日，崑山徐季重與葉奕苞同訪草堂，有詩紀事。

《已畦詩集》卷二有《癸亥人日崑山徐季重偕九來弟冒雪過我草堂九來用前韻爲贈即八疊韻答之》。

偕徐季重、葉奕苞往嘉興訪曹溶，不遇。

《已畦詩集》卷二有《偕徐季重九來弟往禾中訪曹秋岳先生不遇九來疊語溪唱和韻相贈奉答》。

梁佩蘭游蘇州，陪同過訪郭皋旭寓齋、王勤中芳草堂等，皆有疊韻詩。

《已畦詩集》卷二有《同南海梁藥亭過平湖郭皋旭吴趨寓齋適海寧查韜荒至三疊韻》。同卷《長洲王勤中招同藥亭皋旭韜荒雨中集芳草堂四疊韻》、《五疊韻贈藥亭》、《聞孟舉至吴關走筆邀之六疊韻》、《藥亭皋旭偕嘉興朱子蓉同過草堂八疊韻》等詩皆春間作。

友人吴兆騫自塞外流眨歸來，名士多賦詩紀其事，葉燮亦有詩。

宋犖《西陂類稿》卷六有《吴漢槎歸自塞外邀同王阮亭祭酒毛會侯大令錢介維小集作歌以贈用東坡海市詩韻》。《已畦詩集》卷二《吴漢槎北歸賦贈次昌黎憶昨行韻》、《九來用和漢槎北歸韻相寄次韻奉答》二詩約作於春間。

五月，吴兆騫將入都，携子過訪作别，信宿而去，有詩紀事。兆騫詢及罷官事由，報書詳述之。

《已畦詩集》卷三《漢槎携令子南榮枉顧草堂兼以入都言别留信宿賦長歌以送其行》：「仲

夏森如秋氣沉。」時爲五月。《已畦文集》卷一三《與吴漢槎書》：「弟自黜廢山野，於今七年矣。生平知交故人從無有聞問齒及者，而弟益自遠棄，不復與世酬酢，一切情文都絶。故人亦未嘗有辭相責備，蓋相忘有斯人也久矣。仁兄忽枉扁舟過我草堂，脱粟歡然，襆被信宿，不以弟貧賤廢棄，而勤勤懇懇，此古人之事，非可求之薄俗者也。」

游嘉興，陳用亶招與曹溶等飲於宅，有詩紀事。

《已畦詩集》卷三有《嘉興陳用亶招同秋岳先生暨諸同學集尚友堂限微字》，曹溶《静惕堂詩集》卷三八有《同子莊嵋雪敬可尹和飲用亶宅仍用前韻》、《星期未至用前韻促之》。

六月，游京口，訪座主張玉書父九徵，有詩呈之。

《已畦詩集》卷三《過京口呈太座主張湘曉先生》、《自京口之白下留别張實存世執疊韻》爲京口作。張九徵（一六一八——一六八四），字公選，號湘曉。江南丹徒人。順治四年進士，官至河南提學使。

赴金陵道中墮驢受傷，卧病旬餘，曹溶有詩咏其事，乃賦長句答之。

《已畦詩集》卷三《余自京口走鍾山策蹇而墮病甚至白下客舍偃卧旬餘適秋岳先生游此相值爲余賦墮驢行余亦賦長句答之》、《予爲驢墮所苦卧病十日而起秋岳先生再作長歌以慰復賦呈》諸詩皆是時所作。曹溶《静惕堂詩集》卷一四有《墮驢行簡星期》：「横山山人出無車，浩興欲訪鍾山墟。」《星期墮驢後意氣彌壯喜而作歌》：「鄭公騎驢踏冰雪，山人效之在暑月。觸暑江關途路長，那免塵埃生一蹶。（中略）山人前年宰邗邑，仰侯毒噛不得舒。地成澤國始平陸，遍挽魚鱉歸耰鋤。豈徒民族快完聚，驢行孔道皆安徐。無錢竟觸長官怒，一朝謗篋遭驅除。」二詩前有《徐氏河房席上作》「今年六月曆逢閏」，知爲本年事。

在金陵養傷，與從侄藩相聚數月。

曹溶《静惕堂詩集》卷一四《墮驢行簡星期》：「山人熟識倚伏理，細事那足煩嗟噓。長干六月暑氣合，畫橈宛轉銜清渠。三日行藥兩日卧，矯健不異少壯初。」《星期墮驢後意氣彌壯喜而作歌》：「栖霞山色方清峭，凍蕊含烟應候開。飛觴石上添孤嘯，回首天門光若拭。」《已畦文集》卷八《桐初詩集序》：「歲癸亥，余游白下，與桐初相聚數月。」

八月中秋節後，曹溶於上元蔡龍文懶園招諸名士宴集，分韻賦詩。

梅清《天延閣後集》卷八癸亥詩有《懶園秋宴詩分得齊歌二字》，次於《中秋後二日同陳滌岑鄧舊山白孟新黄仙裳宗霍問蔡息關黄静御何雍南張沖乙吴敷公孫子寬端燧承戴無忝金雪鴻徐程叔陳綏四徐希南諸公秦淮舟泛分得九青》。小序云：「是日爲主人者，曹秋岳先生也。懶園爲主人蔡龍文之園也。同席分韻者爲臯憲金公長真、兩郡司馬朱公裔三、鄭公瑚山、程穆倩、杜倉略、方孝標、陳滌岑、何次德、何省齋、倪暗公、胡致果、葉星期、顧天玉、吴介子、黄静御、周向山、周雪客、王安節、戴無忝、蔡璣先。」按：陳滁岑、黄静御、王安節、戴無忝四人時在江南通志局修志，見同卷《癸亥秋應聘纂修江南通志院中紀事限秋字同局者五十三人》。

秋，集吴之振黄葉村莊，有詩紀事。

《已畦詩集》卷二有《集孟舉黄葉村莊次山谷歸葉縣寄明復季常韻》：「昨宵劇醉别，月没城西角。秋睡美曉甜，户外聞索索。」知時爲秋日也。

冬，過寶應，舉人朱勔孺有詩送别。

《已畦詩集》卷六有《余癸亥冬過白田臨行朱勔孺孝廉賦二律送别忽忽六載尚未賦答兹復至白田漫賦奉投兼報癸亥之作仍限覃韻四首》。

康熙二十三年（一六八四）甲子　五十八歲

正月元旦，在寶應有和陶文虎詩。

《已畦詩集》卷三有《甲子元旦和白田陶子文虎用南湖倡和韻》。

十四日，編訂《已畦文集》，自序之。

自序末署日期爲康熙甲子春王上元前一日。

春，至嘉興訪曹溶。

曹溶《静惕堂詩集》卷二六《喜星期至仍用看杏花韻同敬可作三首》：「且約尋芳去，濃陰滿畫橋。」又有《葉星期同趙書年陶義人過集限紅字五首》，由詩集之編排，知作於本年春。

寒食後五日集曹溶采山亭賦詩。

《已畦詩集》卷三有《寒食後五日集秋岳先生采山亭限紅字韻五首》。

三月末，曹溶過訪草堂，同人畢集，限韻賦詩。

《已畦詩集》卷三有《春杪秋岳先生枉過草堂諸賢畢集限韻》。

五月，以詩稿贈劉獻廷，劉有詩酬贈，倍加推崇。

劉獻廷《廣陽詩集》七古《葉星期以詩稿見惠步昌黎韻酬贈》：「江城五月楓盡落，蕭寺忽墮瓊瑶函。珊瑚百尺耀海月，蓬壺圓嶠高巉巉。《大雅》不作六義廢，瓣香誰付金縷衫。昨來摳衣入林下，紅日初向東山銜。黄鐘大吕奏東序，高唱不效金人緘。杜陵昌黎君所愛，眉山之外皆除芟。《春秋》《大易》判事理，妙義雲涌蓮花巖。河伯欣然樂秋水，望洋此日驚海鹹。雲門已張洞庭野，俯聽群響兒女喃。我向空山友麋鹿，踪迹怪癖人争讒。感君向我索新句，頑石詎當郢斧劖。世間毁譽何足慕，妍媸自有冰壺鑒。側聞入海飽龍藏，高建論幢餓眼饞。方山棗柏不出世，猿鳥左右吾其緘。雷門布鼓亦何有，手顫聲死徒懺懺。」

吴江知縣郭琇委葉燮修縣志，歷三月書成，請張玉書撰序，葉燮自序之。

《已畦文集》卷九《纂修吴江縣志定本序》：「康熙二十二年各直省奉上命纂修地志，而下於郡縣。於是我邑侯郭公與邑紳士因舊志纂而續之，上自三代以及康熙二十三年，凡於例得書者悉志之，爲書四十六卷，二十餘萬言。（中略）蓋三閱月而書成，爲《吴江縣志》定本。（中略）邑人葉燮實與於是役，謹序之。」張玉書《張文貞公集》卷四《吴江縣志序》：「知吴江縣事郭君屬邑紳葉君星期修縣志，成時特郵書京邸，問序於余。余受而卒業，見其發凡起例，綱舉目張，視明莫正學、徐給事二志之舊損益各半，蔚稱定本，遂不辭弇陋而爲之序。」郭琇（一六三八—一七一五），字華野，山東即墨人。康熙九年進士，知吴江有政績，後擢江南道監察御史，官至湖廣總督。有《華野疏稿》。

將游嶺南，有詩别吴江知縣郭琇，劉獻廷有詩贈别。

《已畦詩集》卷三《將往嶺南留别同年郭華野》題下注：「時令吴江，值其初度，并及之。」劉獻廷《廣陽詩集》七古《贈葉星期邑志告成南游羅浮》：「自從地陷東南涯，群山萬壑來逶迤。震澤底定四千載，洶洶千頃書琉璃。三江争流入巨壑，長橋東鎖如虹垂。壯哉權輿孕靈秀，名世者誰當此時。我遷於南非圖南，尋人東海來恐遲。姑蘇懷古漫悲壯，要離墓側埋五噫。松陵陸皮久沉死，如花霜葉紛離披。射陽天令熒熒輝，超群絶倫人果奇。紫雲蕩漾翡翠匣，彩毫璀璨珊瑚枝。鼎扛龍變揭赤幟，斯文再見《南山詩》。忘年把臂問我何，聾瞽敢言自鍾期。時當郡邑修志傳，主持此事非公誰。俯定疆域指其掌，仰辨躔野羅諸棋。張髯奮筆果神速，功成三月人争疑。或謂江城一邑耳，區區焉用牛刀爲。公言搏兔亦全力，是非肯聽人推移。方今館閣羅俊彦，班馬大業争追隨。但恐斗米立佳傳，文獻放失誠可悲。昌黎好手不作史，千古浩嘆淮西碑。北風其凉雪霏霏，黄鐘之管回陽曦。公來别我過五嶺，公去壇坫虚綱維。嶺上梅花已如雪，及時無使隨風委。南溟澒洞萬胸臆，新詩又自凌天逵。珠璣百斛我拭目，奚囊歸啓光離離。」

十月，刻《已畦詩集》，曹溶爲撰序。

《已畦詩集》卷首載曹溶序，末署日期爲康熙甲子小春日。

冬，游嶺南，在江西泰和縣度除夕，有詩。

《已畦詩集》卷四《除夕》自注：「在泰和縣蜀口洲。」

康熙二十四年（一六八五）乙丑　五十九歲

正月十五日元夕，在南雄知府党仍庵席上有詩。

《已畦詩集》卷四有《元夕仍庵署中席上戲作》。《贈南雄郡伯党仍庵》亦同時作。

抵廣州，有詩上兩廣總督、兵部尚書吴興祚。

《已畦詩集》卷四有《上兩廣制府吴大司馬》。吴興祚（？—一六九七），字伯成，號留村，浙江山陰人，其父入漢軍正紅旗。能詩，《詩觀》中載其詩。有《留村詩鈔》、《留村詞》。

晤詩人張遠，見其扇頭錢塘季偉公贈詩，次其韻，復爲撰《贈季偉公序》。

《已畦詩集》卷四有《見侯官張超然扇頭錢塘季偉公贈五言一首風致遒然因次韻得八首憫偉公久客不歸存没潦倒抑鬱情見乎辭末托於游仙亦可悲矣并示超然》。《已畦文集》卷一〇《贈季偉公序》：「康熙甲子之冬，予南游過嶺以南。嶺南之人及四方客游而至於斯者，無不嘖嘖稱有季子偉公，偉公蓋少年名士也。及見偉公，問其年二十有七，爲浙人。」張遠字超然，號無悶道人。福建閩縣人。康熙三十八年狀元，官雲南禄豐知縣，卒於官。有《無悶堂詩集》。

張遠游兩廣，有詩并序送行。

《已畦詩集》卷四有《送張超然游海外》。《已畦文集》卷一〇《送張超然游海外序》：「甲子秋，大理寺評事高君二鮑奉使廣西，超然與偕行。已復偕高君游廣東且半歲。」

三月末，王士禛以少詹事出使祭告南海，將還朝，有詩送行。

《已畦詩集》卷四有《送王阮亭宫詹祭海還朝》。王士禛《蠶尾集剩稿·答葉寶應星期》：「憶與先生嶺南一别，彈指已十九年，燕吴修阻，鱗羽闊疏。」按：王漁洋使還，於四月一日發廣州，葉燮詩當作於本月底。

春間，潘耒歸里，有以縣志多襲其兄檉章所輯《松陵文獻》爲言者，潘耒乃編輯《松陵文獻》遺稿，欲刊刻行世，以正視聽。

康熙三十二年刊本《松陵文獻》潘耒序：「亡兄撰此書，凡數易稿而就。既没，稿本流傳人間，争相秘珍。康熙甲子，或言於邑令，請改修縣志，三月而遽成。乙丑春，耒歸自都門，有言新志全用亡兄之書者，索而觀之，信然。因慨然嘆息，謂吾兄作書，固爲邑志張本，吾不怪其蹈襲，但不應略不載吾兄姓名，絶不言本某書，有似取人之物，而諱言主名者。其人不服，更出書數萬言，大略謂紀載之書，必有所本，馬遷、班固無不仍襲前書者。夫子長《史記》明言據《左氏》、《國語》，采《世本》、《戰國策》，述《楚漢春秋》。孟堅《漢書》特爲馬遷立傳，不聞舉其人與書而没之也。又謂亡兄以事見法，不當道其姓名。孟堅不死獄乎？蔚宗不赤族乎？前後《漢書》至今行世，未聞當時人掩取之。亡兄爲人所株連，非以自著書得禍，爲親知者得其著述，宜何如表章稱道，顧利其死而掩取其書，有人心者當如是乎？且《文獻》中固嘗爲其祖若父作傳矣，爲子孫者忍遂反脣相詆乎？出險語以箝人口，此訟師刀筆之事，而謂衣冠爲之乎？既乃嫁過於朱先生鶴齡，謂朱實襲潘之書，己乃襲朱，初不襲潘。夫朱先生與亡兄交最厚，其自著書頗多，何至掩取亡兄之書？縱有所援引，亦明言本諸潘氏，凡考訂論贊，皆言潘某云云。新志何所見，而悉以潘之説爲朱之説，非唯掩潘者，抑且誣朱矣。世衰俗薄，朋友道喪，己則不義，又從而爲之辭，直道在人，余以不復置辨。第點檢亡兄之書，梓以行世。莊注其存，何傷乎向秀；《化書》無恙，何損乎景升？惟是出之不早，有此紛紜，是余之罪也夫。」

四月，在廣州聞吴兆騫訃，有詩哭之。

《已畦詩集》卷四有《聞吳漢槎卒於京邸哭之》。按：漢槎去年卒，訃聞今年方到嶺南也。

五月五日，鎮海將軍王永譽招湖舫宴集，限二冬韻賦詩。

《已畦詩集》卷四有《午日王大將軍湖舫宴集同人分限二冬韻》。按：王大將軍名永譽，王漁洋《南海集》卷下《大將軍孝揚弟餞別海幢寺即席有詩賦答》，即其人也。

夏，在嶺南遇夏寧枚，從侄藩亦來晤於尉陀臺下，出新詩相示。

《已畦文集》卷八《南游集序》：「康熙乙丑，余於嶺南遇夏子寧枚。夏子與余同鄉，嘗聞其名矣，相遇萬里外，既又方舟於湞江道中者浹旬。夏子蓋端人也。夏子行年五十，爲衣食馳逐炎瘴中，時見牢落不平之概。」《已畦文集》卷八《桐初詩集序》：「乙丑游嶺南，桐初又來晤於尉陀臺下。每相見桐初必出其新詩以示余。」

七月七日，於高要縣天寧寺同程正路、錢目天、僧真際賦詩。

《已畦詩集》卷四有《七夕高要天寧寺同休寧程正路龍游錢目天真際開士分賦》。

九月，由粵東北返，有詩寄梁佩蘭。

《已畦詩集》卷四《舊與梁藥亭訂交吳下藥亭訂余入粵時當主其家及至則藥亭公車北行矣余在粵淹留三序藥亭小第不即歸竟相左不值作長句貽藥亭》：「余來始春杪秋去。」時爲九月。

與韓公吉同舟歸，至南昌慨然念廬山之游不可失也，遂留詩與別，於吳城買舟獨游廬山。

《已畦詩集》卷四有《余同韓大參行東歸至南昌慨然念廬山之游不可失也大參東行余遂北發留詩以别》、《余於吴城買舟往廬山歸裝寄逆旅旬日而返去之夕館人不戒於火裝委於燼過半旁人頗歸咎山游若有司之者當不至是余乃作詩以自解》。

於大林寺遇心壁上人，唱和數疊，爲撰《廬山大林寺心壁上人詩序》，心壁上人有詩送行。此游前後不滿十日，得詩四十餘首。

《已畦文集》卷六《追記黄山廬山兩游》：「越乙丑之冬，游於廬山，寢食於山者不及旬，足之所歷得山之十三四，目之所及得山之十五六。（中略）游廬山得詩四十餘首。」卷八《廬山大林寺心壁上人詩序》：「乙丑冬以便道始得一游，意謂廬山猶昔也，今日必無遠公其人矣。於大林寺遇心壁上人，（中略）心壁出詩示余，余和其韻數首，心壁再疊韻以答，余又疊作以酬之。」詩見《已畦詩集》卷四。釋名一《國朝禪林詩品》卷三：「超淵字心壁，滇之昆明人。天嶽晝禪師法嗣。商丘宋中丞犖高其品，請主廬山開先寺。丙子秋歸滇省親，慕陳蒲鞋之孝養未遂，故自號愧蒲道人。有《漱玉亭詩集》。」心壁《送葉星期歸吴門》云：「行過松關又竹關，留君不住送君還。囊中長短詩千首，題遍匡廬處處山。」

訪張遠不值，有詩記事，張遠次韻酬之。

張遠《無悶堂集》卷九《酬葉星期過訪不值次韻》其三：「吴江楓冷荷知音，虚譽寧煩遠見尋

（予有吴江城樓詩爲葉所稱）。豈有微才堪説相，幾人背面肯輸心。鷗邊海客機原息，弋外冥鴻見自深。正是倦游孤棹反，滿天疏雨宿寒林。」

康熙二十五年（一六八六）丙寅　六十歲

歸里後，訪張玉書於京口，出《西南行草》請序，張讀竟，請述爲詩之旨。葉燮曰：「放廢十載，屏除俗慮，盡發篋衍所藏唐宋元明人詩，探索其源流，考鏡其正變。蓋詩爲心聲，不膠一轍，揆其旨趣，約以三語蔽之，曰情曰事曰理。自《雅》《頌》詩人以來，莫之或易也。三者具備而縱其氣之所如，上摩青旻，下窮物象，或笑或啼，或歌或罷，如泉流風激，如霆迅電掣，觸類賦形，騁態極變，以才御氣而法行乎其間，詩之能事畢矣。世之縛律爲法者，才荏而氣薾，徒爲古人傭隸而已，烏足以語此。」時葉燮將游語溪，偕吴之振同編選唐宋元詩。

《已畦詩集》卷首載張玉書序。

三月十三日，張玉書爲撰詩集序。

《已畦詩集》卷首載張玉書序，末署日期爲康熙丙寅上巳後十日。

九月八日，同人集草堂，用韓愈《醉贈張秘書》詩韻同賦。

袁景輅《國朝松陵詩徵》葉燮小傳：「先生風流宏奬，所交皆當世人宗。丙寅九日大會於二棄草堂，冠帶之集，幾遍江浙。同用昌黎《贈張秘書》與《人日城南登高》韻，賦詩紀事。所刻《用九集》，見者以不得與會爲恨。」《已畦詩集》卷五《丙寅重陽前一日諸同人枉集草堂用昌黎醉贈張秘書韻同賦》爲是日作。《國朝松陵詩徵》汝承汪小傳：「汝承汪，字鴻書，有《蓼齋詩鈔》。鴻書得横山先生指授，詩必可觀。訪之禊湖，人皆云其詩散佚久，不可考。今從《用九集》中得詩二章，次和韓韻，尚能不失步武。」則汝承汪亦爲當日與會者之一。吴之振《黄葉村莊詩集》卷六《重九前一日集二棄草堂用昌黎醉贈張秘書韻》爲是日所作。

九日，顧嗣協復集同人登楞伽山泛舟石湖，用韓愈《人日城南登高韻》韻賦詩。夜，曹叔則與吴之振乘舟來訪。

《已畦詩集》卷五有《九日顧迂客雷阮徒集同人登楞伽山泛舟石湖用昌黎人日城南登高韻》，顧嗣協《依園詩集》卷一有《九日石湖雅集次昌黎人日城南登高韻》。卷八《曹叔則七十初度詩》自注：「丙寅九日叔則與孟舉方舟夜至草堂。」吴之振《黄葉村莊詩集》卷六《題曹希文廉讓擁書圖次星期夏重韻》爲此時所作。

顧嗣協偕史蒼山、雷阮徒冒雨來訪，集草堂分韻賦詩。

顧嗣協《依園詩集》卷一有《雨中同蒼山阮徒訪葉星期舟過横塘分賦》、《次日集星期二棄草堂分得釭字》詩，次於《九日石湖雅集次昌黎人日城南登高韻》、《十日雷阮徒携尊董就村齋中雅集分賦兼送吴歷所歸婁東》、《雨夜同潘雙南史蒼山飲暢軒分賦》諸詩後，當爲九月間作。

十二日，編二姊小紈《存餘草》成，爲作《存餘草述略》。

《午夢堂集·存餘草》附録葉燮述略，署日期爲康熙丙寅重陽後三日。

邀林雲銘至草堂，出《原詩》請序。林雲銘復爲作《二棄草堂記》。

林雲銘《挹奎樓選稿》卷四《葉星期原詩序》：「嘉善葉子星期，詩文名宿，著有《原詩》内外篇四卷，直抉古今來作詩本領，而痛掃後世各持所見以論詩流弊，娓娓雄辯，靡不高踞絶頂，顛撲不破。歲丙寅九月，招余至其草堂，出而見示，促膝諷誦竟日，余作而嘆曰：『今人論詩，斷斷聚訟，猶齊人井飲相捽，得此方有定論矣。』」林雲銘《挹奎樓選稿》卷六《二棄草堂記》題下注丙寅作。

鍾定自江山歸，與吴之振、曹正則小飲橙齋。

吴之振《黄葉村莊詩集》卷六《喜鍾子静遠自江山歸同葉已畦曹正則胡圓表侄有原東陽小飲橙齋次坡公韻》約爲此時所作。

十月，沈珩爲《原詩》撰序。

文見《原詩》卷首，末署日期爲康熙丙寅冬十月。

汪森讀《原詩》，有詩相贈，稱「卓識恣評騭，一編驚衆聞」。

汪森《小方壺存稿》卷三《讀葉已畦原詩一編用昌黎醉贈張秘書韻有贈》，繫於本年。

康熙二十六年（一六八七）丁卯　六十一歲

春，郭琇自京致書問訊，有詩答謝。

《已畦詩集》卷五有《丁卯春日郭華野中丞京邸惠箋遠訊荒畦答謝》。

座主張玉書晉升刑部尚書入京，有詩送行。

《已畦詩集》卷五有《送座主京江先生晉大司寇還朝》。

五月，卜吉西華之阡，爲父改葬。

《已畦文集》卷一四有《西華阡表》。

六月一日，撰《西華阡表》。

《已畦文集》卷一四《西華阡表》，末署日期爲康熙丁卯六月朔。

八月十八日，同人集吴之振橙齋賦詩，復集陳用亶尚友堂。

《已畦詩集》卷五有《中秋後三日同人集孟舉橙齋次東坡松江風字韻》、《中秋後同人集用亶尚友堂憶五年前秋岳先生有此集限微字韻興懷愴然仍限前韻》。

除夕，有詩紀時。

《已畦詩集》卷五有《丁卯除夕》。

康熙二十七年（一六八八）戊辰　六十二歲

正月元旦，有詩。

《已畦詩集》卷五有《戊辰元旦》。

十八夜，同人集草堂分咏。

《已畦詩集》卷五有《上元後十八夜集草堂同人分咏》。

春，王式丹呈詩三首。

王式丹《樓村詩集》卷五《呈葉已畦先生疊韻三首》：「家在横山白道南，幽居風味此中諳。漆園寄托枝巢一，栗里經營徑辟三。隨處清吟憑鳥和，有時小飲共花酣。已知身世棄相棄（先生有二棄草堂），嶺月溪雲擁半龕。」「何人肆《雅》與歌《南》，著論《原詩》夙所諳（先生有《原詩》二篇）。參悟只須伸指一，雕鎪真已伐毛三。因風綺縠文瀾細，摩壘旌旗筆陣酣。四座勿喧雄辯發，曼陀花雨落高龕。」「小山竊擬附淮南，歲月菇蘆我自諳。平子愁多聊托四，退之書上已經三。無情天亦隨春老，有恨人須藉酒酣。昨夜醉醒搜數句，頗同枯衲卧禪龕。」同卷又有《呈喬侍讀表書疊韻三首》、《用韻再呈葉喬兩公四首》，按：此詩前有《六月七日泊臺莊讀先君子南歸日記感賦三首》自注：「先君子以壬子六月七日舟次臺兒莊，余以丁卯是日至。」此詩作於春日，當爲本年作。

七月，至虞山訪友。

《已畦詩集》卷五《暮抵虞山宿嚴武伯山房》、《宿蔣文孫齋閣有懷其尊人莘田》、《再贈文孫》、《文孫惠酒米詩以謝之》、《早秋趙安臣招集同人湖舫泛山前竟日》、《同人集安臣簡齋》、《虞山別諸同人》諸詩均此游所作。《文孫惠酒米詩以謝之》云「秋暑餘仍在，庭梧蔭尚叢」，時應爲七月初。

訪華山碓庵上人，適嚴熊在座，相與論詩。嚴熊有詩紀事。

嚴熊《嚴白雲詩集》卷二四《華山訪碓庵和尚葉星期適至相與論詩》：「風雅近衰弊，俚號鰍鱔舞。疇能勇廓清，端在龍與虎。讀君《原詩》篇，的是風雅主。今日聆快論，頭風可立愈。碓公齊己流，覺範亦其伍。我雖老疲馬，途徑猶未瞽。君謬相薦撙，謂足與文府。君能牢把柁，我庶佐篙櫓。一僧兩居士，儼若虎溪聚。談深欲成藪，臭味水和乳。我有□狂言，不惜爲傾吐。宇内英才多，森森竹木圃。眼界局方隅，山川難接武。可歎妄庸人，胸中本貧窶。偶有半知解，便欲建旗鼓。漫騁黄池雄，他人盡邾莒。終成宋襄霸，泓戰痛傷股。才小而志大，黥刖苦難補。從今願約降，降氣循規矩。多讀古人書，居貨陽翟賈。深耕去稂莠，如農戒婾窳。愛古不薄今，少陵有名語。著作藏名山，遁世老林莽。苟能如楊雄，譚芭世應普。蓋棺論乃定，相期在千古。」嚴熊（一六二六—一六九一），字武伯，號白雲。江南常熟人。明亡不仕。少學詩于馮班，晚年與錢陸燦交善，其子虞惇受业于陸燦門下。有《嚴白雲詩集》二十七卷。

九月，喬萊過横山，葉燮留飲草堂，有詩唱和，訂明年寶應之游。

《已畦詩集》卷五《喬石林先生和十三覃韻十首見貽無重押予報以十章仍限前韻愧不能一一步押也》附録喬萊詩自注：「去年秋杪余過横山，先生留飲二棄草堂。」《喬石林侍讀來過草堂即事八首之七》云「剪韭乏殘秋」，應是九月事。

康熙二十八年(一六八九)己巳　六十三歲

五月，往寶應訪喬萊，與沈受宏、繆念齋同游喬氏縱棹園，有詩，喬萊及子崇烈和之。示喬萊以《原詩》，喬萊以爲「辨源流正變甚確」。

《已畦詩集》卷六《題喬石林縱棹園八首之六》、《己巳夏五訪故人於白田諸同好存慰有加賦長句奉貽拈十三覃韻四首》、《喬石林先生和十三覃韻十首見貽無重押予報以十章仍限前韻愧不能一一步押也》、《石林復疊前韻八首貽我始一一疊其來韻報之》及沈受宏《白漊集》卷六《同繆念齋侍講葉星期明府游喬石林侍讀縱棹園》、喬崇烈《蒹葭書屋詩》《喜葉已畦前輩過白田奉和十三覃原倡》（存一）、《秋日感懷呈已畦前輩暨同學諸子四首仍用十三覃韻》皆爲當時所作。喬崇烈《喜葉已畦前輩過白田奉和十三覃原倡》云：「横山書屋昨曾探，鷄黍留賓燭跋三。自説閉門堪一紀，何妨處士慣多談。眈書獨抱蓮心苦，適俗終輸蜜口甘。記得跨塘塘上别，江天四五月平南。」後喬崇烈編諸詩爲《葉已畦前輩白田倡和集》，見崇烈《棗花莊録稿》中《撿架上所有詩文散篇者悉裝釘藏之得十二種各賦二十字》。喬崇烈，字紫淵。喬萊子。曾任鑲紅旗教習。有《蒹葭書屋詩》、《芥舟集》、《棗花莊録稿》。

六月，在揚州訪孔尚任，示以所著諸集。

孔尚任《湖海集》卷六《葉星期過訪示已畦諸集》：「江上詩名知最先，逢君垂老貌頎然。匆忙罷吏蓬雙鬢，潦倒逢人袖一編。未解深心扶古雅，若爲刻論嚇時賢。少陵已化昌黎朽，誰能探奇撥霧烟。」據袁世碩《孔尚任年譜》考，孔尚任七月即渡江游江寧，葉燮過訪當在本月。

八月十五日，在寶應撰《寶應重修六事亭碑記》。

文見《已畦文集》卷七，末署日期爲康熙己巳八月望日。

十月，與諸友論詩。

《已畦詩集》卷六有《與千子文虎彝上諸子論詩竟日仍疊韻二首》，次十月所作《余癸亥冬過白田臨行朱勔孺孝廉賦二律送别忽忽六載尚未賦答兹復至白田漫賦奉投兼報癸亥之作仍限覃韻四首》詩後。

今年，幼女姜以痘殤，得布政司胡存仁兼金之惠而殮。

參《已畦文集》卷一七《女姜壙銘》、《已畦詩集》卷七《胡存仁方伯顧余草堂感舊言懷》自注。

康熙二十九年（一六九〇）庚午　六十四歲

春，侄藩來訪。

《已畦詩集》卷七有《庚午春王桐初侄遠來訪我草堂貽五言二章次少陵西枝村韻别去至秋復來始得次韻答之》。

至京口，與諸友唱和。

《已畦詩集》卷七有《酬京口孫月潭次韻》、《同人集環山閣仍疊韻》、《三疊韻再贈月潭》、《旅次言懷呈張韋存世執并壯輿處沖兩世兄四疊韻》、《五疊韻答章聖可夏用修》、《六疊韻答皇士》、《答張禹村次韻》、《答張齡度次韻》，自注：「以上京口作。」

四月，至蘇州訪顧嗣立秀野草堂，適周屺公亦至，同宿談笑竟夕，顧嗣立有詩紀事。顧嗣協爲題「小天平」假山。

顧嗣立《秀野草堂詩集》卷三有《周即墨屺公從四明來適葉寶應星期自横山至同宿草堂談笑竟夕漫成一律紀之》，作於康熙二十九年庚午，詩云：「脱籜筍牙投豆煮」，時爲初夏。顧嗣協《依園詩集》卷二《題葉已畦小天平》、《初夏喜晤四明周屺公次俠君弟韻二首》、《半塘歸讀屺公同憲尹蒼山犀月集俠君弟梧語軒唱和詩補作二首》爲當時所作。

五月，至嘉興訪曹希文等酬唱，於旅舍晤同年曹石閭。

《已畦詩集》卷七《同項東井過鹽官訪曹希文廉讓堂即席呈曹石閭俞漢乘張皓亭楊專木沈蒼舒諸同學》、《翌日張皓亭招集遂初堂仍疊韻》、《疊韻答陳言揚》、《和楊專木孝廉拙宜園十咏之七俱次原韻》、《次韻答項東井》、《贈海鹽查又微》、《仲夏曹希文宴集同人烟雨樓》諸詩皆此行作。《已畦文集》卷一五《文學曹理庵墓志銘》：「康熙庚午五月，余偶至禾郡城，見同年友海鹽曹君石閭於旅舍。」曹三才（約一六六二—一七三五），字希文，一字廉讓，號廉齋、而雨、日亭。浙江海鹽人。康熙三十八年舉人，官湖州儒學教授。工書法篆刻。有《廉讓堂詩集》、《半硯冷雲集》、《東山偶集》等。

七月，爲喬萊作《樂志堂記》。

文見《已畦文集》卷五，末署日期爲康熙庚午秋七月。

秋，侄藩來訪，有詩次韻答之。

《已畦詩集》卷七有《庚午春王桐初侄遠來訪我草堂貽五言二章次少陵西枝村韻別去至秋復來始得次韻答之》。

曹寅訪二棄草堂，囑撰《楝亭記》。有詩相贈，葉燮有和章。

葉燮《曹荔軒内部過訪有贈即和韵答》繫于本年秋。《楝亭記》見《已畦文集》卷五。

故人陳留知縣鍾定書招游開封，經霍丘，有詩贈同年史麟長、侄康貽。

《已畦詩集》卷八《陳留署中作》自注：「陳留令君石門鍾静遠，余三十年前從游士也。遠札相招過署，惠詩和答。」《過霍丘贈同年史廣文麟長》、《疊韻贈康貽侹》。

過陳留，與鍾定游，有唱和詩多首。

《已畦詩集》卷八《陳留署中作》、《次韻答静遠》、《由陳留陸行至儀封集静遠攝署》等詩均是時作。

十二月十日，汪琬卒，爲之傷悼，乃取往日所摘汪文短處，悉焚之。

陳廷敬《午亭集》卷七五有《故翰林編修汪鈍翁墓志銘》。沈德潛《歸愚文鈔》卷一〇《葉先生傳》：「時汪編修鈍翁琬居堯峰教授，學者門徒數百人，比於鄭衆、摯恂。汪説經硜硜，素不下人，與先生持論鑿枘，互相詆諆，兩家門下士亦各持師説不相下。後鈍翁没，先生謂：『吾向不滿汪氏文，亦爲其名太高，意氣太盛，故麻列其失，俾平心静氣，以歸於中正之道，非爲汪氏學竟謬盭聖人也。且汪没，誰譏彈吾文者，吾失一諍友矣。』因取向時所摘汪文短處，悉焚之。」

除夕，在鍾定宅守歲，有和韻詩。

《已畦詩集》卷八有《庚午除夕和静遠韻》。

本年，爲曹寅撰《楝亭記》。

參《已畦文集》卷五。

康熙三十年（一六九一）辛未　六十五歲

正月十四日，鍾定招集同人宴集，有詩。

《已畦詩集》卷八有《和静遠上元前一日招集同人作》。

游開封，聞周伯章名，往訪，有詩贈之。

《已畦文集》卷一五《儀封處士竹友周君暨配王氏繼室王氏合葬墓志銘》：「康熙庚午，余游大梁。至儀封聞邑有明經周子伯章，讀書績學，有道士也，往訪之。」《已畦詩集》卷八有《贈儀封周伯章》。

五月五日，在蘇州觀競渡，有詩紀事。

《已畦詩集》卷八《吴閶競渡行》：「吴閶城中百萬户，傾城出嬉五月五。」

夏，蘇州鄧尉山聖恩寺新住持仁叟上人來訪。

《已畦文集》卷一六有《鄧尉聖恩仁叟震禪師塔志銘》。

七月，撰《積善庵改建律院碑記》。

文見《已畦文集》卷五，末署日期爲康熙辛未秋七月。

八月十七日，顧天石過訪草堂，有詩酬答。

《已畦詩集》卷八有《中秋後二日錫山顧天石過予草堂和十三覃韻詩見貽次韻答之》。

九月八日，張遠等集二棄草堂賦詩。

張遠《無悶堂集》卷一三《重陽前一夕集二棄草堂用韓韻》。按：詩次於辛未夏與閏七夕之間。考今年閏七月，詩當爲今年作，或編次偶紊耳。

與陳訏、金子亮、張皓亭飲於廉讓堂，限韻賦詩，陳訏有詩贈别。

陳訏《時用集》辛未詩《同葉已畦金子亮張皓亭飲廉讓堂限韻分賦》：「廉讓良朋集，嚴宵興轉豪。雄談芒角利，前輩典型高。蟾魄寒愈皎，鯨波卷竟嚎。爲歡忙索句，火急似追逃。」「醉頭昂更俯，雄辨折偏豪。不覺庭霜重，相看夜月高。坐深燈易跋，語妙耳頻嚎。世路風波闊，糟丘可共逃。」又有《贈别葉已畦次白田倡和韻四首》。據詩所述，似爲秋間事。陳訏字言揚，一字宋齋。海昌人。從黄宗羲學。有《時用集》，又編有《宋十五家詩選》。

冬，張皓亭邀館於其涉園旬月，爲作《海鹽張氏涉園記》。

《已畦文集》卷六《海鹽張氏涉園記》：「涉園者，海鹽張都諫螺浮先生所作也。康熙辛未冬，都諫令嗣張皓亭邀余館於園旬月，悉得其園之概，因爲志其廣狹高下尋丈。」

康熙三十一年（一六九二）壬申　六十六歲

三月三日，與海鹽舉人張小白同訪顧嗣立秀野草堂，以《已畦集》相贈。聽十番新曲，限韻作詩。

顧嗣立《秀野草堂詩集》卷四又有《上巳日葉寶應星期同海鹽張孝廉小白過訪草堂聽十番

新曲限三字爲韻三首》，列於《壬申清明前三日游西湖看桃花作》後，當作於康熙三十一年壬申三月。詩中自注：「時星期以《已畦集》見贈。」

春暮，作《平湖孫郭過趙傳》。

《已畦文集》卷一八《平湖孫郭過趙傳》：「居平湖十年，所與交者年或長幼於余不等，皆讀書大雅之士，尤投分者爲孫子元襄、郭子皋旭、趙子天來、過子吉雲。四君皆氣誼中人也。」

九月初過梁溪，宿布政司胡存仁齋。

《已畦詩集》卷八《重九前過梁溪宿胡存仁方伯齋》。

曹寅過訪二弃草堂，有詩三首見贈。

曹寅《楝亭詩鈔》卷二《過葉星期二弃草堂留飲即和見贈原韵》其二：「九月胥江闊，輕舠逆晚飈。」時在九月。

二十一日，友人項徽謨夫婦卜葬於秀水，爲撰墓志銘。

《已畦文集》卷一六有《太學項君暨配張孺人合葬墓志銘》。

秦松齡招同游徐乾學山莊。

《已畦詩集》卷八有《秦留仙太史招偕徐尚書健庵山莊》。

康熙三十二年(一六九三)癸酉　六十七歲

正月十四日,撰《永定寺大悲殿碑記》。

文見《已畦文集》卷七,末署日期爲康熙癸酉春王上元前一日。

二月,在蘇州餞送顧嗣協赴任陝西,撰《送顧迂客赴陝序》。

《已畦文集》卷一〇《送顧迂客赴陝序》:「康熙癸酉顧子迂客以新例得授縣令,將赴陝西幕府,於仲春戒期北征。其同學知交餞之閶門之滸。」

三月,廬山開先寺僧心壁游吴將歸,宋犖等以詩送行,彙爲詩卷,心壁屬葉燮序之。

《已畦文集》卷一〇《送心壁上人還廬山序》:「康熙癸酉春,出山來吴,春暮將還山。巡撫中丞宋公爲詩以送之,凡與壁公交者咸屬和,彙爲送壁公還山詩卷,壁公屬余序其事。」

五月二日,同人集草堂分韻賦詩。

《已畦詩集》卷九有《午日前三日同人集獨立蒼茫處即事賦斷句九佳》。

冬,爲殷斐仲作《松鶴堂記》。

《已畦文集》卷五《松鶴堂記》:「今癸酉冬,予復過寒山,上人在昔留予度歲。予因訊及所謂松鶴堂者,悉如(殳)山夫言,但松鶴堂已易主矣。已斐仲來過予,予始識之。」

今年,尚撰有《彙刻慈幼堂詩文序》、《寶華山見月大律師塔表》。

文見《已畦文集》卷九，末署日期爲康熙癸酉。

康熙三十三年（一六九四）甲戌　六十八歲

正月，徐乾學招諸公集遂園分韻賦詩。

《已畦詩集》卷九有《甲戌人日健庵尚書招同愚谷孚若諸公集遂園分韻得鄉字》。

爲姚松顏作《聽松堂姓字記》。

文見《已畦文集》卷五，末注：「甲戌年作。」

七月七日，游京口，程紫星招同人宴集。

《已畦詩集》卷九有《七夕京口程紫星招同陶穎儒何雍南孫元潭章聖可張壯輿處沖集西郭別墅分韻得蓮字》。

九月，名士徐枋卒，爲撰墓志銘。

《已畦文集》卷一六有《孝廉徐俟齋先生墓志銘》。

康熙三十四年（一六九五）乙亥　六十九歲

春，至揚州賣文，携《已畦集》一部，托聶先贈張潮祈爲之地。

張潮輯《尺牘友聲二集》聶先札云：「高朋盛會，荷承招與，感何如也。（中略）葉星老帶來《已畦集》，止此一部，因不概投，托弟代上，幸爲賜閲。星老欲此地賣文，代撰墓志碑銘。」

中州馮子泌遺人持父行狀來求表墓。

《已畦文集》卷一四有《縣進士文林郎德清縣知縣馮君墓表》。

重訪平湖，昔鄰居友周日芳已卒，應其子之請爲作傳。

《已畦文集》卷一八《周太學傳》：「距三十五年，歲丙子至湖邑，而蘭生已爲異物，其生平之概猶歷歷在目，欷嘘久之。其嗣君向予曰：『微先生孰能傳之。』」

康熙三十五年（一六九六）丙子　七十歲

秋，有題錢瞿亭園十首，用杜甫《游何將軍山林十首》韵，唐孫華和之。

唐孫華《東江詩鈔》卷四《和葉星期明府題錢瞿亭園用杜工部游何將軍山林十韵十首》（十首存八），次于《浙闈撤棘後聞以銓曹公事連染左官》、《壽朱立雲七十》二詩後。按：唐孫華本年秋出任浙江鄉試副考官，《浙闈撤棘》詩即當時作。後又有《閏三月十八日同忍庵宫贊錢瞿亭舍人王憲尹太守曹九咸明府邀韓州牧集忍庵堂中觀伎》，則爲明年閏三月作。觀唐孫華和詩其八云：「仕路幽端集，家居勝賞多。」知錢氏以舍人辭官鄉居者。卷八《錢瞿亭舍人挽詩》作于康熙四十四年（一七〇五）乙酉。

康熙三十六年（一六九七）丁丑　七十一歲

正月，與錢立三坐黄葉上人精舍，有詩題贈。

《已畦詩集》卷一〇有《丁丑孟春同錢子立三坐黃葉上人精藍題贈和韻》。

除夕，在蘇州東北大乘寺守歲，有詩。門人張景崧有和作。

《已畦詩集》卷一〇《丁丑除夕寓大乘招提作》。張景崧《鍜亭集》卷一《丁丑除夕和橫山先生韵》爲當日和作。《蘇州府志》卷二八：「張景崧，字岳未，康熙己丑進士，官樂亭知縣。學詩于葉燮，稱入室弟子。論詩以新鮮明麗爲主，謂與其爲假王、孟，不如爲真温、李，以王、孟可僞爲，温、李不易僞爲也。王士禛比之韓門張籍。」

康熙三十七年（一六九八）戊寅　七十二歲

宋犖來訪，辭不見，宋犖留詩而去，有詩和其韻。

袁景輅《國朝松陵詩徵》葉燮小傳：「既歸，携家人入橫山，築小圃，顔曰『獨立蒼茫處』，著述其中。商丘宋中丞聞其名，減從往訪，辭不見。宋公曰：『獨立蒼茫處，容一立否？』留二絶句而去，先生不往報也。」《已畦詩集》卷一〇《奉和宋大中丞綿津先生過訪二棄草堂不值原韻》、《再疊前韻》、《三疊前韻》、《四疊前韻》，當爲此時作。

春，將有中州之行，門人賦詩送行，和韻答之。

《已畦詩集》卷一〇有《寅春有中州之行及門賦宴別詩以送和韻答之》。

四月，沈德潛謁於張岳未席上，隨即執弟子禮，列於門墻。

參《沈歸愚全集》所附《沈歸愚自訂年譜》。

五月，同人集虛己齋縱談竟日，有詩。

《已畦詩集》卷一〇有《戊寅仲夏同人集虛己齋縱談竟日旁及内典步東坡岐亭韻》。

秋，於老友金亦陶家觀祝枝山行書陸機《文賦》，爲跋於其後。

《已畦文集》卷一二有《跋祝京兆行書陸士衡文賦後》。

康熙三十八年（一六九九）己卯　七十三歲

除夕，有和釋海印詩。

《已畦詩集》卷一〇有《和海印弘公除夕韻》。

康熙四十年（一七〇一）辛巳　七十五歲

五月，爲金禹安撰五十壽序。

《已畦文集》卷一〇《金禹安五十初度序》云歲在辛巳，月在鶉火。

將門人沈德潛詩呈張玉書，張玉書索德潛近作，德潛賦《金山行》以進。

沈德潛《一一齋詩》卷三《金山行》下注：「橫山先生以拙咏呈京江相公，承索近詩，因賦此篇。」詩繫于辛巳。

邀諸君集黄與堅如松堂觀朱素臣劇。

沈德潛《歸愚詩鈔》卷五《凌氏如松堂文讌觀劇》：「憶昔康熙歲辛巳，横山先生執牛耳。堂開如松延衆英，一時冠蓋襄陽裹。酒酣樂作翻新曲，龍笛鵾弦門聲伎。雲鬟小隊舞《柘枝》，雪面參軍墮簪珥。」自注：「時朱翁素臣制曲，有《杜少陵獻三大禮賦》、《琴操問禪》、《楊升庵伎女游春》諸劇。」《嘉慶直隸太倉州志》卷五一古迹：「如松堂，官贊善黄與堅宅，在南門内。康熙三十八年御書賜額。」沈德潛作詩時如松堂已歸凌氏。

康熙四十一年（一七〇二）壬午　七十六歲

有書與王漁洋，漁洋逡巡未復。

王士禛《蠶尾集剩稿・答葉寳應星期》：「前奉瑶華，曠如復面，即欲有數行報謝雅意，而苦乏便郵，耿耿於懷，且經歲矣。」書作於明年，言「且經歲」，知寄書在今年也。

游浙江紹興會稽山，歸遂病。

沈德潛《歸愚文鈔》卷一〇《葉先生傳》：「歲壬午，年七十有六，慕會稽五泄之勝，欲往游焉。先是游泰山、嵩山、黄山、匡廬、羅浮、天台、雁蕩諸山，而五泄近在六百里内，游屐未到。裹三月糧，窮山之勝乃歸。歸已得疾矣，越一年卒。」

康熙四十二年（一七〇三）癸未　七十七歲

寄王漁洋《已畦集》，旋於秋間下世。九月，王士禛作書報葉燮寄書及《已畦集》，以門人張尚瑗南歸之便寄之，而葉燮已先卒。葉燮卒後家式微。有一子名舒曇，字長揚，曾讀於沈德潛執教之紫陽書院；一女名姜，早夭。孫啓祥，吴縣縣學生。

沈德潛《歸愚文鈔》卷一〇《葉先生傳》：「先生既卒，新城王尚書阮亭寓書，謂先生詩古文熔鑄古昔而自成一家之言（下略）。」《沈歸愚自訂年譜》：「秋，横山先生卒。先是横山以所製詩古文并及門數人詩致書於王漁洋司寇。至是漁洋答書極道先生詩文特立成家，絶無依傍，諸及門中，以予與張岳未、張永夫不止得皮得骨，直已得髓。」按：王士禛書不見於漁洋諸集，唯載於國家圖書館藏《蠶尾集賸稿》，題作《答葉寶應星期》。略云：「憶與先生嶺南一別，彈指已十九年，燕吴修阻，鱗羽闊疏。前奉瑶華，曠如復面，即欲有數行報謝雅意，而苦乏便郵，耿耿於懷，且經歲矣。頃荷寄示《已畦》大集，詩筆皆鑿鑿有特見。（中略）貴門人遠書下問，陳義甚高。以秋官之署，牒訴旁午，未及作答，希先生一致之。弘蘧太史行，附申積懷，不盡。」詳筆者《王漁洋事迹徵略》（人民文學出版社，二〇〇一年）「康熙四十二年」。

徵引書目

《十三經注疏》，中華書局一九八五年影印本
王夫之《周易内傳》，《船山全書》本，岳麓書社一九八八年版
王夫之《周易外傳》，《船山全書》本，岳麓書社一九八八年版
王夫之《周易稗疏》，《船山全書》本，岳麓書社一九八八年版
陳第《尚書疏衍》，影印文淵閣《四庫全書》本
閻若璩《古文尚書疏證》，上海古籍出版社一九八七年版
郝敬《毛詩原解》，周維德編《全明詩話》本，齊魯書社二〇〇五年版
嚴虞惇《讀詩質疑》，影印文淵閣《四庫全書》本
惠周惕《詩説》，《昭代叢書》庚集埤編本
朱熹《四書集注》，中華書局一九八三年版
王念孫《廣雅疏證》，嘉慶元年王氏家刻本
司馬遷《史記》，中華書局校點本
班固《漢書》，中華書局校點本
范曄《後漢書》，中華書局校點本
陳壽《三國志》，中華書局校點本
房玄齡等《晉書》，中華書局校點本

沈約《宋書》，中華書局校點本
蕭子顯《南齊書》，中華書局校點本
姚思廉等《梁書》，中華書局校點本
李延壽《南史》，中華書局校點本
李延壽《北史》，中華書局校點本
趙爾巽等《清史稿》，中華書局校點本
《戰國策》，上海古籍出版社一九九八年版
《吴越春秋》，《四部備要》本
翁廣平《平望鎮志》，光緒十三年刊本
錢謙益《列朝詩集小傳》，上海古籍出版社一九八三年版
汪敬源《續修文清公年譜》，民國間鈔本
鄭方坤《本朝名家詩鈔小傳》，《龍威秘書》本
永瑢《四庫全書總目》，中華書局一九六五年影印本
傅增湘《藏園群書題記》，上海古籍出版社一九八九年版
王重民《校讎通義通解》，上海古籍出版社二〇〇九年版
李肇《唐國史補》，上海古籍出版社一九七九年版
段安節《樂府雜録》，《中國古典戲曲論著集成》本
沈括《夢溪筆談》，文物出版社一九七五年影印本
魏泰《東軒筆録》，影印文淵閣《四庫全書》本
羅大經《鶴林玉露》，中華書局一九八三年版
惠洪《冷齋夜話》，張伯偉輯《稀見本宋人詩話四種》本，江蘇古籍出版社二〇〇二年版
孫奕《履齋示兒編》，《北京圖書館古籍珍本叢

刊》影印本
陳善《捫虱新話》，《叢書集成初編》本
鄧之誠《東京夢華録注》，中華書局一九八二年版
洪邁《容齋隨筆》，上海古籍出版社一九七八年版
曾慥《類説》，文學古籍刊行社一九五五年影印本
劉塤《隱居通議》，《叢書集成初編》本
陶宗儀《南村輟耕録》，齊魯書社二〇〇七年版
楊慎《丹鉛雜録》，《叢書集成初編》本
陸深《春風堂隨筆》，臺灣藝文印書館一九六五年影印本
田藝蘅《留青日札》，上海古籍出版社一九八五年版
胡應麟《少室山房筆叢》，中華書局上海編輯所一九五八年版
陳繼儒《小窗幽記》，中州古籍出版社二〇〇八年版
馮班《鈍吟雜録》，《叢書集成初編》本
黃汝成《日知録集釋》，花山文藝出版社一九九〇年版
王士禛《池北偶談》，中華書局一九八二年版
王士禛《香祖筆記》，上海古籍出版社一九八二年版
王士禛《居易録》，《王士禛全集》本，齊魯書社二〇〇七年版
王士禛《古夫于亭雜録》，《王士禛全集》本
王士禛《浯溪考》，《王士禛全集》本
劉獻廷《廣陽雜記》，中華書局一九八五年版

王晫《今世説》，《叢書集成初編》本
閻若璩《潛丘札記》，乾隆十年刊本
趙吉士《寄園寄所寄》，康熙刊本
何焯《義門讀書記》，中華書局一九八七年版
金埴《不下帶編》，中華書局一九八二年版
尤珍《介峰札記》，康熙刊本
鞠濂《史席閑話》，宣統二年海隅山館刊本《悦軒文鈔》附
王應奎《柳南隨筆》，中華書局一九八三年版
鄒炳泰《午風堂叢談》，乾隆刊本
趙翼《陔餘叢考》，中華書局一九六三年版
紀昀《閱微草堂筆記》，上海古籍出版社一九八〇年版
諸聯《明齋小識》，乾隆刊本
葉廷琯《鷗陂漁話》，遼寧教育出版社一九九八年版
昂孫《網廬漫墨》，山西古籍出版社一九九六年版
戴鳴《桑陰隨記》，清末刊本
李慈銘《越縵堂日記》，廣陵書社二〇〇四年影印本
張志聰《黄帝内經集注》，浙江古籍出版社二〇〇二年版
郭慶藩《莊子集釋》，中華書局二〇〇四年版
《孔子家語疏證》，陳士珂輯，上海書店一九八七年影印本
梁啓雄《荀子集釋》，中華書局一九八三年版
許維遹《呂氏春秋集釋》，文學古籍刊行社一九五五年版

汪榮寶《法言義疏》，中華書局一九八七年版
劉安《淮南子》，上海古籍出版社一九八九年版
汪繼培《潛夫論箋》，中華書局一九七九年版
楊明照《抱朴子外篇校箋》，中華書局一九九一年版
胡守爲《神仙傳校釋》，中華書局二〇一〇年版
楊伯峻《列子集釋》，中華書局一九七九年版
李天華《世説新語新校》，岳麓書社二〇〇四年版
王利器《顔氏家訓集解》，上海古籍出版社一九八〇年版
任昉《述異記》，吉林大學出版社一九九二年版
李冗《獨異志》，中華書局一九八三年版
李昉《太平御覽》，中華書局一九六〇年影印本
賴永海、高永旺譯注《維摩詰經》，中華書局二〇一〇年版
《菩薩瓔珞本業經》，《大正新修大藏經》本
天親菩薩《中邊分別論》，《大正新修大藏經》本
釋道原《景德傳燈録》，《四部叢刊三編》本
釋普濟《五燈會元》，中華書局一九八四年版
釋克勤《碧巖録》，《大正新修大藏經》本
楊時《龜山語録》，影印文淵閣《四庫全書》本
龐樸《東西均注釋》，中華書局二〇〇一年版
魏象樞《庸言》，《昭代叢書》庚集埤編本
陸世儀《思辨録輯要》，影印文淵閣《四庫全書》本
張雲璈《四寸學》，道光十一年簡松草堂刊本
陶宗儀《説郛》，影印文淵閣《四庫全書》本
馮夢龍《情史》，《馮夢龍全集》，江蘇古籍出版社一九九一年版

樓宇烈《王弼集校釋》，中華書局一九八〇年版
劉開揚《高適詩集編年箋注》，中華書局一九八一年版
陳鐵民、侯忠義《岑參集校注》，上海古籍出版社一九八一年版
仇兆鰲《杜詩詳注》，中華書局一九七九年版
劉濬《杜詩集評》，嘉慶十年海寧藜照堂刊本
劉鵬、李桃《毗陵集校注》，遼海出版社二〇〇七年版
馬其昶《韓昌黎文集校注》，上海古籍出版社一九八七年版
錢仲聯《韓昌黎詩繫年集釋》，上海古籍出版社一九八四年版
柳宗元《柳宗元集》，中華書局一九七九年版
元稹《元稹集》，中華書局一九八二年版
白居易《白氏長慶集》，文學古籍刊行社一九五五年版
王琦等《李賀詩歌集注》，上海古籍出版社一九七八年版
杜牧《樊川文集》，上海古籍出版社一九七八年版
傅璇琮、周建國《李德裕集校箋》，河北教育出版社二〇〇〇年版
皮日休《皮子文藪》，上海古籍出版社一九八一年版
釋齊己《白蓮集》，《四部叢刊初編》本
歐陽修《歐陽修全集》，中華書局二〇〇一年版
郎曄選《經進東坡文集事略》，文學古籍刊行社一九五七年版
蘇轍《欒城集》，上海古籍出版社一九八七年版

黃庭堅《山谷全集》，《四部備要》本

徐培均《淮海集箋注》，上海古籍出版社二〇〇〇年版

晁補之《雞肋集》，影印文淵閣《四庫全書》本

邵雍《伊川擊壤集》，明萬曆文靖書院刊本

劉弇《龍雲集》，影印文淵閣《四庫全書》本

張方平《樂全集》，影印文淵閣《四庫全書》本

陳耆卿《篔窗集》，影印文淵閣《四庫全書》本

張元幹《蘆川歸來集》，上海古籍出版社一九七八年版

史彌寧《友林乙稿》，影印文淵閣《四庫全書》本

楊大鶴選《劍南詩鈔》，康熙間愛日堂藏板本

王琦珍整理《楊萬里詩文集》，江西人民出版社二〇〇六年版

劉克莊《後村先生大全集》，《四部叢刊初編》本

方回《桐江續集》，影印文淵閣《四庫全書》本

周孚《蠹齋鉛刀編》，影印文淵閣《四庫全書》本

吳澄《吳文正集》，影印文淵閣《四庫全書》本

楊維楨《東維子集》，《四部叢刊初編》本

歐陽玄《圭齋文集》，《四部叢刊初編》本

宋濂《宋文憲公全集》，《四部備要》本

林弼《林登州集》，《北京圖書館古籍珍本叢刊》本

楊士奇《東里集》，上海古籍出版社一九九一年影印本

梁蘭《畦樂詩集》，影印文淵閣《四庫全書》本

李夢陽《空同集》，萬曆間思山堂刊本

王廷相《王氏家藏集》，嘉靖刊本

李騰芳《李文莊公全集》影印文淵閣《四庫全書》本

于慎行《穀城山館詩集》，影印文淵閣《四庫全書》本
唐順之《重刊荆川先生文集》，《四部叢刊初編》本
李攀龍《滄溟先生集》，上海古籍出版社一九九二年版
袁宏道《袁中郎全集》，世界書局一九九〇年版
袁宗道《白蘇齋類集》，上海古籍出版社一九八九年版
李贄《焚書》，中華書局一九七五年版
屠隆《由拳集》，萬曆八年刊本
鄧雲霄《漱玉齋文集》，同治十一年家刻本
江盈科《江盈科集》，岳麓書社一九九七年版
鍾惺《隱秀軒集》，上海古籍出版社一九九二年版
曹學佺《曹學佺集》，江蘇古籍出版社二〇〇三年版
陳子龍《陳子龍文集》，華東師範大學一九八八年版
錢謙益《牧齋初學集》，上海古籍出版社一九八五年版
錢謙益《牧齋有學集》，上海古籍出版社一九九六年版
錢謙益《牧齋雜著》，上海古籍出版社二〇〇七年版
薛所蘊《淡友軒集》，康熙刊本
金堡《遍行堂集》，國學扶輪社宣統三年排印本
盧世㴶《尊水園集略》，順治十七年盧孝餘刊本
申涵光《聰山詩文集》，河北人民出版社二〇〇一年版

毛奇齡《西河文集》，乾隆間蕭山書留草堂藏板本
孫奇逢《孫奇逢集》，中州古籍出版社二〇〇三年版
黄宗羲《南雷集》，《四部叢刊初編》本
黄宗羲《南雷文定》，康熙二十七年刊本
馮班《鈍吟文稿》，康熙十八年刊《鈍吟老人遺稿》本
宋琬《安雅堂文集》，康熙刊本
孫枝蔚《溉堂後集》，上海古籍出版社一九七九年影印本
龔鼎孳《定山堂詩集》，光緒九年龔彦緒刊本
魏禧《魏叔子文集》，《寧都三魏文集》本，道光二十五年謝若庭紱園書塾重刊本
陸隴其《三魚堂文集》，上海古籍出版社一九七九年影印本
錢澄之《田間文集》，黄山書社一九九八年版
吕留良《吕晚村先生文集》，光緒間重刊本
汪琬《鈍翁前後類稿》，康熙刊本
汪琬《堯峰文鈔》，康熙刊本
李聖華《汪琬全集校箋》，人民文學出版社二〇一〇年版
吴懋謙《吴六益前後合集》，康熙間尊樂堂刊本
尤侗《西堂雜俎》，康熙刊本
朱彝尊《曝書亭集》，康熙刊本
徐增《九誥堂集》，湖北省圖書館藏鈔本
程康莊《程昆侖先生詩文集》，三晉出版社二〇〇八年版
姜宸英《西溟文鈔》，康熙刊本
王弘撰《砥齋集》，康熙刊本

黄中堅《蓄齋集》，國家圖書館藏鈔本

康乃心《莘野文集》《莘野先生遺書》，中國社會科學院文學所藏乾隆間稿鈔本

李鄴嗣《杲堂詩文集》，浙江古籍出版社一九八八年版

宗元鼎《芙蓉集》，康熙刊本

劉獻廷《廣陽詩集》，上海古籍出版社一九七八年影印本

徐釚《南州草堂詩文集》，康熙刊本

葉燮《已畦集》，康熙間二棄草堂刊本

葉燮《汪文摘謬》，民國間無錫丁氏排印本

李天馥《容齋詩集》，海南出版社二〇〇〇年版《故宫珍本叢刊》影印本

林雲銘《挹奎樓選稿》，康熙刊本

歐初、王貴忱主編《屈大均全集》，人民文學出版社一九九六年版

陳恭尹《獨漉堂集》，中山大學出版社一九八八年排印本

梁佩蘭《六瑩堂集》，中山大學出版社一九九二年版

曾燦《六松堂文集》，康熙刊本

王士禛《漁洋續集》，康熙刊本

王士禛《漁洋山人文略》，康熙刊本

潘耒《遂初堂集》，康熙刊本

田易《天南一峰集》，康熙刊本

陸次雲《北墅緒言》，康熙刊本

謝良琦《醉白堂集》，光緒刊本

魏禧《魏叔子文集》《寧都三魏文集》本

張貞《渠亭山人半部稿》，康熙刊本

邵長蘅《邵子湘全集》，康熙刊本

李振裕《白石山房文集》，康熙間香雪堂刊本
龐塏《叢碧山房詩集》，康熙刊本
鄭梁《鄭寒村全集》，康熙刊本
李嶟瑞《後圃編年集》，康熙刊本
王岱《了菴文集》，《四庫全書存目叢書》本
賀振能《窺園稿》，康熙刊本
毛際可《會侯先生文鈔》，康熙刊本
田雯《古歡堂集》，康熙刊本
柴紹炳《柴省軒先生文鈔》，康熙刊本
汪懋麟《百尺梧桐閣集》，上海古籍出版社一九八〇年影印康熙刊本
方象瑛《健松齋續集》，民國十七年方朝佐重刊本
王巖《白田文集》，清刊本
王艮《鴻逸堂稿》，《四庫全書存目叢書》本
汪森《小方壺存稿》，康熙四十六年刊本
儲雄文《浮青水榭詩》，康熙刊本
汪士鋐《栗亭詩集》，康熙刊本
袁啓旭《中江紀年詩集》，乾隆十一年刊本
揆叙《益戒堂文鈔》，海南出版社二〇〇〇年版《故宫珍本叢刊》影印本
楊繩武《古柏軒文集》，道光二十八年刊本
葉舒璐《分干詩鈔》，乾隆刊本
田同之《硯思集》，乾隆間刊《田氏叢書》本
吕陽《吕全五薪齋二集》，康熙刊本
彭端淑《白鶴堂文稿》，乾隆刊本
武全文《曠觀園詩集》，民國十三年盂縣教育會排印本
沈樹德《慈壽堂文鈔》，《吴興叢書》本
沈德潛《歸愚文鈔》，乾隆刊本

黃子雲《長吟閣詩集》，乾隆十二年刊本

胡天游《石笥山房集》，咸豐二年重刊本

王英志主編《袁枚全集》，江蘇古籍出版社一九九三年版

李夢生《忠雅堂集校箋》，上海古籍出版社一九九三年版

翁方綱《復初齋文集》，道光十六年刊本

劉文淇《青溪舊屋文集》，光緒九年刊本

阮元《研經室集》，中華書局一九九三年版

劉大觀《玉磬山房文集》，嘉慶刊本

張宗泰《魯巖所學集》，道光刊本

高蘭曾《自娛集文稿》，道光二十八年刊本

龔自珍《龔自珍全集》，上海人民出版社一九七五年版

汪端《自然好學齋詩鈔》，同治十三年重刊本

周濟《介存齋詩》，光緒十八年荆溪周氏刻求志堂存稿彙編本

朱艧《味無味齋詩草》，清刊本

黃承吉《夢陔堂詩集》，民國二十八年燕京大學圖書館排印本

張調元《張調元文集》，中州古籍出版社二〇〇四年版

何紹基《何紹基詩文集》，岳麓書社一九九二年版

焕明《遂初堂詩集》，朱浩懷一九八一年臺北排印本

莫友芝《莫友芝詩文集》，人民文學出版社二〇〇九年版

《六臣注文選》，臺灣廣文書局一九七二年影印本

范大士輯《歷代詩發》，康熙刊本
王夫之輯《古詩評選》，文化藝術出版社一九九七年版
陳祚明輯《采菽堂古詩選》，上海古籍出版社二〇〇九年版
殷璠輯《河嶽英靈集》，《唐人選唐詩十種》本，上海古籍出版社一九七八年版
高仲武輯《中興閒氣集》，《唐人選唐詩十種》本，上海古籍出版社一九七八年版
金聖嘆輯《金聖嘆選批唐詩》，浙江古籍出版社一九八四年版
王夫之輯《唐詩評選》，文化藝術出版社一九九七年版
王堯衢輯《古唐詩合解》，光緒間重刊本
李慶甲輯《瀛奎律髓彙評》，上海古籍出版社一九八六年版
《御選唐宋詩醇》，乾隆刊本
林民表輯《赤城集》，影印文淵閣《四庫全書》本
顧奎光輯《元詩選》，乾隆刊本
王夫之輯《明詩評選》，文化藝術出版社一九九七年版
沈德潛輯《明詩別裁集》，上海古籍出版社一九七九年版
汪端輯《明三十家詩選》，道光二年自然好學齋刊本
王翬輯《清輝贈言》，道光十六年來清閣刊本
曾燦輯《過日集》，康熙間曾氏六松草堂刊本
王應奎輯《海虞詩苑》，乾隆刊本
沈德潛輯《國朝詩別裁集》，乾隆二十五年教忠堂重訂本

凌霄輯《鍾秀集》，嘉慶刊本
王士禛、鄒祗謨輯《倚聲初集》，順治十七年刊本
茅坤輯《唐宋八大家文鈔》，黄山書社二〇一〇年版
吴孟復、蔣立甫主編《古文辭類纂評注》，安徽教育出版社二〇〇四年版
黄容、王維翰輯《尺牘蘭言》，《四庫禁毀書叢刊》本
周亮工輯《賴古堂名賢尺牘新鈔》，宣統三年國學扶輪社石印本
夏荃輯《海陵文徵》，光緒九年刊本
金聖嘆輯《第六才子書》，《金聖嘆全集》，鳳凰出版社二〇〇八年版
黄侃《詩品講疏》，未刊稿，范文瀾《文心雕龍注》引
范文瀾《文心雕龍注》，人民文學出版社一九五八年版
浦起龍《史通通釋》，上海古籍出版社一九七八年版
李壯鷹《詩式校注》，齊魯書社一九八六年版
賈島《二南密旨》，張伯偉輯《全唐五代詩格彙考》本，鳳凰出版社二〇〇二年版
孟棨《本事詩》，丁福保輯《歷代詩話續編》本，中華書局一九八三年版
歐陽修《六一詩話》，何文焕輯《歷代詩話》本，中華書局一九八一年版
陳師道《後山詩話》，何文焕輯《歷代詩話》本
劉攽《中山詩話》，何文焕輯《歷代詩話》本
許顗《彦周詩話》，何文焕輯《歷代詩話》本
蔡啓《蔡寬夫詩話》，郭紹虞輯《宋詩話輯佚》本，

中華書局一九八〇年版

阮閱《詩話總龜》，人民文學出版社一九八七年版

吴幵《優古堂詩話》，丁福保輯《歷代詩話續編》本

强幼安述《唐子西文録》，何文焕輯《歷代詩話》本

葉夢得《石林詩話》，何文焕輯《歷代詩話》本

范温《潛溪詩眼》，郭紹虞輯《宋詩話輯佚》本

周紫芝《竹坡詩話》，何文焕輯《歷代詩話》本

吕本中《童蒙詩訓》，郭紹虞輯《宋詩話輯佚》本

俞成《螢雪叢説》，陶宗儀輯《説郛》本

張表臣《珊瑚鉤詩話》，何文焕輯《歷代詩話》本

吴聿《觀林詩話》，丁福保輯《歷代詩話續編》本

吴沆《環溪詩話》，中華書局一九八一年版

陳知柔《休齋詩話》，郭紹虞輯《宋詩話輯佚》本

敖陶孫《臞翁詩評》，汲古閣刊《南宋六十家集臞翁詩集》附

曾季貍《艇齋詩話》，丁福保輯《歷代詩話續編》本

胡仔《苕溪漁隱叢話》，人民文學出版社一九六二年版

吴可《藏海詩話》，丁福保輯《歷代詩話續編》本

周必大《二老堂詩話》，何文焕輯《歷代詩話》本

葛立方《韻語陽秋》，何文焕輯《歷代詩話》本

張戒《歲寒堂詩話》，丁福保輯《歷代詩話續編》本

范晞文《對床夜語》，丁福保輯《歷代詩話續編》本

姜夔《白石道人詩説》，何文焕輯《歷代詩話》本

劉克莊《後村詩話》，中華書局一九八三年版

郭紹虞《滄浪詩話校釋》，人民文學出版社一九六一年版

魏慶之《詩人玉屑》，上海古籍出版社一九七八年版

鄭必俊《懷古録校注》，中華書局一九九三年版

張炎《詞源》，唐圭璋編《詞話叢編》本，中華書局一九八六年版

王若虚《滹南詩話》，丁福保輯《歷代詩話續編》本

楊載《詩法家數》，何文焕輯《歷代詩話》本

傅與礪《詩法源流》，張健纂《元代詩法校考》本，北京大學出版社二〇〇一年版

范梈《木天禁語》，何文焕輯《歷代詩話》本

韋居安《梅磵詩話》，丁福保輯《歷代詩話續編》本

陳沂《拘虚詩談》，周維德編《全明詩話》本，齊魯書社二〇〇四年版

李東陽《麓堂詩話》，丁福保輯《歷代詩話續編》本

都穆《南濠詩話》，周維德編《全明詩話》本

徐禎卿《談藝録》，何文焕輯《歷代詩話》本

楊慎《升庵詩話》，丁福保輯《歷代詩話續編》本

徐泰《詩談》，臺灣廣文書局一九七一年影印本

顧起綸《國雅品》，丁福保輯《歷代詩話續編》本

王世貞《藝苑卮言》，丁福保輯《歷代詩話續編》本

王世懋《藝圃擷餘》，何文焕輯《歷代詩話》本

郝敬《藝圃傖談》，周維德編《全明詩話》本

俞弁《逸老堂詩話》，丁福保輯《歷代詩話續編》本

袁黄《騷壇漫語》，《中國詩學》第十四輯，人民文學出版社二〇一〇年版

王槚編《詩法指南》，萬曆二十七年刊本

江盈科《雪濤詩評》，陶宗儀輯《説郛》本

張溥《漢魏六朝百三家集題辭注》，人民文學出版社一九八二年版

王驥德《曲律》，《中國古典戲曲論著集成》本；又陳多、葉長海注釋本，上海古籍出版社二〇一二年版

謝榛《四溟詩話》，丁福保輯《歷代詩話續編》本

胡應麟《詩藪》，上海古籍出版社一九七九年版

謝肇淛《小草齋詩話》，吴文治編《明詩話全編》本，江蘇古籍出版社一九九七年版

陸時雍《詩鏡總論》，丁福保輯《歷代詩話續編》本

許學夷《詩源辯體》，人民文學出版社一九八七年版

申涵光《説杜》，《聰山詩文集》，河北人民出版社二〇一一年版

賀裳《載酒園詩話》，郭紹虞輯《清詩話續編》本，上海古籍出版社一九八三年版

吴喬《答萬季野詩問》，丁福保輯《清詩話》本，上海古籍出版社一九七八年版

吴喬《圍爐詩話》，郭紹虞輯《清詩話續編》本

吴喬《逃禪詩話》，臺灣廣文書局一九七三年影印本

黄宗羲《論文管見》，《昭代叢書》己集廣編本

李沂《秋星閣詩話》，丁福保輯《清詩話》本

宋徵璧《抱真堂詩話》，郭紹虞輯《清詩話續編》本
李漁《閑情偶寄》，《中國古典戲曲論著集成》本
周容《春酒堂詩話》，郭紹虞輯《清詩話續編》本
施閏章《蠖齋詩話》，丁福保輯《清詩話》本
王士禛《漁洋詩話》，丁福保輯《清詩話》本
郎廷槐編《師友詩傳録》，丁福保輯《清詩話》本
劉大勤記《師友詩傳續録》，丁福保輯《清詩話》本
何世璂記《然燈記聞》，丁福保輯《清詩話》本
朱彝尊撰，姚祖恩輯《静志居詩話》，人民文學出版社一九九〇年版
戴鴻森《薑齋詩話箋注》，人民文學出版社一九八一年版
毛奇齡《西河詩話》，乾隆間蕭山毛氏書留草堂刊本
朱紹本《定風軒活句參》，國家圖書館藏清初鈔本
毛先舒《詩辯坻》，郭紹虞輯《清詩話續編》本
顧嗣立《寒廳詩話》，丁福保輯《清詩話》本
宋犖《漫堂説詩》，丁福保輯《清詩話》本
徐增《而庵詩話》，丁福保輯《清詩話》本
黄生《詩麈》，《皖人詩話八種》本，黄山書社一九九五年版
趙執信《談龍録》，丁福保輯《清詩話》本
龐塏《詩義固説》，郭紹虞輯《清詩話續編》本
張謙宜《絸齋詩談》，郭紹虞輯《清詩話續編》本
葉矯然《龍性堂詩話》，郭紹虞輯《清詩話續編》本
游藝編《詩法入門》，康熙間慎貽堂重刊本

姚培謙《松桂讀書堂詩話》，乾隆八年刊松桂讀書堂集本

嚴首升《瀨園詩話》，國家圖書館藏《茂雪堂叢書》本

查爲仁《蓮坡詩話》，丁福保輯《清詩話》本

霍松林校點注釋《原詩》，人民出版社一九七九年版

沈德潛《説詩晬語》，丁福保輯《清詩話》本

李重華《貞一齋詩説》，丁福保輯《清詩話》本

薛雪《一瓢詩話》，丁福保輯《清詩話》本

吴雷發《説詩菅蒯》，丁福保輯《清詩話》本

田同之《西圃詩説》，郭紹虞輯《清詩話續編》本

黄子雲《野鴻詩的》，丁福保輯《清詩話》本

方世舉《叢蘭詩話》，郭紹虞輯《清詩話續編》本

方世泰《方南堂先生輟鍛録》，郭紹虞輯《清詩話續編》本

邊連寶《病餘長語》，中華書局二〇〇七年《邊隨園集》本

沈銘彝《竹岑詩話》，大連圖書館藏《竹岑札記》鈔本

管世銘《讀雪山房唐詩序例》，郭紹虞輯《清詩話續編》本

顧龍振《詩學指南》，乾隆二十四年敦本堂刊本

王昶《詩説》，中國社會科學院文學所藏朱桂《巖客吟草》抄本

喬億《劍溪詩説》，郭紹虞輯《清詩話續編》本

袁枚《隨園詩話》，江蘇古籍出版社二〇〇〇年版

葉瑛《文史通義校注》，中華書局一九八五年版

翁方綱《石洲詩話》，郭紹虞輯《清詩話續編》本

翁方綱《七言詩三昧舉隅》，丁福保輯《清詩話》本

詹杭倫、沈時蓉《雨村詩話校正》，巴蜀書社二〇〇六年版

汪師韓《詩學纂聞》，丁福保輯《清詩話》本

陶元藻《鳧亭詩話》，嘉慶元年刊本

洪亮吉《北江詩話》，人民文學出版社一九九八年版

雪北山樵輯《花熏閣詩述》，嘉慶間刊本

吴文溥《南野堂筆記》，嘉慶間詩洞天刊巾箱本

唐岱《繪事發微》，潘運告編《清人論畫》，湖南美術出版社二〇〇四年版

牟願相《小澥草堂雜論詩》，郭紹虞輯《清詩話續編》本

錢泳《履園譚詩》，丁福保輯《清詩話》本

包世臣《藝舟雙楫》，臺北商務印書館一九七三年排印本

陳詩香問、陳僅答《竹林答問》，周維德編《詩問四種》，齊魯書社一九八五年版

延君壽《老生常談》，郭紹虞輯《清詩話續編》本

潘焕龍《卧園詩話》，道光十二年自刊本

潘德輿《養一齋詩話》，郭紹虞輯《清詩話續編》本

厲志《白華山人詩説》，郭紹虞輯《清詩話續編》本

沈善寶《名媛詩話》，道光二十六年刊鴻雪樓刊本

冒春榮《葚原詩説》，郭紹虞輯《清詩話續編》本

李洽《夜談追録》，光緒六年家刊本

方東樹《昭昧詹言》，人民文學出版社一九六一

年版
余雲焕《味蔬齋詩話》，光緒三十四年思南府刊本
陸鎣《問花樓詩話》，郭紹虞輯《清詩話續編》本
林昌彝《射鷹樓詩話》，上海古籍出版社一九八八年版
林昌彝《海天琴思録》，上海古籍出版社一九八八年版
謝章鋌《賭棋山莊詞話》，唐圭璋編《詞話叢編》本
王氣中《藝概箋注》，貴州人民出版社一九八六年版
施補華《峴傭説詩》，丁福保輯《清詩話》本
許印芳《律髓輯要》，《雲南叢書》本
朱庭珍《筱園詩話》，郭紹虞輯《清詩話續編》本
錢振鍠《星影樓壬辰以前存稿・詩説》，清末刊本
王禮培《小招隱館談藝録》，民國二十六年湖南船山學社排印本
袁嘉穀《卧雪詩話》，《袁嘉穀文集》本，雲南人民出版社二〇〇一年版
李德潤《筆法論》，嘉慶二十五年刊于學訓輯《文法合刻》本
王驥德《曲律》，湖南人民出版社一九八三年陳多、葉長海注譯本
姚澍《文法直指》，同治十一年刊本
竹添光鴻輯《孟子論文》，西南師範大學出版社二〇一一年版《域外漢籍珍本文庫》第二輯
韓拙《山水純全集》，《畫論叢刊》本，人民美術出

版社一九六〇年版
王國維《人間詞話》，人民文學出版社一九六〇年版
胡適《留學日記》，岳麓書社二〇〇〇年版
胡適《白話文學史》，東方出版社一九九六年版
唐鉞《國故新探》，臺灣商務印書館一九六六年影印本
劉毓盤《詞史》，上海群衆圖書公司一九三一年版
鄧之誠《清詩紀事初編》，上海古籍出版社一九八七年版
逯欽立《漢詩别録》，《中研院歷史語言研究所集刊》第十三輯
程千帆《古詩考索》，上海古籍出版社一九八四年版
錢鍾書《談藝録》，中華書局一九八四年版
蔣凡《葉燮和〈原詩〉》，上海古籍出版社一九八五年版
吴宏一《清代詩學初探》，臺灣學生書局一九八六年版
威廉・萊特《不同凡響——歌唱家帕瓦羅弟的故事》，施寄青譯，臺灣大呂出版社一九八六年版
雷内・韋勒克《批評的諸種概念》，四川文藝出版社一九八七年版
雷内・韋勒克《近代文學批評史》，上海譯文出版社一九八七年版
吕智敏《詩源・詩美・詩法探幽》，書目文獻出版社一九九〇年版
龔鵬程《詩史本色與妙悟》，臺灣學生書局一九

九二年版
葉慶炳《晚鳴軒論文集》，臺灣大安出版社一九九六年版
愛德華・揚格《試論獨創性作家》，袁可嘉譯，人民文學出版社一九九八年版
吳宏一《清代文學批評論集》，臺北聯經出版事業公司一九九八年版
張伯偉《中國古代文學批評方法研究》，中華書局二〇〇二年版
宇文所安《中國文論：英譯與評論》，上海社會科學院出版社二〇〇三年版
周錫䪖《陳恭尹及嶺南詩風研究》，香港大學出版社二〇〇四年版
董就雄《葉燮與嶺南三家詩論比較研究》，中華書局二〇一〇年版
蔣寅《金陵生小言》，中華書局二〇二〇年版
蔣寅《金陵生小言續編》，中華書局二〇二〇年版

後　記

箋注《原詩》是上世紀九十年代初我開始調查清代詩學文獻時就確立的目標，實現它却已是廿年之後的事了。整理完三十四萬多字的文稿，不禁感慨係之，訝歲月去人之速。

大學時代讀丁福保編的《清詩話》，曾對《原詩》留下深刻印象。當時我對它的評價并不高，衹是覺得頗有特點。後來發現學界論《原詩》的論文雖多，但很少有人考究葉燮的生平，於是從涉獵清代詩學開始，我便留意與葉燮有關的資料，繼一九九九年撰寫《葉燮行年考略》（《國學研究》第一〇卷，二〇〇二）之後，又寫作《葉燮的文學史觀》（《文學遺産》二〇〇一年第六期）一文，對葉燮的文學史觀念作了探討。同時不懈地積累資料，箋注《原詩》，倒也并無急於成書之意，衹是在二〇〇四年爲我指導的碩士生逐句講過一遍。幾年前，承奚彤雲博士以清人詩話箋注相囑，我便認下了《原詩》。因近年研究課題和教學工作繁重，始終騰不出手來整理歷年所積攢的資料，僅陸續寫點評語而已。直到二〇一〇年完成《清代詩學史》第一卷和研究室的集體課題《古典文學與華夏民族精神的建構》第一卷的寫作，我纔以「葉燮《原詩》箋評」爲題申請本所重點課題資助，開始著手整理手邊的資料，同時外出調研，閱讀一些稀見的典籍。到二〇一一年上半年，全書的箋證和按語已基本寫完。八月，我受臺灣東華大學之聘，擔任中文系客座教授。在開學前的一個多月裏，我又做完了語詞注釋。考慮到研究生們對原典不熟，我決定將我開的研究生課「清代詩學研究」，用來講讀《原詩》，用原文加注釋作講義，讓研究生們輪番講析討論。選修研究生三人，旁聽兩人，加上張蜀蕙老師參加討論，一周三小時在人文社會學院二館A107教室圍坐講論。有話則長，無話則短，時光隨着《原詩》一頁頁翻去，不覺就到了歲暮。由於《原詩》上下古今，涉及整個古代詩歌史與詩學，討論也泛及古典詩學不同層面的問題。研究生們的疑問會引發我的思索，他們查檢語詞的出處，偶爾也補充了我的注釋。陳怡慧同學的課程作業《葉燮〈原詩〉中「對待」之義探析》一稿，爲我箋《外篇上》「對待」一條時所取資。這樣的上課和討論，的確是能收教學相長之益的。當然，這首先得益於類似古代書院講學的上課條件，在內地時下常見的「研究生課程本科化」的情形下，根本無從談起。這乃是題外話。

在東華大學任教的一學期，我不僅領略了花蓮的山川之美，更無時不感受到花蓮的人情之美。半年來，我在工作和生活上都受到人文社會學院同事們的多方關照。在此我要感謝劉漢初教授的厚愛，推薦我擔任客座教授之職；感謝中文系吴冠宏主任和謝明揚、張蜀蕙教授無微不至的關心照顧；也感謝研究生們的討論，讓我將這部不成熟的稿子修訂得更充實一些。這部箋注聯繫着我和花蓮、和東華大學的一段情誼，它會讓我時常想起東華大學這所臺灣公認最美麗的校園。

全書完稿後，同學張伯偉、曾廣開教授細緻審讀拙稿，訂正若干疏誤；余祖坤博士補充《內篇下》「照應」、「波瀾」、「逆入」、「空翻」、「掉尾」五條箋證資料；責任編輯劉賽先生、二審奚彤雲先生細緻審讀全稿，也提出很好的修訂意見，劉賽先生并指示原稿未詳的「頭腰截板」的出處。謹在此一并致謝！

蔣寅

二〇一二年一月十八日於東華大學素心邨寓所

增訂本後記

這部《原詩箋注》是我從一九九〇年開始研究清代詩學、著手調查文獻時確定的第一個研究課題。初以爲注釋、評析並不是太困難的事，但隨着寓目的清代文獻漸多，對清初詩學的瞭解愈深，感覺慢慢變化，覺得一般的箋注很難挖掘此書豐富的內涵。後來看到吕智敏先生的《詩源·詩美·詩法探幽——〈原詩〉評釋》一書，更是覺得一般性的注釋、講評已無意義，衹有下很大的功夫，做一部類似郭紹虞先生《滄浪詩話校釋》那樣的著作，纔能突顯《原詩》的價值。

一旦立下這樣的目標，工作就複雜得多了。文中涉及的詩史背景需要厘清，有關學説的來龍去脈需要梳理。儘管搜集資料多年，却未産生著手編著的衝動。衹是一九九七年在京都大學研究生院客座時，參與川合康三教授主持的「中國的文學史觀」共同研究項目，撰寫了一篇《葉燮的文學史觀》，發表在《文學遺産》二〇〇一年第六期；兩年後又根據歷年所獲資料寫成《葉燮行年考》，刊登在北京大學《國學研究》第十卷（二〇〇二）。此外，就是隨感而發地寫下一些段落的評説，而且每每是在出差的火車上或旅館裏寫出的，因爲短暫的旅行中做不了别的事，隨手寫一段《原詩》的評説倒很合適。兩幾年後雖然接受了上海古籍出版社的約稿，也未能立即措手。直到二〇一〇年夏，兩個沉綿多年的課題終於告竣，我纔長舒一口氣，躍躍然開始工作。「箋」的部分，資料已積攢不少，祇須做一番整理工作；「注」的部分，因没什麽疑難典故和詞句，也比較簡單。倒是「評」的部分，需要集中時間撰寫。《原詩》看上去一節一節都是獨立的議論，但其中實有思理的連貫性。若無整塊的時間集中撰寫，很難把握原書的完整脈絡。幸運的是，我在二〇一二年下半年受臺灣東華大學之聘，客座一個學期，在開學前一個多月裏，我獨自在安静的校園，寫出了超過一半篇幅的評語。通過箋注《原詩》，我對葉燮詩學思想之深邃、縝密及包容、開放的品格有了新的認識，並力圖在評語中揭示這一點。這部分文字凝聚着我研究古典詩歌尤其是清代詩學的一些心得，可能有點敝帚自珍，不免寫得繁冗，有專業背景的讀者大可略過不看。

轉瞬間《箋注》問世已近十年，書店脱銷已久，我的「金陵生論學」公衆號常有讀者留言，問何時能再版。如今竟蒙重版，令人欣慰。新版在「箋」的部分補充了十幾種書，年譜有若干增補，此外在文字上也做了點修訂。責任編輯龍偉業先生爲新版改訂付出努力，謹此致謝！

蔣　寅

二〇二三年三月於花城信可樂齋

綜合索引

凡　　例

一、本索引收録《原詩》中與詩學相關的人物、作品、年號及術語等。

二、人物姓名、年號若與簡稱或其他常見稱謂并出，則將簡稱或其他常見稱謂附於姓名、年號之下，均出對應頁碼。

三、《原詩》時引前人詩作，若作者與詩題并出，則將詩題附於作者名下，出對應頁碼；節引詩句而未出詩題者，將所引詩句之首句附於作者名下，而將對應詩題括注其後，出對應頁碼。

四、本索引以漢語拼音字母音序排列。作者名下附有簡稱或其他常見稱謂、詩作、詩句者，簡稱或其他常見稱謂在前，詩作和詩句在後，分别以音序排列。

A

B

C

E

F

G

H

J

T

Y

Z

Z